Bússola

Mathias Enard

Bússola

tradução
Rosa Freire d'Aguiar

todavia

Die Augen schließ' ich wieder,
Noch schlägt das Herz so warm.
Wann grünt ihr Blätter am Fenster?
Wann halt' ich mein Liebchen im Arm?

[Fecho de novo os olhos,
Meu coração continua a bater ardente.
Quando tornarão a verdejar as folhas na janela?
Quando terei minha amada em meus braços?]

Wilhelm Müller & Franz Schubert, *Viagem de inverno*.

Sobre as diferentes formas de loucura no Oriente

Os orientalistas apaixonados 82
A caravana dos disfarçados 130
Gangrena & tuberculose 182
Retratos de orientalistas como comandantes
dos crentes 203
A enciclopédia dos decapitados 313

Somos dois fumadores de ópio, cada um em sua nuvem, sem ver nada lá fora, sozinhos, sem jamais nos entendermos nós fumamos, rostos agonizantes num espelho, somos uma imagem gelada à qual o tempo dá a ilusão do movimento, um cristal de neve deslizando sobre um novelo de orvalho cujo complexo emaranhado ninguém percebe, sou essa gota d'água condensada na vidraça do meu salão, uma pérola líquida que rola e nada sabe do vapor que a gerou, nem dos átomos que ainda a compõem mas que, breve, servirão a outras moléculas, a outros corpos, às nuvens que pesam sobre Viena esta noite: quem sabe em que nuca escorrerá essa água, contra que pele, em que calçada, rumo a que rio, e esse rosto impreciso contra a vidraça só é meu por um instante, uma dos milhões de configurações possíveis da ilusão – ih!, o sr. Gruber está passeando na garoa com o cachorro, usa chapéu verde e o eterno impermeável; protege-se dos respingos dos carros dando uns pulinhos ridículos na calçada: o cãozinho pensa que ele quer brincar, então salta para cima do dono e leva um bom tabefe quando encosta a pata enlameada no impermeável do sr. Gruber, que, mesmo assim, acaba se aproximando da rua para atravessar, sua silhueta parece alongada pelos postes, poça escurecida no meio dos mares de sombra das grandes árvores, rasgados pelos faróis na Porzellangasse, e aparentemente Herr Gruber hesita em se enfiar na noite do Alsergrund, assim como hesito em largar minha contemplação das gotas d'água, do termômetro e do ritmo dos bondes que descem para Schottentor.

A existência é um reflexo doloroso, um sonho de opiômano, um poema de Rumi cantado por Shahram Nazeri, o *ostinato* do zarb faz vibrar ligeiramente a vidraça atrás de meus dedos, como o couro da percussão, eu deveria prosseguir minha leitura em vez de olhar para o sr. Gruber desaparecendo na chuva, em vez de prestar atenção ao rodopio dos melismas do cantor iraniano, cuja força e cujo timbre poderiam fazer vários tenores nossos corar de vergonha. Eu deveria parar o disco, impossível me concentrar; por mais que tenha lido essa separata pela décima vez, não entendo seu sentido misterioso, vinte páginas, vinte páginas horríveis, gélidas, que me chegam justamente hoje, hoje que um médico caridoso talvez tenha dado um nome à minha doença, declarado meu corpo oficialmente doente, quase aliviado de ter – beijo mortal – chegado a um diagnóstico a partir dos meus sintomas, um diagnóstico que convém confirmar enquanto se inicia um tratamento, ele dizia, e acompanhar a evolução, a evolução, pois é, aí estamos, a contemplar uma gota d'água evoluindo rumo ao desaparecimento antes de ganhar outra forma no Grande Todo.

Não há acaso, tudo está ligado, diria Sarah, por que recebo justamente hoje esse artigo pelo correio, uma separata de antigamente, de papel e grampeada, em vez de um PDF com uma mensagem desejando "Com nossos agradecimentos", um e-mail que poderia ter transmitido algumas notícias, explicar onde ela está, o que é esse Sarawak de onde escreve e que, segundo o meu atlas, é um estado da Malásia situado no noroeste da ilha de Bornéu, a dois passos de Brunei e de seu rico sultão, a dois passos também dos gamelões de Debussy e Britten, parece-me – mas o teor do artigo é muito diferente; nenhuma música, a não ser talvez um longo canto fúnebre; vinte laudas densas, publicadas no número de setembro de *Representations*, bela revista da Universidade da Califórnia em que ela já escreveu várias vezes. O artigo traz uma curta dedicatória na página de rosto, sem comentário, "Para você, queridíssimo Franz, com um grande beijo, Sarah", e foi postado no dia 17 de novembro, isto é, há duas semanas – uma correspondência ainda leva duas semanas para fazer o trajeto Malásia-Áustria, talvez ela tenha economizado nos selos, poderia ter juntado um cartão-postal, o que é que isso significa, percorri todos os vestígios dela que tenho no apartamento, seus artigos, dois livros, algumas fotos e até uma versão de sua tese de doutorado, impressa e encadernada em Skivertex vermelho, dois grandes volumes de três quilos cada um:

> "Na vida há feridas que, como uma lepra, corroem a alma na solidão", escreve o iraniano Sadeq Hedayat no início de seu romance *O mocho cego*: esse homenzinho de óculos redondos sabia disso melhor que ninguém. Foi uma dessas feridas que o levou a abrir todo o gás no seu apartamento da Rue Championnet, em Paris, justamente numa noite de

grande solidão, uma noite de abril, muito longe do Irã, muito longe, tendo como companhia apenas uns poemas de Khayyam e uma garrafa escura de conhaque, talvez, ou uma bolinha de ópio, ou talvez nada, rigorosamente nada, a não ser os textos que ainda guardava consigo e que levou no grande vazio do gás.

Não se sabe se deixou uma carta ou algum sinal além de seu romance *O mocho cego*, há muito tempo terminado, e que lhe valerá, dois anos depois de sua morte, a admiração de intelectuais franceses que nunca tinham lido nada do Irã: o editor José Corti publicará *O mocho cego* pouco depois de *O litoral das Sirtes*; Julien Gracq conhecerá o sucesso quando o gás da Rue Championnet acabava de fazer efeito, no ano de 1951, e dirá que o *Litoral* é o romance de "todas as podridões nobres" como aquelas que acabavam de destruir Hedayat no éter do vinho e do gás. André Breton tomará partido dos dois homens e de seus livros, tarde demais para salvar Hedayat de suas feridas, se é que podia ser salvo, se é que o mal não era, muito certamente, incurável.

O homenzinho de óculos grossos redondos era no exílio como era no Irã, calmo e discreto, falando baixo. Sua ironia e sua perigosa tristeza lhe valeram a censura, a menos que tenha sido sua simpatia pelos loucos e pelos bêbados, talvez até sua admiração por certos livros e certos poetas; talvez tenha sido censurado porque experimentara um pouco de ópio e de cocaína, ao passo que debochava dos drogados; porque bebia sozinho, ou tinha o defeito de mais nada esperar de Deus, nem sequer em certas noites de grande solidão, quando o gás convoca; talvez porque fosse miserável, ou porque acreditasse razoavelmente na importância de seus escritos, ou não acreditasse, porque todas essas coisas perturbam.

O fato é que na Rue Championnet nenhuma placa assinala sua presença, nem sua partida; no Irã, nenhum monumento o relembra, apesar do peso da história que o torna incontornável, e o peso de sua morte, que ainda pesa sobre seus conterrâneos. Hoje, sua obra vive em Teerã assim como ele morreu, na miséria e na clandestinidade, nas bancadas dos mercados das pulgas ou em reedições truncadas, expurgadas de qualquer alusão que possa precipitar o leitor na droga ou no suicídio, para a preservação da juventude iraniana, acometida por essas doenças de desespero, pelo suicídio e pela droga, e que então se atira deliciada nos livros de Hedayat, quando consegue, e assim celebrado e mal lido ele se junta aos grandes nomes que o cercam no Père-Lachaise, a dois passos de Proust, tão sóbrio na eternidade como o foi na vida, tão discreto, sem flores espalhafatosas e recebendo poucas visitas, desde aquele dia de abril de 1951 em que escolheu o gás e a Rue Championnet para pôr fim a todas as coisas, corroído por uma lepra da alma, imperiosa e incurável. "Ninguém toma a decisão de se suicidar; o suicídio está em certos homens, está em sua natureza", Hedayat escreveu essas linhas no fim dos anos 1920. Escreveu-as antes de ler e traduzir Kafka, antes de apresentar Khayyam. Sua obra inicia-se pelo fim. A primeira coletânea que publica se inicia por *Enterrado vivo*, *Zendé bé gour*, o suicídio e a destruição, e descreve claramente os pensamentos, pensamos nós, do homem no instante em que ele se abandona ao gás vinte anos mais tarde, deixando-se cochilar suavemente depois de tomar o cuidado de destruir seus papéis e suas notas, na minúscula cozinha invadida pelo insuportável perfume da primavera que chega. Destruiu os manuscritos, talvez mais corajoso que Kafka, talvez porque não tivesse nenhum Max Brod ao alcance da mão, talvez porque não tivesse confiança em ninguém, ou estivesse convencido de que era hora de desaparecer. E se Kafka parte tossindo, corrigindo até o último minuto textos que desejará queimar, Hedayat parte na lenta agonia do sono pesado, sua morte já escrita, vinte anos antes, sua vida toda marcada pelas chagas e feridas dessa lepra que o corroía na solidão, e que adivinhamos estar ligada ao Irã, ao Oriente, à Europa e ao Ocidente, assim como Kafka era em Praga, a um só tempo, alemão, judeu e tcheco, sem ser nada disso, perdido mais que todos ou mais livre que todos. Hedayat tinha uma dessas feridas do eu que nos fazem balançar no mundo, e que cresce até se tornar uma fenda; existe aí, como no ópio, como no álcool, em tudo o que nos racha ao meio, não uma doença mas uma decisão, uma vontade de fissurar o próprio ser, até o fim. Se começamos esse trabalho por Hedayat e seu *O mocho cego*, é porque nos propomos explorar essa fresta, espreitá-la, introduzir-nos na embriaguez daquelas e daqueles que vacilaram muito na alteridade; vamos pegar a mão do homenzinho para descer e observar as feridas que corroem, as drogas, os alhures, e explicar esse entre-dois, esse *barzakh*, o mundo entre os mundos onde caem os artistas e os viajantes.

Esse prólogo é sem dúvida surpreendente, essas primeiras linhas continuam a ser, quinze anos depois, igualmente desnorteantes – deve ser tarde, meus olhos se fecham em cima do velho texto datilografado apesar do zarb e da voz de Nazeri. Sarah ficara furiosa, no dia de sua defesa de tese, porque criticaram o tom "romântico" de seu preâmbulo e esse paralelo "totalmente fora de contexto" com Gracq e Kafka. No entanto, Morgan, seu orientador, tentara defendê-la, de uma maneira aliás um tanto ingênua, dizendo "que sempre era bom falar de Kafka", o que fizera suspirar aquele júri de orientalistas melindrados e de medalhões sonolentos que não podiam ser tirados de seu sono doutrinal a não ser pelo ódio que sentiam uns pelos outros: aliás, esqueceram-se bastante depressa do preâmbulo tão inusitado de Sarah para brigarem a propósito de questões de metodologia, isto é, não viam em que *o passeio* (o velhote cuspia essa palavra como um insulto) podia ter algo científico, mesmo que guiado pela mão de Sadeq Hedayat. Eu estava em Paris de passagem, contente com a ocasião de assistir pela primeira vez a uma defesa de tese "na Sorbonne" e que fosse a dela, mas, uma vez passados a surpresa e o divertimento de descobrir o estado vetusto dos corredores, da sala e do júri, relegados bem no fundo de sabe Deus que departamento perdido no labirinto do conhecimento, aonde cinco sumidades iam, uma após outra, dar demonstrações de seu pouco interesse pelo texto de que supostamente deviam falar, desdobrando-se em esforços sobre-humanos – como eu na sala – para não dormir, esse exercício me encheu de amargura e melancolia, e, quando saímos do local (sala de aula sem fausto, com carteiras de compensado lascado, quebrado, que não continham o saber, mas pichações engraçadas e chicletes grudados) a fim de deixar aquelas pessoas deliberar, fui tomado por um poderoso desejo de dar no pé, descer o Boulevard Saint-Michel e andar à beira d'água para não cruzar com Sarah e para que ela não adivinhasse minhas impressões sobre aquela famosa defesa de tese que devia ser tão importante para ela. Havia umas trinta pessoas assistindo, vale dizer, uma multidão para o corredor minúsculo onde ficamos apertados; Sarah saiu ao mesmo tempo que a assistência, falava com uma senhora mais velha e muito elegante, que eu sabia ser sua mãe, e com um rapaz que se parecia perturbadoramente com ela, seu irmão. Era impossível encaminhar-me para a saída sem cruzar com eles, dei meia-volta para olhar os retratos de orientalistas que enfeitavam o corredor, velhas gravuras amareladas e placas comemorativas de uma época faustosa e passada. Sarah conversava, parecia exausta, mas não abatida; talvez, no calor do embate científico, tomando notas para preparar suas réplicas, ela tivesse uma sensação totalmente diferente da do público. Viu-me, fez um aceno de mão. Eu tinha ido sobretudo para acompanhá-la, mas também para me preparar, ainda que só na imaginação, para minha própria defesa de tese – aquilo a que eu acabava de assistir estava longe de me tranquilizar. Enganava-me: depois de alguns minutos de deliberações, quando fomos de novo admitidos na sala, ela obteve a nota mais alta; o famoso presidente inimigo do "passeio" a cumprimentou calorosamente por seu trabalho, e hoje, relendo o início desse texto, é preciso admitir que havia algo forte e inovador naquelas quatrocentas páginas sobre as imagens e as representações do Oriente, locais inexistentes, utopias, fantasmas ideológicos em que tinham se perdido muitos dos que quiseram percorrê-los: os corpos dos artistas, poetas e viajantes que tentaram explorá-los eram empurrados, pouco a pouco, para a destruição; a ilusão corroía, como dizia Hedayat, a alma na solidão – aquilo que por muito tempo tinha sido chamado de loucura, melancolia, depressão costumava ser o resultado de uma rusga, em contato com a alteridade, de uma perda de si mesmo na criação, e, embora isso hoje me pareça um pouco sumário, para falar a verdade, ali já havia sem dúvida uma verdadeira intuição sobre a qual ela construiu todo o seu trabalho posterior.

Uma vez dado o veredito, e muito feliz por ela, fui parabenizá-la, ela me beijou calorosamente enquanto me perguntava mas o que você está fazendo aqui, respondi-lhe que uma feliz coincidência me levara a Paris naquele momento, delicada mentira, ela me convidou para me juntar aos amigos para a tradicional taça de champanhe, o que aceitei; reunimo-nos no andar de cima de um café do bairro, onde se costumava celebrar esse tipo de acontecimento. Sarah tinha, de súbito, o ar abatido, observei que seu tailleur cinza estava folgado; suas formas tinham sido tragadas pela Academia, seu corpo mostrava os traços do esforço feito nas semanas e nos meses anteriores: os últimos quatro anos haviam levado àquele instante, só tiveram sentido para aquele instante, e, agora que o champanhe corria, ela exibia um suave sorriso cansado, de parturiente – estava com olheiras, imaginei que passara a noite revendo sua defesa, excitada demais para pegar no sono. Gilbert de Morgan, seu orientador de tese, estava lá, é claro; eu tinha cruzado com ele em Damasco. Ele não escondia a paixão por sua protegida, cobria-a com um olhar paternal que resvalava suavemente no incesto ao sabor do champanhe: na terceira taça, com o olhar em fogo e as faces vermelhas, acotovelado sozinho numa mesa alta, flagrei seus olhos percorrendo dos calcanhares à cintura de Sarah, de baixo para cima e depois de cima a baixo – e ele logo soltou um arrotozinho melancólico e esvaziou a quarta taça. Percebeu que eu o observava, disparou-me olhares furibundos antes de me reconhecer e sorrir, já nos encontramos, não? Refresquei-lhe a memória, sim, sou Franz Ritter, nos vimos em Damasco, com Sarah – ah, é claro, o músico, e eu estava tão acostumado com esse equívoco que respondi com um sorriso meio idiota. Eu ainda nem tinha trocado mais de duas palavras com a doutoranda, solicitada por todos os amigos e parentes, e já estava preso na companhia desse grande erudito que todos, longe da sala de aula ou de um conselho de departamento, desejavam ardentemente evitar. Ele me fazia perguntas circunstanciais sobre minha carreira universitária, perguntas às quais eu não sabia como responder e até preferia não fazer a mim mesmo; mas ele parecia estar em plena forma, todo pimpão, como se diz, para não dizer um sem-vergonha ou descarado, e eu estava longe de imaginar que o reencontraria meses depois em Teerã, em circunstâncias e em situação bem diferentes, sempre em companhia de Sarah, que, por ora, conversava animadamente com Nadim – ele acabava de chegar, ela devia lhe explicar tim-tim por tim-tim a sua defesa, à qual ignoro por que ele não tinha assistido; também estava muito elegante, numa bela camisa branca de colarinho redondo que iluminava sua pele morena, sua curta barba preta; Sarah segurou suas mãos como se fossem começar a dançar. Despedi-me do professor e fui encontrá-los; Nadim logo me deu um abraço fraterno que, por um instante, me levou de volta a Damasco, a Alepo, ao alaúde de Nadim na noite, embriagando as estrelas do céu metálico da Síria, tão longe, tão longe, agora não mais rasgado pelos cometas mas pelos mísseis, pelos obuses, pelos gritos e pela guerra – impossível, em Paris em 1999, diante de uma taça de champanhe, imaginar que a Síria ia ser devastada pela pior violência, que o bazar de Alepo ia queimar, o minarete da mesquita dos omíadas ia desabar, tantos amigos morreriam ou seriam forçados ao exílio; impossível, mesmo hoje, imaginar a amplidão desses estragos, a dimensão dessa dor vista de um apartamento vienense confortável e silencioso.

Ih, o disco terminou. Que força essa peça de Nazeri. Que simplicidade mágica, mística, essa arquitetura de percussão que sustenta a pulsação lenta do canto, o ritmo distante do êxtase a alcançar, um *zikr* hipnótico que nos gruda no ouvido e nos acompanha horas a fio. Nadim é um tocador de alaúde hoje internacionalmente conhecido, o casamento deles dera o que falar na pequena comunidade estrangeira de Damasco, tão imprevisto, tão repentino que se tornava suspeito aos olhos de muita gente, e sobretudo da embaixada da França na Síria – uma das inúmeras surpresas que Sarah costumava fazer, sendo a última esse artigo particularmente surpreendente sobre o Sarawak: pouco tempo depois da chegada de Nadim me despedi deles, Sarah me agradeceu longamente por ter ido, perguntou se eu ficava alguns dias em Paris, se teríamos tempo de nos reencontrar, respondi que voltava para a Áustria já no dia seguinte; cumprimentei respeitosamente o professor, agora já todo esparramado sobre a mesa, e fui embora.

Saí do café e recomecei meu passeio parisiense. Por muito tempo, arrastando os pés sobre as folhas mortas dos cais do Sena, remoí as razões verdadeiras que poderiam ter me levado a perder meu tempo assim, numa defesa de tese e nos drinques que se seguiram, e entrevejo, no halo da luz, em Paris, os braços fraternos das pontes arrancando-as do nevoeiro, o instante de uma trajetória, de uma deambulação cujo objetivo e cujo sentido talvez só aparecessem a posteriori, e que passam evidentemente por aqui, por Viena onde o sr. Gruber volta do passeio com o cãozinho infecto: passos pesados na escada, cachorro que late, depois, por cima de mim, acima do meu teto, correrias e arranhões. O sr. Gruber nunca soube ser discreto e no entanto é o primeiro a reclamar dos meus discos, Schubert ainda passa, ele diz, mas aquelas velhas óperas e aquelas músicas, humm, exóticas não são necessariamente do gosto de todos, o senhor sabe do que estou falando. Compreendo que a música o incomode, sr. Gruber, e fico triste com isso. Devo lhe assinalar, porém, que pratiquei todas as experiências possíveis e imagináveis com a audição do seu cão, durante sua ausência: descobri que só Bruckner (e ainda assim, em níveis sonoros que beiram o inaceitável) acalma os arranhões dele no assoalho e consegue calar seus latidos superagudos, dos quais, por sinal, todo o prédio se queixa, o que me proponho desenvolver num artigo científico de musicoterapia veterinária, que, sem a menor dúvida, me valerá felicitações de meus pares, "Dos efeitos dos cobres sobre o humor canino: desenvolvimentos e perspectivas".

Esse Gruber tem sorte de eu estar cansado, porque eu bem que lhe tascaria uma dose de tombak no último volume, música exótica para ele e o cachorro dele. Cansado desse longo dia de lembranças para escapar – por que esconder o rosto – à perspectiva da doença, já de manhã, ao voltar do hospital, abri a caixa de correio, pensei que o envelope acolchoado continha os famosos resultados dos exames médicos cuja cópia o laboratório deve me mandar: antes que o carimbo do correio me desiludisse, hesitei longos minutos em abrir. Imaginava Sarah em algum lugar entre Darjeeling e Calcutá, e eis que ela aparece numa selva verdejante do norte da ilha de

Bornéu, nas ex-possessões britânicas dessa ilha bojuda. O assunto monstruoso do artigo, o estilo seco, tão diferente de seu lirismo habitual, é assustador; há semanas que não trocamos nenhuma correspondência, e justamente no momento em que atravesso o período mais difícil de minha vida ela reaparece desse jeito singular – passei o dia a reler seus textos, em sua companhia, o que me evitou pensar, me tirou de mim, e embora eu tivesse prometido a mim mesmo começar a corrigir o trabalho de uma aluna, eis que é hora de dormir, creio que vou esperar amanhã de manhã para mergulhar nas considerações dessa aluna, *O Oriente nas óperas vienenses de Gluck*, porque o cansaço fecha meus olhos, e devo largar a leitura e ir para a cama.

Na última vez em que vi Sarah, ela passava três dias em Viena por sei lá que razão acadêmica. (Evidentemente eu tinha lhe proposto ficar aqui, mas ela recusara, argumentando que a organização que a recebia lhe ofereceria um magnífico hotel muito vienense, que ela não pretendia dispensar em troca do meu sofá deformado, o que, admitamos, me deixou me sentindo um verme.) Ela estava super em forma e combinara de me encontrar num café do Primeiro Distrito, um desses estabelecimentos suntuosos ao qual a afluência dos turistas, donos do local, confere um ar decadente que lhe agradava. Ela logo insistiu para que déssemos uma volta, apesar da garoa, o que me contrariou, eu não tinha a menor vontade de brincar de turista em férias numa tarde de outono úmida e fria, mas ela transbordava de energia e acabou me convencendo. Queria pegar o bonde D até o ponto final, lá em Nussdorf, depois andar um pouco pelo Beethovengang; retruquei que andaríamos sobretudo na lama, que era melhor ficar naquele bairro – e andamos sem rumo, pelo Graben, até a catedral, contei-lhe duas ou três histórias sobre as canções libertinas de Mozart, ela achou graça.

— Sabe, Franz – disse-me quando passávamos pelas filas das charretes na beira da praça Santo Estevão –, há algo muito interessante nos que pensam que Viena é a porta do Oriente – e, dessa vez, fui eu que achei graça.
— Não, não, não ria, penso que vou escrever sobre isso, sobre as representações de Viena como *Porta Orientis*.

Os cavalos estavam com o focinho fumegante de frio e defecavam tranquilamente dentro de sacos de couro presos em seus rabos para não sujar os nobilíssimos paralelepípedos vienenses.

— Por mais que eu tenha refletido sobre isso, não entendo muito bem – eu respondi. — A fórmula de Hofmannsthal, "Viena, porta do Oriente", me parece muito ideológica, ligada ao *desejo* de Hofmannsthal de que

o império ocupasse um lugar importante na Europa. A frase é de 1917...
Claro, há os *ćevapčići* e a páprica, mas, fora isso, é a cidade de Schubert, de
Richard Strauss, de Schönberg, nada de muito oriental nisso, a meu ver.
E até mesmo na representação, no imaginário vienense, fora a lua crescente,
eu custo a perceber qualquer coisa que evoque minimamente o Oriente.

É um lugar-comum. Pespeguei-lhe meu desprezo por essa ideia tão batida que já não tem o menor sentido:

— Não é porque os otomanos estiveram duas vezes às suas portas que
alguém se torna justamente a porta do Oriente.

— A questão não é essa, a questão não está na realidade dessa ideia, o
que me interessa é entender por que e como tantos viajantes viram em
Viena e em Budapeste as primeiras cidades "orientais" e o que isso pode
nos ensinar sobre o significado que dão a essa palavra. E se Viena é a *porta*
do Oriente, para que Oriente ela abre?

Sua busca do sentido de Oriente, interminável, infinita – confesso ter
duvidado de minhas certezas, refletido também, e repensando isso agora,
ao apagar a luz, talvez houvesse no cosmopolitismo da Viena imperial algo
de Istambul, algo do *Öster Reich*, do Império do Leste, mas que hoje em
dia me parecia longe, muito longe. Viena não é mais a capital dos Bálcãs
há muito tempo e os otomanos não existem mais. O império dos Habsburgo era, sem dúvida, o império do Meio, e com a calma da respiração
que precede o sono, ouvindo os carros derraparem na rua úmida, o travesseiro ainda deliciosamente fofo contra meu rosto, a sombra da batida do
zarb ainda no ouvido, devo convir que, sem dúvida, Sarah conhece melhor
Viena que eu, mais profundamente, sem se deter em Schubert ou Mahler,
como os estrangeiros costumam conhecer melhor uma cidade do que seus
moradores, perdidos na rotina, ela me arrastara, fazia muito tempo, antes
de nossa partida para Teerã, depois de eu ter me instalado aqui, ela me arrastara para o Josephinum, o antigo hospital militar onde existe um museu
dos mais horrorosos: a exposição dos modelos anatômicos do final do século XVIII, concebidos para a formação e o aprendizado de cirurgiões do
Exército, para evitar os cadáveres e seus odores – figuras de cera encomendadas em Florença num dos maiores ateliês de escultura; entre os modelos expostos nas vitrines de madeira de lei encontrava-se, sobre uma almofada rosa desbotada pelo tempo, uma jovem loura de feições finas, esguia,
com o rosto virado de lado, a nuca um pouco inclinada, os cabelos soltos,
um diadema de ouro na testa, os lábios ligeiramente entreabertos, dois fios

de pérolas em volta do pescoço, um joelho meio dobrado, os olhos abertos, numa pose um tanto inexpressiva mas que, se a observássemos bastante tempo, sugeria o abandono ou pelo menos a passividade: inteiramente nua, o púbis mais escuro que a cabeleira e levemente carnudo, era de grande beleza. Aberta como um livro desde o peito até a vagina, podiam-se observar seu coração, pulmões, fígado, intestinos, útero, veias, como se ela tivesse sido cuidadosamente retalhada por um criminoso sexual de prodigiosa habilidade que teria feito incisões no seu tórax e no abdômen e a tivesse revelado, como o interior de uma caixa de costura, de um relógio muito caro, de um autômato. Os cabelos compridos caindo sobre a almofada, o olhar calmo, as mãos meio dobradas sugeriam até que ela pudesse ter tido prazer naquilo, e o conjunto, dentro de sua redoma de vidro com molduras de mogno, provocava ao mesmo tempo desejo e pavor, fascínio e repugnância: eu imaginava, quase dois séculos antes, os jovens aprendizes de médico descobrindo aquele corpo de cera, por que pensar nessas coisas antes de dormir, seria muito melhor imaginar o beijo da mãe na nossa testa, essa ternura que à noite esperamos e que nunca chega, melhor que imaginar bonecos anatômicos abertos da clavícula até o baixo-ventre – em que meditavam os médicos principiantes diante daquele simulacro nu, será que conseguiam se concentrar no sistema digestivo ou respiratório, quando a primeira mulher que viam assim, sem roupas, do alto de seus bancos de aula e de seus vinte anos, era uma loura elegante, uma falsa morta a quem o escultor se empenhara em dar todos os aspectos da vida, em quem empregara todo o seu talento, na dobra do joelho, na carnação das coxas, na expressão das mãos, no realismo do sexo, no amarelo nervurado de sangue do baço, no vermelho-escuro e alveolar dos pulmões. Sarah se extasiava diante dessa perversão, olhe aqueles cabelos, é inacreditável, ela dizia, estão habilmente dispostos para sugerir a indiferença, o amor, e eu imaginava um auditório repleto de militares estudantes de medicina soltando uns oh admirados quando um ríspido professor de bigode descobria aquele modelo para enumerar, com uma varinha na mão, os órgãos, um a um, e dar uns tapinhas, com ar de entendido, ponto alto do espetáculo: o minúsculo feto contido no útero rosado, a poucos centímetros do púbis de pelos louros, evanescentes, delicados, de uma delicadeza que se imagina ser o reflexo de uma doçura aterradora e proibida. Foi Sarah que me observou isso, caramba, que loucura, ela está grávida, e me perguntei se essa gravidez de cera era um capricho do artista ou uma exigência de quem tinha feito a encomenda, mostrar o eterno feminino em todos os seus meandros, em todas as suas possibilidades: aquele feto, uma vez descoberto, acima do púbis claro, aumentava ainda mais a tensão sexual que se desprendia do conjunto, e um imenso sentimento de culpa me apertava, pois tinha descoberto beleza na morte, uma chispa de desejo num corpo tão perfeitamente esquartejado – era impossível deixar de imaginar o instante da concepção daquele embrião, um tempo perdido na cera, e indagar que homem, de carne ou de resina, havia penetrado naquelas entranhas tão perfeitas para fecundá-la, e eu desviei imediatamente a cabeça: Sarah sorria de meu pudor, ela sempre me achou pudico, talvez porque não conseguisse perceber que não era a cena em si que me fazia desviar o olhar, mas a que se desenhava em meu espírito, bem mais perturbadora, na verdade – eu, ou alguém que se parecia comigo, penetrando naquela morta-viva.

O resto da exposição tinha o mesmo tom: um esfolado vivo repousava tranquilamente com o joelho dobrado, como se nada fosse, quando na verdade não tinha mais um centímetro quadrado de pele, nem um, para mostrar toda a complexidade de sua circulação sanguínea; pés, mãos, órgãos diversos estavam dentro de caixas de vidro, fragmentos de ossos, articulações, nervos, em suma, tudo o que o corpo contém de mistérios grandes e pequenos, e evidentemente eu tinha mesmo que pensar nisso agora, nesta tarde, nesta noite, já que de manhã li o horroroso artigo de Sarah e tive a notícia da doença e espero essas porcarias de resultados dos exames, mudemos de assunto, viremo-nos, o homem que tenta pegar no sono se vira e é um novo começo, uma nova tentativa, respiremos profundamente.

Um bonde passa sacolejando embaixo de minha janela, mais um que desce a Porzellangasse. Os bondes que sobem são mais silenciosos, ou talvez, simplesmente, haja menos deles; quem sabe, é possível que a prefeitura deseje trazer os consumidores para o centro sem se preocupar de, em seguida, levá-los de volta para casa. Há algo musical nesses sacolejos, algo de *Le Chemin de fer*, de Alkan, mais lento, Charles-Valentin Alkan, mestre esquecido do piano, amigo de Chopin, Liszt, Heinrich Heine e Victor Hugo, de quem se conta que morreu esmagado por sua biblioteca ao apanhar o Talmud numa prateleira – recentemente li que com toda certeza isso não era verdade, mais uma lenda a respeito desse compositor lendário, tão brilhante que foi esquecido por mais de um século, parece que morreu esmagado por um bengaleiro ou uma prateleira pesada em que se guardavam os chapéus, o Talmud não tinha nada a ver com aquilo, a priori. Em todo caso, seu *Le Chemin de fer* para piano é absolutamente virtuosístico, ouvimos o vapor, o rangido dos primeiros trens; na mão direita, é a locomotiva que galopa, na mão esquerda, são as bielas que rolam, o que produz uma impressão de multiplicação do movimento, juro, um tanto estranha, e a meu ver tremendamente difícil de tocar – kitsch, teria dito Sarah, kitsch essa história de trem, e não estaria de todo errada, é verdade que as composições programáticas "imitativas" têm algo de antiquado, e no entanto talvez houvesse aí uma ideia de artigo, "Ruídos de trens: A estrada de ferro na música francesa", acrescentando a Alkan a *Pacific 231*, de Arthur Honneger, os *Essais de locomotives*, de Florent Schmitt, o orientalista, e até o *Chant des chemins de fers*, de Berlioz: eu mesmo poderia compor uma pequena peça, *Bondes de porcelana*, para sinos, zarb e gongos tibetanos. É muito provável que Sarah ache isso o cúmulo do kitsch, será que também acharia kitsch a evocação do movimento de uma roca, da corrida de um cavalo ou de um barco à deriva, talvez não, creio me lembrar que ela apreciava, como eu, os *Lieder* de Schubert, em todo caso costumávamos falar deles. O madrigalesco é, definitivamente, uma grande questão. Não consigo tirar Sarah da cabeça, no frescor do travesseiro, do algodão, da maciez das plumas, por que ela me arrastou para aquele inacreditável museu de cera, impossível me lembrar sobre o que ela trabalhava naquele momento, quando me instalei aqui, quando eu tinha impressão de ser, cem anos antes, Bruno Walter convocado a auxiliar Mahler, o Grande, na ópera de Viena: ao voltar vitorioso de uma campanha no Oriente, em Damasco justamente, eu era chamado para auxiliar meu professor na universidade e quase de imediato encontrei este apartamento a dois passos do magnífico campus onde ia oficiar, apartamento pequeno, é verdade, mas agradável, apesar dos arranhões do cão de Herr Gruber, e cujo sofá-cama, diga Sarah o que disser, era perfeitamente digno, a prova: quando ela veio pela primeira vez, por ocasião daquela visita estranha ao museu das beldades despedaçadas, dormiu ali pelo menos uma semana sem se queixar, encantada em ver Viena, encantada que eu a fizesse descobrir Viena, dizia, embora fosse ela que me arrastasse para os lugares mais insuspeitos da cidade. Claro que a levei para ver a casa de Schubert e as inúmeras moradias de Beethoven; claro que paguei (sem lhe confessar, mentindo sobre o preço) uma fortuna para que pudéssemos ir à ópera – o *Simon Boccanegra*, de Verdi, cheio de espadas e fúria na montagem de Peter Stein, o Grande, Sarah saíra encantada, boquiaberta, maravilhada com o lugar, a orquestra, os cantores, o espetáculo, e Deus sabe, porém, que a ópera pode ser kitsch, mas ela se rendera a Verdi e à música, não sem observar, como de costume, uma coincidência divertida: você viu que o personagem manipulado ao longo da ópera se chama Adorno? Aquele que acredita ter razão, revolta-se, engana-se, mas acaba sendo proclamado doge? Que loucura, hein. Ela era incapaz de repousar o espírito, mesmo na ópera. O que fizemos depois, provavelmente pegamos um táxi para ir jantar num *Heuriger* e aproveitar o ar excepcionalmente ameno da primavera, quando as colinas vienenses cheiram a grelhados, grama e borboletas, taí algo que me faria bem, um pouco de sol em junho, em vez desse outono interminável, dessa chuva contínua que bate na minha vidraça – esqueci de puxar as cortinas, que idiota, na pressa de me deitar e de apagar a luz, vou ter de me levantar, não, agora não, não agora que estou num *Heuriger* debaixo de uma trepadeira bebendo vinho branco com Sarah, evocando talvez Istambul, a Síria, o deserto, quem sabe, ou falando de Viena e de música, de budismo tibetano, da temporada no Irã que se aproximava. As noites de Grinzing depois das noites de Palmira, o Grüner Veltliner depois do vinho libanês, o frescor de uma noite primaveril depois das noites abafadas de Damasco. Uma tensão um pouco constrangedora. Será que ela já discorria sobre Viena como *porta do Oriente*, ela me chocara ao desancar o *Danúbio* de Claudio Magris, um de meus livros preferidos: Magris é um habsburguês nostálgico, ela dizia, seu *Danúbio* é tremendamente injusto com os Bálcãs; quanto mais penetra no rio, menos informações nos dá. Os mil primeiros quilômetros do curso do rio ocupam mais de dois terços do livro; dedica só umas cem páginas aos mil e oitocentos seguintes: assim que sai de Budapeste, não tem mais quase nada a dizer, dando a impressão (contrariamente ao que anuncia na introdução) de que toda a Europa do sudeste é muito menos interessante, e que ali nada se decidiu nem se construiu de importante. É uma visão terrivelmente "austrocêntrica" da geografia cultural, uma negação quase absoluta da identidade dos Bálcãs, da Bulgária, da Moldávia, da Romênia e sobretudo de sua herança otomana.

Ao nosso lado uma mesa de japoneses engolia escalopes vienenses de um tamanho colossal, que pendiam de cada lado de pratos no entanto imensos, parecendo orelhas de ursos de pelúcia gigantes.

Ela se exaltava ao dizer isso, seus olhos ficaram sombrios, o canto da boca tremia um pouco; não pude deixar de fazer graça.

— Sinto muito, não vejo qual é o problema; o livro de Magris me parece erudito, poético e até, às vezes, engraçado, um passeio, um passeio erudito e subjetivo, que mal há nisso, Magris é um especialista da Áustria, sem dúvida, escreveu uma tese sobre a visão do império na literatura austríaca do século XIX, mas que se há de fazer, você não vai me arrancar da ideia de que esse *Danúbio* é um grande livro, um sucesso mundial, para completar.

— Magris é como você, é um nostálgico. É um triestino melancólico saudoso do império.

Ela exagerava, é claro, e, com a ajuda do vinho, subia nos tamancos, falava cada vez mais alto, a tal ponto que nossos vizinhos japoneses às vezes se viravam para nós; comecei a ficar meio constrangido – além disso, mesmo se a ideia de um austrocentrismo no fim do século XX me parecesse o cúmulo do cômico, e perfeitamente ridícula, ela me magoara com a palavra nostálgico.

— O Danúbio é o rio que liga o catolicismo, a ortodoxia e o islã – ela acrescentou. — É isso que é importante: é mais que um traço de união, é... é... um meio de transporte. A possibilidade de uma passagem.

Olhei para ela, que já parecia perfeitamente calma. Sua mão estava sobre a mesa, um pouco esticada para mim. Ao redor, no viçoso jardim do albergue, entre as cepas da pérgula e os troncos dos pinheiros negros, as garçonetes de aventais bordados corriam com bandejas pesadas repletas de jarras que entornavam um pouco, ao sabor dos passos das moças no cascalho, com o vinho branco tão recém-tirado do barril que estava turvo e espumoso. Eu tinha vontade de evocar lembranças da Síria; via-me dissertando sobre o *Danúbio* de Magris. Sarah.

— Você esquece o judaísmo – eu disse.

Ela sorriu para mim, algo surpresa; seu olhar se iluminou um instante.

— Sim, claro, o judaísmo.

Foi antes ou depois que ela me levou ao Museu Judaico da Dorotheergasse, já não lembro, ela ficara indignada, chocada, com "a indigência" desse museu – e até escrevera um "Comentário anexo ao guia oficial do Museu Judaico de Viena", muito irônico, um bocado divertido. Eu deveria voltar lá um dia desses, ver se as coisas mudaram; na época, a visita era organizada por andar, primeiro exposições temporárias, depois coleções permanentes. O percurso *holográfico* das personalidades judias eminentes da capital lhe parecera uma vulgaridade inominável, hologramas de uma comunidade desaparecida, de fantasmas, que terrível evidência, sem falar da feiura daquelas imagens. Sua indignação estava começando. O último andar a levou, sem mais nem menos, a cair na gargalhada, um riso que aos poucos se tornou uma fúria triste: as dezenas de vitrines transbordavam de objetos de todo tipo, centenas de taças, candelabros, filactérios, xales, milhares de *judaica* amontoados sem nenhuma ordem, com uma sumária e aterradora explicação: "artigos espoliados entre 1938 e 1945, cujos proprietários jamais se deram a conhecer", ou algo equivalente, butins de guerra encontrados entre os escombros do Terceiro Reich e empilhados sob o teto do Museu Judaico de Viena como no sótão de um antepassado meio bagunçado, uma acumulação, um monte de velharias para um antiquário sem escrúpulos. E não há dúvida, dizia Sarah, de que isso tenha sido feito com as melhores intenções do mundo, antes que a poeira cobrisse tudo e o significado daquele amontoado se perdesse de vez, dando lugar a um *cafarnaum*, que é o nome de uma cidade da Galileia, não esqueça, ela dizia. Alternava entre o riso e a raiva: mas que imagem da comunidade judaica, que imagem, juro, pense nas crianças das escolas que visitam este museu, vão imaginar que esses judeus desaparecidos eram argentários colecionadores de castiçais, e talvez ela tivesse razão, aquilo era deprimente e me fazia sentir-me um pouco culpado.

A questão que obcecava Sarah depois da nossa visita ao Museu Judaico era a da alteridade, de que modo aquela exposição eludia a questão da diferença para se centrar nas "personalidades eminentes", que realçavam o "mesmo", e numa acumulação de objetos desprovida de sentido que "neutralizava", ela dizia, as diferenças religiosas, culturais, sociais e até linguísticas para apresentar a cultura material de uma civilização brilhante e desaparecida. Aquilo lembrava o amontoado de escaravelhos fetiches nas vitrines de madeira do Museu do Cairo, ou as centenas de pontas de flechas e lixas de osso de um museu da pré-história, ela dizia. O objeto enche o vazio.

É isso. Eu estava tranquilamente num *Heuriger* aproveitando uma magnífica noite de primavera e agora tenho Mahler e seus *Kindertotenlieder* na cabeça, canções da morte das crianças, compostas por quem segurou a própria filha morta nos braços em Maiernigg, na Caríntia, três anos depois de tê-las composto, canções cujo terrível alcance só se compreenderá depois de sua própria morte em 1911: às vezes o sentido de uma obra é atrozmente amplificado pela história, multiplicado, decuplicado no horror. Não existe acaso, diria Sarah, impregnada do budismo, o túmulo de Mahler se encontra no cemitério de Grinzing, a dois passos daquele famoso *Heuriger* onde passamos uma noite tão bela apesar da "disputa" danubiana, e esses *Kindertotenlieder* são poemas de Rückert, primeiro grande poeta orientalista alemão, ao lado de Goethe, o Oriente, sempre o Oriente.

Não existe acaso, mas ainda não fechei as cortinas e o poste da esquina da Porzellan me incomoda. Coragem; é duro para quem acabou de se deitar levantar-se de novo, tenha ele esquecido uma necessidade natural que subitamente seu corpo lhe relembra ou o despertador longe da cama, é uma merda, vulgarmente falando, e ter de empurrar o edredom, procurar com a ponta dos pés os chinelos que não deveriam estar longe, decidir mandar os chinelos às favas para um trajeto tão curto, pular até os puxadores das cortinas, decidir um desvio rápido até o banheiro, urinar sentado, com os pés no ar para evitar um contato prolongado com os ladrilhos gelados, efetuar o trajeto inverso o mais depressa possível para enfim retomar os sonhos que nunca deveria ter largado, sempre a mesma melodia nessa cabeça que descansa, aliviada, sobre o travesseiro – adolescente, era a única peça de Mahler que eu suportava, e mais que isso, uma das raras peças capazes de me emocionar até as lágrimas, o choro daquele oboé, o canto aterrador, eu escondia essa paixão como um defeito meio vergonhoso, e hoje é muito triste ver Mahler tão depreciado, tragado pelo cinema e pela publicidade, seu belo rosto magro tão utilizado para vender sabe Deus o quê, é preciso se controlar para não detestar essa música que entope os programas de orquestras, as prateleiras dos vendedores de discos, as rádios e, ano passado, por ocasião do centenário de sua morte, foi preciso tapar os ouvidos, de tal forma Viena porejou Mahler até pelas fendas mais insuspeitas, viam-se turistas arvorando camisetas com a efígie de Gustav, comprando pôsteres, ímãs de geladeira e, com certeza, em Klagenfurt havia multidões para visitar sua cabana à beira do Wörthersee – eu nunca fui, taí uma excursão que poderia propor a Sarah, percorrer a Caríntia misteriosa: não existe acaso, a Áustria está entre nós, no meio da Europa, aqui nos encontramos, acabei voltando para cá e ela não parou de me visitar. O Karma, o Destino, dependendo do nome que se queira dar a essas forças nas quais ela acredita: a primeira vez que nos vimos foi na Estíria, por ocasião de um colóquio, uma dessas missas cantadas do orientalismo organizadas a intervalos regulares pelos medalhões de nossa especialidade e que, como deve ser, tinham aceitado alguns "jovens pesquisadores" – para ela, para mim, o batismo de fogo. Fiz de trem o trajeto até Tübingen, via Stuttgart, Nuremberg e Viena, aproveitando a magnífica viagem para dar os últimos retoques na minha comunicação ("Modos e intervalos na teoria musical de Al Farabi", título, aliás, perfeitamente pretensioso, tendo em vista as poucas certezas que continha esse resumo da minha dissertação) e sobretudo para ler *O mundo é pequeno*, livro divertidíssimo de David Lodge, que constituía, pensava eu, a melhor introdução possível ao mundo universitário (há muito tempo que não o releio, aí está algo capaz de preencher uma longa noite de inverno). Sarah apresentava um trabalho bem mais original e elaborado do que o meu, "O maravilhoso em *Os prados de ouro*, de Al-Masudi", tirado de sua tese de doutorado. Sendo o único "músico", eu me via num grupo de filósofos; ela participava, curiosamente, de uma mesa-redonda sobre "literatura árabe e ciências ocultas". O colóquio se passava em Hainfeld, residência de Joseph von Hammer-Purgstall, primeiro grande orientalista austríaco, tradutor de *As mil e uma noites* e do *Divã* de Hafez, historiador do Império Otomano, amigo de Silvestre de Sacy e de tudo o que o grupinho de orientalistas contava como membros na época, designado único herdeiro de uma aristocrata muito idosa da Estíria que lhe legara seu título e aquele castelo em 1835, o maior *Wasserschloss* da região. Von Hammer, o mestre de Friedrich Rückert, a quem ensinou persa em Viena, e com quem traduziu trechos do *Divan-e Shams*, de Rumi, um vínculo entre um castelo esquecido na Estíria e os *Kindertotenlieder*, que uniu Mahler à poesia de Hafez e aos orientalistas do século XIX.

A julgar pelo programa do colóquio, a Universidade de Graz, nossa anfitriã no ilustre palácio, tinha trabalhado bem; ficaríamos alojados nas cidadezinhas de Feldbach ou de Gleisdorf, pertinho; um ônibus *especialmente fretado* nos levaria toda manhã a Hainfeld e nos traria à noite, depois do jantar, "servido no albergue do castelo"; três salas do edifício tinham sido preparadas para os debates, uma delas sendo a esplêndida biblioteca do próprio Hammer, cujas estantes ainda estavam repletas de suas coleções e, cereja do bolo, o Ofício de Turismo da Estíria proporia o tempo todo, ali mesmo, "degustações e venda de produtos locais": tudo isso parecia particularmente "auspicioso" como hoje diria Sarah.

O lugar era absolutamente surpreendente.

Largos fossos ornamentais, espremidos entre uma granja moderna, um bosque e um pântano, cercavam uma construção de dois andares, com telhados pontiagudos cobertos de telhas escuras, que fechava um pátio quadrado de cinquenta metros de lado – tão estranhamente proporcional que, de fora, e apesar das largas torres laterais, aquele castelo parecia muito baixo para a sua dimensão, esmagado na planície pela mão de um gigante. Os austeros muros externos perdiam grandes placas do reboco cinza, revelando os tijolos, e só o vasto pórtico da entrada – um túnel comprido e escuro, abobadado em ogivas – tinha conservado seu esplendor barroco e, sobretudo, para grande surpresa de todos os orientalistas que passavam por aquela entrada, uma inscrição em árabe, caligrafada em relevo na pedra, que protegia com suas bênçãos a residência e seus moradores: tratava-se, sem a menor dúvida, do único *Schloss* de toda a Europa a exibir assim o nome de Alá todo-poderoso em seu frontispício. Ao descer do ônibus, fiquei pensando o que aquele rebanho de universitários poderia estar contemplando, de nariz para cima, antes de eu também me espantar com o triangulozinho de arabescos perdido em terras católicas, a poucos quilômetros das fronteiras húngaras e eslovenas: Hammer teria trazido aquela inscrição de uma de suas numerosas viagens, ou mandara um talhador de pedras local copiá-la, com muito esforço? Aquela mensagem árabe de boas-vindas era apenas a primeira surpresa, mas a segunda também era de peso: uma vez passado o túnel da entrada, tinha-se de repente a impressão de se estar num monastério espanhol, e até num claustro italiano; em volta de todo o imenso pátio, e nos dois andares, corria uma interminável série de arcadas, com arcos cor de terra de Siena, interrompida somente por uma capela barroca branca cujo campanário em forma de bulbo contrastava com o aspecto meridional do conjunto. Toda a circulação do castelo era feita, portanto, por aquele imenso balcão para o qual davam, com regularidade monástica, os aposentos tão numerosos, o que era muito surpreendente num canto da Áustria cujo clima não tinha fama de ser dos mais amenos da Europa no inverno, mas que se explicava, eu soube mais tarde, pelo fato de o arquiteto, italiano, só ter visitado a região no verão. O vale do Raab tomava assim, contanto que se ficasse naquele *cortile* superdimensionado, um ar de Toscana. Estávamos no início de outubro e o tempo não estava dos melhores no dia seguinte à nossa chegada à Marca estiriana, à casa do falecido Joseph von Hammer-Purgstall; um pouco atordoado com a viagem de trem, eu tinha dormido como uma pedra no pequeno albergue limpinho, no centro de uma aldeia que me pareceu (talvez por causa do cansaço do trajeto ou do nevoeiro denso na estrada que ia serpenteando entre as colinas quando se vinha de Graz) bem mais longe do que os organizadores tinham anunciado, dormido como uma pedra, está mais que na hora de pensar nisso, talvez eu também devesse, agora, dar um jeito de me sentir meio atordoado, uma longa viagem de trem, uma caminhada na montanha, ou percorrer bares suspeitos para tentar conseguir uma pedrinha de ópio, mas no Alsergrund há poucas chances de topar com um bando de *teriyaki* iranianos:

infelizmente, no momento o Afeganistão, vítima dos mercados, exporta sobretudo heroína, substância ainda mais assustadora que os comprimidos prescritos pelo dr. Kraus, mas tenho esperança, tenho esperança de pegar no sono, ou, do contrário, a certa altura o sol acabará se levantando. Sempre com essa sensação de desgraça na cabeça. Há dezessete anos (tentemos, ajeitando o travesseiro, expulsar Rücker, Mahler e todas as crianças mortas) Sarah era muito menos radical em suas posições, ou talvez igualmente radical mas mais tímida; tento revê-la descendo daquele ônibus em frente ao castelo de Hainfeld, seus cabelos ruivos, compridos e cacheados; suas faces bochechudas e suas sardas lhe davam um ar infantil que contrastava com o olhar profundo, quase duro; tinha algo de oriental no rosto, na pele e no formato dos olhos, que, me parece, se acentuou com a idade, devo ter fotos em algum lugar, talvez não em Hainfeld, mas muitas fotos esquecidas da Síria e do Irã, páginas de álbum, agora me sinto muito calmo, embotado, ninado pela lembrança daquele colóquio austríaco, do castelo de Hammer-Purgstall e de Sarah, na esplanada, contemplando a inscrição árabe com um aceno de cabeça, incrédula e estarrecida, aquela mesma cabeça que observei balançar tantas vezes, entre maravilhamento, perplexidade e frieza indiferente, esta que ela demonstra quando a cumprimento pela primeira vez, depois de sua palestra, atraído pela qualidade de seu texto e, claro, por sua grande beleza, a mecha ruiva que dissimula o rosto quando, um pouco emocionada nos primeiros minutos, ela lê o texto sobre os monstros e os milagres de *Os prados de ouro*: vampiras aterradoras, *djins*, *hinn*, *nisnas*, *hawafit*, criaturas estranhas e perigosas, práticas mágicas e divinatórias, povos semi-humanos e animais fantásticos. Aproximo-me dela, cruzando a multidão de sábios que se empurram em volta do bufê do coffee break, num dos balcões de arcadas onde se abre o pátio tão italiano do castelo estiriano. Está sozinha, encostada no peitoril, uma xícara vazia na mão; observa a fachada branca da capela onde se reflete o sol de outono, e lhe digo desculpe, magnífica comunicação sobre Al-Masudi, incríveis todos esses monstros, e ela me sorri, gentil, sem nada responder, olhando-me enquanto me debato entre seu silêncio e minha timidez: compreendo de imediato que espera para ver se vou me embrenhar em banalidades. Contento-me em me oferecer para encher sua xícara, ela torna a sorrir, e cinco minutos depois estamos em animada conversa, falando de vampiras e de *djins*; o que é fascinante, ela me diz, é a separação que Al-Masudi opera entre criaturas *comprovadas*, *verídicas* e meras invenções da imaginação popular: os *djins* e as vampiras são bem reais para ele, que recolhe testemunhos aceitáveis por seus critérios de prova, enquanto os *nisnas*, por exemplo, ou os grifos e o fênix são lendas. Al-Masudi nos ensina muitos detalhes da vida das vampiras: já que sua forma e seus instintos as isolam de todos os seres, diz, elas buscam as solidões mais selvagens e só se divertem nos desertos. Pelo corpo, têm a ver ao mesmo tempo com o homem e com o animal mais brutal. O que interessa ao "naturalista" que é Al-Masudi é entender como nascem e se reproduzem as vampiras, e se são mesmo animais: as relações carnais com os humanos, no meio do deserto, são vistas como uma possibilidade. Mas a tese que ele privilegia é a dos sábios das Índias, que consideram que as vampiras são uma manifestação da energia de certas estrelas quando despontam.

Outro participante se mete na nossa conversa, parece muito interessado nas possibilidades do acasalamento entre seres humanos e vampiras; é um francês simpático, chamado Marc Faugier, que se define com muito humor como um "especialista do coito árabe" – Sarah se lança em explicações um bocado aterradoras sobre os encantos desses monstros: no Iêmen, diz ela, se um homem foi violentado por uma vampira durante o sono, o que se detecta por uma febre alta e pústulas em locais íntimos, recorre-se a uma teriaga composta de ópio e plantas que brotam quando nasce a Estrela do Cão, bem como a talismãs e feitiços; se ocorre a morte, é preciso queimar o corpo na noite seguinte ao falecimento para evitar o nascimento da vampira. Se o doente sobrevive, o que é raro, então lhe tatuam um desenho mágico no peito – em compensação, aparentemente nenhum autor descreve o nascimento do monstro... as vampiras, maltrapilhas, com velhos cobertores, procuravam desorientar os viajantes cantando para eles; são um pouco as sereias do deserto: se seu rosto e cheiro verdadeiro são mesmo os de um cadáver em decomposição, têm, no entanto, o poder de se transformar para encantar o homem perdido. Um poeta árabe pré-islâmico, chamado Taabbata Sharran, "aquele que carrega a desgraça debaixo do braço", fala de sua relação amorosa com uma *goule*: "No raiar da aurora", diz, "ela se apresentou a mim para ser minha companheira; pedi-lhe seus favores e ela se ajoelhou. Se me interrogarem sobre meu amor, direi que se esconde nas dobras das dunas".

O francês parece achar a história lindamente ignóbil; essa paixão do poeta e do monstro mais me parece tocante. Sarah não para de falar; continua, naquela varanda, enquanto a maioria dos eruditos volta para seus grupos e trabalhos. Logo ficamos sozinhos, lá fora, nós três, na noite que cai; a luz está alaranjada, últimos vestígios de sol ou primeiros clarões elétricos no pátio. Os cabelos de Sarah brilham.

— Sabem que este castelo de Hainfeld também acolhe monstros e maravilhas? Claro, é a residência de Hammer, o orientalista, mas é também o lugar que inspirou a Sheridan Le Fanu seu romance *Carmilla*, a primeira história de vampiros que fará estremecer a boa sociedade britânica, um decênio antes de *Drácula*. Na literatura, o primeiro vampiro é uma mulher. Viram a exposição no térreo? É absolutamente inacreditável.

A energia de Sarah é extraordinária; ela me fascina; vou segui-la pelos corredores da imensa residência. O francês ficou nas suas atividades científicas, Sarah e eu vamos fazer gazeta, em busca, na noite de sombras e capelas esquecidas, das lembranças dos vampiros da Estíria misteriosa – a exposição, na verdade, fica no subsolo, mais que no térreo, entre aos porões abobadados, adaptados para a ocasião; somos os únicos visitantes; na primeira sala, várias grandes crucificações de madeira pintada alternam com velhas alabardas e representações de fogueiras – mulheres esfarrapadas que ardem, "As feiticeiras de Feldbach", explica a legenda; a cenografia não nos poupou o som, os gritos distantes afogados em crepitações selvagens. Estou perturbado com a grande beleza daquelas criaturas que expiam seu comércio com o Demônio e que os artistas medievais mostram seminuas, carne ondulando nas chamas, ondinas malditas. Sarah observa e comenta, sua erudição é extraordinária, como pode conhecer tão bem todos esses relatos, todas essas histórias da Estíria, quando também acaba de chegar a Hainfeld, é quase inquietante. Começo a ficar assustado, me sinto meio sufocado naquele porão úmido. A segunda sala é dedicada aos filtros, às poções mágicas; uma pia de granito gravada com runas contém um líquido preto, pouco apetitoso, e quando nos aproximamos ecoa uma melodia ao piano, na qual creio reconhecer um tema de Georges Gurdjieff, uma de suas composições esotéricas; na parede, à direita, uma representação de Tristão e Isolda, num barco, diante de um tabuleiro de xadrez; Tristão bebe num grande cálice que ele segura com a mão direita, enquanto um pajem de turbante despeja com outra o filtro de Isolda, que olha para o tabuleiro de xadrez e segura uma peça, entre o polegar e o indicador – atrás deles, a criada Brangien os observa, e o mar infinito desdobra suas ondulações. De repente tenho a sensação de que estamos na floresta escura, perto daquela fonte de granito, em *Pelléas e Melisande*; Sarah se diverte em jogar um anel no líquido preto, o que tem como efeito aumentar o volume da ampla e misteriosa melodia de Gurdjieff; olho para ela, sentada na beira da pia de pedra; seus cachos compridos acariciam as runas, enquanto sua mão mergulha na água escura.

A terceira sala, talvez uma antiga capela, é a de *Carmilla* e das vampiras. Sarah me conta como o escritor irlandês Sheridan Le Fanu passou um inverno inteiro em Hainfeld, alguns anos antes de Hammer, o orientalista, ali se instalar; *Carmilla* é inspirada numa história verídica, ela diz: o conde Purgstall de fato recolheu uma de suas parentes órfãs chamada Carmilla, que logo se ligou de profunda amizade à sua filha Laura, como se se conhecessem desde sempre – muito depressa se tornam íntimas; dividem segredos e paixões. Laura começa a sonhar com animais fantásticos que a visitam de noite, a beijam e acariciam; às vezes, em seus sonhos, eles se transformam em Carmilla, a tal ponto que Laura acaba indagando se Carmilla não é um rapaz disfarçado, o que explicaria sua perturbação. Laura adoece, com uma doença de prostração que nenhum médico consegue curar, até que o conde ouve falar de um caso parecido, a algumas milhas dali: muitos anos antes uma jovem morreu, com dois orifícios redondos no alto da garganta, vítima da vampira Millarca Karstein. Carmilla não é outra senão o anagrama e a reencarnação de Millarca; é ela que chupa a vitalidade de Laura – o conde deverá matá-la e despachá-la para o túmulo por meio de um ritual aterrador.

No fundo da cripta, onde grandes painéis vermelho-sangue explicam a relação de Hainfeld com as vampiras, há um leito de baldaquim, uma cama bem-arrumada, com lençóis brancos, colunas de madeira cobertas de véus de seda brilhantes que o cenógrafo da exposição iluminou a partir do chão, com luzes muito suaves; sobre a cama, um corpo de mulher jovem está deitado, com um vestido vaporoso, uma estátua de cera imitando o sono, ou a morte; marcas vermelhas no busto, na altura do seio esquerdo, que a seda ou renda deixa ver completamente – Sarah se aproxima, fascinada; debruça-se sobre a jovem, acaricia-a suavemente com seus cabelos, seu peito. Sinto-me encabulado, me pergunto o que significa essa paixão súbita, antes de eu mesmo sentir um desejo sufocante: observo as coxas de Sarah dentro da meia-calça preta roçando no tecido leve da camisola branca, suas mãos afagando o ventre da estátua, sinto vergonha por ela, muita vergonha, de repente me sufoco, inspiro profundamente, levanto a cabeça do travesseiro, estou no escuro, resta-me esta última imagem, aquela cama barroca, aquela cripta assustadora e suave ao mesmo tempo, escancaro a boca para encontrar o ar fresco de meu quarto, o contato com o travesseiro, que me acalma, o peso do edredom.

Uma grande vergonha misturada com vestígios de desejo, é isso que resta. Que memória, a dos sonhos.

A gente acorda sem ter dormido, procurando recuperar em si mesmo os farrapos do prazer do outro.

Há cantos fáceis de iluminar, outros mais obscuros. O líquido preto com certeza tem a ver com o artigo terrível recebido de manhã. É engraçado que Marc Faugier se faça convidar para os meus sonhos, não o revejo há anos. Especialista do coito árabe, eis algo que o faria rir muito. Claro que ele não estava presente naquele colóquio. Por que apareceu ali, por qual associação secreta, impossível saber.

Era mesmo o castelo de Hainfeld, mas ainda maior, parece-me. Sinto uma privação física muito forte, agora, a dor de uma separação, como se acabassem de me privar do corpo de Sarah. Os filtros, os porões, as moças mortas – repensando nisso, tenho a impressão de que eu mesmo estava deitado sob o baldaquino, de que desejava ardentemente as carícias consoladoras de Sarah, no meu próprio leito de morte. A memória é muito surpreendente, o horrível Gurdjieff, meu Deus. O que ia fazer ali esse velho ocultista oriental, tenho certeza de que aquela melodia suave e enfeitiçante não é dele, os sonhos superpõem as máscaras, e aquela era muito escura.

De quem é essa peça para piano, o nome está na ponta da língua, poderia ser Schubert, mas não é ele, um trecho de uma *Canção sem palavras* de Mendelssohn, talvez, em todo caso, não é algo que ouço com frequência, é certo. Se eu voltar a dormir imediatamente, talvez a reencontre, com Sarah e as vampiras.

Que eu saiba, não havia cripta no castelo de Hammer, nem cripta nem exposição, no térreo havia um albergue totalmente estiriano onde serviam escalopes, goulash e *Serviettenknödel* – é verdade que logo simpatizamos um com o outro, Sarah e eu, mesmo sem vampiras nem coitos sobrenaturais, fizemos todas as nossas refeições juntos e examinamos longamente as estantes da biblioteca do surpreendente Joseph von Hammer-Purgstall. Eu lhe traduzia os títulos em alemão, que ela decifrava mal; seu nível de árabe, bem superior ao meu, lhe permitia explicar-me o conteúdo de livros dos quais eu não entendia rigorosamente nada, e ficamos a sós muito tempo, ombro contra ombro, enquanto todos os orientalistas tinham se precipitado para o albergue, temendo que não houvesse batatas suficientes para todo mundo – eu a conhecia desde a véspera e já estávamos um encostado no outro, debruçados sobre um velho livro; meus olhos deviam dançar sobre as linhas e meu peito apertar-se, eu sentia o perfume de seus cachos pela primeira vez, experimentava a força de seu sorriso e de sua voz pela primeira vez: é muito estranho pensar que, sem nenhuma vigilância especial, naquela biblioteca cujo janelão (único acidente na fachada externa, de uma regularidade que frisava a monotonia) se abria para um balcãozinho no alto do fosso sul, tínhamos nas mãos uma coletânea de poemas de Friedrich Rückert dedicada por ele mesmo a seu velho mestre Hammer-Purgstall – letra larga e inclinada, assinatura complicada e um pouco amarelada, datada de Neuses, em algum lugar na Francônia, em 1836, enquanto diante de nós fremiam, à beira d'água, aqueles ácoros perfumados que se chamam *Kalmus*, dos quais antigamente se talhavam os cálamos. *Beshnow az ney tchoun hekayat mikonad*, "Escute o *ney*, como ele conta histórias", diz-se no início do *Masnavi* de Rumi, e era uma maravilha descobrir que esses dois tradutores do persa, Hammer e Rückert, estavam ali, juntos, enquanto lá fora os juncos nos ofereciam uma majestosa sinestesia, convocando, de uma só vez, a ternura dos *Lieder* de Schubert e de Schumann, a poesia persa, as plantas aquáticas com as quais se fazem as flautas, lá no Oriente, e nossos dois corpos, imóveis e apenas se roçando, na luz quase ausente – de época – daquela biblioteca com imensas prateleiras de madeira abauladas pelo peso dos anos ou das obras, atrás de suas vitrines com marchetarias preciosas. Li para Sarah alguns poemas da pequena coletânea de Rückert, tentei traduzi-los o melhor que pude – não devia ser propriamente brilhante, reconheço, e ela não fez um gesto para abreviar minhas hesitações, como se nós lêssemos um juramento.

Um estranho juramento, pois quase aposto que ela não se lembra mais desse momento, ou melhor, que nunca lhe atribuiu a mesma importância que eu, a prova é que me manda de manhã esse artigo antinatural que me causa pesadelos dignos de um velho opiômano.

Mas agora, com os dois olhos arregalados, suspirando, um pouco febril, vou tentar dormir de novo (alguns arrepios na batata da perna, sinto um calor extremo aguentando o frio, como se diz) e esquecer Sarah. Já faz muito tempo que ninguém conta carneirinhos: "*Go to your happy place*", dizia-se a um agonizante num seriado de televisão, qual seria meu *happy place*, é o que me pergunto, em algum lugar da infância, à beira de um lago no verão em Salzkammergut, numa opereta de Franz Lehár em Bad Ischl, ou nos carrinhos bate-bate num parque de diversões, com meu irmão no Prater, talvez na Touraine na casa da Vovó, terra que nos parecia extraordinariamente exótica, estrangeira sem ser, em que a língua materna da qual na Áustria quase tínhamos vergonha tornava-se de súbito majoritária: em Ischl tudo era imperial e dançante, na Touraine tudo era francês, assassinavam-se galinhas e patos, colhiam-se vagens, caçava-se pardal, comiam-se queijos apodrecendo, enrolados nas cinzas, visitavam-se castelos de contos de fada e brincávamos com primos cujo idioma não entendíamos perfeitamente, pois falávamos um francês de adultos, o francês de nossa mãe e de alguns francófonos de nosso círculo, um francês de Viena. Revejo-me como um rei no jardim com um bastão na mão, como um capitão numa gabarra descendo o Loire, diante das muralhas de Alexandre Dumas em Montsoreau, de bicicleta nos vinhedos em torno de Chinon – esses territórios de infância me provocam uma dor terrível, talvez por causa de seu desaparecimento brutal, que prefigura o meu, a doença e o medo.

Uma canção de ninar? Tentemos o catálogo das canções de ninar: Brahms, que soa como uma caixinha de música barata, que todas as crianças da Europa ouviram na cama, dentro da barriga de um bicho de pelúcia azul ou rosa, Brahms, o Volkswagen da canção de ninar, maciça e eficaz, nada faz adormecer mais depressa do que Brahms, esse barbudo malvado que pilhou Schumann sem a audácia nem a loucura – Sarah adorava um dos sextuors de Brahms, o primeiro talvez, *opus 18* pelo que me lembre, com um tema, como dizer, invasor. É engraçado, o verdadeiro hino europeu, o que soa de Atenas a Reykjavík e se debruça sobre nossas encantadoras crianças lourinhas é essa maldita berceuse de Brahms, atrozmente simples, como são os golpes de espada mais eficazes. Antes dele, Schumann, Chopin, Schubert, Mozart e tutti quanti, taí, isso talvez rendesse um projeto de artigo, a análise da canção de ninar como gênero, com seus efeitos e preconceitos – poucas berceuses para orquestra, por exemplo, a canção de ninar pertence por definição à música de câmara. Ao que eu saiba, não existe canção de ninar com eletrônica ou para piano preparado, mas seria preciso verificar. Será que sou capaz de me lembrar de uma berceuse contemporânea? Arvo Pärt, o fervoroso estoniano, compôs canções de ninar, canções de ninar para coros e conjuntos de cordas, canções de ninar para adormecer monastérios inteiros, falei disso na minha nota assassina sobre sua peça para orquestra *Oriente-Ocidente*: imaginamos perfeitamente os fradinhos nos dormitórios cantando antes de dormir sob a direção de popes barbudos. No entanto, é preciso reconhecer, há algo de consolador na música de Pärt, algo desse desejo espiritual das massas ocidentais, desejo de músicas simples soando como sinos, de um *Oriente* em que nada da relação que une o homem ao céu tivesse se perdido, um *Oriente* aproximado de um *Ocidente* pelo credo cristão, um resíduo espiritual, uma casca para tempos de desamparo – qual canção de ninar para mim, então, eu deitado no escuro, aqui e agora, quando sinto medo, sinto medo, sinto medo do hospital e da doença: tento fechar os olhos mas receio esse cara a cara com meu corpo, com os batimentos de meu coração que vou achar rápidos demais, as dores que, quando nos interessamos por elas, se multiplicam em todas as dobras da carne. O sono teria de vir de surpresa, por trás, como o carrasco que nos estrangula ou decapita, como o inimigo que nos ataca – eu poderia tomar um comprimido, simplesmente, em vez de me encolher como um cachorro cheio de angústia entre meus cobertores úmidos, que eu retiro, muito quente ali embaixo, voltemos a Sarah e à lembrança, já que uma e outra são igualmente inevitáveis: ela também tem sua doença, bem diferente da minha, é verdade, mas mesmo assim é uma doença. Essa história de Sarawak talvez confirme minhas dúvidas, será que ela também não teria se perdido, perdido corpo e bens no Oriente como todos aqueles personagens que tanto estudou?

O que realmente selou nossa amizade, depois de Hainfeld e das leituras de Rückert, foi a pequena excursão a trinta quilômetros de lá, que fizemos no fim do colóquio; ela me propusera acompanhá-la, evidentemente aceitei, mentindo sobre a possibilidade de mudar minha passagem de trem – portanto, depois de uma pequena mentira fiz esse passeio, para desespero do empregado do albergue que dirigia o carro e pensava, certamente, ficar a sós no campo com Sarah. Agora me aparece muito claramente que talvez fosse essa a razão do convite, eu devia servir de acompanhante ou retirar qualquer possível caráter romântico ao passeio. Além do mais, como Sarah sabia muito pouco alemão e o motorista improvisado dominava muito mal o inglês, eu era requisitado (do que logo me dei conta, para minha desgraça) a alimentar a conversa. Fiquei razoavelmente impressionado com o que Sarah fazia questão de ver, razão daquele passeio: o monumento à Batalha de São Gotardo, mais exatamente de Mogersdorf, a uns poucos quilômetros da Hungria – por que ela poderia se interessar por uma batalha de 1664 contra os otomanos, vitória do Sacro Império e de seus aliados franceses, numa aldeia perdida, numa colina no alto do vale do Raab, afluente do Danúbio que corria a umas centenas de metros dos juncos de Hainfeld, eu não demoraria a saber, mas antes deveria aguentar quarenta e cinco minutos de lenga-lenga com um rapaz não especialmente afável, muito decepcionado de me ver ali, ao seu lado, onde imaginara Sarah e sua minissaia – eu mesmo me perguntava por que tinha feito todas essas despesas, a passagem de trem, uma noite de hotel a mais em Graz, para ficar de conversa com o empregado de um albergue que, reconheçamos, não era um idiota. (Dou-me conta de que Sarah, tranquilamente sentada atrás, devia estar morrendo de rir por dentro ao ter conseguido desarmar duas ciladas eróticas de uma só vez, já que os dois pretendentes se anulavam mutuamente numa triste e recíproca decepção.) Ele era de Riegersburg e estudara na escola de hotelaria ali perto; na estrada, contou-nos uma ou duas histórias sobre o *burg* da Gallerin, feudo dos Purgstall, ninho de águia trepado desde o ano 1000 no alto de uma agulha que nem os húngaros nem os turcos jamais conseguiram tomar. O vale do Raab exibia suas folhagens alaranjadas pelo outono, e ao redor as colinas e os velhos vulcões extintos da Marca verdejavam ao infinito no céu cinza, alternando florestas e vinhedos em suas encostas, uma perfeita paisagem *Mitteleuropa*; só faltavam umas camadas de nevoeiro, gritos de fadas ou de bruxas como fundo musical para que o quadro fosse completo – uma garoa fina começara a cair; eram onze horas da manhã mas poderiam muito bem ser cinco da tarde, e eu me perguntava o que estava fazendo ali, num domingo, quando poderia estar tranquilamente no meu trem para Tübingen em vez de ir a um campo de batalha perdido com uma desconhecida ou quase e um empregado de albergue rural que só devia ter sua carteira de motorista desde o verão passado – pouco a pouco fui ficando, dentro do carro, de cara fechada; é claro que perdemos uma bifurcação e chegamos à fronteira húngara, defronte da cidade de Szentgotthárd, cujos edifícios avistávamos do outro lado das barracas da alfândega; o jovem motorista ficou sem graça; demos meia-volta – o vilarejo de Mogersdorf estava a poucos quilômetros, na encosta do promontório que nos interessava: o campo do Sacro Império, marcado por uma cruz monumental de cimento de uns dez metros de altura, construída nos anos 1960; uma capela do mesmo material e da mesma época completava o conjunto, bem perto, e uma mesa de pedra mostrava o cenário da batalha. A paisagem era de perder de vista; via-se o vale, que prosseguia a leste, à nossa esquerda, em direção à Hungria; para o sul, colinas faziam pregas nos trinta ou quarenta quilômetros que nos separavam da Eslovênia. Sarah, mal saíra do carro, já se agitava; uma vez orientada, observou a paisagem, depois a cruz, e não parava de dizer: "É simplesmente extraordinário", ia e vinha pelo sítio, da capela ao monumento, antes de voltar para a grande mesa gravada. Eu me perguntava (e, aparentemente, o albergueiro também, fumando acotovelado na porta do carro e me dirigindo de vez em quando olhares meio de pânico) se não assistiríamos à reconstituição de um crime, no estilo Rouletabille ou Sherlock Holmes: esperava que ela desenterrasse espadas enferrujadas ou ossos de cavalos, que nos detalhasse o lugar exato deste ou daquele regimento de ulanos ou de soldados piemonteses armados de lança, se é que houve ulanos e soldados piemonteses naquela confusão, diante de janízaros ferozes. Esperava que aquilo me desse oportunidade de brilhar, entremeando a batalha com meus conhecimentos de música militar turca e sua importância para o estilo *alla turca* tão corrente no século XVIII, sendo Mozart o exemplo mais famoso, em suma, esperava minha hora, na emboscada, perto da nossa carruagem, com o cocheiro, sem me preocupar em ir enlamear os sapatos mais longe na beira do promontório, na mesa de orientação e na imensa cruz, mas cinco minutos depois, terminadas suas circunvoluções, Sarah, a detetive selvagem, continuava em grande contemplação diante do mapa de pedra, como se esperasse que eu fosse ao seu encontro: então fui andando, imaginando uma manobra feminina para me incitar a me aproximar, mas talvez a lembrança das batalhas não fosse realmente propícia ao jogo amoroso, ou é provável que eu conhecesse Sarah muito mal: tive a impressão de atrapalhá-la em seus pensamentos, em sua leitura da paisagem, é claro, o que a interessava naquele lugar era a maneira como se organizara a lembrança, e não tanto o enfrentamento em si; para ela, o importante era a grande cruz de 1964 que, ao comemorar a derrota turca, traçava uma fronteira, um muro, diante da Hungria comunista, o Leste da época, o novo inimigo, o novo Oriente que substituía naturalmente o antigo. Não havia lugar para mim nem para a *Marcha turca* de Mozart em suas observações; ela puxou do bolso um bloquinho e tomou umas notas, depois sorriu para mim, visivelmente felicíssima com a sua expedição.

Voltou a chover; Sarah fechou o bloquinho, colocou-o no bolso de seu impermeável preto; tive de guardar para a viagem de volta minhas considerações sobre a influência da música militar turca e suas percussões: é verdade que em 1778, quando Mozart compôs sua décima primeira sonata para piano, a presença otomana, o cerco de Viena ou essa batalha de Mogersdorf já estavam muito longe, mas seu *Rondo alla turca* é muito certamente a peça da época que mantém a mais estreita relação com os *mehter*, as fanfarras dos janízaros; será por causa dos relatos de viajantes ou simplesmente porque

37

ele tem o gênio da síntese e retoma, magnificamente, todas as características do estilo "turco" da época, não se sabe, e eu mesmo, para brilhar dentro daquele calhambeque que se arrastava pela Estíria com cheiro de outono, eu não hesitava em resumir (em chupar, por que não) os trabalhos de Eric Rice e de Ralph Locke, insuperáveis sobre o assunto. Mozart conseguiu tão bem encarnar o "som" turco, os ritmos e as percussões, que até Beethoven, o imenso, com o *tam taladam tam tam taladam* de sua própria marcha turca das *Ruínas de Atenas* consegue apenas copiá-lo, ou prestar-lhe homenagem, talvez. Não basta querer ser um bom orientalista. Eu adoraria contar a Sarah, agora, para fazê-la rir um pouco, essa performance hilária, gravada em 1974, com oito pianistas mundialmente famosos, interpretando a *Marcha turca* de Beethoven no palco, oito imensos pianos em círculo. Tocam uma primeira vez esse arranjo estranho para dezesseis mãos, e depois dos aplausos tornam a se sentar e o interpretam de novo, mas numa versão burlesca: Jeanne-Marie Darré se perde na partitura; Radu Lupu tira sabe-se lá de onde um tarbuche e o enfia na cabeça, talvez para mostrar que ele, romeno, é o mais oriental de todos; e até puxa um charuto do bolso e toca de qualquer maneira, com os dedos atrapalhados pelo fumo, para desespero de sua vizinha Alicia de Larrocha, que não parece achar aquilo muito engraçado, aquele concerto de dissonâncias e notas desafinadas, como tampouco Gina Bachauer, cujas mãos parecem minúsculas em comparação com seu corpo gigantesco: muito certamente a *Marcha turca* é a única peça de Beethoven com a qual eles podiam se permitir essa brincadeira de estudante, ainda que sonhássemos em reeditar a façanha, por exemplo, com uma balada de Chopin ou com a *Suíte para piano* de Schönberg; gostaríamos de ouvir o que o humor e a palhaçada poderiam aportar a essas obras. (Eis outra ideia de artigo, sobre os desvios e a ironia na música, no século XX; um pouco vasto sem dúvida, já deve haver trabalhos sobre o assunto, tenho a vaga lembrança de uma contribuição – de quem? – sobre a ironia em Mahler, por exemplo.)

O que era fascinante em Sarah é que, já em Hainfeld, ela se mostrava erudita, curiosa e erudita, ávida de conhecimentos: antes mesmo de chegar tinha estudado (e nada de dar só uma olhadela no Google nesses tempos já antigos) a vida de Hammer-Purgstall, o orientalista, a tal ponto que eu desconfiava que lera suas memórias, e portanto mentia ao dizer que sabia muito pouco alemão; preparara a visita a Mogersdorf, conhecia toda aquela batalha esquecida e suas circunstâncias: como os turcos, superiores em número, tinham sido surpreendidos pela cavalaria do Sacro Império despencando pela colina quando acabaram de cruzar o Raab e suas linhas não estavam formadas; milhares de janízaros encurralados entre o inimigo e o rio tinham tentado uma retirada desesperada, e grande parte deles se afogara ou fora massacrada nas margens, a tal ponto que um poema otomano, contava Sarah, descreve o corpo mutilado de um soldado indo à deriva até Györ: prometera à bem-amada retornar e ei-lo, agachado, com os olhos furados pelos corvos, contando o horrível desfecho do combate, antes que sua cabeça se separe do tronco e prossiga o caminho aterrorizante ao sabor do Danúbio, até Belgrado ou mesmo Istambul, prova da coragem dos janízaros e de sua tenacidade – no caminho de volta eu tentava traduzir esse relato para nosso motorista, que, eu via seus olhos no retrovisor, observava Sarah ao seu lado com um ar um tantinho assustado: com certeza, não é fácil dirigir galanteios a uma jovem mulher que lhe fala de batalhas, cadáveres apodrecendo e cabeças arrancadas, embora ela relatasse essas histórias com verdadeira compaixão. Antes de poder sonhar com o belo, era preciso mergulhar no horror mais profundo e percorrê-lo por inteiro, essa era a teoria de Sarah.

Nosso jovem acompanhante, pensando bem, muito simpático, deixou-nos em Graz no meio da tarde, com armas e bagagens, não sem nos ter indicado (e até descido do carro para nos apresentar) um albergue que conhecia, na cidade velha, a dois passos da subida para o Schlossberg. Sarah lhe agradeceu calorosamente, eu também. (Como se chamava esse rapaz tão gentil que passeara conosco? Na minha lembrança tem um nome que em geral pertence a uma geração anterior à dele, tipo Rolf ou Wolfgang – não, Wolfgang eu me lembraria; Otto, talvez, ou Gustav, mesmo Winfried, o que tinha como resultado envelhecê-lo artificialmente e criar nele uma tensão estranha, acentuada por um bigode que, claro e juvenil, tentava ultrapassar a comissura dos lábios tão em vão como o Exército turco, o Raab fatídico.)

Eu poderia ter ido para a estação e pegado o primeiro trem para Viena, mas aquela moça, com suas histórias de monstros, orientalistas e batalhas, me fascinava demais para que a largasse tão depressa, quando na verdade eu tinha a possibilidade de passar a noite num tête-à-tête com ela, mais do que com Mamãe, o que não era desagradável embora muito corriqueiro – se eu me mudara havia algum tempo para Tübingen era justamente para sair de Viena, muito sufocante, muito familiar, e não para ir jantar com minha mãe todo domingo. Seis semanas depois eu iria para Istambul pela primeira vez, e as primícias turcas desse passeio pela Estíria me encantavam – o próprio jovem intérprete Joseph Hammer não começara sua carreira (mesmo assim, depois de oito anos de escola de intérpretes em Viena) na delegação austríaca à beira do Bósforo? Istambul, o Bósforo, aí está um *happy place*, um lugar aonde eu retornaria imediatamente se não estivesse preso na Porzellangasse pelos médicos, me instalaria num apartamento minúsculo no alto de um prédio estreito de Arnavutköy ou de Bebek e olharia os barcos passarem, contando-os, observando a margem oriental mudar de cor ao sabor das estações; de vez em quando pegaria um ônibus marítimo que me levaria a Üsküdar ou a Kadiköy para ver as luzes do inverno em Bagdat Caddesi, e voltaria gelado, com os olhos exaustos, lamentando-me de não ter comprado luvas num daqueles centros comerciais tão iluminados, com as mãos nos bolsos e afagando com os olhos a Torre de Leandro que parece tão perto à noite, no meio do estreito, e depois em casa, lá no alto, sem fôlego por causa da subida, eu prepararia um chá bem forte, bem vermelho, bem doce, fumaria um cachimbo de ópio, um só, e dormiria suavemente na minha poltrona, acordado de vez em quando pelas buzinas de cerração dos cargueiros vindos do mar Negro.

O futuro era tão radioso quanto o Bósforo num belo dia de outono, anunciava-se sob os auspícios tão brilhantes como aquela noite em Graz a sós com Sarah nos anos 1990, primeiro jantar a dois, eu intimidado com o romantismo que esse protocolo implicava (embora não houvesse castiçal de estanho na mesa da *Gasthaus*), mas não ela: falava da mesma maneira, com precisão, e das mesmas coisas horríveis, como se estivéssemos jantando, por exemplo, na cafeteria de uma residência universitária, nem mais baixo nem mais alto, quando, de meu lado, a atmosfera aconchegante, as luzes baixas e a elegância distante dos garçons me levavam a cochichar, com o tom da confidência – eu não via muito bem que segredos poderia ter contado àquela moça que prosseguia seus relatos de batalhas turcas, encorajada por nossa visita a Graz e à Landeszeughaus, o Arsenal da Estíria, saído direto do século XVII. Nessa bela casa antiga de fachadas decoradas encontravam-se milhares de armas bem-arrumadas, sabiamente dispostas, como se quinze mil homens devessem amanhã fazer fila na Herrengasse, um para pegar um sabre, outro, uma couraça, um terceiro, um arcabuz ou uma pistola, e correr para defender a região de um improvável ataque muçulmano: milhares de mosquetes, centenas de lanças, alabardas para deter os cavalos, capacetes e elmos para proteger soldados de infantaria e cavaleiros, miríades de armas de mão, de armas brancas prontas para ser agarradas, polvorinhos prontos para ser distribuídos, e era muito assustador ver, naquela acumulação tão organizada, que muitos objetos haviam sido usados: as armaduras mostravam vestígios das balas que tinham amortecido, as lâminas estavam gastas pelos golpes dados, e imaginava-se facilmente a dor que todas aquelas coisas inertes tinham causado, a morte espalhada em torno delas, os ventres esburacados, esquartejados na energia da batalha.

Ouvia-se naquele arsenal, dizia Sarah, o grande silêncio dos instrumentos de guerra, seu silêncio eloquente, acrescentava, de tal maneira a acumulação de engenhos mortais que sobreviveram a seus donos desenhava os sofrimentos deles, seus destinos e, enfim, sua ausência: era disso que ela me falava durante o jantar, do silêncio que a Landeszeughaus representava, de como ela relacionava aquele silêncio com os numerosos relatos que lera, turcos principalmente, vozes esquecidas contando os enfrentamentos – tive de passar a noite a olhá-la e escutá-la, ou pelo menos é o que imagino, sob o seu charme, enfeitiçado por seu discurso que misturava história, literatura e filosofia budista; será que perscrutei seu corpo, os olhos em seu rosto, como no museu, as duas nuvens de sardas nas maçãs do rosto, o peito que muitas vezes ela escondia com os antebraços cruzando as mãos sob o queixo, como se estivesse nua, num gesto mecânico que sempre me pareceu encantador, pudico e envergonhado ao mesmo tempo, pois me remetia à suposta concupiscência de meu olhar sobre ela. Coisa estranha é a memória; sou incapaz de encontrar seu rosto de ontem, seu corpo de ontem, no cenário do passado eles se apagam para dar lugar aos de hoje – provavelmente eu acrescentara à conversa um esclarecimento musical: sem dúvida havia um músico naquela batalha de Mogersdorf, um compositor barroco esquecido, o príncipe Pál Esterházy, o primeiro do nome, único grande guerreiro-compositor ou grande compositor-guerreiro que se conheça, que lutou um número incalculável de vezes contra os turcos, autor de cantatas como o magnífico ciclo *Harmonia caelestis* e grande cravista – ignora-se se foi o primeiro a se inspirar nessa música militar turca que tanto costumava ouvir, mas tenho dúvidas: depois de tantas batalhas e tantos desastres em suas terras, devia sobretudo ter vontade de esquecer a violência e dedicar-se (com sucesso) à Harmonia Celeste.

A propósito de música militar: a galopada do sr. Gruber que vai se deitar. Portanto, são onze horas da noite – incrível que esse cavalheiro corra para o banheiro, toda noite, toda noite que Deus dá Herr Gruber se precipita para a latrina às onze horas em ponto, fazendo o assoalho estalar e meus lustres tremerem.

Ao voltar de Teerã, parei em Istambul, onde tinha passado três dias esplêndidos, sozinho ou quase, a não ser por uma saída memorável com Michael Bilger para "festejar minha libertação", de tal forma é verdade que, depois de dez meses sem sair de Teerã e de uma imensa tristeza, eu merecia uma festa de arromba, na cidade, nos bares enfumaçados, tabernas onde havia música, moças e álcool, e penso que foi a única vez na vida em que fiquei bêbado, realmente embriagado, bêbado de barulho, bêbado dos cabelos das mulheres, bêbado de cores, de liberdade, bêbado do esquecimento da dor pela partida de Sarah – Bilger, o arqueólogo prussiano, era um excelente guia, passeou comigo de bar em bar pelo Beyoglu antes de acabarmos numa boate já não lembro onde: desabei no meio das putas e de seus vestidos espalhafatosos, com o nariz enfiado numa tigelinha com cenouras cruas e suco de limão. No dia seguinte ele me contou ter sido obrigado a me levar até o meu quarto de hotel, segundo ele eu cantava a plenos pulmões (que horror!) a *Marcha Radetzky*, mas isso não consigo acreditar, por que diabos (embora eu estivesse a caminho de Viena) cantar esse tema marcial na noite de Istambul, aposto que ele estava debochando de mim, Bilger sempre debochou do meu sotaque vienense – não creio que algum dia tenha cantado Johann Strauss a plenos pulmões, nem sequer assobiei *Os patinadores*, já no liceu as aulas de valsa eram uma verdadeira tortura, aliás a valsa é a maldição de Viena e deveria ter sido proibida depois do advento da República, junto com os títulos de nobreza: isso nos pouparia muitos horrendos bailes nostálgicos e atrozes concertos para turistas. Todas as valsas, salvo, claro, a pequena valsa para flauta e violoncelo de Sarah, o "tema de Sarah", que era uma dessas pequenas frases misteriosas, infantis, frágeis, que nos fazia perguntar onde afinal ela conseguiu descobri-la, e que é também um lugar para onde é bom retornar, a música é um belo refúgio contra a imperfeição do mundo e a decadência do corpo.

No dia seguinte, em Istambul, acordei novo em folha, como se nada houvesse, de tal maneira a energia da cidade e o prazer de percorrê-la apagavam poderosamente os efeitos do álcool ingurgitado na véspera, nada de dor de cabeça, nada de enjoo, nada que não tivesse desaparecido depressa, Sarah e as lembranças, limpas pelo vento do Bósforo.

A pequena valsa é uma droga poderosa: as cordas calorosas do violoncelo envolvem a flauta, existe algo fortemente erótico nesse duo de instrumentos que se enlaçam, cada um em seu próprio tema, sua própria frase, como se a harmonia fosse uma distância calculada, um laço forte e um espaço intransponível ao mesmo tempo, uma rigidez que nos solda um ao outro impedindo de nos aproximarmos totalmente. Um coito de serpentes, creio que a imagem é de Stravinsky, mas ele certamente não estava falando de valsa. Em Berlioz, em seu *Fausto*, em *Os troianos* ou *Romeu e Julieta*, o amor é sempre o diálogo entre uma viola e uma flauta ou um oboé – faz muito tempo que não escuto *Romeu e Julieta*, suas passagens impressionantes de paixão, de violência e paixão.

Há luzes na noite, atrás das cortinas; eu também poderia recomeçar a ler, preciso descansar, amanhã estarei exausto.

Em Graz com certeza também dormi mal, depois do jantar a dois me sentia um pouquinho deprimido pela perfeição daquela moça, sua beleza mas sobretudo sua facilidade para dissertar, comentar, expor com uma naturalidade extraordinária os conhecimentos mais improváveis. Eu já estava consciente de nossas trajetórias tão próximas, intuí o que se inaugurava naquele jantar, ou me deixei guiar pelo desejo, ao lhe dar boa-noite num corredor que revejo perfeitamente, paredes forradas de feltro marrom, móveis de madeira clara, abajures verde-escuros, assim como me revejo deitado, depois, na cama estreita, de braços cruzados na nuca, suspirando e olhando para o teto, decepcionado por não estar ao lado dela, por não descobrir seu corpo depois de ter me maravilhado com o seu espírito – minha primeira carta será para ela, pensei ao refletir sobre a minha viagem à Turquia; imaginava uma correspondência tórrida, misto de lirismo, descrições e erudição musical (mas sobretudo de lirismo). Suponho que tinha lhe contado em pormenores o objetivo de minha temporada em Istambul, a música europeia em Istambul do século XIX e XX, Liszt, Hindemith e Bartók no Bósforo, de Abdulaziz a Atatürk, projeto que me valera uma bolsa de pesquisa de uma fundação de prestígio da qual eu estava muito orgulhoso e que ia resultar no meu artigo a respeito do irmão de Donizetti, Giuseppe, como introdutor da música europeia nas classes dirigentes otomanas – pergunto-me o que vale esse texto hoje, certamente muito pouco, a não ser a reconstrução da biografia desse singular personagem quase esquecido, que viveu quarenta anos na sombra dos sultões e foi enterrado na catedral de Beyoglu ao som de marchas militares que compusera para o império. (A música militar é, decididamente, um ponto de intercâmbio entre o Leste e o Ocidente, Sarah teria dito: é extraordinário que essa música tão mozartiana "reencontre" de certa forma seu lugar de origem, a capital otomana, cinquenta anos depois da *Marcha turca*; afinal, é lógico que os turcos tenham ficado seduzidos por essa transformação de seus próprios ritmos e sonoridades, pois havia – para usar o vocabulário de Sarah – algo de si mesmo no outro.)

Vou tentar reduzir meus pensamentos ao silêncio, em vez de me entregar à lembrança e à tristeza dessa pequena valsa; vou utilizar uma dessas técnicas de meditação familiares a Sarah e que ela me explicava, mesmo assim rindo um pouco, aqui em Viena: tentemos respirar profundamente, deixar os pensamentos deslizarem por um imenso branco, pálpebras fechadas, mãos sobre a barriga, imitemos a morte antes que ela chegue.

23h10

Sarah seminua num quarto no Sarawak, vestindo apenas uma camiseta e um short de algodão; um pouco de suor entre as omoplatas e atrás dos joelhos, um lençol todo enrolado, empurrado para os pés da cama. Alguns insetos ainda se agarram ao mosquiteiro, atraídos pelo batimento do sangue da moça dormindo, apesar do sol que já penetra pelas árvores. A *long house* acorda, as mulheres estão lá fora, sob o pórtico, no terraço de madeira; preparam a refeição; Sarah percebe vagamente os ruídos das tigelas, surdos como simandras, e as vozes estrangeiras.

São sete horas a mais na Malásia, o dia desponta.

Aguentei, quem sabe, dez minutos sem praticamente pensar em nada?

Sarah na selva dos Brooke, os rajás brancos do Sarawak, a dinastia dos que queriam ser reis no Oriente e o foram, controlando o país por quase um século, entre os piratas e os cortadores de cabeças.

O tempo passou.

Desde o castelo de Hainfeld, os passeios vienenses, Istambul, Damasco, Teerã, nos deitamos cada um de um lado, separados pelo mundo. Meu coração bate muito rápido, estou sentindo; respiro mais vezes; a febre pode provocar essa ligeira taquicardia, disse o médico. Vou me levantar. Ou pegar um livro. Esquecer. Não pensar nessas porcarias de exames, na doença, na solidão.

Eu poderia lhe escrever uma carta, boa ideia; taí algo que me ocuparia — "Queridíssima Sarah, obrigado pelo artigo, mas confesso que o conteúdo me inquieta: você vai bem? O que está fazendo no Sarawak?". Não, muito banal. "Querida Sarah, você precisa saber que estou morrendo." Um pouco prematuro. "Querida Sarah, sinto sua falta", muito direto. "Queridíssima

Sarah, será que as dores antigas não poderiam um dia se tornar alegrias?" Isso aí é bonito, as dores antigas. Será que eu chupei alguma coisa dos poetas, nas minhas cartas de Istambul? Espero que ela não as tenha guardado – um monumento à presepada.

A vida é uma sinfonia de Mahler, nunca volta atrás, nunca torna a cair de pé. Nesse sentimento do tempo que é a definição da melancolia, a consciência da finitude, não há refúgio, a não ser o ópio e o esquecimento; a tese de Sarah pode ser lida (só agora penso nisso) como um catálogo de melancolias, o mais estranho catálogo de aventureiros da melancolia, de gêneros e países diferentes, Sadeq Hedayat, Annemarie Schwarzenbach, Fernando Pessoa, para citar apenas os seus preferidos – que são também aqueles a quem dedica menos páginas, obrigada que é pela ciência e pela universidade a não se afastar do seu assunto, das "visões do outro entre Oriente e Ocidente". Pergunto-me se o que procurou, durante essa vida científica que coincide perfeitamente com a dela, sua busca, não teria sido sua própria cura – derrotar a bile negra pela viagem, primeiro, depois pelo saber, e pela mística em seguida, e talvez eu também, eu também, caso se considere que a música é o tempo raciocinado, o tempo circunscrito e transformado em sons, se me debato hoje entre estes lençóis, posso quase apostar que também estou sofrendo desse Grande Mal que a psiquiatria moderna, farta de arte e filosofia, chama *depressão estrutural*, embora os médicos só se interessem, no meu caso, pelos aspectos *físicos* de meus males, sem dúvida absolutamente reais, mas que eu gostaria tanto que fossem imaginários – vou morrer, vou morrer, é essa a mensagem que deveria enviar a Sarah, respiremos, respiremos, acendamos a luz, não nos deixemos levar ladeira abaixo. Vou lutar.

Onde estão meus óculos? Esse abajur da cabeceira é de fato uma indigência, tenho mesmo de trocá-lo. Quantas noites o acendi e depois apaguei dizendo isso? Que desleixo. Tem livros por todo lado. Objetos, imagens, instrumentos de música que jamais saberei tocar. Onde estão esses óculos? Impossível pegar as atas do colóquio de Hainfeld onde se encontra o texto dela sobre as vampiras, os *djins* e outros monstros, junto de minha intervenção sobre Farabi. Não jogo nada fora, mas perco tudo. O tempo me despoja. Dei-me conta de que faltavam dois volumes de minhas obras completas de Karl May. Não seja por isso, provavelmente nunca as relerei, morrerei sem tê-las relido, é terrível pensar isso, que um dia estaremos demasiadamente mortos para reler *Através do deserto*. Que o meu *Panorama de Istambul desde a Torre de Gálata* acabará num antiquário vienense que o venderá explicando que vem da coleção de um orientalista morto recentemente. Para que mudar de abajur de cabeceira depois disso? *Panorama de Istambul...* ou esse desenho de David Roberts litografado por Louis Hague e cuidadosamente colorido à mão graças a uma subscrição real, representando a entrada da mesquita do sultão Hassan no Cairo, que o antiquário não o venda por dois tostões, paguei uma fortuna por essa gravura. O que é fascinante em Sarah é que ela não possui nada. Seus livros e imagens estão na sua cabeça; na sua cabeça, os inúmeros cadernos. A mim, os objetos dão segurança. Sobretudo os livros e as partituras. Ou me angustiam. Talvez me angustiem tanto quanto me dão segurança. Imagino perfeitamente a mala dela para o Sarawak: sete calcinhas, três sutiãs, outras tantas camisetas, shorts e jeans, um monte de bloquinhos já escritos pela metade e pronto. Quando fui pela primeira vez a Istambul, Mamãe me forçou a levar sabonete, sabão em pó, um estojo de primeiros socorros e um guarda-chuva. Minha mala pesava trinta e seis quilos, o que me causou transtornos no aeroporto de Schwechat: precisei deixar parte das coisas com Mamãe, que tivera o bom gosto de me acompanhar; deixei com ela, a contragosto, a correspondência de Liszt e os artigos de Heine (depois senti falta deles), impossível deixar o pacote de sabão em pó, a calçadeira ou meus sapatos de montanha, ela me dizia "mas é indispensável, você não vai viajar sem calçadeira! Além disso, não pesa nada", nesse caso, por que não uma calçadeira de botas, eu já levava uma coleção de gravatas e paletós "caso fosse convidado para a casa de gente fina". Por pouco teria me obrigado a levar um ferro de passar de viagem, mas consegui convencê-la de que, se de fato era duvidoso que se encontrasse o bom sabão em pó austríaco em terras distantes, os aparelhos eletrodomésticos ali eram muitos, e até pululavam, tendo em vista a proximidade da China e de suas fábricas, o que só medianamente a sossegou. A mala, portanto, se tornou a minha cruz, trinta quilos de cruz arrastados dolorosamente (é claro que as rodinhas, sobrecarregadas, quebraram no primeiro buraco) de alojamento em alojamento, nas ruas, nas aterradoras ladeiras de Istambul, de Yeniköy a Taksim, e me renderam muitos comentários sarcásticos de meus companheiros de quarto, especialmente quanto ao sabão em pó e aos remédios. Eu queria dar a impressão de um aventureiro, um explorador, um condottiere, e era apenas um filhinho de mamãe carregado de remédios contra diarreia, de botões e linha de costura *caso necessário*. É meio deprimente admitir que não mudei, que as viagens não fizeram de mim um homem intrépido, corajoso e bronzeado, mas um pálido monstro de óculos que hoje treme diante da ideia de atravessar seu bairro para ir ao lazareto.

Veja só, os reflexos do abajur realçam a poeira em cima do *Panorama de Istambul desde a Torre de Gálata*, quase não se podem mais ver os barcos, preciso limpá-lo e, sobretudo, preciso achar esses óculos desgraçados. Comprei essa fotocromia numa loja atrás da Istiklal Caddesi, muito da sujeira deve vir de Istambul mesmo, sujeira da origem, eu estava com Bilger, o arqueólogo – pelas últimas notícias, ele continua louco e alterna temporadas no hospital e períodos de uma exaltação assustadora em que descobre túmulos de Tutancâmon nos jardins públicos de Bonn, antes de ter uma recaída, vencido pelas drogas e pela depressão, e a gente se pergunta em qual dessas fases ele é mais perturbador. Só vendo-o gritar, gesticulando, que é vítima da maldição do faraó e descrevendo a conspiração científica que o afasta dos postos de prestígio para perceber a que ponto está doente. Na última vez, convidado para uma conferência na Beethovenhaus, procurei evitá-lo, mas por falta de sorte ele não estava na clínica, e sim na plateia, na primeira fila, faça-me o favor, e é claro que fez uma pergunta interminável e incompreensível sobre uma conspiração anti-Beethoven na Viena imperial, em que tudo se misturava, o ressentimento, a paranoia e a certeza de ser um gênio incompreendido – a plateia olhava para ele (na falta de escutá-lo) com ar absolutamente consternado e a organizadora me lançava olhares apavorados. Deus sabe, porém, como antigamente fomos próximos – ele estava "destinado a ter um grande futuro" e até dirigira interinamente, por alguns meses, a sede do prestigioso Instituto Arqueológico Alemão em Damasco. Ganhava muito dinheiro, percorria a Síria num 4×4 branco impressionante, passava das escavações internacionais à prospecção de sítios helenísticos invioláveis, almoçava com o diretor das Antiguidades Nacionais sírias e convivia com inúmeros diplomatas de alto nível. Uma vez, o acompanhamos, pelo Eufrates, numa visita de inspeção em pleno deserto, atrás da cidade atroz de Raqqa, e era uma maravilha ver todos aqueles europeus suando o suor do rosto no meio da areia para dirigir comandos de operários sírios, verdadeiros artistas da pá, e indicar-lhes onde e como deviam escavar a areia para fazer renascerem os vestígios do passado. Desde o amanhecer gelado, para evitar o calor do meio do dia, nativos vestindo *keffiyeh* removiam a terra sob as ordens de cientistas franceses, alemães, espanhóis e italianos, sendo que muitos não tinham trinta anos e iam, no mais das vezes como voluntários, aproveitar uma experiência de terreno num dos *tells** do deserto sírio. Cada nação tinha seus sítios, ao longo de todo o rio, indo até as terras amenas de Djezireh nos confins do Iraque: os alemães, Tell Halaf e Tell Bi'a, que cobria uma cidade mesopotâmica respondendo pelo doce nome de Tuttul; os franceses, Dura Europos e Mari; os espanhóis, Halabiya e Tell Halula, e assim por diante. Eles lutavam pelas concessões sírias assim como companhias de petróleo lutam pelos campos petrolíferos, e eram tão pouco propensos a partilhar suas pedras como as crianças suas bolas de gude, a não ser quando deviam aproveitar o dinheiro de Bruxelas e, portanto, se aliar, pois todos estavam de acordo quando se tratava de escavar não mais a terra, mas os cofres da Comissão Europeia. Bilger estava nesse ambiente como peixe no aquário; parecia-nos o Sargão daquelas massas esfarrapadas; fazia comentários sobre as escavações, os achados, os planos; chamava os operários pelos apelidos, Abu Hassan, Abu Mohammed: esses escavadores "locais" ganhavam uma miséria, mas uma miséria bem superior ao que um canteiro de obras das redondezas lhes renderia, sem falar da diversão em trabalhar para aqueles franceses de slacks e lenços bege. Era a grande vantagem das campanhas de escavações "orientais": se na Europa os arqueólogos eram obrigados, por causa das verbas, a escavarem pessoalmente, na Síria, à imagem de seus gloriosos predecessores, podiam delegar esse trabalho braçal. Como dizia Bilger, citando o filme *Três homens em conflito*: "O mundo se divide em duas categorias: os que têm um revólver e os que escavam". Os arqueólogos europeus tinham, assim, adquirido um vocabulário árabe absolutamente peculiar e técnico: escavar aqui, remover ali, com pá, picareta, espátula, colher de pedreiro – o pincel era apanágio dos ocidentais. Cavar *devagarinho*, remover *depressa*, e não era raro assistir ao seguinte diálogo:

— Descer aqui um metro.

— Sim, chefe. Com pá de canteiro?

— Annhh, pá grande... Pá grande não. *Melhor* picareta.

— Picareta grande?

— Picareta grande não. Picareta pequena.

— Então cavo um metro com picareta pequena?

---

* Colina artificial ou elevação formada por ruínas. [N.T.]

— *Na'am na'am. Chouïa chouïa*, hein, não vá me arrebentar toda a muralha para terminar mais depressa, o.k.?

— Está bem, chefe.

Nessas circunstâncias, é claro que havia mal-entendidos que geravam perdas irreparáveis para as ciências: vários muros e estilóbatas caíram, vítimas da aliança perversa da linguística com o capitalismo, mas em geral os arqueólogos estavam contentes com seu pessoal, que eles formavam, por assim dizer, temporada após temporada: alguns eram escavadores arqueológicos de pai para filho, fazia gerações, tinham conhecido os grandes ancestrais da arqueologia oriental e figuravam nas fotos das escavações desde os anos 1930. É estranho indagar, aliás, qual podia ser a relação deles com esse passado que contribuíam para restituir; é claro que Sarah tinha feito a pergunta:

— Estou curiosa para saber o que representam as escavações para esses operários, será que têm a sensação de que os despojamos de sua história, de que o europeu lhes rouba, mais uma vez, alguma coisa?

Bilger tinha uma teoria, afirmava que para esses escavadores tudo o que é anterior ao Islã não lhes pertence, é de outra ordem, de outro mundo, que eles relegam ao *qadim jiddan*, o "muito antigo"; Bilger afirmava que para um sírio a história do mundo se divide em três períodos: *jahid*, recente; *qadim*, antigo; *qadim jiddan*, muito antigo, sem que se saiba muito bem se não seria simplesmente seu próprio nível de árabe a razão de uma simplificação dessas: mesmo se seus operários tivessem conversado com ele sobre a sucessão das dinastias mesopotâmicas, teriam sido obrigados a se referir, na falta de uma língua comum e para que ele entendesse, ao *qadim jiddan*.

A Europa solapou a Antiguidade dos sírios, dos iraquianos, dos egípcios; nossas gloriosas nações se apropriaram do universal por seu monopólio da ciência e da arqueologia, extorquindo, com essa pilhagem, as populações colonizadas de um passado que, por isso, é facilmente vivenciado como alógeno: os descerebrados demolidores islamistas manejam a escavadeira nas cidades antigas com mais desembaraço ainda na medida em que aliam sua profunda idiotice ao sentimento mais ou menos difuso de que esse patrimônio é uma estranha emanação retroativa da potência estrangeira.

Raqqa é hoje uma das cidades administradas diretamente pelo Estado Islâmico do Iraque e da Síria, o que não deve torná-la muito mais acolhedora, pois os degoladores barbudos fazem o que bem entendem, cortam carótidas aqui, mãos ali, queimam igrejas e estupram infiéis à vontade, costumes *qadim jiddan*, a região parece ter sido conquistada pela demência, talvez tão incurável como a de Bilger.

Muitas vezes me interroguei sobre os sinais precursores da loucura de Bilger e, ao contrário da loucura da própria Síria, e a não ser sua extraordinária energia, sua esperteza e sua megalomania, vejo poucos sinais, o que talvez já seja muito. Ele parecia perfeitamente equilibrado e responsável; durante nosso convívio em Istambul, antes de sua ida para Damasco, era apaixonado pelas coisas e eficaz – foi ele que me apresentou Faugier: procurava alguém para dividir apartamento, enquanto eu percorria em vão as instituições germanófonas em busca de um alojamento para os dois meses que ainda passaria no Bósforo, tendo esgotado a gentileza do Kulturforum no palácio de Yeniköy, magnífica sede da embaixada, depois a do consulado-geral da Áustria, bem lá no alto, depois a de Rumeli Hisar, a dois passos da casa de Büyükdere onde esteve hospedado meu eminente conterrâneo Von Hammer-Purgstall. Esse palácio era um lugar sublime cujo único inconveniente era, nessa cidade roída pelos engarrafamentos, ser de acesso extremamente difícil: minha mala e eu ficamos, assim, muito contentes de encontrar um quarto para alugar no apartamento de um jovem pesquisador francês, cientista social, que se interessava pela prostituição no fim do Império Otomano e no início da República turca, tema que evidentemente escondi de Mamãe, temendo que ela me imaginasse morando num bordel. Um apartamento central, que me aproximava de minhas pesquisas musicais e da ex-Sociedade Coral italiana, cuja sede ficava a algumas centenas de metros. Faugier se interessava, sem dúvida, pela prostituição, mas em Istambul ele estava "no exílio": seu verdadeiro terreno era o Irã, e fora acolhido pelo Instituto Francês de Estudos Anatolianos esperando obter um visto para Teerã, onde aliás eu o encontraria anos mais tarde: não há acaso no mundo dos estudos orientais, Sarah teria dito. Ele ofereceu suas competências ao seu instituto de adoção e preparava um artigo sobre a "A regulação da prostituição em Istambul no início da República", do qual me falava dia e noite – era um estranho erotômano; um malandro parisiense, um bocado elegante, de boa família, mas recorrendo a uma terrível linguagem chula, que não tinha nada a ver com a sutil ironia de Bilger. Como e por que esperava obter um visto para o Irã era um mistério para todos; quando lhe perguntavam, contentava-se com um "Ah, ah, ah, Teerã é uma cidade muito interessante, quanto ao submundo, tem de tudo por lá", sem querer entender que nosso espanto vinha não dos recursos da cidade para tal pesquisa, mas da simpatia que a República Islâmica podia ter por esse ramo um tanto serelepe da ciência (meu Deus, penso igual a minha mãe, "serelepe", ninguém mais usa essa palavra desde 1975, Sarah é que está certa, sou pudico e velha guarda, incorrigível, não há jeito). Ao contrário do que se poderia imaginar, ele era extremamente respeitado no seu campo e de vez em quando escrevia crônicas nos grandes jornais franceses – é engraçado que ele apareça nos meus sonhos como *especialista do coito árabe*, o que não lhe teria desagradado, embora, ao que eu saiba, não tenha nenhuma relação com o mundo árabe, unicamente com a Turquia e o Irã, mas vá saber. Nossos sonhos talvez sejam mais sábios que nós.

Esse louco do Bilger ria muito por me ter posto "para viver junto" com um indivíduo daqueles. Na época, ele desfrutava de uma de suas inúmeras bolsas, fazia amizade com todos os *Prominenten* possíveis e imagináveis – e até me usara para se introduzir junto aos austríacos, e muito depressa se tornara bem mais íntimo dos nossos diplomatas do que eu.

Eu me correspondia regularmente com Sarah, cartões-postais da Santa Sofia, vistas do Corno de Ouro: como dizia Grillparzer em seu diário de viagem, "o mundo inteiro talvez não ofereça nada de comparável". Ele descreve, subjugado, essa sucessão de monumentos, palácios, aldeias, a força daquele lugar que também me impressionava tremendamente e me enchia de energia, de tal forma essa cidade é aberta, uma chaga marinha, uma fenda em que a beleza se afunda; passear por Istambul era, fosse qual fosse o destino do passeio, um dilaceramento de beleza na fronteira – quer se veja Constantinopla como a cidade mais a leste da Europa ou como a mais a oeste da Ásia, como um fim ou um começo, como uma passarela ou uma orla, essa miscelânea é fraturada pela natureza, e ali o lugar pesa sobre a história assim como a própria história sobre os homens. Para mim, era o limite da música europeia, o destino mais oriental do incansável Liszt, que lá desenhara seus contornos; para Sarah, era o início do território onde se extraviaram seus viajantes, tanto num sentido como no outro.

Era extraordinário, percorrendo na biblioteca as páginas do *Journal de Constantinople – Écho de l'Orient*, perceber a que ponto a cidade tinha desde sempre atraído (graças, entre outras coisas, às generosidades de um sultão amplamente arruinado, porém, na segunda metade do século XIX) tudo o que a Europa contava em matéria de pintores, músicos, literatos e aventureiros – descobrir que, desde Michelangelo e Da Vinci, todos tinham sonhado com o Bósforo, era absolutamente maravilhoso. O que me interessava em Istambul, para retomar as palavras de Sarah, era uma variação do "eu", eram as visitas e viagens dos europeus à capital otomana, mais que realmente a "alteridade" turca; além do pessoal local dos diferentes institutos e alguns amigos de Faugier ou de Bilger, eu não convivia com os turcos: mais uma vez a língua era um obstáculo intransponível, e infelizmente eu estava muito longe de ser como Hammer-Purgstall, que podia, dizia ele, "traduzir do turco ou do árabe para francês, inglês ou italiano, e falar turco tão bem como alemão"; talvez não faltassem lindas gregas ou armênias com quem, como ele, passear toda tarde à beira do estreito para praticar a língua. Sarah tinha a esse respeito uma lembrança horrorosa de seu primeiro curso de árabe em Paris: uma sumidade, um orientalista de renome, Gilbert Delanoue, lançara, do alto de sua cátedra, a seguinte verdade: "Para saber bem o árabe, são precisos vinte anos. Esse tempo pode ser reduzido à metade com a ajuda de um bom dicionário bem pertinho do bumbum". "Um bom dicionário bem pertinho do bumbum", eis o que Hammer parecia ter, e até mesmo vários; não escondia que devia às moças de Constantinopla que ele cortejava à beira do rio o que ele sabia de grego moderno. Era assim que eu imaginava o "método Faugier"; ele falava persa e turco fluentemente, um turco do submundo e um verdadeiro persa de bazar, aprendido nos bordéis de Istambul e nos parques de Teerã, na prática. Sua memória auditiva era prodigiosa; era capaz de lembrar e reutilizar conversas inteiras, mas curiosamente não tinha ouvido: todas as línguas, em sua boca, pareciam um obscuro dialeto parisiense, a tal ponto que era legítimo indagar se ele não fazia de propósito, convencido da superioridade do sotaque francês sobre a fonética nativa. Os habitantes de Istambul ou de Teerã, talvez porque nunca tiveram a chance de ouvir Jean-Paul Belmondo arranhar as línguas deles, se enfeitiçavam pela estranha mistura de requinte e vulgaridade que nascia dessa monstruosa associação entre seus piores lugares de perdição e um cientista europeu com a elegância de um diplomata. Ele era de uma grosseria constante em todas as línguas, até mesmo em inglês. A verdade é que eu morria de ciúmes de seu porte distinto, de seu saber, de sua linguagem chula, assim como de seu conhecimento da cidade – talvez também de seu sucesso com as mulheres. Não, *sobretudo* de seu sucesso com as mulheres: naquele apartamento que nós dividíamos, num quinto andar perdido no fundo de uma ruela de Cihangir, cuja vista se parecia com a do *Panorama*, costumava haver festas organizadas por ele, a que compareciam um monte de jovens muito atraentes; certa noite, até dancei (que vergonha) ao som de um sucesso de Sezen Aksu ou de Ibrahim Tatlises, já não lembro, com uma linda turca (cabelos nos ombros, blusa de gola rulê de algodão vermelho vivo combinando com o batom, lápis azul nos olhos de huri*), que depois se sentou ao meu lado no sofá, e conversamos em inglês; ao redor, outras pessoas dançando, cerveja na mão; atrás dela estendiam-se as luzes da margem asiática do Bósforo até a estação de Haydar Pasha, emoldurando seu rosto de maçãs salientes. As perguntas eram banais, o que você faz na vida, o que está fazendo em Istambul, e, como de hábito, eu ficava constrangido:

— I'm interested in the history of music.

— Are you a musician?

— (*Acanhamento*) No. I... I study musicology. I'm a... a musicologist.

— (*Surpresa, interesse*) How great, which instrument do you play?

— (*Nítido acanhamento*) I... I don't play any instrument. I just study. I listen and write, if you prefer.

— (*Decepção, surpresa desapontada*) You don't play? But you can read music?

— (*Alívio*) Yes, of course, that's part of my job.

— (*Surpresa, desconfiança*) You read, but you don't play?

— (*Mentira deslavada*) Actually I can play several instruments, but poorly.

Em seguida me lancei numa longa explicação de minhas pesquisas, depois de um desvio pedagógico pelas artes plásticas (nem todos os historiadores e críticos de arte são pintores). Tive de admitir que não me interessava tanto pela música "moderna" (quer dizer, cientificamente falando, precisei mentir e inventar uma paixão pelo pop turco, tal como o conhecia) quanto pela música do século XIX, ocidental e oriental; o nome de Franz Liszt lhe era familiar, o de Haci Emin Effendi não lhe dizia rigorosamente nada, talvez porque eu o pronunciasse horrendamente. Tive de bancar o sabichão ao lhe falar de minha pesquisa (que eu achava apaixonante, e que até me deixava sem fôlego) a respeito do piano de Liszt, esse famoso piano "de cauda, grande modelo *lá, mi, lá*, de sete oitavas e três cordas, mecânico com duplo escape Érard, com todos os aperfeiçoamentos, de mogno etc." no qual ele tocara para o sultão em 1847.

---

* Huris são as virgens prometidas aos muçulmanos bem-aventurados que forem para o paraíso. [N. T.]

Nesse meio-tempo, os outros convidados também tinham se sentado e tomado outras cervejas, e Faugier, embora até aqui prestasse atenção em outra moça, começou a ficar de olho nessa a quem eu contava a duras penas, em inglês (o que é sempre trabalhoso, como é que se diz, por exemplo, "mogno", *Mahagoni* como em alemão?), meus grandes pequenos negócios: num piscar de olhos, e em turco, ele a fez cair na gargalhada, à minha custa, suponho; depois, sempre na mesma língua, falaram de música, bem, acho eu, pois entendi Guns N'Roses, Pixies, Nirvana, e depois foram dançar; contemplei por muito tempo o Bósforo que brilhava na janela e a bunda da moça turca que ondulava bem na minha cara, enquanto rebolava na frente daquele bonitão todo cheio de si, Faugier – o melhor é rir disso, mas na época fiquei magoado à beça.

Evidentemente, eu ignorava a realidade da fissura, da fissura de Faugier que ia se tornar uma fenda – foi preciso esperar Teerã, anos mais tarde, para que eu descobrisse o que se escondia por trás daquela fachada de sedutor, a tristeza e a sombria loucura solitária daquele andarilho do submundo.

Naturalmente, é a Faugier que devo o meu primeiro cachimbo de ópio – paixão e técnica que ele trouxera da primeira temporada no Irã. Fumar ópio em Istambul me parecia algo de outra época, uma mania de orientalista, e justamente por isso eu, que nunca tinha tocado em nenhuma droga ilícita nem tivera nenhum vício, me deixei tentar pelo fumo: muito emocionado, assustado até, mas com um medo do prazer, esse das crianças diante da proibição, e não o dos adultos diante da morte. O ópio estava, no nosso imaginário, tão associado ao Extremo Oriente, a gravuras de chineses deitados em fumatórios, que quase esquecíamos que era originário da Turquia e da Índia e que o fumaram de Tebas a Teerã, passando por Damasco, o que, em meu espírito, também ajudava a afastar a apreensão: fumar em Istambul ou em Teerã era reencontrar um pouco o espírito do lugar, participar de uma tradição que conhecemos mal e atualizar uma realidade local que os clichês coloniais tinham deslocado para outra parte. O ópio ainda é tradicional no Irã, onde os *teriyaki* se contam aos milhares; veem-se avôs esquálidos e vingativos gesticulando, loucos, até fumarem seu primeiro cachimbo ou dissolverem no chá um pouco do resíduo queimado na véspera, e voltarem a ser gentis e bem-comportados, envoltos em seu sobretudo grosso, aquecendo-se ao lado de um braseiro cujo carvão eles vão usar para acender o *bâfour* e aliviar a alma e o velho esqueleto. Faugier me contava tudo isso nas semanas que precediam minha iniciação, a qual ia me aproximar de

Théophile Gautier, de Baudelaire e até do pobre Heinrich Heine, que encontrou no láudano, e sobretudo na morfina, um remédio para seus males, um consolo em sua interminável agonia. Faugier usara seus contatos entre os rufiões de bordéis e os seguranças de boates para conseguir algumas bolinhas dessa resina preta que deixava nos dedos um cheiro muito especial, um perfume desconhecido que lembrava o incenso mas como que caramelizado, adocicado e estranhamente amargo ao mesmo tempo – um gosto que nos persegue por muito tempo, que de vez em quando retorna aos sínus e ao fundo da garganta, ao acaso dos dias; se agora convoco esse gosto, encontro-o ao engolir saliva, ao fechar os olhos, como imagino que um fumante deva conseguir com o cheiro nauseante do alcatrão queimado no tabaco, bem diferente, porém, pois, ao contrário do que eu pensava antes de fazer a experiência, o ópio não queima, mas ferve, derrete e solta um vapor denso em contato com o calor. É sem dúvida a complexidade de sua preparação que preserva as massas europeias do perigo de se tornarem *teriyaki* à iraniana; fumar ópio é um saber tradicional, uma *arte*, dizem alguns, que é bem mais lenta e complexa do que a injeção – aliás, em *Os Rohstoff*, seu romance autobiográfico, Jörg Fauser, o Burroughs alemão, descreve os hippies dos anos 1970 em Istambul, deitados nas camas imundas das inúmeras pensões de Küçükayasofia Caddesi, ocupados todo santo dia em se injetarem ópio bruto, que dissolviam às pressas em todos os líquidos possíveis, incapazes de fumá-lo de modo adequado.

No nosso caso, a preparação era "à iraniana", segundo Faugier; mais adiante pude verificar, ao comparar seus gestos com os dos iranianos, a que ponto dominava o ritual, o que era bem misterioso: não parecia opiômano, ou pelo menos não tinha nenhum dos sintomas comumente associados aos drogados, lentidão, magreza, irascibilidade, dificuldade de concentração, e no entanto era um mestre na preparação dos cachimbos, dependendo da qualidade da substância que tinha à mão, ópio bruto ou fermentado, e o material de que dispunha, no nosso caso um *bâfour* iraniano, cujo fornilho grande de barro era aquecido devagarinho num pequeno braseiro; com as cortinas cuidadosamente fechadas, como agora minhas cortinas pesadas de tecido de Alepo, vermelho e dourado, com motivos orientais desbotados pelos anos de pobre luz vienense – em Istambul era preciso esconder o estreito com nossas cortinas para não sermos vistos pelos vizinhos, mas os riscos eram limitados; em Teerã o risco era bem maior: o regime declarara guerra contra a droga, os Guardas da Revolução enfrentavam em verdadeiras batalhas campais os contrabandistas no leste do país, e, para os que duvidassem da realidade desse combate, na antevéspera de Noruz, o Ano-Novo iraniano, em 2001, quando eu acabava de chegar, os juízes da República Islâmica organizaram um espetáculo de uma crueldade extraordinária e divulgaram as imagens por todo o planeta: a execução pública de cinco traficantes, entre eles uma moça de trinta anos, enforcados em caminhões-gruas, de olhos vendados, lentamente erguidos nos ares, com a corda no pescoço, as pernas batendo até a morte chegar e seus pobres corpos balançando na ponta dos braços telescópicos; a moça se chamava Fariba, estava vestindo um chador preto; sua roupa enfunada pela brisa fazia dela um pássaro aterrador, um corvo infeliz que amaldiçoava os espectadores com suas asas, e sentia-se o prazer de imaginar que a multidão de monstros (homens, mulheres, crianças) que gritava slogans ao olhar se erguer rumo à morte aqueles pobres-diabos ia ser castigada por sua maldição e suportar os sofrimentos mais atrozes. Por muito tempo essas imagens me obcecaram: tinham ao menos o mérito de nos lembrar que, apesar de todos os encantos do Irã, estávamos num país maldito, território da dor e da morte, em que tudo era vermelho de sangue, até as papoulas, flores do martírio. Tentávamos esquecer tudo isso com a música e a poesia, porque a vida continua, assim como os iranianos que se tornaram mestres na arte do esquecimento – os jovens fumavam ópio que misturavam com fumo, ou se picavam com heroína; as drogas eram extraordinariamente baratas, mesmo em moeda local: apesar dos esforços dos mulás e das execuções espetaculares, o ócio da juventude era tamanho que nada podia impedi-los de buscar consolo na droga, na festa e na fornicação, como diz Sarah na introdução de sua tese.

Faugier examinava todo esse desespero como especialista, como entomologista do desalento, entregando-se também aos excessos mais fantásticos, numa espécie de contaminação pelo seu objeto de estudo, roído por uma tristeza galopante, uma tuberculose da alma que ele tratava, como o professor Laennec tratava seus pulmões, com quantidades incríveis de entorpecentes.

Meu primeiro cachimbo de ópio me aproximou de Novalis, de Berlioz, de Trakl – eu entrava no círculo fechado dos que tinham provado o fabuloso néctar que Helena serviu a Telêmaco, para que ele esquecesse por instantes sua tristeza: "Foi então que ocorreu outra coisa a Helena, filha de Zeus./ No vinho de que bebiam pôs uma droga que causava/ a anulação da dor e da ira e o olvido de todos os males./ Quem quer que ingerisse esta droga misturada na taça,/ no decurso desse dia, lágrima alguma não verteria:/ nem que mortos jazessem à sua frente a mãe e o pai;/ nem que na sua presença o irmão ou o filho amado/ perante seus próprios olhos fossem chacinados pelo bronze./ Tais drogas para a mente tinha a filha de Zeus,/ drogas excelentes, que lhe dera Polidamna, a esposa egípcia/ de Ton, pois aí a terra que dá cereais faz crescer grande/ quantidade de drogas: umas curam quando misturadas;/ mas outras são nocivas. Lá cada homem é médico;/ seus conhecimentos superam os dos outros homens,/ porque são todos da raça de Peéon",* e é bem verdade que o ópio expulsava qualquer tristeza, qualquer dor, moral ou física, e curava, temporariamente, os males mais secretos, até o próprio sentimento do tempo: o ópio induz uma flutuação, abre um parêntese na consciência, parêntese interior em que se tem a impressão de tocar a eternidade, de ter vencido a finitude do ser e a melancolia. Telêmaco aproveita os dois êxtases, aquele provocado pela contemplação do rosto de Helena e a força do nepentes, e eu mesmo, uma vez, no Irã, fumando sozinho com Sarah, que não tinha nenhuma paixão pelas drogas suaves ou duras, tive a sorte de ser afagado por sua beleza quando a fumaça cinza esvaziava meu espírito de qualquer desejo de posse, de qualquer angústia, de qualquer solidão: eu a via realmente, e ela resplandecia como a lua – o ópio não desregulava os sentidos, tornava-os objetivos; fazia desaparecer o sujeito, e não há a menor contradição de essa droga mística tirar-nos de nós mesmos e projetar-nos na grande paz do universal, conquanto exacerbando a consciência e as sensações.

Faugier me avisara que um dos vários alcaloides que compõem o ópio possui um poder vomitivo e que as primeiras experiências opiáceas podem vir acompanhadas de violentos enjoos, o que não foi meu caso – o único efeito secundário, fora os estranhos sonhos eróticos em haréns lendários, foi uma saudável prisão de ventre: outra vantagem da papoula para o viajante, sempre dado a distúrbios intestinais mais ou menos crônicos que, com os vermes e outras amebas, se incluem entre os companheiros de viagem dos que percorrem o Oriente eterno, embora raramente mencionem isso em suas lembranças.

Por que o ópio hoje desapareceu da farmacopeia europeia, ignoro; meu médico achou graça quando pedi para me receitá-lo – no entanto, sabe que

---

* Homero, *Odisseia*, trad. Frederico Lourenço. São Paulo: Penguin Classics / Companhia das Letras, 2011, p. 173.

sou um doente sério, um bom paciente, e que não abusaria, se é que se pode (e é o perigo, evidentemente) não abusar dessa panaceia, mas Faugier me tranquilizava, para dissipar meus últimos temores, dizendo que não se criava dependência ao fumar um ou dois cachimbos por semana. Revejo os gestos, enquanto ele preparava o *bâfour*, cujo fornilho de barro tinha sido aquecido no meio das brasas: cortava a pasta preta e dura em pedacinhos e os amolecia aproximando-os do calor do fogo, antes de apanhar o cachimbo morno – a madeira encerada, rodeada de latão, lembrava um pouco uma dulciana ou uma bombarda sem palheta nem buracos, mas provida de um bico dourado que Faugier punha na boca; depois, pegava delicadamente um dos carvões em brasa com a ajuda de uma pinça e o apoiava na parte superior do fornilho; o ar que ele aspirava avermelhava a brasa, seu rosto se cobria de reflexos cor de bronze; ele fechava os olhos, o ópio derretia, produzindo um ínfimo crepitar, e segundos depois ele cuspia uma leve nuvem, o excesso que seus pulmões não tinham conseguido prender, um sopro de prazer; era um flautista da antiguidade tocando na penumbra, e o perfume do ópio queimado (picante, acre e adocicado) enchia a noite.

Meu coração bate forte enquanto espero minha vez; fico pensando no efeito que vai produzir o látex preto; tenho medo, nunca fumei, a não ser um baseado no liceu; pergunto-me se não vou tossir, vomitar, desmaiar. Faugier profere uma de suas frases incríveis, "porra, boa pra caralho essa zorra", me entrega o cachimbo sem largá-lo, seguro-o com a mão esquerda e me inclino, a ponteira de metal está quentinha, descubro o gosto do ópio, primeiro distante e depois, quando aspiro enquanto Faugier aproxima do fornilho um carvão incandescente cujo calor percebo em minha face, de repente, poderoso, mais poderoso, tão poderoso que já não sinto meus pulmões – fico surpreso com a doçura quase aquosa dessa fumaça, surpreso com a facilidade com que a gente a engole, se bem que, para minha grande vergonha, eu não sinta mais nada além do desaparecimento do meu aparelho respiratório, um cinza vindo de dentro, alguém pintou de preto o meu peito, a lápis. Então eu sopro. Faugier me observa, no rosto um sorriso parado, ele se aflige – e aí? Dou um muxoxo inspirado, espero, escuto. Escuto-me, busco em mim ritmos e acentos novos, tento seguir minha própria transformação, estou muito atento, fico tentado a fechar os olhos, fico tentado a sorrir, sorrio, até poderia rir, mas fico feliz em sorrir pois sinto Istambul ao meu redor, ouço-a sem vê-la, é uma felicidade muito simples, muito completa que se instala, aqui e agora, sem nada mais esperar além de uma perfeição absoluta do instante suspenso, dilatado, e suponho, nesse instante, que o resultado é esse aí.

Observo Faugier raspar com uma agulha o resíduo do ópio.

O braseiro fica cinzento; aos poucos os carvões esfriam e se cobrem de cinzas; logo será preciso soprar para que elas se soltem da pele morta e seja possível reencontrar, se não for tarde demais, a chama que resta ali embaixo. Escuto um instrumento de música imaginário, uma lembrança do meu dia; é o piano de Liszt; ele toca para o sultão. Se eu me atrevesse, perguntaria a Faugier: a seu ver, o que Liszt pode ter tocado no palácio de Çiragan, em 1847, perante a corte e todos os estrangeiros importantes que havia na capital otomana? Acaso o sultão Abdulmecid era tão melômano como será seu irmão Abdulaziz, primeiro wagneriano do Oriente? *Melodias húngaras*, muito certamente, e também muito certamente o *Grande galope cromático* que ele tanto tocou na Europa inteira e até na Rússia. Talvez, como em outras partes, *Improvisações sobre um tema local seguido pelas Melodias húngaras*. Será que Liszt fumou ópio? Berlioz, em todo caso, fumou.

Faugier prepara uma outra bolinha de pasta preta no fornilho do cachimbo.

Ouço calmamente aquela melodia distante, olho, do alto, todos aqueles homens, todas aquelas almas que ainda passeiam ao redor: quem foi Liszt, quem foi Berlioz, quem foi Wagner e todos os que eles conheceram, Musset, Lamartine, Nerval, uma imensa rede de textos, notas e imagens, clara, precisa, um caminho visível só para mim, que liga o velho Von Hammer-Purgstall a todo um mundo de viajantes, músicos, poetas, que liga Beethoven a Balzac, a James Morier, a Hofmannsthal, a Strauss, a Mahler e às doces fumaças de Istambul e de Teerã, será possível que o ópio ainda me acompanhe depois de todos esses anos, será possível convocar seus efeitos como Deus numa oração – sonhava eu com Sarah durante o ópio, longamente, como esta noite, um longo e profundo desejo, um desejo perfeito, pois não precisa ser satisfeito nem realizado; um desejo eterno, uma interminável ereção sem objetivo, eis o que o ópio provoca.

Ele nos guia nas trevas.

Franz Liszt, o belo rapaz, chega a Constantinopla vindo de Jassi, cidade dos sangrentos pogroms, via Galatz, à beira do mar Negro, no fim do mês de maio de 1847. Chega de uma longa turnê, Lemberg, Czernowitz, Odessa, tudo o que o leste da Europa conta em matéria de salas, grandes ou pequenas, e de personalidades, grandes ou pequenas. É uma estrela, um monstro, um gênio; faz os homens chorarem, as mulheres desmaiarem, e hoje custa-se a crer no que ele conta sobre seu sucesso: quinhentos estudantes o acompanham, a cavalo, até a primeira posta quando ele sai de Berlim; uma multidão de moças o cobre de pétalas de flores quando parte da Ucrânia. Não há artista que conheça tão bem a Europa, até as suas fronteiras mais distantes, oeste ou leste, de Brest a Kiev. Por onde passa provoca rumores, boatos que o precedem na cidade seguinte: ele foi preso, ele se casou, ele adoeceu; em todo lugar o esperam e, o mais extraordinário, a todo lugar chega anunciado pelo seu piano Érard, tão incansável como ele, que o fabricante parisiense despacha de navio ou diligência, assim que sabe o destino de seu melhor representante; então, o *Journal de Constantinople* publica no dia 11 de maio de 1847 uma carta vinda de Paris, do próprio fabricante Pierre Érard, que anuncia a chegada iminente de um piano modelo grande, de mogno, com todos os aperfeiçoamentos possíveis, enviado de Marseille no dia 5 de abril. Então, é porque Liszt vai chegar! Liszt está vindo! Por mais que eu tenha procurado, só descubro poucos detalhes sobre sua temporada em Istambul, com exceção talvez do nome da mulher que devia acompanhá-lo:

> e essa pobre Mariette Duplessis que morreu… É a primeira mulher por quem fui apaixonado, que se encontra em não sei que cemitério, entregue aos vermes do sepulcro! Ela me dizia há quinze meses: "Não viverei; sou uma moça singular e não conseguirei aguentar esta vida que não sei levar e que tampouco poderei suportar. Pegue-me, leve-me para onde quiser; não o incomodarei, vou dormir o dia inteiro, à tardinha você me deixará ir ao espetáculo e à noite fará de mim o que quiser". Eu lhe dissera que a levaria a Constantinopla, pois era essa a única viagem sensatamente possível que eu podia deixá-la fazer. Agora, ei-la morta…

Sarah achava extraordinária essa frase. "Pegue-me, leve-me para onde quiser; não o incomodarei, vou dormir o dia inteiro, à tardinha você me deixará ir ao espetáculo e à noite fará de mim o que quiser", declaração de uma beleza e de um desespero absolutos, uma nudez total – contrariamente a Liszt, sei em que cemitério ela está enterrada, o cemitério de Montmartre, que Sarah me fez descobrir. O destino do modelo nada tem a invejar ao da Dama das Camélias, e a julgar por essa frase o filho de Dumas até mesmo maltratou um pouco seu personagem: a adaptação de Verdi da vida de Marie Duplessis é, sem dúvida, *musical*, mas um pouco exagerada no drama.

A Traviata foi criada em Veneza em 1853, as coisas iam rápido na época; sete anos depois de sua morte, a pequena cortesã Marie Duplessis, vulgo Marguerite Gautier, vulgo Violetta Valéry, é famosa, com Dumas Filho e Verdi, em toda a Europa. Liszt conta, tristemente:

> Se por acaso eu estivesse em Paris durante a doença da Duplessis, teria tentado salvá-la a qualquer preço, pois era realmente uma natureza encantadora, cujo coração nunca foi atingido pelo hábito do que se chama (e do que talvez seja) corruptor. Imagine que me apeguei a ela com uma afeição sombria e elegíaca, a qual, sem que de fato eu percebesse, me restituiu a inspiração da poesia e da música. Foi o último e único abalo que senti depois de muitos anos. É preciso desistir de explicar essas contradições, e o coração humano é uma estranha coisa!

O coração humano é, sem dúvida, uma estranha coisa, esse coração derretido de Franz Liszt não parou de se apaixonar, até mesmo por Deus – nessas reminiscências de ópio, enquanto ouço rufar como os tambores do suplício as virtuosidades de Liszt que tanto me ocupavam em Constantinopla, aparece-me também uma *moça singular*, lá no seu Sarawak, embora Sarah não tenha nada a ver com a Duplessis nem com Harriet Smithson ("Está vendo essa inglesa alta sentada no proscênio", conta Heinrich Heine em seu relato), a atriz que inspirou a *Sinfonia fantástica*. Pobre Berlioz, perdido em sua paixão pela atriz da *"poor Ophelia"*: "Pobre grande gênio, debatendo--se com três quartas partes do impossível!", como Liszt escreve em uma de suas cartas.

Só mesmo sendo uma Sarah para se interessar por todos esses destinos trágicos de mulheres esquecidas – que espetáculo, mesmo assim, o de Berlioz, louco de amor, tocando os timbales em sua própria *Marcha para o cadafalso* na grande sala do conservatório. Esse quarto movimento é pura loucura, um sonho de ópio, de envenenamento, de tortura irônica e dissonante, uma marcha para a morte, escrita numa noite, uma noite de ópio, e Berlioz, conta Heinrich Heine, Berlioz de seu timbale olhava para Harriet Smithson, encarava-a, e, sempre que seus olhos cruzavam com os dela, tocava mais forte seu instrumento, como um possesso. (Heine nota, aliás, que o timbale, ou as percussões em geral, era um instrumento que convinha muito bem a Berlioz. Berlioz nunca viajou ao Oriente, mas desde os vinte e cinco anos era fascinado por *Os orientais*, de Hugo. Haveria portanto um Oriente *segundo*, o de Goethe e de Hugo, que não conhecem as línguas orientais nem os países onde são faladas, mas se apoiam em trabalhos dos orientalistas e viajantes como Hammer-Purgstall, e até mesmo um Oriente *terceiro*, um *Terceiro Oriente*, o de Berlioz ou de Wagner, que se alimenta dessas obras, por sua vez indiretas. O *Terceiro Oriente*, aí está uma noção a desenvolver. Com que então há num timbale mais coisas do que se pensa.) O fato é que essa pobre Ofélia de Harriet Smithson, contrariamente às tropas britânicas, sucumbiu às percussões francesas e se casou com o artista. Esse casamento *forçado pela arte* terminou em desastre, nem sempre a música pode tudo, e Heine observa, alguns anos depois, quando se toca mais uma vez a *Sinfonia fantástica* no conservatório, que "Berlioz está de novo sentado atrás da orquestra, nas percussões, que a inglesa alta continua no proscênio, que seus olhares se cruzam de novo... mas que ele já não bate com mais força no timbale".

É preciso ser Heine para descrever assim, em dez linhas, o romance de um amor defunto; "o bom e espirituoso Heinrich Heine", como o chama Théophile Gautier, que lhe faz a pergunta em Paris, com seu sotaque alemão cheio de humor e malícia, durante o concerto de Liszt, quando o haxixim está prestes a partir para Constantinopla: "Como vai fazer para falar do Oriente quando tiver ido lá?". Pergunta que se poderia fazer a todos os viajantes de Istambul, de tal maneira a viagem difunde seu objeto, o dissemina e o multiplica nos reflexos e nos detalhes, até fazê-lo perder sua realidade.

Franz Liszt conta, aliás, bem pouca coisa sobre essa visita à Turquia, que uma placa comemorativa, na ruela que desce para o palácio da França em Beyoglu, lembra brevemente aos passantes. Sabe-se que foi recebido, assim que desceu do navio, pelo mestre de música Donizetti e pelo embaixador da Áustria que o sultão mandara ao encontro; que se hospedou no palácio de Chatagay, alguns dias, como convidado do grão-turco, e que deu ali um concerto no famoso piano Érard; que em seguida passou um tempo no palácio da Áustria e depois no palácio da França, onde foi hóspede do embaixador François-Adolphe de Bourqueney, e deu um segundo concerto, sempre no mesmo instrumento que, decididamente, o acompanhava para todo lugar; que encontrou o embaixador em pessoa no fim de sua temporada, pois a mulher deste estava, até então, adoentada; que deu um terceiro concerto em Péra e encontrou dois velhos conhecidos, um francês e um polonês, com quem fez uma excursão à Ásia; que agradeceu por correio a Lamartine, grande especialista do Império Otomano, que lhe enviara uma carta de recomendação para o ministro das Relações Exteriores Rechid Pasha: é mais ou menos tudo o que se pode dizer de fonte segura.

Revejo meus passeios entre duas sessões de consulta a arquivos e jornais da época; minhas visitas aos especialistas que poderiam me ajudar com informações, sempre historiadores um pouco ranzinzas, assustados, como é corrente na academia, pela possibilidade de que um jovem possa saber mais que eles ou flagrá-los em erro, sobretudo se esse rapaz não for turco, mas austríaco, e ainda assim, pela metade, e se seu tema de pesquisa cair num vazio científico, um buraco entre história da música turca e europeia: às vezes, o que era meio deprimente, eu tinha a impressão de que minhas considerações eram como o Bósforo – um belo lugar entre duas margens, sem dúvida, mas que no fundo era apenas água, para não dizer vento. Por mais que eu me tranquilizasse dizendo que o Colosso de Rodes ou Hércules também tiveram, em seu tempo, um pé em cada margem, os olhares zombeteiros e as observações acerbas dos especialistas frequentemente conseguiam me desanimar.

Felizmente havia Istambul, e Bilger, e Faugier, e o ópio que nos abria a porta da percepção – minha teoria sobre a iluminação de Liszt em Constantinopla surgia das *Harmonias poéticas e religiosas*, e principalmente da *Bênção de Deus na solidão*, que ele compõe em Woronince, pouco depois da temporada em Istambul; a "adaptação" musical do poema de Lamartine respondia à pergunta dos primeiros versos, *"D'où me vient, ô mon Dieu! cette paix qui m'inonde?/ D'où me vient cette foi dont mon cœur surabonde?"*,* e eu estava intimamente convencido de que ela tinha a ver com o encontro da luz oriental, e não, como os comentaristas costumavam descrever, com uma lembrança amorosa de Marie d'Agoult "repisada" para a princesa Carolina de Sayn-Wittgenstein.

Depois da visita a Istambul, Liszt renuncia à sua vida de músico errante, renuncia ao sucesso dos anos brilhantes e começa, a partir de Weimar, um longo trajeto rumo à contemplação, nova viagem que se abre – embora certos trechos tivessem de fato sido esboçados antes – com as *Harmonias poéticas e religiosas*. Por mais que seja massacrada por todos os pianistas principiantes, a *Bênção...* continua a ser não só a melodia mais bela de Liszt

---

* "De onde me vem, ó meu Deus! essa paz que me inunda?/ De onde me vem essa fé que em meu coração superabunda?" [N. T.]

como também o acompanhamento mais simplesmente complexo do compositor, acompanhamento (e era, para meus ouvidos principiantes, o que aproximava essa peça de uma *iluminação*) que era preciso ecoar como a fé exacerbada, ali onde a melodia representava a paz divina. Hoje isso me parece uma leitura um pouco "teleológica" e simplista (raramente a música é redutível às causas de sua composição) e resulta sobretudo de minha própria experiência em Istambul – numa manhã de um azul intenso, com o ar ainda estalando de frio, quando as ilhas dos Príncipes se destacam na luz rasante depois do cabo do Serralho e os minaretes da velho Istambul estriam o céu com suas lanças, seus lápis para escrever o centésimo nome de Deus no meio da pureza das nuvens, ainda há poucos turistas ou pedestres na ruela estranha (altos muros cegos de pedra, antigos caravançarás e bibliotecas fechadas) que leva aos fundos da mesquita Suleymaniye, construída por Sinan, o Divino, para Suleiman, o Magnífico. Passo pelo peristilo de mármore colorido; algumas gaivotas voejam entre as colunas de pórfiro; o lajeado brilha como se tivesse chovido. Já entrei em várias mesquitas, Santa Sofia, a mesquita Azul, e verei outras, em Damasco, Alepo, mesmo Isfahan, mas nenhuma terá em mim esse efeito imediato, uma vez que deixei meus sapatos num escaninho de madeira e penetrei na sala de oração, um aperto no peito, uma perda de referências, tento em vão andar e me deixo cair ali onde estou, sobre o tapete vermelho de flores azuis, buscando refazer-me da sensação. Descubro que estou sozinho no monumento, sozinho e cercado de luz, sozinho naquele espaço de proporções desconcertantes; o círculo da imensa cúpula é acolhedor e centenas de janelas me envolvem – sento-me de pernas cruzadas. Estou emocionado a ponto de chorar mas não choro, sinto-me suspenso do chão e percorro com os olhos as inscrições das cerâmicas de Izmit, a decoração pintada, tudo cintila, e depois uma grande calma me invade, uma calma dilacerante, um cume entrevisto, mas muito depressa a beleza se esquiva de mim e me rejeita – pouco a pouco reencontro meus sentidos; aquilo que meus olhos percebem agora me parece sem dúvida magnífico, mas não tem nada a ver com a sensação que acabo de experimentar. Uma grande tristeza me confrange de repente, uma perda, uma visão sinistra da realidade do mundo e de toda a sua imperfeição, sua dor, tristeza acentuada pela perfeição do edifício, e vem-me uma frase, só as proporções são divinas, o resto pertence aos homens. Enquanto um grupo de turistas entra na mesquita tento ficar de pé e minhas pernas entorpecidas pelas duas horas que passei sentado me fazem cambalear e sair da Suleymaniye como um homem embriagado, um homem que hesita entre a alegria e as lágrimas e foge, fugi, mais do que saí da mesquita; e o grande vento de Istambul acabou de me acordar, e sobretudo o frio do mármore do pátio, eu tinha esquecido meus sapatos, totalmente desorientado, ao me dar conta de que tinha passado duas horas imóvel ou quase, duas horas em alamedas inexistentes, lembradas unicamente por meu relógio: descubro de súbito que estou de meias em pleno pátio e que meus sapatos desapareceram do escaninho onde os deixei, eis algo que me leva instantaneamente aos suplícios do mundo – roubei, por minha vez, um par de sandálias grandes de plástico azul, depois de alguns ensaios infrutíferos de conversa com um zelador bigodudo que batia os braços no corpo em sinal de impotência, *"no shoes, no shoes"*, mas me deixou apropriar-me dos chinelos de salva-vidas que estavam por ali, com os quais atravessei Istambul como um dervixe, como uma alma penada.

E a memória é uma coisa muito triste, pois me lembro mais claramente da minha vergonha em andar pela cidade de meias dentro de minhas sandálias surradas de borracha azulão do que da emoção que senti e das horas consumidas na Suleymaniye, primeira emoção espiritual que sinto sem ser pela música – alguns anos depois, contando essa história a Sarah, que ela chamava de "O satori do chinelo", me lembrei dessa quadra de Khayyam:

Fui à mesquita, onde roubei um tapete.
Bem mais tarde, me arrependi,
Retornei à mesquita: o tapete estava furado
Precisava trocá-lo.

Ao contrário do velho Omar Khayyam, nunca ousei voltar à Suleymaniye, na última vez em que passei por Istambul fiquei no jardim, para ver o túmulo desse arquiteto, Sinan, que era, como poucos homens, um intermediário entre nós e Deus; dirigi-lhe uma curta oração e pensei de novo nos chinelos infames que eu tinha herdado naquele dia e que depois perdi ou joguei fora, sem verificar, como homem de pouca fé que eu era, se não seriam milagrosos.

Síndrome de Stendhal ou real experiência mística, não sei, mas eu imaginava que Liszt, o Cigano celestial, também poderia ter encontrado ali um detonador, uma força, naquelas paisagens e naqueles edifícios; que talvez um pouco daquela luz do Oriente que ele trazia em si tivesse se reavivado durante sua presença em Constantinopla. Era sem dúvida uma intuição interessante no plano pessoal, mas para a ciência, levando em conta os poucos comentários que temos do próprio Liszt sobre sua passagem pelo Bósforo, uma ambição totalmente desmedida.

Em compensação, o que consegui reconstituir foi uma descrição mais ou menos plausível do primeiro conjunto otomano, a orquestra particular de Abdulaziz, que tocava sentada no chão sobre os tapetes do harém; sabe-se que o sultão se irritava com os tiques "orientais" de seus violinistas quando interpretavam obras italianas e alemãs, e que ele organizara um coro para versões de concerto particulares de óperas, em especial *As bodas de Figaro*: o grande homem ficava furioso porque seus cantores custavam a cantar de outra maneira que não fosse em uníssono, e os duos, trios, quartetos, octetos virtuoses das *Bodas* se tornavam uma papa sonora que arrancava lágrimas de impotência do monarca melômano, e isso apesar de todos os esforços dos eunucos com vozes de anjos e dos conselhos sensatos do mestre de música italiano. Istambul, porém, já tinha dado origem, em 1830, a um grande compositor esquecido, August von Adelburg Abramović, cuja vida eu reconstituíra pacientemente: depois de uma infância no Bósforo, Adelburg ficou famoso em Budapeste por uma ópera "nacional", *Zrinyi*, em que tentava demonstrar que, ao contrário do que Liszt afirmava, a música húngara não era de origem cigana – há nisso algo fascinante, por ter sido justamente um levantino que se tornou o apóstolo do nacionalismo húngaro por intermédio de seu herói Miklós Zrínyi, um grande demolidor dos turcos; talvez seja essa contradição íntima e profunda que o levará à loucura, loucura tão grave que se concluirá com sua internação e morte, aos quarenta e três anos de idade. Adelburg, primeiro músico europeu de importância nascido no Império Otomano, termina sua vida na demência, na fissura da alteridade; como se, apesar de todas as pontes, de todos os laços oferecidos pelo tempo, a mescla resultasse impossível diante da patologia nacionalista que invade aos poucos o século XIX e destrói, devagarinho, as passarelas frágeis construídas antes, deixando lugar apenas para as relações de dominação.

Meus óculos estavam debaixo da pilha de livros e revistas, é claro, sou tão distraído. De qualquer maneira, para contemplar as ruínas de meu quarto (ruínas de Istambul, ruínas de Damasco, ruínas de Teerã, ruínas de mim mesmo) não preciso ver, conheço de cor todos esses objetos. As fotocromias e gravuras orientalistas amareladas. As obras poéticas de Pessoa sobre um suporte de madeira talhada que supostamente deve receber o Corão. Meu tarbuche de Istambul, meu pesado roupão trazido de lá, do bazar de Damasco, meu alaúde de Alepo comprado com Nadim. Esses volumes brancos, tendo na lombada um perfil preto e branco e a mecha rebelde, são os diários de Grillparzer – claro, em Istambul todo mundo achou graça que fosse um austríaco que passeasse com seu Grillparzer. Sabão em pó ainda vai, mas Grillparzer! Os alemães são ciumentos, só isso. Sei de onde vem a contenda: os alemães não conseguem tolerar a ideia (não sou eu que invento, é Hugo von Hofmannsthal que afirma num artigo famoso, "Nós, austríacos, e a Alemanha") de que Beethoven tenha ido para Viena e nunca mais tenha desejado retornar a Bonn. Hofmannsthal, o maior libretista de todos os tempos, escreveu, aliás, um estranho diálogo teatral entre Von Hammer-Purgstall, o eterno orientalista, e Balzac, o incansável, que Sarah cita abundantemente em seu artigo sobre Balzac e o Oriente; confesso que já não me lembro bem do que se trata, peguei o artigo ontem, ele está ali, há uma folha no interior, um bilhete, uma velha carta escrita num papel rasgado, com margens traçadas em vermelho e linhas azuis, uma meia página de caderno de colégio:

Meu querido Franz,

Aí vai enfim a publicação que me ocupou nestes últimos meses. Estou um pouco longe de meus queridos monstros e outros horrores, como você diz, mas é apenas temporário. O colóquio de Hainfeld acabou sendo bastante frutífero, você pode julgar por si mesmo... e não só em termos universitários!

Nunca lhe agradecerei o suficiente pela imagem do castelo e suas traduções.

Imagino que você esteja prestes a deixar Istambul, espero que sua temporada tenha sido proveitosa. Um imenso obrigada pela "encomenda" e pelas fotos! Estão magníficas! Minha mãe ficou radiante. Você realmente tem sorte, que sonho, descobrir Constantinopla... você voltará para Viena ou Tübingen? De toda forma, não se esqueça de me avisar da próxima vez que passar por Paris.

Até breve, espero. Um beijo,

Sarah

P.S.: Estou curiosa para saber o que vai achar desse artigo "vienense" — espero que goste!

É agradável encontrar por acaso essa querida letra, de caneta-tinteiro, um pouco apressada, um pouco difícil de ler, mas meiga e elegante – agora que os computadores triunfaram, raramente vemos a caligrafia de nossos contemporâneos, talvez a cursiva manuscrita se torne uma forma de nudez, uma manifestação íntima e oculta, dissimulada de todos, menos dos amantes, tabeliães e banqueiros.

Pronto, perdi o sono. O sono realmente não gosta muito de mim, me abandona muito depressa, por volta de meia-noite, depois de ter me assediado a noite toda. O sono é um monstro de egoísmo que faz o que lhe dá na veneta. O dr. Kraus é um médico lamentável, eu deveria trocar. Despachá-lo. Eu poderia me dar ao luxo de dispensar meu médico, pô-lo no olho da rua, um médico que me fala de repouso a cada consulta, mas é incapaz de me fazer dormir, não merece o título de médico. Há que se reconhecer, para desculpá-lo, que nunca engoli as porcarias que me receita. Mas um médico que não adivinha que você não vai tomar as porcarias que ele receita não é um bom médico, é por isso que preciso trocar. No entanto, Kraus parece um homem inteligente, sei que ama música, não, exagero, sei que vai a concertos, o que não quer dizer nada. Ainda ontem me disse: "Fui ouvir Liszt no Musikverein", eu lhe respondi que ele teve sorte, pois havia muito tempo que Liszt não tocava em Viena. Ele riu, é claro, dizendo: "Ah, dr. Ritter, o senhor me faz morrer de rir", o que é, convenhamos, uma frase estranha da parte de um médico. Continuo a não perdoá-lo por ter rido também quando lhe pedi para me receitar ópio. "Ah, ah, ah, posso lhe dar a receita, mas em seguida terá que encontrar uma farmácia do século XIX." Sei que está mentindo, verifiquei no *Diário Oficial*, um médico austríaco tem direito de prescrever até dois gramas de ópio por dia e vinte gramas de láudano, portanto deve ser possível encontrá-lo. O esquisito é que um veterinário da mesma nacionalidade pode, por sua vez, receitar até quinze gramas de ópio e cento e cinquenta de tintura de ópio, dá vontade de ser um cão doente. Eu poderia talvez suplicar ao cachorro de Gruber que me vendesse um pouco de seus remédios sem que seu dono saiba, isso daria enfim alguma utilidade a esse cachorro.

Pergunto-me por que hoje estou obcecado por essa questão, nunca fui atraído pela embriaguez e, contando tudo, fumei cinco ou seis cachimbos na vida – há anos. Talvez por causa do texto de Balzac, citado por Sarah nesse artigo amarelado, com os grampos enferrujados, cuja poeira gruda nos dedos.

Eles pediam ao ópio que lhes mostrasse as cúpulas douradas de Constantinopla e que rolassem nos divãs do serralho, no meio das mulheres de Mahmoud: e ali temiam, inebriados de prazer, fosse o frio do punhal, fosse o assobio do laço de seda; e às voltas com as delícias do amor, pressentiam a empalação... O ópio lhes entregava o universo inteiro!...

E por três francos e vinte e cinco centavos, transportavam-se a Cádiz ou a Sevilha, escalavam os muros, ficavam deitados sob uma gelosia, ocupados em observar dois olhos em chama – uma andaluza protegida por um quebra-luz de seda vermelha, cujos reflexos comunicavam àquela mulher o calor, a perfeição, a poesia das figuras, objetos fantásticos de nossos jovens sonhos... Depois, de repente, ao se virarem viam-se frente a frente com o rosto terrível de um espanhol armado de um bacamarte carregado!...

Às vezes experimentavam a prancha rolante da guilhotina e acordavam no fundo dos fossos, em Clamart, para mergulhar em todas as doçuras da vida doméstica: uma lareira, uma noite de inverno, uma jovem esposa, crianças cheias de graça, que, ajoelhadas, rezam para Deus, obedecendo ao ditado de uma velha empregada... Tudo isso por três francos de ópio. Sim, por três francos de ópio eles reconstituem até mesmo as ideias gigantescas da Antiguidade grega, asiática e romana!... Conseguiam os anoplotérios perdidos e reencontrados aqui e ali pelo sr. Cuvier. Reconstruíam os estábulos de Salomão, o Templo de Jerusalém, as maravilhas da Babilônia e toda a Idade Média com seus torneios, castelos, cavaleiros e monastérios!...

Por três francos de ópio! Balzac debocha, sem dúvida, mas mesmo assim, três francos, o que isso representa em xelins? Não, desculpe, em coroas, na época. Sempre fui ruim para as conversões. É preciso reconhecer que Sarah tem faro para descobrir as histórias mais inacreditáveis e esquecidas. Balzac, que em teoria é apaixonado apenas pelos franceses e seus costumes, escrever um texto sobre o ópio, e para completar, um de seus primeiros textos publicados. Balzac, o primeiro romancista francês a incluir um texto em árabe num de seus romances! Balzac, o homem da Touraine, que se torna amigo de Hammer-Purgstall, o grande orientalista austríaco, a ponto de lhe dedicar uma de suas obras, *O gabinete das antiguidades*. Eis um artigo que poderia ter causado sensação – mas na universidade nada causa sensação, pelo menos nas ciências humanas; os artigos são frutos isolados e perdidos que ninguém ou quase devora, sei do que estou falando. No entanto, o leitor que abrisse sua reedição de *A pele de onagro* em 1837, encontraria isto, segundo Sarah:

LA PEAU DE CHAGRIN.

Il apporta la lampe près du talisman que le jeune homme tenait à l'envers, et lui fit apercevoir des caractères incrustés dans le tissu cellulaire de cette peau merveilleuse, comme s'ils eussent été produits par l'animal auquel elle avait jadis appartenu.

— J'avoue, s'écria l'inconnu, que je ne devine guère le procédé dont on se sera servi pour graver si profondément ces lettres sur la peau d'un onagre.

Et, se retournant avec vivacité vers les tables chargées de curiosités, ses yeux parurent y chercher quelque chose.

— Que voulez-vous? demanda le vieillard.

— Un instrument pour trancher le chagrin, afin de voir si les lettres y sont empreintes ou incrustées.

Le vieillard présenta son stylet à l'inconnu, qui le prit et tenta d'entamer la peau à l'endroit où les paroles se trouvaient écrites; mais quand il eut enlevé une légère couche de cuir, les lettres y reparurent si nettes et tellement conformes à celles qui étaient imprimées sur la surface, que, pendant un moment, il crut n'en avoir rien ôté.

— L'industrie du Levant a des secrets qui lui sont réellement particuliers, dit-il en regardant la senence orientale avec une sorte d'inquiétude.

— Oui, répondit le vieillard, il vaut mieux s'en prendre aux hommes qu'à Dieu!

Les paroles mystérieuses étaient disposées de la manière suivante.

لو ملكتني ملكت الكل
ولكن عمرك ملكي
و اراد الله هكذا
اطلب و ستنال مطالبك
ولكن قس مطالبك على عمرك
وهي هاهنا
فدكل مرامك ستنزل ايامك
أزيد في
الله حبيبك
مين

qui voulait dire en français :

SI TU ME POSSÈDES, TU POSSÉDERAS TOUT. MAIS TA VIE M'APPARTIENDRA. DIEU L'A VOULU AINSI. DÉSIRE, ET TES DÉSIRS SERONT ACCOMPLIS. MAIS RÈGLE TES SOUHAITS SUR TA VIE. ELLE EST LA. A CHAQUE VOULOIR JE DÉCROITRAI COMME TES JOURS. ME VEUX-TU? PRENDS. DIEU T'EXAUCERA. SOIT !

Ao passo que na edição original de 1831 se achava somente o seguinte texto:

LA PEAU DE CHAGRIN.

— Que voulez-vous?... demanda le vieillard.

— Un instrument pour trancher le chagrin afin de voir si les lettres y sont empreintes ou incrustées...

Le vieillard lui présenta le stylet. Il le prit et tenta d'entamer la peau à l'endroit où les paroles se trouvaient écrites; mais quand il eut enlevé une légère couche du cuir, les lettres y reparurent si nettes et si conformes à celles imprimées sur la surface, qu'il crut, pendant un moment, n'en avoir rien ôté.

— L'industrie du Levant a des secrets qui lui sont réellement particuliers! dit-il en regardant la sentence talismanique avec une sorte d'inquiétude.

— Oui!... répondit le vieillard, il vaut mieux s'en prendre aux hommes qu'à Dieu!

Les paroles mystérieuses étaient disposées de la manière suivante :

SI TU ME POSSÈDES TU POSSÉDERAS TOUT. MAIS TA VIE M'APPARTIENDRA. DIEU L'A VOULU AINSI. DÉSIRE, ET TES DÉSIRS SERONT ACCOMPLIS. MAIS RÈGLE TES SOUHAITS SUR TA VIE. ELLE EST LA. A CHAQUE VOULOIR JE DÉCROITRAI COMME TES JOURS. ME VEUX - TU ? PRENDS. DIEU T'EXAUCERA. — SOIT!

— Ah! vous lisez couramment le sanscrit?... dit le vieillard. Vous avez été peut-être au Bengale, en Perse?...

— Non, Monsieur, répondit le jeune homme en tâtant avec une curiosité digitale cette peau symbolique assez semblable à une feuille de métal par son peu de flexibilité.

Le vieux marchand remit la lampe sur la

Abstract

Entre as incontáveis relações de autores e artistas europeus da primeira metade do século XIX com o Oriente, muitas já foram exploradas. São conhecidas com muita exatidão, por exemplo, as modalidades desse encontro em Goethe ou em Hugo. Em contrapartida, uma das relações mais surpreendentes entre orientalismo científico e literatura é a que mantém Honoré de Balzac e o orientalista austríaco Joseph von Hammer-Purgstall (1774-1852), e que não só resulta na primeira inclusão de um texto diretamente em língua árabe num livro destinado ao grande público francês como também explica, decerto, o sentido, até aqui obscuro, do diálogo em que Hugo von Hofmannsthal imagina os dois homens em Viena em 1842 (*sic*), *Sobre os personagens do romance e do drama* (1902). Assiste-se aqui à formação de uma rede artística que irriga, a partir de Hammer-Purgstall, o orientalista, toda a Europa Ocidental, de Goethe a Hofmannsthal, passando por Hugo, Rückert e o próprio Balzac.

Esse resumo é impecável, eu tinha me esquecido completamente desse artigo, bem *vienense*, como ela diz – Sarah me pedira para encontrar a gravura do castelo de Hainfeld que Hammer envia a Balzac numa carta, pouco depois de sua estadia. Sarah acrescenta uma pedra francesa à teoria (aliás defendida por Hofmannsthal) segundo a qual a Áustria é a terra dos encontros, uma terra de fronteira bem mais rica em contatos e misturas do que a Alemanha propriamente dita, a qual, ao contrário, tenta extirpar o *outro* de sua cultura, mergulhar no fundo de si mesma, em termos sarahianos, ainda que essa busca deva resultar em maior violência. Essa ideia mereceria ser aprofundada – eu devo ter recebido esse artigo em Istambul, a crer no bilhete que me pergunta "se eu voltarei para Viena ou Tübingen"; ela agradece as fotos que me encomendara, mas eu é que deveria agradecer-lhe: ela me deu a ocasião de visitar um magnífico bairro de Istambul ao qual jamais teria ido, longe dos turistas e da imagem costumeira da capital otomana, Hasköy, o inacessível, no fundo do Corno de Ouro – procurando bem, eu devo conseguir encontrar a carta em que ela me pedia que fotografasse (hoje, com certeza a internet torna inútil esse tipo de excursão) o liceu da Aliança Israelita Universal, onde seu bisavô materno foi escolarizado nos anos 1890, e havia algo muito emocionante em ir, sem ela, descobrir esse local de onde ela provinha, por assim dizer, mas que ela nunca tinha visto, e sua mãe também não. Como um judeu da Turquia foi parar na Argélia francesa antes da Primeira Guerra Mundial, não tenho a menor ideia, e a própria Sarah não garante que sabe – um dos inúmeros mistérios do século XX, que costumam esconder violência e dor.

Chovia em Hasköy, uma dessas chuvas que rodopiam no vento e, embora sendo apenas um chuvisco fino, podem nos encharcar até os ossos, num segundo, quando entramos numa ruela; eu protegia cuidadosamente minha câmera fotográfica dentro do impermeável, tinha dois rolos de trinta e seis poses, de ASA 400 colorido, uma verdadeira arqueologia essas palavras hoje – será que os negativos ainda estão na minha caixa de fotos, é muito provável. Também tinha um mapa da cidade, embora sabendo por experiência que era muito incompleto quanto aos nomes das ruas, e um guarda-chuva com cabo de madeira perfeitamente vienense. Chegar a Hasköy era, em si, uma aventura e tanto: devia-se dar a volta pelo norte, via Shishli, ou então ir margeando o Corno de Ouro através de Kasimpasha, uns quarenta e cinco minutos de caminhada desde Cihangir pelas ladeiras de Beyoglu. Amaldiçoei Sarah quando um carro respingou lama na barra da minha calça ao passar por mim a toda a velocidade, e quase mando às favas essa expedição que se anunciava sob os mais negros auspícios, eu já todo emporcalhado, o impermeável manchado, os pés encharcados, dez minutos depois de ter saído da casa onde Faugier, observando as nuvens pesadas sobre o Bósforo, curando a ressaca do *raki* da véspera com uma xícara de chá, tinha, porém, me avisado, muito gentil: está um dia para nenhum orientalista pôr o pé para fora de casa. Resolvi pegar um táxi, o que eu queria evitar, claro que não por mesquinhez, mas simplesmente porque não sabia explicar aonde ia: contentei-me com um *Hasköy eskelesi, lütfen*, e depois de uma boa meia hora de engarrafamentos me vi à beira d'água, no Corno de Ouro, diante de um pequeno porto absolutamente encantador; atrás de mim, uma dessas colinas coloridas de ladeiras bem íngremes que são um segredo de Istambul, uma rua escarpada de asfalto coberto por uma fina camada de chuva, um riacho transparente que se aproveitava tranquilo do declive para ir se juntar ao mar – a estranha ascensão aquática me lembrava nossas diversões na beira das torrentes de montanha na Áustria; eu pulava de um lado para outro da viela ao sabor dos caprichos desse rio urbano, sem saber muito bem aonde ir; o inconveniente de estar com os sapatos molhados era amplamente compensado pelo prazer da brincadeira. Imagino que os passantes deviam pensar que um turista maluco, atacado de aquafilia, imaginava ser uma truta no bairro deles.

Depois de algumas centenas de metros e de uma tentativa infrutífera de abrir meu mapa debaixo do guarda-chuva, um homem de certa idade com uma curta barba branca se aproximou, observou-me da cabeça aos pés antes de me perguntar:

— Are you a Jew?

Que eu evidentemente não entendi, e respondi: "*What?*", ou "*Comment?*", antes que ele, sorrindo, esclarecesse a pergunta:

— I can make a good Jewish Tour for you.

Eu tinha sido abordado por um profeta que acabava de me salvar das águas — Ilya Virano era um dos pilares da comunidade judaica de Hasköy, ele me vira perdido e adivinhara (como ele mesmo reconhecia, os turistas não eram uma legião naquele canto) que, ao que tudo indicava, eu procurava algo relativo à história judaica do bairro, pelo qual ele passeou conosco, minha câmera fotográfica e eu, durante o resto do dia. O sr. Virano falava um francês perfeito, aprendido num liceu bilíngue de Istambul; sua língua materna era o ladino, de cuja existência eu era informado: os judeus expulsos da Espanha e instalados no império trouxeram sua língua, e esse espanhol do Renascimento evoluíra junto com eles, no exílio. Os judeus de Istambul eram bizantinos, ou sefardis, ou asquenazes, ou caraítas, por ordem de chegada à capital (os misteriosos caraítas foram mais ou menos os últimos a chegar, sendo que a maioria se instalou depois da Guerra da Crimeia) e era absolutamente milagroso ouvir Ilya Virano contar os grandes momentos dessa diversidade, ao sabor dos edifícios do bairro: a sinagoga caraíta era a mais impressionante, quase uma fortaleza, cercada de muralhas cegas protegendo casinhas de madeira e de pedra, sendo algumas habitadas e outras ameaçando virar ruína - minha ingenuidade fez Ilya Virano sorrir quando lhe perguntei se seus ocupantes ainda eram caraítas: há muito tempo que não tem mais nenhum por aqui.

A maioria das famílias judias de Istambul se mudou para outro lugar, para bairros mais modernos, em Shishli ou do outro lado do Bósforo, quando não emigraram para Israel ou para os Estados Unidos. Ilya Virano explicava tudo isso sem saudade, muito simplesmente, da mesma maneira que me iniciava ao sabor das visitas nas diferenças teológicas e rituais entre os diversos ramos do judaísmo, andando com um passo alerta pelas ruas tão íngremes, quase respeitoso da minha ignorância; perguntou-me o sobrenome desse ancestral cujo rastro eu procurava: é pena que você não saiba, me disse, talvez ainda haja primos por aqui.

O sr. Virano devia ter uns sessenta e cinco anos, era alto, elegante, com um porte atlético; seu terno, sua barba curta e os cabelos com brilhantina, penteados para trás, lhe davam um pouco a aparência de um jovem galã indo buscar uma moça na casa dos pais para levá-la ao baile do liceu, um pouco mais grisalho, é claro. Falava muito, feliz, me dizia, por eu entender francês: a maior parte dos turistas dos Jewish Tours é de americanos ou israelenses, ele tinha pouca oportunidade, dizia, de praticar essa bela língua.

O antigo templo dos judeus expulsos de Maiorca, a sinagoga Maior, estava ocupado por uma pequena oficina de mecânica; conservara a cúpula de madeira, as colunas e as inscrições em hebraico; suas dependências serviam de entrepostos.

Eu tinha terminado o primeiro rolo de filme, e ainda não havíamos chegado ao antigo liceu da Aliança Israelita Universal, parara de chover e, ao contrário do meu guia, eu me sentia tomado por um leve tédio, uma vaga tristeza inexplicável – todos aqueles lugares estavam fechados, pareciam abandonados; a única sinagoga ainda em serviço, com suas pilastras de mármore bizantino na fachada, só funcionava excepcionalmente; o grande cemitério fora amputado de um quarto de sua área pela construção de uma autoestrada e estava tomado de mato. O único mausoléu de importância, de uma grande família, explicava-me Virano, uma família tão grande que possuía um palácio no Corno de Ouro, um palácio onde hoje está não sei qual instituição militar, parecia um velho templo romano, um lugar de prece esquecido, cujas únicas cores eram os grafites vermelhos e azuis que o enfeitavam; um templo dos mortos que dominava a colina que dava para o final do Corno de Ouro, quando ele deixa de ser um estuário e volta a ser um simples rio, no meio dos carros, das chaminés de fábrica e dos grandes conjuntos habitacionais. As pedras tumulares pareciam jogadas aqui e acolá na ladeira (deitadas, como reza o costume, explicava-me meu guia), às vezes quebradas, volta e meia ilegíveis – ainda assim, ele me decifrava os sobrenomes: o hebraico resiste mais ao tempo do que os caracteres latinos, ele dizia, e eu custava a entender essa teoria, mas o fato é que ele conseguia pronunciar os nomes dos falecidos e às vezes encontrar seus descendentes ou laços de parentesco, sem nenhuma emoção aparente; costumava subir lá, dizia; desde que existe a autoestrada não há mais cabras, sem cabras, portanto, menos cocôs de cabra mas mato em profusão, ele dizia. Com as mãos nos bolsos, perambulando entre as sepulturas, eu buscava alguma coisa para dizer; havia pichações aqui, acolá, eu disse "antissemitismo?".

Ele me respondeu não, não, não, "amor", como assim, amor, sim, um jovem que escreveu o nome da namorada, "A Hülya, para sempre", ou algo do gênero, e entendi que ali não havia nada a profanar que o tempo e a cidade já não tivessem profanado, e que talvez em breve os túmulos, os despojos e as lápides fossem deslocados e empilhados em outro canto, para dar lugar às escavadeiras; pensei em Sarah, não tirei foto do cemitério, não ousei pegar a câmera, embora ela nada tivesse a ver com aquilo, embora ninguém tivesse a ver com aquele desastre que era o de nós todos, e pedi a Ilya Virano que me indicasse onde ficava a escola da Aliança Israelita, no instante em que um belo sol começava a se refletir nas Águas Doces da Europa e a iluminar Istambul até o Bósforo.

A fachada neoclássica do liceu era cinza-escura, ritmada por meias colunas brancas, não havia inscrição no frontão triangular. Há muito tempo não é mais escola, explicou-me Ilya Virano; hoje é uma casa de repouso – fotografei conscienciosamente a entrada e o pátio; alguns pacientes muito idosos tomavam um fresco num banco, debaixo de um pórtico; pensei, quando o sr. Virano ia cumprimentá-los, que provavelmente tinham começado a vida no interior daqueles muros, ali tinham estudado hebraico, turco, francês, tinham brincado naquele pátio, ali tinham amado, copiado poemas e brigado por insuperáveis pecadilhos, e agora o círculo se fecha, no mesmo edifício um pouco austero de ladrilhado imaculado, eles terminavam seus dias, suavemente, olhando pelas janelas, do alto de sua colina, Istambul avançar a passos rápidos para a modernidade.

23h58

À exceção desse bilhete encontrado no artigo balzaquiano, não me lembro de Sarah ter algum dia me falado daquelas fotos de Istambul arrancadas da chuva e do esquecimento – voltei deprimido para Cihangir, minha vontade era dizer a Bilger (quando cheguei em casa, ele tomava chá) que a arqueologia me parecia a mais triste das atividades, que eu não enxergava poesia na ruína nem o menor prazer em remexer no desaparecimento.

Aliás, continuo a saber muito pouca coisa da família de Sarah, exceto que sua mãe passou a infância em Argel, de onde saiu por ocasião da independência para se instalar em Paris; ignoro se o bisavô de Istambul fazia parte da viagem. Sarah nasceu alguns anos mais tarde, em Saint-Cloud, e cresceu em Passy, nesse 16º Arrondissement a que ela se referia como um bairro muito agradável, com seus parques e recantos, suas velhas confeitarias e seus nobres bulevares – que estranha coincidência que cada um de nós tenha passado parte da infância ao lado de uma casa de Balzac: ela, na Rue Raynouard, onde o grande homem morara por muito tempo, e eu a alguns quilômetros de Saché, pequeno castelo da Touraine onde ele costumava passar temporadas. Era uma excursão quase obrigatória, todo verão, durante as nossas férias na casa de Vovó, ir fazer uma visita ao sr. De Balzac; aquele castelo tinha a vantagem de ser muito menos frequentado que os dos arredores (Azay-le-Rideau ou Langeais) e tinha um *fundo cultural*, para repetir a expressão de Mamãe – imagino que Vovó ficaria contente em saber que aquele Balzac que ela considerava um pouco como seu primo (afinal de contas, os dois tinham estado na escola de Tours) fora a Viena, como ela; uma ou duas vezes ela foi nos visitar, mas, como Balzac, não gostava de viagens, e se queixava de que não podia abandonar por muito tempo seu jardim, como tampouco Balzac podia abandonar seus personagens.

Balzac visita Viena, onde encontra seu grande amor, Madame Hanska, em maio de 1835. "No dia 24 de março de 1835", anota Hammer-Purgstall, "voltando de uma festa na casa da condessa Rzewuska [nome de solteira de Ewelina Hanska], em agradável companhia, encontro uma carta do capitão Hall [notemos aqui que o capitão Hall não é outro senão Basil Hall (1788-1844), oficial da Marinha, amigo de Walter Scott, autor de inúmeros relatos de viagens e, em especial, de *Hainfeld's Castle: A Winter in Lower Styria*, que inspirará Sheridan Le Fanu para seu romance *Carmilla*][18] que me informa da gravidade do estado de saúde de minha amiga baronesa Purgstall, moribunda[19]."

Portanto, sabemos que é por intermédio de Madame Hanska que o grande orientalista conhece a obra de Balzac, e que ele frequentava a condessa e seus amigos já havia algum tempo.[20] É só no seu retorno da Estíria, em abril, depois da morte da baronesa Purgstall, que Joseph von Hammer é informado de que Balzac vai passar algumas semanas em Viena.[21] Visitam-se, apreciam-se. Hammer nos permite até mesmo julgar a celebridade europeia do romancista: um dia, ele conta, quando vai ao domicílio vienense de Balzac, respondem-lhe que ele está ausente, que foi à casa do príncipe Metternich; Hammer resolve ir encontrá-lo no palácio, já que devia ir lá. Depara-se com uma multidão na antecâmara, e o camarista lhe explica que todos aqueles senhores esperam por sua audiência, mas que o príncipe se trancou com Balzac já há mais de duas horas e proibiu que o incomodassem.[22]

Incrível pensar que o próprio Metternich se apaixonou por aquele homem crivado de dívidas, que vivia em Paris com nomes falsos e corria a Europa atrás daquela a quem amava, entre um romance e outro. De que podem ter falado, durante duas horas? De política europeia? Das opiniões de Balzac sobre o governo de Luís Filipe? De *A pele de onagro*? O artigo de Sarah destaca sobretudo o papel de Madame Hanska como mediadora entre Balzac e o Oriente; se Hammer oferece finalmente a Balzac a tradução em árabe do texto que ornamenta *A pele de onagro*, é por intermédio da condessa Rzewuska. Da mesma maneira, a conversa com Metternich certamente se deve a ela. Imagino o Balzac de Saché, trancado com suas folhas, pena e cafeteira, saindo pouco e, ainda assim, unicamente para dar a volta no parque e desenferrujar as pernas; ele *se fazia de ostra*, como dizia; descia até o rio, apanhava umas castanhas caídas e brincava de jogá-las na água, antes de voltar para encontrar *O Pai Goriot* ali onde o deixara; será o mesmo homem perdidamente apaixonado em Viena, sempre rejeitado pela pudica Évelyne Hanska, rejeitado durante quinze anos? Eis algo que diz muito sobre a força de caráter e a paciência de Balzac. Terminou se casando com ela em 1848, o que nos tranquiliza; justo antes de morrer, em 1850, o que nos tranquiliza menos. Em parte, talvez fosse o desejo que impedisse esse homem trôpego de cair, temos a impressão de que Balzac se afunda no trabalho e na escrita porque titubeia, porque sua vida (com exceção de suas frases, em que ele é Deus) lhe escapa, porque pula de credor em credor, de amor impossível em desejo insatisfeito, e que só os livros são um mundo à sua medida, ele, que foi impressor antes de ser escritor. Três mil páginas de cartas, eis o monumento que construiu ao seu amor, e volta e meia fala com Évelyne sobre Viena, sobre sua futura viagem a Viena, aonde deseja ir para continuar até Wagram e Essling, visitar os campos de batalha, pois tem o projeto de um relato de batalha, um formidável relato de batalha, que se desenrolaria inteiramente no centro do combate, sem sair dessa moldura, em um dia furioso; assim como Sarah em São Gotardo, adivinho Balzac percorrendo Aspern e tomando notas, imaginando os movimentos das tropas nas colinas, o lugar onde o marechal Lannes foi mortalmente ferido, situando as perspectivas, as árvores ao longe, a forma das colinas, todas essas coisas que ele não escreverá, pois se atrasou em Viena e esse projeto talvez fosse apenas um pretexto: mais adiante, estará muito ocupado, debatendo-se na *Comédia humana*, para encontrar tempo de dar vida a essa ideia – assim como Sarah, que eu saiba, não escreveu em detalhes a sua visão da batalha de Mogersdorf, misturando todos os relatos, turcos e cristãos, acompanhados pela música de Pál Esterházy, se é que algum dia teve esse projeto.

Pois é, Sarah reproduz nesse artigo a gravura do castelo de Hainfeld que Hammer envia a Balzac depois do regresso a Paris, tive de percorrer todos os antiquários de Viena para lhe prestar esse favor – Hammer envia aos íntimos uma imagem de seu castelo como hoje se envia uma fotografia, esse bom Hammer que Balzac chama de "paciente como uma cabra que se estrangula", a quem dedicará, para lhe agradecer seus conhecimentos orientais, *O gabinete das antiguidades*. Suponho que devo ter corrido os vendedores de antiguidades em Viena assim como Balzac corria atrás de Évelyne Hanska, perdidamente, até pôr a mão nessa ilustração, que Sarah reproduz em meio às citações da correspondência que se referem à temporada vienense:

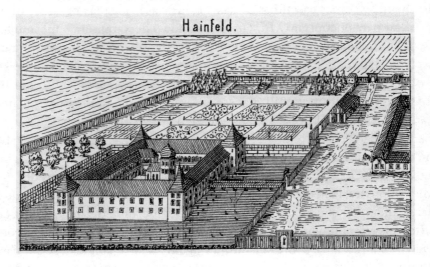

28 de abril de 1834: Se eu fosse rico, gostaria de lhe enviar um quadro, um *Intérieur d'Alger*, pintado por Delacroix, que me parece excelente.[31]

9 de março de 1834: Daqui até Viena, há somente trabalho e solidão.[32]

11 de agosto de 1834: Oh, passar o inverno em Viena. Aí estarei, sim.[33]

25 de agosto de 1834: Preciso ver Viena. Preciso ter explorado os campos de Wagram e de Essling antes de junho próximo. Sobretudo, preciso muito de gravuras que representem os uniformes do Exército alemão, vou procurá-las. Tenha a bondade de pelo menos me dizer se isso existe.[34]

18 de outubro de 1834: Sim, aspirei um pouco do outono da Touraine; fiz-me de planta, fiz-me de ostra, e quando o céu estava tão bonito pensava que era um presságio e que de Viena viria uma pomba com um ramo verde no bico.[35]

Pobre Balzac, o que obteve em Viena, alguns beijos e promessas, a se crer nessas cartas que Sarah cita abundantemente – e eu, que sempre ficava na maior alegria com sua vinda para a minha capital, a ponto de toda vez renovar meu guarda-roupa e ir ao cabeleireiro, o que obtive, mais uma separata que não ouso decifrar – a vida é feita de nós, a vida dá nós, e raramente são os do cordão da batina de são Francisco; nós nos cruzamos, corremos um atrás do outro, anos a fio, no escuro, e, quando pensamos enfim segurar as mãos entre as nossas, a morte nos toma tudo.

Jane Digby não aparece no artigo de Sarah sobre Balzac e o Oriente, e no entanto é um dos laços indiretos entre o homem da Touraine e a Síria; a bela, a sublime Jane Digby, cujo corpo, rosto e olhos de sonho fizeram muitos estragos na Europa e no Oriente do século XIX – uma das vidas mais surpreendentes da época, das mais *aventurosas*, em todos os sentidos da palavra. Inglesa escandalosa divorciada aos vinte anos, banida por sua "promiscuidade" pela Inglaterra vitoriana e depois, sucessivamente, amante de um nobre austríaco, mulher de um barão bávaro, amante do rei Luís I da Baviera, casada com um nobre corfiota respondendo pelo nome magnífico de conde Spyridon Theotoky, por fim raptada (não a contragosto) por um pirata albanês, Lady Jane Ellenborough, Digby em solteira, acaba encontrando a estabilidade amorosa no deserto, entre Damasco e Palmira, nos braços do xeique Medjuel el-Mezrab, príncipe da tribo dos annazah, vinte anos mais moço que ela, e com quem se casou quando tinha mais de cinquenta anos. Viveu os últimos anos de vida na Síria, na mais perfeita felicidade, ou quase – conheceu os horrores da guerra durante os massacres de 1860, quando foi salva graças à intervenção do emir Abd al-Qadir, exilado em Damasco, que protegeu inúmeros cristãos sírios e europeus. Mas sem dúvida o episódio mais atroz de sua vida ocorreu bem mais cedo, na Itália, em Bagni di Lucca, ao pé dos Apeninos. Naquela noite, Leonidas, seu filho de seis anos, o único de seus filhos por quem sentia um amor imenso, quis ir encontrar a mamãe, que da sacada de seu quarto ele via lá embaixo, diante do portão do hotel – e se debruçou, caiu e se espatifou no chão do terraço, aos pés da mãe, morto na hora.

Foi talvez esse horrível acidente que impediu Jane de conhecer a felicidade em outro lugar que não fosse o fim do mundo, no deserto do esquecimento e do amor – sua vida, como a de Sarah, é um longo caminho para o leste, uma série de estações que a levam, inexoravelmente, cada vez mais longe em direção ao Oriente em busca de alguma coisa que ela ignora. Balzac cruza com essa mulher extraordinária no início de seu imenso percurso, primeiro em Paris, por volta de 1835, quando "Lady Ell" engana com Theotoky seu bávaro barão Von Venningen; Balzac conta a Madame Hanska que Lady Ell… acaba mais uma vez de fugir com um grego, que o marido chegou, duelou com o grego, deixou-o morrendo e levou de volta sua mulher antes de mandar que cuidassem do amante – "que mulher singular", anota

Balzac. Depois, alguns anos mais tarde, quando ele volta de Viena, para no castelo de Weinheim, perto de Heidelberg, para visitar Jane; relata esses dias em carta a Madame Hanska, e pode-se legitimamente desconfiar que ele mente, para não desencadear os furores ciumentos de Évelyne, que, como se sabe, são frequentes, quando diz "mais uma dessas acusações que me fazem rir". Pergunto-me se Balzac foi de fato seduzido pela escandalosa aventureira de olhos azuis, é possível; sabe-se que ela lhe inspirou em parte o personagem de Lady Arabelle Dudley em *O lírio no vale*, Lady Dudley conquistadora, apaixonada e carnal. Li esse romance a algumas milhas de Saché, naquelas paisagens da Touraine por onde cavalgam Lady Dudley e aquele idiota do Félix de Vandenesse; chorei pela pobre Henriette, morta de tristeza – também senti um certo ciúme dos prazeres eróticos que a fogosa Arabelle oferecia a Félix. Balzac já opõe um Ocidente casto e tristonho às delícias do Oriente; tem-se a impressão de que ele entrevê, pelos quadros de Delacroix que tanto aprecia, no imaginário orientalista que já se fabrica, o destino posterior de Jane Digby, como um profeta ou um vidente: "Seu desejo vai como o turbilhão do deserto, o deserto cuja imensidão ardente está pintada em seus olhos, o deserto cheio de azul, com seu céu inalterável, com suas frescas noites estreladas", escreve sobre Lady Dudley, antes de uma longa comparação entre o Ocidente e o Oriente, Lady Dudley como o Oriente "exsudando sua alma, envolvendo seus fiéis com uma atmosfera luminosa", e na casa de Vovó, naquela poltrona de pano bordado, perto da janela cujas cortinas de renda branca deixavam passar a luz já filtrada pelos magros carvalhos da beira da floresta, eu me imaginava a cavalo com aquela Diana, a caçadora britânica, desejando (eu estava no limite da infância) que Félix acabasse se casando com Henriette, que tanto esperava, hesitando também entre os arroubos da alma e os prazeres da carne.

Balzac e Hanska, Majnoun e Laila, Jane Digby e xeique Med-Juel, aí está um belo catálogo a organizar, um livro, por que não, eu poderia escrever um livro, já imagino a capa:

Sobre as diferentes formas de loucura no Oriente
Volume primeiro
Os orientalistas apaixonados

Haveria aí um belo material, o dos loucos de amor de todas as espécies, felizes ou infelizes, místicos ou pornográficos, mulheres e homens, se pelo menos eu servisse para outra coisa além de ficar remoendo velhas histórias sentado na minha cama, se tivesse a energia de Balzac ou de Liszt, e sobretudo a saúde – não sei o que acontecerá comigo nos próximos dias, vou ter de me entregar à medicina, isto é, ao pior, não me imagino de jeito nenhum no hospital, o que vou fazer com minhas noites de insônia? Victor Hugo, o oriental, conta a agonia de Balzac em suas *Coisas vistas*, o sr. De Balzac estava no leito, diz ele, com a cabeça recostada numa pilha de travesseiros aos quais tinham acrescentado almofadas de adamascado vermelho tiradas do sofá do quarto. Estava com a face violeta, quase preta, inclinada para a direita, a barba por fazer, os cabelos grisalhos e cortados curto, o olho aberto e fixo. Um cheiro insuportável exalava da cama. Hugo levantou o cobertor e pegou a mão de Balzac. Ela estava coberta de suor. Ele a apertou. Balzac não respondeu à pressão. Uma velha, a governanta, e um criado mantinham-se em pé de cada lado da cama. Uma vela queimava atrás da mesa de cabeceira, sobre uma mesa, e outra em cima de uma cômoda perto da porta. Havia um vaso de prata sobre a mesa de cabeceira. Aquele homem e aquela mulher se calavam com uma espécie de terror e escutavam o moribundo agonizar, roncando, Madame Hanska tinha voltado para a casa dela, provavelmente, pois não conseguiu suportar os estertores do marido e sua agonia: Hugo conta horrores de toda espécie sobre o abscesso das pernas de Balzac, que arrebentara dias antes.

Que maldição é o corpo, por que não deram a Balzac ópio ou morfina, como a Heinrich Heine, pobre corpo de Heine, ele também, Heine convencido de morrer lentamente de sífilis, se bem que os médicos de hoje mais se inclinem para uma esclerose múltipla, uma longa doença degenerativa, em todo caso, que o prendeu na cama *durante anos*, meu Deus, um artigo científico detalha as doses de morfina que Heine tomava, ajudado por um farmacêutico bondoso que pusera à sua disposição essa inovação recente, a morfina, o suco da divina papoula – pelo menos no século XIX não recusam esses cuidados a um moribundo, apenas tentam afastar os vivos deles. Já não sei qual escritor francês nos recriminava por estarmos vivos enquanto Beethoven estava morto, o que me irritou tremendamente, o título era *Quando penso que Beethoven está morto ao passo que tantos imbecis estão vivos*, ou algo próximo disso, o que dividia a humanidade em duas categorias, os idiotas e os Beethoven, e era mais ou menos certo que esse autor se incluía de bom grado entre os Beethoven, cuja glória imortal resgataria as taras presentes, e desejava a todos nossa morte, para vingar a do mestre de Bonn: naquela livraria parisiense, Sarah, que às vezes não tinha discernimento, achou esse título muito divertido – ela devia ter criticado mais uma vez a minha seriedade, a minha intransigência, como se ela não fosse intransigente. A livraria ficava na Place de Clichy, foi no final de nossa expedição à casa de Sadeq Hedayat, na Rue Championnet, e ao cemitério de Montmartre, onde vimos as sepulturas de Heine e Berlioz, antes de um jantar numa cervejaria agradável que tem um nome alemão, creio. Sem dúvida minha raiva desse livro (cujo autor também tinha, creio, um nome alemão, mais uma coincidência) era uma vontade de atrair a atenção para mim, fazer-me notar à custa desse escritor e brilhar por meu conhecimento sobre Beethoven – Sarah estava em plena redação da tese, só tinha olhos para Sadeq Hedayat ou Annemarie Schwarzenbach. Emagrecera muito, trabalhava catorze, e mesmo dezesseis horas por dia, saía pouco, se debatia com sua documentação como um homem-rã, sem quase se alimentar; apesar de tudo, parecia feliz. Depois do incidente de Alepo, do quarto do Hotel Baron, eu não a tinha visto por meses, sufocado que estava de vergonha. Era bem egoísta de minha parte chateá-la em plena tese com meu ciúme, que idiota pretensioso: eu posava de galã, quando deveria ter cuidado dela, me desdobrado em atenções e evitado esbanjar meus conhecimentos beethovenianos, os quais observei, com o tempo, que não me tornam particularmente popular junto às mulheres. No fundo, talvez o que tanto me irritasse com esse título, *Quando penso que Beethoven está morto ao passo que tantos imbecis estão vivos*, é que seu dono tinha encontrado a maneira de ser engraçado e simpático falando de Beethoven, o que gerações de musicólogos, a minha inclusive, tentaram fazer, em vão.

Joseph von Hammer-Purgstall, o orientalista, sempre ele, conta que frequentava Beethoven em Viena por intermédio do dr. Glossé. Pensando bem, que mundo, esse das capitais no início do século XIX, onde os orientalistas conviviam com os príncipes, os Balzac e os músicos geniais. Suas memórias trazem até uma história aterradora, do ano de 1815: Hammer assiste a um concerto de Beethoven, num daqueles extraordinários salões vienenses; imaginam-se facilmente os cabriolés, os lacaios, as centenas de velas, os lustres de contas de cristal; faz frio, é inverno, o inverno do Congresso de Viena, e aqueceu-se tanto quanto possível a casa da condessa Thérèse Apponyi, que recebe – ela tem apenas trinta anos, não sabe que alguns anos mais tarde encantará o Tout-Paris; Antoine e Thérèse Apponyi serão os anfitriões, em sua embaixada do Faubourg Saint-Germain, de tudo o que a capital francesa conta em matéria de escritores, artistas e músicos importantes.

O nobre casal austríaco será amigo de Chopin, de Liszt, da escandalosa George Sand; receberá Balzac, Hugo, Lamartine e todos os agitadores de 1830. Mas naquela noite de inverno é Beethoven que ela recebe; Beethoven, que há meses não apareceu na casa de ninguém – como as grandes feras, sem dúvida é a fome que o tira de sua triste toca, ele precisa de dinheiro, de amor e dinheiro. Portanto, dá um concerto para essa condessa Apponyi e o círculo imenso de seus amigos, Hammer entre eles. O orientalista diplomata tem bom trânsito na corte, no momento daquele Congresso de Viena, quando se aproximou de Metternich; frequentou Talleyrand, o qual não se sabe se é um intrometido perverso ou um falcão altivo – em todo caso, um animal predador. A Europa festeja a paz, o equilíbrio reencontrado no jogo das potências, e sobretudo o fim de Napoleão, que estrebucha na ilha de Elba; os Cem Dias passarão como um arrepio de medo na espinha de um inglês. Napoleão Bonaparte é o inventor do orientalismo, é ele que arrasta a ciência atrás de seu Exército até o Egito e faz a Europa entrar pela primeira vez no Oriente, mais além dos Bálcãs. O saber se esgueira atrás dos militares e dos negociantes, no Egito, na Índia, na China; os textos traduzidos do árabe e do persa começam a invadir a Europa, Goethe, o grande carvalho, lançou a corrida; bem antes de *Os orientais*, de Hugo, no exato instante em que Chateaubriand inventa a literatura de viagem com *Itinerário de Paris a Jerusalém*, enquanto Beethoven toca naquela noite para a pequena condessa italiana casada com um húngaro, diante das mais belas casacas de Viena, o imenso Goethe dá a última mão em seu *West-östlicher Divan*, diretamente inspirado na tradução de Hafez publicada por Hammer-Purgstall (Hammer está lá, é claro, pegam o seu sobretudo, ele se inclina para fingir que roça os lábios na luva de Teresa Apponyi, sorridente, pois a conhece bem, o marido dela também é um diplomata do círculo de Metternich) em 1812, quando aquele diabo de Napoleão, aquele horrível mediterrâneo pensava poder enfrentar os russos e seu inverno aterrorizante, a três mil léguas da França. Naquela noite, enquanto Napoleão está batendo o pé de impaciência, enquanto espera os barcos em Elba, há Beethoven, e há o velho Hafez, e Goethe, e portanto Schubert, que musicará poemas do *Divã ocidental-oriental*, e Mendelssohn, e Schumann, e Strauss e Schönberg, eles também retomarão esses poemas de Goethe, o imenso, e ao lado da condessa Apponyi encontra-se Chopin, o fogoso, que lhe dedicará dois *Noturnos*; perto de Hammer sentam-se Rückert e Mawlana Jalal ad-Din Rumi, e Ludwig van Beethoven, o mestre de todos, instala-se ao piano.

Imagina-se Talleyrand, subitamente aquecido pelas estufas de faiança, adormecendo antes mesmo que os dedos do compositor tocassem o teclado; Talleyrand, o diabo coxo, distraiu-se a noite inteira, mas não com música, e sim com as cartas: uma pequena banca de faraó, com vinho, muito vinho, e agora seus olhos se fecham. É o mais elegante dos bispos que largaram a batina, e também o mais original; serviu Deus, serviu Luís XVI, serviu a Convenção, serviu o Diretório, serviu Napoleão, serviu Luís XVIII, servirá Luís Filipe e se tornará o homem de Estado que os franceses erigirão em modelo, eles que acreditam sinceramente que os funcionários devem ser como Talleyrand, uns edifícios, umas igrejas inamovíveis que resistem a todas as tempestades e encarnam a famosa *continuidade do Estado*, isto é, a covardia dos que subordinam suas convicções à potência, seja ela qual for – Talleyrand prestará homenagem à expedição de Bonaparte ao Egito e a tudo o que Denon e seus sábios trouxeram em matéria de conhecimentos sobre o Egito Antigo, ordenando que seu corpo fosse embalsamado *à egípcia*, mumificado, sacrificando-se à moda faraônica que invadiu Paris, pondo um pouco de Oriente em seu caixão, ele, o príncipe que sempre sonhara em transformar sua alcova em harém.

Joseph Hammer não adormece, é melômano; aprecia a alta sociedade, as belas companhias, as belas reuniões – tem quarenta e poucos anos, anos de experiência sobre o Levante, fala correntemente seis línguas, conviveu com os turcos, ingleses e franceses e aprecia, embora diferentemente, essas três nações cujas qualidades pôde admirar. É austríaco, filho de um funcionário de província, só lhe faltam um título e um castelo para realizar esse Destino que sente ser o seu – terá de esperar mais vinte anos e um golpe de sorte para herdar Hainfeld, a baronia que o acompanha e tornar-se Von Hammer-Purgstall.

Beethoven cumprimentou a plateia. Esses anos são bem difíceis para ele, que acaba de perder o irmão Carl e se lança num longo processo para que lhe confiem a guarda de seu sobrinho; o avanço da surdez o isola cada vez mais. É obrigado a usar aqueles enormes cones acústicos de cobre, de formas estranhas, que vemos em Bonn, numa vitrine da Beethovenhaus, e que lhe dão um ar de centauro. Está apaixonado, mas com um amor que, ele pressente, seja por causa de sua doença, seja pelo nascimento nobre da jovem, não resultará em nada além da música; como Harriet para Berlioz, seu amor está ali, na sala; Beethoven começa a tocar, sua vigésima sétima sonata, composta meses antes, com vivacidade, sentimento e expressão.

O público estremece ligeiramente; há um murmúrio que Beethoven não ouve: Hammer conta que o piano, talvez por causa da calefação, não sustentou o acorde e soa horrivelmente – os dedos de Beethoven tocam à perfeição, e ele ouve, internamente, sua música tal como deveria ser; para o público, é uma catástrofe sonora, e se Beethoven observa de vez em quando sua bem-amada, deve se dar conta, aos poucos, de que os rostos são invadidos pelo constrangimento, pela vergonha até, de assistirem assim à humilhação do grande homem. Felizmente a condessa Apponyi é uma senhora de tato, ela prorrompe em aplausos, faz discretamente sinal para se abreviar a apresentação, e imagina-se a tristeza de Beethoven quando compreender de que terrível farsa foi vítima – será seu último concerto, informa-nos Hammer. Gosto de imaginar que quando Beethoven compuser, semanas mais tarde, o ciclo de Lieder *An die ferne Geliebte*, para a amada distante, é nessa distância da surdez que pensará, pois ela o afasta do mundo mais seguramente que o exílio, e, embora ainda se desconheça, apesar das pesquisas apaixonadas dos especialistas, quem era essa jovem, adivinha-se, no *Nimm sie hin, denn, diese Lieder* final, toda a tristeza do artista que não pode mais cantar nem tocar as melodias que escreve para quem ama.

Durante anos colecionei todas as interpretações possíveis das sonatas para piano de Beethoven, as boas e as más, as esperadas e as surpreendentes, dezenas de vinis, de CDs, de fitas cassete, e toda vez que ouço o segundo movimento da vigésima sétima, no entanto muito *cantante*, não consigo deixar de pensar na vergonha e no embaraço, vergonha e embaraço de todas as declarações de amor que não dão certo, e vou corar de vergonha ao repensar nisso, sentado na minha cama com a luz acesa, nós tocamos nossa sonata sozinhos sem perceber que o piano está desafinado, invadidos por nossos sentimentos: os outros entendem a que ponto desafinamos e, na melhor das hipóteses, sentem uma sincera piedade, na pior, um terrível constrangimento de serem assim confrontados com a nossa humilhação, que respinga neles, quando na verdade, no mais das vezes, não tinham pedido nada – Sarah não tinha pedido nada, naquela noite no Hotel Baron, bem, sim, talvez, não sei, confesso que não sei mais nada, hoje, depois de todo esse tempo, depois de Teerã, dos anos, esta noite, quando me afundo na doença como Beethoven, e apesar do misterioso artigo desta manhã, Sarah está mais longe que nunca, *ferne Geliebte*, ainda bem que eu não componho poemas, tampouco música, há muito tempo.

87

Minha última visita à Beethovenhaus de Bonn para aquela conferência sobre "*As ruínas de Atenas e o Oriente*" data de alguns anos, e também está marcada pela vergonha e pela humilhação, a da loucura do pobre Bilger – revejo-o em pé, na primeira fila, com a baba nos lábios, começando a imprecar contra Kotzebue (o autor do libreto das *Ruínas de Atenas* que também não pedira nada a ninguém e cuja glória única é sem dúvida ter levado uma punhalada fatal), e depois misturar tudo, a arqueologia, o racismo antimuçulmano, pois o "Coro dos dervixes" de que eu acabava de falar designa o Profeta e a Caaba, e é por isso que atualmente nunca é interpretado, gritava Bilger, nós respeitamos demais a Al-Qaeda, nosso mundo está em perigo, mais ninguém se interessa pela arqueologia grega e romana, só pela Al-Qaeda, e Beethoven compreendera muito bem que é preciso aproximar os dois lados na música, o Oriente e o Ocidente, para rejeitar o fim do mundo que se aproxima, e você, Franz (foi aí que a senhora da Beethovenhaus se virou para mim com ar consternado, a que respondi com um covarde muxoxo dubitativo que significava "ignoro totalmente quem é esse energúmeno"), você sabe mas você não diz, você sabe que a arte está ameaçada, que são um sintoma do fim do mundo todas essas pessoas que se viram para o Islã, para o hinduísmo e o budismo, basta ler Herman Hesse para saber, a arqueologia é uma ciência da terra e todo mundo esquece isso, como esquece que Beethoven é o único profeta alemão – deu-me uma repentina e terrível vontade de urinar, de súbito eu já não ouvia o que Bilger falava, confuso, em pé no meio da plateia, eu só ouvia meu corpo e minha bexiga, parecia-me que ela ia explodir, eu me dizia: "bebi chá, bebi chá demais", não vou aguentar, estou com uma terrível vontade de mijar, vou molhar minha calça e minhas meias, é um horror, na frente de todo mundo, não vou conseguir prender por mais tempo, vou empalidecer e todos vão ver, e enquanto Bilger ainda soltava suas imprecações inaudíveis para mim, eu me levantei e corri, contorcendo-me, com a mão na entreperna, para me refugiar no mictório, enquanto atrás de mim uma explosão de aplausos saudava minha saída, interpretada como a desaprovação do orador alucinado. Quando voltei, Bilger não estava mais lá; fora embora, contou-me a brava senhora da Beethovenhaus, pouco depois da minha saída, não sem antes me tratar de poltrão e de traidor, no que, devo admitir, não estava errado.

Esse incidente me entristeceu profundamente; embora eu sentisse alegria em rever nos detalhes os objetos da coleção Bodmer, passei apenas dez minutos nas salas do museu; a conservadora que me acompanhava notou meu humor pesaroso e tentou me sossegar, sabe, loucos há por todo lado, e, mesmo se a intenção era louvável, a ideia de que pudesse haver *por todo lado* alienados como Bilger acabou de me deprimir. Será que suas inúmeras temporadas no Oriente tinham aumentado uma fissura preexistente da alma, será que tinha contraído por lá uma doença espiritual, ou será que a Turquia e a Síria não tinham nada a ver com aquilo e que ele teria igualmente enlouquecido se nunca tivesse saído de Bonn, não se sabe – um paciente para o seu vizinho, Sarah teria dito, fazendo referência a Freud, e confesso que ignoro totalmente se o gênero de delírio paranoico tipo Bilger não está *além* da psicanálise, quem sabe no âmbito da trepanação, apesar de toda a simpatia que me inspiram o bom dr. Sigmund e seus acólitos. "Você resiste", Sarah teria dito; ela me explicara o conceito extraordinário de *resistência* na psicanálise, já não lembro a respeito de quê, e eu tinha ficado furioso com a simplicidade do argumento, tudo o que vai de encontro à teoria psicanalítica é do terreno da *resistência*, isto é, o fato de doentes que se recusam a se curar, recusam-se a ver a luz nas palavras do bom doutor. É certamente o meu caso, agora que penso nisso, eu resisto, resisto há anos, e até mesmo nunca entrei no apartamento do cocainômano especialista na vida sexual dos recém-nascidos, nem sequer acompanhei Sarah quando ela foi lá, faço tudo o que você quiser, eu disse, aceito ir ver mulheres decepadas num museu de anatomia, mas visitar o apartamento do charlatão, não, aliás, nada mudou, como você sabe, a vigarice continua: vão fazer você pagar uma fortuna para ver um apartamento totalmente vazio, pois os pertences dele, o divã, o tapete, a bola de cristal e os quadros de mulheres nuas encontram-se em Londres. Claro que isso era má-fé, era mais uma maneira de eu me fazer de esperto, eu não disse nada contra Freud, é claro, e ela adivinhou, como de costume. Talvez Freud conseguisse me fazer dormir com seu pêndulo de hipnotizador, faz uma hora que estou sentado na cama de luz acesa com os óculos no nariz e um artigo nas mãos, fixando bestamente as prateleiras de minha biblioteca – "os tempos são tão maus que resolvi falar sozinho", disse aquele ensaísta espanhol, Gómez de la Serna, e o compreendo.

Também me acontece falar sozinho.

Até cantar, às vezes.

Tudo está calmo na casa de Gruber. Ele deve estar dormindo, vai se levantar pelas quatro da madrugada para suas necessidades, a bexiga não o deixa em paz, um pouco como a minha em Bonn, que vergonha quando penso nisso, todo mundo achou que eu saía da sala indignado com as palavras de Bilger, eu deveria ter lhe gritado: "Lembre-se de Damasco! Lembre-se do deserto de Palmira!", e talvez ele tivesse acordado abruptamente, como um paciente de Freud que descobre de repente, em plena sessão, que confundiu o *pipi* de seu pai com o de um cavalo e por isso se vê, de súbito, imensamente aliviado – essa história do *Pequeno Hans* é, pensando bem, inacreditável, esqueci seu nome verdadeiro mas sei que mais tarde esse homem se tornou um diretor de ópera e batalhou a vida inteira para que a ópera fosse um espetáculo popular, que fim levou a sua fobia dos cavalos, será que o bom dr. Freud o curou, não tenho ideia, em todo caso espera-se que não mais empregue a palavra *pipi*. Por que a ópera? Talvez porque lá se cruze com muito menos *pipis* do que, digamos, no cinema – e com pouquíssimos cavalos. Eu tinha me negado a acompanhar Sarah à casa de Freud, tinha embirrado (ou resistido, segundo a terminologia). Ela voltara de lá encantada, transbordando de energia, as bochechas coradas pelo frio (soprava em Viena, nesse dia, um belo vento glacial), eu a esperava no café Maximilien na esquina da praça da Votivkirche, lendo jornal, bem escondido num canto, atrás do *Der Standard*, que mal é suficiente para alguém se esconder dos estudantes e dos colegas que frequentam esse estabelecimento, mas que tinha na época editado uma série de DVDs de cem "filmes austríacos" e merecia ser recompensado por essa iniciativa interessante, a celebração do "cinema austríaco"; evidentemente, um dos primeiros da série foi *A professora de piano*, filme aterrador adaptado do romance da não menos aterradora Elfriede Jelinek, e eu pensava nessas coisas meio tristes abrigado atrás do meu *Der Standard* quando Sarah voltou toda faceira e alegrinha da casa do sr. Freud: imediatamente misturei na minha cabeça o Pequeno Hans, a agorafobia de Jelinek e sua vontade de cortar todos os *pipis*, dos homens e dos cavalos. Sarah tinha feito uma descoberta, estava comovida; empurrou o jornal e agarrou minha mão, seus dedos estavam gelados.

SARAH (*agitada, infantil*) Sabe de uma coisa? É inacreditável, adivinhe como se chama a vizinha de cima do dr. Freud?
FRANZ (*confuso*) Hein? Que vizinha de Freud?
SARAH (*ligeiramente irritada*) Na caixa de correio. O apartamento de Freud fica no primeiro. E tem gente que mora no prédio.
FRANZ (*humor vienense*) Eles devem aturar os gritos dos histéricos, deve ser ainda mais duro do que o cachorro do meu vizinho.

SARAH (*sorriso impaciente*) Não, não, sem brincadeira, sabe como se chama a senhora que ocupa o apartamento logo em cima do de Freud?

FRANZ (*distante, um pouco esnobe*) Menor ideia.

SARAH (*ar vitorioso*) Pois bem, ela se chama Hannah Kafka.

FRANZ (*indiferente*) Kafka?

SARAH (*sorriso extático*) Te juro. É uma belíssima coincidência. Cármica. Tudo está ligado.

FRANZ (*descaradamente exagerado*) Taí uma reação de francesa. Há montes de Kafka em Viena, é um sobrenome muito comum. Meu encanador se chama Kafka.

SARAH (*indignada com a má-fé, melindrada*) Mas, mesmo assim, reconheça que é extraordinário!

FRANZ (*covardemente*) Ah, te peguei. Claro que é extraordinário. Talvez seja prima da avó de Franz, quem sabe.

SARAH (*beleza solar, radiante*) É mesmo, não é? É... uma descoberta fantástica.

Kafka era uma de suas paixões, um de seus "personagens" prediletos, e a possibilidade de ela ter cruzado assim com ele, em cima do apartamento de Freud em Viena, deixava-a toda alegre. Ela adora ler o mundo como uma sequência de coincidências, de encontros fortuitos que dão um significado ao conjunto, que desenham o *samsara*, o novelo de lã da contingência e dos fenômenos; é claro que ela me observara que eu me chamava Franz, como Kafka; foi preciso que eu lhe explicasse que era o nome de meu avô paterno, que se chamava Franz Josef, porque nascera no dia da morte do imperador do mesmo nome, dia 21 de novembro de 1916; meus pais tinham sido bons a ponto de não me infligir o *Josef*, o que ela achou muito engraçado – imagine só, você deveria se chamar François-Joseph! (Aliás, várias vezes me chamou de François-Joseph nas cartas ou nas mensagens. Felizmente, Mamãe nunca se deu conta de que alguém caçoava assim de suas escolhas patronímicas, pois teria ficado muito triste.) Por sorte meu irmão não se chama Maximiliano, mas Peter, por motivos que desconheço, aliás. Mamãe sempre teve a impressão, desde sua chegada a Viena, em 1963, de ser uma princesa francesa que um jovem nobre dos Habsburgo fora tirar de seu campo e levar para usufruir o lustre de sua brilhante capital – ela conservou um sotaque francês muito forte, de "filme de época", e quando eu era pequeno morria de vergonha dessa entonação, desse modo de acentuar todas as frases e todas as palavras de todas as frases na última sílaba, embelezando o conjunto com algumas vogais nasais; claro que os austríacos acham esse sotaque *charmant, sehr charmant*. Quanto aos sírios, fora os das grandes cidades, eles ficavam tão surpresos que um estrangeiro soubesse falar ainda que umas poucas palavras de árabe, que arregalavam os olhos redondos e faziam mil esforços atentos para penetrar nos mistérios da articulação exótica dos francos; Sarah fala bem melhor árabe e persa do que alemão, é preciso dizer, e sempre tive dificuldade em ouvi-la falar nosso idioma, talvez, que horrível pensamento, porque sua pronúncia me lembra a de minha mãe. Não nos aventuremos nesse terreno movediço, deixemos esse campo para o bom doutor, o vizinho de baixo da sra. Kafka. Sarah me contava que, em Praga, Kafka é um herói a título idêntico a Mozart, Beethoven ou Schubert em Viena; possui seu museu, suas estátuas, sua praça; a agência de turismo organiza Kafka Tours, e é possível comprar ímãs com o retrato do escritor para colar na geladeira gigante em Oklahoma City ao voltar para casa – ignora-se por que os jovens americanos caíram de amores por Praga e Kafka; perambulam por ali em bandos, em grande número, passam vários meses na capital tcheca, quando não anos, sobretudo os escritores em gestação saídos da universidades de *creative writing*; vão a Praga como outrora se ia a Paris, para a inspiração; têm blogs e enchem cadernos ou escrevem páginas virtuais nos cafés, bebem litros e litros de cerveja tcheca, e tenho certeza de que alguns são encontrados na mesma praça, dez anos depois, dando ainda os últimos retoques em seu primeiro romance ou numa antologia de contos que supostamente vão propulsá-los à glória – em Viena, felizmente, temos sobretudo americanos *velhos*, casais de idade respeitável que aproveitam a profusão de palácios, fazem fila para visitar o Hofburg, comem *Sachertorte*, vão a um concerto em que toca um Mozart de peruca e fantasia e voltam a pé à noite para o hotel, de braços dados, com a sensação de atravessar os séculos XVIII e XIX inteiros, gentilmente excitados pelo medo de que um bandido possa surgir de uma dessas ruelas barrocas desertas e silenciosas para roubá-los, ficam dois, três, quatro dias e depois vão para Paris, Veneza, Roma ou Londres, antes de voltar para sua casinha em Dallas e mostrar aos íntimos maravilhados suas fotos e lembranças. Desde Chateaubriand viaja-se para contar; tiram-se fotos, suporte da memória e da partilha; explica-se que na Europa "os quartos são minúsculos", que em Paris "todo o quarto do hotel era menor que nosso banheiro", o que provoca arrepios na plateia – e também uma luzinha de inveja nos olhares, "Veneza é magnificamente decadente, os franceses são extraordinariamente descorteses, na Europa tem vinho em todas as quitandas e em todos os supermercados, em qualquer lugar", e ficam contentes, e morrem tendo visto o mundo. Pobre Stendhal, não sabia o que fazia ao publicar suas *Memórias de um turista*, ele de fato inventava mais que uma palavra, "graças ao Céu", dizia, "a presente viagem não tem nenhuma pretensão à estatística e à ciência", sem se dar conta de que empurrava gerações de viajantes para a futilidade, com a ajuda do céu, para completar. Engraçado que esse Stendhal seja associado não só à palavra turista como também à síndrome do viajante que leva seu nome; parece que o hospital de Florença possui um serviço psiquiátrico à parte para os estrangeiros que se pasmam na Galeria degli Uffizi ou na Ponte Vecchio, uma centena por ano, e já não sei quem me contou que em Jerusalém havia um asilo especial para os delírios místicos, que só a *visão* de Jerusalém podia provocar febres, atordoamento, aparições da Virgem, de Cristo e de todos os profetas possíveis, em meio a intifadas e judeus ortodoxos que atacam as minissaias e os decotes, assim como seus colegas árabes atacam os militares, a pedradas, à antiga ou no modo *qadim jiddan*, em meio a tudo o que o planeta conta em matéria de eruditos laicos e religiosos debruçados sobre veneráveis textos, torás, evangelhos e até alcorões em todas as línguas antigas e todas as europeias, segundo as escolas, protestantes alemães, holandeses, britânicos e americanos, papistas franceses, espanhóis, italianos, até os austríacos, os croatas, os tchecos, sem falar do chorrilho de igrejas autocéfalas, dos gregos, dos armênios, dos russos, dos etíopes, dos egípcios, dos siríacos, todos com sua versão uniata, somados à infinidade de variantes possíveis do judaísmo, reformadas ou não, rabínicas ou não, e os cismas muçulmanos, muçulmanos para quem Jerusalém é sem dúvida menos importante que a Meca, mas continua a ser um lugar santíssimo, quando nada porque não desejam abandoná-la para as outras confissões: todos esses eruditos, todas essas sumidades se agrupavam em outras tantas escolas, revistas científicas, exegeses; Jerusalém era recortada entre tradutores, peregrinos, hermeneutas e visionários, no meio de toda a tralha do aparato comercial, dos vendedores de xales, ícones, óleos santos e culinários, crucifixos de madeira de oliveira, joias mais ou menos sacras, imagens pias ou profanas, e o canto que subia para o céu sempre puro era uma atroz cacofonia misturando as polifonias com as cantilenas, as monodias pias com as liras pagãs dos soldados. Era preciso ver em Jerusalém os pés dessa multidão e a diversidade de seus calçados: sandálias crísticas, com ou sem meias, *caligae*, botas de couro, alpercatas, havaianas, mocassins esmagados no salto; peregrinos, militares ou vendedores ambulantes podiam ser reconhecidos sem levantar os olhos do chão imundo da velha cidade de Jerusalém, onde também se cruzavam de pés descalços, pés enegrecidos que tinham caminhado pelo menos desde o aeroporto Ben Gurion, mas às vezes de mais longe, inchados, enfaixados, sanguinolentos, peludos ou glabros, extremidades masculinas ou femininas – seria possível passar dias em Jerusalém só observando as patas da multidão, de cabeça baixa, os olhos para baixo em sinal de fascinada humildade.

Stendhal, com seu pasmo florentino, pareceria um principiante diante dos êxtases místicos dos turistas em Jerusalém. Pergunto-me o que o dr. Freud pensaria desses distúrbios; eu precisaria perguntar a Sarah, especialista do sentimento oceânico e da perda de si em todas as formas – como interpretar minhas próprias emoções espirituais, essa força, por exemplo, que me empurra para as lágrimas quando vou ao concerto, certos momentos tão fortes e tão breves em que sinto que minha alma toca o inefável da arte e em seguida lastima, na tristeza, esse gosto prévio de paraíso cuja experiência ela acaba de ter? Que pensar de minhas ausências em certos lugares carregados de espiritualidade, como a Suleymaniye ou o pequeno convento de dervixes de Damasco? São, todos, mistérios para uma próxima vida, como diria Sarah – tenho vontade de ir buscar seu artigo aterrador sobre o Sarawak, para relê-lo, verificar se contém alusões sutis à nossa história, a Deus, à transcendência, além do horror. Ao amor. A essa relação entre o amante e o amado. Talvez o texto mais místico de Sarah seja esse artigo simples e edificante, "O orientalismo é um humanismo", dedicado a Ignác Goldziher e Gershom Scholem, publicado justamente numa revista da universidade de Jerusalém; devo tê-lo em algum lugar por aqui, será que me levanto, levantar-me significaria renunciar ao sono até a aurora, eu me conheço.

Eu poderia fazer uma tentativa de voltar a dormir, tiro os óculos e largo a separata balzaquiana, ih, meus dedos deixaram rastro na capa amarelada, a gente esquece que o suor é ácido e marca o papel; talvez seja a febre que me faz suar nos dedos, de fato estou com as mãos úmidas, no entanto a calefação está desligada e não tenho a sensação de sentir calor, também há algumas gotas de suor na minha testa, como sangue – os caçadores chamam o sangue da caça de *suor*, na caça na Áustria não tem sangue mas *suor*, a única vez que acompanhei meu tio numa caçada vi um cabrito-montês atingido no peito, os cães latiam na frente do animal sem se aproximar, o bicho tremia e escavava o húmus com seus cascos, um dos caçadores lhe fincou uma faca no peito, como num conto dos irmãos Grimm, mas não era um conto de Grimm, era um homenzarrão rude com boné, sussurrei para o meu tio "Talvez ele pudesse ter sido tratado, coitadinho", um estranho reflexo ingênuo que me valeu um bom tabefe na nuca. Os cães lambiam as folhas mortas. "Eles estão recolhendo o sangue", eu comentei, enojado; meu tio olhou para mim com um olhar negro e resmungou "Não é sangue. Não há sangue. É *suor*". Os cães eram muito adestrados para se aproximarem do cabrito moribundo; contentavam-se, de mansinho, com as gotas que caíam, com aqueles vestígios que eles tinham tão bem seguido, com o *suor* que o animal perdera correndo mortalmente. Pensei que ia vomitar, mas não; a cabeça do cabrito, furada, balançava para a direita e para a esquerda enquanto o levavam até o carro, eu olhava para o chão o tempo todo, de olho nos matinhos, nas castanhas e nas bolotas secas, para evitar de pisar naquele *suor* que eu imaginava pingar do coração trespassado do animal, e outro dia, no laboratório de análises clínicas, quando a enfermeira aplicou seu garrote elástico em torno do meu bíceps, desviei os olhos dizendo bem alto "Não é sangue. Não há sangue. É *suor*", e a moça deve ter me achado louco, com certeza, e meu celular começou a tocar nesse exato instante, no momento em que ela ia espetar sua agulha na minha veia, meu celular estava no paletó, perto da mesa, e tocou "*Avec la garde montante, comme de petits soldats*", com uma tonalidade computadorizada horrorosa que ressoou no consultório médico; esse celular que jamais toca escolheu justamente aquele momento para berrar *Carmen* aos brados, quando aquela moça se preparava para me *suar*. O telefone estava a cinco metros dali, eu estava amarrado por um garrote, prestes a ser espetado por uma agulha; nunca vivi algo tão constrangedor – a enfermeira hesitava, com a seringa no ar; a Guarda não acabava de ser rendida, Bizet tornava-se cúmplice da humilhação, a executora da extração me perguntou se eu queria atender, fiz que não com a cabeça, ela me espetou antes que eu pudesse olhar para outro ponto; vi o metal enfiar-se na veia saliente e azul, senti o garrote estalar, o sangue me pareceu ferver no tubo de vidro, "*Avec la garde montante*", por quanto tempo pode tocar um celular, meu suor era preto como a tinta dessas canetas vermelhas transparentes que uso para corrigir as provas dos estudantes, "*comme de petits soldats*", tudo aquilo então não ia acabar nunca, às vezes a vida é longa, disse T.S. Eliot, a vida é muito longa, *"Avec la garde montante"*, a enfermeira retirou seu tubo de plástico, o telefone finalmente se calou e sem piedade ela recolocou um segundo tubo no lugar do primeiro, deixando por alguns segundos a cânula abandonada e pendurada no meu braço.

Não é sangue, não há sangue, é *suor*.

Felizmente não sangro, mas mesmo assim é perturbador, esses suores noturnos, essa febre.

Kafka cuspia sangue, devia ser muito mais desagradável, aquelas marcas vermelhas no seu lenço, que horror; em 1900 um vienense em quatro morria de tuberculose, parece, terá sido essa doença que tornou Kafka tão popular e esteve na origem do "equívoco" sobre sua personalidade, talvez. Numa de suas últimas cartas, aterradoras, Kafka escreve a Max Brod, do sanatório de Kierling, em Klosterneuburg, perto do Danúbio: "Esta noite chorei várias vezes sem razão, meu vizinho morreu esta noite", e dois dias depois Franz Kafka estava morto.

Chopin, Kafka, perversa doença à qual, ainda assim, devemos *A montanha mágica*, não esqueçamos – não há acaso, Thomas Mann, o grande, era vizinho de Bruno Walter em Munique, seus filhos brincavam juntos, conta o filho Klaus Mann em suas memórias, que família essa dos grandes homens. Sarah, é claro, tinha percebido todos esses pequenos laços que uniam seus "personagens": Kafka aparece em sua tese com duas de suas novelas, *Colônia penal* e *Chacais e árabes*; para Sarah, o *deslocamento* kafkiano está intimamente ligado à sua identidade-fronteira, à crítica ao Império Austro-Húngaro que vai acabar, e mais além, à necessidade da aceitação da alteridade como parte integrante de si mesmo, como contradição fecunda. Por outro lado, a injustiça colonial (e aí está toda a originalidade de sua tese) mantém com os saberes "orientalistas" o mesmo tipo de relação dos chacais com os árabes na novela de Kafka; eles talvez sejam inseparáveis, mas a violência de uns não pode, em nenhum caso, ser posta na conta dos outros. Para Sarah, considerar Kafka como um romântico sofredor e tristonho perdido numa administração estalinista é uma aberração absoluta – é esquecer o riso, o deboche, a jubilação que nascem de sua lucidez. Transformado em produto para turistas, o pobre Franz não passa de uma máscara para o triunfo do capitalismo, e essa verdade a entristecia a tal ponto que, quando Kafka acabava de aparecer no café Maximilien na esquina da Votivkirche graças à vizinha do dr. Freud, ela se recusou a ir a Klosterneuburg ver o que restava do sanatório onde o praguense morrera em 1924. A ideia de pegar o S-Bahn não me encantava propriamente, portanto não insisti, embora, para agradar-lhe, eu estivesse disposto a me gelar as partes no vento daquele nobre subúrbio, que eu desconfiava que era absolutamente glacial.

Não é sangue, não há sangue, é *suor*.

Talvez eu devesse ter insistido, porque a alternativa acabou sendo pelo menos igualmente penosa; eu conhecia a paixão de Sarah pelas monstruosidades, embora na época esse interesse pela morte e pelo corpo dos mortos não se manifestasse com tanta intensidade como hoje. Eu já tivera de aturar a sinistra exposição dos modelos anatômicos, e eis que ela me levava para o outro lado do canal, em Leopoldstadt, para um museu "que Magris citava em *Danúbio*" e que sempre a intrigara – o Museu do Crime, nada menos, que eu conhecia de nome mas onde nunca pusera os pés: o museu oficial da polícia de Viena, sempre o horror e sempre os monstros, crânios afundados e fotos de cadáveres mutilados: é isso que vocês querem, então tomem! Fico pensando por que ela se interessa pelas entranhas da minha cidade quando eu teria tantas belezas para lhe mostrar, o apartamento de Mozart, o Belvedere e os quadros de Leopold Carl Müller, apelidado o Egípcio ou *Orient-Müller*, com Rudolf Ernst e Johann Viktor Krämer, um dos melhores pintores orientalistas austríacos, e tantas coisas minhas, o bairro de minha infância, meu liceu, a relojoaria de meu avô etc. O que Balzac pode ter visitado em Viena, além dos campos de batalha e livreiros para encontrar gravuras alemãs de fardas, sabe-se que ele emprestava seu criado a Hammer para acompanhá-lo em seus passeios, mas não há nada ou quase nada de suas impressões; um dia eu precisaria ler suas *Cartas à estrangeira* por inteiro, enfim uma história de amor que acaba bem, mais de quinze anos de paciência, quinze anos de paciência.

Deitado de costas no escuro, vou precisar de paciência, respiremos calmamente, deitado de costas no profundo silêncio da meia-noite. Não pensemos na entrada daquele quarto do Hotel Baron em Alepo, não pensemos na Síria, na intimidade dos viajantes, no corpo de Sarah deitado do outro lado da parede em seu quarto do Hotel Baron em Alepo, imenso aposento no primeiro andar com uma sacada dando para a rua Baron, antiga rua Général-Gouraud, artéria barulhenta a dois passos de Bab al-Faraj e da cidade velha de ruelas manchadas de óleo das lubrificações dos carros e de sangue de carneiro, povoadas de mecânicos, donos de restaurantes, vendedores ambulantes e vendedores de sucos de fruta; o clamor de Alepo cruzava as janelas desde a aurora; era acompanhado de eflúvios de carvão, diesel e animais. Para quem chegava de Damasco, Alepo era exótica; mais cosmopolita talvez, mais perto de Istambul, árabe, turca, armênia, curda, a algumas léguas de Antioquia, pátria dos santos e dos cruzados, entre os cursos do Orontes e do Eufrates. Alepo era uma cidade de pedra, de intermináveis dédalos de mercados cobertos desembocando no declive de uma cidadela inexpugnável, e uma cidade moderna, de parques e jardins, construída em torno da estação, ramal sul da Bagdad Bahn, que punha Alepo a uma semana de Viena, via Istambul e Konya, já em janeiro de 1913; todos os passageiros que chegavam de trem se hospedavam no Hotel Baron, equivalente alepino do Pera Palace de Istambul – o armênio que dirigia o hotel quando lá nos hospedamos pela primeira vez, em 1996, era o neto do fundador, ele não conhecera os hóspedes ilustres que tornavam famoso o estabelecimento: Lawrence da Arábia, Agatha Christie e o rei Faiçal tinham dormido naquela construção de janelas de ogiva otomana, com uma escadaria monumental, velhos tapetes gastos e quartos vetustos em que ainda havia inúteis telefones de baquelite e banheiras de metal com patas de leão, cuja tubulação soava como uma metralhadora pesada assim que se abria a torneira, em meio a papéis de parede desbotados e colchas manchadas de ferrugem. O charme da decadência, dizia Sarah; ela estava feliz em reencontrar a sombra de Annemarie Schwarzenbach, sua suíça errante, que por lá passeara seu spleen durante o inverno de 1933-4 – os últimos vestígios da República de Weimar tinham desmoronado, "um povo, uma nação, um líder" ressoava em toda a Alemanha e a jovem Annemarie viajava perdidamente para escapar à tristeza europeia que invadia até mesmo Zurique. No dia 6 de dezembro de 1933, Annemarie desembarcou em Alepo, no Hotel Baron; Sarah estava nas nuvens quando descobriu, numa página amarelada e empoeirada, a escrita fina e condensada da viajante, que preenchera em francês a ficha de chegada – ela brandia o registro no saguão do hotel diante dos olhares divertidos do dono e dos funcionários, acostumados a que os arquivos de seu estabelecimento cuspissem nomes famosos como uma locomotiva cospe fumaça; o gerente não tinha o prazer de conhecer essa suíça morta que lhe valia tamanha demonstração de afeto, mas (nunca ninguém ficou insensível aos encantos de Sarah) tinha um ar sinceramente feliz com o achado responsável por aqueles arroubos, a tal ponto que se juntou a nós para festejar a descoberta no bar do hotel: à esquerda da recepção abria-se uma saleta atulhada de velhas poltronas de couro e móveis de madeira escura, um balcão de cobre e banquinhos estofados de couro, num estilo neobritânico equivalente em feiura aos salões orientalistas do Segundo Império; atrás do balcão, um grande nicho em forma de ogiva, com prateleiras escuras, estava repleto de objetos promocionais de marcas de bebidas dos anos 1950 e 1960, uns Johnnie Walker de cerâmica, gatos do mesmo material, velhas garrafas de Jägermeister, e de cada lado desse museu sem graça e empoeirado pendiam, sem que se entendesse por quê, duas cartucheiras vazias, como se acabassem de servir para caçar faisões imaginários e os anões de porcelana que elas enquadravam suavemente. À noite, assim que caía o dia, esse bar se enchia não só de clientes do hotel, mas também de turistas hospedados em outros lugares e que iam lá para tomar um banho de nostalgia bebendo uma cerveja ou um áraque, cujo cheiro de anis, misturado com o do amendoim e do cigarro, era o único toque oriental da decoração. As mesas redondas estavam cobertas de guias turísticos e câmeras fotográficas, e se ouviam ao léu, nas conversas dos clientes, os nomes de T.E. Lawrence, Agatha Christie e Charles de Gaulle – revejo Sarah no balcão, as pernas com meias pretas cruzadas sobre um banquinho, o olhar vago, e sei que ela pensa em Annemarie, a jornalista-arqueóloga suíça: imagina-a no mesmo lugar sessenta anos antes, bebericando um áraque depois de um bom banho para se livrar da poeira da estrada; ela chega de um sítio arqueológico entre Antioquia e Alexandrette. Tarde da noite, escreve uma carta a Klaus Mann, que eu ajudara Sarah a traduzir; uma carta em papel timbrado desse Hotel Baron onde ainda sopravam a nostalgia e a decadência, como hoje os obuses e a morte – imagino as janelas fechadas, crivadas de estilhaços; a rua percorrida abruptamente por soldados, os civis que se escondem, tanto quanto possível, dos snipers e dos torturadores; Bab al-Faraj em ruína, a praça coberta de destroços; os mercados incendiados, seus belos *khans* enegrecidos e desmoronados aqui e ali; a mesquita dos omíadas sem seu minarete, cujas pedras jazem espalhadas no pátio dos mármores quebrados, e o odor, o odor da idiotice e da tristeza por toda parte. Era impossível, então, no bar do Hotel Baron, prever que a guerra civil tomaria conta da Síria, embora a violência da ditadura e seus sinais estivessem onipresentes, tão presentes que preferíamos esquecê-los, pois havia um certo conforto para os estrangeiros nos regimes policiais, uma paz acolchoada e silenciosa de Daraa a al-Qamishli, de Kassab a Quneitra, uma paz sussurrante de ódio recalcado e de destinos vergando sob um jugo com o qual todos os cientistas estrangeiros se acomodavam de bom grado, os arqueólogos, os linguistas, os historiadores, os geógrafos, os cientistas políticos, todos aproveitavam a calma de chumbo de Damasco ou Alepo, e nós também, Sarah e eu, lendo as cartas de Annemarie Schwarzenbach, o anjo inconsolável, no bar do Hotel Baron, comendo sementes de abóbora de casca branca e pistaches compridos, estreitos, com a casca marrom-clara, aproveitávamos a calma da Síria de Hafez al-Assad, o pai da Nação – desde quando estávamos em Damasco? Devo ter chegado no início do outono; Sarah já estava lá havia algumas semanas, recebeu-me calorosamente e até me hospedou dois dias em seu apartamentinho de Chaalane, quando cheguei. O aeroporto de Damasco era um lugar inóspito, repleto de tipos patibulares e bigodudos de calças com pregas levantadas até o umbigo, que logo ficávamos sabendo que eram os esbirros do regime, os famosos *mukhabarat*, inúmeros informantes e policiais secretos: aquelas camisas de gola aberta e pontuda dirigiam uns Peugeot 504 Break ou umas Range Rover enfeitados com retratos do presidente Assad e de toda a sua família, a tal ponto que na época se contava uma piada de que o melhor espião sírio em Tel Aviv acabara, depois de anos, caindo nas mãos dos israelenses: tinha colado no vidro traseiro uma foto de Netanyahu e seus filhos – essa história nos fazia morrer de rir, nós, os orientalistas de Damasco, representando todas as disciplinas, a história, a linguística, a etnologia, as ciências políticas, a história da arte, a arqueologia e até a musicologia. Encontrava-se de tudo na Síria, desde especialistas suecas de literatura feminina árabe até exegetas catalães de Avicena, a maioria estava ligada de um jeito ou de outro a um dos centros de pesquisas ocidentais instalados em Damasco. Sarah conseguira uma bolsa por alguns meses para pesquisas no Instituto Francês de Estudos Árabes, gigantesca instituição reunindo dezenas de europeus, franceses é claro, mas também espanhóis, italianos, britânicos, alemães, e esse mundinho, quando não estava envolvido em pesquisas doutorais ou pós-doutorais, dedicava-se ao estudo da língua. Todos eram formados na mais pura tradição orientalista: futuros cientistas, diplomatas e espiões ficavam sentados lado a lado e se dedicavam de comum acordo às alegrias da gramática e da retorica árabes. Havia até um jovem padre católico romano que deixara sua paróquia para se dedicar ao estudo, versão moderna dos missionários de antigamente – no total, uns cinquenta estudantes e uns vinte pesquisadores aproveitavam as instalações desse instituto e sobretudo sua gigantesca biblioteca, fundada na época do mandato francês na Síria, sobre a qual ainda pairavam as sombras coloniais de Robert Montagne ou de Henri Laoust. Sarah estava muito feliz de se encontrar no meio de todos aqueles orientalistas e observá-los; às vezes tinha-se a impressão de que ela descrevia um zoológico, um mundo enjaulado, em que muitos cediam à paranoia e perdiam o juízo ao desenvolverem ódios magníficos uns contra os outros, loucuras, patologias de todo tipo, eczemas, delírios místicos, obsessões, bloqueios científicos que os levavam a trabalhar, a trabalhar, a ficar matando tempo horas a fio em suas mesas sem nada produzir, nada além do vapor das meninges, que escapava pelas janelas do venerável instituto para se desfazer no ar damasceno. Alguns frequentavam a biblioteca à noite; passeavam entre as estantes, horas a fio, esperando que o material impresso acabasse por escorrer, por impregná-los de ciência, e terminavam, de manhãzinha, totalmente desesperados, derrubados num canto, até que as bibliotecárias os chacoalhassem na hora da abertura. Outros eram mais subversivos; Sarah me contou que um jovem pesquisador romeno passava o tempo a esconder, atrás de uma fila de livros particularmente inacessível ou esquecida, um alimento perecível (volta e meia, um limão, mas também, às vezes, uma melancia *inteira*) para ver se, pelo cheiro, o pessoal conseguia localizar o objeto apodrecendo, o que acabou provocando uma reação enérgica das autoridades: proibiram, num cartaz, "a introdução de qualquer matéria orgânica no recinto, sob pena de exclusão definitiva".

O bibliotecário, simpático e caloroso, com um rosto bronzeado de aventureiro, era especialista nos poemas que os marinheiros árabes empregavam outrora como lembretes para a navegação, e costumava sonhar com expedições à vela entre o Iêmen e Zanzibar, a bordo de um lúgar carregado de khat e de incenso, sob as estrelas do oceano Índico, sonhos que ele gostava de dividir com todos os leitores que frequentavam sua instituição, possuíssem ou não rudimentos náuticos: contava as tempestades que enfrentara e os naufrágios de que tinha escapado, o que em Damasco (onde tradicionalmente as pessoas se preocupavam bem mais com os camelos das caravanas e com a pirataria perfeitamente terrestre dos beduínos do deserto) era magnificamente exótico.

Os diretores eram professores universitários, em geral pouco preparados para estar à frente de uma estrutura tão imponente; costumavam se contentar em trancar a porta de suas salas e esperar, mergulhados nas obras completas de al-Jahiz ou de Ibn Taymiyya, que o tempo passasse, deixando a seus lugares-tenentes o cuidado de organizar a produção na usina do saber.

Os sírios observavam com um olhar divertido aqueles eruditos ainda em formação, perambulando por sua capital, e, ao contrário do Irã, onde a

República Islâmica esmiuçava muito as atividades de pesquisa, o regime de Hafez al-Assad deixava em paz absoluta aqueles cientistas, arqueólogos inclusive. Os alemães tinham em Damasco seu instituto de arqueologia, onde Bilger, meu senhorio (o apartamento de Sarah, para minha grande tristeza, era pequeno demais para que eu pudesse ficar lá), oficiava, e em Beirute o famoso Instituto Oriental da venerável Sociedade Alemã do Oriente dirigido pela corânica e não menos venerável Angelika Neuwirth. Bilger encontrara em Damasco um colega de Bonn, especialista em arte e urbanismo otomanos, Stefan Weber, que eu não via fazia muito tempo; pergunto-me se ele continua a dirigir o departamento das artes do Islã no museu Pergamon em Berlim – Weber alugava uma bela casa árabe no coração da cidade velha, numa ruela do bairro cristão, em Bab Tuma; uma casa damascena tradicional, com um grande pátio, uma fonte de pedra preta e branca, um *iwan*, um corredor estreito no andar, essa casa provocava os ciúmes do conjunto da comunidade orientalista. Sarah, como aliás todo mundo, adorava aquele Stefan Weber que falava correntemente árabe e cujo saber em matéria de arquitetura otomana era fascinante, duas qualidades que lhe valiam a inveja e a inimizade recalcada de Bilger, que, em matéria de competência e fascínio, só suportava os seus próprios. Seu apartamento refletia sua imagem: pomposo e desmedido. Ficava em Jisr al-Abyad, "a ponte branca": esse bairro luxuoso no início das colinas do monte Qassioun, pertinho do palácio presidencial e das residências das personalidades importantes do regime, devia seu nome a uma ponte sobre um braço do rio Barada, que via de regra servia mais para se livrarem do lixo doméstico do que para canoagem, mas em cujas margens estreitas havia fileiras de árvores, o que poderia ter criado uma avenida agradável, se houvesse calçadas dignas do nome. A "Residência Bilger" era inteiramente decorada no gosto saudita ou kuwaitiano: tudo, desde as maçanetas de portas até as torneiras, era pintado de dourado; os tetos desabavam de sancas neorrococós; os sofás eram estofados de tecido preto e dourado. Os quartos eram equipados com despertadores devotos: essas maquetes da mesquita do Profeta em Medina berravam com uma voz anasalada, convocando a prece na aurora caso se esquecessem de desligá-los. Havia dois salões, uma sala de jantar com uma mesa (sempre preta e dourada, com pés de palmita brilhantes) para vinte convidados, e cinco quartos de dormir. De noite, se por acaso alguém se enganasse de interruptor, dezenas de tubos de neon mergulhavam o apartamento numa luz verde-clara e cobriam as paredes com noventa e nove nomes de Alá, milagre para mim absolutamente assustador, mas que encantava Bilger: "Não há nada mais bonito do que ver a tecnologia a serviço do kitsch". As duas varandas ofereciam um magnífico panorama para a cidade e o oásis de Damasco, tomar café da manhã ou jantar ali, no ar fresco, era uma delícia. Além do apartamento e do carro, o esquema de Bilger incluía um cozinheiro e um faz-tudo; o cozinheiro ia ao menos três vezes por semana preparar os jantares de gala e as recepções que o rei Bilger oferecia a seus hóspedes; o homem faz-tudo (vinte anos, engraçado, vivo e agradável, curdo oriundo de al-Qamishli, onde Bilger o contratara num sítio arqueológico) se chamava Hassan, dormia num quartinho atrás da cozinha e cuidava das tarefas domésticas, das compras, da limpeza, da roupa, o que, tendo em vista que seu patrão (tenho dificuldade em pensar "seu empregador") costumava se ausentar, lhe deixava muito tempo livre; estudava alemão no Instituto Goethe e arqueologia na Universidade de Damasco e me explicara que Bilger, que ele venerava como um semideus, lhe oferecia essa situação para permitir-lhe prosseguir os estudos na capital. No verão, época das grandes escavações arqueológicas, esse simpático estudante factótum recomeçava seu trabalho de escavador e acompanhava seu mentor nas escavações de Jeziré, onde o punham na pá, é claro, mas também na triagem e no desenho da cerâmica, missão que o encantava e na qual ele se tornara um craque: reconhecia ao bater os olhos, a partir de cacos minúsculos, os sigilados, as cerâmicas grosseiras e os vidrados islâmicos. Para os trabalhos de prospecção dos *tells* ainda virgens, Bilger sempre o levava, e essa proximidade dava o que falar, é claro – lembro-me das piscadelas indecentes quando se evocava o casal, de expressões como "Bilger e *seu* estudante", ou pior, "O grande Fritz e seu viadinho", talvez porque Hassan fosse objetivamente jovem e muito bonito, e porque o orientalismo mantém uma relação inequívoca não só com a homossexualidade como, mais geralmente, com a dominação sexual dos poderosos sobre os fracos, dos ricos sobre os pobres. Parece-me hoje que Bilger, ao contrário de outros, não tinha interesse em desfrutar do corpo de Hassan, mas o que lhe interessava era a imagem de nababo, de benfeitor todo-poderoso que sua própria generosidade lhe atribuía – durante os três meses passados na casa dele em Damasco, nunca testemunhei nenhuma familiaridade física entre os dois, muito ao contrário; sempre que tinha oportunidade eu desmentia os rumores que corriam a esse respeito. Bilger queria se parecer com os arqueólogos de outrora, os Schliemann, os Oppenheim, os Dieulafoy; ninguém via, nem podia ver, a que ponto esses sonhos se tornavam uma forma de loucura, ainda mansa, comparada com a de hoje, é verdade, Bilger, o príncipe dos arqueólogos, era um doido manso e agora é um louco furioso; refletindo bem, tudo já estava decidido em Damasco, em suas generosidades e em seus exageros: sei que apesar de seu salário estratosférico ele voltou para Bonn crivado de dívidas, do que se orgulhava, orgulho de ter desperdiçado tudo, dizia, dilapidado tudo em recepções luxuosas, em gratificações para os acólitos, em miríficas babuchas, tapetes do Oriente e até em antiguidades de contrabando, moedas helenísticas e bizantinas sobretudo, que ele comprava de antiquários principalmente em Alepo. O cúmulo, para um arqueólogo; como Schliemann, ele mostrava seus tesouros aos convidados, não os roubava nos sítios que escavava – contentava-se, dizia, em *recuperar* os objetos que estavam no mercado para *evitar que desaparecessem*. Fazia as honras de suas *nomismata* a seus convidados, explicava a vida dos imperadores que as haviam cunhado, os Focas, os Comneno, informava a provável proveniência das peças, no mais das vezes as Cidades Mortas do norte; o jovem Hassan era encarregado da conservação daquelas maravilhas brilhantes; lustrava-as, arrumava-as harmoniosamente em vitrines forradas de feltro preto, sem se dar conta do perigo extraordinário que podiam representar: Bilger talvez só se arriscasse a um escândalo ou à expulsão e ao confisco de seus brinquedos onerosos, mas Hassan podia dar adeus, se fosse pego, a seus estudos, até mesmo a um olho, alguns dedos e sua inocência.

Os grandes discursos de Bilger tinham algo de obsceno: parecia um ecologista militante enrolado num capote de raposa dourada ou de arminho que explica por que e como é preciso preservar a vida animal, com grandes gestos de augúrio antigo. Foi uma noite particularmente regada a bebida e constrangedora, em que todos os presentes (jovens pesquisadores, pequenos diplomatas) sentiram uma vergonha aterradora, em meio a sofás pretos e neons verdes, quando Bilger, com a fala pastosa do álcool, em pé no meio do semicírculo de seus convidados, começou a recitar seus dez mandamentos da arqueologia, as razões absolutamente objetivas pelas quais ele era o mais competente dos cientistas estrangeiros presentes na Síria e como, graças a ele, a ciência ia "dar um salto para o futuro" – o jovem Hassan, sentado no chão a seu lado, lhe lançava olhares admirativos; o copo de uísque vazio na mão de Bilger, sacudido por seus efeitos retóricos, despejava de vez em quando umas gotas de gelo derretido sobre os cabelos castanhos do sírio, horrível batismo pagão de que o jovem, perdido na contemplação do rosto de seu patrão, concentrado para entender seu inglês refinado no limite do pedantismo, não parecia se dar conta. Contei essa cena bíblica a Sarah, que não a assistira, e ela não acreditou em mim; como sempre, pensava que eu exagerava, e tive a maior dificuldade do mundo para convencê--la de que esse episódio tinha de fato acontecido.

Mesmo assim, devemos a Bilger magníficas expedições pelo deserto, e sobretudo uma noite numa tenda de beduínos entre Palmira e Rusafa, numa noite em que o céu estava tão limpo e as estrelas eram tão numerosas que desciam até o chão, mais baixo que o olhar, uma noite como só marinheiros, imagino, podem ver, no verão, quando o mar está tão calmo e escuro quanto a *badiyé* síria. Sarah estava encantada de poder viver, com a diferença de poucos detalhes, as aventuras de Annemarie Schwarzenbach ou de Marga d'Andurain sessenta anos antes, no Levante do mandato francês; estava lá para isso; sentia, como me contou naquele bar do Hotel Baron em Alepo, o que Annemarie escreveu a Klaus Mann, no mesmo lugar, no dia 6 de dezembro de 1933:

> Durante essa estranha viagem, costuma me acontecer, por causa do cansaço, ou quando bebi muito, que tudo fique turvo: mais nada de ontem; nem mais um rosto está aqui. É um grande pavor, e também uma tristeza.

Annemarie evoca em seguida "a figura inflexível" de Erika Mann, que se sustenta no meio dessa desolação e cujo papel nessa tristeza ela imagina que o irmão conheça – ela não tem outra opção além de prosseguir viagem, para onde iria na Europa? A família Mann também terá de começar seu exílio, que a levará aos Estados Unidos em 1941 e, talvez, se Annemarie Schwarzenbach pudesse ter tomado a decisão de fugir definitivamente da ilusão suíça e da influência da mãe, nunca teria tido esse estúpido acidente de bicicleta que lhe custou a vida em 1942 e que a fixou para sempre na juventude, com trinta e quatro anos de idade – tem vinte e cinco durante essa primeira viagem ao Oriente Médio, mais ou menos como Sarah. Nessa primeira noite em Alepo, depois de termos nos instalado no Baron e festejado a descoberta da ficha de entrada de Annemarie no arquivo do hotel, fomos jantar em Al Jdaydé, bairro cristão da velha cidade, onde as casas tradicionais eram aos poucos restauradas para serem transformadas em hotéis e restaurantes de luxo – o mais antigo e mais famoso deles, no início de uma ruela estreita dando para uma pracinha, se chamava Sissi

House, do que Sarah achou muita graça, ela me dizia: "coitado de você, perseguido por Viena e Franz Josef, que remédio!", e insistiu para que jantássemos ali: devo admitir que, embora não sendo o que pode se chamar um sibarita ou um gourmet, o ambiente, a comida e o excelente vinho libanês que se servia (sobretudo a companhia de Sarah, cuja beleza era valorizada pelo *cortile* otomano, as pedras, os tecidos, os muxarabiês de madeira) se fixaram nessa noite na minha lembrança. Éramos uns príncipes, príncipes do Ocidente que o Oriente acolhia e tratava como tais, com requinte, obséquio, suave langor, e esse conjunto, conforme à imagem que nossa juventude construíra do mito oriental, nos dava a impressão de habitar enfim nas terras perdidas das *Mil e uma noites*, reaparecidas só para nós: nenhum estrangeiro, naquele início de primavera, para estragar a exclusividade; os comensais eram uma rica família alepina celebrando o aniversário de um patriarca, cujas mulheres, de joias, blusas brancas de renda e austeros coletes pretos de lã, sorriam sem parar para Sarah.

O homus, o *moutabal* e os grelhados nos pareciam melhores que em Damasco, transcendidos, sublimados; o *sujuk* era mais selvagem, a *basturma*, mais perfumada, e o néctar do Bekaa, mais inebriante que de costume.

Voltamos para o hotel pelo caminho mais longo, na penumbra das ruelas e dos bazares fechados – hoje todos esses lugares estão sofrendo a guerra, queimando ou tendo sido queimados, as grades de ferro das lojas deformadas pelo calor do incêndio, a pracinha do bispado maronita invadida por edifícios desabados, sua espantosa igreja latina com campanário duplo de telhas vermelhas devastada pelas explosões; será que Alepo encontrará um dia seu esplendor, talvez, não se sabe de nada, mas hoje nossa temporada é duplamente um sonho, ao mesmo tempo perdido no tempo e recuperado pela destruição. Um sonho com Annemarie Schwarzenbach, T.E. Lawrence e todos os clientes do Hotel Baron, os mortos famosos e os esquecidos, que encontrávamos no bar, sentados em banquinhos redondos com assento de couro, na frente de cinzeiros publicitários, as duas estranhas cartucheiras de caçador; um sonho de música alepina, o canto, o alaúde, a cítara – é melhor pensar em outra coisa, virar de lado, dormir para apagar, apagar o Baron, Alepo, os obuses, a guerra e Sarah, tentemos, com uma ajeitada no travesseiro, encontrá-la no Sarawak misterioso, apertado entre a selva de Bornéu e os piratas do mar da China.

Deus sabe por que associação estou agora com essa melodia na cabeça; embora de olhos fechados, tentando respirar profundamente, o cérebro tem de trabalhar, minha caixa de música íntima tem de começar a tocar no momento mais inoportuno, será um sinal de loucura, não sei, não ouço vozes, ouço orquestras, alaúdes, cantos; eles me enchem os ouvidos e a memória, se desencadeiam sozinhos como se, no momento em que uma agitação apaga outra, comprimida sob a primeira, a consciência transbordasse – sei que se trata de uma frase de *O deserto* de Félicien David, ou creio saber, parece-me reconhecer esse velho Félicien, primeiro grande músico oriental, esquecido como todos os que se dedicaram de corpo e alma aos vínculos entre o Leste e o Oeste, sem se deter nos combates dos ministros da Guerra ou das Colônias, raramente tocado hoje, pouco gravado e no entanto adulado pelos compositores de sua época como "tendo quebrado alguma coisa", como tendo feito nascer uma "toada nova, uma sonoridade nova", Félicien David nativo do Sul da França, do Vaucluse ou do Roussillon, e morto (disso tenho certeza, é suficientemente idiota para que a gente se lembre) em Saint-Germain-en-Laye, pavorosa cidadezinha dos arredores de Paris que se organiza em torno de um castelo repleto até o teto de sílex talhados e de pedrinhas bem gaulesas, Félicien David morto também de tuberculose em 1876, um santo homem, porque todos os saint-simonianos eram santos, loucos, loucos e santos, como Ismaÿl Urbain, o primeiro francês argelino, ou primeiro argelino da França, de quem a essa altura os franceses deveriam se lembrar, o primeiro homem, o primeiro orientalista a ter trabalhado numa *Argélia para os argelinos*, desde os anos 1860, contra os malteses, os sicilianos, os espanhóis e os marselheses que formavam o embrião dos colonos rastejando nos rastros traçados pelas botas dos militares: Ismaÿl Urbain gozava da confiança de Napoleão III e por pouco o destino do mundo árabe não foi outro, mas os políticos franceses e ingleses são covardes ladinos, que, sobretudo, olham o *pipi* um do outro no espelho, e Ismaÿl Urbain, o amigo de Abd al-Kader, morreu, e não havia mais nada a fazer, a política da França e da Grã-Bretanha estava tomada pela idiotice, atolada na injustiça, na violência e na frouxidão.

Enquanto isso, houve Félicien David, Delacroix, Nerval, todos os que visitaram a fachada do Oriente, de Algeciras a Istambul, ou o seu pátio dos fundos, da Índia à Cochinchina; enquanto isso, esse Oriente revolucionou a arte, as letras e a música, sobretudo a música: depois de Félicien David, nada seria como antes. Esse pensamento talvez seja um desejo ingênuo, você está exagerando, diria Sarah, mas, santo Deus, demonstrei tudo isso, escrevi tudo isso, mostrei que a revolução na música nos séculos XIX e XX devia tudo ao Oriente, que não se tratava de "processos exóticos" como se acreditava antes, mas que o exotismo tinha um sentido, que ele fazia entrar elementos externos e alteridade, que se trata de um amplo movimento, que reúne entre outros Mozart, Beethoven, Schubert, Liszt, Berlioz, Bizet, Rimsky-Korsakov, Debussy, Bartók, Hindemith, Schönberg, Szymanowski, centenas de compositores em toda a Europa, sobre toda a Europa sopra o vento da alteridade, todos esses grandes homens utilizam o que lhes vem do outro para modificar o que é seu, para abastardá-lo, pois o gênio quer a bastardia, a utilização de processos externos para abalar a ditadura do canto de igreja e da harmonia, por que será que me irrito sozinho, agora contra meu travesseiro, talvez porque eu seja um pobre universitário sem sucesso com sua tese revolucionária da qual ninguém faz uso algum. Hoje ninguém se interessa mais por Félicien David, que se tornou extraordinariamente famoso no dia 8 de dezembro de 1844, depois da estreia de *O deserto* no Conservatório de Paris, ode-sinfonia em três partes para recitante, tenor solo, coro de homens e orquestra, composta a partir das lembranças da viagem ao Oriente do compositor, entre o Cairo e Beirute; na sala estão Berlioz, Théophile Gautier e todos os saint-simonianos, entre eles Enfantin, o grande mestre da religião nova, ele que partiu para o Egito a fim de encontrar uma esposa para lhe dar um infante, um messias-mulher, e reconciliar assim o Oriente e o Ocidente, uni-los na carne, Barthélemy Enfantin projetará o canal de Suez e as estradas de ferro de Lyon, tentará fazer seus projetos orientais interessarem à Áustria e a um Metternich envelhecendo, sem sucesso, o homem de Estado não o recebeu, depois de uma conspiração católica e apesar dos conselhos de Hammer-Purgstall, que tinha visto ali uma ideia de gênio para fazer entrar o Império no Oriente. Barthélemy Enfantin, grande fornicador místico, primeiro guru moderno e empreendedor genial, está sentado na plateia ao lado de Berlioz, que não esconde suas simpatias pelo aspecto social da doutrina saint-simoniana.

O deserto invade Paris – "é opinião unânime de que era a mais bela tempestade que a música reconstituíra, e nenhum mestre foi tão longe", escreve Théophile Gautier em *La Presse*, descrevendo a tempestade que se abate sobre a caravana no deserto; é também a primeira "dança do ventre", motivo erótico cujo destino posterior se conhece e, surpresa das surpresas, o primeiro "canto do muezim", o primeiro apelo à prece muçulmana que ressoa em Paris: "Nessa hora matutina é a voz do muezim que ouvimos", escreve Berlioz em *Le Journal des Débats* de 15 de dezembro, "David limitou-se aqui, não ao papel de imitador, mas ao de simples arranjador; apagou-se totalmente para nos dar a conhecer, em sua estranha nudez e na própria língua árabe, o canto estranho do muezim. O último verso dessa espécie de grito melódico acaba com uma gama composta de intervalos menores que semitons, que o sr. Béfort executou muito corretamente, mas que causou grande surpresa no auditório. Um contralto, um verdadeiro contralto feminino (o sr. Béfort, pai de três filhos) cuja voz estranha desorientou um pouco, ou melhor, orientou o público despertando-lhe ideias de harém etc. Depois da prece do muezim, a caravana retoma sua marcha, afasta-se e desaparece. O deserto fica sozinho." O deserto sempre fica sozinho, e a ode sinfônica é tamanho sucesso que David a toca na Europa inteira, e principalmente na Alemanha e na Áustria, onde os saint-simonianos tentam, sempre em vão, estender sua influência; Félicien David encontrará Mendelssohn no ano seguinte, regerá em Frankfurt, em Potsdam perante a corte da Prússia, em Munique e Viena, em dezembro, quatro concertos vienenses, um imenso êxito a que assistirá, claro, Hammer-Purgstall, que sentirá ali um pouco de nostalgia, conforme conta, daquele Oriente agora tão longe dele.

É claro que se pode criticar em David suas dificuldades para transcrever na partitura os ritmos árabes, mas isso é esquecer que os próprios compositores otomanos custam a transpor seus próprios ritmos para a notação "ocidental"; tendem a simplificá-los, como faz David, e será preciso esperar Béla Bartók e sua viagem à Turquia para que essa notação se precise, embora, nesse meio-tempo, o grande Francisco Salvador Daniel, aluno de Félicien David, professor de violino em Argel, primeiro grande etnomusicólogo avant la lettre, tenha nos deixado um magnífico *Album de chansons arabes,* mauresques et kabyles: Rimsky-Korsakov retomará essas melodias apresentadas por Borodin em várias obras sinfônicas. Francisco Salvador Daniel, amigo de Gustave Courbet e de Jules Vallès, socialista e *communard,** diretor do Conservatório durante a Comuna, Francisco Salvador Daniel terminará executado pelos *versaillais*, preso de armas na mão numa barricada, tendo substituído seu violino por um fuzil – não há sepultura nesta

---

* Os *communards*, participantes da Comuna de Paris em 1871, se insurgiram contra o governo recém-eleito de Adolphe Thiers, que, instalado em Versailles, era apoiado pelos *versaillais*. Um dos motivos da insurreição parisiense foi o armistício assinado pela França, reconhecendo a derrota na guerra franco-prussiana. [N. T.]

terra para Francisco Salvador Daniel, morto aos quarenta anos e absolutamente esquecido desde então, na França, na Espanha ou na Argélia, não há sepultura, a não ser os vestígios de suas melodias nas obras de Massenet, de Delibes, de Rimsky, talvez mais bem-acabadas, mas que nada seriam sem a matéria fornecida por Francisco Salvador. Pergunto-me quando essas pessoas serão tiradas do esquecimento, quando é que vão lhes fazer justiça, todos aqueles que trabalharam, por amor à música, em prol do conhecimento dos instrumentos, ritmos e modos dos repertórios árabes, turcos ou persas. Minha tese e meus artigos, um túmulo para Félicien David, um túmulo para Francisco Salvador Daniel, um túmulo bem escuro, onde ninguém é incomodado no seu sono eterno.

oh55

Prefiro estar na minha cama, olhos no breu, deitado de costas a nuca em um travesseiro macio a estar no deserto, mesmo em companhia de Félicien David, mesmo em companhia de Sarah, o deserto é um lugar inacreditavelmente desconfortável, e não falo nem sequer do deserto de areia, onde se come sílica ao longo do dia, ao longo da noite, a sílica entra em todos os orifícios, nas orelhas, nas narinas e até no umbigo, mas do deserto de pedras como o da Síria, dos seixos, dos cascalhos, das montanhas rochosas, dos montículos, dos moledros, das colinas, e aqui e ali, dos oásis onde, não se sabe como, aflora uma terra avermelhada, e então a *badiyé* se cobre de campos, de trigo de inverno ou de tamareiras. É preciso dizer que na Síria "deserto" era um nome absolutamente usurpado, havia gente até nas regiões mais recuadas, nômades ou soldados, e bastava que uma mulher parasse para urinar atrás de um montículo na beira da estrada para que logo um beduíno desse o ar da graça e observasse com ar indiferente o traseiro leitoso da ocidental apavorada, no caso, o de Sarah, que vimos correr para o carro, descomposta, segurando a calça com uma das mãos, como se tivesse visto uma vampira: primeiro, Bilger e eu pensamos que um chacal, ou até uma serpente ou um escorpião tivesse mordido sua bunda, mas, refeita do pavor, ela nos explicou, rindo às gargalhadas, que um *keffiyeh* vermelho e branco tinha aparecido atrás de uma pedra, e que debaixo do *keffiyeh* havia um nômade bronzeado, em pé, braços cruzados, rosto inexpressivo, observando calado o que para ele também devia ser uma aparição estranha, uma mulher desconhecida agachada no seu deserto. Um verdadeiro personagem de desenho animado, dizia Sarah, rolando de rir e ajeitando a calcinha, no banco de trás, fiquei morta de medo, e Bilger acrescentando com soberba: "Essa região é habitada desde o terceiro milênio antes de Cristo, você acaba de ter a prova disso".

Ao redor só distinguíamos, porém, quilômetros de poeira marrom sob o céu leitoso – estávamos entre Palmira e Deir ez-Zor, na estrada interminável que liga a cidade antiga mais famosa da Síria ao Eufrates com seus caniços impenetráveis, em plena expedição em busca dos vestígios de Annemarie Schwarzenbach e de Marga d'Andurain, a perturbadora rainha de Palmira que tinha dirigido, no tempo do mandato francês sobre a Síria, o Hotel Zenóbia, situado na beira das ruínas da cidade caravaneira, à entrada dos campos de colunas quebradas e de templos cuja pedra macia se tingia de ocre ao sol do entardecer. Palmira tendo ao alto uma montanha rochosa coroada por uma velha fortaleza árabe do século XVI, Qalat Fakhr al-Din ibn Maan: a visão para o sítio, o palmeiral e as torres funerárias é tão espetacular que decidimos, com um bando de futuros orientalistas de Damasco, acampar ali. Como soldados, colonos ou arqueólogos de antigamente, sem nos importarmos com os regulamentos nem com o conforto, resolvemos (impelidos por Sarah e Bilger: os dois, por motivos bem diferentes, eram absolutamente entusiastas da ideia dessa expedição) passar a noite na velha cidadela ou na sua esplanada, indiferentes ao que pudessem pensar os guardas. Esse castelo atarracado, compacto, bloco de Lego escuro sem abertura a não ser suas seteiras, invisíveis de longe, parece em equilíbrio instável no alto da colina pedregosa; ao pé do sítio arqueológico se poderia pensar que está se curvando e ameaça, ao sabor de uma tempestade mais forte que de costume, escorregar sobre os cascalhos até a cidade, como uma criança num trenó – mas, quanto mais nos aproximávamos, quanto mais a estrada desenrolava seus zigue-zagues pelo outro lado da montanha, mais o edifício assumia, aos olhos dos viajantes, sua massa real, seu verdadeiro tamanho: o de um torreão abrupto bem protegido a leste por um fosso profundo, o de uma construção sólida, com protuberâncias mortais, que não dava a menor vontade de, sendo um soldado, ter a missão de atacar. O príncipe druzo do Líbano, Fakhr al-Din, que o mandara construir, conhecia como a palma da mão a arquitetura militar – a coisa parecia inexpugnável, a não ser pela fome e pela sede: imaginávamos seus guardas cercados perdendo a esperança em Deus, em cima de montes de pedras, contemplando a frescura do oásis, cujas palmeiras desenhavam um profundo lago verde mais além das ruínas da cidade antiga.

A vista era mágica – quando o sol nascia e se punha, a luz rasante incendiava, um após outro, o templo de Baal, o campo de Diocleciano, a ágora, o tetrápilo, os muros do teatro, e era fácil imaginar o deslumbramento daqueles ingleses do século XVIII que descobriram o oásis e de lá levaram as primeiras vistas de Palmira, a Noiva do Deserto: esses desenhos dariam a volta na Europa, logo sendo gravados em Londres e divulgados em todo o continente. Bilger contava, aliás, que essas reproduções estavam na origem de inúmeras fachadas e colunatas neoclássicas na arquitetura europeia: nossas capitais deviam muito aos capitéis palmirenses, um pouco do deserto da Síria vivia na clandestinidade em Londres, Paris ou Viena. Imagino que hoje os saqueadores fartam-se de desmontar os baixos-relevos dos túmulos, as inscrições, as estátuas, para revendê-los a amadores sem escrúpulos, e o próprio Bilger, não tivesse sido a sua loucura, teria se apresentado como comprador dessas migalhas arrancadas do deserto – no desastre sírio os obuses e os tratores-pá substituíram os pincéis dos arqueólogos; conta-se que os mosaicos são desmontados com britadeiras, que as Cidades Mortas ou os sítios do Eufrates são remexidos com buldozer e as peças interessantes são revendidas na Turquia ou no Líbano, os vestígios são uma riqueza do subsolo, um recurso natural, como o petróleo, e foram explorados em todos os tempos. No Irã, na montanha perto de Shiraz, um rapaz um pouco perdido nos propôs comprar uma múmia, uma múmia completa do Lorestão, com suas joias em bronze, peitorais, armas – levamos tempo até entender o que nos oferecia, de tal maneira a palavra "múmia" parecia absolutamente descabida naquela aldeia de montanha, o que é que você quer que a gente faça com uma múmia, eu respondi, "bem, é bonita, é útil e é possível revendê--la se precisar de dinheiro": o menino (ele não devia ter mais de vinte anos) propunha nos entregar a múmia em questão na Turquia, e como a conversa se eternizava, foi Sarah que encontrou uma maneira muito inteligente de nos livrar do importuno: pensamos que as antiguidades iranianas devem ficar no Irã, o Irã é um grande país que precisa de todas as suas antiguidades, não queremos nada que possa prejudicar o Irã, e essa ducha nacionalista pareceu esfriar o ardor do arqueólogo amador, obrigado a aquiescer, embora, por dentro, estivesse pouco convencido do súbito fervor nacionalista daqueles dois estrangeiros. Ao olhar o jovem sair do pequeno parque onde tinha nos abordado, imaginei um instante a múmia, venerável cadáver, atravessando o Zagros e as montanhas do Curdistão em lombo de burro para ir até a Turquia, depois para a Europa ou os Estados Unidos, passageiro clandestino com a idade de dois mil anos, pegando a mesma estrada perigosa que os exércitos de Alexandre ou os iranianos que fugiam do regime.

Os saqueadores de túmulos na Síria não oferecem múmias, que eu saiba, mas animais de bronze, sinetes cilíndricos, lamparinas a óleo bizantinas, cruzes, moedas, estátuas, baixos-relevos e até entablamentos ou capitéis esculpidos – em Palmira, as velhas pedras eram tão numerosas que o mobiliário de jardim do Hotel Zenóbia era inteiramente feito delas: capitéis para as mesas, fustes de coluna para os bancos, pedrinhas para os canteiros, e o terraço se servia fartamente das ruínas, que ficavam ao lado. O hotel, térreo, tinha sido construído por um grande arquiteto esquecido, Fernando de Aranda, filho de Fernando de Aranda, músico na corte de Abdulhamid em Istambul, sucessor de Donizetti como chefe de orquestra e das fanfarras militares imperiais: portanto, em Palmira eu me sentia um pouco em casa, o deserto ecoava acordes longínquos da música da capital otomana. Fernando de Aranda, o filho, fizera toda a carreira na Síria, onde morreu nos anos 1960, e construíra vários edifícios importantes em Damasco, num estilo que se poderia qualificar de *art nouveau orientalizante*, entre eles a estação ferroviária do Hejaz, a universidade, inúmeras grandes residências e o Hotel Zenóbia de Palmira, que ainda não se chamava Zenóbia, mas Kattané, nome da companhia de investimento que o patrocinara, elevando-o à posição de estrela ascendente da arquitetura moderna síria, prevendo a abertura da região aos viajantes – o prédio foi abandonado antes mesmo de estar terminado, ficando aos cuidados da guarnição francesa de Palmira (meharistas, aviadores, pequenos oficiais sem futuro), que cuidava dos negócios beduínos e do imenso território desértico até o Iraque e a Jordânia, onde os britânicos causavam estragos. A obra de Fernando de Aranda, já de dimensões modestas, viu-se amputada de uma ala, o que dava à sua fachada um ar um tanto esquisito: o frontão acima da porta de entrada, com as duas pilastras e suas palmetas, já não era o centro de uma nobre simetria, mas o início de um plano mais abaixo, onde ficava o terraço do hotel, e esse desequilíbrio dava ao conjunto um aspecto claudicante, capaz de provocar, dependendo dos sentimentos que nos inspiravam os coxos, ternura ou desprezo. Ternura ou desprezo encorajados, aliás, pelo interior da construção, com estranhas cadeiras velhas de palha no lobby, quartos minúsculos e sufocantes, hoje renovados mas que, na época, exibiam gravuras amareladas do Ministério do Turismo sírio e peças poeirentas de artesanato beduíno. Sarah e eu pendíamos mais para a ternura, ela por causa de Annemarie Schwarzenbach e de Marga d'Andurain, eu, feliz em ver os frutos insuspeitos que o mestre de música otomano tinha, por intermédio do filho, oferecido ao deserto da Síria.

A localização do Hotel Zenóbia era extraordinária: do lado da cidade antiga, tinha-se diante dos olhos, a algumas dezenas de metros apenas, o templo de Baal, e, se tívessemos bastante sorte para conseguir um dos quartos da frente, dormíamos por assim dizer no meio das ruínas, com a cabeça nas estrelas e os sonhos antigos ninados pelas conversações de Baal-Shamin, deus do sol e do orvalho, com Ishtar, a deusa do leão. Aqui reinava Tamuz, o Adonis dos gregos, cantado por Badr Shakir al-Sayyab, o iraquiano, em seus poemas; esperava-se ver o oásis se cobrir de anêmonas vermelhas, nascidas do sangue desse mortal cujo único crime foi fascinar demasiadamente as deusas.

Naquele dia não se tratava de hotel, já que tínhamos tido a estranha ideia de dormir na cidadela de Fakhr al-Din para aproveitar, no pôr do sol e no amanhecer, a beleza da cidade. Claro que não possuíamos nenhum material de acampamento; Bilger e eu tínhamos empilhado, no seu 4×4, cinco ou seis cobertores que nos fariam as vezes de colchão e sacos de dormir, travesseiros, pratos, talheres, copos, garrafas de vinho libanês e de áraque e até a pequena churrasqueira de metal de sua varanda. Quem participava dessa expedição além de Sarah? Revejo uma historiadora francesa sorridente, morena de cabelos compridos, e seu companheiro, também moreno e sorridente – acho que hoje ele é jornalista e percorre o Oriente Médio para diversos meios de comunicação franceses: na época, sonhava com um posto de prestígio numa universidade americana, acho que Sarah ficou em contato com esse casal encantador que aliava beleza a inteligência. Mesmo assim, é estranho que eu não tenha conservado amigos de Damasco, a não ser Sarah e Bilger, o Louco, nem sírios, nem orientalistas, me dou conta de como eu devia ser insuportável em matéria de exigência e pretensão, felizmente progredi muito desde então, sem que isso se traduza, em termos de amizades novas, numa vida social desmesurada, é preciso reconhecer. Se Bilger não tivesse ficado demente, se Sarah não fosse tão inalcançável, eles com certeza constituiriam o vínculo com todo esse passado que bate à minha porta de noite, como é que se chamava mesmo aquele casal de historiadores franceses, Jeanne talvez, não, Julie, e ele, François--Marie, revejo sua figura magra, sua barba escura e, mistério da harmonia de um rosto, seu humor e seu olhar malicioso que compensavam a dureza do conjunto, a memória é a única coisa que não me falha, que não vacila como o resto de meu corpo – no final da manhã tínhamos comprado carne num açougueiro da cidade moderna de Palmira: o sangue de um cordeiro recém-abatido manchava a calçada diante da vitrine onde estavam pendurados, num gancho de ferro, os pulmões, a traqueia e o coração do animal; na Síria ninguém podia esquecer que a carne macia dos espetinhos vinha de um mamífero sangrado, um mamífero lanoso e que balia e cujas vísceras enfeitavam todos os açougues.

Deus é o grande inimigo dos carneiros: a gente fica se perguntando por qual horrível razão Ele escolhe substituir, no momento do sacrifício, o filho de Abraão por um carneiro e não por uma formiga ou uma rosa, condenando assim os pobres ovinos à hecatombe por séculos e séculos. Evidentemente, foi Sarah (divertida coincidência bíblica) que se encarregou das compras, não só porque a visão do sangue e dos miúdos mornos não a repugnava, mas sobretudo porque seu conhecimento do dialeto e sua grande beleza sempre garantiam a qualidade da mercadoria e um preço mais que razoável, quando a deixavam pagar: não era raro que os comerciantes, hipnotizados pelo brilho daquele anjo ruivo de sorriso carmim, procurassem prendê-la por tanto tempo quanto possível em suas lojinhas, recusando-se sobretudo a receber o dinheiro em troca de seus alimentos. A cidade moderna de Palmira, ao norte do oásis, era um quadrilátero bem-ordenado de casas baixas de concreto ordinário, limitado ao norte e ao nordeste por um aeroporto e uma sinistra prisão, a mais famosa de toda a Síria, uma prisão preta e vermelho-sangue, cores premonitórias da bandeira síria que a dinastia Assad se empenhara em desfraldar em todo o território; em suas masmorras, as torturas mais atrozes eram cotidianas, os suplícios medievais, sistemáticos, uma rotina sem outro objetivo senão o do pavor generalizado, a difusão do medo por todo o país como se fosse estrume.

O que interessava sobretudo a Sarah em Palmira, além da deslumbrante beleza das ruínas e das monstruosidades do regime Assad, eram os vestígios da estadia de Annemarie Schwarzenbach e de sua estranha anfitriã, Marga d'Andurain, dona do Hotel Zenóbia no início dos anos 1930 – em torno da lareira, diante da cidadela de Fakhr al-Din , passamos grande parte da noite, um após outro, a contar histórias, uma verdadeira *sessão*, uma *Maqâma*, gênero nobre da literatura árabe em que os personagens passam a palavra um ao outro para explorarem, cada um na sua vez, um assunto determinado: escrevemos, naquela noite, a *Maqâma tadmoriyya*, a Sessão de Palmira.

O guarda do forte era um velho seco, de *keffiyeh*, armado com uma espingarda: sua missão consistia em fechar, com uma corrente e um cadeado impressionantes, a grade de acesso ao castelo – ele ficou absolutamente surpreso com a nossa delegação. Deixamos as arabizantes negociar com ele e observamos, Bilger, François-Marie e eu, um pouco afastados, o desenrolar das negociações: o guarda-florestal era inflexível, a grade devia ser fechada de noite, no pôr do sol, e reaberta na aurora, era sua missão e ele pretendia cumpri-la, mesmo se isso não conviesse aos turistas; nosso projeto ia por água abaixo e ficávamos nos perguntando como tínhamos imaginado por um segundo que pudesse ser diferente, certamente por pretensão colonialista. Sarah não baixava os braços; continuava a argumentar diante do palmirense, que brincava mecanicamente com a correia da arma enquanto nos lançava, de vez em quando, olhares inquietos: devia estar pensando por que nós os deixávamos às voltas com aquela moça, quando nós, três homens, ficávamos ali, a dois metros, observando placidamente o conciliábulo. Julie veio nos informar sobre o avanço das negociações: o guarda tinha de cumprir seu dever, a abertura e o fechamento. Em compensação, podíamos ficar dentro da cidadela, portanto trancados até a aurora, isso não atrapalhava sua missão. Sarah tinha aceitado, como pressuposto inicial, essas condições – tentava, além disso, obter a chave do cadeado, o que nos permitiria sair do nobre torreão em caso de urgência sem ter de esperar a libertação da aurora, como num conto de fadas. É preciso admitir que a perspectiva de ficarmos fechados dentro de uma fortaleza inexpugnável, a poucos quilômetros da prisão mais sinistra da Síria, me fazia estremecer um pouco – o edifício não era mais que um monte de pedras, sem nenhuma comodidade, peças vazias em torno de um sumário *cortile* abarrotado de entulho, escadarias sem corrimão que subiam até os terraços mais ou menos ameados por onde volteavam morcegos. Felizmente, o guarda estava no limite de sua paciência; depois de nos propor uma última vez irmos embora, e como continuássemos hesitantes sobre nos trancarmos voluntariamente (será que tínhamos mesmo tudo aquilo de que necessitávamos? Fósforos, papel-jornal, água?), acabou por fechar sua grade sem mais esperar, apressado em voltar para casa; Sarah lhe fez uma última pergunta, à qual ele pareceu responder pela afirmativa, antes de nos dar as costas e descer para o vale dos túmulos, na encosta.

— Ele nos permitiu oficialmente nos instalarmos aqui.

Aqui significava a pequena esplanada pedregosa situada entre a antiga ponte levadiça e o arco do portão. O sol tinha desaparecido atrás da colina; seus últimos raios salpicavam de dourado as colunatas, irisavam as palmas; a leve brisa transportava um perfume de pedras quentes por instantes misturado com borracha e lixo doméstico queimado; lá embaixo, um homem minúsculo passeava com um camelo pela pista oval do grande estádio coberto de poeira em que se organizavam as corridas de dromedários que atraíam os nômades de toda a região, esses beduínos que Marga d'Andurain tanto amava.

Nosso acampamento era bem mais espartano que os dos exploradores de antigamente: conta-se que Lady Hester Stanhope, primeira rainha de Tadmor, orgulhosa aventureira inglesa de costumes de aço, cuja fortuna e saúde o Oriente sugou até a sua morte, em 1839, numa aldeia das montanhas libanesas, precisava de sete camelos para transportar seu equipamento, e que a tenda onde recebeu os emires da região era, de longe, a mais suntuosa de toda a Síria; reza a lenda que, além de seu urinol, único acessório indispensável no deserto, conforme dizia, a sobrinha de William Pitt transportou um jantar de gala até Palmira, um jantar real em que as louças e os pratos mais requintados saíram das malas, para imensa surpresa dos comensais; todos os xeiques e emires da região ficaram deslumbrados com Lady Hester Stanhope, dizem. Nossa comida se compunha exclusivamente de cordeiro assado, nada de molhos ingleses nem de iguarias, só uns espetos, os primeiros queimados, os segundos crus, ao sabor de nosso fogo caprichoso no *manqal* de Bilger. Carne que enrolávamos nesse pão ázimo delicioso, essa panqueca de trigo cozinhada em cima de uma cúpula de metal que no Oriente Médio serve ao mesmo tempo de sustento, prato e garfo. Nossas chamas deviam ser vistas a quilômetros ao redor, como um farol, e esperávamos que a polícia síria fosse nos tirar de lá, mas Eshmoun protegia os orientalistas e ninguém nos perturbou até o raiar do dia, a não ser o vento glacial: fazia um frio dos diabos.

Juntinhos em torno da pequena churrasqueira, cujo calor era tão ilusório quanto o dos milhões de estrelas ao redor, agasalhados nos cobertores de lã azul-clara de Bilger, com um copo na mão, escutávamos Sarah contar histórias; a pequena cavidade rochosa produzia um leve eco e dava relevo à sua voz, profundidade a seu timbre – até Bilger, que entendia muito mal o francês, desistira de suas perorações para ouvi-la explicar as aventuras de Lady Stanhope, que nos precedera naquele rochedo, mulher de destino excepcional, ela dizia, e posso entender sua paixão por essa dama cujas motivações eram tão misteriosas quanto o próprio deserto: o que levou Lady Hester Stanhope, rica e poderosa, sobrinha de um dos políticos mais brilhantes da época, a largar tudo para se instalar no Levante otomano, onde teve o tempo todo de governar, dirigir o pequeno domínio que ali se criara, no Chouf, entre druzos e cristãos, como se fosse uma granja do Surrey? Sarah contou uma história sobre como ela administrava seus aldeãos: "Seus empregados a respeitavam de modo singular", disse Sarah, "embora sua justiça oriental às vezes se enganasse. Ela sabia a importância que os árabes atribuem ao respeito às mulheres e punia sem piedade qualquer infração ao severo comedimento que exigia de seus criados. Seu intérprete e secretário, filho de um inglês e de uma síria, e de quem ela gostava muito, foi lhe dizer um dia que outro empregado, chamado Michel Toutounji, seduzira uma jovem síria da aldeia, e que ele tinha visto os dois, sentados sob um cedro-do-líbano. Toutounji afirmava que era mentira. Lady Hester convocou toda a aldeia para o gramado diante do castelo, sentou-se sobre suas almofadas, tendo à direita seu governador e à esquerda Toutounji, enrolados em mantos como nós naqueles cobertores, numa atitude respeitosa. Os camponeses formavam um círculo; 'Toutounji', ela disse, afastando dos lábios o longo tubo de âmbar daquele cachimbo que ela sempre fuma nas gravuras, 'o senhor é acusado de uma ligação criminosa com Fattoum Aisha, moça síria, e que está aqui à minha frente. O senhor nega. Vocês aí', ela continuou, dirigindo-se aos camponeses, 'se souberem de algo a esse respeito, digam. Quero fazer justiça. Falem.' Todos os aldeãos responderam que não tinham o menor conhecimento do fato. Então ela se virou para seu secretário, que, de mãos cruzadas sobre o peito, esperava a sentença. 'O senhor imputa a esse rapaz que entra no mundo, e tem apenas sua reputação como fortuna, coisas abomináveis. Convoque as suas testemunhas: onde elas estão?' 'Não as tenho', respondeu humildemente, 'mas o vi.' 'A sua palavra não tem valor diante do testemunho de todas as pessoas da aldeia e da boa fama do rapaz'; depois, assumindo o tom severo de um juiz, virou-se para o acusado, Michel Toutounji: 'Se seus olhos e seus lábios cometeram o crime, se olhou para esta mulher, se a seduziu e a beijou, então o seu olho e os seus lábios sofrerão o castigo. Que o agarrem, que o segurem! E você, barbeiro, raspe a sobrancelha esquerda e o bigode direito do rapaz'. Dito e feito, *sam'an wa tâ'atan*, escuto e obedeço', como nos contos. Quatro anos depois, Lady Stanhope, que se felicitava por uma justiça tão pouco nociva ao condenado, recebeu uma carta em que Toutounji se divertia em lhe contar que a história da sedução era mesmo verdade e que seu bigode e sua sobrancelha iam muito bem."

Essa paródia orientalista de julgamento à la Harun al-Rashid fascinava Sarah; que fosse verdadeira ou não (e, tendo em vista os costumes da dama, era provável que fosse) importava menos do que mostrar a que ponto a inglesa integrara os pretensos costumes daqueles druzos e cristãos libaneses da montanha onde ela morava e como sua lenda tinha divulgado essas atitudes; ela nos descrevia com paixão a gravura em que a vemos, já idosa, sentada numa pose nobre, hierática, como a de um profeta ou um juiz, com seu longo cachimbo na mão, longe, muito longe das imagens lânguidas das mulheres nos haréns; Sarah nos explicava sua recusa em usar o véu e sua opção de se vestir, sem dúvida, "à turca", mas como homem. Contava a paixão que Lady Hester inspirou em Lamartine, o poeta orador, o amigo de Listz e de Hammer-Purgstall, com quem ele divide uma história do Império Otomano; para os franceses, um poeta inigualável, mas também um prosador genial – como Nerval, mas em menor escala, Lamartine se revelava em sua viagem ao Oriente, perdia suas estribeiras parisienses, abria sua frase; diante da beleza do desconhecido, o político se libertava de suas tiradas enfáticas e de seu lirismo aos solavancos. Talvez, e é muito triste, tivesse sido preciso que sua filha Julia morresse, vítima de tuberculose em Beirute, para que o Levante cristalizasse nele a dor e a morte; foi preciso, como a Revelação para outros, a pior ferida, o sofrimento último, a fim de que seus olhos, sem o nepentes de Helena de Troia, transbordando de lágrimas, desenhassem o retrato magnífico, de beleza sombria, de um Levante original: uma fonte mágica que, mal foi descoberta, começou a cuspir a morte. Lamartine ia ao Oriente para ver o coro de uma igreja que na verdade estava murado, visitar a *cella* de um templo que fora condenada; mantinha-se empertigado diante do altar, sem se dar conta de que os raios do poente inundavam o transepto atrás dele. Lady Stanhope o fascina pois ela está além de suas interrogações; está nas estrelas, dizia Sarah; lê o destino dos homens nos astros – mal chega Lamartine, ela propõe revelar-lhe o futuro; aquela que ele chama "a Circe dos desertos" lhe explica em seguida, entre dois cachimbos perfumados, seu sincretismo messiânico. Lady Stanhope lhe revela que o Oriente é sua pátria verdadeira, a pátria de seus pais, e que ele voltará para lá, ela pressente que ele ficará a seus pés: "Veja", ela lhe diz, "o arco do seu pé é muito alto, quando seu pé está no chão há, entre o calcanhar e os dedos, espaço suficiente para que a água passe sem molhá-lo – é o pé do árabe; é o pé do Oriente; você é filho destes climas e nos aproximamos do dia em que cada um voltará para a terra de seus pais. Nós vamos nos reencontrar".

Essa história podológica nos fez rir muito; François-Marie não conseguiu deixar de tirar os sapatos para verificar se estava ou não fadado a voltar ao Oriente – para seu grande desespero, tinha, conforme dizia, "o pé bordelês", e retornaria, no fim dos tempos, não ao deserto, mas a uma quinta de Entre-Deux-Mers, dos lados da terra de Montaigne, o que, tudo posto na balança, era igualmente invejável.

Agora que penso nisso, os pés de Sarah têm um arco perfeito, sob o qual correria facilmente um riacho; ela falava na noite e era nossa mágica do deserto, seus relatos encantavam o cintilante metal das pedras e das estrelas – nem todas as aventureiras do Oriente tinham conhecido a evolução mística da sra. Stanhope, a reclusa inglesa do monte Líbano, o trajeto rumo ao despojamento de seus bens, o abandono progressivo de seus ouropéis ocidentais, a construção gradual de seu próprio mosteiro, mosteiro de orgulho ou de humildade; nem todas as viajantes tinham recebido a iluminação trágica de Lady Herster ou de Isabelle Eberhardt no deserto, longe disso – foi François-Marie que retomou a palavra, apesar de uma interrupção de Bilger não só para servir bebida mas sobretudo para tentar também contar uma história, uma parte das aventuras de Alois Musil, dito Lawrence de Morávia ou Alois da Arábia, orientalista e espião dos Habsburgo que os franceses não conheciam – sobretudo uma tentativa para voltar a ser o centro das atenções: desastrosa tentativa, que teria precipitado no sono vários comensais, de tal forma seu francês era incompreensível; por arrogância ou presunção, ele se negava a falar inglês. Por sorte, e bem quando eu começava a sentir vergonha por ele e por Alois Musil, ele foi habilmente interrompido por François-Marie. Esse especialista da história do mandato francês no Levante apoiou-se em Lady Hester e Lawrence da Morávia para desviar diplomaticamente a conversa para Palmira. O destino de Marguerite d'Andurain, conhecida como Marga, representava para ele a antítese do de Stanhope, Eberhardt ou Schwarzenbach, seu duplo negro, sua sombra. Nós nos aquecíamos graças ao sotaque de François-Marie e sobretudo ao vinho libanês que Bilger tinha aberto; os longos cachos ruivos de minha vizinha tinham reflexos vermelhos ao sabor das últimas brasas que modelavam seu rosto com semitons graves. A vida de Marga d'Andurain era, para François-Marie, a história de um fracasso trágico – a bela aventureira nascera no finzinho do século XIX numa boa família de Bayonne (esse detalhe foi evidentemente salientado pelo historiador gascão; ele calçara de novo os sapatos, para proteger do frio os pés); depois, se casara jovem com o primo, pequeno nobre basco prometido a um grande futuro, mas que se revelou um tanto frouxo e cheio de veleidades, apaixonado quase exclusivamente por cavalos. Marga, ao contrário, era de uma força, de uma vitalidade e de um desembaraço excepcionais. Depois de uma breve tentativa de criação de cavalos na Argentina antes da guerra, o casal desembarca em Alexandria em novembro de 1925 e se instala no Cairo, defronte do salão de chá Groppi, na praça Soliman Pacha, centro da cidade "europeia". Marga tinha o projeto de abrir ali um instituto de beleza e uma loja de pérolas artificiais. Muito depressa frequenta a bela sociedade cairota, em especial os aristocratas britânicos do Gezira Sporting Club na ilha de Zamalek. É dessa época que data a adjunção do título de "condessa" a seu sobrenome: ela enobrece, por assim dizer, por contágio. Dois anos depois, decide acompanhar uma amiga inglesa numa viagem à Palestina e à Síria, viagem cujo guia seria o major Sinclair, responsável pelo serviço de informações dos exércitos em Haifa. É em sua companhia que Marga chega pela primeira vez a Palmira, depois de uma viagem exaustiva desde Damasco onde, cansada e ciumenta, a amiga britânica resolveu esperá-los. As relações tensas entre a França e a Grã-Bretanha no Levante, a recente rebelião síria e sua sangrenta repressão fazem com que os militares franceses sejam bastante desconfiados quanto às atividades dos estrangeiros no território de seu mandato – a guarnição de Palmira vai, portanto, se interessar de perto pelo casal que se instala no hotel construído por Fernando de Aranda. É muito provável que Sinclair e Marga tenham se tornado amantes; a relação entre eles alimentou os relatórios dos oficiais franceses ociosos, relatórios que chegaram ao coronel Catroux, então encarregado das informações em Beirute.

A aventura palmirense da elegante condessa d'Andurain começava com uma acusação de espionagem que já envenenava suas relações com as autoridades francesas do Levante – essa fama de espiã iria ressurgir durante toda a sua vida, sempre que a imprensa ou a administração se interessassem por ela.

Alguns meses depois, Sinclair morreu, suicidado pelo amor, segundo os rumores. Nesse meio-tempo, Marga d'Andurain se instalara em Palmira com o marido. Apaixonara-se – não mais por um major inglês, mas pelo sítio, pelos beduínos e pelo deserto; comprara alguns terrenos onde pensava se dedicar (como na Argentina) à criação. Conta em suas memórias as caças à gazela em companhia dos nômades, as noites na tenda, a ternura filial que sente por um xeique que comanda aquela tribo. Muito depressa o casal D'Andurain desiste da agricultura e recebe das autoridades mandatárias a incumbência de gerenciar o hotel (na época, o único da cidade) de Palmira, abandonado, e até lhe permitirão (tudo indica, acrescentava François-Marie; como acontece com qualquer testemunho, há uma leve diferença entre o que Marga conta e o resto das fontes) comprá-lo algum tempo depois: ela resolve chamar o estabelecimento de Hotel Zenóbia, em homenagem à rainha do século III d.C., derrotada por Aureliano. Portanto, todos os turistas da época se hospedam no hotel dos D'Andurain; Marga se ocupa do hotel enquanto o marido se distrai como pode, montando a cavalo ou frequentando os oficiais da guarnição palmirense que vigiam o terreno de aviação e comandam uma pequena tropa de meharistas, restos do Segundo Exército do Oriente, dizimado pelo conflito mundial e pela revolta síria.

Cinco anos depois, Marga d'Andurain está entediada. Seus filhos cresceram; a rainha de Palmira se dá conta de que seu reino não passa de um monte de pedras e poeira, sem dúvida romântico, mas sem aventura nem glória. É então que imagina um projeto louco, inspirado pelas personagens femininas que povoam seu imaginário, Lady Stanhope, Jane Digby, a apaixonada, Lady Anne Blunt, neta de Byron, ou Gertrude Bell, que morreu alguns anos antes e cuja inacreditável história ela conheceu com Sinclair e seus amigos britânicos. Sonha chegar mais longe que todos esses modelos e ser a primeira europeia a ir em peregrinação à Meca, e depois atravessar o Hejaz e o Négede para chegar ao golfo Pérsico e pescar (ou simplesmente comprar) pérolas. No início de 1933, Marga descobre um jeito de realizar sua viagem: contrair um casamento branco com Suleyman Dikmari, um meharista de Palmira originário de Oneiza, no Négede, da tribo dos mutayr, que deseja voltar para sua terra mas não tem os meios para tal. É um homem simples, analfabeto; nunca saiu do deserto. Ele aceita, mediante uma boa quantia que lhe será paga na volta, acompanhar a pretensa condessa até a Arábia, Meca e Medina, depois até a costa de Bahrein e levá-la de volta para a Síria. Antes de partir ela o faz jurar, claro, perante testemunhas, que ele não tentará consumar o casamento e lhe obedecerá em tudo. Na época (e neste momento tenho a impressão de que François-Marie, muito inspirado, só nos dá esses detalhes para demonstrar seus conhecimentos históricos), o Négede e o Hejaz acabam de ser unificados pelo príncipe Ibn Sa'ud, que derrotou e expulsou os hachemitas de seu território – só restam para os xerifes de Meca o Iraque e a Jordânia, onde são apoiados pelos britânicos. A Arábia Saudita nasce justo no momento em que Marga d'Andurain resolve empreender sua peregrinação. O país se distingue por sua identidade beduína e majoritariamente wahabita, puritana e intransigente. O reino é proibido aos não muçulmanos; evidentemente, Ibn Sa'ud desconfia de possíveis intervenções britânicas ou francesas no seu país recém-unificado. Todas as legações são confinadas em Jedá, porto de Meca, dando para o mar Vermelho, um buraco entre dois rochedos, sem água doce, infestado de tubarões e baratas, onde se escolhe morrer de fome, de insolação ou de tédio – salvo no momento da peregrinação: ponto de chegada à península de muçulmanos do oceano Índico e da África, a cidadezinha vê transitarem dezenas de barcos transportando milhares de peregrinos, com todos os riscos (policiais, sanitários, morais) que isso comporta. É nesse cenário que atracam Marga d'Andurain e seu "marido-passaporte", como ela o chama, no início da peregrinação, depois de uma conversão oficial ao islã e de um casamento (complicado) na Palestina. Agora ela se chama Zeynab (em homenagem, sempre, à rainha de Palmira, Zenóbia). Infelizmente para ela, as coisas desandam muito depressa: o médico responsável pela imigração lhe informa que a lei do Hejaz requer um prazo de dois anos entre a conversão e a admissão à peregrinação. Suleyman, o beduíno, é então enviado a Meca para solicitar uma autorização excepcional ao rei Abd al-Aziz. Marga-Zeynab não pode acompanhá-lo, mas também não pode, por decência, hospedar-se sozinha no hotel – portanto, é entregue à guarda do harém do governador de Jedá, onde ficará reclusa por uns dias, sofrendo todas as humilhações, mas conseguindo ser aceita pelas esposas e filhas do governador. Aliás, ela nos oferece, dizia François-Marie, um interessante testemunho sobre a vida num harém de província, um dos raros que possuímos sobre essa região e esse período. Finalmente, Suleyman volta de Meca sem ter conseguido a autorização excepcional para sua mulher; portanto, deve levá-la para sua família, perto de Oneiza. Enquanto isso, Zeynab voltou a ser Marga: frequenta Jacques-Roger Maigret, cônsul da França (aliás, ele representa a França em Jedá por dezessete anos, dezessete longos anos, sem se queixar muito, até 1945; espero, dizia François-Marie, que ao menos o tenham feito cavaleiro ou comendador de alguma ordem republicana em agradecimento a esse reinado interminável), e sobretudo seu filho, a quem ela oferece as primeiras emoções eróticas: para o rapazinho, a chegada da bela Marga ao reino do puritanismo wahabita é um raio de sol – apesar da diferença de idade, ele a leva para se banhar em segredo fora da cidade; passeia com Zeynab, com seu longo véu preto, pelas ruelas de Jedá. Marga leva a provocação a ponto de introduzir clandestinamente seu jovem amante no quarto de hotel que o poder do cônsul (embora ela não seja

mais legalmente francesa) conseguiu arranjar para tirá-la do harém. Suleyman insiste em prosseguir uma viagem que a condessa já não tem a menor
vontade de concluir: teme ser feita prisioneira, longe, no deserto, ali onde
a influência de Maigret não poderia mais livrá-la de apuros.

Uma noite, batem à porta: a polícia do rei. Ela esconde o amante debaixo
da cama, como numa comédia de vaudeville, pensando que se tratava de um
caso de bons costumes – mas a coisa é muito mais grave: seu marido-passaporte expirou. Suleyman morreu, envenenado, e acusou a mulher, Zeynab,
de ter lhe dado um remédio mortal para se livrar dele. Marga d'Andurain é
jogada na prisão, numa masmorra atroz, que concentra todos os horrores
de Jedá: calor, umidade, baratas voadoras, pulgas, imundície, excrementos.

Vai passar dois meses ali.

Arrisca-se à pena de morte por assassinato e adultério.

Seu destino está nas mãos do *qadi* de Meca.

O cônsul Maigret não pode garantir sua vida.

No dia 30 de maio, *L'Orient*, diário de Beirute, anuncia sua morte por
enforcamento.

François-Marie faz uma pausa – não posso deixar de dar uma olhadela
para o Hotel Zenóbia, cuja massa escura se avista, longe, lá embaixo, e depois para o rosto de Sarah, que sorri com o efeito obtido pelo narrador. Marga
d'Andurain, de fato, não morreu enforcada no Hejaz, mas vinte anos depois,
assassinada da maneira mais sórdida em seu veleiro, em Tânger, quando se
preparava para se lançar no contrabando de ouro a partir da zona internacional. Suleyman Dikmari é apenas o segundo cadáver no seu caminho marcado pela morte violenta. O último será o dela, abandonado no mar, amarrado a um bloco de cimento, na baía de Malabata.

François-Marie prossegue o relato; explica que Marga foi vista dando
ao marido, na manhã de sua morte, durante o último encontro deles, um
comprimido branco. Alega que se tratava de um comprimido de Kalmine,
remédio inofensivo que toma constantemente: em suas bagagens encontraram umas dez caixas desse medicamento, contendo principalmente qui-
nina e codeína. Uma amostra foi enviada ao Cairo para análise. Enquanto
isso, sem que ela saiba, a imprensa oriental relata suas aventuras. Descreve
a espiã franco-britânica, a Mata Hari do deserto, prisioneira das masmorras de Abd al-Aziz; um dia a executam, em outro a ressuscitam; imaginam
uma conspiração segundo a qual os serviços de Ibn Sa'ud teriam liquidado
o pobre beduíno para obrigar Marga d'Andurain a voltar para sua terra.

Finalmente, já que nenhuma autópsia foi feita, conforme a estrita lei religiosa do reino, e a análise do Kalmine empreendida no Cairo demonstrou que o pó dos comprimidos não apresentava perigo, ela é absolvida por falta de provas, depois de dois meses de detenção.

François-Marie olhava para a plateia com um sorrisinho irônico; sentia-se que tinha algo a acrescentar. Eu pensava no Kalmine, cujo nome me chamara a atenção; lembrei-me daquelas caixas de metal azuis que decoravam o banheiro de minha avó em Saint-Benoît-la Forêt, nas quais estava escrito "indisposição, cansaço, febre, insônia, dores"; lembrei-me de que eram os laboratórios Métadier que fabricavam essa panaceia e que Paul Métadier, primeiro especialista em Balzac da Touraine, transformara o castelo de Saché no Museu Balzac. Tudo está ligado. Balzac, depois do caso Jane Digby-Lady Ell, tinha um vínculo a mais com Palmira. Com certeza Marga d'Andurain ignorava, quando, depois da publicação de sua versão dos fatos no *L'Intransigeant*, recebeu de presente pelo correio cem comprimidos de Kalmine enviados diretamente pelo laboratório para lhe agradecer essa publicidade gratuita, que a fortuna do Kalmine, da qual ela participara, permitiria prestar homenagem ao grande homem de letras no castelo que ele apreciava. Sem dúvida, Paul Métadier não teria enviado aquele remédio promocional se desconfiasse de que, na verdade, fora de fato um comprimido com a marca "Laboratoires Métadier – Tours" que envenenara Suleyman Dikmari, o guerreiro da tribo dos mutayr; François-Marie tirara essa informação das lembranças inéditas de Jacques d'Andurain, filho caçula da condessa. Jacques d'Andurain contava como, em Beirute, no momento da partida de sua mãe para Meca, esta lhe confiara suas dúvidas em relação a Suleyman, a seu ver o único verdadeiro "elo fraco" da viagem; Suleyman, o desejo de Suleyman, a virilidade de Suleyman eram os obstáculos mais incontroláveis da expedição. Ela ficaria à sua mercê, em Meca, no Négede; seu "marido-passaporte" teria direito (ou assim imaginava) de vida e morte sobre ela; era lógico que ela também tivesse a possibilidade de matá-lo. Então pediu ao filho que lhe comprasse, em Beirute, um veneno, com a desculpa de matar um cachorro, um cachorro grande, um cachorro muito grande, depressa e sem dor. Guardou a substância numa cápsula de Kalmine, jogando fora o conteúdo original.

Não se sabe mais que isso.

François-Marie nos olhava, contente com seu pequeno efeito. Sarah retomou a palavra; levantou-se para esquentar as mãos um instante nas brasas quase apagadas. — Há uma coincidência divertida, Annemarie Schwarzen-bach passa em Palmira durante sua segunda viagem ao Levante, de Beirute a Teerã, em companhia do marido, Claude Clarac, secretário de embaixada no Irã. Ela conta sua hospedagem no Zenóbia e o encontro com Marga d'Andurain numa novela chamada *Beni Zaïnab*. Pensa que é muito possível que ela tenha de fato envenenado o marido... Ou, pelo menos, que tinha esse perfil. Não o de uma envenenadora, mas o de uma mulher tão deci-dida que está pronta para derrubar todos os obstáculos entre ela e o obje-tivo que fixou.

Julie e François-Marie pareciam estar de acordo.

— É uma vida inteiramente marcada pela violência, uma metáfora da violência colonial, uma parábola. Pouco tempo depois da volta a Palmira, quando suas amolações administrativas mais ou menos terminaram, seu marido, Pierre d'Andurain, foi assassinado selvagemente a facadas. Con-cluiu-se por uma vingança da família de Suleyman, embora Marga e o filho desconfiassem de (e denunciassem) um complô de oficiais franceses que es-tariam por trás da história. Volta para a França antes da guerra; passa a Ocu-pação entre Paris e Nice, vivendo de contrabandos diversos, joias, ópio; em 1945 seu filho mais velho se suicida. Em dezembro de 1946 é presa e acu-sada de envenenamento de seu afilhado, Raymond Clérisse, aliás agente de informações da Resistência: é nesse momento que a imprensa ataca. Atri-buem-lhe nada menos do que quinze assassinatos, casos de espionagem, uma colaboração com o bando de Bonny e Lafont, os bandidos gestapistas parisienses, e Deus sabe quantos outros crimes. Todas essas reportagens são uma boa demonstração dos fantasmas franceses na Libertação – entre imaginário colonial, espionite de guerra, lembranças de Mata Hari e dos crimes do dr. Petiot, o médico dos sessenta e três cadáveres, que acabava de ser guilhotinado. Finalmente é solta, por falta de provas, dias depois. Tam-bém aqui ela confessa veladamente ao filho, pouco tempo antes da própria morte, sua responsabilidade no caso – é mais ou menos tudo o que se sabe do sombrio destino da rainha de Palmira.

Sarah observou a que ponto a associação entre sexualidade, Oriente e violência fazia sucesso na opinião pública, até hoje; um romance sen-sacionalista, embora não sensacional, retomava as aventuras da condessa D'Andurain, *Marga, comtesse de Palmyre*. Segundo ela, esse livro, sem se constranger com o verossímil nem respeitar os fatos, insistia fortemente nos aspectos mais "orientais" do caso: a luxúria, a droga, a espionagem e a crueldade. Para Sarah, o que tornava a personagem de Marga tão interessante era sua paixão pela liberdade – liberdade tão extrema que se estendia além da própria vida do outro. Marga d'Andurain amara os beduínos, o deserto e o Levante por essa liberdade, talvez totalmente mítica, seguramente exagerada, a tal ponto que essa bela liberdade se corrompeu num orgulho criminoso que terminou por lhe ser fatal. O milagre de sua vida estava, aliás, em que ela não tivesse encontrado mais cedo o machado do carrasco ou o punhal da vingança e tivesse percorrido a vida por anos fazendo fiau para o Destino e a lei.

Bilger também se levantara para se aquecer um pouco – o ar estava cada vez mais glacial, límpido; ao pé de nossa colina, as luzes da cidade se apagavam aos poucos, devia ser por volta de meia-noite. O Hotel Zenóbia continuava iluminado, eu me perguntava se os atuais funcionários do estabelecimento se lembravam daquela falsa condessa verdadeira assassina e de seu marido morto no meio daquele deserto cinza-aço, que não era de jeito nenhum, na noite fria, um lugar agradável, nem sequer (eu me recriminaria por confessar esse pensamento a meus companheiros) ornado da irresistível beleza que alguns lhe atribuíam.

A indulgência de Sarah com as criminosas, as traidoras e as envenenadoras continua a ser um mistério; esse pendor pelos submundos da alma não deixa de lembrar a paixão de Faugier pelos submundos das cidades – que eu saiba, Sarah nunca foi espiã e nunca matou ninguém, graças a Deus, mas sempre teve interesse pelo horror, pelos monstros, pelo crime e pelas entranhas: quando larguei aqui em Viena o meu *Standard*, cuja cor de bunda de macaco combina tão bem com a cor da pele dos leitores, naquele café Maximilien perto da Votivkirche, depois de ter rejeitado a expedição ao morredouro de Kafka, ela me obrigou (praguejei tudo o que pude, que idiota, curiosa maneira de se tornar amável, às vezes eu faço – fazemos – exatamente o contrário do que o coração mandaria) a visitar o Museu do Crime: no térreo e no subsolo de uma linda casa do século XVIII em Leopoldstadt, visitamos então o Museu da Polícia de Viena, um museu oficial, por assim dizer *com um selo* vienense, o museu dos assassinos e dos assassinados, com crânios afundados ou crivados de balas, armas dos crimes, peças comprobatórias, fotografias, atrozes fotografias de corpos mutilados, cadáveres decepados para serem dissimulados em cestos de palha e jogados no lixo. Sarah observava aqueles horrores com um calmo interesse, o mesmo, eu imaginava, de Sherlock Holmes ou de Hercule Poirot, o herói de Agatha Christie com a qual a gente cruzava em todo o Oriente, de Istambul a Palmira, passando por Alepo – seu esposo era arqueólogo, e os arqueólogos foram os primeiros parasitas que pularam em cima do lombo oriental, desde Vivant Denon e a expedição ao Egito: a conjunção do interesse romântico pela ruína com a renovação da ciência histórica empurrou dezenas de arqueólogos para o leste, origem da civilização, da religião e, acessoriamente, produtor de objetos monetizáveis em troca de prestígio ou de dinheiro vivo; a moda egípcia, depois nabateia, assíria, babilônica, persa, abarrotava os museus e os antiquários de destroços de todo tipo, assim como as antiguidades romanas no Renascimento – os ancestrais de Bilger percorriam o Império Otomano da Bitínia ao Elam, levando as mulheres com eles, mulheres que se tornaram escritoras, como Jeanne Dieulafoy ou Agatha Christie, quando não se dedicavam pessoalmente, como Gertrude Bell ou Annemarie Schwarzenbach, às alegrias arqueológicas. A arqueologia era, com a mística, uma das formas de exploração mais fecundas do Oriente Médio e Próximo, e Bilger concordava com isso naquela noite em Palmira, quando, aquecido pelo vinho libanês, dignou-se a participar, dessa vez em inglês, de nossa sessão, dessa *Maqâma tadmoriyya*, com toda a eloquência britânica que trouxera de sua temporada em Oxford, de onde tinham saído tantos distintos orientalistas – ele ficou de pé; seu rosto redondo estava inteiramente na sombra e só se distinguia o limite louro de seus cabelos curtos, uma auréola. Com a garrafa na mão, como era seu hábito, deu sua contribuição ao deserto, como ele dizia, nos falando dos arqueólogos e botânicos que tinham contribuído para a exploração da Arábia misteriosa: Bilger, tão urbano porém, também sonhara com o deserto, e não só seguindo as aventuras de Kara Ben Nemsi na televisão; antes de se tornar um especialista do período helenístico, tentara sem sucesso "cavar seu buraco" na arqueologia da Arábia pré-islâmica – a gesta dos exploradores da península não tinha segredos para ele. Começou eliminando o interesse por personagens como essa Marga d'Andurain que ele acabava de descobrir. Em termos de violência, loucura e excentricidade, os viajantes do Négede, do Hejaz ou do Djebel Chammar ofereciam relatos bem mais extraordinários – e até, acrescentava com grandiloquência, verdadeiras obras-primas literárias. Lançou-se em seguida numa complicada história da exploração da Arábia da qual não guardei muita coisa, a não ser os nomes do suíço Burckhardt, dos ingleses Doughty e Palgrave, do francês Huber e do alemão Euting – sem esquecer os incontornáveis do deserto,

129

Richard Burton, o homem das mil vidas, e os esposos Blunt, incorrigíveis hipófilos que trilharam as areias em busca dos mais belos cavalos cuja raça em seguida eles criaram, o nobre *stud* árabe, em seu haras de Sussex – Anne Blunt, aliás, era para mim a mais simpática de todo esse monte de exploradores, pois era violinista e possuía nada menos do que um Stradivarius. Um Stradivarius no deserto.

Talvez houvesse uma apostila a acrescentar à minha obra, uma coda, quem sabe um codicilo,

Sobre as diferentes formas de loucura no Oriente
Abendo
A caravana dos disfarçados

que desse conta da paixão de meus confrades de outrora pelos disfarces e pelos costumes locais – muitos desses exploradores políticos ou científicos viram-se obrigados a se disfarçar, tanto pelo conforto como para passar despercebidos: Burton, de peregrino na caravana de Meca; o simpático orientalista húngaro Ármin Vámbéry, amigo do conde de Gobineau, de vagabundo místico (crânio raspado, túnica de Bukara) para explorar a Transoxiana desde Teerã; Arthur Conolly, primeiro jogador do Grande Jogo,* que terminará sendo desmascarado e decapitado em Bukara, de mercador persa; Julius Euting, de beduíno; T.E. Lawrence (que lera muito bem o seu Kipling), de guerreiro dos howeitat – todos contam o prazer um pouco infantil que existe (quando se ama o perigo) em se fazer passar por alguém que não se é, sendo que a palma de ouro vai para os exploradores do sul do Saara e do Sahel, René Caillié, o conquistador de Tombuctu que se fantasiava de egípcio, e, sobretudo, Michel Vieuchange, jovem apaixonado pelo deserto do qual ignorava tudo ou quase e que se disfarça primeiro de mulher e depois se esconde dentro de um odre de sal para entrever por quinze minutos a cidade de Smara, sem dúvida mítica mas arruinada e abandonada há muito tempo por seus habitantes, antes de retornar para o seu grande saco de juta, doente, sacudido ao sabor dos passos dos camelos dias a fio, sem luz e num calor infernal: acabou morrendo de exaustão e disenteria

---

* Termo criado por Conolly (1807-1842) para designar a luta entre o Império Britânico e o Império Russo pelo domínio da Ásia Central. [N. E.]

em Agadir, com apenas vinte e seis anos de idade. Sarah prefere a simplicidade de certas almas mais sinceras ou menos loucas, algumas com destino infelizmente igualmente trágico, como Isabelle Eberhardt, apaixonada pela Argélia e pela mística muçulmana – Isabelle se vestia, sem dúvida, como um cavaleiro árabe e se fazia chamar Si Mahmud, mas sua paixão pelo Islã e sua fé eram profundíssimas; acabou tragicamente afogada numa inundação súbita, em Ain Sefra, esse sul oranês que ela tanto amava. Sarah costumava lembrar, a respeito dela, que chegara a conquistar o general Lyautey, em geral pouco apaixonado por excentricidades, a tal ponto que ele passou dias, desesperado, primeiro em busca de seu corpo, e em seguida de seus diários – ele acabou encontrando aqueles caderninhos nas ruínas do casebre de Isabelle, e o manuscrito completo de *Sud oranais* foi arrancado da lama pelos militares com uma paciência de filatelistas descolando selos.

Em Palmira, a verdadeira questão de Bilger, que não dava a menor bola para a mística e os disfarces, a não ser nas anedotas divertidas sobre os fabuladores de todo tipo que povoavam aquelas plagas (as mais engraçadas se referiam evidentemente às aventuras do francês Charles Huber e do alemão Julius Euting, verdadeiros Laurel e Hardy da Arábia), era a da relação entre arqueologia e espionagem, entre ciência militar e ciência simplesmente. Como tranquilizar hoje os sírios sobre nossas atividades, reclamava Bilger, se nossos predecessores mais famosos desempenharam um papel político, secreto ou público, no Oriente Médio? Ele ficava desesperado com essa constatação: todos os arqueólogos famosos tinham, a certa altura, mergulhado nos negócios de Estado. Foi preciso tranquilizá-lo: feliz ou infelizmente, os arqueólogos não tinham sido os únicos a servir aos militares, muito ao contrário; mais ou menos todos os ramos da ciência (linguistas, especialistas em ciência religiosa, historiadores, geógrafos, literatos, etnólogos) tiveram relações com seus governos de origem em tempos de guerra. Claro que nem todos portaram armas como T.E. Lawrence ou meu compatriota Alois Musil Lawrence da Morávia, mas muitos (mulheres inclusive, como Gertrude Bell, acrescentava Sarah) tinham, num ou noutro momento, posto seus conhecimentos a serviço da nação europeia de onde vinham. Alguns, por convicção nacionalista, outros pelo ganho, financeiro ou acadêmico, que podiam tirar disso; outros, enfim, embora involuntariamente, com seus trabalhos, livros, os relatos de suas explorações, que eram utilizados pelos soldados. Sabia-se que os mapas serviam para fazer a guerra, dizia François-Marie, pois bem, os relatos de viagens também. Desde que

Bonaparte no Egito em 1798 convocara os cientistas para redigir sua proclamação aos egípcios e tentar passar por libertador deles, os cientistas, artistas e seus trabalhos tinham se visto como participantes, querendo ou não, das jogadas políticas e econômicas da época. No entanto, não era possível, afirmava Sarah, condenar todo esse mundinho em bloco; seria o mesmo que recriminar a química pela pólvora e a física pela balística; era preciso limitar as coisas ao indivíduo e abster-se de fabricar um discurso geral que, por sua vez, se tornava uma construção ideológica, um objeto sem outro alcance além de sua própria justificação.

O debate esquentou; Sarah soltou o Grande Nome, o lobo apareceu no meio do rebanho, no deserto gélido: Edward Said. Era como evocar o Diabo num convento de carmelitas; Bilger, apavorado com a ideia de que se pudesse associá-lo a um *orientalismo* qualquer, começou imediatamente uma autocrítica constrangida, renegando pai e mãe; François-Marie e Julie eram mais matizados sobre o tema, mesmo reconhecendo que Said colocara uma questão candente mas pertinente, a das relações entre saber e poder no Oriente – eu não tinha opinião, e continuo sem ter, acho; Edward Said era um excelente pianista, escreveu sobre música e criou com Daniel Barenboim a orquestra West-Eastern Divan, administrada por uma fundação baseada na Andaluzia, onde todos defendem a beleza, na partilha e na diversidade.

As vozes começavam a ser vencidas pelo vinho, o frio e o cansaço; instalamos nossas camas improvisadas direto sobre o rochedo da esplanada. Julie e François-Marie de um lado, Sarah e eu de outro – Bilger e sua garrafa tinham preferido (talvez mais espertos que nós) se refugiar no carro, estacionado alguns metros abaixo, na encosta; nós os reencontramos de manhãzinha, Bilger sentado no assento do motorista, o rosto esmagado contra o vidro todo embaçado, e a garrafa de vinho encaixada no volante, apontando o gargalo acusador para o rosto do arqueólogo adormecido.

Dois cobertores embaixo, dois em cima, essa era nossa cama palmirense; Sarah se enrolara toda contra mim, as costas perto de minha barriga. Ela me perguntara gentilmente se isso me incomodava: tentei não transparecer meu entusiasmo, não, claro que não, de jeito nenhum, e eu abençoava a vida nômade – seus cabelos cheiravam a âmbar e fogueira; eu não ousava me mexer, temendo perturbar sua respiração, cujo ritmo me invadia; tentava inspirar igual a ela, *adagio* primeiro, *largo* em seguida; tinha perto de meu peito a longa curva de suas costas, cortada ao meio pelo sutiã, cujo gancho eu sentia contra meu braço dobrado; ela sentira frio nas pernas e as encaixara nas minhas – o nylon era suave e elétrico ao mesmo tempo, roçando na minha batata da perna. Com meus joelhos na dobra dos joelhos dela, eu não devia pensar demais nessa proximidade, o que evidentemente era impossível: um desejo imenso, que eu conseguia abafar, me consumia apesar de tudo, em silêncio. A intimidade dessa posição era ao mesmo tempo casta e erótica, à imagem do próprio Oriente, e, antes de afundar por algumas horas minhas pálpebras em seus cachos, dei uma última olhada, para além do cobertor azul, sobre o céu de Palmira, para lhe agradecer por ser tão inóspito.

O despertar foi engraçado; as vozes dos primeiros turistas nos sacudiram bem antes da aurora – eram da Suábia, e seu dialeto cantante não tinha nada a ver com Palmira. Antes de empurrar o cobertor sob o qual tiritávamos, abraçados como dois perdidos, sonhei que acordava num albergue perto de Stuttgart: totalmente desorientado, abri os olhos e vi um grupo de botas de caminhada, meias grossas, pernas, algumas peludas, outras não, tendo ao alto shorts cor de areia. Suponho que aquelas boas pessoas deviam estar tão constrangidas como nós; queriam aproveitar o nascer do sol sobre as ruínas e caíam no meio de um acampamento de orientalistas. Eu estava morrendo de vergonha; puxei imediatamente o cobertor sobre nossa cabeça, num reflexo idiota, o que era ainda mais ridículo. Sarah também acordara e rolava de rir; pare com isso, cochichou, eles vão pensar que estamos nus aqui debaixo – os alemães deviam adivinhar nossos corpos sob os cobertores e ouvir nossas rezas ditas baixinhas; está fora de cogitação sair daqui, murmurei. Sair era uma expressão bem relativa, já que estávamos fora, mas, como as crianças se escondem numa gruta imaginária, no fundo de seus lençóis, estava fora de questão que eu voltasse para o mundo exterior antes da partida daqueles invasores. Sarah se prestava ao jogo de bom grado, rindo; ela criara uma corrente de ar que nos permitia não sufocar de vez; espionava por uma fresta a posição dos guerreiros inimigos ao redor, que pareciam não querer sair da esplanada. Eu respirava seu hálito, o cheiro de seu corpo ao acordar. Ela estava encostada em mim, esticada, de bruços – ousei passar o braço em seus ombros, num gesto, pensei, que podia parecer fraternal. Ela virou o rosto e me sorriu; rezei para que Afrodite ou Ishtar transformasse nosso abrigo em rochedos, nos tornasse invisíveis e nos deixasse ali para a eternidade, naquele recanto de felicidade que eu tinha fabricado sem querer, graças àqueles cavaleiros cruzados da Suábia

133

enviados por um deus inspirado: ela me olhava, imóvel e sorridente, os lábios a poucos centímetros dos meus, eu sentia a boca seca, desviei o olhar, resmunguei sei lá que absurdo, e mais ou menos no exato instante ouvimos ecoar a voz de François-Marie: *"Good morning ladies and gentlemen, welcome to Fakhr al-Din's Castle"*; arriscamos uma olhadela para fora de nossa barraca improvisada e caímos na risada, juntos, vendo que o francês tinha saído de seu saco de dormir, com a cabeleira desgrenhada, vestindo apenas uma cueca tão preta como os pelos que cobriam seu peito, para saudar os visitantes da aurora – esse *djin* conseguiu quase imediatamente pô-los para correr, mas eu não fiz nenhum gesto para levantar o véu que nos cobria, e Sarah também não; ficou ali, pertinho de mim. A luz nascente salpicava de manchas claras o interior de nossa caverna. Virei-me, sem saber por quê; enrosquei-me, estava com frio, ela me apertou contra si, senti seu hálito no meu pescoço, seus seios nas minhas costas, seu coração junto do meu, e fiz de conta que estava dormindo, minha mão sobre a sua, enquanto o sol de Baal ia aquecer suavemente aquilo que já não precisava ser aquecido.

Nossa primeira noite na mesma cama (ela diria mais tarde que não podíamos falar, sensatamente, de uma mesma *cama*) me deixou uma lembrança inextinguível, ossos doloridos e um catarro pouco glorioso: terminei nossa expedição com o nariz escorrendo, envergonhado com essas secreções no entanto anódinas, como se meu nariz revelasse ao mundo exterior, de modo simbólico, o que meu inconsciente tinha urdido a noite inteira.

Os turistas acabaram nos desalojando, ou pelo menos nos obrigando a levantar e desensarilhar nossas armas, pois a batalha estava perdida de antemão – pacientemente, queimando fiapinhos de capim, conseguimos ferver água para preparar um café turco; revejo-me sentado no rochedo, contemplando o palmeiral, longe, para lá dos templos, com uma xícara na mão. Eu compreendia o verso até então enigmático de Badr Shakir al-Sayyab, "Teus olhos são uma floresta de palmeiras na aurora/ ou uma varanda, de onde a lua vai se afastando, longe", que abre *O canto da chuva*; Sarah estava feliz que eu evocasse o pobre poeta de Bassora, perdido na melancolia e na doença. Naquela noite, naquela manhã, aquele cobertor criara entre nós uma intimidade, nossos corpos se domesticaram e já não desejavam se deixar – continuavam a se apertar, a se aninhar um contra o outro numa familiaridade que o frio não justificava mais.

Terá sido nesse momento que me veio a ideia de musicar esse poema, talvez; terá sido a doçura glacial daquela noite no deserto, os olhos de Sarah, a manhã de Palmira, os mitos pairando sobre as ruínas que fizeram esse projeto nascer, é pelo menos assim que gosto de pensar – talvez também houvesse ali um jogo do destino, é a minha vez de estar sozinho, doente e melancólico na Viena adormecida, como Sayyab, o iraquiano, Sayyab cujo destino tanto me tocava em Damasco. Não devo pensar no futuro aterrador que os livros de medicina preveem para mim como as pítias, a quem eu poderia confiar meus temores, a quem eu poderia revelar que tenho medo de degenerar, de apodrecer como Sayyab, medo de que meus músculos e meu cérebro aos poucos se liquefaçam, medo de perder tudo, de me desfazer de tudo, de meu corpo e de meu espírito, aos pedaços, aos nacos, às escamas, até não ser mais capaz de me lembrar, falar ou me mover, será que esse percurso já começou, é isso o mais terrível, será que já neste momento sou menos do que era ontem, incapaz de me dar conta de minha decadência – claro que me dou conta, em meus músculos, em minhas mãos crispadas, nas cãibras, nas dores, nas crises de extremo cansaço que podem me deixar preso na cama, ou ao contrário na insônia, na hiperatividade, na impossibilidade de parar de pensar ou de falar sozinho. Não quero mergulhar nesses nomes de doença, nos médicos ou nos astrônomos que gostam de dar os próprios nomes às suas descobertas, nos botânicos, que dão os de suas mulheres – pode-se no limite compreender a paixão de alguns em batizar asteroides, mas por que esses grandes médicos deixaram seus patronímicos em afecções horrorosas e sobretudo incuráveis, o nome deles é hoje sinônimo de fracasso, fracasso e impotência, os Charcot, Creutzfeldt, Pick, Huntington, outros tantos médicos (num estranho movimento metonímico, o que cura e o incurável) tornaram-se a própria doença, e se o nome da minha for logo confirmado (o médico é um obcecado pelo diagnóstico; sintomas esparsos devem ser reunidos e ter um *sentido* num conjunto: o bom dr. Kraus ficará aliviado ao me saber mortalmente atingido, finalmente uma síndrome conhecida, com um nome desde os tempos de Adão) será depois de meses de exames, de perambulação de serviço em serviço, de hospital em hospital – há dois anos, Kraus me mandou consultar um Esculápio especialista em doenças infecciosas e tropicais, convencido de que eu tinha trazido um parasita de uma de minhas viagens, e por mais que eu lhe explicasse que o Irã não abunda em vibriões agressivos nem em infusórios exóticos (e sobretudo, que fazia anos que eu não saía da Europa), como bom vienense, para quem o vasto mundo começa do outro lado do Danúbio, Kraus assumiu seu ar entendido e astuto, típico dos sábios quando desejam disfarçar sua ignorância, para me gratificar com um "nunca se sabe", frase com que seu orgulho de Diafoirus tencionava dizer: "eu sei do que estou falando, tenho minhas ideias a respeito disso". Então me vi diante de um profissional de infecções alógenas, com meus pobres sintomas (enxaquecas oftalmológicas, insônias, cãibras, dores muito imobilizantes no braço esquerdo), mais aborrecido ainda de ficar esperando num corredor de hospital porque (é claro) Sarah estava em Viena nesse momento, porque tínhamos urgentes e horríveis visitas turísticas sendo preparadas. Foi preciso que eu lhe explicasse minha consulta no centro hospitalar, mas sem confessar a razão: eu tinha demasiado medo de que ela me imaginasse contagioso, se preocupasse com a própria saúde e me pusesse em quarentena – talvez fosse hora de lhe contar minhas dificuldades, ainda não ousei, mas, se amanhã a doença me transformar em animal priápico e baboso ou em crisálida ressecada numa cadeira furada e eu não puder lhe dizer mais nada, será tarde demais. (Seja como for, perdida como ela aparentemente está no Sarawak, como lhe explicar, que carta escrever, e sobretudo por que lhe escrever, a ela, o que ela representa para mim, ou melhor, ainda mais misterioso, o que represento para ela?) Também não tenho coragem de falar com Mamãe, como anunciar à mãe que ela vai se ver, com quase setenta e cinco anos, limpando a bunda do filho, alimentando-o de colher até que ele se apague, bem mirrado para poder voltar à sua matriz, é uma atrocidade que não posso cometer, Deus nos livre, ainda prefiro morrer sozinho com Kraus. Não é um mau sujeito, Kraus, eu o detesto mas é meu único aliado, ao contrário dos médicos do hospital, que são uns macacos, espertos e imprevisíveis. Esse especialista em doenças tropicais usava um jaleco branco aberto sobre uma calça de algodão azul; era um pouco gordo, com um rosto redondo e grande e um sotaque de Berlim. Como é cômico, pensei, é claro que um especialista em infecções exóticas deve ser alemão, pois nós, nosso império sempre foi europeu, nada de ilhas Samoa ou de Togolândia onde estudar as febres pestilentas. Sarah me fez a pergunta, e então, essa consulta, está tudo bem? Respondi que está tudo bem, o médico se parecia com Gottfried Benn, o que a fez imediatamente cair na gargalhada, como assim, com Gottfried Benn, mas Benn se parecia com um sujeito qualquer – exatamente, Gottfried Benn não se parece com ninguém em particular, portanto esse médico é seu retrato cuspido e escarrado. Durante toda a consulta eu me imaginei num lazareto no front belga em 1914 ou numa clínica horrível de doenças venéreas da República de Weimar, Gottfried Benn observava minha pele em busca de traços de parasitose ou de "sabe Deus o que mais", convencido de que a humanidade sempre foi *infectada* pelo Mal. Aliás, nunca levei adiante os absurdos pedidos de exames do dr. Benn, já que defecar numa caixa de plástico estava absolutamente acima de minhas forças, o que, é claro, não contei para Sarah – é preciso dizer, a meu favor, que ser auscultado pelo autor de *Morgue* e *Carne* não inspira confiança a ninguém. Para confundir Sarah, lancei-me então numa comparação confusa entre Benn e Georg Trakl, os quais se deve ao mesmo tempo aproximar e opor; Trakl, o sutil homem secreto cuja poesia obscurecia o real para encantá-lo, Trakl, o sensível homem de Salzburgo cujo lirismo dissimula, esconde o *eu* numa complexa floresta simbólica, Trakl, o maldito, drogado, loucamente apaixonado pela irmã e pelo suco de papoula, cuja obra é atravessada pela lua e pelo sangue, sangue do sacrifício, sangue menstrual, sangue da defloração, rio subterrâneo correndo até os ossários da batalha de Grodek em 1914 e os moribundos dos primeiros combates da Galícia – Trakl salvo, talvez, por sua morte tão prematura, das horríveis escolhas políticas de Benn, foi Sarah quem me contrapôs essa sentença atroz, morrer jovem preserva às vezes dos erros terríveis da idade madura; imagine se Gottfried Benn tivesse morrido em 1931, ela dizia, será que você o julgaria da mesma maneira se ele não tivesse escrito *O novo Estado e os intelectuais* e feito declarações tão horrorosas contra os escritores antifascistas?

Esse argumento era, a meu ver, falacioso; muitos não tinham morrido em 1931, sem por isso exaltarem "a vitória de novos Estados autoritários" como Benn; em Benn o corpo não é a cúpula da alma, é apenas um instrumento miserável que é preciso melhorar pela genética para obter uma raça melhor, mais competente. Que em seguida os médicos tenham ficado horrorizados com as consequências de suas próprias teorias não os absolve. Que Benn se afaste finalmente dos nazistas pouco tempo depois de sua chegada ao poder não o absolve. Os Benn participaram da ilusão nazista. Seu horror posterior diante do próprio Golem não os desculpa em nada.

Eis que voltam a taquicardia e a sensação de sufocamento. As imagens de morte, os esqueletos quebrados na melancolia de Trakl, a lua, a sombra do freixo no outono, onde suspiram os espíritos dos massacrados; sono e morte, águias sinistras – "Irmã de melancolia de tempestade, olha, uma barca se enfia sob as estrelas, rumo ao rosto mudo da noite" –, o lamento selvagem das bocas quebradas. Eu gostaria de retornar ao deserto, ou aos poemas de Sayyab, o iraquiano de rosto tão pobre, orelhas imensas e de abano, morto na miséria, na solidão e na dor no Kuwait, onde ele uivava para o golfo Pérsico: "Ó Golfo, tu que ofereces a pérola, a concha e a morte", sem outra resposta além do eco, trazido pela brisa de Oriente, "tu que ofereces a pérola, a concha e a morte", e aí está a agonia, o silêncio sussurrante em que ressoam apenas minhas próprias palavras, afogo-me em minha própria respiração, no pânico, sou um peixe fora d'água. Depressa, tirar a cabeça do travesseiro, esse profundo pântano de angústia, acender o abajur, respirar na luz.

Continuo a respirar na luz.

Meus livros estão todos na minha frente e me olham, horizonte calmo, muro de prisão. O alaúde de Alepo é um animal de pança grande e curta perna fina, uma gazela manca, como as que eram caçadas pelos príncipes omíadas ou Marga d'Andurain no deserto sírio. A gravura de Ferdinand Max Bredt parece isso: *Les Deux Gazelles*, a moça de olhos negros, com calça bufante, que alimenta com a mão o belo animal.

Estou com sede. Quanto tempo de vida me resta? Em que fracassei para me encontrar sozinho na noite, acordado, o coração disparado, os músculos trêmulos e os olhos ardendo, eu poderia me levantar, pôr meu fone nos ouvidos e escutar música, procurar consolo na música, no oud de Nadim, por exemplo, ou num quarteto de Beethoven, um dos últimos – que horas são no Sarawak, se eu tivesse ousado beijar Sarah naquela manhã em Palmira, em vez de, covarde, me virar, tudo teria sido diferente; às vezes um beijo muda uma vida inteira, o destino se dobra, se curva, faz um desvio. Já ao voltar para Tübingen depois do colóquio de Hainfeld, quando reencontrei minha namorada de então (será que Sigrid se tornou a brilhante tradutora que ela sonhava ser, não sei de nada), percebi a que ponto nossa ligação, no entanto profunda e diária, parecia morna ao lado do que eu tinha entrevisto junto de Sarah: passei os meses seguintes pensando nela e escrevendo para ela, mais ou menos regularmente mas sempre às escondidas, como se tivesse a certeza de que nessas cartas, no entanto inocentes, estava operando uma força tão poderosa que punha em perigo minha relação com Sigrid. Se minha vida sentimental (olhemos as coisas de frente) é um tamanho fracasso, talvez seja porque sempre guardei, conscientemente ou não, um lugar para Sarah, e porque essa expectativa me impediu, até agora, de estar inteiro numa história de amor. Tudo é culpa dela, o vento de uma saia varre um homem mais certamente que um tufão, como bem se sabe; se ela não tivesse cuidadosamente alimentado a ambiguidade, se tivesse sido clara, não estaríamos nesse ponto, eu sentado no meio da noite e fixando a biblioteca ainda com a mão sobre a bolota de baquelite (objeto agradável, pensando bem) do interruptor do abajur de cabeceira. Virá um dia em que não poderei nem mesmo manobrar o interruptor, meus dedos estarão tão duros, tão entrevados que sofrerei para colocar luz na minha noite.

Eu deveria me levantar para beber água, mas se sair da cama não voltarei a me deitar antes do amanhecer, preciso ter sempre uma garrafa d'água ao alcance da mão, um odre de couro, como no deserto, um odre que dá aos líquidos seu perfume característico de cabra e alcatrão: o petróleo e o animal, este é o gosto da Arábia – Leopold Weiss estaria de acordo, ele que passou meses em lombo de camelo entre Medina e Riad ou entre Ta'ef e Há'il nos anos 1930, Leopold Weiss, cujo nome muçulmano era Muhammad Asad, o mais brilhante correspondente do Oriente Médio em sua época, para o *Frankfurter Zeitung* e a maioria dos grandes jornais da República de Weimar, Leopold Weiss, judeu originário da Galícia educado em Viena, não muito longe daqui: eis o homem, ou melhor, o livro responsável por minha partida para Damasco depois de minha temporada em Istambul. Revejo-me, nas últimas semanas em Tübingen, quando Sigrid pegava um caminho que se afastava, ao longo dos dias, inexoravelmente do meu, afastamento que minha viagem à Turquia acentuara ainda mais, revejo-me, entre duas cartas para aquela estrela distante que era Sarah, descobrindo maravilhado as lembranças espirituais de Muhammad Asad, esse extraordinário *Rumo a Meca* que eu lia como o próprio Corão, sentado num banco diante do Neckar, sob um salgueiro, pensando "se Deus precisa de intermediários, então Leopold Weiss é um santo", de tal maneira seu testemunho conseguia pôr as palavras na inquietação que me assaltava desde minha experiência em Istambul – lembro-me exatamente de frases que tinham me apertado o peito e trazido lágrimas a meus olhos: "Esse conjunto sonoro e solene é diferente de todos os outros cantos humanos. Enquanto meu coração pula num amor ardente por essa cidade e suas vozes, começo a sentir que todos os meus passeios nunca tiveram senão um significado: tentar captar o sentido desse apelo…". O sentido do apelo à prece, desse *Allah akbar* modulado no alto de todos os minaretes do mundo desde a era do Profeta, o sentido dessa melodia única que também me transtornara quando a ouvi pela primeira vez em Istambul, cidade onde, porém, esse *adhan* é dos mais discretos, afogado no burburinho da modernidade. Sentado no meu banco em Tübingen, num cenário no entanto bem longe da Arábia, não conseguia tirar os olhos dessas palavras, *tentar captar o sentido desse apelo*, como se tivesse à minha frente a Revelação, enquanto em meus ouvidos ressoava aquela voz do muezim, mais clara que nunca, essa voz, esse canto que fascinara Félicien David ou Leopold Weiss, meu compatriota, até transformar a vida deles – eu também queria tentar captar o sentido desse grito, segui-lo, ainda todo impregnado da lembrança da mesquita de Suleyman; eu precisava partir, precisava descobrir o que havia por trás daquele véu, a *origem* daquele canto. Pode-se dizer que minha vida espiritual foi o mesmo desastre que minha vida sentimental. Hoje me encontro tão desamparado como antigamente, sem o consolo da fé – talvez eu não faça parte dos eleitos; talvez tenha me faltado a vontade do asceta ou a imaginação criadora do místico; talvez a música, enfim, fosse minha única verdadeira paixão. O deserto se revelou (é o caso de dizer) um monte de pedras; as mesquitas ficaram para mim tão vazias como as igrejas; a vida dos santos, dos poetas, seus textos, cuja beleza dos textos porém eu percebia, brilhavam tais como prismas sem que a luz, a luz aviceniana, a essência, algum dia me chegasse – estou condenado ao materialismo utópico de Ernst Bloch, que em meu caso é uma resignação, o "paradoxo de Tübingen". Em Tübingen eu entrevia três caminhos possíveis: a religião, como com Leopold Weiss, aliás Muhammad Asad; a utopia, como em *O espírito da utopia* e *O princípio esperança* de Bloch; a loucura e a reclusão de Hölderlin, cuja torre projetava uma sombra inquietante, entre os salgueiros-chorões e os barcos de madeira do Neckar, sobre toda a cidade. Por que diabos eu tinha escolhido aproveitar as benesses relativas da Comunidade Europeia com os estudantes indo a Tübingen, e não a Paris, Roma ou Barcelona como todos os meus colegas, já não me lembro exatamente; sem dúvida, a perspectiva de juntar a poesia de Hölderlin, o orientalismo de Enno Littmann e a filosofia da música de Ernst Bloch me parecia um belo programa. Tinha devorado os milhares de páginas da tradução de Littmann das *Mil e uma noites* e começado a aprender árabe com os seus sucessores. Era estranho imaginar que cem anos antes Tübingen e até Estrasburgo (onde oficiavam, entre outros, Theodor Nöldeke e Euting) tinham sido, até que a Primeira Guerra Mundial despachasse os cientistas, as cidades mais orientais do Império Alemão. Nessa grande rede orientalista, Enno Littmann era um dos elos alemães mais importantes; foi ele que editou por exemplo os diários de viagem desse famoso Euting, cujas aventuras na Arábia, contadas por Bilger, tanto nos fizeram rir em Palmira; epígrafo, especialista em línguas semíticas, Littmann percorre o sul da Síria desde

1900 em busca de inscrições nábatas; descreve, numa carta a Eduard Meyer, especialista no Oriente antigo, uma campanha de escavações no Hauran durante o inverno – às voltas com o frio, o vento e as tempestades de neve, ele relata o encontro com um beduíno que se faz chamar Kelb Allah, "o cão de Deus": esse apelido tão humilde lhe é uma revelação. Como em Leopold Weiss, a humildade da vida nômade é uma das imagens mais fortes do Islã, a grande renúncia, o despojamento dos ouropéis mundanos na nudez do deserto – eram essa pureza, essa solidão que me atraíam, a mim também. Eu queria encontrar esse Deus tão presente, tão natural que suas humildes criaturas, na indigência completa, se chamam *os cães de Deus*. Duas visões se opunham vagamente em meu espírito: de um lado, o mundo das *Mil e uma noites*, urbano, maravilhoso, fervilhante, erótico, de outro, o de *Caminho para Meca*, do vazio e da transcendência; Istambul significara minha descoberta de uma versão contemporânea da primeira forma – eu esperava que a Síria me permitisse não só encontrar, nas ruelas de Damasco e Alepo, de nomes encantados, o devaneio e a doçura sensual das *Noites*, como também entrever, dessa vez no deserto, a luz aviceniana do Todo. Pois, aliado a Muhammad Asad, meu convívio com Ernst Bloch, com *Vestígios* e seu pequeno texto sobre Avicena, induzira (para grande desespero de Sigrid, para quem eu lia em voz alta, coitada, trechos intermináveis dessas obras) em meu espírito uma desordem fértil mas confusa, em que o materialista utópico pegava pela mão o místico muçulmano, conciliava Hegel com Ibn Arabi, tudo isso em música; horas a fio, sentado de pernas cruzadas na poltrona funda desconjuntada que me fazia as vezes de cela, diante da nossa cama, com um fone nos ouvidos, sem me deixar distrair pelas idas e vindas de Sigrid (pernas brancas, ventre musculoso, seios altos e duros), eu frequentava os pensadores: René Guénon, que no Cairo se tornou o xeique Abd al-Wahid Yahya, e passou trinta anos a seguir a bússola infalível da Tradição, desde a China até o Islã, e passando pelo hinduísmo, o budismo e o cristianismo, sem sair do Egito, e cujos trabalhos sobre a iniciação e a transmissão da Verdade me fascinavam. Eu não era o único; inúmeros colegas meus, sobretudo os franceses, tinham lido os livros de Guénon, e essas leituras desencadearam em muitos a busca pela centelha mística, alguns entre os muçulmanos sunitas ou xiitas, outros entre os cristãos ortodoxos e as igrejas do Oriente, outros ainda, como Sarah, entre os budistas. No meu caso, devo confessar que os trabalhos de Guénon apenas aumentaram minha confusão.

Felizmente, o real põe as suas ideias no lugar; um formalismo estéril me parecia reinar em todas as confissões na Síria e meu ímpeto espiritual se quebrou muito depressa ao esbarrar nos gestos afetados de meus colegas que iam rolar no chão com a baba nos lábios durante as sessões de *zikr* duas vezes por semana como quem vai a uma academia de ginástica, uma academia onde os transes me pareciam chegar um pouco rápido demais para ser honestos: repetir ao infinito *"la ilâha illâ Allah*, Alá é o único deus", sacudindo a cabeça num convento de dervixes era, sem dúvida, algo próprio para nos deixar em estados estranhos, mas isso tinha mais a ver com a ilusão psicológica do que com o milagre da fé, pelo menos tal como a descrevia, em sua bela sobriedade, o compatriota Leopold Weiss. Não era fácil dividir minhas interrogações com Sigrid: meus pensamentos eram tão confusos que ela não entendia nada, o que não surpreende; o mundo dela, as línguas eslavas, estava bem longe do meu. Nós nos reencontrávamos em torno da música russa ou polonesa, em torno de Rimsky, de Borodin, de Szymanowski, sem dúvida, mas eram mais *Sherazade* e *O canto do muezim apaixonado*, o Oriente que existia neles, e não tanto as margens do Volga ou do Vístula, que me apaixonavam – a descoberta do *Muezim apaixonado* de Karol Szymanowski, de seus *"Allah Akbar"* bem no meio dos versos em polonês, desse amor insensato ("Se eu não te amasse, seria eu o louco que canta? E minhas preces quentes que voam para Alá, não é para te dizer que te amo?") difundido pelos melismas e pela coloratura me parecia uma bela variação europeia de um tema oriental: Szymanowski ficara muito impressionado com a viagem à Argélia e à Tunísia em 1914, com as festas das noites de Ramadã, *apaixonado* até, e era essa paixão que aflorava naquele *Canto do muezim apaixonado*, canto aliás bem pouco árabe: Szymanowski se contentava em retomar as segundas aumentadas e as menores típicas das *imitações* da música árabe, sem se preocupar com os quartos de tom introduzidos por Félicien David – mas não era esse seu objetivo; Szymanowski não precisava, nessa evocação, desfazer-se da harmonia, quebrar a tonalidade. Mas esses quartos de tom, ele os ouvira; e os utilizará nos *Mitos*, e estou convencido de que na origem dessas peças que transformaram radicalmente o repertório para violino do século XX encontra-se a música árabe. Uma música árabe dessa vez digerida, e não mais um elemento exógeno encenado para criar um efeito exótico, mas pura e simplesmente uma possibilidade de renovação: uma força de evolução, não uma revolução, como ele mesmo afirmava tão justamente. Não lembro se em Tübingen eu já conhecia os poemas de

Hafez e *O canto da noite* musicado a partir dos versos de Rumi, a obra-prima de Szymanowski – acho que não.

Era difícil para mim dividir minhas novas paixões com Sigrid; Karol Szymanowski representava para ela uma parte da alma polonesa, nada de oriental; ela preferia as *Mazurkas* ao *Muezim*, as danças das Tatras às do Atlas. Sua visão também era perfeitamente justificável.

Talvez libertos das correspondências da alma, nossos corpos se divertiam para valer: eu só saía da minha poltrona dogmática para pular para a cama e ir ao encontro do torso, das pernas e dos lábios que lá estavam. As imagens da nudez de Sigrid me excitam até hoje, nada perderam de sua força, sua brancura magra, deitada de bruços, as pernas ligeiramente abertas, quando só um rosto rosado, cercado de carmim e de cabelos louros, surgia dos lençóis claros, revejo perfeitamente seu bumbum duro, dois pequenos planaltos, juntando-se aos quadris, e a cremalheira das vértebras culminando acima da dobra onde se juntavam as páginas do livro entreaberto, coxas cuja pele, nunca exposta aos raios do dia, é um sorvete perfeito que escorrega sob a língua, quando minha mão custa a descer a ladeira penugenta da batata da perna antes de brincar nos sulcos paralelos das dobras do joelho, isso me dá vontade de apagar de novo a luz, de relembrar essas visões sob meu edredom, de reencontrar na imaginação as nuvens de Tübingen, tão propícias à exploração da feminilidade, há mais de vinte anos: hoje, a perspectiva de ter de me habituar com a presença de um corpo, e de que se habituem com o meu, me esgota de antemão – uma imensa preguiça, uma fleugma próxima do desespero; seria preciso seduzir, esquecer a vergonha de meu físico pouco gracioso, muito magro, marcado pela angústia e pela doença, esquecer a humilhação de ficar nu, esquecer a vergonha e a idade que me torna lento e entrevado, e isso me parece impossível, esse esquecimento, a não ser com Sarah, é claro, cujo nome sempre se insinua no vão de meus pensamentos mais secretos, seu nome, seu rosto, sua boca, seu peito, suas mãos, e vá tentar dormir agora com essa carga de erotismo, nesses turbilhões femininos que estão acima de mim, anjos, anjos de luxúria e beleza – faz talvez duas semanas desse jantar com Katharina Fuchs, é claro que não tornei a ligar para ela, nem cruzei com ela na universidade, vai pensar que a evito, e é verdade, evito-a, apesar do charme inegável de sua conversa, seu charme inegável, não vou ligar para ela, sejamos sinceros, quanto mais o jantar se aproximava do final, mais eu me apavorava com o rumo que podiam tomar os acontecimentos. Deus sabe, porém, como me esforcei em ficar bonito, como amarrei sobre a camisa branca esse lencinho de seda cor de vinho que me dá um ar de artista muito chique, como me penteei, como borrifei água-de-colônia, portanto esperava alguma coisa daquele jantar a sós, é claro, esperava ir para a cama com Katharina Fuchs, mas não podia deixar de observar a vela do candelabro de estanho derretendo como prenúncio de uma catástrofe, Katharina Fuchs é uma excelente colega, uma colega preciosa, com certeza era melhor jantar com ela do que bolinar as estudantes, como alguns fazem. Katharina Fuchs é uma mulher da minha idade e da minha condição, uma vienense engraçada e culta que come educadamente e não arma escândalos em público. Katharina Fuchs é especialista na relação entre música e cinema, pode falar horas a fio sobre *The Robber Symphony* e sobre os filmes de Robert Wiene; Katharina Fuchs tem um rosto agradável, maçãs do rosto coradas, olhos claros, óculos muito discretos, cabelos castanhos e mãos compridas com unhas cuidadas; Katharina Fuchs usa dois anéis cravejados de brilhantes – o que foi que me deu para marcar esse jantar com ela, e até sonhar em dormir com ela, a solidão e a melancolia, talvez, que desespero. Naquele restaurante italiano elegante, Katharina Fuchs me fez perguntas sobre a Síria, o Irã, interessou-se por meus trabalhos, a vela se consumia jogando uma sombra alaranjada sobre a toalha branca, uns espermacetezinhos pendiam da beira do candelabro cinza: nunca vi *The Robber Symphony* – você deveria, ela me disse, aposto que esse filme vai fasciná-lo, eu me imaginava me despindo na frente de Katharina Fuchs, ah, tenho certeza de que é uma obra-prima, e que ela ficasse nua na minha frente com aquela lingerie de renda vermelha da qual eu percebia uma alça de sutiã, posso emprestá-lo, se quiser, tenho o DVD, ela tinha seios interessantes e de um tamanho respeitável, aqui o tiramisu é excelente, e eu mesmo, que cueca estava usando? A rosa xadrez que cai por causa do elástico frouxo? Pobres de nós, pobres de nós, que miséria que é o corpo, está fora de questão que eu me dispa na frente de qualquer pessoa hoje, sobretudo com aquele trapo lamentável nos quadris, ah, sim, um tiramisu, é um pouco – como diria – mole, sim, é a palavra, o tiramisu costuma ser mole demais para mim, não, obrigado.

Será que afinal ela comeu sobremesa? Eu precisava fugir de minha incapacidade para encontrar a coragem da intimidade, fugir e esquecer, que humilhação impus a Katharina Fuchs, hoje ela deve me odiar, e além do mais devo tê-la impedido, sem querer, de degustar seu tiramisu tão mole – só mesmo sendo italiano para ter essa ideia de *amolecer* dentro do café uns biscoitos champanhe, todo mundo sabe que é impossível molhá-los no que quer que seja, eles parecem duros mas assim que são molhados começam a cair lamentavelmente, desabar e cair na taça. Que ideia fabricar o mole. Katharina Fuchs está zangada comigo, com certeza, ela não tinha a menor vontade de dormir comigo, está zangada por eu tê-la deixado ali, à saída do restaurante, como se eu estivesse com pressa de deixá-la, como se sua companhia tivesse me chateado tremendamente, boa noite, boa noite, está passando um táxi, vou pegá-lo, boa noite, que desaforo, imagino que Sarah riria muito se eu lhe contasse essa história, nunca me atreverei a lhe contar essa história, o cara que sai à francesa porque está com medo de ter vestido de manhã a cueca rosa e branca de elástico frouxo.

Sarah sempre me achou engraçado. No início, era um pouco humilhante que ela risse quando eu lhe contava meus pensamentos íntimos. Se eu tivesse me atrevido a beijá-la debaixo daquela tenda palmirense improvisada em vez de me virar, assaltado pelo pavor, tudo teria sido diferente, tudo teria sido diferente, ou não, em todo caso não teríamos evitado a catástrofe do Hotel Baron nem a de Teerã, o Oriente das paixões me leva a fazer coisas curiosas, coisas curiosas, hoje somos como um velho casal, Sarah e eu. O sonho de ainda há pouco paira no ar, Sarah lânguida naquela cripta misteriosa. Sarawak, Sarawak. É por ela que eu deveria me interessar, velho egoísta que sou, velho covarde, ela também sofre. Esse artigo recebido de manhã parece uma garrafa jogada ao mar, um sinal aterrador de angústia. Noto que há o nome de Sarah em Sarawak. Mais uma coincidência. Um sinal do destino, do karma, ela me diria. Sem dúvida sou eu que estou delirando. Sua obsessão pela morte e pela perversão, pelo crime, pelo suplício, pelo suicídio, pela antropofagia, pelos tabus, tudo isso não passa de um interesse científico. Como o interesse de Faugier pela prostituição e pelo submundo. Como meu interesse pela música iraniana e pelas óperas orientalistas. Que doença do desespero podemos ter contraído? Sarah, apesar de seus anos de budismo, meditação, sabedoria e viagens. Pensando bem, Kraus talvez tenha tido razão em me mandar para um especialista em doenças exóticas, Deus sabe que podridão da alma eu posso ter pegado naquelas terras longínquas. Como os cruzados, primeiros orientalistas, voltavam para suas sombrias aldeias do Ocidente carregados de ouro, bacilos e tristeza, conscientes de terem, em nome de Cristo, destruído as maiores maravilhas que jamais tinham visto. Pilhado as igrejas de Constantinopla, queimado Antioquia e Jerusalém. Que verdade nos queimou, a nós, que beleza entrevimos antes que ela nos escapasse, que dor, como Lamartine no Líbano, nos destruiu secretamente, dor da visão da Origem ou do Fim, não sei rigorosamente nada, a resposta não estava no deserto, em todo caso não para mim, meu *Caminho para Meca* era de outra natureza – contrariamente a Muhammad Asad, aliás Leopold Weiss, a *badyié* síria era para mim mais erótica do que espiritual: depois de nossa noite palmirense, saídos de nosso cobertor, nós nos separamos de Julie e François-Marie para prosseguir a expedição com Bilger, o Louco, rumo ao nordeste e ao Eufrates, passando por um velho castelo omíada perdido no tempo e nas pedras e uma cidade bizantina fantasma, Resafa, de altas muralhas, onde talvez seja hoje a sede do novo comandante dos crentes, Sombra de Deus na terra, califa dos degoladores e dos saqueadores do Estado Islâmico no Iraque e na Síria, que Deus o proteja pois não deve ser fácil ser califa nos dias de hoje, sobretudo califa de um bando de mercenários digno dos lansquenetes de Carlos organizando o saque de Roma. É possível que um dia saqueiem Meca e Medina, quem sabe, com seus estandartes negros dignos das bandeiras da revolução abássida no século VIII, eis algo que seria uma mudança no equilíbrio geopolítico da região, que o reino de Ibn Saʻud, o amigo de Leopold Weiss, se fraturasse sob os golpes de sabre dos barbudos grandes degoladores de infiéis. Se eu tivesse força, gostaria de escrever um longo artigo sobre Julien Jalaleddin Weiss, homônimo de Leopold, igualmente convertido, que acaba de morrer de câncer, um câncer que coincide de tal maneira com a destruição de Alepo e da Síria que a gente fica matutando se os dois fatos não estão ligados – Weiss vivia entre os mundos; tornara-se o maior intérprete de qanun do Oriente e do Ocidente, um imenso erudito, também. O conjunto Al-Kindi que ele criara acompanhou os maiores cantores do mundo árabe, Sabri Mudallal, Hamza Shakkur e Lofti Bushnaq. Sarah tinha me apresentado a ele em Alepo, ela o encontrara graças a Nadim, que às vezes tocava com ele – vivia num palácio mameluco perdido no dédalo da cidade velha, a dois passos das pilhas de sabões e das cabeças de carneiros dos bazares, uma austera fachada de pedra atrás da qual se abria um pátio enfeitiçante; os aposentos de inverno transbordavam de instrumentos de música, alaúdes, cítaras, flautas de bambu, percussões. Esse belo homem louro me foi imediatamente antipático – eu não gostava nem de sua pretensão, nem de seu saber, nem de seus grandes ares de sultão oriental e, sobretudo, da admiração infantil que Nadim e Sarah tinham por ele, e essa má-fé ciumenta me fez ignorar por muito tempo a beleza daquela obra criada sob o signo do encontro, do intercâmbio e da interrogação da *tradição*, da transmissão da música erudita, principalmente religiosa.

Talvez eu precisasse de minha temporada no Irã e de meus trabalhos com During para que esse questionamento assumisse seu pleno significado. Seria preciso escrever sobre a homenagem que Weiss e Al-Kindi prestam a Usama ibn Munqidh, príncipe de Shaizar, cidade-fortaleza na margem do Orontes, na Síria, combatente, caçador e literato, que foi testemunha e ator, durante sua vida muito longa que coincide quase inteiramente com o nosso século XII, o das cruzadas e do estabelecimento dos reinos francos no Levante. Imagino esse príncipe apaixonado por lanças e falcões, arcos e cavalos, poemas e cantores, diante das pesadas armas francas, da violenta sobriedade desses inimigos vindos de tão longe que demandaram muito tempo e batalhas para ser domesticados, para polir um pouco a camada de barbárie de suas armaduras – os francos acabaram aprendendo árabe, para degustar os damascos e o jasmim, e nutriram certo respeito por aquelas plagas que eles iam livrar dos infiéis; o príncipe de Shaizar, depois de uma vida de batalhas e caçadas aos leões, conheceu o exílio – foi nesse exílio, na fortaleza de Hasankeyf, à beira do Tigre, longe dos combates, com quase oitenta anos, que compôs tratados tão diversos e magníficos como um *Elogio às mulheres*, uma *Epístola dos cajados*, dedicada aos cajados milagrosos, desde o cajado de Moisés até a bengala que o próprio príncipe Usama usava em seus velhos dias e que ficava, ele dizia, vergada sob seu peso, com a forma do arco poderoso de sua juventude selvagem; um *Tratado do sono e dos sonhos* e essa autobiografia extraordinária, *O livro da instrução pelo exemplo*, que é ao mesmo tempo um manual de história, um tratado de cinegética e um breviário de literatura. Usama ibn Munqidh também encontrou tempo para reunir sua obra poética, de cujo conjunto Al-Kindi musicou uns trechos.

Hoje o caravançará de Jalaleddin Weiss em Alepo pegou fogo, e ele mesmo morreu, morreu talvez de ver o que tinha construído (um mundo de êxtase partilhado, de possibilidade de passagens, de participação da alteridade) atirado nas chamas da guerra; juntou-se a Usama nas margens de outro rio, o grande combatente que dizia da guerra:

A valentia é sem dúvida uma espada mais sólida que todas as armaduras
Mas não protege o leão da flecha
Assim como não consola o vencido da vergonha e da ruína.

Pergunto-me o que pensaria Usama ibn Munqidh, o bravo, dessas imagens hilariantes de combatentes do jihad de hoje, fotografados queimando instrumentos de música por serem *não islâmicos*: instrumentos oriundos talvez de antigas fanfarras militares líbias, tambores, tambores e trombetas molhados de gasolina e incendiados diante de uma tropa respeitosa de barbudos, tão contentes como se queimassem o próprio Satanás. Os mesmos tambores e trombetas, com pequenas diferenças, que os francos copiaram da música militar otomana séculos antes, os mesmos tambores e trombetas que os europeus descrevem com terror, pois significavam a aproximação dos janízaros turcos invencíveis, acompanhados dos *mehter*, e nenhuma imagem representa melhor a aterradora batalha que, na verdade, os jihadistas travam contra a história do Islã do que esses pobres coitados com uniformes militares, em seu pedaço de deserto, aferrando-se a tristes instrumentos marciais cuja proveniência ignoram.

Não havia um só guerreiro medieval nem degolador maltrapilho na linda pista asfaltada entre Palmira e Resafa, apenas uma guarita fincada na beira da estrada deserta onde cochilavam, à sombra de um pobre toldo de folha de flandres, os convocados sírios com seu uniforme de inverno marrom-escuro apesar do calor, responsáveis pela abertura de uma corrente que barrava a passagem e que Bilger só viu no último momento, obrigado a dar uma freada violenta que cantou os pneus do 4×4 no asfalto escaldante: quem espera uma barreira não sinalizada em pleno deserto? Os dois convocados, suando, o crânio quase raspado a zero, o blusão folgado e mal cortado cor de excremento de camelo coberto de poeira, arregalaram os olhos, agarraram suas armas, se aproximaram da Range Rover branca, observaram os três estrangeiros lá dentro, hesitaram, esboçaram uma pergunta que, finalmente, não ousaram fazer; um baixou a corrente, o outro abanou o braço fazendo um grande sinal, e Bilger novamente acelerou fundo.

Sarah suspirou, Bilger tinha engolido a língua. Ao menos por alguns segundos.

O MOTORISTA (*fanfarrão*) Por pouco não pego pela frente a porra dessa corrente a cento e vinte por hora.

O PASSAGEIRO (*no assento dianteiro, respeitosamente apavorado*) Você podia tentar andar um pouco mais devagar e ser mais atento.

A PASSAGEIRA (*atrás, em francês, com uma ponta de angústia*) Vocês acham que os fuzis deles estavam carregados?

O MOTORISTA (*incrédulo*) Uma porcaria de barreira no meio do deserto não é comum.

A PASSAGEIRA (*sempre em francês, com um misto de inquietação e curiosidade científica*) Franz, havia uma tabuleta, mas não tive tempo de ler.

O PASSAGEIRO (*na mesma língua*) Eu não prestei atenção, sinto muito.

O MOTORISTA (*seguro de si e em alemão*) Deve haver uma base militar aqui por perto.

O PASSAGEIRO (*indiferente*) É, aliás, estou vendo um carro de combate lá longe, à direita.

A PASSAGEIRA (*em inglês, dirigindo-se ao motorista, inquieta*) Tem dois caras com uma metralhadora na valeta, diminua a velocidade, diminua!

O MOTORISTA (*vulgar, e de repente, irritado*) O que é que esses f... da p... estão fazendo no meu caminho, porra?

O PASSAGEIRO (*fleumático*) Acho que é um batalhão de infantaria fazendo manobras.

A PASSAGEIRA (*cada vez mais aflita e novamente em francês*) Mas olhe, olhe, santo Deus, tem canhões na colina, ali! E outras metralhadoras à esquerda! Deem meia-volta, deem meia-volta!

O MOTORISTA (*muito germanicamente seguro de si, dirigindo-se ao passageiro*) Se nos deixaram passar, é porque a gente tem direito de passar. Vou só desacelerar um pouco.

O PASSAGEIRO (*menos seguro de si, em francês*) Pois é. Só precisa ser prudente.

A PASSAGEIRA (*ofendida*) Mas é uma loucura, olhe todos aqueles soldados correndo ali, à direita. E essas nuvens de poeira, será que é o vento?

O PASSAGEIRO (*subitamente preocupado*) Acho que são uns veículos avançando pelo deserto. Uns tanques, tudo indica.

O MESMO (*para o motorista*) Tem certeza de que a gente está na estrada certa? De acordo com a sua bússola a gente está indo mais para noroeste do que para o norte. Direção Homs.

O MOTORISTA (*ofendido*) Peguei essa estrada centenas de vezes. A não ser que eles tenham asfaltado uma segunda pista recentemente, a estrada está certa.

O PASSAGEIRO (*com ar de quem nada quer*) É verdade que essa estrada parece novinha em folha.

A PASSAGEIRA (*provocando ainda mais*) Esse asfalto está liso demais para ser honesto.

O MOTORISTA (*visivelmente furioso*) Chega, seu bando de covardes, vou dar meia-volta. Vocês são cheios de frescuras!

Bilger acabou dando marcha a ré, duplamente furioso, primeiro por ter errado o caminho, depois por ter sido parado por um Exército em manobra – de volta ao *checkpoint*, os dois vadios empoeirados nos baixaram a corrente pesada com a mesma fleugma da ida; tivemos tempo de decifrar, com Sarah, a tabuleta de madeira rabiscada, que dizia: "Terreno militar – Perigo – Proibido entrar". É estranho pensar que esses tanques e metralhadoras que vimos em ação sirvam hoje para lutar contra a rebelião, esmagar cidades inteiras e massacrar seus habitantes. Costumávamos debochar muito dos soldados sírios maltrapilhos, sentados à sombra de seus jipes ex-soviéticos enguiçados na beira da estrada, com o capô aberto, à espera de um improvável socorro. Como se aquele Exército não tivesse para nós o menor poder de destruição, nenhuma força de combate; o regime Assad e seus tanques nos pareciam brinquedos de papelão, marionetes, efígies sem significado nos muros das cidades e aldeias; não enxergávamos, para lá da degradação aparente do Exército e dos dirigentes, a realidade do medo, da morte e da tortura surgir por trás dos cartazes, a possibilidade de destruição e violência extrema por trás da onipresença dos soldados, por mais malvestidos que estivessem.

Bilger brilhara nesse dia: humilhado pelo seu próprio erro, como um cachorro espancado, ficara amuado grande parte do dia e, quando voltamos ao ponto de partida, a alguns quilômetros de Palmira, onde havia de fato uma bifurcação que não tínhamos notado e uma outra estrada, em pior estado (o que explicava que a tivéssemos perdido), que se metia em pleno norte pelas colinas de pedras, ele insistira em se redimir e nos fazer descobrir um lugar mágico, o famoso Qasr al-Hayr, velho palácio omíada datando do fim do século VII, um palácio de prazeres, local de caça onde os califas de Damasco iam caçar gazelas, ouvir música e beber, beber com os companheiros o vinho tão encorpado, tão picante, tão forte que era preciso cortá-lo com água – os poetas da época descreviam essa mistura, contava Sarah; o encontro do néctar e da água era explosivo, soltava faíscas; na taça, a mistura era vermelha como o olho do galo. Houve em Qasr al-Hayr, explicava Bilger, magníficos afrescos de cenas de caça e de esbórnias – de caça e de esbórnias, mas também de música: numa das mais famosas, vê-se um músico com um alaúde acompanhar uma cantora, e embora, é claro, esses afrescos tivessem sido transferidos, a ideia de ver aquele famoso castelo nos excitava imensamente. É óbvio que eu desconhecia quem era Alois Musil, que redescobrira e descrevera esse castelo pela primeira vez durante sua segunda expedição. Para chegar lá, tínhamos de pegar a estradinha asfaltada bem para o norte por uns vinte quilômetros, depois virar para leste no dédalo de pistas que se embrenhavam pelo deserto; nosso mapa era muito sumário, mas Bilger fazia questão de encontrar o tal castelo, aonde já tinha ido e que, dizia, a gente via de bem de longe, como uma fortaleza.

O sol esbranquiçado da tarde se refletia nas pedras; aqui e ali, no meio da monotonia, crescia não se sabe como um pequeno bosque de arbustos espinhosos; de longe em longe avistava-se um grupinho de tendas pretas. Essa parte da *badiyé* não era plana, longe disso, mas os relevos não possuíam nenhuma vegetação particular, nem nenhuma sombra, tínhamos a maior dificuldade em memorizá-los: uma tenda avistada um segundo antes desaparecia de repente atrás de uma colina invisível, como por magia, o que complicava ainda mais a orientação; às vezes descíamos para largas baixadas, depressões onde se poderia esconder sem dificuldade todo um regimento de meharistas. O 4×4 ia aos solavancos por cima das pedras e começava a dar pulos espetaculares assim que Bilger ultrapassava os trinta quilômetros por hora; ele tinha de chegar a sessenta a fim de que, voando sobre as pedras, por assim dizer, o motor vibrasse muito menos e os passageiros não fossem chacoalhados como numa poltrona de massagem infernal – mas essa velocidade exigia grande concentração: um calombo repentino, um buraco ou uma pedra maior mandavam o carro para os ares; então, o crânio de seus ocupantes batia violentamente no teto e o motor chiava tremendamente. Portanto, Bilger estava agarrado com as duas mãos no volante, dentes trincados, olhos fixos na pista; os músculos de seus antebraços saltavam, os tendões do punho eram visíveis – ele me fazia pensar num filme de guerra de minha infância, em que um soldado do Afrika Korps dirigia um jipe sem capota em algum lugar da Líbia, não pela areia, como de costume, mas por pedras pontiagudas e cortantes, e o soldado suava, com os dedos brancos pela pressão que fazia no volante, como Bilger. Sarah não parecia se dar conta da dificuldade do exercício; lia-nos em francês, em voz alta, a novela de Annemarie Schwarzenbach dos *Beni Zaïnab*, o encontro em Palmira com Marga d'Andurain de que tanto se falara na véspera: nós lhe perguntávamos regularmente se ler naquelas circunstâncias não lhe dava enjoo, mas não, infelizmente, e, com exceção dos pulos do livro diante de seus olhos ao sabor dos solavancos, nada parecia incomodá-la. Bilger não se privava de fazer observações irônicas, em alemão, é claro: "Você fez bem em trazer um audiolivro, é agradável durante as viagens longas. Isso me permite melhorar meu francês". Eu adoraria estar perto dela no banco de trás; esperava, sem muito acreditar, que na noite seguinte dividíssemos de novo o mesmo cobertor e que dessa vez eu tivesse a coragem de me jogar na água, ou melhor, na boca – Bilger dizia que provavelmente seríamos obrigados a acampar em Qasr al-Hayr: impossível andar no deserto de noite, o que se arranjava muito bem com meus planos.

Minhas preces seriam ouvidas, não exatamente no sentido de minhas esperanças, mas, mesmo assim, ouvidas: dormiríamos no deserto. Três horas depois, continuávamos a andar mais ou menos para leste, numa velocidade oscilando entre cinco e sessenta quilômetros por hora. Como nenhum de nós tinha pensado em marcar a quilometragem desde que pegamos a bifurcação, não sabíamos de fato a distância percorrida; o mapa não servia para nada: segundo ele, só havia uma única pista leste-oeste na área, ao passo que, ali no terreno, dezenas de caminhos se cruzavam e tornavam a se cruzar o tempo todo; só a pequena bússola do painel de Bilger e o sol nos indicavam mais ou menos o norte.

Bilger começava a se irritar. Xingava quanto podia, batia no volante; dizia que era impossível, que já deveríamos ter cruzado com a autoestrada Palmira-Deir ez-Zor, olhe o mapa, ele gritava, é impossível, é completamente impossível, é ABSOLUTAMENTE IMPOSSÍVEL, mas era preciso se render ao óbvio: estávamos perdidos. Bem, perdidos não, mas desorientados. Se bem me lembro, foi Sarah que introduziu essa nuance para poupar o orgulho de Bilger, nuance que eu tive a maior dificuldade do mundo em traduzir para o alemão: só muito medianamente isso consolou Bilger, que praguejava baixinho, uma criança a quem o brinquedo não obedece. Fizemos uma longa pausa para escalar a pé um morro rochoso de onde a vista panorâmica nos ofereceria talvez um ponto de referência – a estrada principal de Deir ez-Zor ou o famoso castelo omíada. Mas o que nos parecia ser um promontório acabou estando mais ou menos no mesmo nível dos arredores, não havia nada para ver, nosso carro é que estava um pouco mais baixo que o nível geral do deserto. Aquela mancha verde lá longe em direção ao norte (seria realmente o norte?) era um campo de trigo de primavera ou um terreno gramado, aqueles pontos pretos, grupos de tendas. Não corríamos grandes riscos, a não ser o de não ver Qasr al-Hayr naquele dia. A tarde ia bem avançada – o sol começava a descer atrás de nós, para grande desespero de Bilger; eu pensava em Alois Musil, grande descobridor de castelos omíadas, e nas suas missões de exploração: em 1898, depois de ter estudado todos os documentos ocidentais sobre a região de Maan e os relatos dos viajantes na biblioteca da Universidade Saint-Joseph dos jesuítas de Beirute, ele se lançara no deserto, em lombo de camelo e na companhia de guardas otomanos "emprestados" pelo *kaimmakam* de Ácaba, para localizar o famoso castelo dos prazeres de Qasr Tuba, do qual mais ninguém ouvira falar havia séculos, a não ser os beduínos. Que coragem, que fé ou que loucura animava o pequeno padre católico da Boêmia para que se embrenhasse assim no vazio, com a arma no ombro, em meio a tribos de nômades todas mais ou menos hostis ao poder otomano e que se entregavam regularmente ao saque e à guerra? Teria ele também sentido o pavor do deserto, essa angústia solitária que aperta o peito na imensidão, a grande violência da imensidão que a gente imagina conter muitos perigos e dores – sofrimentos e perigos da alma e do corpo misturados, a sede, a fome, sem dúvida, mas também a solidão, o abandono, o desespero; era engraçado pensar, do alto daquele montinho de pedras sem importância, que os primos Musil, Alois e Robert tinham cada um, de um modo muito diferente, feito a experiência do abandono, do desamparo: Robert, nos escombros da Viena imperial, Alois, a milhares de quilômetros dali, entre os nômades; ambos tinham percorrido ruínas. Eu me lembrava do início de *O homem sem qualidades* (será realmente o início?), quando Ulrich cruza com passantes armados de cassetetes que o deixam como morto na calçada vienense; é socorrido por uma jovem belíssima que o leva em seu carro e ele disserta ironicamente, durante o trajeto, sobre as semelhanças entre a experiência da violência e a da mística: para Alois, o primo, com toda certeza o deserto era, pensava eu ao observar Sarah se arrastando a duras penas pelas pedras da ladeira do morrinho, tal como Ulrich acabava de encontrar sua Bonadeia sob os golpes de cassetete, com toda certeza o deserto era o lugar da iluminação assim como do desamparo, onde Deus se mostrava também pela ausência, por seus contornos, contradição que Ulrich, no romance de Robert Musil, apontava: "As duas asas de um grande pássaro colorido e silencioso. Ele acentuara as asas e o colorido pássaro silencioso – ideia sem muito sentido, mas cheia daquela incrível sensualidade com que a vida, em seu corpo desmedido, une todos os contrários rivais. Notou que sua vizinha não compreendia nada disso; a macia sensação de neve caindo, que a presença dela espalhava pelo carro, tornara-se entretanto ainda mais densa".* Sarah é essa

---

* *O homem sem qualidades*, trad. Lya Luft e Carlos Abbenseth. Rio de Janeiro: Nova Fronteira, 1989, p. 23.

neve caindo no deserto, pensei quando ela estava quase a meu lado no alto daquele promontório de onde não havia nada a observar.

Acho que estou adormecendo, pego no sono suavemente, o rosto acariciado por uma brisa do deserto, no Nono Distrito dessa Nova Viena que nenhum dos dois Musil conheceu, debaixo do edredom e em cima do travesseiro que formam uma tenda interior de nômade, tão profunda e espaçosa quanto a que nos acolheu naquela noite, a noite no deserto: assim como os guias de Alois Musil, um caminhão todo desconjuntado parou subitamente perto de nós, achando que estávamos pedindo socorro; seus ocupantes (figuras bronzeadas e enrugadas envoltas em *keffiyeh* vermelhos, bigodes duros cortando ao meio os rostos) tinham nos explicado que o castelo que procurávamos ficava ainda mais longe, rumo ao nordeste, a umas boas três horas de estrada, e que nunca chegaríamos antes do anoitecer: nos convidaram a dormir em sua tenda preta, na melhor tradição beduína. Não éramos os únicos convidados: instalado no "salão" já estava um estranho vendedor ambulante do deserto que vendia, em imensos sacos de nylon cinza, lembrando odres descomunais, centenas de objetos de plástico, tímbalos, peneiras, baldes, matracas, brinquedos de crianças, e objetos de lata, chaleiras, cafeteiras, pratos, talheres: seus alforjes gigantescos diante da tenda pareciam duas grandes larvas deformadas ou favas degeneradas de uma planta infernal. Esse vendedor era oriundo do norte da Síria e não tinha carro: percorria a *badiyé* ao sabor dos caminhões e tratores dos nômades, de tenda em tenda, até que tivesse vendido tudo, e então voltava a Alepo para refazer os estoques no dédalo dos bazares. Recomeçava suas voltas depois de reunida a muamba, descia o Eufrates de ônibus, depois palmilhava todo o território entre o rio, Palmira e a fronteira iraquiana, aproveitando (abusando, pensaria um ocidental) da hospitalidade dos nômades, que eram tanto clientes como anfitriões. Esse T.E. Lawrence das panelas devia provavelmente ser um pouco espião e informar as autoridades sobre fatos e gestos daquelas tribos que mantinham laços estreitos com o Iraque, a Jordânia, a Arábia Saudita e até o Kuwait: eu estava muito surpreso de saber que me encontrava numa casa (assim se chama, em árabe, a tenda) do clã dos mutayr, famosa tribo guerreira que se alinhou com Ibn Sa'ud no início dos anos 1920 e permitiu sua ascensão ao poder, antes de se revoltar contra ele. A tribo do marido-passaporte de Marga. Muhammad Asad, o judeu da Arábia, conta como participou em pessoa de uma operação de espionagem no Kuwait por conta de Ibn Sa'ud, contra os Mutayrs de Faysal al-Dawish. Esses grandes guerreiros pareciam (ao menos na versão síria) os mais pacíficos: eram criadores de carneiros e cabras, possuíam um caminhão e algumas galinhas. Por pudor, Sarah prendera os cabelos como pôde, no carro, enquanto seguíamos o caminhão dos beduínos até sua tenda: quando ela saiu do carro, o sol se pondo inflamou sua cabeleira logo antes que ela penetrasse na sombra formada pelo pano preto; não haveria segunda noite ao relento, nem eu encostado em Sarah, que falta de sorte, pensei, que azar desgraçado não ter conseguido chegar ao castelo perdido. O interior da casa de couro era escuro e acolhedor; uma divisória de bambus entremeados com tecidos vermelhos e verdes dividia a tenda ao meio, um lado para os homens, outro para as mulheres. O chefe dessa residência, o patriarca, era um homem muito velho de sorriso dourado pelas próteses, falante como um papagaio: sabia três palavras de francês, que aprendera com o Exército do Levante em que servira no tempo do mandato francês na Síria: "*Debout! Couché! Marchez!*", ordens que ele gritava duas vezes seguidas com uma alegria intensa, "deboutcouché! Couchémarchez!", feliz não só com o simples prazer da reminiscência, mas também com a presença de uma plateia francófona supostamente apreciando essas injunções militares – nosso árabe era limitado demais (sobretudo o de Bilger, restrito a "escave, pá, picareta", outra versão do "deboutcouchémarchez") para entender direito os incontáveis relatos desse chefe de clã octogenário, mas Sarah conseguia, tanto por empatia como graças a seus conhecimentos linguísticos, acompanhar as histórias do velho e mais ou menos nos traduzir o sentido geral, quando ele nos escapava. Claro, a primeira pergunta de Sarah ao Matusalém local foi sobre Marga d'Andurain, a condessa de Palmira – ele a conhecera? O xeique cofiou a barba e balançou a cabeça, não, tinha ouvido falar dessa *conda* palmirense, mas só isso – nenhum contato com a lenda, Sarah devia estar decepcionada. Bebíamos uma infusão de casca de canela, doce e perfumada, sentados de pernas cruzadas sobre tapetes de lã postos direto no chão; um cachorro preto latira ao chegarmos, o guardião do gado, que protegia os animais contra os chacais e até contra as hienas: as histórias de hienas que nos eram contadas pelo avô, seus filhos e o vendedor eram de arrepiar os cabelos. Sarah estava nas nuvens, imediatamente refeita de sua decepção por não ter encontrado uma das últimas testemunhas do reino de Marga d'Andurain, a envenenadora do deserto; várias vezes se virou para mim com um sorriso cúmplice, e eu sabia que ela encontrava nesses relatos mágicos os contos de vampiras e outros animais fantásticos que tinha estudado: a hiena, quase desaparecida daquelas paragens, reunia em si mesma as lendas mais extraordinárias. O velho xeique era um contador de primeira categoria, um grande comediante; mandava calar, com um curto gesto da mão, seus filhos ou o vendedor, para ter o prazer de contar uma história que conhecia – a hiena, ele dizia, hipnotiza os homens que têm a desgraça de cruzar o seu olhar; então eles são obrigados a segui-la pelo deserto até sua gruta, onde ela os atormenta e acaba por devorá-los. Ela persegue em seus sonhos aqueles que conseguem escapar; seu contato faz nascer pústulas horrorosas – não espanta que aqueles pobres bichos tenham sido copiosamente massacrados, pensei. Quanto ao chacal, era desprezível e inofensivo; seu longo grito perfurava a noite – eu achava aqueles gemidos particularmente sinistros, mas eles não tinham nada a ver, afirmavam os beduínos, com o apelo atroz da hiena, cujo poder nos deixava paralisados imediatamente, gélidos de terror: todos os que tinham ouvido aquele rugido rouco se lembravam dele para o resto da vida.

Depois dessas considerações de zoologia sobrenatural, Sarah e eu tentamos (como Alois Musil, eu imaginava, com seus próprios nômades) obter informações sobre os sítios arqueológicos das redondezas, os templos, os castelos, as cidades esquecidas que só os beduínos poderiam conhecer – essa iniciativa irritou o rei Bilger, certo de que gerações de orientalistas tinham "esgotado o deserto"; os Grabar, Ettinghausen ou Hillenbrand tinham se dedicado anos a fio a descrever as ruínas islâmicas, enquanto seus colegas especialistas em Antiguidade descobriam os fortes e as aldeias romanas ou bizantinas: mais nada a descobrir, ele pensava – de fato, nossos anfitriões falaram de Qasr al-Hayr e de Resafa, não sem acrescentar histórias de tesouros escondidos que divertiram moderadamente Bilger, ainda meio encabulado por seu erro de orientação. Ele me explicou, em alemão, que os autóctones observavam as escavações dos arqueólogos e, por sua vez, escavavam assim que eles viravam as costas: aqueles plagiários da arqueologia eram uma praga bem conhecida dos sítios, cujos arredores acabavam, exagerava Bilger, repletos de buracos e montículos de terra, como que devastados por toupeiras gigantescas.

As mulheres, com seus vestidos compridos escuros ornados de bordados, trouxeram o jantar; pão redondo sem fermento, mel, tomilho selvagem seco misturado com sumagre e gergelim, queijo, leite, iogurte – não fosse o terrível gosto de queimado, poderia se confundir o queijo com sabonete, seco e salgado. Todos os laticínios tinham, aliás, o mesmo gosto de queimado, que para mim ficou como o gosto do deserto, terra do leite, do mel e do incêndio. O velho comia pouco, insistia muito para que repetíssemos isto ou aquilo; Sarah tinha começado a conversar com uma das mulheres, uma das mais moças, me parecia – por um pudor talvez exagerado, eu tentava evitar olhar demais para elas. Continuávamos a falar de mistérios e descobertas. O vendedor se levantou e saiu, talvez para satisfazer uma necessidade natural (percebi que, contrariamente aos acampamentos do Salzkammergut, essa tenda não tinha sanitários por perto: Mamãe não teria apreciado nem um pouco; também teria me alertado sobre a comida, embora o forte cheiro de queimado parecesse indicar que o leite tinha sido fervido) e o xeique aproveitou sua ausência (o que confirmava que o vendedor era suspeito de ser informante) para nos contar, baixinho, que havia de fato ruínas esquecidas e misteriosas, longe, ao sudoeste, na fronteira da planície do Hauran, uma cidade inteira, dizia o velho, coberta de ossadas; tive a maior dificuldade para entender essa palavra, *osso, ossadas*, e precisei interrogar Sarah, o que significa *'adhm*? Segundo o xeique, tratava-se das ruínas de uma das cidades destruídas pela cólera de Deus, como estava escrito no Corão – ele falava disso com pavor, dizia que o lugar era tão maldito que nunca, nunca, jamais em tempo algum os beduínos acampavam ali perto: contentavam-se em contemplar as montanhas de ossadas e escombros, em se recolher e seguir em frente pelo caminho. Bilger levantava os olhos para o céu com um ar desesperado e perfeitamente descortês com nosso anfitrião: essa cidade é fácil de encontrar, ele zombava, segundo a Bíblia basta pegar a direita na encruzilhada da mulher petrificada. Eu tentava saber mais, tratava-se de ossos de animais? Um cemitério de camelos, talvez? Uma erupção vulcânica? Minhas perguntas faziam o velho rir, não, os dromedários não se escondem para morrer num lugar secreto, morrem ali onde se encontram, deitam-se e morrem como todo mundo. Bilger me garantiu que os vulcões estavam extintos na Síria havia dezenas de milhares de anos, o que tornava pouco provável a tese da erupção; ele parecia considerar tudo aquilo como conversa-fiada nascida da imaginação supersticiosa dos autóctones. Eu imaginava, nas encostas de uma cratera de basalto lunar, os restos de uma antiga fortaleza e de uma cidade desaparecida, cobertos de ossadas de seus habitantes, mortos em sabe Deus que catástrofe – visão de pesadelo, negra, selênica. O vendedor voltou para a tenda, e foi minha vez de sair; era noite; o frio parecia subir das pedras direto para o céu, gélido de estrelas. Afastei-me da tenda para urinar, o cão me acompanhou por um instante e depois me abandonou para ir farejar mais longe, na escuridão. Acima de mim, embora não o tivéssemos avistado na véspera, alto no céu, mostrando o oeste, a Palestina e o Mediterrâneo, brilhava, súbita revelação, um cometa de longa cauda de poeira brilhante.

2h20

Estou deitado, Sarah está nua a meu lado; suas tranças compridas formam um riacho, que corre mais devagar por causa dos rochedos das vértebras. O remorso me atormenta; observo-a e estou cheio de remorso. O barco nos leva a Beirute: a última viagem do Lloyd Austríaco, Trieste – Alexandria – Jafa – Beirute. Sinto confusamente que Sarah não vai acordar antes da chegada a Beirute, amanhã, onde Nadim nos espera para o casamento. Melhor assim. Perscruto seu corpo esbelto, musculoso, quase magro; ela não se mexe quando eu brinco um instante com seu sexo, dorme profundamente. Sei que eu não deveria estar ali. O sentimento de culpa me sufoca. Pela escotilha, vejo o mar desdobrando sua infinidade esverdeada, invernal, estriada de espuma no cume das ondas; saio do camarote, os longos corredores são atapetados de veludo vermelho, iluminados por apliques de bronze, perambulo pelo calor úmido do barco, é irritante perder-se assim em corredores abafados, quando na verdade estou atrasado; nas portas dos camarotes, placas ovais indicam o nome dos ocupantes, data de nascimento e de morte – hesito em bater no de Kathleen Ferrier, depois no de Lou Andreas-Salomé, não ouso incomodá-las, estou morrendo de vergonha de ter me perdido, vergonha de ter sido obrigado a urinar no corredor, num magnífico porta-guarda-chuva, antes que a anfitriã (vestido transparente, observo longamente sua lingerie) me pegasse pelo braço: "Franz, estão esperando-o lá em cima, venha, vamos passar pelos bastidores. Stefan Zweig está furioso, quer desonrá-lo, provocá-lo para um duelo; sabe que você não terá coragem de enfrentá-lo e que será excluído da *Burschenschaft*".

Tento beijá-la na boca, ela deixa, sua língua é doce e morna, passo a mão sob seu vestido, mão que ela retira afetuosamente, murmurando: "*nein, nein,*

nein, Liebchen", fico ofendido mas compreendo. Há uma multidão no grande foyer ao redor de nós, o dr. Kraus faz o maior sucesso, aplaudimos calorosamente o fim das *Geistervariationen* de Schumann. Tento aproveitar para levantar de novo o vestido da anfitriã, ela continua a me rejeitar com a mesma ternura. Tenho pressa em passar às coisas sérias. O coronel conversa com o dr. Kraus; explica-me que Kraus não suporta que sua mulher toque piano melhor que ele, e concordo. Lili Kraus é uma imensa pianista, nada a ver com o senhor, caro doutor. Derrubo meu copo de leite em cima do uniforme de gala do coronel, todas as águias são em forma de constelações, felizmente o leite não mancha os uniformes, ao contrário dos vestidos de baile, que a anfitriã é obrigada a tirar: enrola-o todo, antes de escondê-lo num armário.

— O que será de nós? Este país tão pequeno e tão velho, coronel, que não adianta nada defendê-lo. É melhor mudar de país.

— De fato, é a solução para o problema sírio – ele diz.

Lá fora a guerra continua a fazer estragos; não podemos sair, teremos de ficar trancados debaixo dessa escada.

— Não foi aqui que você escondeu o seu vestido de casamento? Esse que eu manchei sem querer?

Vamos nos acalmar, vamos nos acalmar. Estamos estreitamente abraçados no escuro, mas a anfitriã não se interessa por mim, sei que ela só tem olhos para Sarah. É preciso fazer alguma coisa, mas o quê? O mar da Irlanda está enfurecido, certamente vocês não chegarão antes de dois ou três dias. Dois ou três dias! Sr. Ritter, diz Kraus suavemente, penso que podemos mudar de doença, agora. Já é tempo, o senhor tem razão. Já é tempo. Franz, olhe como essa moça se acaricia! Ponha o seu rosto entre as pernas dela, isso vai fazer você mudar de ideia.

Kraus continua a lançar disparates, sinto frio, preciso de qualquer maneira encontrar meu camarote e Sarah dormindo, abandono com o coração apertado a anfitriã entregue à sua masturbação. Está chegando a sua vez, sr. Ritter. Está chegando a sua vez. Hoje o mar de fato está enfurecido. Portanto, toque-nos qualquer coisa, para passar o tempo! Esse alaúde não é meu, mas eu devo conseguir improvisar uma música. Que modo prefere? *Nahawand? Hejazi? Hejazi!* Eis algo que convém perfeitamente às circunstâncias. Ande, caro Franz, toque-nos então nossa valsa, lembra-se dela? Ah, sim, *A valsa da morte*, claro que me lembro, *fa, fa-lá, fá-lá#-si, si, si.* Minhas mãos correm sobre o braço do oud com som de violino. O bar desse barco, no foyer da ópera, é aberto para o mar, e a maresia salpica um chuvisco nos músicos e nos instrumentos. Impossível tocar nessas condições, respeitável público. Que decepção! Nós, que queríamos tanto ouvir *A valsa de morte! Den Todeswalzer!* Vamos direto para o naufrágio, alegrem-se. Eu me alegro, respeitável público, caros amigos. Caros amigos, o dr. Zweig tem uma alocução a fazer (de novo esse velho Zweig de rosto comprido, que tédio). Saio de cena com meu alaúde para lhe dar lugar, há uma grande poça d'água debaixo da cadeira. Zweig ralha comigo, passa a mão nos meus cabelos e me manda ir sentar. Senhoras, senhores, ele grita, é a guerra! Montjoie! Saint-Denis! É a guerra! Que todos se alegrem!

Todos aplaudem, os militares, os marinheiros, as mulheres, o casal Kraus e até Sarah, fico muito surpreso que ela esteja ali, precipito-me para perto dela, está acordada? Escondo o alaúde nas costas, para que ela não veja que o roubei de Nadim — roubei? Sei que a polícia me procura por esse crime hediondo que cometi outrora. Será que estamos chegando? É a guerra, penso. Todos se alegram por morrer no combate. Viena vai se tornar a nova capital da Síria. Falarão árabe no Graben.

Acima de tudo, Sarah não deve saber nada do assassinato nem do corpo. Dr. Kraus! Dr. Kraus! Os seus lírios voltaram a crescer sobre nossos cadáveres! Que primavera horrorosa, com essa chuva interminável, ninguém imaginaria estar no Oriente. Tudo apodrece. Tudo mofa. Os ossos não param de se decompor. Teremos uma bela vindima este ano, o vinho dos mortos será abundante. Psiu, murmura Sarah, não fale do vinho dos mortos, é segredo. Um filtro? Talvez. De amor ou de morte? Você vai ver.

Um marinheiro canta, ao longe, "para o leste vai o navio, sopra o vento fresco na direção de nosso país, meu filho da Irlanda, para onde vai tua vida?".

Sarah ri muito com isso. Ela se parece com Molly Bloom, penso, aquela que empurra seu carrinho pelas ruas estreitas, vendendo mariscos. Deus, como o mar é vasto!

Quantos filhos teremos, dr. Kraus?

Quantos?

Seria impensável fazer previsões desse tipo, sou um médico sério, sr. Ritter. Não compartilhe essa seringa, vão se contaminar um ao outro.

Franz, você tem belas veias, sabe?

Sr. Ritter, bem que lhe avisei.

Franz, você tem veias belíssimas, repete Sarah.

Suor, suor, suor.

* * *

Horror. Que horror, meu Deus. A luz ainda está acesa, continuo segurando o interruptor. Essa imagem de Sarah com uma seringa na mão, ainda bem que acordo antes do irreparável, Sarah me injetando um líquido nauseabundo, seu *vinho dos mortos* diante do olhar vicioso do dr. Kraus, que atrocidade, dizer que certas pessoas acham divertido sonhar. Respiremos, respiremos. É muito sofrida essa sensação de falta de ar como se a gente se afogasse durante o sono. Ainda bem que não me lembro de meus sonhos, a não ser os últimos segundos, apagam-se quase imediatamente de minha memória, ainda bem. Escapo do sentimento de culpa do inconsciente, da selvageria do desejo. Esse estranho sentimento costuma me oprimir em sonho. É de crer que realmente cometi um crime atroz que corre o risco de ser descoberto. O vinho dos mortos. Estou obcecado pelo artigo de Sarah, que ideia me mandar de Sarawak esse texto, para mim, que estou doente e tão frágil neste momento. Percebo a que ponto sinto falta dela. A que ponto a perdi. A que ponto ela talvez também esteja doente e frágil, na sua selva verdejante, com seus ex-cortadores de cabeças e grandes vindimadores de cadáveres. Que viagem! Isso aí daria muito trabalho para o charlatão da Berggasse, o vizinho da sra. Kafka. Pensando bem, a gente sempre volta ao mesmo. Creio me lembrar de que Jung, primeiro orientalista inconsciente, descobrira que uma de suas pacientes sonhava com o Livro dos Mortos tibetano do qual ela jamais ouvira falar, o que deixou o discípulo com a pulga atrás da orelha e o lançou na pista do inconsciente coletivo e dos arquétipos. Eu sonho não com o Livro dos Mortos tibetano ou egípcio, mas com os recantos do cérebro de Sarah. Tristão e Isolda. Os filtros de amor e de morte. Dik al-Jinn, o Louco. O velho poeta de Homs louco de ciúme a ponto de matar quem amava. Mas isso não é nada, dizia Sarah, Dik al-Jinn estava tão apaixonado, dilacerado de dor por ter destruído o objeto de sua paixão que, com as cinzas do cadáver de sua bem-amada misturadas à argila, modelou um cálice, um cálice mortal, mágico e mortal, em que bebia vinho, primeiro vinho de Morte, que lhe inspirava sublimes poemas de amor. Bebia sobre o corpo de sua amada, bebia o corpo de seu amor, e essa loucura dionisíaca se tornava apolínea pelo jogo dos versos, da métrica ordenada e regulada em que se organizava a energia de sua paixão necrófaga por aquela que ele matara por ciúmes, cedendo aos rumores e ao ódio: "Eu te devolvi à nudez mais completa", cantava, "misturei teu rosto com terra e até, se conseguisse suportar ver-te apodrecer, teria deixado tua figura morta debaixo do sol a pino".

Compreende-se que se embebedasse, esse poeta de Homs que viveu quase setenta anos, será que ainda se embriagava em seu cálice mortal no fim da vida, é possível, é provável. Por que Sarah se interessa por essas atrocidades, necrofagia, magia negra, paixões devorantes? Revejo-a no Museu do Crime de Viena, perambulando com um sorriso nos lábios por aquele porão de Leopoldstadt, no meio de crânios perfurados por balas e porretes de assassinos de todos os calibres, políticos, apaixonados, até o clímax sórdido da exposição, um velho cesto de palha empoeirado no qual se encontrou, no início do século XX, um corpo de mulher, braços e pernas cortados, uma mulher-tronco cujas fotografias da época não nos eram poupadas, nua e mutilada, púbis tão preto quanto os ombros e coxas por onde sangraram os membros ausentes. Mais adiante também havia uma mulher estripada, estuprada antes ou depois de sua evisceração. "Vocês, austríacos, são engraçados", dizia Sarah, "podem mostrar imagens de mulheres torturadas até a morte, mas censuram a única representação de prazer de todo este museu." Tratava-se de uma pintura, na parte da exposição dedicada aos bordéis vienenses, mostrando, num cenário orientalizante, uma odalisca se acariciando, de pernas abertas; um censor contemporâneo colocara um grande quadrado preto sobre sua mão e suas partes íntimas. A legenda dizia sobriamente: "Quadro decorativo proveniente de uma casa de tolerância". Evidentemente, eu sentia vergonha de estar com Sarah comentando uma imagem daquelas; olhei para o outro lado, enrubescendo, o que ela interpretou como uma confissão: o reconhecimento da perversão vienense – as mulheres torturadas no porão, o erotismo censurado e a mais pudica castidade lá fora.

Pergunto-me por que penso nisso agora, um ímpeto de onirismo talvez, uma cauda de cometa, uma remanência sensual contaminando a memória da força do desejo, eu deveria aceitar que a noite está terminada, me levantar e passar a outra coisa, corrigir essa dissertação sobre Gluck ou reler meu artigo sobre *Mâruf, sapateiro do Cairo*, a ópera tirada da tradução de *As mil e uma noites* de Charles Mardrus; adoraria que Sarah o recebesse, seria minha resposta ao seu opus sobre o vinho dos mortos no misterioso Sarawak. Poderia lhe mandar um e-mail, mas sei que se lhe escrever vou passar os próximos dias grudado no computador como um bobalhão à espera de resposta. Repensando, nos sentíamos bem no Museu do Crime, pelo menos ela estava ali, e eu até teria ido ao museu das Pompas Fúnebres ou à Narrenturm contemplar mais uma vez, na antiga Torre dos Loucos, as horríveis anomalias genéticas e patológicas, se ela assim quisesse.

Não falta muita coisa nesse artigo sobre *Mâruf, sapateiro do Cairo*, só um toque de sei lá o quê, taí, eu poderia, simplesmente, *pedir conselho* a Sarah, e não só lhe enviar o artigo, seria uma manobra perfeitamente inteligente para entrar em contato com ela, em vez de lhe confessar logo de cara sinto falta de você ou lhe relembrar sutilmente a mulher nua do Museu do Crime (lembra-se, querida Sarah, da emoção que me invadiu quando contemplamos juntos uma imagem pornográfica num porão sangrento?), ela também estudou a obra do dr. Mardrus e sobretudo de sua esposa Lucie, primeiro personagem de sua coleção de mulheres de orientalistas, junto com Lou Andreas-Salomé e Jane Dieulafoy. Mardrus, o caucasiano das letras, cujo avô combatera os russos nas fileiras do imã Schamyl, aí está um homem que eu gostaria de encontrar. Mardrus, naquela Paris mundana dos anos 1890; conviveu com Mallarmé, depois com Apollinaire; assim que desembarcou do navio da Messageries Maritimes, onde oficiava como médico de bordo, tornou-se, graças a seu encanto e sua erudição, a coqueluche dos salões parisienses – é disso que eu precisaria para redigir minha grande obra, uma temporada de alguns anos num camarote de navio, entre Marseille e Saigon. Mardrus traduziu no mar os milhares de páginas das *Mil e uma noites*; cresceu no Cairo, estudou medicina em Beirute, o árabe é por assim dizer sua língua materna, aí está a grande vantagem que tem sobre nós, orientalistas não orientais, o ganho de tempo no aprendizado da língua. A redescoberta das *Noites* pela tradução de Mardrus provoca uma onda de adaptações, imitações, prolongações da obra-prima, assim como, cinquenta anos antes, *Os orientais* de Hugo, os poemas de Rückert ou o *Divan* de Goethe. Dessa vez pensa-se que é o próprio Oriente que insufla diretamente sua força, seu erotismo, sua potência exótica na arte da virada do século; todos amam a sensualidade, a violência, o prazer, as aventuras, os monstros e os gênios, que são copiados, comentados, multiplicados; acreditam enfim ver, sem intermediários, o verdadeiro rosto do Oriente eterno e misterioso: mas é o Oriente de Mardrus, sempre um reflexo, é mais um Terceiro Oriente; é o Oriente, no final das contas, de Mallarmé e de *La Revue Blanche*, o erotismo de Pierre Louÿs, uma representação, uma interpretação. Como em *A história da 1002ª noite* de Joseph Roth, ou na *Sherazade* de Hofmannsthal, os motivos das *Noites* são usados para sugerir, criar uma tensão num contexto europeu; o desejo do xá, no romance de Roth, de dormir com a condessa W., desencadeia uma intriga *perfeitamente vienense*, assim como os balés de *Sherazade* de Rimsky ou as danças de Mata Hari servem para excitar o burguês parisiense: finalmente, pouco importa a relação deles com um suposto Oriente *real*. Nós mesmos, no deserto, na tenda dos beduínos, e diante da realidade mais tangível da vida nômade, esbarrávamos em nossas próprias representações, que interfeririam, por suas expectativas, na possibilidade da experiência dessa vida que não era a nossa; a pobreza daquelas mulheres e daqueles homens nos parecia repleta da poesia dos antigos, sua penúria nos lembrava a dos eremitas e dos iluminados, suas superstições nos faziam viajar no tempo, o exotismo de sua condição nos impedia de entender, com certeza, sua visão da existência, da mesma maneira que eles nos viam, com nossa mulher de cabelos soltos, nosso 4×4 e nosso árabe rudimentar, como idiotas originais, cujo dinheiro, e talvez cujo carro, eles invejassem, mas não o saber nem a inteligência, nem sequer a técnica: o velho xeique nos contara que os últimos ocidentais que acolhera, europeus sem nenhuma dúvida, tinham chegado de trailer, e que o horrível rom-rom de seu gerador (para a geladeira, imagino) o impedira de dormir a noite toda. Só o vendedor, pensei enquanto urinava sob o cometa Halley, escrutando a escuridão para verificar se o cachorro não se preparava para comer as minhas partes, partilha realmente da vida dessa tribo, da qual participa; oito meses por ano ele desiste de tudo para vender suas bugigangas. Nós continuamos a ser viajantes, fechados em nós mesmos, capazes, quem sabe, de nos transformarmos em contato com a alteridade, mas certamente não de ter com ela uma experiência profunda. Somos espiões, temos o contato rápido e furtivo dos espiões. Chateaubriand, quando inventa a literatura de viagem com *Itinerário de Paris a Jerusalém*, em 1811, muito tempo antes de Stendhal e suas *Memórias de um turista*, mais ou menos no momento da publicação da *Viagem à Itália* de Goethe, espiona pela arte; naturalmente já não é o explorador que espiona para a ciência ou para o Exército: espiona principalmente para a literatura. A arte tem seus espiões, na mesma medida em que a história ou as ciências naturais têm os seus. A arqueologia é uma forma de espionagem, a botânica e a poesia também; os etnomusicólogos são os espiões da música. Os espiões são viajantes, os viajantes são espiões. "Desconfie das histórias dos viajantes", diz Saadi no *Golestân*. Eles não veem nada. Acreditam ver, mas só observam os reflexos. Somos prisioneiros das imagens, das representações, diria Sarah, e só aqueles que, como ela ou como o vendedor, optam por se desfazer de sua vida (se tal coisa é realmente possível) conseguem chegar ao outro. Lembro-me do ruído de minha urina caindo nas pedras em meio ao silêncio inebriante do deserto; lembro-me dos pequenos pensamentos, bem fúteis em relação à infinidade dos seres; eu não tinha consciência das formigas e das aranhas que afogava na ureia. Estamos condenados, como diz Montaigne em seu último *Ensaio,* a pensar como urinamos, no caminho, depressa e furtivamente, assim como espiões. Só o amor, pensei ao voltar para a tenda, tiritando de frio e de desejo ao me lembrar da noite anterior, nos abre para o outro; o amor como renúncia, como fusão – não espanta que esses dois absolutos, o deserto e o amor, tenham se encontrado para gerar um dos monumentos mais importantes da literatura universal, a loucura de Majnun, que gritou sua paixão por Laila para as pedras e as víboras de chifres, Laila, que ele amou, por volta do ano 750, numa tenda bem parecida com aquela. A divisória de pele de cabra estava fechada; a luz da lamparina de gás filtrava por uma portinhola, era preciso se abaixar para entrar. Bilger estava recostado num colchão de lã, segurando um copo de infusão de canela; Sarah tinha desaparecido. Fora convidada a passar para o lado das mulheres, no segundo aposento da tenda, enquanto nós, Bilger e eu, ficamos com os homens. Desenrolaram-me uma caminha coberta por um edredom que tinha o cheiro bom de lenha queimando e de animal. O velho se deitara, o vendedor se enrolara num grande manto preto, em posição de profeta. Estou no deserto. Como Qays, o Louco por Laila, tão apaixonado que desistiu de seu ser para viver com as gazelas no meio da estepe. Também me sequestraram Sarah, me privando de minha segunda noite encostado nela, casta noite de amor puro, e eu poderia ter gritado para a lua ou para o cometa versos desesperados, cantando a beleza de minha bem-amada, que as convenções sociais acabavam de arrancar de mim. Eu pensava nas longas corridas de Qays Majnun pelo deserto, para chorar de desespero sobre os rastros do acampamento da família de Laila, coçando-me furiosamente, convencido de que a lã ou o algodão do colchão estava cheio de pulgas e outros bichinhos furiosos prontos a devorar minhas pernas.

Eu ouvia Bilger roncar baixinho; lá fora um mastro ou uma adriça estalava na brisa, poderíamos nos imaginar num veleiro atracado – acabei pegando no sono. Foi uma lua redonda, rente ao chão, pouco antes da aurora, que me acordou, quando se abria a tenda para a imensidão suavemente azulada: a sombra de uma mulher levantava o panô de tecido e o perfume do deserto (terra seca, cinza, animais) rodopiava ao meu redor, em meio ao cacarejo ainda discreto das galinhas que, monstros horríveis e furtivos na penumbra, ciscavam as migalhas de pão de nosso jantar, e aos insetos noturnos que nosso calor atraíra – depois a aurora passou seus dedos róseos pela bruma, empurrando a lua, e tudo pareceu se animar em comum acordo: o galo cantou, o velho xeique enxotou os galináceos demasiado aventureiros com um gesto de cobertor, o vendedor se levantou, passou nos ombros o manto em que se enrolara de noite e saiu – só Bilger continuava a dormir; dei uma olhada no meu relógio, eram cinco horas da manhã. Também me levantei; as mulheres se agitavam na frente da tenda, me fizeram um aceno com a mão. O vendedor fazia suas abluções parcimoniosamente, com um gomil de plástico azul: um dos objetos que vendia, imaginei. A não ser por umas leves vermelhidões no céu a leste, a noite continuava profunda e gelada; o cão ainda dormia, enroscado contra a parede exterior. Eu me perguntava se ia ver Sarah sair também, talvez ela dormisse, como o cachorro, como Bilger. Fiquei ali, olhando o céu se abrir, tendo em mente o oratório de Félicien David, o primeiro a ter transposto para a música a simplicidade aterradora do deserto.

Se já eram cinco da manhã eu poderia me levantar, exausto como toda manhã, vencido pela noite; impossível escapar àquelas lembranças de Sarah, e me pergunto se é melhor enxotá-las ou me entregar totalmente ao desejo e à reminiscência. Se estou paralisado, sentado em minha cama, há quanto tempo olho para a biblioteca, imóvel, com a cabeça longe, a mão ainda agarrada ao interruptor, um pirralho agarrado a seu chocalho? Que horas são? O despertador é a bengala do insone, eu deveria comprar um despertador-mesquita como os de Bilger em Damasco, mesquita de Medina ou de Jerusalém, de plástico dourado, com uma pequena bússola incorporada para a direção da prece – eis a superioridade do muçulmano sobre o cristão: na Alemanha nos impõem os Evangelhos no fundo da gaveta do criado-mudo, nos hotéis muçulmanos nos colam uma pequena bússola na armação de madeira da cama, ou nos desenham uma rosa dos ventos na escrivaninha para marcar a direção de Meca, bússola e rosa dos ventos que decerto podem servir para localizar a península Arábica, mas também, se nos der na veneta, Roma, Viena ou Moscou: a gente nunca se perde nessas plagas. Vi até mesmo tapetes de oração com uma pequena bússola integrada à tecelagem, tapetes que na mesma hora a gente tinha vontade de pôr para voar, já que estavam preparados para a navegação aérea: um jardim nas nuvens, tendo, como o tapete de Salomão da lenda judaica, um dossel de pombas para se proteger do sol – haveria muito a escrever sobre o tapete voador, sobre essas belas ilustrações, prontas para provocar o devaneio, de príncipes e princesas sentados de pernas cruzadas, em trajes suntuosos, bem no meio de um céu lendário, avermelhando a oeste, tapete que sem dúvida deve mais aos contos de

Wilhelm Hauff do que às *Mil e uma noites* propriamente ditas, mais às roupas e aos cenários de *Sherazade* dos balés russos do que aos textos dos autores árabes ou persas – mais uma vez, uma construção conjunta, um trabalho complexo do tempo em que o imaginário se superpõe ao imaginário, a criação à criação, entre a Europa e o Dar al-Islam. Os turcos e persas conhecem das *Noites* as versões de Antoine Galland e de Richard Burton, e só raramente as traduzem do árabe; imaginam, por sua vez, a partir do que outros traduziram antes deles; a Sherazade que encontra o Irã no século XX viajou muito, está carregada da França de Luís XIV, da Inglaterra vitoriana, da Rússia tzarista; até seu rosto vem de uma mistura das miniaturas safávidas, dos trajes de Paul Poiret, das mulheres elegantes de Georges Lepape e das iranianas de hoje. "Sobre o destino cosmopolita dos objetos mágicos", eis um título para Sarah: aí se trataria, misturando tudo, de lâmpadas mágicas, tapetes voadores e babuchas miríficas; ela aí mostraria como esses objetos resultam de esforços sucessivos comuns, e como o que se considera puramente "oriental" é, na verdade, e muitas vezes, a repetição de um elemento "ocidental" modificando, por sua vez, outro elemento "oriental" anterior, e assim por diante; ela concluiria que o *Oriente* e o *Ocidente* nunca aparecem separadamente, estão sempre misturados, presentes um no outro, e que essas palavras – Oriente, Ocidente – não têm mais valor heurístico do que as direções inatingíveis que designam. Imagino que ela concluiria tudo isso com uma projeção política sobre o cosmopolitismo como único ponto de vista possível a respeito da questão. Eu também, se fosse mais – mais o quê?, mais brilhante, menos doente, menos hesitante poderia desenvolver esse artigo irrisório sobre *Mâruf, sapateiro do Cairo*, Henri Rabaud e Charles Mardrus e construir uma verdadeira síntese desse famoso Terceiro Oriente na música francesa, em torno dos alunos de Massenet talvez, o próprio Rabaud, mas também Florent Schmitt, Reynaldo Hahn, Ernest Chausson e sobretudo Georges Enesco, eis um caso interessante, um "Oriental" que retorna ao "Oriente" passando pela França. Todos os alunos de Massenet compuseram melodias de deserto ou de caravanas a partir de poemas orientalistas, desde *A caravana*, de Gautier ("A caravana humana no Saara do mundo…") até *Pequenas orientais*, de Jules Lemaître – sempre me perguntei quem era esse Jules Lemaître –, talvez bem diferentes da caravana de "Através do deserto", ária do segundo ato de *Mâruf*, quando Mâruf, para enganar os mercadores e o sultão, inventa uma suntuosa caravana de milhares de camelos e mulas que deveria chegar mais dia, menos dia e descreve em detalhes sua carga preciosa, apelando muito para o *orientalismo*, o que é um bocado vertiginoso: há um *sonho de Oriente* nos próprios relatos árabes, sonho de pedrarias, sedas, beleza, amor, e esse sonho que, para nós, é um sonho oriental, é na verdade um devaneio bíblico e corânico; aparenta-se às descrições do Paraíso do Corão, em que nos apresentarão vasos de ouro e taças repletas de tudo o que nosso gosto puder desejar e tudo o que enfeitiçará nossos olhos, em que teremos frutas em abundância, jardins e fontes, em que usaremos roupas de seda fina e brocado, em que teremos como esposas huris de belos olhos, em que nos servirão para beber um néctar com um toque de almíscar. A caravana de Mâruf – a das *Mil e uma noites* – utiliza *ironicamente* esses elementos: claro, sua descrição é exagerada, desmedida; é uma mentira, uma mentira feita para seduzir a assistência, um catálogo maravilhoso, *de sonho*. Encontraríamos nas *Noites* muitos exemplos desse segundo grau, desse orientalismo no Oriente. A ária da caravana de Henri Rabaud acrescenta um movimento a essa construção: a tradução de Mardrus do conto "A história do bolo desfiado com mel de abelhas" é adaptada sob o título de *Mâruf, sapateiro do Cairo* por um libretista, Lucien Népoty, depois musicado por Rabaud, com uma orquestração brilhante: ainda aqui, Massenet está na sombra, escondido atrás de uma duna desse deserto imaginário pelo qual caminham, em sol menor, é claro, nos trinados das cordas e nos *glissandi* dos sopros, os camelos e as mulas dessa extraordinária caravana de tecidos, rubis e safiras guardada por mil mamelucos belos como luas. Muito ironicamente, a música exagera, carrega nas tintas: ouve-se o cajado dos tropeiros de mulas batendo nos burros a cada medida, figuralismo, palavra de honra, um tanto ridículo se, justamente, não fosse engraçado, exagerado, feito para tapear os mercadores e o sultão: é preciso ouvir essa caravana para que eles acreditem nela! E, milagre da música tanto quanto da palavra, eles acreditam!

Imagino que Reynaldo Hahn, assim como seu amigo Marcel Proust, tenha lido as *Noites* na nova tradução de Mardrus: em todo caso, ambos compareceram à estreia de *Mâruf* em 1914. Hahn saúda a partitura de seu antigo colega de conservatório numa importante revista especializada; nota a qualidade da música, cuja ousadia jamais altera a pureza; observa a delicadeza, a fantasia, a inteligência e sobretudo a ausência de vulgaridade na "justeza do sentido oriental". Saúda na verdade o aparecimento de um orientalismo "à francesa" que é mais próximo de Debussy que dos exageros de violência e sensualidade dos russos – há tantas culturas musicais como tantos Orientes, como tantos exotismos.

Aliás, fico pensando se preciso estender o artigo, com todos esses Orientes superpostos, e lhe dar uma camada a mais, a de Roberto Alagna no Marrocos. Afinal, isso daria um toque meio "revista" a uma contribuição que, juro, é bastante séria, e além disso faria Sarah achar graça, essa imagem do buliçoso tenor europeu no Oriente do século XXI – esse vídeo é realmente impagável. Num festival em Fez, uma versão *árabe*, com oud e qanun, de "Através do deserto", a ária da caravana de Rabaud: de longe, imaginamos as boas intenções dos organizadores, a paródia desfeita, a caravana encontrando o *verdadeiro* deserto, os instrumentos e o cenário autênticos – e, como se sabe que o inferno está cheio de boas intenções, vai tudo por água abaixo. O oud não serve para nada, o qanun, pouco à vontade na progressão harmônica de Rabaud, solta apenas as vírgulas convencionais nos silêncios da voz; Alagna, num djelaba branco, canta como no palco da Opéra-Comique, mas com um microfone na mão; as percussões (címbalos que são arranhados e claves que se entrechocam) tentam preencher de todas as maneiras o grande, imenso vazio descoberto por essa mascarada; o tocador de qanun parece sofrer o martírio ouvindo uma música tão ruim: só Alagna, o Magnífico, parece nada perceber, muito concentrado em seus grandes gestos e em seus cameleiros, que palhaçada, meu Deus, se Rabaud ouvisse isso morreria uma segunda vez. Aliás, talvez seja a punição de Rabaud – o destino o pune por seu comportamento durante a Segunda Guerra Mundial, seu filonazismo, sua pressa em denunciar os professores judeus do Conservatório de Música que ele dirige. Ainda bem que seu sucessor, em 1943, será mais esclarecido, mais corajoso e tentará salvar os alunos em vez de entregá-los ao ocupante. Henri Rabaud junta-se à longa lista dos orientalistas (artistas ou cientistas) que colaboraram direta ou indiretamente com o regime nazista – será que devo insistir nesse momento de sua vida, episódio bem mais tardio que a composição de *Mâruf*, em 1914, não sei. Mesmo assim, o compositor dirigirá pessoalmente, na Ópera, a centésima apresentação de *Mâruf, sapateiro do Cairo* no dia 4 de abril de 1943 (dia de um terrível bombardeio que destruiu as fábricas da Renault e fez várias centenas de mortes no oeste parisiense) diante de uma plateia de uniformes alemães e de notórios partidários do regime de Vichy. Na primavera de 1943, enquanto ainda se combatia na Tunísia, mas se sabia que o Afrika Korps e Rommel estavam derrotados, e as esperanças nazistas de conquistar o Egito estavam bem longe, será que *Mâruf, sapateiro do Cairo*, assumia um significado especial, um fiau para o ocupante alemão, talvez não. Apenas um momento desse *bom humor* para esquecer a guerra, *bom humor* que, eu me pergunto, talvez tivesse, em tais circunstâncias, algo de criminoso: cantava-se "Através do deserto, mil camelos carregados de tecidos marcham sob o cajado de meus almocreves", enquanto, seis dias antes, a alguns quilômetros dali, partia um comboio (o quinquagésimo terceiro) de mil judeus franceses do campo de Drancy para a Polônia e o extermínio. Isso interessava muito menos aos parisienses e seus hóspedes alemães do que as derrotas de Rommel na África, muito menos que as aventuras de Mâruf, o sapateiro, as de sua mulher, Fattuma, a calamitosa, e a caravana imaginária. E sem dúvida o velho Henri Rabaud, com a batuta trinta anos depois da estreia de *Mâruf*, está pouco ligando para esses comboios atrozes. Ignoro se Charles Mardrus está na sala – é possível, mas, aos setenta e cinco anos de idade, desde o início das hostilidades, ele vive recluso em Saint-Germain-des-Prés, sai muito pouco, deixa passar a guerra como outros deixam passar a chuva. Conta-se que sai do apartamento unicamente para ir ao Deux Magots ou a um restaurante iraniano que, não se sabe como, em plena Ocupação, consegue encontrar arroz, açafrão e carne de carneiro. Em compensação, sei que Lucie Delarue-Mardrus não está presente à centésima apresentação de *Mâruf*; ela está em sua casa da Normandia, onde repassa as lembranças do Oriente – e escreve aquele que será seu último livro, *El Arab, o Oriente que eu conheci*; nele, conta suas viagens entre 1904 e 1914 em companhia de Mardrus, o marido. Morrerá pouco tempo depois da publicação dessas últimas memórias, em 1945: esse livro e sua autora fascinavam Sarah; com certeza, é sobre isso que eu poderia solicitar sua ajuda para o artigo – mais uma vez, nossos interesses se cruzam; eu, Mardrus e as adaptações musicais de sua tradução por Rabaud ou Honnegger, ela, Lucie Delarue, poeta e romancista prolixa, misteriosa, que viveu nos anos 1920 uma paixão por Natalie Barney, para quem escreveu seus poemas mais famosos, *Nossos secretos amores*, tão à vontade na poesia erótica homossexual como nas odes normandas e nos poemas para crianças. Suas lembranças de viagens com J.-C. Mardrus são deslumbrantes, Sarah as cita em seu livro sobre as mulheres e o Oriente. É a Lucie Delarue-Mardrus que devemos esta frase extraordinária: "Os orientais não têm nenhuma noção do Oriente. A noção de Oriente, somos nós, os ocidentais, nós, os rumis,* que temos (Ouço os

---

* Nome pelo qual os muçulmanos designam um cristão ou um europeu. [N.T.]

rumis, afinal bem numerosos, que não são patifes)". Para Sarah, esse trecho resume sozinho o orientalismo, o orientalismo como devaneio, o orientalismo como lamento, como exploração sempre decepcionada. De fato, os rumis se apropriaram do território do sonho, são eles que, depois dos contistas árabes clássicos, o exploram e o percorrem, e todas as viagens são uma confrontação com esse sonho. Há até mesmo uma corrente fértil que se constrói *sobre* esse sonho, sem precisar viajar, cujo representante mais ilustre é com certeza Marcel Proust e seu *Em busca do tempo perdido*, coração simbólico do romance europeu: Proust faz das *Mil e uma noites* um de seus modelos – o livro da noite, o livro da luta contra a morte. Como Sherazade luta toda noite, depois do amor, contra a sentença que pesa sobre ela contando uma história ao sultão Shahryâr, Marcel Proust pega toda noite sua pena, muitas noites, diz ele, "talvez cem, talvez mil", para lutar contra o tempo. Mais de duzentas vezes na obra Proust faz alusão ao Oriente e às *Noites*, que ele conhece nas traduções de Galland (a da castidade da infância, a de Combray) e de Mardrus (a mais suspeita, mais erótica, da idade adulta) – ele tece o fio de ouro do maravilhoso árabe ao longo de todo seu imenso romance; Swann ouve um violino como um gênio que sai de uma lâmpada, uma sinfonia revela "todas as pedrarias das *Mil e uma noites*". Sem o Oriente (esse sonho em árabe, em persa e em turco, apátrida, que se chama Oriente), nada de Proust, nada de *Em busca do tempo perdido*.

Com meu tapete voador e sua bússola incorporada, para onde eu iria? A aurora de Viena em dezembro não tem nada a ver com a do deserto: a aurora dos dedos de fuligem sujando o granizo, eis o epíteto do Homero do Danúbio. Um clima para nenhum orientalista pôr o pé na rua. Decididamente, sou um cientista de gabinete, nada a ver com Bilger, Faugier ou Sarah, que só estavam felizes no volante de seus 4×4, no submundo mais, como dizer, *exaltante*, ou simplesmente "em campo", como dizem os etnólogos – eu permaneço sendo um espião, um mau espião, sem dúvida teria produzido o mesmo saber se jamais tivesse saído de Viena para aquelas paragens distantes e inóspitas, onde você é recebido com enforcados e escorpiões, teria feito a mesma carreira medíocre se jamais tivesse viajado – meu artigo mais citado se intitula "A primeira ópera orientalista oriental: *Majnun e Laila*, de Hajibeyov", e é mais que evidente que nunca pus os pés no Azerbaijão, onde todos chafurdam, me parece, no petróleo e no nacionalismo; em Teerã, não estávamos muito longe de Baku, e durante nossas excursões à beira do Cáspio molhávamos os pés na mesma água que corria nas margens azeris algumas dezenas de quilômetros mais ao norte, em suma, é um tanto deprimente pensar que o mundo universitário se lembrará de mim por minha análise das relações entre Rossini, Verdi e Hajibeyov. Essa contagem computadorizada das citações e das indexações leva a universidade a se perder, ninguém mais se lançará hoje em longos trabalhos difíceis e penosos, mais vale publicar notinhas bem escolhidas do que vastas obras de erudição – já não tenho ilusões quanto à qualidade real do artigo Hajibeyov, ele é citado em todas as publicações que tratam do compositor, mecanicamente, como uma das raras contribuições europeias para os estudos sobre Hajibeyov, o Azeri, e todo o interesse que eu via nesse trabalho, a emergência de um orientalismo *oriental*, cai, evidentemente, no esquecimento. Não vale a pena ir a Baku para isso. No entanto, preciso ser justo: se não tivesse ido à Síria, se não tivesse tido uma minúscula experiência fortuita do deserto (e uma desilusão amorosa, reconheçamos), jamais teria me apaixonado por Majnun, o Louco por Laila, a ponto de encomendar, coisa complicada na época, uma partitura do *Majnun e Laila* de Hajibeyov; não teria nem mesmo jamais sabido que o apaixonado que grita sua paixão para as gazelas e os rochedos tinha inspirado uma porção de romances em versos, em persa ou em turco, entre eles o de Fuzloui que Hajibeyov adapta – eu gritava minha paixão para Sarah, não minha paixão por ela, mas por Majnun, todos os *Majnun*, e meu entusiasmo lhe parecia cômico ao extremo: revejo-nos nas poltronas de couro do Instituto Francês de Pesquisas no Irã onde, sem segunda intenção (sem segunda intenção?), ela me pedia notícias da minha "coleção", como a chamava, quando me via voltar da livraria com um embrulho debaixo do braço, e aí, ela perguntava, ainda louco por Laila? E eu tinha mesmo que aquiescer, um louco por Laila, ou um *Khosrow e Shirin*, ou um *Vis e Ramin*, em suma, um romance de amor clássico, uma paixão impossível cujo desenlace era a morte. Perversa, ela me lançava: "E a música em tudo isso?", com um falso ar de crítica, e eu encontrara uma resposta: preparo o texto *definitivo e universal* sobre o amor na música, desde os trovadores até Hajibeyov, passando por Schubert e Wagner, e dizia isso olhando-a nos olhos, e ela estourava de rir, um riso monstruoso, de *djin* ou de fada, de Peri, um riso culpado, eis que volto a Sarah, não há jeito. Que filtro bebemos, trata-se do vinho da Síria em Hainfeld, do vinho libanês em Palmira, do áraque do Hotel Baron em Alepo ou do vinho dos mortos, curioso filtro, que só funciona a priori num sentido – não, no Hotel Baron de Alepo o mal já estava feito, que vergonha, meu Deus, que vergonha, eu tinha conseguido me livrar de Bilger, que ficara no Eufrates, na horrível Raqqa com o sinistro relógio, e levar (ainda vibrando com a noite de Palmira) Sarah até as delícias de Alepo, onde ela reencontrava, cheia de emoção, Annemarie Schwarzenbach, as cartas a Klaus Mann e toda a melancolia da suíça andrógina. A descrição que Ella Maillart faz de Annemarie em *A via cruel* não tende, porém, a suscitar paixão: uma drogada choramingas, jamais contente, de uma magreza doentia, dentro de saias-calças ou calças bufantes, agarrada ao volante de seu Ford, procurando na viagem, no sofrimento da longa viagem entre Zurique e Cabul, uma boa desculpa para a sua dor: triste retrato. Custava-se a perceber, para além da descrição desse farrapo humano com cara de anjo, a antifascista convicta, a combatente, a escritora culta e cheia de charme por quem Erika Mann e Carson McCullers caíram de paixão – talvez porque a sóbria Ella Maillart, a freira andarilha, não era de jeito nenhum a pessoa indicada para descrevê-la; talvez porque, em 1939, Annemarie estivesse, à imagem da Europa, ofegante, apavorada, em fuga. Falávamos dela naquele restaurante escondido numa ruela de pedra, aquele Sissi House com garçons de terno preto e camisa branca; Sarah me contava a vida breve e trágica da suíça, a redescoberta recente de seus textos, fragmentados, espalhados, e sua personalidade, tão dividida entre a morfina, a escrita e uma provável homossexualidade bem difícil de viver naquele meio tão conservador das margens do lago de Zurique.

O tempo se fechava sobre nós; aquele restaurante de cadeiras de palha, aquela comida deliciosa e atemporal, otomana, armênia, naqueles pratinhos de cerâmica envernizada, a lembrança tão recente dos beduínos e das margens desoladas do Eufrates com cidadelas arruinadas, tudo isso nos isolava numa estranha intimidade, tão acolhedora, envolvente e solitária como as ruas estreitas, escuras, cingidas pelos muros altos dos palácios. Eu observava Sarah com sua cabeleira de cobre, olhar brilhante, rosto iluminado, sorriso de coral e nácar, e aquela perfeita felicidade, apenas arranhada pela evocação da melancolia sob os traços de Annemarie, pertencia tanto aos anos 1930 como aos anos 1990, tanto ao século XVI otomano como ao mundo compósito – sem lugar nem tempo – das *Mil e uma noites*. Tudo ao nosso redor participava daquele cenário, desde as insólitas toalhinhas de renda até os velhos objetos (candelabros Biedermeier, gomis árabes de metal) colocados nos peitoris das janelas em ogiva que davam para o pátio coberto e no canto dos degraus da escada tão íngreme, com belas balaustradas de ferro fundido, e que levava aos muxarabiês emoldurados de pedras pretas e brancas; eu ouvia Sarah falar sírio com o maître e as senhoras de Alepo da mesa ao lado, e tinha a sorte, me parecia, de ter entrado naquela bolha, naquele círculo mágico de sua presença que ia se tornar minha vida diária, já que estava absolutamente claro para mim, depois da noite de Tadmor e da batalha contra os cavaleiros suábios, que tínhamos nos tornado – o quê? Um casal? Amantes?

Meu pobre Franz, você sempre se agarrando às ilusões, teria dito Mamãe em seu francês tão suave, você sempre foi assim, um sonhador, meu pobre menino. No entanto, você leu *Tristão e Isolda*, *Vis e Ramin*, *Majnun e Laila*, há forças a vencer, e a vida é muito longa, às vezes, a vida é muito longa, tão longa quanto a sombra sobre Alepo, a sombra da destruição. O tempo recuperou seus direitos sobre o Sissi House; o Hotel Baron ainda está de pé, suas janelas fechadas num profundo sono, esperando que os degoladores desse Estado Islâmico estabeleçam ali seu quartel-general, a transformação em prisão, em caixa-forte, ou que acabem por dinamitá-lo: dinamitarão minha vergonha e sua lembrança sempre escaldante, com a memória de tantos viajantes, a poeira tornará a cair sobre Annemarie, sobre T.E. Lawrence, sobre Agatha Christie, sobre o quarto de Sarah, sobre o largo corredor (ladrilhos de motivos geométricos, paredes laqueadas de creme); os tetos tão altos desabarão sobre o patamar onde jaziam dois grandes lagares de cedro, caixões de nostalgias com suas placas funerárias, "*London – Baghdad in 8 days by Simplon Orient Express and Taurus Express*", os escombros engolirão a escadaria que subi numa decisão repentina quinze minutos depois de Sarah resolver ir dormir por volta de meia-noite: revejo-me batendo à sua porta, dois batentes de madeira com uma pintura amarelada, minhas falanges pertinho dos três algarismos de metal, com a angústia, a determinação, a esperança, a cegueira, o aperto no peito daquele que se lança, que quer encontrar numa cama o ser pressentido sob um cobertor em Palmira e prosseguir, se agarrar, se enfiar no esquecimento, na saturação dos sentidos, a fim de que a ternura expulse a melancolia, que a exploração ávida do outro abra as muralhas do eu.

Nenhuma das palavras me vem, nenhuma palavra, tudo está felizmente apagado; só me restam seu rosto um pouco grave e a escalada da dor, a sensação de se tornar repentinamente um objeto no tempo, esmagado pelo punho da vergonha e propulsionado para o desaparecimento.

2h50

Tenho raiva de mim por ser tão covarde, covarde e vergonhoso, bem, vou me levantar, estou com sede. Wagner leu *O mundo como vontade e representação*, de Schopenhauer, em setembro de 1854, no mesmo momento em que começa a imaginar *Tristão e Isolda*. Há um capítulo sobre o amor em *O mundo como vontade e representação*. Schopenhauer jamais gostou de alguém como de seu cão Atma, cão sanscrítico com nome de alma. Conta-se que Schopenhauer designou seu cão como legatário universal, pergunto-me se é verdade. Gruber talvez vá fazer o mesmo. Seria engraçado. Gruber e seu cãozinho devem estar dormindo, não se ouve nada lá em cima. Que maldição a insônia. Que horas são? Já não me lembro muito bem das teorias de Schopenhauer sobre o amor. Acho que ele separa, de um lado o amor como ilusão ligada ao desejo sexual, de outro o amor universal, a compaixão. Pergunto-me o que Wagner pensava disso. Deve haver centenas de páginas escritas sobre Schopenhauer e Wagner, e não li nenhuma. Às vezes a vida é um desespero.

Filtro de amor, Poção de morte, Morte de amor.

Vou fazer um chazinho para mim, é isso.

Adeus ao sono.

Um dia comporei uma ópera que vai se chamar *O cão de Schopenhauer*, em que se vai tratar de amor e compaixão, da Índia védica, de budismo e gastronomia vegetariana. O cão em questão será um labrador melômano que seu dono leva à ópera, um cão wagneriano. Como vai se chamar o cão? Atma? Günter. Esse é um belo nome, Günter. O cão será testemunha do fim da Europa, da ruína da cultura e do retorno à barbárie; no último ato, o fantasma de Schopenhauer surgirá das chamas para salvar o cão (só o cão) da destruição. A segunda parte terá como título "Günter, cão alemão" e contará a viagem do cão a Ibiza e sua emoção ao descobrir o Mediterrâneo. O cão falará de Chopin, George Sand e Walter Benjamin, de todos os exilados que encontraram o amor ou a paz nas Baleares; Günter acabará sua vida feliz, sob uma oliveira, em companhia de um poeta a quem inspirará belos sonetos sobre a natureza e a amizade.

Pronto, estou ficando louco. Estou ficando completamente louco. Vá fazer um chazinho, um saquinho de musselina que vai lembrá-lo das flores secas de Damasco e de Alepo, as rosas do Irã. Evidentemente, a rejeição naquela noite no Hotel Baron ainda te queima um pouco, anos depois, apesar de todas as formalidades que ela empregou, apesar de tudo o que pôde se produzir em seguida, apesar de Teerã, das viagens; é claro que você teve de enfrentar seu olhar na manhã seguinte, seu embaraço, meu embaraço, você caiu das nuvens, caiu das nuvens, ela havia pronunciado o nome de Nadim e o véu se rasgara. Egoísta, dei-lhe um gelo, meses a fio, e até mesmo nos anos seguintes – ciumento, ciumento, é triste dizer, com o orgulho ferido, que reação estúpida. Apesar de minha veneração por Nadim, apesar das noites inteiras passadas a ouvi-lo tocar, a escutá-lo improvisar e a aprender a reconhecer, a muito custo, um a um, os modos, os ritmos e as frases típicas da música tradicional, apesar de toda a amizade que parecia nascer entre nós, apesar da generosidade de Nadim, fechei-me em meu orgulho ferido, fiz-me de ostra, como Balzac. Segui meu caminho de Damasco como um solitário, e agora eis-me de pé procurando os chinelos, a gente procura chinelos assobiando *Weinen, Klagen, Sorgen, Zagen*, com os pés no tapetinho ao lado da cama, esse tapete de oração (sem bússola) do Khorasan comprado no bazar de Teerã que foi de Sarah e que ela nunca pegou de volta. A gente agarra o roupão, se atrapalha nas mangas largas demais desse mantô de emir beduíno bordado a ouro, que sempre provoca comentários sarcásticos ou desconfiados do carteiro e dos funcionários da companhia de gás, a gente encontra os chinelos debaixo da cama, pensa que é uma idiotice irritar-se por tão pouco, anda até a biblioteca, atraído pelas bordas dos livros tal como a mariposa pela vela, acaricia (na falta de corpo ou de pele para acariciar) as obras poéticas de Fernando Pessoa sobre o atril, abre-as ao acaso, pelo prazer de sentir deslizar sob os dedos o papel-bíblia, cai evidentemente (por causa da marcação) no "Opiário" de Álvaro de Campos: "É antes do ópio que a minh'alma é doente./ Sentir a vida convalesce e estiola/ E eu vou buscar ao ópio que consola/ Um Oriente ao oriente do Oriente". Uma das grandes odes de Campos, essa criatura de Pessoa – um viajante, *1914, Março. No canal de Suez, a bordo*: pensa-se que essa assinatura é antedatada, Pessoa enganou, quis criar com Álvaro de Campos um poeta "à francesa", um Apollinaire, amante do Oriente e de seus navios, um moderno. O "Opiário" é uma cópia magnífica, que se torna mais autêntica que o original: era preciso criar uma "infância" para Campos, poemas de juventude, spleen, ópio e viagens. Pensa-se em Henry Jean-Marie Levet, poeta do spleen, do ópio e dos navios, a gente busca na biblioteca (não muito longe, estante "poetas franceses esquecidos", ao lado de Louis Brauquier, poeta marítimo, empregado da Messageries, outra "estrela" de Sarah) e encontra seus *Cartões-postais*, livro minúsculo: as obras completas de Levet cabem na palma da mão, contam-se seus textos com os dedos. Morreu de tuberculose aos trinta e dois anos em 1906, esse diplomata iniciante, enviado em missão à Índia e à Indochina, que foi cônsul em Las Palmas e cujos poemas cantávamos, em Teerã; a gente se lembra de ter escrito algumas canções sobre seus versos, pavorosas melodias de jazz para divertir os colegas, a gente se lamenta que nenhum verdadeiro compositor tenha se debruçado sobre esses textos, nem mesmo Gabriel Fabre, o amigo dos poetas, músico ainda mais esquecido que o próprio Henry Levet – os dois homens foram vizinhos, na Rue Lepic em Paris, e Levet lhe dedicou seu "Cartão-postal" de Porto Said:

> *Olhamos brilhar os faróis de Porto Said,*
> *Como os judeus olhavam a Terra Prometida:*
> *Pois não podemos desembarcar; é proibido*
> *– Parece – pela convenção de Veneza*
>
> *Aos do pavilhão amarelo de quarentena.*
> *Não iremos à terra acalmar nossos sentidos inquietos*
> *Nem fazer provisão de fotos obscenas*
> *E desse excelente fumo de Latakieh...*
>
> *Poeta, gostaríamos, durante a curta escala*
> *De pisar uma ou duas horas no chão dos Faraós*
> *Em vez de escutar miss Florence Marshall*
> *Cantar "The Belle of New York", no salão.*

Gostaria de descobrir um dia, numa mala esquecida, uma partitura de Fabre baseada nos versos de Levet – pobre Gabriel Fabre, que soçobrou na loucura; passou seus dez últimos anos abandonado por todos, no hospício. Musicou Mallarmé, Maeterlinck, Laforgue e até poemas chineses, antiquíssimos poemas chineses, cuja tradução gostamos de imaginar que foi Henry Levet, seu vizinho, que lhe ofereceu. Ele os musicou sem gênio, infelizmente, pálidas melodias – eis o que devia agradar aos poetas: as *palavras* tinham mais importância que o canto. (Aliás, pode-se perfeitamente imaginar que essa generosa modéstia custou a Gabriel Fabre sua parte de fortuna póstuma, ocupado demais que estava em garantir a dos outros.)

Sarah gosta de *Cartões-postais* como de um tesouro tão precioso como as obras de Pessoa – aliás, afirma que o jovem Álvaro de Campos se inspirou em Henry Levet, que ele lera na edição de Fargue e Larbaud. A figura desse Henry dândi e viajante, morto tão cedo nos braços da mãe, a emociona – compreende-se por quê. Ela contou, em Teerã, nas poltronas fundas de couro havana do Instituto Francês de Pesquisa no Irã, que, quando adolescente, em Paris, gostava dos navios, do devaneio dos navios, da Messageries Maritimes e de todas as linhas coloniais. Faugier implicava com ela, afirmando que era uma paixão de menino, que os barcos, como os trens, tinham sempre sido brinquedos de menino, e que ele não conhecia menina *digna desse nome* que fosse apaixonada por essas coisas, os barcos a vapor, os telégrafos de cobre, as birutas, as boias, as grandes bolas douradas dos compassos, os bonés bordados e as altaneiras figuras de proa. Sarah admitia que o aspecto técnico não lhe interessava, só moderadamente (embora fosse capaz, dizia, de se lembrar das características dos navios, tal tamanho, tantas toneladas, tanto de calado, tantos nós de velocidade), ela amava mais que tudo os nomes dos navios e em especial de suas linhas: Marseille – Porto Said – Suez – Aden – Colombo – Singapura – Saigon – Hong-Kong – Xangai – Kobe – Yokohama em trinta e cinco dias, duas vezes por mês, saída aos domingos, a bordo do *Tonkin*, do *Tourane* ou do *Cao-Bang*, que pesava seis mil e setecentas toneladas no momento de seu naufrágio, com tempo de nevoeiro, defronte da ilha de Poulo-Condore, atroz prisão de onde ele levava e trazia os guardas de galés, ao largo de Saigon. Ela sonhava com aqueles lentos itinerários marítimos, a descoberta dos portos, as escalas; os refeitórios de luxo com lambris de mogno; os fumadores, as alcovas, os camarotes espaçosos, os cardápios de gala, que se tornavam cada vez mais exóticos à medida que se sucediam as escalas, e o mar, o mar, o líquido original revolvido sem escrúpulos pelos astros, assim como o barman sacode uma coqueteleira de prata.

> O Armand-Béhic (*da Messageries Maritimes*)
> *Desliza a catorze nós pelo oceando Índico...*
> *O sol se põe em uma calda de crimes,*
> *Nesse mar alisado como que pela mão.*

Pois há um Oriente para lá do Oriente, é o sonho dos viajantes de outrora, o sonho da vida colonial, o sonho cosmopolita e burguês dos *wharfs* e dos *steamers*. Gosto de imaginar Sarah mocinha, num apartamento perfeitamente em terra, no 16º Arrondissement de Paris, sonhando, deitada, com um livro na mão, olhos no teto, sonhando que embarca para Saigon – o que será que via nessas horas de estrangeiro, naquele quarto onde eu gostaria de entrar como um vampiro, para pousar, gaivota ou alcatraz, na armação da cama, murada de um navio embalado pela noite, entre Aden e Ceilão? Loti na Turquia, Rimbaud na Abissínia, Segalen na China, essas leituras de fim de infância francesa, que fabricam vocações de orientalistas ou sonhadores como o *Sidarta* de Hesse e *O quarteto de Alexandria* de Durrell – todos temos razões ruins para fazer as coisas, nossos destinos, quando somos jovens, são facilmente inflectidos como a direção da agulha de uma bússola de rolha; Sarah amava a leitura, o estudo, o sonho e as viagens: que sabemos das viagens quando temos dezessete anos, apreciamos seu som, as palavras, os mapas, e em seguida, durante toda a vida, procuramos reencontrar, no real, nossas ilusões de criança. Segalen, o bretão, Levet, de Montbrison, e Hesse, de Württemberg, sonham e por sua vez fabricam sonhos como Rimbaud antes deles, Rimbaud, esse demônio viajante que, tem-se a impressão, a vida, durante toda a sua vida, procura cercar de correntes para impedi-lo de partir, a ponto de amputar-lhe uma perna, para ter certeza de que ele não vai mais se mexer – porém, mesmo perneta, ele se oferecerá uma viagem de ida e volta infernal Marseille-Ardennes, com um cotoco horrível que o faz sofrer terrivelmente nos sacolejos daqueles caminhos da França, outras tantas divinas trilhas onde ele escondeu poemas que explodem em lembranças a cada giro da roda, a cada rangido do metal contra o metal, a cada bafio rouco do vapor. Horrível verão de dor, de que morrerá o vidente com aparência de forçado – não lhe recusarão o auxílio da morfina, nem o da religião; o primeiro poeta da França, o homem das escapadas loucas, das colinas do norte até Java, a misteriosa, se extingue no dia 10 de novembro de 1891 no Hospital de la Conception em Marseille, por volta das duas horas da tarde, com uma perna a menos e um enorme tumor na virilha. Sarah lastimava essa criança de trinta e seis anos (quatro anos a mais que Levet, centenas de versos e quilômetros a mais, dez anos passados no Oriente) que escrevia à irmã, de seu leito de hospital: "Onde estão as corridas pelos montes, as cavalgadas, os passeios, os desertos, os rios e os mares? No presente, a existência de um Perna-de-pau!".

Será preciso acrescentar mais um volume à nossa Grande Obra,

Sobre as diferentes formas de loucura no Oriente
Volume segundo
Gangrena & tuberculose

e estabelecer o catálogo dos aflitos, dos tísicos, dos sifilíticos, dos que acabaram desenvolvendo uma patologia terrível, um cancro, uma rosácea, fungos pestilentos, boubas purulentas, escarros sanguinolentos até a amputação ou a asfixia, como Rimbaud ou Levet, esses mártires do Oriente – e eu mesmo, apesar de minha negação, poderia me dedicar um capítulo, talvez dois, "Doenças misteriosas" e "Doenças imaginárias", e atribuir a mim uma menção no parágrafo "Diarreias e caganeiras", que, mais que qualquer outra afecção, são os verdadeiros companheiros do orientalismo: hoje, por indicação do dr. Kraus, estou condenado a tomar iogurte e comer folhas, um mundaréu de folhas, desde os espinafres até os *sabzi* iranianos, o que também é desagradável mas menos espetacular que um piriri: Faugier, num ônibus entre Teerã e o mar Cáspio, de noite, em plena tempestade de neve, foi obrigado a discutir duramente com o motorista, que se negava a parar no acostamento daquela estrada de montanha margeada de neve acumulada e lhe suplicava que esperasse a parada, prevista para um pouco depois; Marc, pálido como uma folha de papel, contorcendo as nádegas, agarrou o motorista pelo pescoço, ameaçou se aliviar no chão do ônibus e o convenceu a parar. Revejo claramente Faugier correndo em seguida pela neve, depois desaparecendo atrás de um barranco; segundos depois, na luz dos faróis estriada pelos flocos, tivemos a surpresa de ver elevar-se uma bela nuvem de vapor, como os sinais de fumaça nos desenhos animados, o que fez o motorista cair na gargalhada. Um minuto depois o pobre Faugier subia de novo, com dificuldade, tiritando de frio, branco, encharcado, um pálido sorriso aliviado no rosto. De fato, alguns quilômetros adiante o ônibus parou para deixar passageiros num cruzamento em plena montanha – atrás de nós, a grande elevação do maciço do Damavand e seus seis mil metros de rocha escureciam um pouco mais o inverno; na nossa frente, florestas de carvalhos e cárpeas, cerradas e abruptas, desciam até a planície do litoral. O motorista insistiu para que Faugier tomasse uma xícara de chá de sua garrafa térmica; o chá cura tudo, ele dizia; duas simpáticas viajantes ofereceram ao doente cerejas ácidas cristalizadas, que ele recusou com um santo horror; um velho fazia absoluta questão de lhe dar meia banana, supostamente (pelo menos foi assim que entendemos a expressão persa) para desacelerar o ventre – Faugier correu e foi se refugiar alguns minutos no banheiro do posto de gasolina, antes de iniciarmos a descida para Amol, descida reta como a justiça, e que ele suportou bravamente, com o suor na testa e os dentes trincados.

Mais do que com chá, frutas cristalizadas ou bananas, curou a caganeira com ópio, o que terminou com resultados espetaculares: ele se juntou a mim, semanas depois, no lado escuro da defecação, o dos constipados crônicos.

Nossos males de orientalistas não eram, claro, mais que pequenos incômodos, se comparados aos de nossos ilustres predecessores, às esquistossomoses, aos tracomas e outras oftalmias do Exército do Egito, à malária, à peste e ao cólera dos tempos antigos – o osteossarcoma de Rimbaud não tem a priori nada de exótico e poderia igualmente tê-lo afetado em Charleville, embora o poeta aventureiro o atribuísse aos cansaços do clima, às longas marchas a pé e a cavalo. A descida de Rimbaud doente para Zeila e para o golfo de Aden foi muito mais penosa do que a de Faugier para o Cáspio, "dezesseis negros carregadores" em torno de sua padiola, trezentos quilômetros de deserto dos montes de Harar à costa, em meio a horríveis sofrimentos, em doze dias, doze dias de martírio que o deixaram completamente esgotado ao chegar a Aden, a tal ponto que o médico do Hospital Europeu resolve lhe amputar imediatamente a perna, antes de voltar atrás na decisão e preferir que Arthur Rimbaud fosse ser amputado em outro lugar: Rimbald, o marinheiro, como o apelidava seu amigo Germain Nouveau, apanha um vapor com destino a Marseille, o *Amazone*, no dia 9 de maio de 1891. Do explorador de Harar e do Choa, desse "homem de solas de vento", Sarah recitava trechos inteiros –

A borrasca abençoou minhas manhãs marítimas
Como uma rolha andei das vagas nos lençóis
Que dizem transportar eternamente as vítimas,
Dez noites sem lembrar o o olho mau dos faróis!

E todos escutavam, naquelas fundas poltronas iranianas em que o próprio Henry Corbin conversara com outras sumidades sobre a luz oriental e Sohrawardi; observavam Sarah transformar-se em Barco, em pitonisa rimbaudiana –

Eis que a partir daí eu me banhei no Poema
Do Mar que, latescente e infuso de astros, traga
O verde-azul, por onde, aparição extrema
*E lívida, um cadáver pensativo vaga;**

Seus olhos brilhavam, seu sorriso ficava ainda mais deslumbrante; ela resplandecia de poesia, o que assustava um pouco os cientistas presentes. Faugier ria, dizendo que era preciso "amordaçar a musa que nela existia" e a prevenia gentilmente contra esses "arroubos de romantismo", o que a fazia, por sua vez, rir às gargalhadas. Inúmeros eram, porém, os orientalistas europeus cuja vocação devia muito aos sonhos da vida colonial: ventiladores de pás de madeira exótica, bebidas fortes, paixões autóctones e amores ancilares. Essas doces ilusões pareciam mais presentes entre os franceses e ingleses do que entre os outros povos do orientalismo: os alemães, no conjunto, tinham sonhos bíblicos e arqueológicos; os espanhóis, quimeras ibéricas, de Andaluzia muçulmana e ciganos celestes; os holandeses, visões de especiarias, pimenteiras, canforeiras e navios na tempestade ao largo do cabo da Boa Esperança. Sarah e seu mestre e diretor do instituto, Gilbert de Morgan, eram nesse sentido perfeitamente franceses: apaixonavam-se não só pelos poetas persas, como também pelos que o Oriente em geral inspirara, os Byron, Nerval, Rimbaud, e os que tinham procurado, como Pessoa por meio de Álvaro de Campos, um "Oriente ao oriente do Oriente".

Um Oriente Extremo para lá das chamas do Oriente Médio, a gente se põe a pensar que antigamente o Império Otomano era "o homem doente da Europa": hoje a Europa é seu próprio homem doente, envelhecido, um

---

* "O barco ébrio", em *Poesia completa*, trad. Ivo Barroso. Rio de Janeiro: Topbooks, 1995.

corpo abandonado, pendurado em seu cadafalso, que se observa apodrecer acreditando que "*Paris sera toujours Paris*", numas trinta línguas diferentes, inclusive em português. "A Europa jaz, posta nos cotovelos", escreve Fernando Pessoa em *Mensagem*, essas obras poéticas completas são um oráculo, um sombrio oráculo da melancolia. Nas ruas do Irã cruza-se com mendigos armados de pássaros, eles esperam o passante para lhe prever o futuro: por um trocadinho, a ave (periquito amarelo ou verde, o mais astuto dos passarinhos) aponta com seu bico um papel dobrado ou enrolado que você recebe, um verso de Hafez está escrito ali, essa prática é chamada de *fâl-e Hafez*, o oráculo de Hafez: vou tentar o oráculo de Pessoa, ver o que me reserva o português campeão do mundo do desassossego.

Algumas páginas depois de "Opiário", a gente deixa o dedo escorregar ao acaso fechando os olhos, e depois os abre: "Grandes são os desertos, e tudo é deserto", ah, essa não, de novo o deserto, ao acaso, página 428, ao acaso, sempre Álvaro de Campos, então a gente começa a sonhar por algum tempo que tudo, de fato, está ligado, que cada palavra, cada gesto é ligado a todas as palavras e todos os gestos. Todos os desertos, o deserto, "Acendo o cigarro para adiar a viagem/ Para adiar todas as viagens./ Para adiar o universo inteiro".

O universo inteiro existe numa biblioteca, nenhuma necessidade de sair dali: para que sair da Torre, dizia Hölderlin, o fim do mundo já aconteceu, não há razão nenhuma para ir fazer pessoalmente sua experiência; a gente se detém, com a unha entre duas páginas (tão suaves, tão cremes) ali onde Álvaro de Campos, o dândi engenheiro, se torna mais verdadeiro que Pessoa, seu duplo de carne. Grandes são os desertos e tudo é deserto. Há um Oriente português assim como cada língua da Europa tem um Oriente, um Oriente nelas e um Oriente fora – assim como se pula a fogueira no campo, no Irã, na última quarta-feira do ano, para atrair a sorte, a vontade é pular as chamas da Palestina, da Síria e do Iraque, as chamas do Levante, para cair de pés juntos no Golfo ou no Irã. O Oriente português começa em Socotra e em Ormuz, escalas no caminho das Índias, ilhas tomadas por Afonso de Albuquerque, o Conquistador, no início do século XVI. Continuo na frente da biblioteca, com o Pessoa na mão; estamos de pé, na proa de um navio sedento – um navio de lamentações, sedento de naufrágios, quando o cabo da Boa Esperança for ultrapassado nada mais o deterá: as naus da Europa sobem para o norte, Portugal à frente. A Arábia! O Golfo! O golfo Pérsico é o rastro de baba do sapo mesopotâmico, suor quente, liso, apenas perturbado em suas margens pelos campos de petróleo, negros e pegajosos, estercos dos navios-tanque, esses ruminantes do mar. Cambaleamos; agarramo-nos a um livro grosso, a uma haste de madeira, prendemos os pés numa corda – não, no próprio roupão, velha capa de corsário, toda enrolada no atril. Contemplamos os tesouros nas prateleiras, tesouros esquecidos, soterrados debaixo da poeira, um camelo de madeira, um talismã de prata síria gravado com símbolos antigos (pensamos lembrar que esse amuleto ilegível tinha como função acalmar, talvez até curar, antigamente, os loucos perigosos), uma miniatura em madeira, pequeno díptico de cantoneiras de cobre azinhavrado, representando uma árvore, uma corça e dois amantes, sem sabermos exatamente a que romance de amor pertence essa cena campestre comprada num antiquário da avenida Manoutchehri de Teerã. Imaginamo-nos voltando a Darakeh ou a Darband, no alto nas montanhas no norte da cidade, excursão de sexta-feira, à beira de um riacho afastado da multidão, em plena natureza, sob uma árvore, com uma jovem de lenço cinza, capote azul, cercados de papoulas, flor do martírio que ama essas pedras, essas ravinas, onde semeia a cada primavera suas sementes minúsculas – o ruído da água, o vento, os perfumes de especiarias, de carvão, um grupo de jovens ali perto mas invisíveis, mais abaixo no vale, do qual só chegam os risos e cheiros da comida; ficamos ali, à sombra espinhosa de uma romãzeira gigante, jogando pedrinhas na água, comendo cerejas e ameixas cristalizadas, esperando, esperando o quê? Um cabrito, um íbex, um lince, nenhum deles aparece; ninguém passa, a não ser um velho dervixe com um chapéu esquisito, saído diretamente do *Masnavi* de Rumi, que sobe não sabemos até que cumes, que refúgios, com a flauta de bambu a tiracolo, o cajado na mão. Nós o cumprimentamos, dizendo "*Yâ Ali!*" um pouco assustados por esse presságio, a irrupção do espiritual numa cena que gostaríamos que, ao contrário, fosse das mais temporais, amorosa. "Escute a flauta, como ela conta histórias, ela se lamenta da separação, quando foi cortada do juncal; suas lágrimas entristecem homens e mulheres." Existe uma tradução completa do *Masnavi* de Rumi em alemão? Ou em francês? Vinte e seis mil rimas, treze mil versos. Um dos monumentos da literatura universal. Uma suma de poesia e sabedoria mística, centenas de histórias, relatos, personagens. Rückert infelizmente só traduziu alguns gazéis, não atacou o *Masnavi*. Rückert, de qualquer maneira, é tão mal editado atualmente. Encontramos esquálidas antologias contemporâneas baratas, ou edições do fim do século XIX ou início do XX, sem notas, sem comentários, cheias de erros; a edição científica está sendo feita, parece, a "edição de Schweinfurt" ("Belo lugar, horrível nome", dizia o poeta), lenta, em dez ou doze volumes, impossível encontrá-la, preço absurdo – um luxo para bibliotecas universitárias. Por que não há uma Pléiade na Alemanha ou na Áustria? Está é uma invenção da França que podemos invejar, essas doces coletâneas de capa macia de couro tão cuidadosamente editadas, com introduções, apêndices, comentadas por eruditos, onde se encontra o conjunto da literatura francesa e estrangeira. Nada a ver com os luxuosos volumes da Deutscher Klassiker Verlag, muito menos populares, que não devem ser presenteados com muita frequência no Natal. Se Friedrich Rückert fosse francês, estaria na Pléiade – há três volumes de Gobineau, o orientalista racialista conhecedor do Irã. A Pléiade é bem mais que uma coleção, é um negócio de Estado. A entrada deste ou daquele sob a proteção da sobrecapa de plástico transparente e do couro colorido desata paixões. O apogeu para um escritor, claro, é entrar na Pléiade *em vida* – explorar o seu túmulo, fazer a experiência (que se supõe agradável) da glória póstuma sem ainda ter adubado a raiz dos dentes--de-leão. O pior (mas não creio que tenha havido algum caso) seria, depois de ter entrado, ser excluído ainda em vida. Um banimento *ad vitam*. Pois há quem saia dessa divina coleção, e em Teerã isso deu lugar a uma cena digna da *Epístola sobre as maravilhas dos professores*, de Jâhez: o diretor do Instituto Francês de Pesquisas no Irã, eminente orientalista, fulminava no seu escritório, a ponto de sair da sala, andar pela entrada aos gritos de "É um escândalo!", "Uma vergonha!", e provocar pânico imediato entre seus funcionários: a doce secretária (que fica tremendamente assustada com as oscilações de humor de seu chefe) se esconde atrás das pastas, o técnico de informática mergulha debaixo da mesa com uma chave de fenda na mão, e até o bondoso secretário-geral encontra uma prima ou uma velha tia a quem telefonar com urgência e se desdobra em intermináveis fórmulas de cortesia, bem alto, ao telefone.

SARAH (*na entrada de sua sala, inquieta*) Mas o que está acontecendo? Gilbert, tudo bem?

MORGAN (*com o raio na mão*) É um imenso escândalo, Sarah, você ainda não sabe? Prepare-se! Que afronta para a sociedade dos eruditos! Que derrota para as letras!

SARAH (*vacilante, amedrontada, a voz lívida*) Meu Deus, estou esperando pelo pior.

MORGAN (*feliz de poder dividir sua dor*) Você não vai acreditar: eles acabam de tirar Germain Nouveau da Pléiade.

SARAH (*pasma, incrédula*) Jura? Mas como assim? Não é possível excluir alguém da Pléiade! Germain Nouveau, não!

MORGAN (*arrasado*) Sim. É um fato. *Exit* Nouveau. Adeus. A reedição retoma apenas Lautréamont, sozinho, sem Germain Nouveau. É a derrocada.

SARAH (*puxa mecanicamente o lápis que prende seu coque; os cabelos caem nos ombros, soltos; ela parece uma carpideira antiga*) É preciso fazer alguma coisa, uma petição, mobilizar a comunidade científica...

MORGAN (*grave, resignado*) É tarde demais... O Lautréamont saiu ontem. E o editor informa que não há Germain Nouveau sozinho previsto para os próximos anos.

SARAH (*indignada*) Que horror. Pobre Nouveau! Pobre Humilis!

FRANZ (*observa a cena da porta da sala dos pesquisadores convidados*) Está acontecendo alguma coisa? Posso ajudar?

SARAH (*passando seu mau humor para o pobre estrangeiro*) Não vejo em que a Áustria ou até mesmo a Alemanha possa nos dar alguma ajuda neste exato instante, obrigada.

MORGAN (*idem, sem a menor ponta de ironia*) Você acaba de cair em pleno luto nacional, Franz.

FRANZ (*razoavelmente humilhado, fechando de novo a porta da sala*) Então, meus pêsames.

Eu ignorava por completo quem pudesse ser esse Germain Nouveau cuja destituição precipitava a ciência na dor e na aflição: soube-o pouco depois, por Sarah evidentemente, que me assestou um seminário completo sobre o tema, um seminário e recriminações, pois era óbvio que eu não tinha lido o seu artigo "Germain Nouveau no Líbano e na Argélia", publicado na *Lettres Françaises*, cujo título, para minha grande vergonha, me era, porém, vagamente familiar. Uma meia hora depois do luto nacional, ela me convidou para tomar o chá fúnebre "lá em cima", no salão dos hóspedes, para me repreender: Germain Nouveau era um companheiro de viagem de Rimbaud (que ele seguira até Londres) e de Verlaine (que ele seguira na bebedeira e no catolicismo), companheiro, decerto, sem a glória de um nem de outro, mas excelente poeta e também tendo vivido uma vida das mais singulares, nada tendo a invejar dos dois anteriores. Homem do Sul, chegara muito jovem à capital, muito jovem, mas com idade suficiente para frequentar os botequins do Quartier Latin e de Montmartre. Quis se tornar poeta.

Essa ideia é absolutamente surpreendente hoje, que se possa sair de Marseille em 1872 e ir para Paris esperando se tornar poeta, com dois ou três sonetos no bolso, alguns francos e o nome dos cafés onde se encontra a boêmia: o Tabourey, o Polidor... Imagino um rapaz de Innsbruck ou de Klagenfurt sair, hoje em dia, a caminho de Viena, tendo como único viático uma missiva de seu professor de alemão e seus poemas no iPad, ele vai custar muito para encontrar confrades – absinto tcheco e drogas de todo tipo para desarranjar seus sentidos, muito certamente, mas poesia, necas de pitibiriba. É provável (felizmente para a poesia) que eu conheça muito mal minha cidade, tendo em vista que não frequento cafés de noite e menos ainda poetas, que sempre me pareceram sedutores suspeitos, sobretudo no início do século XXI. Germain Nouveau era um verdadeiro poeta, buscou Deus na ascese e na oração e enlouqueceu, atacado por um "delírio melancólico com ideias místicas", segundo seus médicos do Bicêtre, onde foi internado pela primeira vez por seis meses. Como observava Sarah em seu artigo, a primeira crise de delírio de Nouveau corresponde exatamente à descida de Harar de Rimbaud e dura até a morte deste; Nouveau sai do hospício quando Rimbaud morre, em novembro de 1891. Claro que Germain Nouveau ignorava o destino tão triste de seu antigo companheiro de viagem, mas, depois do fracasso de sua instalação no Líbano e das longas perambulações pela França, Germain tenta de novo a aventura oriental, em Argel; aí escreve uma carta a Arthur Rimbaud, endereçada a Aden, para lhe contar seu projeto: tornar-se pintor decorador, em Alexandria ou Aden, e lhe pede, em nome da velha amizade, umas *dicas*. "Não vejo Verlompe vai fazer dois anos", escreve. Sarah achava muito emocionante essa carta a um morto; Verlompe-Verlaine poderia tê-lo informado da morte de Rimbaud, ocorrida justamente dois anos antes. Um sussurro na noite. É agradável pensar que até hoje pesquisadores tentam demonstrar, com afinco, na falta de provas, que Germain Nouveau é que é o autor das *Iluminações*, e não Rimbald, o marujo – tudo indica que jamais se saberá algo a esse respeito.

Sarah tinha retraçado pacientemente as aventuras (as desventuras, melhor dizendo) de Germain Nouveau em Beirute e Argel. Ele também sonhara com o Oriente, a ponto de tentar se estabelecer como professor num colégio grego católico de Beirute. Sarah percorrera todas as instituições gregas católicas do Líbano para tentar encontrar, nos arquivos dispersados pelo tempo e pelas guerras, as cartas dos contratos, e sobretudo a razão de sua demissão de seu posto de professor, algumas semanas depois da chegada – em vão. Só subsiste uma lenda, que reza que Germain teve uma ligação com a mãe de um de seus alunos. Mas, considerando as folhas de serviço em repartições francesas e os inúmeros relatórios terríveis de seus superiores na França ("Esse homem é tudo menos um professor", disse um diretor), Sarah prefere pensar que foi sua incompetência que valeu a Germain Nouveau a porta da rua. Ele ficou em Beirute sem dinheiro, sem emprego, até o outono, procurando alguém que pagasse seus compromissos. Conta-se que se apaixonou por uma jovem cega que ele mandava mendigar pelos dois em Bab Idriss; talvez seja essa mulher (cega ou não) que ele descreve num de seus sonetos do Líbano, que são perfeitas pinturas orientalistas:

> *Oh! Pintar os teus cabelos com o azul do nevoeiro,*
> *A tua pele dourada e de tal tom que quase se pensa ver*
> *Uma rosa incendiada! E a tua carne embalsamada,*
> *Dentro das túnicas largas de um anjo, assim como num afresco.*

Ele terminou talvez obtendo ganho de causa e alguma indenização, ou então foi repatriado pelo Consulado da França para Marseille, no navio *Tigre*, que fez escala em Jafa – o supercristão Germain Nouveau não consegue resistir à proximidade dos lugares santos e vai a pé até Jerusalém, depois a Alexandria, mendigando seu pão; torna a embarcar semanas depois no *La Seyne*, que chega a Marseille e encontra Verlaine, o absinto e os cafés parisienses no início do ano 1885.

Abro essa Pléiade que reúne Nouveau e Lautréamont, o Oriente de Germain com o Uruguai de Isidore, essa Pléiade em que hoje Ducasse de Lautréamont reina sozinho, desembaraçado de seu rival acidental – é o destino de Humilis, segundo o nome que escolheu para si mesmo; o poeta mendicante, o louco de Cristo jamais desejou reeditar sua pequena obra publicada, e hoje (é pelo menos a conclusão de Sarah) ela brilha, *Stella Maris*, como uma estrela escondida atrás das nuvens do esquecimento.

> *É louco que morrerei, de resto,*
> *Mas sim, Senhora, tenho certeza,*
> *E primeiro... por teu menor gesto,*

Louco... por tua passagem celeste
Que deixa um perfume de fruta madura,

Por teu andar alerta e franco,
Sim, louco de amor, sim, louco de amor,
Louco por teu maldito... requebrar,
Que me crava no coração o medo... branco,
Melhor que um tambor a rufar.

O coitado de fato morreu louco, louco de amor e louco por Cristo, e Sarah pensa, talvez com razão, que seus meses beirutenses e sua peregrinação a Jerusalém foram (assim como o "encontro" de são Bento Labre, padroeiro seu e de Verlaine) o início dessa perturbação melancólica que levou à crise de 1891: ele traçava sinais da cruz no chão com a língua, murmurava incessantes orações, se desfazia de suas roupas. Vítima de alucinações auditivas, já não respondia às solicitações externas. Foi internado. E fosse porque resolveu dissimular o mais possível as marcas de sua santidade, fosse porque o efeito do absinto passou, alguns meses depois o soltaram – então agarrou sua sacola e seu cajado e foi para Roma a pé, como são Bento Labre no século XVIII:

Era Deus que conduzia a Roma,
Pondo um bordão em sua mão,
Esse santo que não passou de um pobre homem,
Andorinha dos grandes caminhos,
Que deixou todo o seu pedaço de terra,
Sua cela de solitário,
E a sopa do monastério,
E seu banco que aquece ao sol,
Surdo a seu século, a seus oráculos,
Acolhido só nos tabernáculos,
Mas investido do dom dos milagres
E coberto por um nimbo escarlate.

A prática da miséria: eis como Sarah chama a regra de são Germain le Nouveau. As testemunhas contam que, em seus últimos anos em Paris, antes de partir para o Sul, ele vivia numa mansarda, onde dormia sobre um papelão; que mais de uma vez o viram, armado de um gancho, procurar comida nas latas de lixo. Ordenou aos amigos que queimassem suas obras, processou os que as publicaram contra a sua vontade; passou os dez últimos anos de vida em orações, jejuando mais que o sensato, contentando-se com o pão que lhe davam no asilo: acabou morrendo de inanição, de uma abstinência longa demais, justo antes da Páscoa, em cima de seu catre, com pulgas e aranhas como única companhia. Sarah achava extraordinário que se conhecesse de sua grande obra, *A doutrina do amor*, unicamente o que um admirador e amigo, o conde de Larmandie, aprendera de cor. Nenhum manuscrito, Larmandie dizia: como os exploradores das cidades mortas, furtei e escondi no meu coração, para restituí-las ao sol, as joias de um rei desaparecido. Essa transmissão, com todas as sombras de incerteza que projetava sobre a obra (pois Nouveau não escreveu a Larmandie, quando descobriu "sua" coletânea assim pirateada: "O senhor me faz dizer qualquer coisa!"), aproximava Nouveau dos grandes textos antigos, dos místicos dos primeiros tempos e dos poetas orientais, cujos versos eram decorados oralmente antes de serem escritos, muitas vezes anos mais tarde. Sarah me explicava, naquelas famosas poltronas, em frente a um chá, *o amor* que sentia por Nouveau, talvez porque tivesse o pressentimento de que ela mesma, um pouco mais tarde, ia por sua vez escolher a ascese e a contemplação, mesmo que a tragédia que seria responsável por essa opção ainda não tivesse acontecido. Ela já se interessava pelo budismo, seguia os ensinamentos, praticava a meditação – o que eu tinha dificuldade de levar a sério. Será que tenho em algum lugar o "Germain Nouveau no Líbano e na Argélia", de Sarah, ontem peguei a maioria das separatas de seus artigos – centro da biblioteca, estante de Sarah. Repousar o Pessoa no atril, guardar Nouveau ao lado de Levet, os textos de Sarah são colocados no meio da crítica musical, por quê, não lembro mais. Talvez para que as obras dela fiquem atrás da bússola de Bonn, não, é uma idiotice, para que Sarah fique no centro da biblioteca como está no centro da minha vida, é igualmente idiotice, por causa do formato e das lindas cores das lombadas de seus livros, é bem mais provável. Olho, de passagem, o Oriente português, a foto emoldurada da ilha de Ormuz, Franz Ritter bem mais moço sentado na base do velho canhão cheio de areia, perto do forte; a bússola dentro da caixa, bem em frente a *Orientes femininos*, primeiro livro de Sarah, *Desorientes*, a versão abreviada de sua tese, e *Devorações*, sua obra sobre o coração comido, o coração revelador e todas as espécies de santos horrores do canibalismo simbólico. Um livro quase vienense, que mereceria ser traduzido em alemão. É verdade que em francês fala-se de uma paixão *devoradora*, o que é justamente o assunto do livro – entre paixão e ingestão voraz. Aliás, o misterioso artigo do Sarawak é apenas a prolongação desse livro, indo um pouco mais além no atroz. O vinho dos mortos. O suco de cadáver.

Essa foto da ilha de Ormuz é realmente bela. Sarah tem o dom da fotografia. Nos dias de hoje é uma arte degradada, todo mundo fotografa todo mundo, com telefones, computadores, tablets – isso gera milhões de imagens aflitivas, flashs ingratos que esmagam os rostos que supostamente deveriam ser valorizados, imagens tremidas pouco artísticas, contraluzes lamentáveis. Na época dos rolos de filme tinha-se mais cuidado, me parece. Mas talvez eu ainda esteja chorando sobre ruínas. Que nostálgico incurável eu sou. Convém dizer que me acho bem sedutor nessa foto. A tal ponto que Mamãe mandou ampliar e emoldurar. A camisa azul xadrez, o cabelo curto, os óculos escuros, o queixo bem apoiado sobre o punho direito, um ar de pensador diante do azul-claro do golfo Pérsico e do ciano do céu. Bem ao fundo, avista-se a costa, e talvez Bandar Abbas; à minha direita, o vermelho e ocre dos muros derrubados da fortaleza portuguesa. E o canhão. Na minha lembrança havia um segundo canhão que não aparece na foto. Era inverno, e estávamos contentes de termos saído de Teerã – tinha nevado abundantemente por alguns dias, e em seguida uma onda de frio deixara a cidade congelada. Os *djoub*, esses canais à beira das calçadas, estavam invisíveis, cobertos de neve, e viravam excelentes armadilhas para pedestres, e até para carros: víamos aqui e ali uns Paykan capotados, ou com as duas rodas enfiadas nesses riachinhos na curva de uma esquina. Ao norte de Vanak, os imensos plátanos da avenida Valiasr descarregavam sobre os pedestres frutos dolorosos de neve congelada, ao sabor do vento. Em Shemiran reinava um silêncio calmo, entre os perfumes de lenha e carvão. Na praça Tajrish, todos se refugiavam no pequeno bazar para escapar da corrente de ar gélida que parecia correr das montanhas pelo vale de Darband. Até Faugier desistira de frequentar os parques; toda a metade norte de Teerã, desde a avenida Enqelâb, estava endurecida pela neve e pelo gelo. A agência de viagens ficava nessa avenida, aliás, perto da praça Ferdowsi; Sarah pegara as passagens, avião direto para Bandar Abbas por uma nova companhia com o nome cantante de Aria Air, num magnífico Ilyushin de trinta anos de idade, reformado pela Aeroflot, em que tudo ainda estava escrito em russo – fiquei zangado com ela, que ideia, fazer essas economias de palito, ganhar umas centenas de rials na diferença de preço mas arriscar a pele, eu me revejo dando bronca nela no avião, economia de palito, essa sua, você vai escrever, escrever cem vezes: "Nunca mais viajarei em companhias esquisitas que usam tecnologia soviética", ela ria, meu suor frio a fazia rir, senti um medo dos diabos na decolagem, o motor vibrava quanto podia, como se fosse se desconjuntar ali mesmo. Mas não. Durante as duas horas de voo fiquei muito atento aos barulhos do ambiente. Tive outra suadeira quando aquele ferro de engomar finalmente pousou, tão leve como um peru sobre a palha. O comissário de bordo anunciou vinte e seis graus Celsius na chegada. O sol castigava, e Sarah logo começou a praguejar por causa do seu capote islâmico e do lenço preto – o golfo Pérsico era uma massa de bruma esbranquiçada ligeiramente azulada na base; Bandar Abbas, uma cidade plana que se jogava sobre uma praia extensíssima, onde um largo quebra-mar de cimento, muito alto, se enfiava longe no mar. Passamos no hotel para deixar as malas, era um prédio que parecia bem recente (elevador novo em folha, pinturas brilhantes) mas cujos quartos estavam totalmente em ruína: velhos armários quebrados, tapetes surrados, queimaduras de ponta de cigarro nas colchas, mesas de cabeceira capengas e abajures amassados. Um pouco mais tarde soubemos o segredo da história: o hotel, sem dúvida, era um edifício novo, mas seu conteúdo (a obra deve ter consumido todo o dinheiro do dono) fora simplesmente transferido tal qual do estabelecimento anterior e, contou o recepcionista, a mobília tinha, além disso, sofrido um pouco com a mudança. Sarah viu aí, imediatamente, uma magnífica metáfora do Irã contemporâneo: novas construções, mesmas velharias. Eu preferiria um pouco mais de conforto, e mesmo de beleza, pois essa qualidade me parecia totalmente ausente do centro da cidade de Bandar Abbas: só mesmo com muita imaginação (muita) para encontrar beleza no porto antigo, onde passou Alexandre, o Grande, a caminho do país dos ictiófagos, o antigo Porto Comorão dos portugueses, o desembarcadouro das mercadorias das Índias, a cidade portuária retomada com a ajuda dos ingleses, chamada Porto Abbas em homenagem a Shah Abbas, o soberano que reconquistou para a Pérsia essa porta para o estreito de Ormuz ao mesmo tempo que a ilha homônima, pondo então fim na presença lusófona no golfo Pérsico. Os portugueses tinham chamado Bandar Abbas de "o porto do camarão", e, uma vez nossas malas nos quartos horrorosos, saímos à procura de um restaurante onde degustar esses imensos camarões-brancos do oceano Índico que tínhamos visto chegarem, muito brilhantes no gelo, a uma peixaria do bazar de Tajrish em Teerã. O *tchelow meygou*, ensopado desses decápodes nadadores, era de fato uma delícia – nesse meio-tempo, Sarah tinha vestido uma capa islâmica mais leve, de algodão creme, e escondido os cabelos sob um lenço florido. O passeio à beira d'água nos confirmou que não havia nada a ver em Bandar Abbas a não ser uma enfiada de prédios mais ou menos modernos; na praia, avistávamos aqui e ali mulheres em traje tradicional, com a máscara de couro decorada que lhes dava um ar um tanto inquietante, monstruosos personagens de um baile de máscaras mórbido ou de um romance de Alexandre Dumas. O bazar desabava sob as tâmaras de todo tipo, de Bam ou de Kerman, montanhas de tâmaras, secas ou frescas, pretas ou claras, que alternavam com as pirâmides vermelhas, amarelas e marrons de pimenta, cúrcuma e cominho. No meio do quebra-mar ficava o porto de passageiros, um pontão que avançava água adentro por uns cem metros – o fundo era arenoso e em leve declive; as embarcações mais volumosas não podiam se aproximar da beira. O mais curioso era que embarcações volumosas não havia, só pequenas lanchas, iates bem estreitos, equipados de enormes motores fora de borda, o mesmo gênero de esquifes que os Guardiães da Revolução, me parece, usavam durante a guerra para atacar petroleiros e cargueiros. Portanto, para embarcar era preciso descer uma escada de metal desde o pontão até o bote lá embaixo: na verdade, o cais só servia para reunir os passageiros potenciais. Pelo menos para os que desejavam (e não eram muitos) ir à ilha de Ormuz: os viajantes para Kish ou Qeshm, as duas grandes ilhas vizinhas, se instalavam em balsas confortáveis, o que me fez covardemente insinuar a Sarah: "taí, por que não vamos para Qeshm?", e ela nem sequer se deu ao trabalho de responder e se lançou, ajudada por um marinheiro, na descida da escada para a barcaça que balançava sobre as ondas três metros abaixo. Para me dar coragem, pensei no Lloyd Austríaco, cujos navios altivos saíam de Trieste para sulcar os mares do globo, e também nos veleiros que eu tinha dirigido uma ou duas vezes no lago de Trauen. A única vantagem da velocidade vertiginosa de nossa barcaça, cujo eixo do motor e hélice apenas tocavam na água, com a proa apontando inutilmente para o céu, foi diminuir o tempo da travessia, que eu fiz agarrado no alcatrate, tentando não cair ridiculamente para trás, e depois para a frente, toda vez que uma onda minúscula ameaçava nos transformar numa forma insólita de hidroavião. Com toda certeza o comandante e único membro da tripulação tinha outrora pilotado um engenho suicida e que o fracasso de sua missão (o suicídio) ainda o obcecava vinte anos depois do conflito. Não tenho a menor lembrança de nossa aterrissagem em Ormuz, prova de minha emoção; revejo o forte português, objeto das cobiças de Sarah – uma torre larga quase quadrada, com o topo desabado, pedras vermelhas e pretas, duas muretas bem baixas, abóbadas de arcos abatidos e velhos canhões enferrujados, de frente para o estreito. A ilha era um grande rochedo seco, uma pedra que parecia desértica – no entanto, havia uma aldeiazinha, algumas cabras e Guardiães da Revolução: ao contrário do que temíamos, esses Pasdaran com roupa bege não iam nos acusar de espionagem, estavam ao contrário encantados em poder trocar umas palavras conosco e nos indicar o caminho que permitia contornar o forte. Imagine, dizia Sarah, os marinheiros portugueses do século XVI que se encontravam aqui, sobre esta pedra, tomando conta do estreito. Ou em frente, em Porto Comorão, de onde vinham todos os víveres necessários aos soldados e aos artesãos, inclusive a água. Foi sem dúvida aqui que se usou a palavra *saudade* pela primeira vez. Semanas de mar para ir parar nesta ilhota, na canícula úmida do golfo. Que solidão...

Ela imaginava – bem melhor que eu, devo admitir... – os tormentos desses aventureiros portugueses que tinham desafiado o cabo das Tormentas e o gigante Adamastor, "rei das ondas profundas" na ópera de Meyerbeer, para colonizar aquele rochedo bem redondo, as pérolas do golfo, as especiarias e as sedas da Índia. Afonso de Albuquerque era, Sarah me explicou, o artesão da política do rei de Portugal d. Manuel, política bem mais ambiciosa do que se pressentia pela modéstia de suas ruínas: ao se estabelecer no golfo, atacando pela retaguarda os mamelucos do Egito cuja frota eles já tinham desbaratado no mar Vermelho, os portugueses desejavam não só estabelecer um conjunto de portos de comércio de Malaca ao Egito como também, numa última cruzada, libertar Jerusalém dos infiéis. Esse sonho português ainda era meio mediterrânico; correspondia a esse movimento de oscilação em que o Mediterrâneo aos poucos deixa de ser a única implicação política e econômica das potências marítimas. Os portugueses do fim do século XV sonhavam *ao mesmo tempo* com as Índias e com o Levante, estavam (pelo menos d. Manuel e seu aventureiro Albuquerque) entre duas águas, entre dois sonhos e duas épocas. No início do século XVI, era impossível conservar Ormuz sem um apoio no continente, fosse do lado persa como hoje, fosse do lado omani, como na época desse sultanato de Ormuz ao qual Afonso de Albuquerque, governador das Índias, pôs fim com seus canhões e seus vinte e cinco navios.

Quanto a mim, eu pensava que a *saudade* é, como o nome indica, um sentimento também muito árabe e muito iraniano, e que aqueles jovens

Pasdars em sua ilha, por pouco que fossem originários de Shiraz ou de Teerã e não voltassem para casa toda noite, deviam recitar poemas ao redor de uma fogueira para enganar a tristeza – não os versos de Camões, é claro, como Sarah recitava, aboletada sobre o canhão enferrujado. Nós nos sentamos na areia à sombra de uma velha mureta, de frente para o mar, cada um com a sua *saudade*: eu, com *saudade* de Sarah, próxima demais para que eu não tivesse o desejo de me refugiar em seus braços, e ela, com *saudade* da sombra triste de Badr Shakir al-Sayyab que se refletia no golfo, longe ao norte, entre o Kuwait e Bassora. O poeta de rosto comprido passara para o Irã em 1952, provavelmente para Abadan ou Ahvaz, a fim de fugir da repressão no Iraque, sem que se saiba rigorosamente nada de seu percurso iraniano. "Grito para o golfo/ Ó golfo, ofereces a pérola, a concha e a morte/ e o eco retorna, como um soluço/ Ofereces a pérola, a concha e a morte", esses versos que eu repiso também me voltam como um eco, o "Canto da chuva" do iraquiano expulso da infância e da aldeia de Jaykur pela morte da mãe, lançado no mundo e na dor, num exílio infinito. Como essa ilha do golfo Pérsico coberta de conchas mortas. Havia em sua obra ecos de T.S. Eliot, que ele traduzira para o árabe; ele fora à Inglaterra, onde sofreu terrivelmente de solidão, de acordo com suas cartas e textos – fizera a experiência da "*Unreal City*", tornara-se uma sombra entre as sombras da London Bridge. "*Here, said she, is your card, the drowned Phoenician Sailor. (Those are pearls that were his eyes, look!)*" O nascimento, a morte, a ressurreição, a terra em repouso, tão estéril como a planície de óleo do golfo. Sarah cantarolava meu Lied feito a partir dos versos do "Canto da chuva", lento e grave, tão fúnebre quanto pretensioso, ali onde al-Sayyab tinha sido modesto até o fim. Ainda bem que parei de compor melodias, faltavam-me a humildade de Gabriel Fabre, sua compaixão. Sua paixão, provavelmente também.

Recitamos versos de al-Sayyab e de Eliot na frente do velho forte português, até que duas cabras vieram nos tirar de nossa contemplação, cabras de pelo marrom-avermelhado, acompanhadas de uma menina de olhar brilhando de curiosidade; as cabras eram meigas, tinham um cheiro muito forte, começaram a nos empurrar com o focinho, suave mas firmemente: esse ataque homérico acabou com a nossa intimidade, pois a criança e seus animais tinham visivelmente resolvido passar a tarde conosco. Levaram a obsequiosidade a ponto de nos acompanharem (sem dizer nada, sem responder a nenhuma de nossas perguntas) ao embarcadouro de onde partiam as lanchas para Bandar Abbas: Sarah achava cômico aquela menininha que não se deixava aproximar e, ao contrário dos caprinos, fugia assim que estendíamos a mão para ela, mas voltava para um ou dois metros de nós segundos depois, e eu a achava assustada, sobretudo por seu mutismo incompreensível.

Os Pasdars do embarcadouro não pareciam estranhar aquela garota que grudara no nosso pé com suas cabrinhas. Sarah se virou para cumprimentar com a mão a criança, sem provocar nenhuma reação de sua parte, nem sequer um gesto. Conversamos muito para entender a razão de um comportamento tão selvagem; eu afirmava que a menina (dez ou doze anos no máximo) devia ser perturbada, ou surda, talvez; Sarah achava que era pura timidez: talvez fosse a primeira vez que ela ouvisse uma língua estrangeira, dizia Sarah, o que me parecia improvável. Seja como for, essa estranha aparição foi, junto com os militares, os únicos habitantes que vimos na ilha de Ormuz. O piloto da volta não era o da ida, mas sua embarcação e sua técnica náutica eram exatamente as mesmas – com a diferença de que nos desembarcou na praia, empinando o motor e encalhando o barco no fundo arenoso, a poucos metros da beira. Portanto, tivemos a chance de poder molhar os pés na água do golfo Pérsico e verificar duas coisas: uma, que os iranianos são menos rígidos do que se poderia pensar, e nenhum policial escondido atrás de uma pedra saiu correndo até Sarah para lhe mandar esconder os tornozelos (parte, porém, perfeitamente erótica do corpo feminino, segundo os censores) e baixar a barra da calça; outra, mais triste, é que se eu tivesse duvidado um só instante da presença de hidrocarburetos na região, podia sossegar: fiquei com a planta de um pé maculado por manchas grossas e pegajosas que, apesar dos incríveis esforços que fiz no chuveiro do hotel, me deixaram por muito tempo uma auréola encardida na pele e nos dedos: senti imensa falta dos detergentes especializados de Mamãe, os vidrinhos do Doktor sei lá o quê, cuja eficácia, imagino, provavelmente me enganando, deve-se a anos de experiências inconfessáveis para tirar as manchas das fardas nazistas, difíceis de remover, como diz Mamãe a respeito das toalhas brancas.

A propósito de cabras e panos, preciso de qualquer maneira mandar encurtar a barra desse roupão, vou acabar caindo, quebrando a cara contra um canto de móvel e morrendo, adeus, Franz, adeus, finalmente o Oriente Médio terá derrotado você, mas não foi de jeito nenhum por causa de um parasita horroroso, nem vermes que devoram os olhos de dentro para fora, nem um envenenamento na pele dos pés, foi só um manto beduíno comprido demais, a desforra do deserto – imagina-se a noticiazinha no jornal: "Morto por seu horrível gosto indumentário: o universitário louco se fantasiava de Omar Sharif em *Lawrence da Arábia*". De Omar Sharif, ou melhor, de Anthony Quinn, o Auda Abu Tayi do filme – Auda, o orgulhoso beduíno dos howeitat, tribo de guerreiros corajosos que tomaram Aqaba dos otomanos, com Lawrence, em 1917, Auda, o homem feroz dos prazeres da guerra, o guia obrigatório de todos os orientalistas no deserto: acompanhou tanto Alois Musil, o morávio, como Lawrence, o inglês, ou o padre Antonin Jaussen, de Ardèche. Esse padre dominicano formado em Jerusalém também encontrou os dois precedentes, que assim se tornaram os três mosqueteiros do orientalismo, com Auda Abu Tayi como D'Artagnan. Dois padres, um aventureiro e um combatente beduíno grande manejador de sabre contra os turcos – infelizmente os acasos da política internacional quiseram que Musil combatesse no campo oposto ao de Jaussen e Lawrence; Auda, quanto a ele, começou a Grande Guerra com um e a terminou aliado aos dois outros, quando Faysal, filho do xerife Hussein de Meca, conseguiu convencê-lo a pôr seus valorosos cavaleiros a serviço da Revolta Árabe.

Aliás, não há dúvida de que, se seu país tivesse pedido sua opinião, Jaussen teria preferido se aliar ao padre explorador austríaco – com quem teria tido prazer em conversar, durante as longas expedições a camelo pelas pedras do Châm, sobre teologia e antiguidades árabes – a se aliar com o lado do britânico esquelético, cuja estranha mística exalava pavorosos bafios de paganismo, e o governo, bafos de surda traição. Antonin Jaussen e Alois Musil foram, assim, obrigados pelos acontecimentos (obrigados relativamente: os dois, embora protegidos pelos militares graças à sua situação, apresentaram-se como voluntários) a se enfrentar pela dominação do Oriente árabe, e mais exatamente das tribos guerreiras entre a *badiyé* síria e Hejaz, familiarizadas com as razias e as guerras de clãs. Auda, *vulgo* Anthony Quinn, não queria mal a um nem a outro; era um homem pragmático que apreciava sobretudo as batalhas, as armas e a poesia beligerante dos tempos antigos. Conta-se que seu corpo era coberto de cicatrizes dos ferimentos, o que excitava a curiosidade das mulheres; reza a lenda que se casou umas boas vinte vezes e teve muitíssimos filhos.

Xi, esqueci de desligar o aparelho de som. Até hoje não comprei esses fones infravermelhos que permitem ouvir música sem depender de fios. Eu poderia caminhar até a cozinha com Reza Shajarian ou Franz Schubert nos ouvidos. Quando ligo a chaleira, a lâmpada do plafon sempre pisca um pouco. As coisas estão ligadas. A chaleira se comunica com o plafon, embora, em teoria, os dois objetos não tenham nada a ver. O laptop boceja em cima da mesa, semiaberto, como um sapo de prata. Mas onde afinal guardei aqueles saquinhos de chá? Eu bem que escutaria um pouco de música iraniana, o tar, o tar e o zarb. O rádio, amigo dos insones. Só os insones ouvem *Die Öı Klassiknacht* na cozinha. Schumann. Eu apostaria minha cabeça que é Schumann, trio de cordas. Impossível se enganar.

Ah, pronto. Samsara Chai ou Red Love – decididamente, a gente não sai disso. O que foi que me deu para eu comprar esses troços? Samsara Chai deve ser um chá. Bem bem bem, um pouquinho de Red Love. Pétalas de rosas, framboesas secas, flores de hibisco, segundo a embalagem. Por que não tenho camomila nas gavetas? Ou verbena, ou erva-cidreira? O A herborista da esquina da rua fechou há cinco ou seis anos, uma senhora muito simpática, gostava muito de mim, eu era seu único cliente, parece; é preciso dizer que a idade de sua loja não era venerável o suficiente para inspirar confiança, era apenas uma loja horrorosa dos anos 1970, sem nenhum charme na decadência nem nada de especial nas prateleiras de fórmica. Desde então tenho de comprar no supermercado Samsara Love ou Deus sabe o quê..

Pois é, Schumann, eu sabia. Meu Deus, são três horas da manhã. O noticiário é sempre deprimente, apesar da voz algo tranquilizadora (graças à sua moleza) do locutor. Um refém decapitado na Síria, no deserto, por um carrasco com sotaque londrino. Imagina-se toda a encenação para assustar o espectador ocidental, o sacrificador com máscara preta, o refém ajoelhado, cabeça inclinada – esses vídeos atrozes de degolações estão na moda há uns dez anos, desde a morte de Daniel Pearl em Karachi, em 2002, e até mesmo antes talvez, na Bósnia ou na Tchetchênia, quantos foram executados da mesma maneira, dezenas, centenas de pessoas, no Iraque e em outros lugares: a gente fica matutando por que esse modo de execução, o degolamento até cortar totalmente a cabeça com faca de cozinha, talvez desconheçam a força do sabre ou do machado. Pelo menos os sauditas, que decapitam miríades de pobres-diabos todo ano, o fazem com todo o peso da tradição, por assim dizer – com o sabre, que a gente imagina ser manejado por um gigante: o executor desce de uma vez a arma na nuca do condenado, quebrando imediatamente suas cervicais e (mas, afinal, isso é acessório) separando a cabeça do ombro, como no tempo dos sultões. As *Mil e uma noites* estão repletas de decapitações, segundo o mesmo modus operandi, o sabre na nuca; nos romances de cavalaria também, decapita-se "baixando o cacete", como se diz, com a espada ou o machado, a cabeça sobre um cepo, como Milady, mulher de Athos em *Os três mosqueteiros*, era, se bem me lembro, um privilégio da nobreza, ser decapitado em vez de ser esquartejado, queimado ou estrangulado – a Revolução Francesa porá ordem em tudo isso, inventando a guilhotina; na Áustria tivemos nossa forca, próxima do garrote espanhol, estrangulamento totalmente manual. Claro que havia um exemplar dessa forca no Museu do Crime, Sarah pôde descobrir seu funcionamento e a personalidade do carrasco mais célebre da história da Áustria, Josef Lang, graças à extraordinária fotografia dos anos 1910 na qual o vemos, chapéu-coco na cabeça, bigode, gravata-borboleta, um grande sorriso nos lábios, empoleirado na sua escadinha atrás do cadáver de um homem limpamente executado, pendurado, morto, bem estrangulado, e em volta os assistentes, igualmente sorridentes. Sarah observou essa foto e suspirou: "O sorriso do trabalhador diante do trabalho bem-feito", mostrando que compreendera à perfeição a psicologia de Josef Lang, pobre coitado atrozmente normal, bom pai de família que se gabava de matar como um especialista, "em meio a sensações agradáveis". "Que paixão pela morte, essa dos seus compatriotas", disse Sarah. Pelas lembranças macabras. E até pelas caveiras – anos atrás todos os jornais de Viena falaram do enterro de um crânio, o crânio de Kara Mustafá, nada menos. O grão-vizir que dirigira o segundo cerco de Viena em 1683 e perdera a batalha fora estrangulado, por ordem do sultão, em Belgrado, onde se refugiara – revejo-me contando a Sarah, incrédula, que, depois do cordão de seda, Kara Mustafá foi decapitado post mortem, a pele de seu rosto foi em seguida retirada para ser enviada a Istambul como prova da morte, e seu crânio foi enterrado (com o resto dos ossos, imagina-se) em Belgrado. Onde os Habsburgo o descobriram, no túmulo correspondente, cinco anos depois, ao ocuparem a cidade. O crânio de Kara Mustafá, Mustafá, o Negro, foi oferecido a sei lá qual prelado vienense, que por sua vez o ofereceu ao Arsenal, depois ao Museu da Cidade, onde foi exposto anos a fio, até que um conservador escrupuloso pensasse que aquela velharia mórbida já não cabia entre as ilustres coleções de história de Viena e resolveu se desfazer dele. Como o crânio de Kara Mustafá, cuja tenda estava instalada a dois passos daqui, a algumas centenas de metros do talude, na direção do Danúbio, não podia ser jogado no lixo, encontraram-lhe uma sepultura num nicho anônimo. Será que essa relíquia turca tinha algo a ver com a moda das cabeças de turcos bigodudos que decoram os frontões de nossa bela cidade? Essa é uma pergunta para Sarah, tenho certeza de que ela é imbatível na decapitação, nos turcos, nas suas cabeças, nos reféns e até no punhal do carrasco – lá no Sarawak deve ouvir as mesmas notícias que nós, o mesmo noticiário, ou talvez não, quem sabe. No Sarawak talvez se trate das últimas decisões do sultão do Brunei e de jeito nenhum dos assassinos mascarados do Islã, farsa macabra e bandeira preta. Pensando bem, é uma história tão europeia. Vítimas europeias, carrascos com sotaque londrino. Um Islã radical novo e violento, nascido na Europa e nos Estados Unidos, bombas ocidentais, e as únicas vítimas que contam são, no final das contas, os europeus. Pobres sírios. A bem da verdade, seu destino interessa bem pouco a nossos meios de comunicação. O terrível nacionalismo dos cadáveres. Auda Abu Tayi, o altivo guerreiro de Lawrence e Musil, sem dúvida combateria hoje com o Estado Islâmico, novo jihad mundial depois de vários outros – quem foi o primeiro que teve essa ideia, Napoleão no Egito ou Max von Oppenheim em 1914? Max von Oppenheim, o arqueólogo de Colônia, já tem muita idade quando irrompem as hostilidades, ele já descobriu Tell Halaf; como muitos orientalistas e arabizantes da época, junta-se à Nachrichtenstelle für den Orient, escritório berlinense que supostamente deve reunir as informações de interesse militar provenientes do Leste. Oppenheim é um frequentador dos círculos do poder; foi ele que convenceu Guilherme II a fazer a viagem oficial ao Oriente e a peregrinação a Jerusalém; acreditara no poder do pan-islamismo, sobre o qual conversou com o próprio Abdulhamid, o Sultão Vermelho. Cem anos depois, os orientalistas alemães estavam mais informados sobre as realidades orientais que os arabizantes de Bonaparte, que foram os primeiros a tentar, sem grande êxito, fazer com que o pequeno corso passasse como libertador dos árabes do jugo turco. A primeira expedição colonial europeia ao Oriente Médio foi um belo fiasco militar. Napoleão Bonaparte não conheceu o êxito esperado como salvador do Islã e concedeu uma derrota muito dolorosa aos pérfidos britânicos – dizimados pela peste, pelos vermes e pelas balas de canhão inglesas, os últimos molambos do glorioso Exército de Valmy tiveram de ser abandonados ali mesmo, pois as únicas disciplinas que se beneficiavam, por pouco que fosse, da aventura eram, por ordem de importância, a medicina militar, a egiptologia e a linguística semítica. Será que os alemães e os austríacos pensaram em Napoleão ao lançarem seu apelo ao jihad global em 1914? A ideia (apresentada por Oppenheim, o arqueólogo) era apelar à desobediência dos muçulmanos do mundo, os tabors marroquinos, os atiradores argelinos e senegaleses, os muçulmanos indianos, os caucasianos e turcomenos que a Tríplice Entente mandava combaterem no Front Europeu e desorganizar com motins ou ações de guerrilha as colônias muçulmanas inglesas, francesas e russas. A ideia agradou aos austríacos e aos otomanos, e o jihad foi proclamado em árabe em nome do sultão-califa em Istambul no dia 14 de novembro de 1914, na mesquita de Mehmed, o Conquistador, sem dúvida para dar todo o peso simbólico possível a essa *fatwa* aliás bastante complexa, já que não apelava à guerra santa contra todos os infiéis e excluía dos ímpios os alemães, os austríacos e os representantes dos países neutros. Vejo desenhar-se um terceiro tomo na obra que me valerá a glória:

Sobre as biferentes formas be loucura no Oriente
Volume terceiro
Retratos be orientalistas como comanbantes bos crentes

A esse apelo se seguiu imediatamente um desfile solene até as embaixadas da Alemanha e da Áustria, e então uma primeira ação guerreira: depois dos discursos, um policial turco esvaziou sua arma à queima-roupa contra um nobre relógio inglês no saguão do Grand Hôtel Tokatliyan, tiro de pistola que deu início ao jihad, a se crer nas lembranças do intérprete alemão Schabinger, um dos artesãos dessa proclamação solene que precipitou na batalha todas as forças orientalistas. Alois Musil foi mandado para junto de suas queridas tribos beduínas e de Auda Abu Tayi, o belicoso, para conseguir o apoio deles. Os britânicos e franceses não ficaram atrás; mobilizaram seus cientistas para lançar um contra-jihad, os Lawrence, Jaussen, Massignon e companhia, com o sucesso que se sabe: a grande cavalgada de Faysal e de Auda Abu Tayi no deserto. O início da lenda de Lawrence da Arábia que, infelizmente para os árabes, se concluirá com os mandatos franceses e ingleses sobre o Oriente Médio. Tenho no meu computador o artigo de Sarah sobre os soldados coloniais franceses e o jihad alemão, com as imagens daquele campo-modelo para prisioneiros de guerra muçulmanos, perto de Berlim, por onde desfilam todos os etnólogos e orientalistas da época: um artigo "de divulgação" para uma revista ilustrada, *L'Histoire* ou Deus sabe que publicação do mesmo gênero, eis algo que acompanhará às mil maravilhas o chá e o noticiário no rádio,

Esses dois homens só são conhecidos pelos arquivos conservados nas coleções do Ministério da Defesa, que pacientemente digitalizou cerca de um milhão trezentas e trinta mil fichas do milhão trezentos e alguns milhares de mortos pela França entre 1914 e 1918. Essas fichas manuscritas, preenchidas com uma bela caligrafia em tinta preta, são sucintas; aí estão inscritos nome, sobrenome, data e local de nascimento do soldado morto, patente, corpo do Exército a que pertence, matrícula e essa linha aterradora, que não conhece os eufemismos dos civis: "Tipo de morte". O *tipo de morte* não se preocupa com a poesia; o *tipo de morte* é, porém, uma poesia surda, brutal, em que as palavras se desdobram em imagens assustadoras de "morto pelo inimigo", "ferimentos", "doença", "torpedeado e afundado", numa infinidade de variantes e repetições – de rabiscos também; a menção "ferimento" pode ser riscada, acrescida de "doença"; "desaparecido" pode ser riscado depois, substituído por "morto pelo inimigo", o que significa que foi encontrado, mais tarde, o corpo desse desaparecido que portanto não retornará; esse não reaparecimento vivo lhe vale a menção "morto pela França" e as honras que daí decorrem. Em seguida, sempre na ficha, está escrito o lugar onde o *tipo de morte* em questão fez seu trabalho, isto é, pôs um termo definitivo no percurso do soldado nesta terra. Portanto, sabe-se muito pouca coisa dos dois combatentes que aqui nos interessam. Até o registro civil deles é parcial, como costuma acontecer com os soldados coloniais. Só o ano de nascimento. Nomes e um mesmo sobrenome, invertidos. Imagino que sejam irmãos. Irmãos de armas, pelo menos. São originários da mesma cidade de Niafunké, na margem do rio Níger, no sul de Tombuctu, nesse Sudão francês da época, e que hoje se chama Mali. Nasceram com dois anos de intervalo, em 1890 e 1892. São bambaras, do clã dos tambura. Chamam-se Baba e Moussa. Estão integrados em dois regimentos diferentes. São voluntários, pelo menos é assim que se chamam os coloniais arrebanhados: os governadores de cada região devem fornecer sua cota de soldados; em Bamako ou em Dakar, fecha-se um pouco os olhos para como os governadores os obtêm. Também se ignora o que Baba e Moussa deixam para trás ao sair do Mali, uma profissão, a mãe, a mulher, filhos. Em compensação, é possível adivinhar seus sentimentos, na hora da partida, o orgulho da farda, um pouco; o medo do desconhecido, sem dúvida, e sobretudo esse grande dilaceramento profundo que assinala a partida da terra natal. Baba, primeiro, é integrado num batalhão de engenharia, escapa por um triz de partir para a matança de Dardanelos, e ficará longos meses acantonado na África, nas Somálias.

Chegando à França, em Marseille, no início de 1916, Moussa será formado no ofício das armas no campo de Fréjus, antes de ser convocado para Verdun, na primavera de 1916. Imagina-se a força da descoberta da Europa para esses soldados senegaleses. As florestas de árvores desconhecidas, os rios calmos que estriam as planícies tão verdes na primavera, as vacas surpreendentes de manchas pretas e brancas. E de repente, após um desvio por um campo na retaguarda e uma marcha interminável desde Verdun, é o inferno. Trincheiras, arames farpados, obuses, tantos obuses que o silêncio se torna um bem raro e inquietante. Os coloniais descobrem a morte ao mesmo tempo que os recrutas brancos a seu lado. Nunca a expressão "carne de canhão" foi tão justificada. Os homens se desconjuntam como bonecos sob o efeito dos explosivos, se dilaceram como papel sob os *shrapnels*, berram, sangram, as ribanceiras estão abarrotadas de detritos humanos triturados pelo moedor de pimenta da artilharia, setecentos mil homens caem em Verdun, de um lado e do outro do Mosa. Soterrados, queimados vivos, estraçalhados pelas metralhadoras ou pelos milhões de obuses que cobrem o terreno. Moussa, como todos os seus companheiros, conhece primeiro a experiência do medo, e depois a do pânico, e depois do imenso pavor; encontra coragem no meio do horror, coragem de seguir um cabo para investir contra uma posição muito bem defendida que eles terão de desistir de conquistar, depois de terem visto seus irmãos de armas caírem ao redor, sem que se entenda muito bem por qual estranha razão ele mesmo sai ileso. O setor tem um nome de circunstância, o Mort-Homme; custa-se a crer que possa ter havido uma aldeia no meio daquela matança que as chuvas de primavera transformam em pântano, em que boiam não plantas aquáticas, mas dedos e orelhas. Moussa Tamboura será enfim capturado no dia 24 de maio de 1916, com a maior parte de sua esquadra, diante daquela cota 304 que dez mil soldados acabam de morrer para defender em vão.

Mais ou menos no mesmo momento, enquanto Moussa, que acaba de escapar por um triz da morte, indaga se seu irmão continua vivo, Baba finca sua tenda nos arredores de Djibouti. Seu batalhão vai passar para a reforma, junto com outros elementos coloniais. Soldados deveriam chegar da Indochina para juntar-se a eles antes de ir para a França.

Para Moussa, o cativeiro, por que negar, é um alívio; os alemães reservam um tratamento especial aos soldados muçulmanos. Moussa Tamboura é enviado a um campo de prisioneiros ao sul de Berlim, a mil quilômetros do front. Durante a viagem, com certeza pensa que as paisagens alemãs se parecem com o que conseguiu ver no norte da França. O campo onde é internado chama-se "o campo do Crescente", Halbmond-Lager, em Zossen, perto de Wünsdorf; está reservado aos prisioneiros "maometanos" ou supostamente tais. Ali se encontram argelinos, marroquinos, senegaleses, malianos, somalis, gurcas do Himalaia, sikhs e muçulmanos indianos, comorianos, malaios e, num campo vizinho, muçulmanos do Império Russo, tártaros, uzbeques, tajiques e caucasianos. O campo é concebido como uma pequena aldeia, com uma linda mesquita de madeira em estilo otomano: trata-se da primeira mesquita dos arredores de Berlim. Uma mesquita de guerra.

Moussa pressente que, para ele, os combates terminaram, que nunca os obuses o atingirão tão longe, no fundo da Prússia; hesita em se alegrar com isso. Sem dúvida, já não corre o risco do ferimento horrível, pior que a morte, mas a sensação de derrota, de exílio, de distanciamento são outras tantas dores mais insidiosas – na frente de batalha, a tensão constante, o combate diário contra as minas e as metralhadoras ocupavam o espírito. Ali, entre os barracões e a mesquita, ele se encontra entre sobreviventes; uns contam aos outros, infinitamente, as histórias de sua terra, em bambara, e a língua ecoa estranhamente ali tão longe do rio Níger, entre todas aquelas línguas e todos aqueles destinos. O Ramadã começa no dia 2 de julho naquele ano: o jejum nos dias intermináveis do verão no Norte é um verdadeiro suplício – apenas cinco horas de noite escura. Moussa já não é carne de canhão, mas carne de etnólogos, orientalistas e propagandistas: todos os cientistas do império visitam o campo e conversam com os presos, para conhecer seus costumes, seus usos; esses homens de jaleco branco os fotografam, os descrevem, medem seu crânio, fazem-nos contar histórias de seus países, que eles gravam para, em seguida, estudar suas línguas e dialetos. Dessas gravações dos campos de Zossen sairão muitos estudos linguísticos, como, por exemplo, os de Friedrich Carl Andreas, marido de Lou Andreas-Salomé, sobre as línguas iranianas do Cáucaso.

A única imagem que possuímos de Moussa Tamboura foi feita nesse campo. Trata-se de um filme de propaganda para uso no mundo muçulmano, que mostra a festa do Aïd no fim do Ramadã, dia 31 de julho de 1916. Um nobre prussiano é o convidado de honra, assim como o embaixador turco em Berlim. Vê-se Moussa Tamboura junto de três companheiros, preparando um fogo ritual. Todos os prisioneiros muçulmanos estão sentados; todos os alemães estão em pé, com belos bigodes. A câmera se fixa em seguida nos gurcas, nos belos sikhs, nos marroquinos, nos argelinos; o embaixador da Porta tem um ar ausente, e o príncipe está cheio de curiosidade por esses soldados ex-inimigos de um novo gênero, e que ele gostaria que desertassem em massa ou se rebelassem contra a autoridade colonial: tenta-se mostrar que a Alemanha é amiga do Islã, como é da Turquia. Um ano antes, em Istambul, todos os orientalistas do Império Alemão redigiram um texto em árabe clássico convocando os muçulmanos do mundo inteiro para o jihad contra a Rússia, a França e a Grã-Bretanha, na esperança de sublevar as tropas coloniais contra seus senhores. Donde a câmera, que Moussa Tamboura não parece notar, pois está absorto na construção do fogo.

No campo-modelo de Zossen, escrevem-se e publicam-se quinze mil exemplares de um jornal, sobriamente chamado *O Jihad*, "jornal para os prisioneiros de guerra maometanos", que circula simultaneamente em árabe, tártaro e russo; um segundo, *O Cáucaso*, destinado aos georgianos, e um terceiro, *Hindustão*, em duas edições, urdu e híndi. Os tradutores e redatores dessas publicações são prisioneiros, orientalistas e "indígenas" conquistados pela política da Alemanha, a maioria oriunda das províncias do Império Otomano. Max von Oppenheim, o famoso arqueólogo, foi um dos responsáveis pela publicação árabe. O Ministério das Relações Exteriores e o Ministério da Guerra esperam conseguir "reutilizar" os soldados coloniais, depois de sua "reconversão" tão esperada à nova guerra santa.

Conhecemos mal as repercussões reais do jihad alemão nos territórios a que se destinava; elas foram sem dúvida quase nulas. Nem sequer sabemos se o anúncio chegou a Baba Tamboura em Djibouti, por exemplo. Baba ignora que seu irmão participa involuntariamente da iniciativa alemã; imagina-o morto ou vivo na frente de batalha, cujos ecos chegam, através da censura, até os confins do mar Vermelho: heroísmo, glória e sacrifício, eis o que Baba imagina sobre a guerra. É verdade que seu irmão é um herói, lá na França, e que combate com valentia. Tem menos certeza sobre seus próprios sentimentos, mistura confusa de desejo de ação e apreensão. Finalmente, no início de dezembro de 1916, quando se anuncia para Moussa o inverno glacial de Berlim, Baba fica sabendo que seu batalhão vai enfim ser enviado, por Porto Said e pelo canal de Suez, à frente de batalha na metrópole. São oitocentos e cinquenta soldados que devem embarcar, no fim de dezembro, no navio *Athos* da Messageries Maritimes, um belo navio quase novo de cento e sessenta metros de comprimento e treze mil toneladas, vindo de Hong Kong com uma carga, a bordo, de novecentos e cinquenta cules chineses que já ocupam os porões – finalmente, a partida só ocorrerá no início de fevereiro, quando, em Berlim, Moussa está doente, tossindo e tiritando de frio no inverno prussiano.

O *Athos* sai de Porto Said no dia 14 de fevereiro de 1917 e, três dias depois, quando os soldados mal começam a se habituar com a selvageria do mar, no fundo de seus porões de terceira classe, a algumas milhas da ilha de Malta, o *Athos* cruza a rota do U-Boot alemão nº 65, que lhe lança um torpedo em pleno costado a bombordo. O ataque fará setecentas e cinquenta vítimas entre os passageiros, entre eles Baba, que da guerra só terá visto seu fim súbito, feroz, uma explosão aterradora seguida de gritos de dor e pânico, gritos e corpos logo afogados na água que invade os porões, as entrecobertas, os pulmões. Moussa jamais saberá da morte do irmão, já que ele mesmo, alguns dias depois, morre "de doença em cativeiro no hospital do campo de Zossen", a se crer no "tipo de morte" de sua ficha de "morto pela França", hoje único vestígio dessa dor do exílio no Campo do Crescente.

Que loucura essa primeira guerra realmente mundial. Morrer afogado na escuridão de um porão, que atrocidade. Pergunto-me se aquela mesquita jihadista ainda existe, ao sul de Berlim, naquelas planícies arenosas da marcha de Brandemburgo recortadas pelos lagos, bordadas pelos pântanos. E precisaria perguntar a Sarah – uma das primeiras mesquitas da Europa do Norte, a guerra tem consequências bem estranhas. Esse jihad alemão fabrica os companheiros de jornada mais extravagantes – os sábios Oppenheim ou Frobenius, os militares, os diplomatas turcos e alemães, e até os argelinos no exílio e os sírios pró-otomanos como Shakib Arslan, o druzo. Hoje a guerra santa é tudo, menos espiritual.

Conta-se que os mongóis faziam pirâmides de cabeças cortadas para assustar os habitantes das regiões que invadiam – finalmente, os jihadistas da Síria utilizam o mesmo método, o horror e o pavor, aplicando a homens uma técnica atroz de sacrifício reservada até então aos carneiros, a garganta cortada e depois uma incisão no pescoço, algo difícil, até a separação, em nome da guerra santa. Mais uma coisa horrorosa construída em comum. O jihad, ideia à primeira vista mais estranha, externa e exógena que pode existir, é um longo e estranho caminho coletivo, a síntese de uma história terrível e cosmopolita — Deus nos livre da morte e *Allah akbar*, Red Love, decapitação e Mendelssohn Bartholdy, *Octeto para cordas*.

Graças a Deus o noticiário terminou, volta a música, Mendelssohn e Meyerbeer, os inimigos jurados de Wagner, sobretudo Meyerbeer, objeto de todo o ódio wagneriano, ódio aterrador sobre o qual sempre me perguntei se era a causa ou a consequência de seu antissemitismo: Wagner talvez se torne antissemita porque é terrivelmente ciumento do sucesso e do dinheiro de Meyerbeer. Essa não é a única contradição de Wagner: em *O judaísmo na música* ele insulta Meyerbeer, esse mesmo Meyerbeer que ele adulou durante anos, esse mesmo Meyerbeer que ele sonhou em imitar, esse mesmo Meyerbeer que o ajudou a levar ao palco *Rienzi* e *O navio fantasma*. "As pessoas se vingam dos favores que lhes prestamos", dizia Thomas Bernhard, eis uma frase para Wagner. Richard Wagner não está à altura de suas obras. Wagner está de má-fé, como todos os antissemitas. Wagner se vinga dos favores que Meyerbeer lhe prestou. Em suas considerações ressentidas, Wagner critica em Meyerbeer e Mendelssohn eles não terem língua materna e, portanto, estropiarem um idioma que, gerações mais tarde, continua a refletir "a pronúncia semita". Essa ausência de língua pessoal os condena à ausência de estilo próprio e à pilhagem. O horrível cosmopolitismo de Mendelssohn e Meyerbeer os impede de alcançar a arte. Que extraordinária imbecilidade. Ora, Wagner não é um imbecil, portanto está de má-fé. Tem consciência de que suas declarações são idiotas. É seu ódio que fala. O ódio o cega, assim como cegará sua mulher, Cosima Liszt, no momento da reedição de seu panfleto, dessa vez com seu nome, vinte anos depois. Wagner é um criminoso. Um criminoso odioso. Se Wagner conhece Bach e essa harmonia que ele sabe tão magnificamente usar para revolucionar a música, é a Mendelssohn que o deve. É Mendelssohn quem, em Leipzig, tira Bach do esquecimento relativo em que caíra. Revejo essa foto atroz em que um policial alemão muito autoconfiante, o capacete com uma ponteira, bigode, posa diante da estátua de Mendelssohn acorrentada a um guindaste, prestes a ser demolida, em meados dos anos 1930. Esse policial é Wagner. Que se diga o que se quiser, mas até Nietzsche estava enojado com a má-fé de Wagner. E pouco importa se é por motivos pessoais que ele rejeita o pequeno policial de Leipzig. Ele tem razão de estar repugnado com Wagner, o anticosmopolita, perdido na ilusão da Nação. Os únicos Wagner aceitáveis são Mahler e Schönberg. A única grande obra audível de Wagner é *Tristão e Isolda*, a única não terrivelmente alemã ou cristã. Uma lenda celta ou de origem iraniana, ou inventada por um autor medieval desconhecido, pouco importa. Mas há Vis e Ramin em Tristão e Isolda. Há uma paixão de Majnun, o Louco, por Laila, a paixão de Khosrow por Shirin. Um pastor e uma flauta. "Desolado e vazio, o mar." A abstração do mar e da paixão. Nada de Reno, de ouro, nem de ondinas nadando ridiculamente no palco. Ah, as encenações do próprio Wagner em Bayreuth, isso aí devia ser inacreditável em matéria de kitsch burguês e de pretensão. As lanças, os capacetes alados. Como se chamava a jumenta oferecida por Luís II, o Louco, para a cena? Um nome ridículo que esqueci. Deve haver imagens desse pangaré ilustre; coitado, precisavam lhe pôr algodão nos ouvidos e viseiras para que ele não ficasse com medo e não comesse os véus das ondinas. É engraçado pensar que o primeiro wagneriano do Oriente foi o sultão otomano Abdulaziz, que enviou a Wagner uma vultosa quantia de dinheiro para o teatro do Festival em Bayreuth – infelizmente, morreu antes de poder aproveitar as lanças, os capacetes, o jumento e a acústica inigualável do lugar que contribuíra para erguer.

O nazista iraniano do Museu Abguineh de Teerã talvez fosse wagneriano, quem sabe – que surpresa quando esse sujeito redondo e bigodudo de uns trinta anos nos abordou entre dois vasos magníficos naquela sala quase deserta, com o braço levantado berrando "Heil Hitler!". Primeiro imaginei uma piada de péssimo gosto, pensei que o homem acreditava que eu fosse alemão e que se tratasse de uma maneira de insulto, depois percebi que Faugier e eu falávamos francês. O energúmeno nos observava sorrindo, sempre com o braço levantado, perguntei o que está lhe acontecendo, algo errado? Ao meu lado, Faugier ria muito. O homem de repente fez uma cara contrita, com jeito de cão surrado, e soltou esse suspiro de desespero: "Ah, os senhores não são alemães, que tristeza". Tristeza *indeed*, não somos alemães nem filonazistas, infelizmente, debochou Faugier. O pobre homem pareceu particularmente desconsolado, lançou-se numa longa diatribe hitlerista, com toques patéticos; insistia no fato de que Hitler era "belo, muito belo, Hitler *qashang, kheyli qashang*", gaguejava fechando o punho sobre um tesouro invisível, o tesouro dos arianos, talvez. Explicou longamente que Hitler tinha revelado ao mundo que os alemães e os iranianos formavam um só povo, que esse povo fora levado a presidir os destinos do planeta e que a seu ver era muito triste, sim, muito triste que essas ideias magníficas ainda não tivessem se concretizado. Essa visão de Hitler como herói iraniano tinha algo de assustador e cômico ao mesmo tempo, ali no meio de cálices, rítons e pratos decorados. Faugier tentou levar mais longe a conversa, saber se o último nazista do Oriente (ou talvez não o último) "não era um bestalhão", o que conhecia realmente das teorias nacional-socialistas e sobretudo de suas consequências, mas logo desistiu, pois as respostas do jovem iluminado se limitavam a grandes gestos em torno dele para significar talvez: "Olhem! Olhem! Vejam a grandeza do Irã!", como se aqueles veneráveis vidrinhos fossem eles mesmos uma emanação da superioridade da raça ariana. O homem era muito cortês; apesar de sua decepção de não ter trombado com dois alemães nazistas, desejou-nos um excelente dia, uma magnífica estadia no Irã, insistiu para saber se precisávamos de qualquer coisa, alisou os belos bigodes à Guilherme II, bateu os calcanhares e foi embora, nos deixando, segundo a expressão de Faugier, como dois apatetados, pasmos e desamparados. Essa evocação ao velho Adolf no coração do pequeno palácio neosseldjoukide do Museu Abguineh e de suas maravilhas era tão estapafúrdia que nos deixava um curioso gosto na boca – entre gargalhadas e consternação. Um pouco mais tarde, quando retornamos ao instituto, relatei o encontro a Sarah. Como nós, ela começou dando risada; depois se interrogou sobre o sentido dessa risada – o Irã nos parecia tão distante das questões europeias que um nazista iraniano não passava de um excêntrico inofensivo, defasado; se na Europa esse homem teria provocado nossa cólera e indignação, ali custávamos a crer que percebesse o sentido profundo daquilo. E as teorias raciais ligadas ao arianismo nos pareciam hoje tão absurdas como as medições do crânio para descobrir a posição da protuberância que indicaria aptidão para as línguas. Pura ilusão. No entanto, aquele encontro dizia muito mais, acrescentou Sarah, sobre a força da propaganda do Terceiro Reich no Irã – como durante a Primeira Guerra Mundial, quando, volta e meia, e com as mesmas pessoas (entre elas o incontornável Max von Oppenheim), a Alemanha nazista tentara atrair as simpatias dos muçulmanos para atacar os ingleses e os russos pela retaguarda, na Ásia central soviética, na Índia e no Oriente Médio, e novamente apelara para o jihad. As sociedades científicas (das universidades, e até a Sociedade Alemã do Oriente) estavam a tal ponto nazificadas desde os anos 1930 que se mostravam prontas para o jogo: consultaram até mesmo os orientalistas islamólogos para saber se o Corão previa de um jeito ou de outro o advento do Führer, ao que, apesar de toda a sua boa vontade, os eruditos não conseguiram responder positivamente. Ainda assim, propuseram escrever textos em árabe nesse sentido. Aventou-se até mesmo divulgar em terras do Islã um *Retrato do Führer como comandante dos crentes* perfeitamente agradável, com turbante e condecorações inspiradas na grande época otomana, ideal para edificar as massas muçulmanas. Goebbels, chocado com essa imagem horrorosa, pôs fim à operação. A má-fé nazista estava pronta a utilizar "sub-homens" para fins militares justificados, mas não a ponto de pôr um turbante ou um tarbuche na cabeça de seu guia supremo. O orientalismo SS, e em especial o *Obersturmbannführer* Viktor Christian, eminente diretor de seu ramo vienense, teve de se contentar em procurar "dessemitizar" a história antiga e demonstrar, à custa de um engodo, a superioridade histórica dos arianos sobre os semitas na Mesopotâmia e inaugurar uma "escola para mulás" em Dresden, onde deviam ser formados os imãs SS encarregados da edificação dos muçulmanos soviéticos: em suas aproximações teóricas, os nazistas tiveram toda a dificuldade do mundo em decidir se essa instituição devia formar imãs ou mulás, e que nome convinha dar à estranha iniciativa.

Faugier se juntou à conversa; tínhamos preparado um chá; o samovar fervia, suave. Sarah pegou um torrão de açúcar-cândi, que deixou derreter na boca; tirara os sapatos e dobrara as pernas sob as coxas, na poltrona de couro. Um disco de setar povoava os silêncios – era outono, ou inverno, já estava escuro. Faugier ficava andando em círculo, como todo dia no pôr do sol. Ainda conseguiria aguentar uma hora, e depois a angústia ficaria muito forte e ele teria de ir fumar seu cachimbo ou ópio, antes de se entregar à noite. Eu me lembrava de seus próprios conselhos de especialista, outrora, em Istambul – aparentemente ele não os seguiu. Oito anos mais tarde, tornou-se opiômano; ficava terrivelmente inquieto com a ideia de voltar para a Europa, onde seria bem mais difícil encontrar sua droga. Sabia o que ia acontecer; acabaria na heroína (que ele já fumava um pouco, raramente, em Teerã) e conheceria a dor do vício ou a agonia da abstinência. A ideia do retorno, além das dificuldades materiais inerentes (fim do auxílio de pequisa, ausência de perspectivas imediatas de emprego naquela sociedade secreta que é a universidade francesa, esse monastério laico em que o noviciado pode durar a vida inteira), redobrava com a aterradora lucidez sobre seu estado, seu pânico do adeus ao ópio – que ele compensava com uma atividade febril, pois multiplicava os passeios (como, naquele dia, ao Museu Abguineh, aonde me levara), os encontros, as expedições suspeitas, as noites em claro, para tentar dilatar o tempo e esquecer no prazer e nas drogas que sua temporada estava chegando ao fim, e aumentava assim, a cada dia, sua ansiedade. Por sinal, Gilbert de Morgan, o diretor, não estava descontente em se livrar dele – convém dizer que a nobreza antiquada do velho orientalista se acomodava bastante mal à verve, à liberdade e aos estranhos temas de estudo de Faugier. Morgan estava convencido de que era "o contemporâneo" que lhe valia todos os seus aborrecimentos, não só com os iranianos como também com a embaixada da França. As letras (clássicas, se possível), a filosofia e a história antiga, eis o que contava com a sua simpatia. Imagine só, ele dizia, estão me enviando mais um político. (Era assim que chamava os estudantes de história contemporânea, geografia ou sociologia.) Estão loucos, lá em Paris. Lutam para tentar conseguir vistos para os pesquisadores e acabam apresentando dossiês que a gente sabe muito bem que não vão agradar nem um pouco aos iranianos. Com isso, é preciso mentir. Que loucura.

A loucura era, de fato, um elemento-chave da pesquisa europeia no Irã. O ódio, a dissimulação dos sentimentos, o ciúme, o medo, a manipulação eram os únicos laços que a comunidade dos eruditos, em todo caso em suas relações com as instituições, conseguia desenvolver. Loucura coletiva, derivas pessoais – Sarah precisava ser forte para não sofrer demais naquele ambiente. Morgan encontrara um nome simples para sua política de gestão: o cnute. À antiga. Acaso a administração iraniana não era plurimilenar? Era preciso voltar aos santos princípios de organização: o silêncio e o chicote. Claro que esse método infalível tinha o inconveniente de diminuir razoavelmente (como no caso das pirâmides, ou do palácio de Persépolis) o ritmo dos trabalhos. E também aumentava a pressão sobre Morgan, que com isso passava a vida a se queixar; não tinha tempo para fazer mais nada, dizia, a não ser vigiar seus administrados. Os pesquisadores eram um pouco poupados. Sarah era poupada. Faugier, muito menos. Os estrangeiros de passagem, o polonês, o italiano e eu, éramos um zero à esquerda, como se diz. Gilbert de Morgan nos desprezava respeitosamente, nos ignorava com cortesias, nos deixava aproveitar todas as facilidades de seu instituto, e sobretudo o grande apartamento do andar de cima, onde Sarah bebia seu chá, onde Faugier não conseguia parar quieto, onde falávamos das teorias do louco do Museu Abguineh (acabamos decidindo que ele era louco), de Adolf Hitler posando com um tarbuche ou um turbante na cabeça e de seu longínquo inspirador, o conde de Gobineau, inventor do arianismo: o autor de *Ensaio sobre a desigualdade das raças humanas* também era um orientalista, primeiro secretário da legação da França na Pérsia, depois embaixador, que passou duas temporadas no Irã em meados do século XIX – suas obras são brindadas com três belos volumes nessa famosa coleção da Pléiade que tinha, tão injustamente, segundo Morgan e Sarah, expulsado o pobre Germain Nouveau. O primeiro racista da França, o inspirador de Houston Stewart Chamberlain, grande teórico da germanidade odiosa, que o descobriu a partir dos conselhos de Cosima Liszt e de Wagner, amigos de Gobineau desde novembro de 1876: Gobineau é também um wagneriano; escreverá umas cinquenta cartas a Wagner e a Cosima. Isso não podia vir mais a calhar, infelizmente, para a posteridade da parte mais negra de sua obra; é pelo círculo de Bayreuth (Chamberlain principalmente, que se casará com Eva Wagner) que suas teorias arianas sobre a evolução das raças humanas seguem seu terrível caminho. Mas como observava Sarah, Gobineau não era antissemita, ao contrário. Ele considerava a "raça judia" como uma das mais nobres, eruditas e industriosas, das menos decadentes, das mais preservadas do declínio geral. O antissemitismo é Bayreuth, é Wagner, Cosima, Houston Chamberlain, Eva Wagner que o acrescentam. A lista assustadora dos discípulos de Bayreuth, os aterradores testemunhos, Goebbels segurando a mão de Chamberlain durante sua agonia, Hitler em seu enterro, Hitler amigo íntimo de Winifred Wagner – que injustiça quando se pensa nisso, a aviação aliada lança duas bombas incendiárias sobre a Gewandhaus de Leipzig, desse pobre Mendelssohn, e nem uma única sobre o teatro do Festival de Bayreuth. Até os Aliados foram involuntariamente cúmplices dos mitos arianos – a destruição do teatro de Bayreuth teria sido uma grande perda para a música, é verdade. Pouco importa, teria sido reconstruído tal qual, mas Winifred Wagner e seu filho teriam conhecido um pouco dessa destruição que desencadearam tão bem no mundo, um pouco dessa dor da perda ao ver partir em fumaça a herança criminosa de seu sogro e avô. Se é que as bombas podem redimir o crime. É exasperante pensar que um dos laços que unem Wagner ao Oriente (para lá das influências recebidas por meio de Schopenhauer, Nietzsche ou da leitura de *Introdução à história do budismo indiano*, de Burnouf) é a admiração de Wagner pela obra do conde de Gobineau, *Ensaio sobre a desigualdade das raças humanas* – quem sabe se Wagner também leu *Três anos na Ásia* ou as *Novelas asiáticas*. A própria Cosima Wagner traduziu em alemão, para os *Bayreuther Blätter*, um estudo de Gobineau, *O que se passa na Ásia*; Gobineau costumava ir visitar os Wagner. Acompanha-os a Berlim para a estreia triunfal do *Anel*, em 1881, cinco anos depois da criação em Bayreuth, dois anos antes da morte do mestre em Veneza, mestre que ainda pensa, dizem, no fim da vida, em escrever uma ópera budista, *Os vencedores*, cujo título de aparência tão pouco budista fazia Sarah rir às gargalhadas – pelo menos tanto quanto certas observações desse pobre Gobineau: ela fora buscar suas obras completas "na cave", isto é, na biblioteca do instituto, e a revejo, enquanto está começando o segundo movimento do *Octeto* de Mendelssohn, lendo em voz alta fragmentos de *Três anos na Ásia*. Até Faugier parou suas circunvoluções angustiadas para se debruçar sobre a prosa do pobre orientalista.

O personagem de Gobineau tinha algo de tocante – era um poeta atroz e um romancista sem grande gênio; só seus relatos de viagem e as novelas que tirou de suas lembranças pareciam apresentar um real interesse. Também era escultor, e até expusera alguns bustos, como uma *Valkyrie*, uma *Sonata appassionata* e uma *Reine Mab* (Wagner, Beethoven, Berlioz: o homem tinha bom gosto), mármores um tanto expressivos, de rara delicadeza, segundo os críticos. Foi bem conhecido nos círculos do poder: encontrou Napoleão III, sua mulher e seus ministros; fez toda uma carreira diplomática, com postos na Alemanha, depois duas vezes na Pérsia, na Grécia, no Brasil, na Suécia e na Noruega; conviveu com Tocqueville, Renan, Liszt e numerosos orientalistas da época, August Friedrich Pott, o sanscritista alemão, ou

Jules Mohl, o iranizante francês, primeiro tradutor do *Shah Namé*. O próprio Julius Euting, grande erudito oriental da Estrasburgo alemã, comprou, em nome do Reich, todo o conjunto da herança de Gobineau depois de sua morte: as esculturas, os manuscritos, as cartas, os tapetes, tudo o que um orientalista deixa atrás de si como penduricalhos: o acaso e a Primeira Guerra Mundial fizeram com que essa coleção tornasse a ser francesa em 1918 – é estranho pensar que os milhões de mortos dessa guerra idiota só tinham como objetivo, em última instância, privar a Áustria das praias adriáticas e recuperar as velharias do espólio Gobineau, surrupiadas pelos teutônicos. Infelizmente, todas essas pessoas morreram à toa: há milhões de austríacos de férias na Ístria e no Vêneto, e a Universidade de Estrasburgo desistiu há tempos de expor em seu pequeno museu as relíquias de Gobineau, vítima do racismo teórico de seu século, e que queimam as mãos dos sucessivos conservadores do local.

O conde de Gobineau tinha horror à democracia – "Odeio mortalmente o poder popular", dizia. Sabia ser de uma grande violência irônica com a suposta idiotice dos tempos, a de um mundo povoado de insetos, armado de instrumentos de ruína, "aferrado a jogar no chão o que respeitei, o que amei; um mundo que queima as cidades, derruba as catedrais, não quer mais saber de livros, nem de música, nem de quadros e substitui tudo pela batata, pela carne sangrenta e pelo vinho azul", escreve no seu romance *As Pléiades*, que se abre com essa longa diatribe contra os imbecis e não deixa de lembrar os discursos dos intelectuais da extrema direita de hoje. O fundamento das teorias racistas de Gobineau era a deploração: a sensação de longa decadência do Ocidente, o ressentimento pelo vulgar. Onde está o império de Dario, onde está a grandeza de Roma? Mas, ao contrário de seus discípulos posteriores, não via no "elemento judeu" o responsável pela decadência da raça ariana. Para ele (e, evidentemente, é um elemento que não devia ser do gosto de Wagner ou de Chamberlain), o melhor exemplo da pureza da raça ariana é a nobreza francesa, o que é um bocado cômico. Essa obra de juventude, *Ensaio sobre a desigualdade das raças humanas*, deve tanto às aproximações linguísticas quanto aos balbucios das ciências humanas – mas Gobineau verá, na Pérsia, durante suas duas missões como representante da França imperial, a realidade do Irã; ficará convencido, ao descobrir Persépolis ou Isfahan, de ter avaliado corretamente a grandeza dos arianos. O relato de sua temporada é brilhante, muitas vezes engraçado, nunca *racista* no sentido moderno da palavra, pelo menos no que se refere aos iranianos. Sarah nos lia trechos que faziam rir até Faugier, o angustiado. Lembro-me desta frase: "Confesso que, entre os perigos que aguardam um viajante na Ásia, ponho em primeiro lugar, sem nenhuma contestação, e sem me preocupar com as pretensas feridas dos tigres, das serpentes e com os ratoneiros, os jantares britânicos que somos obrigados a aturar". Frase absolutamente deslumbrante. Gobineau exagerava, ao falar dos pratos "propriamente satânicos" servidos pelos ingleses, em cujas casas, diz ele, se sai da mesa doente ou faminto, "martirizado ou morto de fome". Suas impressões da Ásia aliam as descrições mais eruditas às considerações mais cômicas.

Essa infusão tem um gosto acidulado de bala, artificial, um gosto inglês, Gobineau diria. Distante das flores do Egito ou do Irã. Vou precisar rever meu julgamento sobre o *Octeto* de Mendelssohn, é ainda mais interessante do que eu imaginava. *Öı Klassiknacht*, minha vida, pensando bem, é muito sinistra, eu poderia estar lendo em vez de ficar repisando velhas lembranças iranianas ao ouvir rádio. O louco do Museu Abguineh. Deus, como Teerã era triste. O luto eterno, o tempo cinza, a poluição. Teerã ou a pena capital. Essa tristeza era reforçada, enquadrada, pela pouca luz; as festas abracadabrantes da *jeunesse dorée* do norte da cidade, se nos distraíam naquele momento, em seguida me atiravam, por seu contraste fulgurante com a morte do espaço público, numa melancolia profunda. Aquelas moças magníficas que dançavam, com roupas e poses muito eróticas, bebendo cervejas turcas ou vodca, ao som de música proibida vinda de Los Angeles, punham de novo seus lenços e mantos e se perdiam na multidão da decência islâmica. Essa diferença tão iraniana entre o *birun* e o *andarun*, o interior e o exterior da casa, o privado e o público, que Gobineau já observava, era levada ao extremo na República Islâmica. A gente entrava num apartamento ou numa mansão do norte de Teerã e de repente se via no meio de uma juventude de maiô e calção que se divertia, copo na mão, em volta de uma piscina, falava perfeitamente inglês, francês ou alemão e esquecia, no álcool de contrabando e no divertimento, o cinza lá de fora, a ausência de futuro no seio da sociedade iraniana. Havia algo desesperado naquelas noitadas; um desespero que se sentia que podia se transformar, para os mais corajosos ou os menos abastados, nessa energia violenta própria dos revolucionários. As batidas da milícia dos costumes eram, dependendo dos períodos e dos governos, mais ou menos frequentes; ouviam-se boatos de que fulano tinha sido preso, sicrano tinha sido torturado, beltrana tinha sido humilhada num exame ginecológico para provar que não tivera relações sexuais fora do casamento. Esses relatos, que sempre me lembravam o atroz exame proctológico sofrido por Verlaine na Bélgica depois da desavença com Rimbaud, faziam parte do cotidiano da cidade. Muitos intelectuais e universitários não tinham mais a energia da juventude, dividiam-se em várias categorias: os que tinham conseguido, mal ou bem, construir uma vida mais ou menos confortável "à margem" da vida pública, os que redobravam a hipocrisia para aproveitar o mais possível as prebendas do regime, e os que, numerosos, sofriam uma depressão crônica, uma tristeza selvagem que eles tratavam mais ou menos bem refugiando-se na erudição, nas viagens imaginárias ou nos paraísos artificiais. Pergunto-me que fim levou Parviz – o grande poeta de barba branca não me dá notícias há anos, eu poderia lhe escrever, tem tanto tempo que não lhe escrevo. Que pretexto alegar? Eu poderia traduzir para o alemão um de seus poemas, mas é uma experiência aterradora traduzir de uma língua que não se conhece de verdade, tem-se a impressão de nadar no escuro – um lago calmo parece um mar enfurecido, um tanque para brincar parece um rio profundo. Em Teerã era mais simples, ele estava lá e podia me explicar, quase palavra por palavra, o sentido de seus textos. Talvez nem esteja mais em Teerã. Talvez viva na Europa ou nos Estados Unidos. Mas duvido. A tristeza de Parviz (como a de Sadeq Hedayat) vinha justamente do duplo fracasso de suas breves tentativas de exílio, na França e na Holanda: o Irã lhe fazia falta; ele retornara dois meses depois. Evidentemente, de volta a Teerã, bastava alguns minutos para que detestasse de novo seus compatriotas. Entre as mulheres da polícia de fronteira usando *marnaé* que pegam o seu passaporte, até o aeroporto de Mehrâbad, ele contava, não se reconhecem nem o carrasco nem a vítima; elas usam o capuz preto do executor medieval; não sorriem para você; têm a seu lado uns mercenários vestindo uma parca cáqui armados de fuzis-metralhadoras G3 *made in the Islamic Republic of Iran*, os quais não se sabe se estão ali para protegê-las dos estrangeiros que desembarcam daqueles aviões impuros ou para fuzilá-los caso elas lhes manifestassem muita simpatia. Nunca se sabe (e Parviz cochichava isso com resignação irônica, um misto perfeitamente iraniano de tristeza e humor) se as mulheres da Revolução Iraniana são amantes ou reféns do poder. As funcionárias de xador da Fundação dos Deserdados se incluem entre as mulheres mais ricas e poderosas do Irã. Os fantasmas são meu país, ele dizia, essas sombras, essas gralhas do povo em quem se amarra solidamente o véu preto quando elas são executadas na forca, para evitar uma indecência, porque a indecência aqui não é a morte, que está por todo lado, mas o pássaro, o voo, a cor, sobretudo a cor da carne das mulheres, tão branca, tão branca – ela nunca vê o sol e correria o risco de cegar os mártires por sua pureza. Na nossa terra, os carrascos de capuz preto de luto são também as vítimas que são enforcadas a toda hora para que sejam punidas por sua irredutível beleza, e enforca-se, enforca-se, e açoita-se, surra-se à vontade aquilo que se ama e que se acha bonito, e a própria beleza pega o açoite, e a corda, o machado, e gera a papoula dos mártires, flor sem perfume, pura cor, puro acaso na ribanceira, vermelha, vermelha, vermelha – qualquer maquiagem é proibida nas nossas flores do martírio, pois elas são a própria dor e morrem nuas, têm o direito de morrer vermelhas sem estar vestidas de preto, as flores do martírio. Os lábios sempre são vermelhos demais para o Estado, que vê nisso uma concorrência indecente – só os santos e os mártires podem soprar a doçura vermelha de seu sangue sobre o Irã, isso é proibido às mulheres, que devem por decência pintar os lábios de preto, de preto, e dar provas de discrição quando as estrangulamos, olhem! Olhem! Nossos lindos mortos não têm nada a invejar a ninguém, eles se balançam nobremente no alto dos guindastes, decentemente executados, não venham criticar nossa falta de tecnologia, somos um povo de beleza. Nossos cristãos, por exemplo, são magníficos. Celebram a morte na cruz e lembram-se de seus mártires, assim como nós. Nossos zoroastrianos são magníficos. Usam máscaras de couro em que o fogo reflete a grandeza do Irã, dão seus corpos para apodrecer e alimentam os pássaros com sua carne morta. Nossos açougueiros são magníficos. Degolam os animais com o maior respeito, como no tempo dos profetas e da luz de Deus. Somos grandes como Dario, maiores, Anoushirvan, maiores, Ciro, maiores, os profetas pregaram o fervor revolucionário e a guerra, na guerra respiramos o sangue como os gases de combate.

Nós soubemos respirar no sangue, encher nossos pulmões de sangue e aproveitar plenamente a morte. Transmudamos a morte em beleza, séculos a fio, o sangue em flores, em fontes de sangue, enchemos as vitrines dos museus com uniformes maculados de sangue e óculos quebrados pelo martírio e nos orgulhamos disso, pois cada mártir é uma papoula que é vermelha que é um pouco de beleza que é este mundo. Fabricamos um povo líquido e vermelho, ele vive na morte e está feliz no Paraíso. Estendemos um pano preto sobre o Paraíso para protegê-lo do sol. Lavamos nossos cadáveres no rio do Paraíso. "Paraíso" é uma palavra persa. Ali damos de beber aos passantes a água da morte sob os panos pretos do luto. Paraíso é o nome de nosso país, dos cemitérios em que vivemos, o nome do sacrifício.

Parviz não sabia falar em prosa; pelo menos quando falava francês. Em persa, guardava o negrume e o pessimismo para seus poemas, era muito menos grave, cheio de humor; quem, como Faugier ou Sarah, conhecia bastante bem a língua para aproveitá-la costumava rir às gargalhadas – ele contava com prazer histórias engraçadas, indecorosas, que em qualquer parte do mundo seria espantoso que um grande poeta conhecesse. Parviz também falava frequentemente da infância em Qom nos anos 1950. Seu pai era um religioso, um pensador, que ele sempre chama de "o homem de preto" em seus textos, se não me falha a memória. É graças ao "homem de preto" que ele lê os filósofos da tradição persa, de Avicena a Ali Shariati – e os poetas místicos. Parviz sabia de cor um número extraordinário de versos clássicos, de Rumi, de Hafez, de Khadju, de Nezami, de Bidel, e modernos, de Nima, de Shamlu, de Sepehri ou de Akhavan-Sales. Uma biblioteca ambulante – Rilke, Essenine, Lorca, Char, ele sabia de trás para a frente (em persa e na versão original) milhares de poemas. No dia de nosso encontro, ao saber que eu era vienense, procurou na memória, como quem percorre uma antologia, e voltou dessa curta viagem interior com um poema de Lorca, em espanhol, "*En Viena hay diez muchachas, un hombro donde solloza la muerte y un bosque de palomas disecadas*", do qual eu não entendia rigorosamente nada, é claro, e ele teve que traduzir: "Em Viena há dez moças, um ombro sobre o qual a morte soluça e um bosque de pombos empalhados", depois me olhou muito sério e perguntou: "É verdade? Nunca estive lá".

Foi Sarah que interveio em meu lugar.

— Ah, é verdade, sim, sobretudo quanto aos pombos empalhados.

— Que interessante, uma cidade taxidermista.

Não tinha certeza de que a conversa estivesse indo numa direção que me fosse muito favorável, então fiz cara feia para Sarah, que imediatamente se alegrou, eis o austríaco que se ofende, não há nada que a deixe mais alegre do que expor publicamente meus defeitos – o apartamento de Parviz era pequeno mas confortável, repleto de livros e tapetes; curiosamente, ficava numa avenida com nome de poeta, Nezami ou Attâr, não lembro mais. Esquecemos facilmente as coisas importantes. Preciso parar de pensar em voz alta, se acaso me gravassem, que vergonha. Temo passar por louco. Não um louco como o louco do Museu Abguineh ou como o amigo Bigler, mas mesmo assim um doido. O cara que fala para o seu rádio e para seu laptop.

Que discute com Mendelssohn e sua xícara de Red Love acidulado. Eu também poderia ter trazido um samovar do Irã, pois é. Pergunto-me o que Sarah fez do dela. Trazer um samovar, mais que discos, instrumentos de música e obras de poetas que jamais compreenderei. Será que eu falava sozinho antigamente? Será que inventava papéis, vozes, personagens? Meu velho Mendelssohn, preciso te confessar que, no final das contas, conheço bem mal a sua obra. O que se há de fazer, não se pode ouvir tudo, espero que não fique zangado. Em compensação, conheço a sua casa, em Leipzig. O pequeno busto de Goethe em cima da sua mesa, Goethe, o seu padrinho, o seu primeiro mestre. Goethe, que ouviu duas crianças-prodígios, o pequeno Mozart e você. Vi as suas aquarelas, as suas belas paisagens suíças. Seu salão. Sua cozinha. Vi o retrato da mulher que você amava e as lembranças das suas viagens à Inglaterra. Seus filhos. Imaginei uma visita de Clara e Robert Schumann, você saía apressado do seu gabinete de trabalho para recebê-los. Clara estava deslumbrante; usava um chapeuzinho, cabelos presos na nuca, alguns cachinhos caíam nas têmporas e emolduravam-lhe o rosto. Robert estava com as partituras debaixo do braço e havia um pouco de tinta no seu punho direito, e você riu. Vocês todos se sentaram no salão. Na mesma manhã você tinha recebido uma carta de Ignaz Moscheles, de Londres, anunciando que aceitava ir ensinar em Leipzig no novíssimo conservatório que você acabava de fundar. Moscheles, o seu professor de piano. Você comunica essas excelentes notícias a Schumann. Portanto, vão trabalhar todos juntos. Se Schumann aceitar, é claro. E ele aceita. Depois almoçam. Depois saem para passear, sempre os imaginei grandes andarilhos, Schumann e você. Restam a você quatro anos de vida. Daqui a quatro anos Moscheles e Schumann vão carregar seu caixão.

Sete anos depois, será Schumann que afundará, em Düsseldorf, no Reno e na demência.

Eu me pergunto, meu velho Mendel, o que me agarrará primeiro, se a morte ou a loucura.

— Dr. Kraus! Dr. Kraus! Peço-lhe que responda a essa pergunta. Parece, segundo as últimas investigações desses legistas da alma que são os psiquiatras post mortem, que Schumann não era mais alienado do que o senhor ou eu. Que estava, pura e simplesmente, triste, profundamente triste com as dificuldades de sua relação amorosa, com o fim de sua paixão, tristeza que afogava no álcool. Clara o deixara morrer abandonado durante dois longos anos no fundo do hospício, esta é a verdade, dr. Kraus. A única pessoa (com Brahms, mas o senhor há de concordar que Brahms não conta) que o visitou, Bettina von Arnim, irmã de Brentano, confirma isso, aliás. Segundo ela, Schumann estava trancado injustamente. Não é Hölderlin na sua torre. Aliás, o último grande ciclo para piano de Schumann, as *Canções da madrugada*, composto apenas seis meses antes de sua internação, é inspirado em Hölderlin e dedicado a Bettina Brentano von Arnim. Será que Schumann pensava na torre de Hölderlin à beira do Neckar, será que tinha medo disso, Kraus, o que acha?

— O amor pode nos devastar, tenho profunda convicção disso, dr. Ritter. Mas não se pode afirmar nada. Em todo caso, recomendo-lhe tomar esses remédios para repousar um pouco, meu amigo. Precisa de calma e repouso. E não, não vou lhe prescrever ópio para "desacelerar o seu metabolismo", como diz. Não se afasta o instante da morte "desacelerando o metabolismo", esticando o tempo, dr. Ritter, é uma ideia absolutamente infantil.

— Mas, afinal, caro Kraus, o que deram a Schumann durante dois anos no hospício em Bonn? Caldo de galinha?

— Desconheço, dr. Ritter, não sei rigorosamente nada. Sei apenas que os médicos da época diagnosticaram uma *melancholia psychotica* que necessitou de uma internação.

— Ah! Os médicos são terríveis, nunca os senhores contradiriam um confrade! Uns charlatães, Kraus! Charlatães! Vendidos! *Melancholia psychotica, my ass!* Ele estava muitíssimo bem, é o que afirma Brentano! Apenas esteve um pouquinho menos bem. Um pouquinho menos bem, o Reno o despertou, e até o revivificou, como bom alemão o Reno o ressuscitou, as ondinas lhe acariciaram as partes, e pronto! Imagine, Kraus, que já antes da visita de Brentano ele pedia papel pautado, uma edição dos *Caprichos* de Paganini e um atlas. Um atlas, Kraus! Schumann queria ver o mundo, largar Endenich e seu carrasco, o dr. Richarz. Ver o mundo! Não havia nenhuma razão para enterrá-lo naquele asilo de loucos. Foi a mulher dele a responsável por suas desgraças. Clara, que, apesar de todos os relatórios que recebia de Endenich, nunca foi buscá-lo. Clara, que seguiu à la lettre as recomendações criminosas de Richarz. Já era Clara a responsável por essa crise que a medicina transformou num longo enterro. Foi a paixão, o fim da paixão, a angústia do amor que o deixou doente.

— O que quer dizer com isso, dr. Ritter, ao terminar seu horrível filtro de pétalas artificiais, acaso acredita que o senhor mesmo, talvez, não está tão gravemente atacado? Que também se sente apenas "um pouquinho menos bem" em decorrência de uma questão amorosa e não de uma longa e aterrorizante doença?

— Dr. Kraus, eu adoraria que o senhor estivesse certo. Adoraria ter razão também quanto a Schumann. As *Canções da madrugada* são tão... Tão únicas. Fora do tempo de Schumann, fora de sua escrita. Schumann estava *fora de si* quando escreveu as *Canções da madrugada*, semanas antes da noite fatal, logo antes das últimas *Variações dos espíritos* que sempre me apavoraram, compostas em torno do (durante o) mergulho no Reno. Mi bemol maior. Um tema nascido de uma alucinação auditiva, zumbido melódico ou revelação divina, pobre Schumann. Mi bemol maior, a tonalidade das sonatas do *Adeus* de Beethoven. Os fantasmas e o adeus. A madrugada, o adeus. Pobre Eusebius. Pobre Florestan, pobres companheiros de David. Pobres de nós.

3h45

Às vezes fico pensando se eu mesmo não tenho alucinações. Eis que evoco o *Adeus* de Beethoven e *Die Öı Klassiknacht* anuncia a sonata *opus III* do mesmo Beethoven. Talvez eles programem a música *às avessas*, Schumann tardio, depois Mendelssohn, Beethoven; falta Schubert – se eu ficar escutando muito tempo, garanto que tocarão uma sinfonia de Schubert, música de câmara primeiro, piano em seguida, só falta a orquestra. Pensei no *Adeus* e vem a de número 32, que Thomas Mann chama "o adeus à sonata" no *Doutor Fausto*. Será que o mundo está mesmo ficando conforme os meus desejos? É esse mágico de Mann que agora aparece na minha cozinha; quando falo de minha juventude com Sarah, sempre minto, digo-lhe "minha vocação de musicólogo vem do *Doutor Fausto*, foi lendo *Doutor Fausto* aos catorze anos que tive a revelação da música", que deslavada mentira. Minha vocação de musicólogo não existe. Na melhor das hipóteses sou Serenus Zeitblom, doutor, criatura de pura invenção; na pior, Franz Ritter, que sonhava em criança ser relojoeiro. Vocação inconfessável. Como explicar ao mundo, caro Thomas Mann, caro Mágico, que, em criança, minha paixão era pelos relógios, de pulso ou de parede? Imediatamente vão achar que sou um conservador com prisão de ventre (que sou, aliás), não vão ver em mim o sonhador, o criador obcecado pelo tempo. Ora, do tempo à música é só um passo, meu caro Mann. É o que me digo quando estou triste. Sem dúvida, o senhor não evoluiu no mundo das maravilhosas mecânicas, dos cucos e das clepsidras, mas conquistou o tempo pela música. A música é o tempo domesticado, o tempo reproduzível, o tempo em forma. E, como para os relógios de pulso e de parede, a gente gostaria que esse tempo fosse perfeito, que não se desviasse nem um microssegundo, está percebendo aonde eu quero chegar, dr. Mann, caro prêmio Nobel, farol das letras europeias. Minha vocação de relojoeiro vem de meu avô, que me ensinava, com muita ternura, muita doçura, o amor pelos belos mecanismos, pelas engrenagens encaixadas com lupa, pelas molas exatas (a dificuldade da engrenagem circular, ele dizia, é que contrariamente ao peso vertical ela solta mais energia no início do que no fim da rotação; portanto, é preciso compensar, por limitações sutis, sua extensão, sem gastá-la demasiado). Meu fervor relojoeiro me predestinava ao estudo da música, na qual também se trata de engrenagens e contrapesos, engrenagens arcaicas, pulsação e tique-taques, portanto, e é este o objetivo último dessa digressão, não minto para Sarah, não propriamente, quando lhe digo que eu tinha vocação para a musicologia, a qual está para a música assim como a relojoaria está para o tempo, mutatis mutandis. Ah, dr. Mann, vejo-o franzir o cenho, o senhor nunca foi poeta. Escreveu o romance da música, *Fausto*, todo mundo concorda, a não ser esse pobre Schönberg, que, pelo que se diz, ficou muito enciumado. Ah, esses músicos. Jamais contentes. Uns egos imensos. O senhor diz que Schönberg é Nietzsche mais Mahler, um gênio inimitável, e ele se queixa. Ele se queixa de que o senhor não o chama de Arnold Schönberg, mas de Adrian Leverkühn, talvez. É provável que tivesse ficado muito feliz se o senhor lhe dedicasse seiscentas páginas de romance, quatro anos do seu próprio gênio, chamando-o por seu nome, Schönberg, embora no final das contas não fosse ele, mas um Nietzsche leitor de Adorno, pai de uma criança morta. Um Nietzsche sifilítico, é claro, como Schubert, como Hugo Wolf. Dr. Mann, sem querer ofendê-lo, essa história de bordel me parece um tantinho exagerada. Veja meu caso, a gente pode pegar afecções perfeitamente exóticas sem ser obrigado a se apaixonar por uma prostituta desclassificada por causa de uma doença profissional. Que história terrível, esse homem que segue o objeto de seu amor até o bordel e deita-se com ela sabendo que vai contrair sua bactéria atroz. Aliás, talvez seja por isso que Schönberg tenha se zangado com o senhor, esse modo de afirmar, sem dar na vista, que ele era sifilítico. Imagine a vida sexual dele depois da publicação de *Doutor Fausto*, coitado. As dúvidas de suas parceiras. Claro que exagero e ninguém nunca pensou nisso. Para o senhor, a doença se opunha à *saúde* nazista. Reivindicar o corpo e o espírito doentes é afrontar diretamente aqueles que decidiram assassinar todos os alienados nas primeiras câmaras de gás. O senhor tem razão. Poderia talvez ter escolhido outra afecção, a tuberculose, por exemplo. Desculpe, perdão, evidentemente era impossível. E a tuberculose, ainda que o senhor não tivesse escrito *A montanha mágica*, supõe o isolamento da sociedade, o reagrupamento dos doentes todos juntos em gloriosos sanatórios, enquanto a sífilis é uma maldição que a pessoa guarda para si, uma dessas doenças de solidão que nos corroem na intimidade. Tuberculosos e sifilíticos, eis a história da arte na Europa – o público, o social, a tuberculose, ou o íntimo, o vergonhoso, a sífilis. Mais do que dionisíaco ou apolíneo, proponho essas duas categorias para a arte europeia. Rimbaud: tuberculoso. Nerval: sifilítico. Van Gogh? Sifilítico. Gauguin? Tuberculoso. Rückert? Sifilítico. Goethe? Um grande tuberculoso, vejamos! Michelangelo? Terrivelmente tuberculoso. Brahms? Tuberculoso. Proust? Sifilítico. Picasso? Tuberculoso. Hesse? Torna-se tuberculoso depois de inícios sifilíticos. Roth? Sifilítico. Os austríacos em geral são sifilíticos, a não ser Zweig, que é, claro, o modelo do tuberculoso. Olhe Bernhard: absolutamente, terrivelmente sifilítico, apesar de sua doença dos pulmões. Musil: sifilítico. Beethoven? Ah, Beethoven. Houve quem indagasse se a surdez de Beethoven não decorria da sífilis, pobre Beethoven, encontraram-lhe a posteriori todos os males. Hepatite, cirrose alcoólica, sífilis, a medicina se aferra aos grandes homens, é verdade. Em Schumann, em Beethoven. Sabe o que o matou, sr. Mann? O que se sabe hoje de fonte mais ou menos segura? O chumbo. O saturnismo. Sim, senhor. Sífilis coisa nenhuma, nada vezes nada, como se diz. E de onde vinha esse chumbo? Duvido que o senhor acerte. Dos médicos. Foram os odiosos tratamentos absurdos desses charlatães que mataram Beethoven e que sem dúvida também o tornaram surdo. Aterrador, não acha? Fui duas vezes a Bonn. Uma primeira vez quando era estudante na Alemanha, uma segunda vez mais recentemente, para dar uma conferência sobre o Oriente de Beethoven e *As ruínas de Atenas*, quando encontrei o fantasma de meu amigo Bilger. Mas isso é outra história. Conhece os aparelhos acústicos de Beethoven da Beethovenhaus em Bonn? Não há nada mais assustador. Martelos pesados, latas de conserva com um cabo, a gente tem a impressão de que seria preciso segurá-los com as duas mãos. Ah, eis a *opus III*. No início, ainda estamos na sonata. Ainda não é o Adeus. O conjunto do primeiro movimento é construído em cima das surpresas e dos decompassos: a majestosa introdução, por exemplo. Temos a impressão de pegar um trem andando, de ter perdido alguma coisa; entramos num mundo que já começou a girar antes de nosso nascimento, um pouco desorientados pela sétima diminuta – as colunas de um templo antigo, esses *forti*. O pórtico de um universo novo, um pórtico de dez compassos, sob o qual passamos ao dó menor, a força e a fragilidade juntas. Coragem, júbilo, grandiloquência. Os manuscritos da 32ª também se encontram nas salas Bodmer em Bonn? Dr. Mann, sei que o senhor encontrou o famoso Hans Conrad Bodmer. O maior colecionador beethoveniano. Ele pacientemente recolheu tudo, comprou tudo, entre 1920 e 1950, as partituras, as cartas, os móveis, os mais diversos objetos; enchia com eles sua mansão de Zurique, mostrava essas relíquias aos grandes intérpretes de passagem, os Backhaus, os Cortot, os Casals. Com grandes lances em francos suíços, Bodmer reconstituiu Beethoven como se reconstitui um vaso antigo quebrado. Recolou o que ficou espalhado por quase cem anos. Sabe qual é, de todos esses objetos, o que mais me emociona, dr. Mann? A escrivaninha de Beethoven? Aquela que Stefan Zweig possuía, na qual escreveu a maioria de seus livros, e que acabou vendendo junto com sua coleção de manuscritos ao seu amigo Bodmer? Não. A escrivaninha portátil de viagem? Os audiofones? Também não. Sua bússola. Beethoven possuía uma bússola. Uma pequena bússola de metal, em cobre ou latão, que se vê numa vitrine ao lado de sua bengala. Uma bússola de marinheiro, de bolso, redonda, com uma tampa, muito próxima dos modelos de hoje, me parece. Um belo mostrador colorido com uma magnífica rosa dos ventos. Sabe-se que Beethoven era um grande andarilho. Mas andava por Viena, na cidade durante o inverno e no campo durante o verão. Não precisava de bússola para sair de Grinzing ou encontrar o Augarten – será que levava essa bússola durante as excursões à floresta vienense, ou quando atravessava os vinhedos para chegar ao Danúbio em Klosterneuburg? Será que planejara uma grande viagem? A Itália, talvez? A Grécia? Será que Hammer-Purgstall o convencera a ver o Oriente? Hammer propusera a Beethoven musicar seus textos "orientais", os dele, mas também traduções. Aparentemente, o mestre jamais aceitou. Não há Lieder "orientais" de Beethoven além de *As ruínas de Atenas* do horrível Kotzebue. Há apenas a bússola. Possuo uma réplica – bem, um modelo que se aproxima. Não costumo ter ocasião de usá-la. Creio que nunca saiu deste apartamento. Portanto, continua marcando a mesma direção, ao infinito, na estante, com a tampa fechada. Assiduamente subjugada pelo magnetismo, sobre sua bolha d'água, a dupla agulha vermelha e azul marca o leste. Sempre me perguntei onde Sarah encontrara esse artefato estranho. Minha bússola de Beethoven marca o leste. Ah, não é só o quadrante, não, não, assim que você tenta se orientar, percebe que essa búsola aponta para o leste e não para o norte. Uma bússola de loja de mágicas. Muito tempo brinquei com ela. Incrédulo, fiz dezenas de ensaios, na janela da cozinha, na janela do salão, na janela do quarto, e de fato ela indica o leste. Sarah se dobrava de rir, ao me ver virar para lá e para cá aquela bússola desgraçada. Ela me dizia: "E aí, já entendeu?". E era absolutametne impossível me orientar com aquele instrumento. Eu apontava para a Votivkirche, a agulha se estabilizava depressa, bem imóvel, eu girava o disco para colocar o N sob a agulha, mas aí o azimute afirmava que a Votivkirche ficava a leste em vez de estar ao sul. Ela é falsa, pura e simplesmente, não funciona. Sarah rolava de rir, felicíssima com a sua brincadeira, você não sabe nem sequer usar uma bússola! Estou dizendo que ela indica o leste! E de fato, milagrosamente, se a gente colocasse o E sob a agulha, em vez do N, então tudo, por encanto, encontrava o seu lugar: o norte no norte, o sul no sul, a Votivkirche à beira do Ring. Eu não entendia como isso era possível, por qual mágica podia existir uma bússola que indica o leste e não o norte. O magnetismo terrestre se insurge contra essa heresia, esse objeto está possuído por alguma magia negra! Sarah tinha lágrimas nos olhos de tanto rir ao me ver tão desconcertado. Negava-se a me explicar o truque; me senti tremendamente humilhado; virei e revirei aquela bússola miserável em todas as direções. A bruxa responsável pelo encantamento (ou, pelo menos, por sua compra: até os maiores mágicos compram suas mágicas) acabou tendo pena de minha falta de imaginação e me contou que, na verdade, havia *duas* agulhas separadas por um papelão; a agulha imantada ficava embaixo, invisível, e a segunda, submetida à primeira, formava um ângulo de noventa graus com o ímã, indicando portanto sempre o eixo leste-oeste. Para quê? A não ser para se ter imediatamente diante dos olhos a direção de Bratislava ou de Estalingrado sem fazer cálculos, eu não via razão alguma para isso.

— Franz, você não tem poesia. Possui agora uma das raras bússolas que apontam para o Oriente, a bússola da Iluminação, o artefato sohrawardiano. Uma varinha de feiticeiro místico.

O senhor deve estar pensando, caro sr. Mann, que relação Sohrawardi, grande filósofo persa do século XII, decapitado em Alepo por ordem de Saladin, podia ter com a bússola de Beethoven (ou pelo menos com sua versão falsificada por Sarah). Sohrawardi, nativo de Sohraward, no noroeste do Irã, e descoberto na Europa (e também em grande parte pelos iranianos) por Henry Corbin (já lhe falei das poltronas de couro de Corbin nas quais comíamos pistaches em Teerã?), o especialista de Heidegger que passou ao Islã e que dedica a Sohrawardi e seus sucessores um volume inteiro de sua grande obra, *No Islã iraniano*. Henry Corbin é sem dúvida um dos pensadores europeus mais influentes no Irã, e cujo longo trabalho de edição e de exegese participou da renovação, de acordo com a tradição, do pensamento xiita. E em especial da renovação da exegese de Sohrawardi, o fundador da "teosofia oriental", da sabedoria das Luzes, herdeiro de Platão, Plotino, Avicena e Zoroastro. Enquanto a metafísica muçulmana se extinguia, nas trevas ocidentais, com a morte de Averróis (e a Europa latina ficou nesse estágio), ela continuava a brilhar a leste na teosofia mística dos discípulos de Sohrawardi. É essa via que a minha bússola mostra, segundo Sarah, o caminho da Verdade, no sol levante. O primeiro orientalista no sentido estrito da palavra é esse decapitado de Alepo, xeique da iluminação oriental, do *Ishraq*, das luzes do Leste. Meu amigo Parviz Baharlou, o poeta de Teerã, o erudito da alegre tristeza, costumava nos falar de Sohrawardi, desse saber do *Ishraq* e de sua relação com a tradição mazdeana do Irã antigo, esse traço de união subterrâneo que unia o Irã xiita moderno à Pérsia antiga. Para ele, essa corrente era bem mais interessante e subversiva que aquela iniciada por Ali Shariati, de releitura do xiismo como arma de combate revolucionário, que ele chamava de "o rio seco", pois a tradição não corria por ali, o fluxo espiritual estava ausente. Segundo Parviz, os mulás iranianos no poder não tinham, infelizmente, o menor interesse em um nem noutro: não só as ideias revolucionárias de Shariati não tinham mais vigência (já Khomeini, no início da revolução, condenara seu pensamento como inovação digna de ser criticada) como o aspecto teosófico e místico era apagado da religião do poder em benefício da secura do *velayat-e faqih*, o "governo do jurista": os membros do clero, até a parúsia do Mahdi, o imã oculto que trará a justiça à terra, são os responsáveis pela administração terrestre, os intermediários não espirituais, mas temporais do Mahdi. Essa teoria provocara, na época, os raios fulminantes dos grandes aiatolás, como o aiatolá Shariatmadari, que formara em Qom o pai de Parviz. Aliás, Parviz acrescentava que o *velayat-e faqih* tivera consequências gigantescas sobre as vocações – o número de aspirantes a mulás centuplicara, pois um magistério temporal permitia encher os bolsos bem mais facilmente (e Deus sabe como os bolsos dos mulás são profundos) do que um sacerdócio espiritual, rico em recompensas no além mas bem pouco remunerador neste nosso mundo: portanto, os turbantes floresceram no Irã, pelo menos tanto quanto os funcionários no Império Austro-Húngaro, basta dizer isso. A tal ponto que alguns religiosos se queixam hoje de que os membros do clero sejam mais numerosos do que os fiéis nas mesquitas, e que se encontrem pastores demais e cada vez menos rebanhos a tosquiar, mais ou menos como havia, no fim da Viena imperial, mais funcionários do que administrados. O próprio Parviz explicava que, vivendo no Paraíso do Islã na terra, não via razão de ir à mesquita. As únicas reuniões religiosas onde havia uma massa de gente, dizia ele, eram as manifestações políticas de uns e de outros: freta-se uma profusão de ônibus para ir buscar os moradores do sul da cidade, que entram no ônibus alegremente, felizes com o passeio gratuito e com a comida que lhes oferecem no final da prece comunitária.

No entanto, o Irã filosófico e místico sempre estava lá e corria como um rio subterrâneo sob os pés dos mulás indiferentes; os partidários do *erfân*, o conhecimento espiritual, perseguiam a tradição da prática e do comentário. Os grandes poetas persas participavam dessa prece do coração, inaudível talvez no burburinho de Teerã, mas cujo batimento surdo era um dos ritmos mais íntimos da cidade, do país. Frequentando os intelectuais e os músicos, a gente quase esquecia a máscara negra do regime, essa mortalha estendida sobre todas as coisas a seu alcance, a gente quase se libertava do *zahir*, o aparente, para se aproximar do *bâtin*, o ventre, o oculto, as potências da aurora. Quase, porque Teerã também sabia, de surpresa, dilacerar a sua alma e mandá-lo de volta para a tristeza mais superficial, na qual não havia êxtase nem música – o louco neogobineano do Museu Abguineh, por exemplo, com sua saudação hitlerista e seu bigode, ou aquele mulá da universidade, professor de sei lá o quê, com quem cruzamos e que nos interpelou para explicar que nós, cristãos, tínhamos três deuses, pregávamos os sacrifícios humanos e bebíamos sangue: portanto, não éramos simples infiéis, mas stricto sensu éramos pagãos aterradores. Pensando bem, era a primeira vez que me faziam usar o qualificativo de *cristão*: a primeira vez que a evidência de meu batismo era usada por outrem para me designar e (na circunstância) me desprezar, assim como, no Museu Abguineh, era a primeira vez que me impunham o qualificativo de alemão para me propulsar entre os hitleristas. Essa violência da identidade colada na outra e pronunciada tal uma condenação Sarah a sentia bem mais fortemente que eu. O Nome que ela poderia ter usado, no Irã, permanecia secreto: mesmo se a República Islâmica protegia oficialmente os judeus iranianos, a pequena comunidade presente em Teerã há quatro milênios era alvo de humilhações e suspeitas; as últimas migalhas do judaísmo aquemênida eram às vezes presas, torturadas e enforcadas depois de processos escandalosos que tinham mais a ver com a bruxaria medieval do que com a justiça moderna, acusadas – entre mil outras acusações estapafúrdias – de ter falsificado medicamentos e tentado envenenar os muçulmanos do Irã em nome, é claro, do Estado de Israel, cuja evocação, em Teerã, tinha a força dos monstros e dos lobos nos contos infantis. E embora Sarah não fosse, na verdade, nem judia nem católica, convinha desconfiar (tendo em vista a facilidade com que a polícia fabricava espiões) e dissimular os poucos laços que ela podia manter com essa identidade sionista, que os discursos oficiais iranianos desejavam tão ardentemente aniquilar.

É estranho pensar que hoje na Europa põe-se tão facilmente o qualificativo de "muçulmano" em todos aqueles que têm um sobrenome de origem árabe ou turca. A violência das identidades impostas.

Oh, a segunda exposição do tema. Temos de ouvi-la com lupa. Tudo se apaga. Tudo escapa. Avançamos por terrenos novos. Tudo foge. É preciso reconhecer, caro Thomas Mann, que as suas páginas sobre a 32ª sonata de Beethoven são perfeitas para provocar a inveja dos musicólogos. Aquele conferencista gago, Kretzschmar, que toca piano berrando seus comentários para ultrapassar os próprios *fortissimi*. Que personagem. Um gago para falar de um surdo. Por que não há terceiro movimento na *opus III*? Eu gostaria de apresentar minha própria teoria. Esse famoso terceiro movimento está presente *indiretamente*. Por sua ausência. Está nos céus, no silêncio, no futuro. Já que se espera por esse terceiro movimento, ele quebra a dualidade do enfrentamento das duas primeiras partes. Seria um movimento lento. Lento, tão lento ou tão rápido que perdura numa tensão infinita. No fundo, é a mesma questão que a da resolução do acorde de Tristão. O duplo, o ambíguo, o turvo, o fugidio. A fuga. Esse falso círculo, esse impossível retorno é inscrito pelo próprio Beethoven bem no início da partitura, no *maestoso* que acabamos de ouvir. Essa sétima diminuta. A ilusão da tonalidade esperada, a inutilidade das esperanças humanas, tão facilmente enganadas pelo destino. O que acreditamos ouvir, o que acreditamos esperar. A esperança majestosa da ressurreição, do amor, do consolo, é seguida apenas pelo silêncio. Não há terceiro movimento. É um terror, não é? A arte e as alegrias, os prazeres e os sofrimentos dos homens ecoam no vazio. Todas essas coisas a que nos apegamos, a fuga, a sonata, tudo isso é frágil, dissolvido pelo tempo. Escute esse final de primeiro movimento, o gênio dessa coda que termina no ar, suspensa depois do longo caminho harmônico – até o espaço entre os dois movimentos é incerto. Da fuga à variação, do fugidio à evolução. A pequena ária prossegue, *adagio molto*, num ritmo dos mais surpreendentes, a marcha para a simplicidade do nada. Ilusão, de novo, essa Essência; não a descobrimos na variação e nem a captamos pela fuga. Acreditamos ser tocados pela carícia do amor, e nos vemos descendo uma escada, de pernas para o ar. Uma escada paradoxal que leva apenas a seu ponto de partida – nem ao paraíso nem ao inferno. O gênio dessas variações, o senhor certamente convirá, sr. Mann, também reside nas suas transições. É aí que se encontra a vida, a vida frágil, no vínculo entre todas as coisas. A beleza é a passagem, a transformação, todas as artimanhas do ser vivo. Essa sonata é viva justamente porque passa da fuga à variação e desemboca no nada. "O que há na amêndoa? O nada. É o nada que há na amêndoa e ali se mantém." Claro que o senhor não pode conhecer esses versos de Paul Celan, sr. Mann, pois já tinha morrido quando eles foram publicados.

> *Um nada*
> *fomos, somos nós, continuaremos*
> *a ser o nada que floresce*
> *a rosa do nada, a rosa*
> *de ninguém.*

Tudo leva a esse famoso terceiro movimento, em silêncio maior, uma rosa do nada, uma rosa de ninguém.

Mas prego para um convertido, caro Thomas Mann, sei que o senhor concorda comigo. Aborrece-o se eu desligar o rádio? Finalmente, Beethoven me deixa triste. Sobretudo esse trinado interminável bem antes da variação final. Beethoven me remete ao nada; à bússola do Oriente, ao passado, à doença e ao futuro.

Aqui a vida se conclui na tônica; simplesmente, *pianissimo*, em dó maior, um acorde muito branco seguido de uma pausa de semicolcheia. E o nada.

O importante é não perder o leste. Franz, não perca o leste. Desligue o rádio, pare essa conversa em voz alta com o fantasma de Mann, o mágico. Mann, o amigo de Bruno Walter. Amigo até no exílio, amigo de trinta e cinco anos. Thomas Mann, Bruno Walter e o caso Wagner. A aporia Wagner, sempre. Bruno Walter, o discípulo de Mahler, que a burguesia de Munique acabará expulsando de seu cargo de regente pois, semita, ele conspurcará a música alemã. Não fazia brilhar o suficiente a estátua wagneriana. Nos Estados Unidos, se tornará um dos maiores maestros de todos os tempos. Por que estou tão furioso com Wagner esta noite? Talvez seja a influência da bússola de Beethoven, a que marca o leste. Wagner é o *zahir*, o aparente, o sinistro Ocidente seco. Ele barra os rios subterrâneos. Wagner é uma barragem, com ele o riacho da música europeia transborda. Wagner obstrui tudo. Destrói a ópera. Afoga-a. A obra total torna-se totalitária. O que há dentro da amêndoa? O Todo. A ilusão do Todo. O canto, a música, a poesia, o teatro, a pintura com nossos cenários, os corpos com nossos atores e até a natureza com nosso Reno e nossos cavalos. Wagner é a República Islâmica. Apesar de seu interesse pelo budismo, apesar de sua paixão por Schopenhauer, Wagner transforma toda essa alteridade no *eu* cristão. *Os vencedores*, ópera budista, torna-se *Parsifal*, ópera cristã. Nietzsche foi o único que soube se afastar desse ímã. Que soube perceber seu perigo. Wagner: tuberculoso. Nietzsche: sifilítico. Nietzsche pensador, poeta, músico. Nietzsche queria *mediterranizar* a música. Amava as exóticas exuberâncias de *Carmen*, o som da orquestra de Bizet. Amava. Nietzsche via o amor no sol alado e no mar em Rapallo, nas luzes secretas da costa italiana, onde os verdes mais densos sofrem no mercúrio. Nietzsche compreendera que a questão de Wagner não era tanto os píncaros que ele conseguiu alcançar, mas a impossibilidade de sua sucessão, a morte de uma tradição que já não era vivificada (em si mesma) pela alteridade. A horrível modernidade wagneriana. *O pertencimento a Wagner, isso se paga caro*. Wagner quis ser um rochedo isolado, atirou as barcas de todos os seus sucessores contra arrecifes.

Para Nietzsche, o cristianismo reencontrado de *Parsifal* é insuportável. O Graal de Parsifal soa quase como uma injúria pessoal. O encerramento em si mesmo, na ilusão católica.

Wagner é uma calamidade para a música, afirma Nietzsche. Uma doença, uma neurose. O remédio é *Carmen*, o Mediterrâneo e o Oriente espanhol. A cigana. Um mito do amor bem diferente do de Tristão. É preciso abastardar a música. Nietzsche não diz nada mais que isso. Nietzsche assistiu a umas vinte apresentações de *Carmen*. O sangue, a violência, a morte, os touros: o amor como um golpe do destino, como essa flor que nos joga e nos condena ao sofrimento. Essa flor que seca conosco na prisão sem perder o perfume. Um amor pagão. Trágico. Para Bizet, o Oriente é a Itália – é na Sicília que o jovem Georges Bizet, prêmio de Roma, descobre os vestígios dos mouros, os céus incendiados de paixão, os limoeiros, as mesquitas transformadas em igrejas, as mulheres vestidas de preto das novelas de Mérimée, esse Mérimée que Nietzsche adorava. Numa carta, o vidente bigodudo (a chamada carta "do peixe-voador", em que ele declara viver "de maneira estranha na crista das ondas") explica que a *coerência mágica* de Mérimée passa para a ópera de Bizet.

Bizet se casou com uma judia e inventou uma cigana. Bizet se casou com a filha de Halévy, o compositor de *A judia*, a obra mais representada na Ópera de Paris, bem nos anos 1930. Conta-se que Bizet morreu dirigindo *Carmen*, durante o trio dos tarôs, no exato instante em que as três cartomantes ciganas pronunciavam a frase "A morte! a morte!", virando a carta fatal. Pergunto-me se é verdade. Há toda uma rede de mortais ciganas na literatura e na música, desde Mignon, a andrógina do *Wilhelm Master* de Goethe, até a Carmen, passando pela sulfurosa Esmeralda de Hugo – jovem adolescente, eu me assustava terrivelmente com *Isabel do Egito*, o romance de Achim von Arnim, marido de Bettina Brentano; ainda me lembro do início do texto, tão sombrio, quando a velha Cigana mostra à jovem Bella um ponto na colina dizendo-lhe é uma forca, perto de um riacho; é teu pai que está enforcado lá no alto. Não chora, ela lhe diz, esta noite iremos jogar o corpo dele no rio, para que seja levado de volta ao Egito; pega esse prato de carne e esse copo de vinho e vai celebrar em homenagem a ele a refeição fúnebre. E eu imaginava, sob aquela lua implacável, a jovem criança contemplando ao longe o cadafalso onde se balançava o cadáver de seu pai; eu via Bella, sozinha, comendo aquela carne e bebendo aquele vinho e pensando no duque dos ciganos, esse pai cujo cadáver ela iria ter de tirar da forca para entregr à torrente, torrente tão poderosa que tinha o poder de levar os corpos ao outro lado do Mediterrâneo, ao Egito, pátria dos Mortos e dos Ciganos, e na minha imaginação ainda infantil todas as peripécias terríveis da continuação das aventuras de Bella, a fabricação do homúnculo mágico, o encontro com o jovem Carlos V, tudo isso não era nada em comparação com aquele horrível começo, os restos do duque Michel rangendo na noite no alto do patíbulo, a criança sozinha com sua comida fúnebre. Minha cigana, a minha, é Bella, mais que Carmen: a primeira vez que pude acompanhar meus pais à Ópera de Viena, rito de passagem para todo filho de burguês, foi para uma apresentação de *Carmen* dirigida por Carlos Kleiber – eu fiquei fascinado com a orquestra, o som da orquestra, o número de músicos; com os vestidos de fru-frus das cantoras e com o

237

erotismo inflamado das danças, mas terrivelmente chocado com a horrenda fonética francesa daquelas deusas: infelizmente, em vez de um excitante sotaque espanhol, Carmen era russa, e Micaela era alemã, dizia para os soldados "Non, non, eu foltarrei", o que me parecia (que idade eu podia ter, doze anos talvez) engraçadíssimo. Eu esperava ver uma ópera francesa passada na Espanha selvagem, e não entendia rigorosamente nada dos diálogos falados, nem das árias, pronunciadas numa espécie de sabir marciano que eu ignorava, infelizmente, que era o da ópera de hoje. No palco, uma gigantesca barafunda de gente pulando, ciganos, militares, burros, cavalos, palha, facas, a qualquer momento poderia sair da coxia um touro de verdade que Escamillo (também russo) mataria ali mesmo; Kleiber pulava no seu pódio para tentar fazer a orquestra tocar mais alto, mais alto, cada vez mais alto, com acentos tão ousados que até os burros, os cavalos, as coxas debaixo dos vestidos e os seios nos decotes pareciam uma comportada parada de aldeia – os triângulos tilintavam a ponto de desconjuntar o ombro, os cobres sopravam tão violentamente que faziam voar os cabelos das violonistas e as saias das operárias do tabaco, as cordas abafavam as vozes dos cantores, obrigados a berrar como burros ou jumentos para serem ouvidos, perdendo qualquer nuance; só o coro das crianças, *"Avec la garde montante"* etc., parecia se divertir com aquela empolgação, gritando também, cada uma mais que a outra, e exibindo suas armas de madeira. Tinha tanta gente no palco que não se sabia como podiam se mexer sem cair no fosso da orquestra, chapéus, toucas, bonés, rosas nos cabelos, sombrinhas, fuzis, uma massa, um magma de vida e de música de uma confusão sem limite, reforçada, na minha memória (mas a memória sempre exagera), pela dicção dos atores, que remetia o texto a borborismos – ainda bem que minha mãe, paciente, me contara antes a história funesta do amor de don José por Carmen. Lembro-me perfeitamente de minha pergunta, mas por que ele a mata? Por que matar o objeto de seu amor? Se a ama, por que apunhalá-la? E se já não a ama, se casou com Micaela, então como ainda pode sentir ódio suficiente para matá-la? Essa história me parecia altamente improvável. Parecia-me muito estranho que Micaela, sozinha, conseguisse descobrir o covil dos contrabandistas na montanha, algo que a polícia não conseguira. Também não entendia por que, no fim do primeiro ato, don José deixava Carmen fugir da prisão, quando na verdade mal a conhecia. Afinal, ela deixara uma cicatriz numa pobre moça, com uma facada. Don José não tinha senso de justiça? Era um assassino em potencial? Minha mãe suspirava que eu não entendia nada da força do amor. Felizmente, a exuberância kleiberiana me permitiu esquecer o relato e me concentrar nos corpos daquelas mulheres dançando no palco, nas suas roupas e poses sugestivas, na sedução lasciva de suas danças. As ciganas são uma história de paixão. Desde *A pequena cigana* de Cervantes, os ciganos representaram na Europa uma alteridade de desejo e violência, um mito de liberdade e viagem – até na música: pelos personagens que fornecem às óperas, mas também pelas melodias e pelos ritmos. Franz Liszt descreve, em *Ciganos e suas músicas na Hungria*, depois de uma sinistra introdução antissemita de noventa páginas dedicadas aos judeus na arte e na música (sempre os absurdos argumentos wagnerianos: dissimulação, cosmopolitismo, ausência de criação, de gênio, em benefício da imitação e do talento: Bach e Beethoven, gênios, contra Meyerbeer e Mendelssohn, talentosos imitadores), a *liberdade* como característica primeira "dessa estranha raça" cigana. O cérebro lisztiano, corroído pelo conceito de raça e antissemitismo, se debate para salvar os ciganos – se eles se opõem aos judeus, afirma, é porque não escondem nada, não têm Bíblia e Testamento próprios; são ladrões, os ciganos, é verdade, pois não se dobram a nenhuma norma, como o amor em *Carmen*, "que jamais conheceu lei". Os filhos de cigano correm atrás "da elétrica centelha de uma sensação". Estão dispostos a tudo para *sentir*, a qualquer preço, em comunhão com a natureza. O cigano nunca é tão feliz como quando dorme num bosque de bétulas, nos informa Liszt, quando fareja as emanações da natureza por todos os poros. Liberdade, natureza, sonho, paixão: os ciganos de Liszt são o povo romântico por excelência. Mas onde Liszt é o mais profundo, o mais amoroso, talvez, é quando esquece as fronteiras da raça que ele acaba de jogar sobre os *Rommy* e se interessa pela contribuição deles para a música húngara, pelos motivos ciganos que nutrem a música húngara – *a epopeia* cigana alimenta a música, Liszt vai se tornar o rapsodo dessas aventuras musicais. A mistura com os elementos tártaros (na época, dependendo das origens, tratava-se de húngaros misteriosos) assina o nascimento da música húngara. Ao contrário da Espanha, onde os zíngaros não dão nada de bom (uma velha guitarra com som de serrote em meio à preguiça de uma gruta do Sacromonte ou de palácios em ruínas de Alhambra não pode ser considerada música, diz ele), é nas imensas planícies da Hungria que o fogo cigano vai encontrar, a seu ver, sua mais bela expressão – imagino Liszt na Espanha, no esplendor esquecido dos restos almôadas, ou na mesquita de Córdoba, buscando apaixonadamente ciganos para ouvir sua música; em Granada, leu *Tales of the Alhambra*, de Washington Irving, ouviu as cabeças dos abencerrages caírem sob o sabre dos carrascos, na bacia da fonte dos leões – Washington Irving, o americano, amigo de Mary Shelley e de Walter Scott, o primeiro escritor a reviver o gesto dos muçulmanos da Espanha, o primeiro a reescrever a crônica da conquista de Granada e a viver algum tempo em Alhambra. É estranho que Listz não tenha ouvido, nos cantos em torno dessa guitarra ruim, como ele diz, outra coisa além de banalidades: no entanto, reconhece que não teve sorte. Quem teve sorte foi Domenico Scarlatti, que sem dúvida, durante sua longa temporada na Andaluzia, na pequena corte de Sevilha, escutou vários vestígios das músicas mouras perdidas, transportadas pelos ciganos para o flamenco nascente; aquele ambiente vivifica a música barroca e participa, graças à originalidade de Scarlatti, da evolução da música europeia. A paixão cigana pelas margens, tanto nas paisagens húngaras como nas colinas andaluzes, transmite sua energia à música chamada "ocidental" – uma pedra a mais na ideia de Sarah sobre a "construção comum". Aliás, é a contradição de Liszt: isolando na "raça" gobiniana a contribuição cigana, ele a afasta, a neutraliza; reconhece essa contribuição, mas só consegue concebê-la como um fluxo antigo que escorreu "desse povo estrangeiro como os judeus" para a música húngara dos primeiros tempos: suas rapsódias se intitulam *Rapsódias húngaras*, e não *Rapsódias ciganas*... Esse grande movimento de exclusão "nacional", a construção histórica da música "alemã", "italiana", "húngara" como expressão da nação homônima, em perfeita adequação com ela, é imediatamente contradito, na verdade, por seus próprios teóricos. Os ímpetos modais de algumas sonatas de Scarlatti, as alterações da gama cigana (Liszt fala de "cintilações muito estranhas e de um brilho ofuscante") são outras tantas facadas na harmonia clássica, a facada de Carmen, quando ela corta o rosto de uma das operárias formando uma cruz de santo André. Eu poderia sugerir a Sarah que se debruçasse sobre os ciganos do Oriente, tão pouco estudados, os cingânés turcos, os nawar sírios, os luli iranianos – nômades ou sedentários que se encontram da Índia ao Magreb, passando pela Ásia Central, desde a época sassânida e do rei Bahrâm Gur. Na poesia persa clássica, os ciganos são livres, alegres, músicos; têm a beleza da lua, dançam e seduzem – são objetos de amor e desejo. Não sei nada sobre sua música, será diferente daquela do Irã ou, ao contrário, será o substrato sobre o qual crescem os modos iranianos? Entre a Índia e as planícies da Europa Ocidental bate o sangue livre de suas línguas misteriosas, de tudo o que levaram consigo em seus deslocamentos – desenhando um outro mapa, secreto, o de um imenso país que vai do vale do Indo ao Guadalquivir.

Fico dando voltas em torno do amor. Remexo minha colherzinha na xícara vazia. Será que estou querendo mais uma? O que é certo é que estou sem sono. O que o Destino tenta me dizer nesta noite? Eu poderia tirar cartas, e se tivesse a menor competência na matéria me jogaria nos tarôs. *"Madame Sosostris, famous clairvoyante, is known to be the wisest woman in Europe, wih a wicked pack of cards."* Eis a minha carta, O Marinheiro Fenício Afogado. O enforcado oriental aquático, em suma. *Temei a morte por afogamento.* Ou, em Bizet:

> *Mas se deves morrer,*
> *Se a palavra temível*
> *Está escrita pela sorte,*
> *Recomeça vinte vezes,*
> *A carta impiedosa*
> *Repetirá: a morte!*
> *De novo! De novo!*
> *Sempre a morte!*
> *De novo! O desespero!*
> *Sempre a morte!*

Morrer pela mão de Carmen ou de Madame Sosostris é trocar seis por meia dúzia, *kifkif bourricot*, dizem os franceses. O anúncio da morte próxima, como a bela sobriedade do post scriptum de uma das últimas cartas de Nietzsche, o gigante de bigodes de barro,

> P.S.: Este inverno fico em Nice. Meu endereço estival é: Sils-Maria, Haute-Engadine, Suíça. Deixei de ensinar na universidade. Perdi três quartos da visão.

que ecoa como um epitáfio. Custa-se a imaginar que haja uma última noite, que a pessoa esteja quase totalmente cega. Sils im Engadin está entre as mais belas paisagens de montanha da Europa, dizem. O lago de Sils e o lago Silvaplana por onde Nietzsche ia dar voltas a pé. Nietzsche, o Persa, Nietzsche, o leitor do Avesta, último ou primeiro zoroastrista da Europa, cego pela luz do fogo de Ahura Mazda, a Grande Claridade. A gente sempre se cruza e se recruza; Nietzsche apaixonado por Lou Salomé, essa mesma Lou que se casará com um orientalista, Friedrich Carl Andreas, especialista em línguas iranianas, orientalista que por pouco não se matou a facadas, pois ela lhe recusava seu corpo, até deixá-lo louco de desejo; Nietzsche cruza com Annemarie Schwarzenbach em Sils-Maria, onde os Schwarzenbach possuíam um chalé suntuoso; Annemarie Schwarzenbach cruza com o fantasma de Nietzsche em Teerã, onde passa várias temporadas; Annemarie Schwarzenbach cruza com Thomas Mann e Bruno Walter por intermédio de Erika e Klaus Mann, a quem escreve aquelas cartas apaixonadas da Síria e do Irã. Annemarie Schwarzenbach cruza com Arthur de Gobineau, sem saber, no vale do Lahr, a algumas dezenas de quilômetros ao norte de Teerã. A bússola continua a indicar o leste. No Irã, Sarah me leva para visitar esses lugares, uns após outros; a vila de Farmaniyé, onde Annemarie morou com o esposo, o jovem diplomata francês Claude Clarac, bela casa com colunatas neopersas, com um magnífico jardim, hoje residência do embaixador da Itália, homem afável, encantado de nos fazer as honras da casa e saber que a suíça melancólica viveu ali um tempo – Sarah brilha na sombra das árvores, com os cabelos que são como esses peixes dourados furta-cores na água marrom. Sua felicidade em descobrir aquela casa se transforma num interminável sorriso; eu mesmo estou tão feliz com seu prazer infantil que me sinto invadido por um júbilo primaveril, poderoso como o perfume das inúmeras rosas de Teerã. A vila é suntuosa – os azulejos qadjares nas paredes contam as histórias dos heróis persas; os móveis, sendo muitos de época, oscilam entre velha Europa e Irã imortal. A construção foi modificada e aumentada nos anos 1940, inextricável mistura entre arquitetura neogótica italiana e século XIX persa, um tanto harmoniosa. A cidade ao redor, em geral tão áspera, suaviza-se na visão de Sarah ajoelhada numa beirada de pedra com sua mão branca deformada pela água de um laguinho coberto de nenúfares. Encontro-a no Irã alguns meses depois de Paris e da defesa de sua tese, longos meses após seu casamento e meu ciúme, depois de Damasco, Alepo e da porta fechada do quarto do Hotel Baron, batida na minha cara – a dor se apaga aos poucos, todas as dores se apagam, a vergonha é um sentimento que imagina o outro em si mesmo, que assume a visão do outro, um desdobramento, e agora, arrastando meus chinelos pelo salão e pelo escritório, esbarrando como de hábito no porta-guarda-chuva de porcelana invisível no breu, fico pensando que fui abominável ao tratá-la com frieza dessa forma, e ao mesmo tempo ao fazer todas as intrigas possíveis e imagináveis para encontrá-la no Irã, procurando temas de pesquisa, bolsas, convites para ir a Teerã, completamente cego por essa ideia fixa, a ponto de perturbar meus queridos planos universitários: em Viena, todo mundo me perguntava por que Teerã, por que a Pérsia? Istambul e Damasco, ainda passa, mas Irã? E eu tinha de inventar raciocínios esquisitos, interrogações sobre "o sentido da tradição musical", sobre a poesia persa clássica e seus ecos na música europeia, ou lançar um muito peremptório: "Devo voltar às fontes", que tinha a vantagem de calar imediatamente os curiosos, certos de que eu fora tocado pela graça ou, mais frequentemente, pelo vento da loucura.

Ih, tirei o computador, sem querer, do estado de hibernação, Franz, eu sei o que você vai fazer, vai remexer em velhas histórias, nas suas anotações de Teerã, vai reler os e-mails de Sarah, e você sabe que não é uma boa ideia, seria melhor tomar outra xícara e ir dormir. Ou então corrigir, corrigir esse trabalho infernal sobre as óperas orientalistas de Gluck.

Uma tragada de ópio iraniano, uma tragada de memória, é um gênero de esquecimento, de esquecimento da noite que avança, da doença que progride, da cegueira que nos invade. Talvez seja o que faltava em Sadeq Hedayat quando ele abriu todo o gás em Paris, em abril de 1951, um cachimbo de ópio e de memória, uma companhia: o maior prosador iraniano do século XX, o mais sombrio, o mais engraçado, o mais malvado acabou se entregando à morte por exaustão; deixou-se levar, não resistiu mais, sua vida não lhe parecia digna de ser seguida, aqui ou lá – a perspectiva de voltar para Teerã lhe é tão insuporável como a de ficar em Paris, ele paira, paira naquele estúdio que custou tanto a conseguir, na Rue Championnet em Paris, Cidade Luz, na qual vê tão poucas luzes. Em Paris, gosta das cervejarias, do conhaque e dos ovos cozidos, pois é vegetariano há tempos, desde suas viagens à Índia; em Paris, gosta da lembrança da cidade que conheceu nos anos 1920, e essa tensão entre a Paris de sua juventude e a de 1951 – entre sua juventude e 1951 – é uma dor diária, nos passeios pelo Quartier Latin, nas longas caminhadas pelo subúrbio. Frequenta (é dizer muito) alguns iranianos, exilados como ele; esses iranianos acham-no um pouco altivo, um pouco desdenhoso, o que, pelo visto, é mesmo o caso. Já não escreve muito. "Só escrevo para minha sombra, projetada pelo abajur na parede; preciso que ela me conheça." Queimará seus últimos textos. Ninguém terá amado e odiado tanto o Irã como Hedayat, contava Sarah. Ninguém foi tão atento à língua da rua, aos personagens da rua, aos beatos, aos humildes, aos poderosos. Ninguém soube construir ao mesmo tempo uma crítica tão selvagem e um elogio tão imenso ao Irã como Hedayat. Talvez fosse um homem triste, sobretudo no fim da vida, ao mesmo tempo ácido e amargo, mas não é um escritor triste, longe disso.

Como a Hedayat, Paris sempre me intimidou; a estranha violência que aí se sente, o cheiro de amendoim morno do metrô, o hábito de seus habitantes de correr em vez de andar, os olhos para baixo, prestes a derrubar tudo em sua passagem para chegar ao destino; a imundície, que parece se acumular na cidade sem interrupção pelo menos desde Napoleão; o rio tão nobre e tão apertado em suas margens pavimentadas, salpicadas de monumentos altivos e disparatados; o conjunto, sob os olhos moles e leitosos da Sacré-Coeur, me parece sempre de uma beleza baudelairiana, monstruosa. Paris, capital do século XIX e da França. Jamais consegui me livrar, em Paris, de minhas hesitações de turista e de meu francês, embora considere questão de honra que ele seja castiço, sóbrio, perfeito, mas ele está sempre no exílio – tenho a impressão de entender uma palavra em duas, e, pior ainda, cúmulo da humilhação, várias vezes me fazem repetir as frases: desde Villon e do fim da Idade Média, em Paris só se fala calão. E ignoro se esses traços de caráter fazem com que Viena ou Berlim pareçam doces e provincianas ou se, ao contrário, é Paris que permanece enterrada na sua província, isolada no coração dessa Île-de-France cujo nome talvez esteja na origem da singularidade da cidade e de seus habitantes. Sarah é uma verdadeira parisiense, se esse adjetivo tem de fato um significado – em todo caso, nasceu e cresceu lá, e, para ela, *"il n'est bon bec que de Paris"*.* E para mim também – tenho de admitir que Sarah, mesmo tendo emagrecido de tanto estresse, com olheiras suaves e cabelos mais curtos que de costume, como se tivesse entrado para um mosteiro ou estivesse numa prisão, mãos pálidas e quase ossudas, a aliança folgada e balançando no dedo, continuava a ser o ideal da beleza feminina. Que pretexto eu encontrara para aquela breve temporada parisiense, já não lembro; hospedei-me num hotelzinho perto da Place Saint-Georges, uma dessas praças de proporções milagrosas transformadas em inferno pela invenção do automóvel – o que eu ignorava é que "a dois passos da Place Saint-Georges" (dizia o prospecto do hotel que devo ter escolhido, inconscientemente, por causa das consonâncias amistosas do nome desse santo, muito mais familiar

---

* Verso da *Ballade des femmes de Paris*, de François Villon, que na poesia significa "nada igual às parisienses", e tomou em seguida o sentido de "conversa boa, só em Paris". [N.T.]

do que, digamos, Notre-Dame-de-Lorette ou Saint-Germain-l'Auxerrois) também significava, infelizmente, a dois passos da Place Pigalle, monumento cinza erguido a atrocidades visuais de todo tipo, onde os aliciadores dos bares de garotas de programa nos agarravam pelo braço para propor tomar um drinque e só nos largavam depois de nos ter tratado, copiosamente, de bicha ou brocha, seguros do sobressalto de virilidade que esses xingamentos provocavam. Curiosamente, essa Place Pigalle (e as ruas adjacentes) ficava entre mim e Sarah. O apartamento de Sarah e Nadim era um pouco mais acima, na Place des Abbesses, a meio caminho da subida que nos leva (ó Paris!) das putas de Pigalle aos padrecos da Sacré-Coeur, e, para lá da Butte, até onde os membros da Comuna disparavam seus canhões, em direção à última residência de Sadeq Hedayat. Nadim estava na Síria na ocasião de minha visita, o que facilitava muito a minha vida. Quanto mais eu subia para encontrar Sarah, pelas ruelas que passam, sem avisar, do sórdido ao turístico, e depois do turístico ao burguês, mais me dava conta de que ainda tinha esperança, uma louca esperança que se negava a dizer o nome, e em seguida, descendo a grande escadaria da Rue du Mont-Cenis, depois de ter me perdido um pouco e cruzado um vinhedo surpreendente, apertado entre duas casas cujos velhos cepos me lembraram Viena e Nussdorf, degrau após degrau em direção à prefeitura do 18º Arrondissement, rumo à pobreza e à simplicidade dos subúrbios que se sucedem à ostentação de Montmartre, essa esperança se diluiu no cinza que parecia entristecer até mesmo as árvores da Rue Custine, enfiadas entre grades de ferro, essa limitação tão parisiense à obstinação vegetal (nada representa melhor o espírito moderno do que essa estranha ideia, a grade de árvore. Por mais que nos convençam de que esses imponentes pedaços de ferro estão ali para proteger o castanheiro ou o plátano, para o bem deles, para evitar que estraguem suas raízes, não existe, creio, representação mais terrível da luta mortal entre a cidade e a natureza, nem sinal mais eloquente da vitória da primeira sobre a segunda), e quando enfim cheguei, depois de algumas hesitações, a uma prefeitura, uma igreja e uma barulhenta rotatória na Rue Championnet, Paris derrotou minha esperança. O lugar poderia ser agradável, e até encantador; alguns prédios eram elegantes, com seus cinco andares e mansarda sob os tetos de zinco, mas a maioria das lojas parecia abandonada; a rua era deserta, reta, interminável. Diante do prédio de Hedayat havia um curioso conjunto, uma casa baixa e antiga, do século XVIII provavelmente, colada a um edifício grande de tijolos marcando a entrada de uma garagem de ônibus parisienses. Enquanto esperava Sarah, tive todo o tempo para observar as janelas do 37 *bis*, ali onde Sadeq Hedayat resolvera terminar sua vida, o que, sob o céu desbotado, cinza pálido, não incitava particularmente à alegria. Pensei nesse homem de quarenta e oito anos vedando a porta da cozinha com panos de prato antes de abrir o gás, deitando no chão sobre um cobertor e dormindo para sempre. O orientalista Roger Lescot tinha mais ou menos terminado a tradução de *O mocho cego*, mas a editora Grasset não a queria mais ou não tinha mais como publicá-la. José Corti, livreiro e editor dos surrealistas, ficará fascinado com o texto, que sairia dois anos depois da morte do autor. *O mocho cego* é um sonho de morte. Um livro violento, de um erotismo selvagem, em que o tempo é um abismo cujo conteúdo reflui em vômito mortal. Um livro de ópio.

Sarah estava chegando. Andava depressa, com a pasta a tiracolo, a cabeça levemente inclinada; não reparou em mim. Eu a reconheci, apesar da distância, pela cor do cabelo, com a esperança que se insinuava de novo no meu coração num aperto angustiado. Ela está na minha frente, saia comprida, botinas, imensa echarpe ocre. Estende-me as mãos, sorri, diz que está muito feliz em me rever. Claro que eu não devia ter feito imediatamente a observação de que ela emagrecera muito, estava pálida, com olheiras, não foi das coisas mais inteligentes; mas eu estava tão surpreso com essas transformações físicas, tão tentado à futilidade por causa da angústia, que não consegui deixar de fazê-lo, e o dia, esse dia que eu tinha provocado, elaborado, esperado, imaginado, se iniciou num clima lamentável. Sarah estava ofendida – tentou não demonstrar, e, quando nossa visita ao apartamento de Hedayat terminou (bem, sobretudo a visita do vão da escada, pois o atual inquilino do estúdio se recusara a nos receber: ele era, segundo Sarah, que na véspera falara com ele ao telefone, muito supersticioso, e estava apavorado com a ideia de que um misterioso estrangeiro tivesse posto fim a seus dias sobre o linóleo da cozinha), enquanto subíamos de novo a Rue Championnet em direção oeste, e depois a Rue Damrémont em direção ao cemitério de Montmartre, antes de pararmos para almoçar num restaurante turco, ela manteve um silêncio teimoso e eu me meti numa tagarelice histérica – os afogados se debatem, sacodem braços e pernas; tentei relaxá-la, ou ao menos interessá-la; contei-lhe as últimas novidades de Viena, na medida em que há novidades em Viena, encadeei com os Lieder orientais de Schubert, minha paixão da época, depois com Berlioz, cujo túmulo íamos ver, e minha leitura muito pessoal de *Os troianos* – até que ela me parasse bem no meio da calçada e me olhasse com um semissorriso:

— Franz, você me deixa bêbada. É inacreditável. Está falando sem parar há dois quilômetros. Meu Deus, como você pode ser tão tagarela!

Eu estava muito orgulhoso de tê-la embebedado com minhas belas palavras e não pretendia parar nesse caminho tão gostoso:

— Tem razão, eu falo, falo, e não deixo você encaixar nem só uma frase. Então, me diga, essa tese está avançando? Logo você termina?

O que teve um efeito imprevisto, na falta de ser inesperado: Sarah soltou um grande suspiro, ali, na calçada da Rue Damrémont, segurou seu rosto com as duas mãos, balançou a cabeça, levantou os braços e deu um longo berro. Um grito desesperado, um apelo aos deuses, uma súplica cheia de fúria que me deixou sem voz, surpreso, ferido, de olhos arregalados. Depois se calou, virou-se para mim e suspirou de novo:

— Ande, venha, vamos almoçar.

Havia um restaurante na calçada em frente; um restaurante de decoração meio exótica, com panôs, almofadas, objetos de todo tipo, velharias tão empoeiradas como a vitrine, opaco de sujeira, sem fregueses a não ser nós, pois era meio-dia em ponto e os parisienses, gabando-se sem dúvida de influências mais meridionais, de uma liberdade maior que os demais compatriotas, almoçam tarde. Se por acaso almoçassem naquele lugar. Pareceu-me que éramos os únicos clientes da semana, e talvez do mês, de tal forma o dono (aboletado numa mesa e tentando bater o recorde pessoal no Tetris) fez cara de surpresa ao nos ver. Dono cujo físico pálido, sotaque, mau humor e os preços provavam que ele era cem por cento parisiense: nenhuma doçura oriental, tinhamos caído no único reataurante turco gerenciado por um autóctone, que não se dignou largar o computador para nos receber senão suspirando e depois de terminada a partida.

Era minha vez de me calar, mortalmente tocado pelo berro ridículo de Sarah. Mas, afinal, quem ela achava que eu era? Interesso-me por ela e o que obtenho? Gritos de gralha. Caretas de coruja. Depois de alguns minutos desse silêncio vingativo, de meu muxoxo dissimulado atrás do cardápio daquele restaurantezinho, ela aceitou se desculpar.

— Franz, desculpe, perdoe-me, sinto muito, não sei o que me deu. Mas não se pode dizer que você facilita as coisas.

— (*Mortalmente humilhado, com acentos patéticos*) Não é nada, não falemos mais disso. Vejamos o que tem de comível neste suntuoso albergue para onde você me trouxe.

— A gente pode ir a outro lugar se você preferir.

— (*Definitivo, com uma ponta de hipocrisia*) A gente não pode sair de um restaurante depois de sentar e ler o cardápio. Isso não se faz. Como vocês dizem na França: abriu o vinho, tem que beber.

— Posso dar a desculpa de um mal-estar. Se você não mudar de atitude, vou *de fato* sentir um mal-estar.

— (*Sorrateiro, sempre dissimulado atrás do cardápio*) Você está indisposta? Isso explicaria suas mudanças de humor.

— Franz, você vai conseguir me deixar realmente irritada. Se continuar, vou embora, volto para casa para trabalhar.

— (*Covarde, apavorado, confuso, subitamente largando o cardápio*) Não, não, não vá embora, eu dizia isso para te chatear, tenho certeza de que aqui é muito bom. Delicioso, até.

Ela começou a rir. Já não me lembro do que comemos, lembro-me apenas do *ding* do micro-ondas que ressoava no restaurante deserto logo antes da chegada dos pratos. Sarah me falou de sua tese, de Hedayat, de Schwarzenbach, de seus queridos personagens; desses espelhos entre Oriente e Ocidente que ela queria quebrar, dizia, dando continuidade à travessia. Atualizar os rizomas dessa construção comum da modernidade. Mostrar que os "orientais" não estavam excluídos disso, mas que, muito pelo contrário, costumavam ser seus inspiradores, iniciadores, participantes ativos; mostrar, afinal de contas, que as teorias de Said tinham se tornado sem querer um dos instrumentos de dominação mais sutis que existiam: a questão não era que Said estivesse certo ou errado na sua visão do orientalismo; o problema era a brecha, a fissura ontológica que seus leitores tinham admitido entre um Ocidente dominador e um Oriente dominado, brecha que, abrindo-se bem além da ciência colonial, contribuía para a realização do modelo assim criado, e concluía a posteriori o cenário de dominação contra o qual o pensamento de Said desejava lutar. Pois, na verdade, a história podia ser lida de um jeito totalmente diferente, ela dizia, e escrita de um modo totalmente outro, na partilha e na continuidade. Falou longamente da santíssima trindade pós-colonial, Said, Bhabha, Spivak; da questão do imperialismo, da diferença do século XXI em que, diante da violência, precisávamos mais que nunca nos desfazer dessa ideia absurda da alteridade absoluta do Islã e admitir não só a aterradora violência do colonialismo como também tudo o que a Europa devia ao Oriente – a impossibilidade de separar uma coisa da outra, a necessidade de mudar de perspectiva. Era preciso encontrar, ela dizia, mais além do arrependimento tolo de uns e da nostalgia colonial dos outros, uma nova visão que incluísse o outro em si. Dos dois lados.

A decoração tinha tudo a ver com isso: as imitações de tecidos anatólicos ao lado dos bibelôs *made in China* e dos costumes muito parisienses do dono do restaurante pareciam o melhor exemplo para credenciar a sua tese.

O Oriente é uma construção imaginária, um conjunto de representações em que cada um, onde quer que esteja, se serve do que quiser. É ingênuo acreditar, Sarah prosseguia em voz alta, que esse cofre de imagens orientais é hoje específico da Europa. Não. Essas imagens, essa mala com o tesouro, são acessíveis a todos, e todos acrescentam algo a elas, ao sabor das produções novas, das novas imagens, dos novos retratos, das novas músicas. Argelinos, sírios, libaneses, iranianos, indianos, chineses se servem, por sua vez, desse baú de viagem, desse imaginário. Vou dar um exemplo muito atual e impressionante: as princesas usando véu e os tapetes voadores dos estúdios Disney podem ser vistos como "orientalistas" ou "orientalizantes"; na verdade, correspondem à expressão última dessa construção recente de um imaginário. Não é à toa que esses filmes são não só autorizados na Arábia Saudita como são até onipresentes. Todos os curta-metragens didáticos (para aprender a rezar, a jejuar, a viver como bom muçulmano) os copiam. A pudica sociedade saudita contemporânea é um filme de Walt Disney. O wahhabismo é um filme de Disney. Os cineastas que trabalham para a Arábia Saudita acrescentam imagens no fundo comum. Outro exemplo, muito chocante: a decapitação em público, com o sabre curvo e o carrasco de branco, ou, ainda mais assustador, a degola até separar o pescoço e o corpo, é igualmente produto de uma construção comum a partir de fontes muçulmanas transformadas por todas as imagens da modernidade. Essas atrocidades assumem seu lugar neste mundo imaginário; prosseguem a construção comum. Nós, europeus, as vemos com o horror da alteridade. Mas essa alteridade é tão igualmente assustadora para um iraquiano ou para um iemenita. Mesmo o que rejeitamos, o que odiamos, reaparece nesse mundo imaginário comum. O que identificamos nessas decapitações atrozes como "outro", "diferente", "oriental" é igualmente "outro", "diferente" e "oriental" para um árabe, um turco ou um iraniano.

Eu a ouvia distraído, absorto em contemplá-la: apesar das olheiras e da magreza, seu rosto era poderoso, determinado e meigo ao mesmo tempo. Seu olhar ardia com o fogo de suas ideias; o peito parecia menor que alguns meses antes; o decote do pulôver de caxemira preto revelava rendas da mesma cor, limite de uma blusa em que uma linha fina, sob a lã, no meio do ombro, deixava pressentir uma alça. As sardas de seu esterno seguiam o limite da renda e subiam até a clavícula; eu avistava o nascimento do osso acima do qual pendiam seus brincos, duas peças heráldicas imaginárias, gravadas com brasões desconhecidos. Seus cabelos estavam presos no alto por um pequeno pente prateado. Suas mãos claras com longas veias azuladas abanavam o ar ao sabor do discurso. Ela mal tocara no conteúdo do prato. Eu me lembrava de Palmira, do contato de seu corpo, gostaria de me aninhar contra ela até desaparecer. Ela passou para outro assunto, suas dificuldades com Gilbert de Morgan, o orientador de tese com quem eu cruzara em Damasco, ela me lembrava; estava preocupada com seu mau humor, suas crises de alcoolismo e desespero – e sobretudo com sua infeliz propensão a buscar a salvação no sorriso das estudantes de primeiro e segundo ano. Metia-se com elas como se a juventude fosse contagiosa. E nem todas concordavam em se deixar vampirizar. Essa evocação me inspirou um sorriso despudorado e uma zombaria que me valeram uma bela bronca, Franz, não tem a menor graça, você é tão machista como ele. As mulheres não são objetos etc. Será que ela se dava conta de meu desejo, por mais maquiado que estivesse, por mais disfarçado de cautela e respeito? Mudou novamente de assunto. Sua relação com Nadim estava cada vez mais complicada. Tinham se casado, contou-me, para facilitar a vinda de Nadim para a Europa. Depois de alguns meses em Paris, ele sentia saudades da Síria; em Damasco ou em Alepo, era um concertista famoso; na França, um migrante a mais. Sarah estava tão absorta na tese que infelizmente tivera pouco tempo para dedicar a ele; Nadim pegou antipatia pelo país que o acolheu, via por todo lado racistas e islamófobos; sonhava em voltar para a Síria, o que a recente obtenção de um visto de permanência acabara, enfim, lhe permitindo fazer. Estavam mais ou menos separados, ela disse. Sentia-se culpada. Estava visivelmente exausta; lágrimas brilharam de repente em seus olhos. Ela não percebia as esperanças egoístas que essas revelações me provocavam. Desculpou-se, tentei tranquilizá-la, desajeitado, dizendo que depois da tese tudo melhoraria. Depois da tese ela se encontraria sem emprego, sem dinheiro, sem projetos, disse. Eu morria de vontade de lhe berrar que a amava apaixonadamente. Essa frase se transformou em minha boca, tornou-se uma proposta estranha, você poderia se instalar em Viena por algum tempo. Primeiro, surpresa, em seguida ela riu, obrigada, é muita gentileza sua. É muito gentil se preocupar comigo. Muito. E como a magia é um fenômeno raro e passageiro, esse instante logo foi interrompido pelo dono do restaurante: ele nos jogou a conta que não tínhamos pedido, dentro de um pratinho horroroso de bambu enfeitado com um pássaro pintado. *"Bolboli khoun djegar khorad o goli hâsel hard*, um rouxinol pintado que perdia sangue deu à luz uma rosa", pensei. Apenas disse "pobre Hafez", e Sarah entendeu imediatamente a que eu fazia alusão e riu.

Depois saímos em busca do cemitério de Montmartre e da companhia tranquilizadora das sepulturas.

4h30

São estranhos, esses diálogos que se instauram na geografia aleatória dos cemitérios, pensei ao me recolher junto a Heinrich Heine, o orientalista ("Onde será o último repouso do passante cansado, sob as palmeiras do sul ou as tílias do Reno?" – nada disso: sob os castanheiros de Montmartre), uma lira, rosas, uma borboleta de mármore, um rosto fino inclinado para a frente, entre uma família Marchand e uma sra. Beucher, duas sepulturas pretas emoldurando o branco imaculado de Heine que fica no alto, como um triste guardião. Uma rede subterrânea liga as sepulturas, Heine aos músicos Hector Berlioz e Charles-Valentin Alkan ali pertinho ou a Halévy, o compositor de *A Judia*, todos eles estão lá, fazendo-se companhia, se ajudando. Théophile Gautier, o amigo do *bom Henri Heine* um pouco mais longe, Maxime Du Camp, que acompanhou Flaubert ao Egito e conheceu o prazer com Kutchuk Hanem, ou Ernest Renan, o cristianíssimo, deve haver debates secretos entre essas almas de noite, conversas animadas transmitidas pelas raízes dos bordos-doces e pelos fogos-fátuos, concertos subterrâneos e silenciosos a que assiste a massa assídua dos defuntos. Berlioz dividia seu túmulo com sua *poor Ophelia*, Heine aparentemente estava sozinho no seu, e esse pensamento, por mais infantil que fosse, me provocou uma leve tristeza.

Sarah perambulava ao acaso, deixava-se guiar pelos nomes do passado sem consultar o mapa obtido de graça à entrada – seus passos nos levaram naturalmente a Marie Duplessis, a Dama das Camélias, e a Louise Colet, que ela me apresentou, se se pode dizer assim. Fiquei surpreso com o número de gatos que existem nos cemitérios parisienses, companheiros dos poetas mortos assim como sempre foram dos vivos: um gato enorme, cor de azinhavre, se espreguiçava em cima de uma bela estátua jacente desconhecida, cujo nobre drapeado não parecia se preocupar nem com as afrontas dos pombos nem com a ternura do mamífero.

Todos deitados juntos, gatos, burgueses, pintores e cantores populares – o mausoléu mais florido, onde os turistas se acotovelavam, era o da cantora Dalida, italiana de Alexandria, bem pertinho da entrada; uma estátua em pé da artista, cercada de bolas de buxo, dava um passo à frente dentro de um vestido transparente, em direção aos turistas; atrás dela, um sol deslumbrante projetava seus raios de ouro sobre uma placa de mármore preto, no meio de um arco monumental cinza marmorizado: a gente custaria muito para adivinhar que deidade venerava a cantora quando ela era viva, com exceção talvez de Ísis em Filas ou Cleópatra em Alexandria. Essa irrupção do sonho oriental na ressurreição dos corpos certamente não desagradava aos numerosos pintores que gozavam do eterno repouso no cemitério de Montmartre, entre eles Horace Vernet (seu sarcófago era mais sóbrio, uma simples cruz de pedra que contrastava com a pintura transbordante desse orientalismo marcial) ou Théodore Chassériau, que combinava a precisão erótica de Ingres com o furor de Delacroix. Imagino-o em grande conciliábulo com Gautier, seu amigo, do outro lado do cemitério – falam de mulheres, de corpos de mulheres, e discutem os méritos eróticos da estátua da cantora de Alexandria. Chassériau fez a viagem à Argélia, viveu um tempo em Constantine, onde pousou seu cavalete e também pintou a casta beleza misteriosa das argelinas. Pergunto-me se Halil Pasha possuía um quadro de Chassériau, provavelmente: o diplomata otomano amigo de Sainte-Beuve e de Gautier, futuro ministro das Relações Exteriores em Istambul, possuía uma coleção magnífica de pinturas orientalistas e cenas eróticas: comprou *Le Bain turc* de Ingres, e é divertido pensar que esse turco originário do Egito, vindo de uma grande família de servidores do Estado, colecionava de preferência as telas orientalistas, as mulheres de Alger, os nus, as cenas de harém. Haveria um belo romance a escrever sobre a vida de Halil Pasha do Egito; ele se junta ao corpo diplomático de Istambul, mais do que ao de seu país natal, porque, como explica numa carta em francês que escreve ao grão-vizir: "há problemas oculares causados pela poeira do Cairo". Começa sua brilhante carreira em Paris, como comissário egípcio da Exposição Internacional de 1855, depois participa, no ano seguinte, do congresso que encerra a Guerra da Crimeia. Poderia ter encontrado Faris Chidiac, o grande autor árabe, caro ao coração de Sarah, que no mesmo momento entrega seu imenso romance para ser impresso em Paris, na gráfica dos irmãos Pilloy, situada no número 50 do Boulevard de Montmartre, a poucos metros desses túmulos que visitamos tão compungidos. Halil Pasha está enterrado em Istambul, creio; um dia gostaria de ir pôr flores no túmulo desse otomano das duas margens – ignoro totalmente quem ele frequentou aqui em Viena, entre 1870 e 1872, enquanto Paris vivia uma guerra e depois mais uma revolução, com essa Comuna que ia obrigar seu amigo Gustave Courbet a ir para o exílio. Halil Pasha encontra Courbet na segunda temporada parisiense e lhe encomenda umas telas – primeiro, o carinhoso *Sommeil*, comprado por vinte mil francos, evocação da luxúria e do amor homossexual, duas mulheres dormindo, nuas, abraçadas, uma morena e uma loura, cujos cabelos e carnações se opõem maravilhosamente bem. Pagaríamos caro para ter uma transcrição da conversa que deu lugar a essa encomenda, e ainda mais caro para ter assistido à conversa seguinte, a da encomenda de *A origem do mundo*: o jovem otomano oferece a si mesmo um sexo de mulher em primeiro plano, pintado por um dos artistas mais dotados para o realismo da carne, quadro absolutamente escandaloso, direto e sem rodeios, que permanecerá oculto do grande público por decênios. Imagina-se o prazer de Halil Pasha em possuir essa joia secreta, uma vulva morena e dois seios, cujo pequeno formato permite que seja escondida e que fica no seu banheiro, atrás de um véu verde, a se crer em Maxime Du Camp, que detesta tanto Courbert como as fantasias e a riqueza do otomano. A identidade da proprietária desse matagal pubiano tão negro e daqueles seios de mármore ainda precisa ser determinada; Sarah gostaria muito que se tratasse do sexo de Marie-Anne Detourbay, aliás Jeanne de Tourbey, que morreu como condessa de Loynes, fez Gustave Flaubert sonhar e foi amante – musa – de boa parte desse Tout-Paris literário dos anos 1860, inclusive talvez do faceiro Halil Bey. O túmulo de Jeanne de Tourbey ficava em algum lugar naquele cemitério de Montmartre, não muito longe dos de Renan e Gautier, que ela recebera em seu salão, na época em que lhe davam o nome terrível de "*demi-mondaine*"; não encontramos essa sepultura, fosse porque a vegetação a dissimulasse, fosse porque as autoridades, aborrecidas de acolher ossos pélvicos tão escandalosos, tivessem resolvido subtrair o sarcófago do olhar concupiscente dos passantes. Sarah gostava de imaginar, sob os castanheiros da grande alameda margeada de mausoléus, que para Halil Bey aquele sexo docemente entreaberto era a lembrança de uma mulher desejada, cujo rosto ele pedira a Courbet para esconder, por discrição: podia assim contemplar sua intimidade sem se arriscar a comprometer a senhorita.

Seja qual for a identidade da modelo, se a descobrirem um dia, o fato é que devemos ao Império Otomano e a um de seus mais eminentes diplomatas uma das joias da pintura erótica europeia. Os próprios turcos não eram insensíveis às belezas das miragens orientalistas, longe disso, dizia Sarah – como testemunhavam Halil Bey, o diplomata colecionador ou o primeiro pintor orientalista do Oriente, o arqueólogo Osman Hamdi, a quem devemos a descoberta dos sarcófacos de Saida e magníficos quadros de "cenas de gênero" orientais.

Esse passeio pelo mundo maravilhoso da lembrança dera novas energias a Sarah; ela esquecia a redação da tese e viajava de um túmulo a outro, de uma época a outra, e quando a sombra negra da ponte Caulaincourt (as sepulturas por cima das quais ela passa estão na escuridão eterna) e de seus pilares de metal trabalhado começou a invadir a metrópole, tivemos, a contragosto, que deixar o passado para encontrar a ebulição da Place de Clichy: eu tinha na cabeça uma estranha mistura de pedras tombais e sexos femininos, um campo-santo perfeitamente pagão, desenhando na imaginação uma *Origem do mundo* tão ruiva quanto a cabeleira de Sarah ao descermos para a grande praça abarrotada de ônibus de turistas.

Apesar de todos os meus esforços, esta mesa anda tão abarrotada como o cemitério de Montmartre, uma bagunça horrorosa. Por mais que eu arrume, arrume, arrume, não adianta nada. Os livros e papéis se acumulam com a força de uma maré cheia da qual se espera a vazante. Eu troco de lugar, arrumo, empilho; o mundo se esforça em despejar no meu minúsculo espaço de trabalho suas caçambas de merda. Para pôr ali o laptop devo toda vez empurrar esses escombros como quem varre um monte de folhas mortas. Folhetos de propaganda, contas, extratos bancários que preciso selecionar, classificar, arquivar. Uma lareira, eis a solução. Uma lareira ou uma trituradora de papel, a guilhotinha do funcionário. Em Teerã um velho diplomata francês nos contara que antigamente, quando a pudica República Islâmica proibiu a importação de bebida alcoólica até mesmo nas embaixadas, os escribas consulares, entediados, tinham transformado uma velha picotadora manual em prensa e faziam vinho na cave, em colaboração com os italianos que trabalhavam em frente, para combater o tédio; encomendavam hectogramas de boa uva da Úrmia, esmagavam-na, vinificavam-na nas bacias da lavanderia e a engarrafavam. Tinham até imprimido lindos rótulos, com um desenhinho da legação, Cuvée Neauphle-le-Château, por causa do novo nome que o Irã revolucionário impusera à antiga avenida de France, agora avenida Neauphle-le-Château. Esses dignos descendentes dos monges da abadia de Thelema se presenteavam, portanto, com um pouco de consolo em seu claustro, e conta-se que no outono toda a avenida tinha um cheiro forte de zurrapa, cujo odor ácido escapava dos respiradouros e desafiava os policiais iranianos de serviço diante dos augustos edifícios. As safras estavam, claro, sujeitas aos acasos não só da qualidade da uva como da mão de obra: os funcionários costumavam ser substituídos, e este ou aquele enólogo (aliás, contador, funcionário do registro civil ou codificador) era às vezes chamado pela mãe pátria, causando desespero da comunidade se essa partida devesse ocorrer antes do engarrafamento.

Só dei fé a esses relatos quando o diplomata exumou diante de nossos olhos pasmos uma dessas divinas garrafas: apesar da poeira, o rótulo ainda era legível; o nível do líquido baixara um bom quarto e a rolha, coberta de mofo, meio fora do gargalo, era um bubão inchado, esverdeado e estriado de veias violetas que não davam a menor vontade de tirá-la. Pergunto-me se a trituradora em questão continua num subsolo da Embaixada da França em Teerã. Talvez. Um instrumento desse tipo faria maravilhas no meu escritório – fim da papelada, transformada em tirinhas de papel, em novelo fácil de enrolar e jogar fora. "Os estudantes na linha do imã" tinham pacientemente reconstituído em Teerã todos os telegramas e relatórios da embaixada americana, dias a fio; rapazes e moças estavam agarrados ao gigantesco quebra-cabeça das cestas de papel dos ianques e tinham sabiamente colado as folhas passadas pela picotadora, provando assim que, no Irã, era bem melhor usar essas máquinas para esmagar uvas do que para destruir documentos secretos: todos os telegramas confidenciais foram publicados pelos "Estudantes na linha do imã" que tinham invadido a embaixada, "ninho de espiões"; uma dezena de volumes foi publicada, e as estrias nas páginas mostravam, se fosse necessário, os prodígios de paciência de que tiveram de dar provas para colar uma na outra aquelas tiras de três milímetros de largura com o único objetivo de constranger o Tio Sam ao tornar públicos os seus segredinhos. Pergunto-me se nos dias de hoje os trituradores de papel ainda funcionam da mesma maneira ou se um engenherio estadunidense foi instado a melhorá-los para evitar que uma coorte de estudantes terceiro-mundistas pudesse decifrar, armados apenas de lupas, os segredos mais bem guardados do Departamento de

Estado. Afinal de contas, Wikileaks é apenas a versão pós-moderna dos tubinhos de cola dos revolucionários iranianos.

Meu computador é um amigo fiel, sua luz azulada é um quadro movente na noite – eu precisaria mudar essa imagem, esse quadro de Paul Klee está ali há tanto tempo que nem a vejo mais, coberta pelos ícones do desktop que se acumulam como papéis virtuais. Temos rituais, abrir a página dos e-mails, apagar os indesejáveis, as promoções, as newsletters, nenhuma mensagem, na verdade, entre as quinze novas, apenas escórias, resíduos da avalanche perpétua de merda que é o mundo hoje. Eu esperava um e-mail de Sarah. Bem, tenho que tomar a iniciativa. Nova mensagem. Para Sarah. Assunto, de Viena. Minha querida, recebi hoje de manhã – não, ontem de manhã, ops – a sua separata, não sabia que ainda as imprimiam... Muito obrigado, mas que horror esse vinho dos mortos! De repente, fiquei preocupado. Você vai bem? O que está fazendo no Sarawak? Aqui, a rotina. O mercado de Natal acaba de abrir, no meio da universidade. Cheiro atroz de vinho quente e de salsichas. Você pretende passar pela Europa em breve? Mande notícias. Um beijo grande. Enviado sem refletir às 4h39. Espero que ela não vá se dar conta da hora, é um pouco patético mandar e-mails às 4h39 da madrugada. Ela sabe que me deito cedo, em geral. Vai talvez imaginar que estou voltando de uma festa. Eu poderia clicar em cima do seu nome e todos os seus e-mails me apareceriam de uma só vez, selecionados por ordem cronológica. Seria muito triste. Ainda tenho uma pasta chamada Teerã, não jogo nada fora. Eu daria um bom arquivista. Por que é que lhe falei de vinho quente e de salsichas, que imbecil. Descontraído demais para ser honesto, esse e-mail. Não é possível recuperar uma mensagem depois que foi atirada no Grande Mistério dos fluxos eletrônicos. Uma pena. Xi, eu tinha esquecido este texto escrito depois de minha volta de Teerã. Não o seu conteúdo gélido. Revejo Gilbert de Morgan em seu jardim em Zafaraniyé. Essa estranha confissão, semanas antes que Sarah saísse do Irã às pressas. Não há acaso, ela diria. Por que fiz questão de fazer o relato daquela tarde? Para me livrar dessa lembrança pegajosa, para discutir mais e mais sobre isso com Sarah, para embelezá-la com todos os meus conhecimentos sobre a Revolução Iraniana ou pelo prazer, tão raro, de escrever em francês?

— Não tenho o costume de falar de amor, e menos ainda de falar de mim, mas, já que vocês se interessam por esses garimpadores de Oriente perdidos em seu tema de estudo, preciso lhes contar uma história absolutamente excepcional e em vários aspectos terrível, que me toca de perto. Vocês provavelmente se lembram que eu estava aqui em Teerã entre 1977 e agosto de 1981. Assisti à revolução e ao início da guerra Irã-Iraque, até que as relações entre a França e o Irã ficassem a tal ponto tensas que fomos evacuados e o Instituto Francês de Iranologia entrou em hibernação.

Gilbert de Morgan falava num tom meio constrangido; o fim de tarde estava abafado; o chão era como uma placa de forno que refletia o calor acumulado durante o dia. A poluição deslizava seu véu rosado sobre as montanhas ainda inflamadas pelos últimos raios de sol; até a pérgula cerrada em cima de nossa cabeça parecia sentir a secura do verão. A governanta Nassim Khanom nos servira uns refrescos, uma deliciosa água de bergamota gelada na qual Morgan acrescentara boas talagadas de vodca armênia: o álcool, dentro do lindo garrafão, baixava com regularidade, e Sarah, que já fora testemunha dos pendores atrabiliários de seu mestre, o observava com ar levemente inquieto, parecia-me – mas talvez só se tratasse de uma atenção concentrada. A cabeleira de Sarah luzia na noite. Nassim Khanom nos rodeava para servir guloseimas de todo tipo, doces ou cândi açafranado e, entre as rosas e petúnias, esquecíamos o ruído da rua, as buzinas e até os eflúvios de óleo diesel dos ônibus que passavam a toda do outro lado do muro do jardim, fazendo o chão vibrar ligeiramente e os cubos de gelo no copo se entrechocarem. Gilbert de Morgan prosseguia o relato, sem prestar atenção nos movimentos de Nassim Khanom nem na barulheira da avenida Valiasr; marcas de suor iam se formando em suas axilas e em seu peito.

— Preciso lhes contar a história de Frédéric Lyautey – ele continuou –, um jovem originário de Lyon, pesquisador iniciante, especialista em poesia persa clássica, que frequentava a Universidade de Teerã no momento das primeiras manifestações contra o xá. Apesar de nossas advertências, estava em todas as passeatas; apaixonara-se pela política, pelas obras de Ali Shariati, pelos membros do clero em exílio, pelos ativistas de todas as origens. No outono de 1977, durante manifestações que se seguiram à morte de Shariati em Londres (na época, tínhamos certeza de que ele tinha sido assassinado), Lyautey foi preso uma primeira vez pela Savak, a polícia secreta, e solto quase de imediato quando se deram conta de que era francês; solto, mesmo assim, depois de umas doses de pancadaria, como ele dizia, o que apavorava a todos: viram-no

259

reaparecer no instituto coberto de manchas roxas, os olhos inchados e, sobretudo, e ainda o mais aterrador, com duas unhas a menos na mão direita. Não parecia exageradamente afetado por essa prova; quase ria, e essa coragem aparente, em vez de nos sossegar, nos preocupava: mesmo os mais fortes teriam ficado abalados com a violência e a tortura, mas Lyautey tirava disso uma energia fanfarrona, uma sensação de superioridade tão esquisita que nos levava a desconfiar que sua razão, ao menos tanto quanto seu corpo, fora atingida pelos torturadores. Estava escandalizado com a reação da Embaixada da França que, contava, lhe avisara que era bem feito para ele, que ele não tinha que se meter nessas manifestações que não lhe diziam respeito e que, em suma, estavam conversados. Lyautey assediara a sala do embaixador Raoul Delaye dias a fio, com o braço ainda na tipoia e a mão enfaixada, para lhe explicar seu modo de pensar, até que conseguiu interpelá-lo durante uma recepção: nós todos estávamos presentes, arqueólogos, pesquisadores, diplomatas, e vimos Lyautey, com os curativos imundos, o cabelo comprido e gorduroso, perdido dentro de um jeans folgado demais, interpelar o tão civilizado Delaye, que ignorava totalmente quem ele era – convém dizer, em favor do embaixador, que, ao contrário de hoje, os pesquisadores e estudantes franceses eram numerosos em Teerã. Lembro-me perfeitamente de Lyautey, vermelho e soltando perdigotos, cuspindo seu rancor e suas mensagens revolucionárias na cara de Delaye, até que dois gendarmes se jogassem sobre o alucinado, que começou a declamar poemas em persa, berrando e gesticulando, versos muito violentos que eu não conhecia. Um pouco consternados, vimos como, num canto dos jardins da embaixada, Lyautey teve de provar sua qualidade de membro do Instituto de Iranologia para que os gendarmes aceitassem deixá-lo ir embora sem entregá-lo à polícia iraniana.

"É claro que a maioria dos presentes o tinha reconhecido, e boas almas se apressaram em informar ao embaixador a identidade do importuno: pálido de raiva, Delaye prometeu expulsar do Irã esse "louco furioso", mas, comovido, fosse pelas torturas que o rapaz tinha sofrido, fosse por seu sobrenome e pela relação que podia ter com o finado marechal do mesmo nome, não fez nada; tampouco os iranianos, de quem se pode suspeitar que tinham mais que fazer do que cuidar de revolucionários alógenos, e o puseram no primeiro avião para Paris, o que sem dúvida devem ter lamentado mais tarde.

"O fato é que, ao sair dessa recepção, nós o vimos tranquilamente sentado na calçada, na frente da Embaixada da Itália, a poucos passos da porta da residência, fumando; parecia falar sozinho, ou continuar a resmungar aqueles versos desconhecidos, um iluminado ou um mendigo, e tenho certa vergonha em confessar que se um colega não tivesse insistido para que o levássemos para casa, eu teria pegado a avenida de France no sentido oposto, abandonando Lyautey à própria sorte.

"O 'caso Lyautey' foi evocado já dois dias depois por Charles-Henri de Fouchécour, então diretor de nosso instituto, que foi chamado às falas pela embaixada; Fouchécour é um grande cientista, e assim soube esquecer quase de imediato o incidente, a fim de mergulhar de novo nos seus queridos tratados de moral, e, embora devêssemos ter nos preocupado com a saúde de Lyautey, nós todos, amigos, pesquisadores, autoridades, preferimos nos desinteressar do caso."

Gilbert de Morgan fez uma pausa em seu relato para esvaziar o copo, chacoalhando os cubos de gelo que não tinham tido tempo de derreter; Sarah me deu mais uma olhadela aflita, embora nada no discurso afetado do mestre deixasse perceber o menor traço de embriaguez – eu não podia deixar de pensar que ele também, como aquele Lyautey cuja história contava, tinha um sobrenome famoso, pelo menos no Irã: Jacques de Morgan foi o fundador, depois de Dieulafoy, da arqueologia francesa na Pérsia. Se Gilbert tinha algum laço de parentesco com o saqueador oficial de túmulos da III República Francesa, não sei. A noite caía sobre Zafaraniyé e o sol começava enfim a desaparecer entre a folhagem dos plátanos. A avenida Valiasr devia estar um gigantesco engarrafamento a essa hora – tão congestionada que já não adiantava nada buzinar, o que levava um pouco de calma ao jardim da minúscula vila onde Morgan, depois de se servir novamente de bebida, continuava a nos contar sua história:

— Por algumas semanas não soubemos mais nada de Fred Lyautey. Ele aparecia de vez em quando no instituto, tomava um chá conosco sem dizer nada de especial e ia embora. Seu aspecto físico se normalizara; não participava de nossas discussões sobre a agitação social e política; olhava para nós apenas sorrindo, com um ar vagamente superior, talvez com uma ponta de desprezo, em todo caso absolutamente irritante, como se fosse o único a entender os acontecimentos em curso. A revolução estava em marcha, embora, no início de 1978, nos círculos que frequentávamos, ninguém acreditasse na queda do xá, e no entanto, a dinastia Pahlavi não tinha mais que um ano diante de si.

"Pelo fim de fevereiro (pouco tempo depois do 'levante' de Tabriz) revi Lyautey no café Naderi, casualmente. Ele estava na companhia de uma moça magnífica, para não dizer sublime, uma estudante de letras francesas chamada Azra, que eu já tinha visto uma ou duas vezes e, por que esconder, notado por sua grande beleza. Fiquei estarrecido de encontrá-la em companhia de Lyautey. Na época, ele falava tão bem persa que podia passar por iraniano. Até suas feições tinham ligeiramente mudado, sua pele parecia mais escura, e penso que pintava o cabelo, que ele usava meio longo, à iraniana. Fazia-se chamar Farid Lahouti, porque achava que parecia com Fred Lyautey."

Sarah o interrompeu:

— Lahouti, como o poeta?

— Ou como o vendedor de tapetes do bazar, vá saber. O fato é que todos os garçons, que ele conhecia, o tratavam de *Agha-ye Lahouti* para aqui, *Agha-ye Lahouti* para lá, a tal ponto que me pergunto se ele mesmo não acabou acreditando que esse era seu verdadeiro sobrenome. Isso era absolutamente ridículo e nos irritava muito, por ciúme sem dúvida, pois seu persa era de fato perfeito: dominava todos os registros, a língua falada tão bem como os meandros do persa clássico. Eu soube mais tarde que ele tinha inclusive conseguido, Deus sabe como, uma carteira de estudante em nome de Farid Lahouti, uma carteira com sua foto. Devo admitir que fiquei chocado ao descobri-lo ali, em companhia de Azra, no café Naderi – que era um pouco o nosso antro. Por que a levara justamente àquele lugar? Na época havia muitos cafés e bares em Teerã, nada a ver com hoje. Imaginei que queria que a víssemos com ele. Ou talvez fosse mera coincidência. O fato é que me sentei com eles – suspirou Morgan –, e uma hora depois eu já não era o mesmo.

Ele olhava para o copo, concentrado na vodca, nas suas lembranças; talvez visse na bebida um rosto, um fantasma.

— Fiquei enfeitiçado pela beleza, pela graça, pela delicadeza de Azra.

Sua voz baixara um tom. Falava sozinho. Sarah me deu uma olhadela do gênero "ele está completamente bêbado". Eu tinha vontade de saber mais, ouvir o que teria acontecido depois, no café Naderi, em plena revolução – fui a esse café que Sadeq Hedayat costumava frequentar. Sarah me arrastara até lá: como todos os cafés da Teerã pós-revolucionária, o lugar era um pouco deprimente, não porque já não se podia beber álcool, mas porque os jovens que ali esvaziavam suas falsas Pepsis olhando-se nos olhos ou os poetas que liam jornal com um cigarro nos lábios pareciam, todos, um pouco tristes, abatidos, esmagados pela República Islâmica; o café Naderi era um vestígio, um traço de outrora, uma memória do centro da cidade de antigamente, aberta e cosmopolita, e portanto ideal para arremessar seus clientes numa profunda nostalgia.

Sarah esperava que Gilbert de Morgan prosseguisse a história ou desabasse, vencido pela vodca armênia, na grama bem rente do jardinzinho diante do terraço; eu me perguntava se não seria melhor irmos embora, descer para a parte baixa da cidade, mas a perspectiva de nos encontrarmos num imenso engarrafamento com aquele calor não era das mais entusiasmantes. O metrô ficava suficientemente longe da pequena vila de Zafaraniyé para termos a certeza de que, indo a pé, chegaríamos encharcados de suor, Sarah especialmente, sob seu manto islâmico e seu *roupouch*. Era melhor ficar um pouco mais naquele jardim tão iraniano, saboreando os nugás de Isfahan oferecidos por Nassim Khanom, e até jogando uma partidinha de croquet na grama macia, que continuava verde graças aos cuidados do inquilino e à sombra das grandes árvores, até que a temperatura baixasse um pouco e as altas montanhas parecessem aspirar, em torno do pôr do sol, o calor dos vales.

Morgan fez uma longa pausa um pouco constrangedora para a plateia. Já não olhava para nós; observava, no copo vazio, os reflexos dos raios do sol transformando os cubos de gelo em diamantes frágeis. Acabou levantando a cabeça.

— Não sei por que lhes conto tudo isso, desculpem.

Sarah se virou para mim, como para buscar minha aprovação – ou para se desculpar pela hipócrita platitude de sua frase seguinte:

— Você não nos aborrece de jeito nenhum, ao contrário. A revolução é uma época apaixonante.

A revolução logo tirou Morgan de seu devaneio.

— Era um ronco que se avolumava, cada vez mais surdo, cada vez mais poderoso, a cada quarenta dias. No final de março, para a comemoração dos mortos de Tabriz, houve manifestações em várias grandes cidades do Irã. Depois, mais outras, no dia 10 de maio, e assim por diante. *Arbein*. O luto dos quarenta dias. O xá, porém, tomara medidas para contentar a oposição, substituição dos chefes mais sangrentos da

Savak, fim da censura e liberdade de imprensa, libertação de inúmeros presos políticos. A tal ponto que em maio a CIA transmitia a seu governo uma nota famosa, na qual seus agentes no Irã afirmavam que "a situação estava em vias de se normalizar e o Irã não estava em situação pré-revolucionária, menos ainda revolucionária". Mas o ronco se amplificara. Instado a lutar contra a inflação, principal reivindicação do povo, o primeiro-ministro Jamshid Amouzegar aplicara uma política draconiana: esfriara sistematicamente a atividade econômica, cortara todos os investimentos públicos, paralisara as grandes obras do Estado, instalara sistemas de multas e humilhações contra os "aproveitadores", principalmente os comerciantes do bazar que repassavam os aumentos de preço. Essa política rigorosa fora coroada de êxito: em dois anos, ele organizara a crise econômica e conseguira magistralmente substituir a inflação por um desemprego maciço, urbano, e distanciou-se não somente das classes médias e dos operários como também da burguesia comercial tradicional. Bem, na verdade, a não ser sua imensa família, que gastava ostensivamente os bilhões do petróleo ao redor do mundo, e alguns generais corruptos, que desfilavam nos congressos de armamentos e nos salões da Embaixada dos Estados Unidos, Reza Shah Pahlavi não tinha mais nenhum apoio real em 1978. Pairava acima de todos. Mesmo os que se enriqueceram à sua custa, os que tinham aproveitado a educação gratuita, os que tinham aprendido a ler graças às suas campanhas de alfabetização, em suma, todos os que ele pensava ingenuamente que deveriam lhe ser gratos, desejavam sua saída. Seus únicos partidários o eram por falta de opção.

"Nós, jovens cientistas franceses, seguíamos os acontecimentos de mais ou menos perto, com nossos colegas iranianos; mas ninguém, digo e repito, ninguém (a não ser talvez nossos serviços de informações na embaixada, mas duvido) podia imaginar o que nos esperava no ano seguinte. A não ser Frédéric Lyautey, claro, que não só *imaginava* o que podia se produzir, a derrubada do xá, a revolução, como o *desejava*. Ele era revolucionário. Nós o víamos cada vez menos. Eu sabia por Azra que ele militava, como ela, num grupúsculo 'islamista' (a palavra tinha outro sentido na época) progressista que queria a aplicação das ideias revolucionárias de Ali Shariati. Perguntei a Azra se Lyautey se convertera – ela me olhou de um jeito de absoluta surpresa, sem entender. Para ela, evidentemente, Lahouti era tão iraniano que seu xiismo *era óbvio* e que, se tivesse se convertido, fazia muito tempo. Claro, e faço questão de insistir nisso, religiosos mais ou menos iluminados sempre houve e sempre haverá na iranologia e na islamologia em geral. Um dia vou lhes contar a história de uma colega francesa que, no momento da morte de Khomeini, em 1989, chorou todas as lágrimas de seu corpo gritando 'Emâm morreu! Emâm morreu!' e quase morreu de tristeza em Behesht-e Zahra no meio da multidão, aspergida pela água de rosa que caía dos helicópteros, no dia do enterro. Ela descobrira o Irã alguns meses antes. Não era o caso de Lyautey. Ele não era um devoto, eu sei. Não tinha o zelo dos convertidos nem essa força mística que se sente em alguns. É inacreditável, mas ele era simplesmente xiita como qualquer iraniano, com naturalidade e simplicidade. Por empatia. Nem sequer tenho certeza de que fosse mesmo religioso. Mas as ideias de Shariati sobre o 'xiismo vermelho', o xiismo do martírio, da ação revolucionária diante do 'xiismo negro' do luto e da passividade, o inflamavam. A possibilidade de que o Islã fosse uma força de renovação, de que o Irã tirasse de si mesmo os conceitos de sua própria revolução, o entusiasmava. Assim como a Azra e a milhões de outros iranianos. O que eu achava divertido (e eu não era o único) é que Shariati tivesse sido formado na França; ele assistira às aulas de Massignon e de Berque; Lazard dirigira sua tese. Ali Shariati, o mais iraniano ou pelo menos o mais xiita dos pensadores da revolução, construíra sua reflexão junto aos orientalistas franceses. Eis o que deveria agradar a Sarah. Mais uma pedra para o seu conceito cosmopolita de 'construção comum'. Será que Edward Said menciona Shariati?"

— Ahnn, sim, acho que sim, em *Cultura e imperialismo*. Mas já não me lembro em que termos.

Sarah mordera o lábio antes de responder; detestava ser pega em erro. Assim que voltamos, ela foi correndo para a biblioteca – e gritaria se por acaso as obras completas de Said não estivessem lá. Morgan aproveitou esse desvio da conversa para se servir de mais um copinho de vodca. Graças a Deus, sem insistir para que o acompanhássemos. Dois pássaros voejavam ao nosso redor e às vezes pousavam na mesa para tentar bicar umas sementes. O peito deles era amarelo, a cabeça e a cauda, azuladas. Morgan fazia grandes gestos um tanto cômicos para assustá-los, como se se tratasse de moscas ou vespas. Mudara muito desde Damasco, e até mesmo desde Paris e a defesa de tese de Sarah, onde eu o vira antes de chegar a Teerã. Era por causa de sua barba, de seus cabelos colados em placas, de suas roupas antiquadas, de sua pasta de couro sintético azul e preto, brinde da Iran Air nos anos 1970, de seu blusão creme, escurecido nos cotovelos e ao longo do fecho ecler; era por sua respiração, cada vez mais carregada, era por todos esses detalhes frágeis acumulados em seu corpo que pensávamos que ele estava caindo, e em queda livre. O aspecto meio desleixado que às vezes apresentam certos universitários, por natureza cientistas e distraídos, não estava em causa aqui. Sarah imaginava que ele contraíra uma dessas doenças da alma que nos devoram na solidão. Em Paris, dizia, ele cuidava dessa afecção com vinho tinto, em seu pequeno quarto e sala, onde as garrafas se enfileiravam diante da biblioteca ou debaixo dos respeitáveis divãs dos poetas clássicos persas. E aqui, em Teerã, com vodca armênia. Esse grande professor era de uma amargura prodigiosa, quando na verdade sua carreira me parecia brilhante, perfeitamente invejável até; era respeitado internacionalmente; ganhava somas com certeza mirabolantes graças a seu novo posto no estrangeiro, mas, ainda assim, decaía. Caía e tentava se agarrar na queda, se segurar nos galhos, sobretudo nas mulheres, nas jovens, tentava se agarrar aos sorrisos, aos olhares que lhe infernizavam a alma ferida, bálsamos dolorosos sobre uma chaga viva. Sarah o conhecia havia mais de dez anos e temia ficar sozinha com ele, sobretudo se ele tivesse bebido: não que o velho cientista fosse um garanhão temível, mas ela queria lhe evitar uma humilhação e um sentimento de rejeição que apenas acentuaria a sua melancolia se ela fosse obrigada a pô-lo no seu lugar. Quanto a mim, eu pensava que o eminente professor, grande especialista em poesia lírica persa e europeia, que conhecia na ponta da língua tanto Hafez como Petrarca, Nima Yushidj como Germain Nouveau, apenas apresentava os sintomas do coroa assanhado, ou melhor, do velho gaiteiro, tendo em vista sua idade; esse climatério, num sedutor inveterado, num homem cujas ruínas mostravam que fora belo e carismático, me parecia ideal para desencadear uma morosidade indubitável, morosidade entrecortada de crises maníacas desesperadas, como aquela a que assistíamos, no meio das rosas e dos pássaros, da bergamota e do nugá, no calor que pesava mais sufocante sobre Teerã do que todos os véus do Islã.

— Depois de nosso encontro, Azra e eu nos cruzamos regularmente, durante o ano de 1978. Ela era oficialmente a "noiva" de Frédéric Lyautey, ou melhor, de Farid Lahouti, com quem passava o tempo a militar, manifestar, discutir sobre o futuro do Irã, sobre a possibilidade e depois a realidade da revolução. Durante o verão, o xá pressionou o governo iraquiano vizinho para que expulsasse Khomeini de Nadjaf, pensando assim isolá-lo da oposição interna. Khomeini foi para o subúrbio parisiense de Neauphle-le-Château, com toda a força da mídia ocidental nas mãos. Sem dúvida muito mais longe de Teerã, mas infinitamente mais perto dos ouvidos e corações de seus compatriotas. Mais uma vez, a medida tomada pelo xá se voltava contra ele. Khomeini convocou uma greve geral e paralisou o país, todas as administrações, e sobretudo, mais grave para o regime, a indústria petroleira. Farid e Azra participaram da ocupação do campus da Universidade de Teerã, depois dos enfrentamentos com o Exército que levariam aos motins de 4 de novembro de 1978: a violência se generalizou, Teerã ficou em chamas. A Embaixada da Grã-Bretanha foi parcialmente incendiada; lojas, bares, bancos, correios queimaram – tudo o que representava o império do xá ou a influência ocidental foi atacado. Na manhã seguinte, dia 5 de novembro, eu estava com Azra em casa. Ela passara sem avisar, pelas nove da manhã, mais bela que nunca, apesar de seu ar entristecido. Estava absolutamente irresistível. Pairava no vento ardente da liberdade que soprava sobre o Irã. Tinha um rosto tão harmonioso, esculpido de sombras, fino, os lábios cor de semente de romã, a pele ligeiramente morena; exalava cheiro de sândalo e açúcar morno. Sua pele era um talismã de bálsamo, que fazia perderem a razão todos em quem tocava. A doçura de sua voz era tal que ela teria consolado um morto. Falar, trocar umas palavras com Azra era tão hipnótico que logo você se deixava ninar, sem responder, tornava-se um fauno, adormecido pelo sopro de um arcanjo. Naquele meio de outono, a luz ainda estava esplêndida; preparei um chá, o sol inundava minha minúscula varanda, que dava para uma pequena *koutché* paralela à avenida Hafez. Ela tinha ido só uma vez a minha casa, com parte do grupinho do Naderi, antes do verão. Quase sempre nos cruzávamos nos cafés. Eu passava a vida na rua. Frequentava aqueles bistrôs na esperança de vê-la. E eis que ela chegava a minha casa, às nove da manhã, depois de ter cruzado a pé uma cidade entregue ao caos! Lembrava-se do endereço. Na véspera, contou-me, tinha sido testemunha dos enfrentamentos entre os estudantes e o Exército, no campus. Os soldados tinham atirado, jovens tinham morrido, ela ainda estava trêmula de emoção. A confusão era tamanha que ela levara horas para sair da faculdade e voltar para a casa dos pais, que a proibiram terminantemente de retornar à universidade – ela desobedecera. Teerã está em guerra, dizia. A cidade cheirava a incêndio; uma mistura de pneus e de lixo queimado. O cessar-fogo ia ser declarado. Cessar o fogo, eis a política do xá. Naquela mesma tarde ele anunciaria a formação de um governo militar, dizendo: "Povo do Irã, vós vos sublevastes contra a opressão e a corrupção. Como xá do Irã e iraniano, só posso saudar essa revolução da Nação iraniana. Ouvi a mensagem de vossa revolução, povo do Irã". Eu também tinha visto, de minha janela, a fumaça dos motins, ouvido os gritos e os estrondos de vitrines quebradas na avenida Hafez, visto dezenas de rapazes correr pelo meu beco – estariam procurando um bar ou um restaurante de nome ocidental para atacar? As recomendações da embaixada eram claras, tínhamos de ficar em casa. Esperar o fim da tempestade.

"Azra estava aflita, não parava quieta. Tinha medo por Lyautey. Perdera-o de vista durante uma passeata três dias antes. Não tinha mais notícias. Ligara para ele mil vezes, passara na casa dele, fora à Universidade de Teerã apesar da proibição dos pais, para encontrá-lo. Em vão. Estava terrivelmente ansiosa e a única pessoa que conhecia entre seus 'amigos franceses' era eu."

A evocação de Azra e da revolução dava a Morgan um ar meio alarmante. Sua paixão tornara-se fria; seu rosto estava impassível, imerso na lembrança; olhava para o copo ao falar, apertava-o com as duas mãos, cálice profano da memória. Sarah mostrava sinais de embaraço, de tédio talvez, quem sabe os dois. Cruzava e descruzava as pernas, batia o braço da cadeira de vime, brincava mecanicamente com um doce antes de acabar deixando-o na mesa, sem comê-lo, no pires de vidro.

— Era a primeira vez que falávamos de Lyautey. Em geral Azra evitava o assunto, por pudor; eu, por ciúme. Preciso reconhecer: eu não tinha a menor vontade de me interessar pela sorte desse louco. Ele roubara o objeto de minha paixão. Podia muito bem ir para o diabo, para mim tanto fazia. Azra estava na minha casa, era o suficiente para minha felicidade. Eu contava aproveitar tanto tempo quanto possível. Portanto, disse-lhe que era muito provável que Lyautey telefonasse ou passasse em casa sem avisar, como de costume, o que, evidentemente, era uma mentira.

"Ela ficou boa parte do dia. Sossegou os pais, por telefone, dizendo-lhe que estava em segurança na casa de uma amiga. Assistíamos à televisão

268

ouvindo a BBC ao mesmo tempo. Ouvíamos os gritos, as sirenes na rua. Às vezes parecia-nos ouvir tiros. Via-se a fumaça subindo acima da cidade. Sentados nós dois no sofá. Lembro-me até das cores do canapé. Esse momento me persegue há anos. A violência desse momento. A doçura desse momento, o perfume de Azra em minhas mãos."

Sarah deixou cair sua xícara; o objeto pulou, rolou até o gramado, sem quebrar. Ela se levantou da cadeira para apanhá-lo, Morgan olhou longamente suas pernas, depois os quadris, sem tentar disfarçar. Sarah não se sentou de novo; continuou de pé no jardim, olhando a estranha fachada extravagante da vila. Morgan enxotou de novo os passarinhos com as costas da mão e tornou a se servir, dessa vez sem gelo. Resmungou alguma coisa em persa, versos de um poema talvez, pareceu-me perceber uma rima. Sarah começara a andar para um lado e para outro da pequena propriedade; observava cada roseira, cada romãzeira, cada cerejeira do Japão. Eu imaginava seus pensamentos, seu constrangimento, sua dor ao ouvir a confissão de seu professor. Morgan não falava para alguém. A vodca fazia efeito, imaginei que dali a pouco ele começaria a chorar lágrimas de bêbado, apiedando-se definitivamente da própria sorte. Eu não tinha certeza de querer ouvi-lo até o fim, mas, antes que Sarah voltasse e me desse a oportunidade de também me levantar, Morgan recomeçou sua história, com uma voz cada vez mais cavernosa e ofegante:

— Reconheçam que a tentação era forte demais. Estar ali ao lado dela, prestes a tocá-la... Lembro-me de sua surpresa quando lhe confessei minha paixão. Por falta de sorte ela estava, como dizer, indisposta. Como em *Vis e Ramin*, o romance de amor. A recordação do romance antigo me despertou. Fiquei com medo. Acabei acompanhando-a até em casa, no fim da tarde. Foi preciso contornar o centro da cidade destruído, ocupado pelo Exército. Azra andava olhando para o chão. Depois voltei sozinho. Jamais esquecerei essa noite. Eu me sentia ao mesmo tempo feliz e triste.

"Lyautey acabou reaparecendo num hospital militar do norte da cidade. Tinha levado uma paulada feia na cabeça, as autoridades avisaram à embaixada, que ligou para o instituto. Corri imediatamente ao carro para ir vê-lo. Diante de sua porta havia um oficial do Exército ou da polícia com o peito coberto de medalhas, que se desculpou, com toda a polidez iraniana, por esse erro. Mas o senhor sabe, ele dizia sorrindo com ironia, não é fácil distinguir um iraniano de um francês no meio de uma manifestação violenta. Sobretudo um francês que grita slogans em persa. Lyautey estava todo enfaixado. Parecia exausto. Começou me dizendo que o xá não ia durar muito, e concordei. Em seguida lhe expliquei que Azra o procurava, que estava morta de aflição; ele me pediu para telefonar para ela e sossegá-la – propus entregar-lhe uma carta em suas mãos, naquela mesma noite, se ele quisesse. Agradeceu-me imensamente por essa atenção. Escreveu um bilhete curto diante de meus olhos, em persa. Devia ficar mais três dias em observação. Fui em seguida à embaixada; passei o fim do dia convencendo nossos queridos diplomatas que, para seu bem, era melhor mandar Lyautey para a França. Que ele estava louco. Que se fazia chamar Farid Lahouti, que usurpava uma identidade iraniana, que militava, que era perigoso para si mesmo. Depois fui à casa de Azra para lhe entregar o bilhete de Fred. Ela não me fez entrar, não me concedeu nem um olhar, ficou atrás da porta entreaberta e logo a bateu, assim que pegou o papel. Quatro dias depois, quando saía da clínica, oficialmente repatriado por motivos de saúde, Fred Lyautey estava no avião para Paris. Na verdade, expulso pelos iranianos por intervenção da embaixada, estava proibido de voltar ao Irã.

"Portanto, eu tinha Azra para mim. Mas precisava convencê-la a perdoar meus ímpetos, que eu lamentava amargamente. Ela estava muito afetada pela partida de Lyautey, que lhe escrevia de Paris para dizer que era vítima de um complô monarquista e que voltaria 'ao mesmo tempo que a liberdade no Irã'. Nessas cartas, ele me chamava de 'meu único amigo francês, o único em quem confiava em Teerã'. Por causa das greves que paralisavam o correio, escrevia a mim, pela mala diplomática, me encarregando de transmitir. Uma ou duas cartas por dia, que eu recebia em pacotes de oito ou dez toda semana. Não podia deixar de ler essas cartas, que me deixavam louco de ciúme. Longos poemas eróticos em persa, de uma beleza inacreditável. Canções de amor desesperadas, odes sombrias iluminadas pelo sol de inverno do amor, que eu devia levar até a caixa de correio da interessada. Que eu mesmo levasse essas cartas a Azra sempre me dilacerava o coração com uma fúria impotente. Era uma verdadeira tortura – a vingança inconsciente de Lyautey. Eu só me fazia de carteiro na esperança de cruzar com Azra na entrada de seu prédio. Às vezes a dor era tão forte que eu queimava alguns desses envelopes depois de tê-los aberto – quando os poemas eram belos demais, eróticos demais, capazes demais de reforçar o amor de Azra por Lahouti, quando me faziam sofrer demais, eu os destruía.

"No mês de dezembro, a revolução alastrou-se ainda mais amplamente. O xá estava recluso em seu palácio de Niavaran, tinha-se a impressão de que já não sairia de lá senão preso. Evidentemente, o governo militar era incapaz de reformar o país, e as administrações continuavam paralisadas pelas greves. Apesar do cessar-fogo e da proibição das manifestações, a oposição continuava a se organizar; o papel do clero, no Irã como no exílio, tornava-se cada vez mais preponderante. O calendário religioso não ajudava: dezembro correspondia ao mês de *muharram*. A celebração do martírio do imã Hussein prometia dar lugar a manifestações maciças. Mais uma vez, foi o próprio xá que precipitou sua queda; diante da pressão dos religiosos, autorizou as marchas religiosas pacíficas do 10 de *muharram, Ashura*. Milhões de pessoas desfilaram em todo o país. Teerã foi tomada pela multidão. Estranhamente, não houve incidente conhecido. Sentia-se que a oposição alcançara tamanha força que a violência era, agora, inútil. A avenida Reza-Shah era um grande rio humano que se jogava na praça Shahyad, transformado em lago fremente, tendo ao alto, como um rochedo, o monumento à realeza, cujo significado se sentia que mudava, tornando-se um monumento à revolução, à liberdade e à força do povo. Penso que todos os estrangeiros presentes em Teerã naqueles dias se lembram da impressão de força extraordinária que emanava daquela multidão. Em nome do imã Hussein abandonado pelos seus, em nome da justiça em face da tirania, o Irã estava de pé. Nós todos soubemos naquele dia que o regime ia cair. Nós todos acreditamos naquele dia que a era da democracia começava.

"Na França, Frédéric Lyautey, em sua louca determinação, tinha oferecido seus serviços a Khomeini em Neauphle-le-Château como intérprete: por algumas semanas foi um dos inúmeros secretários do imã; respondia por ele a correspondência dos admiradores franceses. O círculo do religioso desconfiava dele, pensavam que era um espião, o que o fazia sofrer terrivelmente – costumava me telefonar, num tom muito amistoso, comentava as últimas notícias da revolução, me falava da sorte que eu tinha de estar no Irã nesses momentos 'históricos'. Aparentemente ignorava minhas manobras para expulsá-lo e minha paixão por Azra. Ela não lhe contara nada. Na verdade, foi ele que a levou a se dirigir a mim. O pai de Azra foi preso em casa no dia 12 de dezembro e mandado para um lugar mantido secreto, aparentemente a prisão de Evin. No entanto, quase já não se prendia ninguém nessa época; o xá tentava negociar com a oposição para acabar com o governo militar e, numa derradeira vontade de reforma, convocar em seguida eleições livres. A prisão do pai de Azra, simples professor num liceu e recente militante do partido Tudeh, era um mistério. A revolução parecia inelutável, mas a máquina repressiva continuava estranhamente a girar na sombra, de um modo absurdo – ninguém entendia por que esse homem tinha sido pego, quando na véspera ou na antevéspera milhões de outros gritavam 'morte ao xá' abertamente na rua. No dia 14 de dezembro, houve uma contramanifestação a favor do regime, alguns milhares de mercenários e soldados à paisana desfilaram por sua vez brandindo retratos dos Pahlavi. Evidentemente, não podíamos prever os acontecimentos, adivinhar que um mês depois o xá seria obrigado a deixar o país. A angústia da família de Azra era tanto mais forte quanto a confusão e a energia revolucionária estavam no mais alto grau. Foi Lyautey que, por telefone, convenceu Azra da necessidade de me contactar. Ela me ligou pouco antes do Natal; eu não tinha vontade de voltar à França para as festas de fim de ano; acreditem ou não, eu não queria me afastar dela. Fui enfim revê-la. Num mês e meio minha paixão só fizera crescer. Eu me odiava e desejava Azra a ponto de bater a cabeça na parede."

Sarah se aproximara da mesa do jardim; continuava em pé, as mãos no encosto da cadeira, como observadora, como árbitro. Ouvia com ar distante, quase de desprezo. Esbocei um sinal de cabeça em sua direção, um sinal que para mim significava "vamos embora?", ao qual ela não respondeu. Eu estava (como ela, talvez) dividido entre o desejo de conhecer o fim da história e uma certa vergonha mesclada de pudor, que me dava vontade de fugir desse erudito perdido em suas lembranças apaixonadas e revolucionárias. Morgan não parecia se dar conta de nossas hesitações; parecia achar perfeitamente normal que Sarah ficasse em pé; provavelmente teria prosseguido suas reminiscências sozinho, se fôssemos embora. Só interrompia para tomar um gole de vodca ou lançar um olhar pegajoso para o corpo de Sarah. A governanta não tinha reaparecido, refugiara-se dentro de casa, sem dúvida tinha mais que fazer do que observar o patrão se embriagando.

— Azra me pedia para apelar para minhas relações a fim de obter informações sobre a detenção de seu pai. Sua mãe, disse-me, pensava nas possibilidades mais loucas, que o pai tivesse na verdade levado uma vida dupla, que fosse um agente soviético etc. Lyautey me vira, em sua cama de hospital, em grandes conversas com um oficial coberto de medalhas: sua loucura concluíra que eu conhecia pessoalmente todos os chefes da Savak. Não desiludi Azra. Pedi-lhe que fosse à minha casa para falarmos do assunto, o que ela recusou. Propus-lhe nos encontrarmos no café Naderi, garantindo-lhe que nesse meio-tempo eu teria investigado a situação de seu pai. Ela aceitou. Minha alegria não tinha limites. Estávamos no primeiro dia do mês de *dey*, o solstício de inverno; fui a uma conferência sobre poesia: uma moça lia "Acreditemos no início da estação fria", de Forough Farrokhzad, e sobretudo "Tenho pena do jardim", cuja tristeza simples e profunda me gelou a alma, não sei por quê – ainda conheço de cor esse poema, ao menos a metade, *kasi be fekr-e golhâ nist, kasi be fekr-e mâhihâ nist*, 'não há ninguém para pensar nas flores, ninguém para pensar nos peixes, ninguém quer acreditar que o jardim está morrendo'. Suponho que a perspectiva de rever Azra me deixara extremamente sensível a todas as solicitações externas. A poesia de Forough me enchia de uma tristeza de neve; esse jardim abandonado com seu lago vazio e seu mato era o retrato de meu desamparo. Depois da leitura, todos beberam um drinque – ao contrário de mim, a companhia deles era muito alegre, vibrante de esperança revolucionária: só se falava do fim do governo militar e da possível nomeação de Shapur Bakhtiar, opositor moderado, para o posto de primeiro-ministro. Alguns chegavam a prever a abdicação rápida do xá. Muitos se interrogavam sobre a reação do Exército – os generais tentariam um golpe de Estado, apoiados pelos americanos? Essa hipótese 'chilena' apavorava todo mundo. A lembrança cruel da derrubada de Mossadeq em 1957 estava mais presente que nunca. Nessa noite fiquei me esquivando. Pediram-me várias vezes notícias de Lahouti, eu fugia da pergunta e mudava depressa de interlocutor. A maioria dos presentes – estudantes, jovens professores, escritores novatos – conhecia Azra. Soube por um dos convidados que, desde a partida de Lyautey, ela não saía mais.

"Perguntei a um amigo da embaixada a respeito do pai de Azra – ele me mandou pastar, imediatamente. Se é um iraniano, não se pode fazer nada. Um binacional, ainda assim, quem sabe... Além disso, neste momento está uma bagunça infernal na administração, nem sequer se saberia a quem se dirigir. Certamente ele mentia. Portanto, eu mesmo fui obrigado a mentir. Azra se sentou na minha frente no café Naderi; usava um pulôver grosso de lã em espinha de peixe, sobre o qual brilhavam seus cabelos pretos; não me olhou nos olhos nem apertou minha mão; me cumprimentou com um fiapo de voz. Comecei me desculpando longamente por meus erros no mês anterior, por minha brusquidão, depois lhe falei de amor, de minha paixão por ela, com toda a doçura de que era capaz. Em seguida evoquei minha investigação sobre seu pai; garanti-lhe que obteria resultados muito rápido, provavelmente já no dia seguinte. Disse-lhe que vê-la tão inquieta e tão abatida me deixava muito triste, e que eu faria tudo o que pudesse, contanto que ela fosse me visitar de novo. Supliquei. Ela olhava sempre para outro lugar, os garçons, os clientes, a toalha branca, as cadeiras laqueadas. Seus olhos vibravam. Ficou calada. Eu não sentia vergonha. Continuo a não sentir vergonha. Se vocês jamais ficaram transtornados pela paixão, não podem compreender."

Nós, sim, sentíamos vergonha – Morgan se jogava cada vez mais em cima da mesa; Sarah estava estupefata, petrificada com aquela confissão; eu imaginava a raiva subindo nela. Eu estava constrangido; só tinha um desejo, era sair daquele jardim que ardia – eram sete horas em ponto. Os pássaros brincavam entre a sombra e o sol se pondo. Também me levantei.

Também dei uns passos pelo jardinzinho. A vila de Morgan em Zafaraniyé era um lugar mágico, uma casa de boneca, talvez construída pelo guardião de uma grande residência desaparecida desde então, o que explicaria sua localização estranha, quase à beira da avenida Valiasr. Morgan a alugara de um de seus amigos iranianos. A primeira vez que fui lá, a convite do professor, no inverno, pouco tempo antes de nossa viagem a Bandar Abbas, quando a neve cobria tudo, as roseiras nuas brilhavam com o orvalho, a lareira estava acesa – lareira oriental, cujo lintel arredondado e cornija em forma de cone lembravam os do palácio de Topkapi em Istambul. Por todo lado, tapetes preciosos de cores vivas mas matizadas, violeta, azuis, alaranjados; nas paredes, faianças da época kadjar e miniaturas de grande valor. O salão era pequeno, com pé-direito baixo, convinha ao inverno; ali o professor recitava poemas de Hafez, e fazia anos que tentava decorar o conjunto do *Divan*, como os eruditos de antigamente: afirmava que saber Hafez de cor era a única maneira de entender intimamente o que ele chamava de *espaço* do gazel, o encadeamento dos versos, o arranjo dos poemas, o retorno dos personagens, dos temas; saber Hafez era fazer a experiência íntima do amor. "Temo que minhas lágrimas traiam minha tristeza e que esse mistério dê a volta ao mundo. Hafez, tu que tens o almíscar de seus cabelos em tua mão, prende tua respiração, senão o zéfiro vai desvendar teu segredo!" Penetrar o mistério, ou os mistérios – mistérios fonéticos, mistérios métricos, mistérios de metáforas. Infelizmente, o poeta do século XIV rejeitava o velho orientalista: apesar de todos os seus esforços, reter o conjunto dos quatrocentos e oitenta gazéis que compõem o *Divan* era impossível. Ele trocava a ordem dos versos, esquecia alguns; as regras estéticas da coletânea, e em especial a unidade de cada um dos dísticos, perfeitos como pérolas enfiadas uma a uma no fio da métrica e da rima para produzir o colar do gazel, faziam com que fosse fácil esquecê-los. Dos quatro mil versos que a obra contém, lamentava-se Morgan, eu sei talvez três mil e quinhentos. Continuam a me faltar quinhentos. Sempre. Nunca são os mesmos. Alguns aparecem, outros se vão. Compõem uma nuvem de fragmentos que se interpõe entre mim e a Verdade.

Nós entendíamos essas considerações místicas ao pé da lareira como a expressão de uma mania literária, o último capricho de um erudito – as revelações do verão lhes dariam um sentido muito diferente. O segredo, o amor, o sentimento de culpa, nós entrevíamos sua fonte. E se escrevi esse texto grave e solene ao voltar para Viena foi talvez para, por minha vez, registrá-los, tanto quanto para reencontrar, pela prosa, a presença de Sarah, que partira, enlutada, transtornada, para enfrentar a tristeza em Paris. Que sensação estranha a de reler a si mesmo. Um espelho envelhecedor. Sou atraído e rejeitado por esse eu antigo como por um outro. Uma primeira lembrança, intercalada entre mim e a lembrança. Uma folha de papel diáfano que a luz atravessa para nela desenhar outras imagens. Um vitral. *Eu* está na noite. O ser está sempre nessa distância, em algum lugar entre um eu insondável e o outro nesse eu. Na sensação do tempo. No amor, que é a impossibilidade da fusão entre o eu e o outro. Na arte, a experiência da alteridade.

Nem nós conseguíamos ir embora, nem Morgan conseguia acabar seu relato – ele prosseguia sua confissão, talvez tão surpreso com sua capacidade de falar como com a nossa de escutar. Apesar de todos os meus sinais, Sarah, embora revoltada, continuava agarrada à sua cadeira de jardim de metal trabalhado.

— Azra finalmente aceitou voltar à minha casa. E até várias vezes. Eu lhe contava mentiras sobre seu pai. No dia 16 de janeiro, seguindo os conselhos de seu Estado-Maior, o xá saiu do Irã, supostamente "de férias", e entregou o poder a um governo de transição dirigido por Shahpur Bakhtiar. As primeiras medidas de Bakhtiar foram a dissolução da Savak e a libertação de todos os presos políticos. O pai de Azra não reapareceu. Creio que ninguém nunca soube o que foi feito dele. A revolução parecia concretizada. Um Boeing da Air France trouxe o aiatolá Khomeini para Teerã duas semanas depois, contra a opinião do governo. Centenas de milhares de pessoas o receberam como o Mahdi. Eu só tinha um temor, o de que Lyautey estivesse no avião. Mas não. Ele viria muito em breve, conforme anunciara a Azra naquelas cartas que eu lia. Preocupava-se com a tristeza, o silêncio, a frieza de Azra. Tranquilizava-a sobre seu amor; só faltam uns dias, ele dizia, e logo estaremos juntos, coragem. Não entendia essa dor e essa vergonha de que ela lhe falava, dizia, sem lhe explicar as razões.

"Azra estava tão triste, em nossos encontros, que aos poucos acabei ficando com nojo de mim mesmo. Eu a amava apaixonadamente e queria vê-la feliz, alegre, apaixonada também. Minhas carícias só lhe arrancavam lágrimas frias. Eu possuía talvez sua beleza, mas ela me escapava. O inverno era interminável, glacial e escuro. Ao nosso redor, o Irã caía no caos. Pensamos um instante que a revolução estava terminada, mas ela apenas começava. Os religiosos e os partidários de Khomeini lutavam contra os democratas moderados. Alguns dias depois da volta ao Irã, Khomeini nomeara seu próprio primeiro-ministro paralelo, Mehdi Bazargan. Bakhtiar se tornara um inimigo do povo, o último representante do xá. Começávamos a ouvir gritarem slogans em favor de uma 'República Islâmica'. Em cada bairro, foi organizado um comitê revolucionário. Bem, organizado, se é que se pode dizer assim. As armas floresciam. Os cassetetes, as matracas e, depois da adesão de parte do Exército, no dia 11 de fevereiro, os fuzis de assalto: os partidários de Khomeini ocuparam todos os edifícios administrativos e até os palácios do imperador. Bazargan tornou-se o primeiro chefe de governo nomeado, não mais pelo xá, mas pela revolução – na verdade, por Khomeini. Tinha-se a sensação de um perigo, de uma catástrofe iminente. As forças revolucionárias eram tão díspares que era impossível adivinhar a forma que poderia assumir um novo regime. Os comunistas do partido Tudeh, os marxistas-muçulmanos, os Mudjahidins do Povo, os religiosos khomeinistas partidários do *velâyat-e faqih*, os liberais pró-Bakhtiar e até os autonomistas curdos se enfrentavam mais ou menos diretamente, lutando pelo poder. A liberdade de expressão era total, e se publicavam permanentemente jornais, panfletos, antologias de poemas. A economia estava numa situação catastrófica; o país estava tão desorganizado que os produtos de base começavam a faltar. A opulência de Teerã parecia ter desaparecido numa noite. Apesar de tudo, nós nos encontrávamos com os companheiros e comíamos latas e latas de caviar de contrabando, de grandes grãos esverdeados, com pão *sangak* e vodca soviética – comprávamos tudo isso em dólares. Alguns começavam a ter medo de um desmoronamento total do país e procuravam divisas estrangeiras.

"Fazia pouco que eu sabia por que Lyautey não voltaria ao Irã: estava hospitalizado numa clínica de um subúrbio parisiense. Depressão grave, alucinações, delírio. Só falava persa e estava de fato convencido de se chamar Farid Lahouti. Os médicos pensavam que se tratava de estresse e de um trauma ligado à Revolução Iraniana. Suas cartas para Azra tornavam-se ainda mais numerosas; mais numerosas e cada vez mais sombrias. Não lhe falava da hospitalização, unicamente dos tormentos do amor, do exílio, de sua dor. Imagens que eram recorrentes, como a brasa que, na ausência, se tornara carvão, duro e quebradiço; uma árvore de galhos de gelo morta pelo sol de inverno; um estrangeiro diante do mistério de uma flor que nunca se abre. Como ele mesmo não o mencionava, não revelei a Azra o estado de saúde de Lyautey. Minha chantagem e minhas mentiras me pesavam. Queria que Azra fosse inteiramente minha; possuir seu corpo era apenas um gosto inicial de um prazer mais completo ainda. Tentava ser atencioso, seduzi-la, e não mais obrigá-la. Mais de uma vez estive prestes a lhe revelar a verdade, toda a verdade, minha ignorância quanto à situação de seu pai, o estado de Lyautey em Paris, minhas manobras para fazê-lo ser expulso. Minhas mistificações eram, na verdade, provas de amor. Eu só tinha mentido por paixão, e esperava que ela compreendesse.

"Azra se dava conta de que tudo indicava que o pai jamais voltaria. Todos os prisioneiros do xá já tinham sido soltos, logo substituídos nas prisões pelos partidários e soldados do antigo regime. O sangue corria – executavam-se às pressas militares e altos funcionários. Agora, o Conselho Revolucionário de Khomeini via Mehdi Bazargan, seu próprio primeiro-ministro, como um obstáculo à instauração da República Islâmica. Esses primeiros enfrentamentos, e mais tarde a transformação dos Comitês em 'Guardiães da Revolução' e 'Voluntários dos Oprimidos', preparavam o terreno para o confisco do poder. Entusiasmadas com a exuberância revolucionária, as classes médias e as formações políticas mais poderosas (partido Tudeh, Frente Democrática, Mudjahidin do Povo) pareciam não se dar conta da ascensão dos perigos. O tribunal revolucionário itinerante dirigido por Sadeq Khalkhali, vulgo O Carniceiro, ao mesmo tempo juiz e carrasco, já estava em ação. Apesar de tudo isso, desde o fim de março, em seguida a um referendo promovido entre outros pelos comunistas e pelos mudjahidins, o Império do Irã se tornou a República Islâmica do Irã e se lançou na redação de sua Constituição.

"Azra tinha aparentemente largado as teses de Shariati para se aproximar do Tudeh comunista. Continuava a militar, participava das manifestações e publicava artigos feministas nos jornais próximos ao partido. Reunira alguns poemas de Farid Lahouti, os mais políticos, numa pequena coletânea, que entregara a ninguém menos que Ahmad Shamlou em pessoa – já na época o poeta mais em voga, o mais inovador, o mais poderoso – que a achara (e não era gentil com a poesia contemporânea) magnífica: ele ficou pasmo ao saber que aquele Lahouti era, na verdade, um orientalista francês, e mandou publicar alguns daqueles textos em revistas influentes. Esse sucesso me enlouqueceu de ciúme. Mesmo internado a milhares de quilômetros, Lyautey dava um jeito de tornar minha vida impossível. Eu deveria ter destruído todas aquelas malditas cartas em vez de me contentar em atirar umas poucas às chamas. Em março, quando a primavera voltou, quando o Ano-Novo iraniano consagrou o ano 1 da Revolução, quando a esperança de todo um povo cresceu junto com as rosas, esperança que seria queimada tão seguramente quanto as rosas, quando eu fazia planos de me casar com o objeto de minha paixão, essa coletânea idiota, estimada por quatro intelectuais, reforçou os laços entre Azra e Fred. Ela só falava disso. A que ponto fulano tinha apreciado aqueles poemas. Como o autor beltrano ia ler aqueles versos numa festa organizada por esta ou aquela revista da moda. Esse triunfo dava a Azra a força de me desprezar. Senti seu desprezo nos gestos, no olhar. Seu sentimento de culpa se transformara num ódio de menosprezo por mim e tudo o que eu representava, a França, a Universidade. Eu estava mexendo uns pauzinhos para lhe conseguir uma bolsa de pós-graduação, a fim de que, no final de minha temporada no Irã, pudéssemos voltar juntos para Paris. E pior ainda: ela se negava a mim. Ia ao meu apartamento para debochar de mim, para me falar daqueles poemas, da revolução, e me rejeitava. Dois meses antes tive-a abraçada a mim, e agora eu não passava de um detrito abjeto que ela rejeitava com horror."

Gilbert derrubou o copo ao enxotar com um gesto amplo demais os passarinhos que se atreviam a bicar as migalhas das guloseimas em cima da mesa. Logo voltou a se servir e esvaziou o copinho de uma só talagada. Tinha lágrimas nos olhos, lágrimas que não pareciam vir da violência do álcool. Sarah sentou-se de novo. Observava os dois passarinhos voejarem até a sombra dos arbustos. Eu sabia que ela hesitava entre a compaixão e a raiva; olhava para outro lugar, mas não ia embora. Morgan continuava calado, como se a história tivesse terminado. Nassim Khanom reapareceu de repente. Retirou as xícaras, os pires, os potinhos com açúcar-cândi. Usava um *roupouch* azul-escuro apertado com força sob o queixo, um avental cinza com estampas marrons; não dirigiu um olhar para o seu patrão. Sarah lhe sorriu; ela retribuiu o sorriso, lhe ofereceu chá ou limonada. Sarah agradeceu gentilmente todos os seus esforços, à iraniana. Percebi que estava morto de sede, venci minha timidez para pedir a Nassim Khanom um pouco mais de limonada: minha fonética persa era tão aterradora que ela não me entendeu. Sarah veio me socorrer, como de costume. Fiquei com a impressão, ó vergonha, de que ela repetia exatamente o que eu acabava de dizer – mas dessa vez Nassim Khanom entendeu de imediato. Logo imaginei um complô, pelo qual essa senhora respeitável me classificava entre os homens, ao lado de seu patrão aterrador, que continuava com os olhos avermelhados de vodca e de lembranças. Sarah percebe meu desespero ofendido, o interpreta mal: encara-me um instante, como se pegasse minha mão para nos tirar da lama morna daquele fim de tarde, e essa súbita ternura estica com tanta força os laços entre nós que uma criança poderia brincar de elástico com eles, no meio daquele jardim sinistro, crestado pelo verão.

Morgan não tinha mais nada a acrescentar. Mexia o copo, mais e mais, com os olhos no passado. Era hora de ir embora. Puxei as falsas cordas invisíveis e Sarah se levantou no mesmo instante que eu.

Obrigada, Gilbert, por essa magnífica tarde. Obrigada. Obrigada.

Esvaziei o copo de limonada que Nassim Khanom acaba de trazer. Gilbert não se levanta, resmunga versos persas dos quais não entendo nada. Sarah está em pé; põe o véu de seda violeta nos cabelos. Eu conto mecanicamente as sardas de seu rosto. Penso Azra, Sarah, quase os mesmos sons, as mesmas letras. A mesma paixão. Morgan também olha para Sarah. Sentado, está com os olhos fixos nos quadris disfarçados pelo manto islâmico que ela acaba de enfiar, apesar do calor.

— Que fim levou Azra? – faço a pergunta para desviar seu olhar do corpo de Sarah, bestamente, enciumado, como quem lembra a um homem o nome de sua mulher para que seus fonemas o açoitem, com o bom Deus e a Lei moral.

Morgan se vira para mim com ar de consternação no semblante:

— Não sei. Contaram-me que foi executada pelo regime. É provável. Milhares de militantes desapareceram no início dos anos 1980. Homens e mulheres. A Pátria em perigo. A agressão iraquiana, em vez de enfraquecer o regime, como previsto, o fortaleceu, deu-lhe um pretexto para se livrar de toda a oposição interna. Os jovens iranianos que tinham vivido entre o xá e a República Islâmica, essa classe média (horrível expressão) que tinha gritado, escrito, lutado em favor da democracia, todos terminaram enforcados numa obscura prisão, mortos na frente de batalha ou forçados ao exílio. Saí do Irã pouco depois do início da guerra; voltei oito anos mais tarde, em 1989. Não era mais o mesmo país. A universidade estava cheia de ex-combatentes incapazes de alinhavar duas palavras e que tinham se tornado estudantes pela graça do Basij. Estudantes que se tornariam professores. Professores ignaros que, por sua vez, formariam alunos fadados à mediocridade. Todos os poetas, todos os músicos, todos os cientistas estavam no exílio interno, esmagados pela ditadura do luto. Todos à sombra dos mártires. A cada piscar de olho, alguém lembrava um mártir. As ruas, os becos, as quitandas traziam nomes de mártires. Dos mortos, do sangue. Da poesia de morte, dos cantos de mortos, das flores de morte. A lírica se transformava em nomes de ofensivas: *Aurora I, Aurora II, Aurora III, Aurora IV, Aurora V, Kerbela I, Kerbela II, Kerbela III, Kerbela IV* e assim por diante, até a parúsia do Mahdi. Ignoro onde e quando Azra morreu. Na prisão de Evin, com certeza. Morri junto com ela. Bem antes. Em 1979, ano 1 da Revolução, ano 1357 do calendário hegírico solar. Ela não quis mais me ver. É simples assim. Dissolveu-se em sua vergonha. Enquanto Khomeini se debatia para consolidar o poder, Azra, com a certeza de seu amor pelos poemas de Lahouti, me abandonou definitivamente. Ela descobrira a verdade, dizia. Uma verdade – de que maneira eu tinha armado para afastar seu amante, como tinha mentido a respeito de seu pai –, e não *a* verdade. A verdade era meu amor por ela, que ela pôde verificar a cada instante em que estivemos juntos. É a única verdade. Nunca fui tão inteiro como nesses momentos em que estivemos juntos. Nunca me casei. Nunca fiz promessa a ninguém. Esperei por ela toda a minha vida.

"Fred Lyautey não teve a minha paciência. Lahouti se enforcou num olmo com um lençol, no parque da clínica, em dezembro de 1980. Azra não o via fazia quase dois anos. Uma boa alma lhe informou a sua morte. No entanto, Azra não foi à noite de homenagem que organizamos para Lyautey no instituto. Aliás, nenhum daqueles famosos poetas que supostamente respeitavam a obra dele apareceu. Foi uma bela noite, recolhida, fervorosa, íntima. Ele me designara, com sua grandiloquência habitual, como 'herdeiro para seus assuntos literários'. Queimei todos os seus papéis numa pia, junto com os meus. Todas as lembranças dessa época. As fotos se contorciam, amarelas no meio das chamas; os cadernos se consumiam, lentos como achas."

Fomos embora. Gilbert de Morgan ainda recitava misteriosos poemas. Fez-nos um pequeno gesto com a mão quando passamos pelo portãozinho no muro do jardim. Ficou sozinho com sua governanta e aquela família de pássaros que se chamam *Spechte* em alemão, em geral de crista vermelha, que fazem ninho nos troncos de árvores.

No táxi que nos levou para o centro de Teerã, Sarah repetia "que pobre sujeito, meu Deus, por que nos contar isso, que nojeira", num tom incrédulo, como se, no final das contas, não conseguisse admitir a realidade do relato de Gilbert de Morgan, nem se convencer de que aquele homem, que ela frequentava fazia mais de dez anos, que tinha contado tanto na sua vida profissional, na verdade fosse outro, um Fausto que não teria precisado de Mefisto para vender sua alma ao Mal e possuir Azra, um personagem cujo inteiro saber se construía sobre uma impostura moral de tamanha dimensão que parecia inacreditável. Sarah não conseguia imaginar a veracidade dessa história pela boa e simples razão de que era ele mesmo que a contava. Ele não podia ser louco o suficiente para se autodestruir, portanto – era ao menos o raciocínio de Sarah, a maneira de Sarah se proteger – ele mentia. Fabulava. Queria que o censurassem por sabe Deus que obscura razão. Endossava talvez os horrores de outro. Se ela estava zangada com ele e o tratava de lixo, era sobretudo por nos ter aspergido com essas baixezas e essas traições. Ele não pode confessar tão simplesmente que violentou e chantageou aquela moça, afinal, não pode contar isso tão friamente, em seu jardim, bebendo vodca, e eu sentia sua voz hesitar. Ela estava à beira das lágrimas, naquele táxi que corria, com o pé no acelerador, pela autoestrada Modarres, chamada outrora, nos tempos de Azra e Farid, de autoestrada do Rei dos Reis. Eu não estava convencido de que Morgan mentisse. Ao contrário, a cena a que acabávamos de assistir, aquele acerto de contas com ele mesmo, me parecia de uma honestidade extraordinária, até em suas implicações históricas.

O ar do crepúsculo era morno, seco, elétrico; cheirava a mato queimado dos canteiros e a todas as mentiras da natureza.

Pensando bem, creio que o achava simpático, esse Gilbert de Morgan de rosto comprido. Será que já sabia que estava doente, no dia daquela confissão? É provável – duas semanas depois saía definitivamente do Irã por motivos de saúde. Não me lembro de ter dado este texto para Sarah ler; eu deveria lhe enviar, numa versão expurgada dos comentários que lhe dizem respeito. Acaso estaria interessada? Provavelmente leria essas páginas de outra maneira. A história de amor de Farid e Azra se tornaria uma parábola do imperialismo e da revolução. Sarah oporia os caracteres de Lyautey e de Morgan; tiraria daí uma reflexão sobre a questão da alteridade: Fred Lyautey a negava totalmente e mergulhava em outra pessoa, acreditava se tornar outro, e quase conseguia, na sua loucura; Morgan tentava possuir essa alteridade, dominá-la, trazê-la para si a fim de apropriar-se dela e gozar com ela. É absolutamente deprimente pensar que Sarah é incapaz de ler uma história de amor pelo que ela é, uma história de amor, ou seja, a abdicação da razão na paixão; é *sintomático*, diria o bom doutor. Ela resiste. Para Sarah o amor não passa de um feixe de contingências, na melhor das hipóteses um *potlatch** universal, na pior, um jogo de dominação no espelho do desejo. Que tristeza. Ela tenta se proteger da dor dos afetos, sem a menor dúvida. Quer controlar aquilo que tem a possibilidade de atingi-la; defende-se de antemão dos golpes que poderiam lhe dar. Isola-se.

---

* Cerimônia praticada pelos índios da América do Norte em que o homenageado deve entregar todos os seus bens a parentes ou amigos. Em troca, receberá os bens de futuros homenageados em outro *potlatch*. [N. T.]

Todos os orientalistas, os de ontem como os de hoje, refletem sobre essa questão da diferença, do eu, do outro – pouco tempo depois da partida de Morgan, quando meu ídolo, o musicólogo Jean During, acabava de chegar a Teerã, recebemos a visita de Gianroberto Scarcia, eminente especialista italiano em literatura persa, aluno do imenso Bausani, pai da iranologia italiana. Scarcia era um homem extraordinariamente brilhante, erudito, engraçado; interessara-se, entre outras coisas, pela literatura persa da Europa; essa expressão, "literatura persa da Europa", fascinava Sarah. Que se tivessem composto poemas clássicos em persa a alguns quilômetros de Viena até o fim do século XIX a alegrava tanto quanto (mais ainda, talvez) a lembrança dos poetas árabes da Sicília, das Baleares ou de València. Scarcia afirmava até que o último poeta persa do Ocidente, como o chamava, era um albanês que compusera dois romances em versos e escrevera gazéis eróticos até os anos 1950, entre Tirana e Belgrado. A língua de Hafez continuara a irrigar o Velho Continente depois da Guerra dos Bálcãs e até a Segunda Guerra Mundial. O que era fascinante, acrescentava Scarcia com um sorriso infantil, é que esses textos davam prosseguimento à grande tradição da poesia clássica, mas alimentando-a de modernidade – assim como Naim Frashëri, o bardo da nação albanesa, esse último poeta persa do Ocidente compõe também em albanês e até em turco e grego. Mas num momento bem diferente: no século XX a Albânia é independente, e a cultura turco-persa está morrendo nos Bálcãs. "Que comportamento estranho", dizia Sarah, encantada, "esse de um poeta que escreve numa língua que ninguém ou quase ninguém, em seu país, ainda compreende, e nem quer mais compreender!" E Scarcia, com uma chispa de malícia no olhar tão claro, acrescentava que seria preciso escrever uma história da literatura árabo-persa na Europa para redescobrir esse patrimônio esquecido. O outro em si. Scarcia fez uma cara triste: "Infelizmente, grande parte desses tesouros foi destruída junto com as bibliotecas da Bósnia no início dos anos 1990. Esses vestígios de uma Europa diferente perturbam. Mas restam livros e manuscritos em Istambul, na Bulgária, na Albânia e na Universidade de Bratislava. Como você diz, querida Sarah, o orientalismo deve ser um humanismo". Sarah arregalou os olhos – então Scarcia tinha lido seu artigo sobre Ignác Goldziher, Gershom Scholem e o orientalismo judeu. Scarcia tinha lido tudo. Do alto de seus oitenta anos, via o mundo com uma curiosidade jamais desmentida.

A construção de uma identidade europeia como simpático quebra-cabeça de nacionalismos apagou tudo o que já não entrava em seus escaninhos ideológicos. Adeus diferença, adeus diversidade.

Um humanismo baseado em quê? Qual universal? Deus, que se faz bem discreto no silêncio da noite? Entre os degoladores, os que matam os outros de fome, os poluidores – será que a unidade da condição humana ainda pode fundar alguma coisa, não tenho ideia. O saber, talvez. O saber e o planeta como novo horizonte. O homem como mamífero. Resíduo complexo de uma evolução carbônica. Um arroto. Um percevejo. Não há mais vida no homem do que num percevejo. Tanto quanto. Mais matéria, mas tanto quanto de vida. Queixo-me ao dr. Kraus, mas minha condição é bastante invejável em relação à de um inseto. A espécie humana não faz o melhor que pode, nestes tempos. Nossa vontade é se refugiar em livros, em discos e nas lembranças de infância. Desligar o rádio. Ou se afogar no ópio, como Faugier. Ele também estava lá durante a visita de Gianroberto Scarcia. Voltava de uma expedição aos submundos. Esse especialista em prostituição, tão alegre, estava fabricando um léxico de gíria persa, um dicionário dos horrores – os termos técnicos da droga, é claro, mas também as expressões dos prostitutos machos e fêmeas que ele frequentava. Faugier era bissexual, navegava a vela e a vapor, como dizem os franceses; contava-nos suas incursões, na sua linguagem desabrida de Gavroche, e em geral minha vontade era tapar os ouvidos. A acreditar nele, poderíamos imaginar que Teerã era um gigantesco lupanar para toxicômanos – imagem muito exagerada, mas não totalmente irreal. Um dia, quando eu descia de táxi pela praça Tajrish, o motorista, muito idoso e cujo volante ele parecia ter desaparafusado para ficar insensível às suas violentas guinadas, me fizera a pergunta muito diretamente, quase de supetão: quanto custa uma puta na Europa? Teve de repetir a frase várias vezes, de tal forma a palavra, *djendé*, me parecia pelo menos tão difícil de pronunciar como de entender: eu nunca a ouvira na boca de ninguém. A duras penas tive de reconhecer minha ignorância; o velho homem se recusava a crer que eu nunca tivesse frequentado prostitutas. Cansado, acabei soltando um preço ao acaso, que lhe pareceu estratosférico; começou a rir, e a dizer ah, agora entendo melhor por que o senhor não vai com as putas! Por esse preço, melhor casar! Contou-me que ainda na véspera pegara uma puta no seu táxi.

— Depois das oito da noite, dizia, as mulheres sozinhas costumam ser putas. A de ontem me ofereceu seus serviços.

Ele ziguezagueava pela autoestrada, com o pé na tábua, ultrapassava pela direita, buzinava, enquanto sacudia seu volante como um alucinado;

virava-se para me olhar e o velho Paykan aproveitava sua distração para desviar perigosamente para a direita.

— O senhor é muçulmano?

— Não, cristão.

— Eu sou muçulmano, mas gosto muito das putas. A de ontem queria vinte dólares.

— Ah.

— O senhor também acha isso caro? Aqui, elas são putas porque precisam de dinheiro. É triste. Não é como na Europa.

— Na Europa também não é muito divertido, sabe.

— Na Europa elas sentem prazer com isso. Aqui não.

Deixei-o, covardemente, com suas certezas. O velho calou-se um instante para passar, totalmente irregular, entre um ônibus e um enorme 4×4 japonês. Nos canteiros, na beira da autoestrada, jardineiros podavam as roseiras.

— Vinte dólares era muito caro. Eu disse: "Me dê um desconto! Tenho idade para ser seu avô!".

— Ah.

— Eu sei como fazer, com as putas.

Ao chegar ao instituto, contei essa história extraordinária a Sarah, que não achou a menor graça, e a Faugier, que a achou hilária. Foi pouco antes de ele ser agredido pelos Basijis; levou umas cacetadas, sem que o motivo da contenda fosse realmente claro – atentado político visando a França ou "simples caso de costumes", também não se sabia. Faugier cuidava de suas manchas roxas com o riso e o ópio, e se recusava a entrar nos detalhes do confronto, repetia a quem quisesse ouvir que "a sociologia era realmente um esporte de combate". Ele me fazia pensar no Lyautey do relato de Morgan – negava-se a passar recibo da violência de que fora alvo. Sabíamos que o Irã podia ser um país potencialmente perigoso, onde os esbirros do poder, oficiais ou ocultos, não usavam luvas de pelica, mas todos nós pensávamos estar protegidos por nossas nacionalidades e nossos estatutos de universitários – e nos enganávamos. As turbulências internas do poder iraniano podiam muito bem nos atingir, sem que se soubesse exatamente por quê. O principal interessado não se enganava: suas pesquisas eram seus costumes, seus costumes participavam de suas pesquisas, e o perigo era uma das razões pelas quais esses temas o atraíam. Afirmava que havia mais chances de levar uma facada num bar suspeito em Istambul do que em Teerã, e com certeza tinha razão. De qualquer maneira, sua temporada no Irã chegava ao fim (para grande alívio da Embaixada da França); essas pauladas, essa surra, ele dizia, soavam como um sinistro canto de despedida, e suas equimoses, como um presente à guisa de lembrança da República Islâmica. Os gostos de Faugier, sua paixão pelo suspeito, não o impediam de ser terrivelmente lúcido sobre sua condição – ele era seu próprio objeto de estudo; admitia que, como muitos orientalistas e diplomatas que não confessam facilmente, se escolhera o Leste, a Turquia e o Irã, era por desejo erótico do corpo oriental, uma imagem de lascívia, de permissividade que o fascinava desde a adolescência. Sonhava com músculos de homens untados de óleo nas academias tradicionais, com os véus de dançarinas perfumadas, com olhares – masculinos e femininos – realçados com *khol*, com brumas de banhos turcos onde os fantasmas se tornavam realidade. Imaginava-se como explorador do desejo, o que acabou vindo a ser. Ele revolveu a realidade dessa imagem orientalista da almeia e do efebo, e essa realidade o apaixonou a ponto de substituir seu sonho inicial; amava suas velhas bailarinas prostitutas, suas cafetinas dos cabarés sinistros de Istambul; amava seus travestis iranianos descaradamente maquiados, seus encontros furtivos no fundo de um parque de Teerã. E azar se os banhos turcos fossem às vezes sórdidos e imundos, azar se as faces mal barbeadas dos efebos arranhassem como lixas, ele continuava com sua paixão pela exploração – pelo gozo e pela exploração, acrescentava Sarah, a quem dera para ler seu "diário de campo", como ele dizia: a ideia de que Sarah pudesse mergulhar numa leitura daquelas era para mim, claro, odiosa, eu tinha um ciúme terrível dessa relação estranha, por intermédio do diário. Embora soubesse que Sarah não sentia a menor atração por Faugier, nem Marc por ela, imaginar que Sarah pudesse assim perceber sua intimidade, os detalhes de sua vida *científica*, que, nesse caso preciso, correspondiam aos de sua vida *sexual*, era insuportável. Eu via Sarah no lugar de Louise Colet lendo o diário do Egito de Flaubert.

"Almeias – céu azul – as mulheres estão sentadas na soleira das portas – em cima de trançados de palmeira ou em pé – as cafetinas estão com elas – roupas claras, umas por cima das outras, que flutuam no vento quente."

Ou bem pior.

"Entro com Sophia Zoughaira – muito depravada, rebolando, gozando, uma tigresazinha. Mancho o sofá."

"Segunda trepada com Kutchuk – eu sentia ao beijá-la no ombro seu colar redondo sob meus dentes – sua boceta me poluía como com chumaços de veludo – eu me senti feroz."

E assim por diante, toda a perversão de que os orientalistas são capazes. Pensar em Sarah saboreando a prosa (infame, não preciso nem dizer) daquele bonitão erotômano que, tenho certeza, era capaz de escrever um horror do tipo "sua boceta me poluía", era pura tortura. Como Flaubert conseguiu infligir esse suplício a Louise Colet, é incompreensível; o estilista normando devia estar bem convencido do próprio gênio. Ou talvez pensasse, como Faugier no fundo, que essas notas eram *inocentes*, que a obscenidade que ali se encenava não pertencia ao campo do real, mas era de outra ordem, como a da ciência ou da viagem, uma pesquisa que afastava essas considerações pornográficas de seu ser, de sua própria carne: quando Flaubert escreve "trepada, nova trepada cheia de ternura" ou "sua mata mais quente que seu ventre me queimava como ferro em brasa", quando conta como, já com Kutchuk adormecida em seus braços, ele brinca de esmagar percevejos na parede, percevejos cujo cheiro se mistura com o sândalo do perfume da moça (o sangue preto dos insetos desenha lindos traços na cal), Flaubert está convencido de que essas observações despertam interesse, e não repugnância: ele se surpreende que Louise Colet fique horrorizada com esse trecho sobre a cidade de Esna. Tenta se justificar numa carta mais ou menos igualmente atroz: "Ao voltar para Jafa", ele conta, "eu farejava ao mesmo tempo o odor dos limoeiros e o dos cadáveres". Para ele o horror está em todo lugar; mistura-se com a beleza; a beleza e o prazer nada seriam sem a feiura e a dor, é preciso senti-los juntos. (Louise Colet ficará a tal ponto chocada com esse manuscrito que também irá ao Egito, dezoito anos depois, em 1869, por ocasião das cerimônias da inauguração do canal de Suez, quando toda a Europa se aglomera à beira do Nilo – verá as almeias e suas danças, que achará vulgares; ficará chocada com dois alemães a tal ponto hipnotizados pelos guizos de seus colares que desaparecerão, perderão o barco e reaparecerão alguns dias depois, "vergonhosamente exaustos e sorridentes"; também fará uma parada em Esna, mas para contemplar os estragos do tempo no corpo daquela pobre Kutchuk Hanim: terá sua desforra.)

O desejo de Oriente também é um desejo carnal, uma dominação pelo corpo, uma extinção do outro no gozo: nada sabemos de Kutchuk Hanim, essa dançarina prostituta do Nilo, a não ser sua força erótica e o nome da dança que executa, *A abelha*; fora suas roupas, seus gestos, a matéria de sua boceta, ignoramos tudo, nem frase, nem sentimento – ela era talvez a mais famosa almeia de Esna, ou talvez a única. Porém, possuímos um segundo testemunho sobre Kutchuk, o de um americano, que visita a cidade dois anos antes de Flaubert e publicará suas *Nile Notes of a Howadji* em Nova York – George William Curtis aí dedica dois capítulos a Kutchuk; dois capítulos poéticos, cheios de referências mitológicas e metáforas voluptuosas ("Ó Vênus!"), o corpo da dançarina dobrando-se como o tubo do narguilé e a serpente do pecado original, um corpo "profundo, oriental, intenso e terrível". Só conheceremos de Kutchuk o seu país natal, a Síria, nos diz Flaubert, a Palestina, segundo Curtis, e uma só palavra, *buono* – segundo Curtis, *"one choice italian word she knew"*. *Buono*, todo o sórdido gozo, liberado dos fardos da decência ocidental que Kutchuk conseguiu provocar, as páginas de *Salammbô* e da *Tentação de santo Antão* que ela inspirou, e mais nada.

Marc Faugier se interessa, em sua "observação participativa", pelos relatos de vida, pelas vozes das almeias e dos khawals do século XXI; interroga seus itinerários pessoais, sofrimentos, alegrias; nesse sentido, liga as paixões orientalistas originais às aspirações das ciências sociais de hoje, tão fascinado quanto Flaubert pela mistura de beleza e horror, pelo sangue do percevejo esmagado – e pela doçura do corpo que ele possui.

Antes de poder sonhar com o belo, era preciso mergulhar no mais profundo horror e tê-lo percorrido inteiramente, dizia Sarah – Teerã cheirava cada vez mais a violência e a morte, entre a agressão a Faugier, a doença de Morgan, os enforcamentos e o luto perpétuo do imã Hussein. Felizmente havia a música, a tradição, os instrumentistas iranianos que eu encontrava graças a Jean During, digno sucessor da grande escola orientalista de Estrasburgo – no seio do Islã rigorista e puritano ainda brilham os fogos da música, das letras e da mística, do humor e da vida. Para cada enforcado, mil concertos, mil poemas; para cada cabeça cortada, mil sessões de *zikr* e mil gargalhadas. Se ao menos nossos jornalistas quisessem se interessar por outra coisa além da dor e da morte – são cinco e meia da madrugada, é o silêncio da noite; a tela é um mundo em si, um mundo onde não há mais tempo nem espaço. *Ishq*, *hawa*, *hubb*, *mahabba*, as palavras árabes da paixão, do amor aos humanos e a Deus, que é o mesmo. O coração de Sarah, divino; o corpo de Sarah, divino; as palavras de Sarah, divinas. Isolda, Tristão. Tristão, Isolda. Isolda, Tristão. Os filtros. A Unidade. Azra e Farid com sua trágica fortuna, os seres esmagados sob a Roda do Destino. Onde se encontra a luz de Sohrawardi, qual Oriente mostrará a bússola, que arcanjo vestido de púrpura virá nos abrir o coração para o amor? *Eros*, *philia* ou *agapé*, qual bêbado grego de sandálias virá de novo, acompanhado por uma tocadora de flauta, com a fronte cingida de violetas, nos lembrar a loucura do amor? Khomeini escreveu poemas de amor. Poemas em que se trata de vinho, de embriaguez, do Amante chorando a Amada, de rosas, de rouxinóis transmitindo mensagens de amor. Para ele o martírio era uma mensagem de amor. O sofrimento, uma suave brisa. A morte, uma papoula. Pois é. Tenho a impressão de que em nossos dias só Khomeini fala de amor. Adeus, compaixão, viva a morte.

Eu tinha ciúme de Faugier sem razão, sei muito bem que ele sofria, que sofria o martírio, que fugia, que tinha fugido, que fugira de si mesmo havia muito tempo, até terminar em Teerã em cima de um tapete, encolhido, os joelhos sob o queixo, convulsivo; suas tatuagens, contava Sarah, se misturavam com as equimoses para formar desenhos misteriosos; estava seminu, respirava mal, ela dizia, mantinha os olhos abertos e fixos, eu o ninei como a uma criança, acrescentava Sarah apavorada, foi obrigada a niná-lo como a uma criança, no meio da noite, no jardim da eterna primavera cujas flores vermelhas e azuis se tornavam assustadoras na penumbra – Faugier se debatia entre a angústia e a abstinência, a angústia amplificava a abstinência e a abstinência, a angústia, e esses dois monstros o assaltavam na noite. Gigantes, criaturas fantásticas o torturavam. O medo, o desespero na solidão absoluta do corpo. Sarah o consolava. Dizia ter ficado até a aurora ao lado dele; de manhãzinha, ele dormiu, com a mão na dela, sempre sobre o tapete onde a crise o atirara. A dependência de Faugier (ao ópio, e depois, mais tarde, como ele mesmo previra, à heroína) se desdobrava num outro vício, pelo menos igualmente forte, nesse outro esquecimento que é o sexo, o prazer carnal e o sonho oriental; seu caminho para o Leste terminava ali, naquele tapete, em Teerã, em seu próprio impasse, nessa aporia, entre si mesmo e outro, que é a identidade.

"O sono é bom, a morte é melhor", disse Heinrich Heine em seu poema "Morfina", "talvez melhor ainda fosse nunca ter nascido." Pergunto-me se alguém segurava a mão de Heine em seus longos meses de sofrimento, alguém que não fosse o irmão Sono com a coroa de papoulas, aquele que acaricia suavemente a testa do doente e liberta sua alma de qualquer dor – e eu, viverei minha agonia sozinho em meu quarto ou no hospital, não devo pensar nisso, desviemos o olhar da doença e da morte, como Goethe, que sempre evitou os agonizantes, os cadáveres e os enterros: o viajante de Weimar sempre dá um jeito de escapar do espetáculo da morte, escapar do contágio da morte; imagina-se um ginkgo, essa árvore do Extremo Oriente, imortal, a árvore ancestral de todas as outras, cuja folha bilobada representa tão magnificamente a União no amor que ele enviou uma, seca, para Marianne Willemer – "Não sentes, por meus cantos, que sou Um e duplo?". A linda vienense (faces bochechudas, formas generosas) tem trinta anos, Goethe, sessenta e cinco. Para Goethe, o Oriente é o oposto da morte; olhar para o leste é desviar os olhos da Foice. Fugir. Na poesia de Saadi e de Hafez, no Corão, na Índia longínqua; o *Wanderer* marcha rumo à vida. Rumo ao Oriente, à juventude e à Marianne, contra a velhice e sua esposa Christiane. Goethe se torna Hatem, e Marianne, Suleika. Christiane morrerá sozinha em Weimar, Goethe não vai segurar sua mão, Goethe não vai assistir a seu enterro. Será que estou me desviando, eu também, do inevitável ao me mostrar obcecado por Sarah, ao vasculhar na memória desse computador para encontrar a sua carta de Weimar,

Queridíssimo François-Joseph,

É muito estranho se encontrar na Alemanha, nessa língua, tão perto de você, sem que no entanto você esteja aqui. Não sei se já fez uma viagem a Weimar; suponho que sim, Goethe, Liszt e até Wagner, imagino que isso deva ter atraído você. Eu lembro que você estudou um ano em Tübingen – não muito longe daqui, acho. Estou na Turíngia há dois dias: neve, neve, neve. E frio glacial. Você se pergunta o que estou fazendo aqui – um colóquio, claro. Um colóquio comparatista sobre a literatura de viagem do século XIX. Sumidades. Encontrei Sarga Moussa, grande especialista nas visões do Oriente no século XIX. Magnífica contribuição sobre a viagem e a memória. Um pouco enciumada do saber dele, tanto mais que ele fala fluentemente alemão, como a maioria dos convidados. Apresentei pela enésima vez um texto sobre as viagens de Faris Chidiac na Europa, numa versão diferente, sem dúvida, mas sempre tenho a sensação de estar me repetindo. O preço da glória.

É claro que visitamos a casa de Goethe – tem-se a impressão de que o mestre vai se levantar de sua poltrona para nos cumprimentar, de tal forma o lugar parece preservado. A casa de um colecionador – objetos por todo lado. Gabinetes, móveis de arquivos para os desenhos, gavetas para os minerais, esqueletos de pássaros, cerâmicas gregas e romanas. O quarto dele, minúsculo, ao lado de seu grande escritório, sob o telhado. A poltrona onde morreu. O retrato do filho August, que morreu dois anos antes do pai, em Roma. O retrato da mulher, Christiane, com seus bibelôs: um belo leque, um baralho, alguns frascos, uma xícara azul com uma inscrição em letras douradas, muito tocante, "À Fiel". Uma pluma. Dois retratinhos, um jovem e um menos jovem. É uma sensação estranha a de percorrer essa casa onde, dizem, tudo ficou tal qual em 1832. Um pouco a impressão de visitar um túmulo, inclusive com as múmias.

O mais surpreendente é a relação de Weimar com o Oriente – através de Goethe, é claro, mas também Herder, Schiller e a Índia, ou então Wieland e seu *Djinnistan*. Sem falar dos ginkgos (irreconhecíveis nessa estação) que enchem a cidade há mais de um século, a tal ponto que lhes dedicaram até um museu. Mas imagino que você sabe tudo isso – eu não sabia. A vertente oriental do classicismo alemão. Uma vez mais a gente se dá conta de a que ponto a Europa é uma construção cosmopolita... Herder, Wieland, Schiller, Goethe, Rudolf Steiner, Nietzsche... Tem-se a impressão de que basta levantar uma pedra em Weimar para que apareça um laço com o Leste distante. Mas a gente continua mesmo na Europa – a destruição nunca está muito longe. O campo de concentração de Buchenwald fica a poucos quilômetros daqui, parece que a visita é um terror. Não tenho coragem de ir lá.

Weimar foi bombardeada três vezes, maciçamente, em 1945. Imagine só! Bombardear uma cidade de sessenta mil habitantes sem interesse militar, quando a guerra estava quase ganha? Pura violência, pura vingança. Bombardear o símbolo da primeira república parlamentar alemã, tentar destruir a casa de Goethe, a de Cranach, os arquivos de Nietzsche... com centenas de toneladas de bombas jogadas por jovens aviadores recém-desembarcados de Iowa ou do Wyoming, que por sua vez morrerão queimados vivos na carlinga de seus aviões, difícil ver nisso o menor sentido, prefiro me calar.

Tenho uma lembrança para você; lembra-se do meu artigo sobre Balzac e a língua árabe? Pois bem, eu poderia escrever mais um, olhe esta bela página, que você deve conhecer:

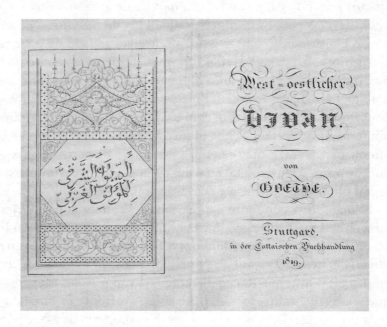

É a da edição original do *Divan*. Aqui também existe o árabe, aqui também existem diferenças entre o árabe e o alemão, como você pode ver: em árabe, é *O divã oriental do escritor ocidental*. Acho esse título muito intrigante, talvez por causa do aparecimento do escritor "ocidental". Não é mais um objeto misto, como no original alemão, um divã "ocidentoriental", mas uma coletânea do Oriente composta por um homem do Ocidente. Do lado árabe das coisas, não se trata de mistura, de fusão de um e outro, mas de um objeto oriental separado de seu autor. Quem traduziu esse título para Goethe? Seus professores de Iena? No Museu Goethe, vi uma página de exercícios em árabe – o mestre aparentemente se divertia em aprender (com uma linda caligrafia de iniciante) palavras extraídas da coletânea de Heinrich von Diez, um dos primeiros orientalistas prussianos, *Denkwürdigkeiten von Asien in Künsten und Wissenschaften*. (Meu Deus, como o alemão é uma língua difícil, levei cinco minutos para copiar esse título.)

Sempre há algo do outro em nós. Como no maior romance do século XIX, *As pernas cruzadas ou a vida e as aventuras de Fariac*, de Faris

Chidiac, do qual falei esta tarde, esse imenso texto árabe impresso em Paris em 1855 à custa de Raphaël Kahla, um exilado de Damasco. Não resisto a mostrar a página de rosto:

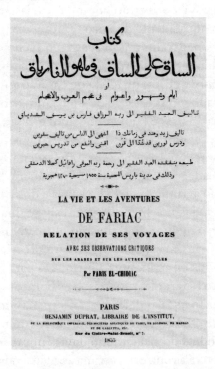

Visto daqui, a mistura do título de Chidiac corresponde à de Goethe; tem-se a impressão de que os cento e cinquenta anos seguintes apenas tentaram recortar pacientemente aquilo que os dois grandes homens tinham juntado.

Em Weimar também se encontram (tudo misturado) um retábulo de Cranach com um magnífico demônio disforme e esverdeado; a casa de Schiller, a de Liszt; a Universidade da Bauhaus; lindos palácios barrocos; um castelo; a lembrança da Constituição de uma república frágil; um parque com faias centenárias; uma igrejinha em ruína que pareceria sair direto (sob a neve) de um quadro de Schinkel; alguns neonazistas; salsichas, centenas de salsichas da Turíngia, de todas as formas, cruas, secas, grelhadas, e minha melhor lembrança germânica.

Afetuosamente,

Sarah

para esquecer, relendo-a, que a morte me agarrará com certeza antes da idade de Goethe ou de Faris Chidiac, o grande libanês, pelo menos há poucas chances de que eu morra no comando de um bombardeiro, atingido por um obus da Defesa Civil ou abatido por um caça, isso está mais ou menos descartado, embora um acidente de avião sempre seja possível: nos tempos que correm pode-se pegar um míssil russo em pleno voo ou ser despedaçado por um atentado terrorista, nada é muito garantido. Outro dia fiquei sabendo pelo *Standard* que um jihadista de catorze anos foi preso quando preparava um atentado numa estação de Viena, um bebê jihadista de Sankt Pölten, antro de terroristas, é bem conhecido, e essa notícia seria motivo para sorrir se não fosse um sinal dos tempos – logo, logo hordas de habitantes da Estíria se precipitarão sobre os infiéis vienenses berrando "Jesus é grande!" e desencadearão a guerra civil. Eu não me lembro de atentado em Viena desde o do aeroporto de Schwechat e dos palestinos de Abu Nidal, nos anos 1980, Deus nos livre, Deus nos livre, mas não se pode dizer que Deus tem dado o melhor de si mesmo ultimamente. Os orientalistas também não – eu ouvia um especialista do Oriente Médio preconizar que se deixem partir todos os aspirantes a jihadistas para a Síria, e que sejam enforcados em outro lugar; morreriam sob as bombas ou nas escaramuças e a gente não ouviria mais falar deles. Bastava apenas impedir que os sobreviventes retornassem. Essa sugestão sedutora levanta, mesmo assim, um problema moral, pode-se sensatamene enviar nossos regimentos de barbudos se vingarem da Europa em cima das populações civis inocentes da Síria e do Iraque? É um pouco como jogar o lixo fora no jardim do vizinho, não é das coisas mais bonitas. Prático, sem dúvida, mas não muito ético.

5h33

Sarah se engana. Eu nunca fui a Weimar. Um concentrado de Alemanha, de fato. Uma redução para colecionadores. Uma imagem. Que força a de Goethe. Apaixonar-se aos sessenta e cinco anos pelo *Divan* de Hafez e por Marianne Willemer. Ler tudo através dos binóculos do amor. O amor gera o amor. A paixão como motor. Goethe, máquina desejante. A poesia como combustível. Eu tinha esquecido esse frontispício bilingue do *Divan*. Nós todos esquecemos esses diálogos, apressados em fechar as obras sobre a nação sem entrever o espaço que se abre entre as línguas, entre o alemão e o árabe, na lombada da encadernação, nas dobras dos livros, na margem da mancha impressa. Deveríamos nos interessar mais pelas adaptações musicais do *Divã ocidentoriental*, Schubert, Schumann, Wolf, dezenas de compositores talvez, até os emocionantes *Goethe Lieder* para mezzosoprano e clarinetas de Luigi Dallapiccola. É muito bonito ver a que ponto Hafez e a poesia persa irrigaram a arte burguesa europeia, Hafez e, claro, Omar Khayyam – Khayyam, o sábio irreverente tem até uma estátua sua não longe daqui, em pleno Centro Internacional de Viena, uma estátua oferecida há alguns anos pela República Islâmica do Irã, mas não como uma vingança contra o poeta do vinho zangado com Deus. Um dia gostaria de levar Sarah ao Danúbio para ver esse monumento imponente entre os edifícios das Nações Unidas, esses quatro sábios de mármore branco sob a laje de pedra marrom, emoldurados por colunas que lembram as da Apadana de Persépolis. Khayyam, impulsionado pela tradução de Edward FitzGerald, invadiu a Europa das letras; o matemático esquecido de Khorasan torna-se um poeta europeu de primeiro plano já em 1870 – Sarah se debruçou sobre o caso Khayyam por meio do comentário e da edição de Sadeq Hedayat, um

Khayyam reduzido ao essencial, reduzido às quadras provenientes das recensões mais antigas. Um Khayyam mais cético que místico. Sarah explicava a imensa fortuna mundial de Omar Khayyam pela simplicidade universal da forma da quadra, primeiro, e depois pela diversidade do corpus: a um só tempo ateu, agnóstico ou muçulmano, amoroso, hedonista ou contemplativo, bêbado inveterado ou bebedor místico, o sábio de Khorasan, tal como nos aparece nas cerca de mil quadras que lhe são atribuídas, tem como agradar a todos – até a Fernando Pessoa, que comporá, ao longo da vida, quase duzentas quadras inspiradas na leitura da tradução de FitzGerald. Sarah admitia facilmente que o que preferia em Khayyam era a introdução de Hedayat e os poemas de Pessoa; de bom grado reuniria os dois, fabricando um monstro muito bonito, um centauro ou uma esfinge, à sombra de Khayyam, com Sadeq Hedayat introduzindo as quadras de Pessoa. Pessoa também gostava de vinho,

Ao gozo segue a dor, e o gozo a esta;
Ora o vinho bebemos porque é festa,
Ora o vinho bebemos porque há dor.
Mas de um e de outro vinho nada resta.

e era pelo menos tão cético e desesperado quanto seu ancestral persa. Sarah me falava das tabernas de Lisboa onde Fernando Pessoa ia beber, ouvir música ou poesia, e, de fato, elas pareciam em seu relato com as *meykhané* iranianas, a tal ponto que Sarah acrescentava, irônica, que Pessoa era um heterônimo de Khayyam, que o poeta mais ocidental e mais atlântico da Europa era, na verdade, um avatar do deus Khayyam,

Depois das rosas, Sàki, a que versaste
O vinho em minha taça e te afastaste.
Quem mais rosa que tu, que te partiste?
Quem mais vinho que tu, que te negaste?

e em intermináveis conversas com o amigo Parviz, em Teerã, ela se divertia em traduzir para o persa as quadras de Pessoa, para encontrar, diziam, o gosto do que estava perdido – o espírito de embriaguez.

Parviz nos convidara para um concerto privado em que um jovem cantor, acompanhado de um intérprete de târ e de um tombak, cantava as quadras de Khayyam. O cantor (trinta anos talvez, camisa branca de gola redonda, calça preta, belo rosto sombrio e grave) tinha uma lindíssima voz de tenor que o salão estreito onde estávamos permitia ouvir em todas as suas nuances; o percussionista brilhava – riqueza de sons nítidos e claros, nos graves como nos agudos, fraseado impecável nos ritmos mais complexos, seus dedos batiam no couro do zarb com uma precisão e uma velocidade impressionantes. O tocador de târ era um adolescente de dezesseis ou dezessete anos, e aquele era um de seus primeiros concertos; parecia contagiado pelo virtuosismo dos dois mais velhos e exaltado pelo público; nos improvisos instrumentais, explorava os *goushé* do modo escolhido com um saber e uma expressividade que, para meus ouvidos de iniciante, compensavam amplamente sua falta de experiência. A brevidade das palavras cantadas, quatro versos de Khayyam, permitia aos músicos, quadra após quadra, explorar ritmos e modos diferentes. Parviz estava encantado. Ele escrevia escrupulosamente os textos das quadras na minha caderneta. Meu gravador me permitiria, em seguida, treinar esse exercício terrível que é a transcrição. Eu já tinha anotado os instrumentos, setar ou tombak, mas nunca até então a voz, e estava curioso de ver no papel, calmamente, como se organiza a alternância de breves e longas da métrica persa no canto erudito; como o cantor transpõe o metro ou as sílabas do verso para incluí-los num ritmo e de que maneira as frases musicais tradicionais do *radif* eram transformadas, revivificadas pelo artista de acordo com os poemas cantados. Era o encontro entre um texto do século XII, um patrimônio musical milenar, e músicos contemporâneos que atualizavam, em sua individualidade, diante de um público determinado, o conjunto desses possíveis.

Serve-me este vinho, para que eu lhe diga adeus
Adeus ao néctar rosa como tuas faces em fogo
Ai, meu remorso é tão honrado e sincero
*Como o arabesco dos caracóis dos teus cabelos.**

Os músicos estavam, assim como nós, sentados de pernas cruzadas sobre um tapete de Tabriz vermelho com medalhão central azul-escuro; a lã, as

---

* Este trecho e os próximos do *Rubáiyát* foram selecionados de: Omar Kháyyám, *Rubáiyát*. Versão portuguesa de Octávio Tarqüínio de Sousa. [1928]. Rio de Janeiro: José Olympio, 1967 (13ª ed.), p. 15. [N. T.]

almofadas e nossos corpos tornavam a acústica muito seca, com um calor sem nenhuma reverberação; à minha direita, Sarah se sentara sobre os calcanhares, seu ombro tocava o meu. O perfume do canto nos enlevava; as ondas surdas e profundas do tambor, tão perto, pareciam transbordar em nossos corações enternecidos pelos trinados do târ; respirávamos junto com o cantor, prendíamos nossa respiração para acompanhá-lo nas alturas daqueles longos encadeamentos de notas ligadas, claras, sem vibrato, sem hesitações, até que de repente, chegando ao meio desse céu sonoro, ele se lançasse numa série de figuras de volteio, numa sequência de melismas e tremolos tão nuançados, tão emocionantes, que meus olhos se encheram de lágrimas contidas, vergonhosamente engolidas enquanto o târ respondia à voz retomando a frase, cada vez mais modulada, que o cantor acabava de desenhar entre as nuvens.

Bebes vinho, estás a encarar a verdade,
Diante das lembranças de teus dias em andanças,
As estações da rosa, os amigos embriagados,
Nesta triste taça bebes a eternidade.

Eu sentia o calor do corpo de Sarah contra mim, e minha embriaguez era dupla – escutávamos em uníssono, tão sincrônicos nos batimentos de nossos corações e de nossas respirações como se nós mesmos houvéssemos cantado, comovidos e arrebatados pelo milagre da voz humana, a comunhão profunda, a humanidade partilhada, nesses raros instantes em que, como diz Khayyam, bebe-se a eternidade. Parviz também estava radiante – terminado o concerto, depois de longos aplausos e um bis, enquanto nosso anfitrião, um médico melômano amigo dele, nos convidava para passar aos alimentos mais terrestres, ele saiu de sua reserva habitual e dividiu o entusiasmo conosco, rindo, pulando de um pé para outro a fim de desenferrujar as pernas entorpecidas depois de tanto tempo cruzadas, e também meio inebriado pela música e ainda recitando aqueles poemas que acabávamos de ouvir cantados.

O apartamento de Reza, o médico, ficava no décimo segundo andar de uma torre nova em folha, perto da praça Vanak. Quando fazia tempo bom, devia-se ver toda Teerã, até Varamine. Uma lua avermelhada se levantara acima do que eu imaginava ser a autoestrada de Karaj, que serpenteava entre as colinas, margeada por um rosário de edifícios, até desaparecer. Parviz falava persa com Sarah; esgotado pela emoção da música, eu não tinha mais forças para acompanhar a conversa deles; de olhos fixos na noite, hipnotizados pelo tapete de luzes amarelas e vermelhas do sul da cidade, eu sonhava com os caravançarás de outrora, aqueles que Khayyam tinha frequentado; entre Nishapur e Isfahan, ele com certeza parara em Reyy, primeira capital de seus protetores seljúcidas, bem antes que a tempesstade mongol a transformasse num monte de pedras. Da torre de observação onde eu estava, poderia ver passar o matemático poeta, numa longa caravana de cavalos e camelos de Bactriana, escoltada por soldados para enfrentarem a ameaça dos ismaelianos de Alamut. Sarah e Parvis falavam de música, eu entendia as palavras *dastgâh*, *segâh*, *tchahârgâh*. Khayyam, como muitos filósofos e matemáticos do Islã clássico, também compôs uma epístola sobre a música, que utiliza sua teoria das frações para definir os intervalos entre as notas. A humanidade em busca da harmonia e da música das esferas. Os convidados e os músicos conversavam em torno de uma bebida. Lindos garrafões coloridos continham bebidas de todo tipo; o bufê transbordava de legumes recheados, tortas de ervas, pistaches enormes, cuja amêndoa era de um belo rosa-escuro; Parviz nos iniciou (sem grande êxito no que me diz respeito) no *White Iranian*, coquetel de sua invenção que consistia em misturar iogurte líquido *dough*, aguardente iraniana e uma pitada de pimenta. Parviz e nosso anfitrião, o médico, se queixavam da ausência de vinho – é uma pena, Khayyam gostaria de vinho, muito vinho, dizia Parviz; vinho da Úrmia, vinho de Shiraz, vinho do Khorasan... Pensando bem, é uma loucura, especulava o médico, viver no país que mais cantou o vinho e a vinha, e estar privado dele. Vocês poderiam fabricá-lo, respondi, pensando na experiência diplomática da "safra Neauphle-le-Château". Parviz me olhou com cara de nojo – respeitávamos demais o Néctar para beber os infectos sucos de uva vinificados nas cozinhas de Teerã. Vou esperar que a República Islâmica autorize o consumo, ou pelo menos que o tolere oficialmente. O vinho é muito caro no mercado negro, e em geral malconservado. A última vez que fui à Europa, contava nosso anfitrião, assim que cheguei comprei três garrafas de syrah australiano e bebi tudo sozinho, durante uma tarde, olhando as parisienses passar sob minha varanda. O Paraíso! O Paraíso! *Ferdows*, *Ferdows!* Quando desabei, até meus sonhos estavam perfumados.

Eu não custava imaginar os efeitos que a ingestão de três garrafas de tinto do outro lado do mundo podia ter sobre um habitante de Teerã que nunca bebia vinho. Eu mesmo, depois de uma vodca com laranja e de um

White Iranian, estava meio tonto. Sarah parecia apreciar a horrível mistura de Parviz, em que o iogurte coagulava um pouco sob o efeito do áraque. O médico nos contava dos gloriosos anos 1980, quando a penúria de bebida era tal que ele desviava quantidades fabulosas de etanol a noventa graus para fabricar misturas de todo tipo, com cerejas, cevada, suco de romã etc. Até que, para evitar roubos, se acrescentasse cânfora, o que tornava impossível bebê-lo, dizia Reza, com ar de tristeza. E você se lembra, interveio Parviz, quando a República Islâmica começou a censurar as dublagens dos filmes e dos seriados estrangeiros? Grande momento. De repente a gente estava assistindo a um western, um cara entrava num saloon, com os colts nos quadris, e dizia em persa ao barman: "Uma limonada!". E o barman lhe servia um copo minúsculo de um líquido cor de âmbar, que o caubói esvaziava de um só gole, antes de repetir: "Mais uma limonada!". Era de rolar de rir. Agora a gente nem mais percebe, acrescentava Parviz. Não sei, há anos que não assisto mais à TV iraniana, confessou Reza.

Depois dessas considerações etílicas e de ter honrado o bufê, voltamos para casa; eu ainda estava muito mexido pelo concerto – assim, meio alheio. Frases musicais me voltavam, aos pedacinhos; ainda tinha no ouvido a pulsação do tambor, os brilhos do alaúde, as oscilações intermináveis da voz. Pensava com melancolia naqueles que tinham a chance de conseguir fazer nascer emoções assim, que possuíam um talento musical ou poético; Sarah, no banco traseiro do táxi, devia sonhar com um mundo onde se recitaria Khayyam em Lisboa e Pessoa em Teerã. Usava um manto islâmico azul-escuro e um lenço de poá branco, de onde saíam algumas mechas de seus cabelos ruivos. Estava apoiada na porta, virada para o vidro e para a noite de Teerã que desfilava ao redor; o taxista balançava a cabeça para afastar o sono; a rádio tocava cantilenas um pouco sinistras, em que se tratava de morrer pela Palestina. Sarah estava com a mão direita espalmada sobre o couro sintético do banco, sua pele era a única claridade no táxi, se eu a pegasse agarraria o calor e a luz do mundo; para minha grande surpresa, sem se virar para mim, foi ela que apertou com força meus dedos entre os seus e atraiu minha mão para junto dela – e não mais a largou, nem mesmo quando chegamos ao destino, nem mesmo quando, horas depois, a aurora vermelha inflamou o monte Damavand para invadir meu quarto e iluminar, no meio dos lençóis sulcados de carne, seu rosto pálido de cansaço, suas costas infinitamente nuas onde se espreguiçava, ninado pelas ondas de sua respiração, o longo dragão das vértebras com os rastros de seu fogo, aquelas sardas que subiam até a nuca, tais quais astros de queimaduras extintas, a galáxia que eu percorria com o dedo, desenhando viagens imaginárias, enquanto Sarah, do outro lado de seu corpo, apertava minha mão esquerda sob seu peito. E eu acariciava seu pescoço, que um raio fino e róseo, afinado pela persiana, tornava feérico; na aurora mais sussurrante, ainda surpreso com essa intimidade total, com seu doce hálito de jejum e de álcool distante, maravilhado com a eternidade, com a eterna possibilidade de enfim me enfiar em seus cabelos, percorrer à vontade suas maçãs do rosto, seus lábios, atordoado com a ternura de seus beijos, vivos e risonhos, curtos ou profundos, estarrecido, e de fôlego curto, por ter conseguido deixá-la me despir sem nenhuma vergonha nem acanhamento, ofuscado por sua beleza, pela recíproca simplicidade da nudez depois dos minutos ou das horas de panos, de fricções de algodão, de seda, de colchetes, de minúsculas inabilidades, de tentativas de esquecimento no uníssono do corpo, do coração, do Oriente, no grande conjunto do desejo, o grande coro do desejo em que se instalam tantas paisagens, de passado e de futuro, entrevi, na noite de Teerã, Sarah nua. Ela me acariciou, eu a acariciei, e nada em nós tentava se tranquilizar com a palavra "amor", de tal forma estávamos na beleza mais enlameada do amor, que é a absoluta presença ao lado do outro, no outro, o desejo a todo instante satisfeito, a cada segundo reconduzido, pois encontrávamos a cada segundo uma cor nova para desejar nesse caleidoscópio da penumbra – Sarah suspirava e ria, suspirava e ria, e eu tinha medo desse riso, tinha medo tanto quanto o desejava, tanto quanto queria ouvi-lo, como hoje na noite de Viena, quando tento me aferrar às lembranças de Sarah como um animal tenta agarrar as estrelas cadentes. Por mais que eu revolva a memória, só restam dessa noite com ela uns lampejos. Lampejo do primeiro contato de nossos lábios, desajeitado, depois do contato de nossas faces, lábios desastrados e ávidos, que também se perdem nos dedos que percorrem nossos rostos, que curam testas que se chocam, por surpresa, por essa estranha inabilidade da surpresa de se descobrir se beijando, enfim, sem que nada, alguns minutos antes, nos tivesse realmente preparado para esse aperto de coração, para essa falta de ar, nem os anos passados em pensar nisso, nem os sonhos, os inúmeros sonhos de súbito rebaixados a esse propósito carnal, insípidos, apagados pelas centelhas de um início de realidade, o gosto de um hálito, de um olhar tão perto que a gente fecha os olhos, abre-os de novo e fecha aqueles que nos observam, de nossos lábios, a gente beija esses olhos, fecha-os com nossos lábios e se dá conta do tamanho da mão quando os dedos enfim se cruzam, já não se seguram mas se encaixam.

Lampejo iluminando a silhueta de seu torso levantado, horizonte barrado pelo mármore branco de seu peito, sob o qual nadam os círculos de seu ventre; lampejo de um pensamento, si maior, pensei si maior, e de ter me perdido um instante longe do presente, ter me visto, em si maior, como autor dos gestos de um outro, testemunha, por alguns segundos, de minhas próprias interrogações, por que si maior, como escapar do si maior, e esse pensamento era tão incongruente, tão assustado, que fiquei paralisado um instante longe de tudo, e Sarah percebeu (ritmo calmo, doce carícia em meu peito) minhas hesitações antes de me tirar daquilo, simplesmente, pelo milagre de sua ternura.

Lampejo de cochichos na noite, de equilíbrios arredondados pela fricção das vozes contra os corpos, vibrações do ar tenso de Teerã, da doce embriaguez prolongada pela música e pela companhia – o que nos dissemos nessa noite que o tempo não apagou, o brilho sombrio de um olhar sorridente, o langor de um seio, o gosto de uma pele ligeiramente enrugada sob a língua, o perfume de um suor, a acidez perturbadora de dobras devoradas, aquosas, sensíveis, em que transbordam as lentas ondas do gozo; a polpa de falanges amadas em meus cabelos, em meus ombros, em meu membro, que eu tentava esconder de suas carícias, antes de me abandonar, eu também, de me oferecer em partilha para que a união prosseguisse, para que a noite avançasse rumo à aurora inelutável: um e outro de perfil, sem saber quais líquidos acompanham quais fôlegos, numa pose de estátuas encaixadas, nossas mãos apertadas sobre seu peito, joelhos encostados no côncavo de joelhos, os olhares agarrados, enroscados, do caduceu, as línguas ardentes esfriadas muitas vezes pela mordida, no pescoço, no ombro, tentando mal ou bem aguentar essa rédea de nossos corpos que um nome murmurado solta, desata em sílabas abertas, espalha em fonemas abafados pela força do abraço.

Antes que a aurora vermelha dos guerreiros do Livro dos Reis desça do Damavand, no silêncio ofegante, ainda estupefato, maravilhado com a presença de Sarah encostada em mim, e enquanto em Teerã a esquecemos, nunca a ouvimos, discreta, afogada nos sons da cidade, ecoa a conclamação às orações – um milagre frágil que não se sabe se vem de uma mesquita vizinha ou de um apartamento por perto, o *adhan* cai sobre nós, envolve-nos, sentença ou bênção, unguento sonoro, "Quando meu coração pula num amor ardente dessa cidade e de suas vozes, começo a sentir que todas as minhas caminhadas nunca tiveram senão um significado: tentar captar o sentido dessa convocação", dizia Muhammad Asad, e enfim compreendo o seu sentido, um sentido, o da doçura da partilha e do amor, e sei que Sarah, como eu, pensa nos versos dos trovadores, na triste alvorada; a convocação se mistura ao canto dos primeiros pássaros, passarinhos urbanos, nossos rouxinóis dos pobres (*Sahar bolbol hekâyat bâ Sabâ kard*, "Na aurora o rouxinol fala com a brisa"), às derrapagens dos automóveis, aos perfumes de alcatrão, arroz e açafrão, que são o cheiro do Irã, para sempre associado, a meu ver, ao gosto de chuva salgada da pele de Sarah: permanecemos imóveis, confusos, escutando os estratos sonoros desse momento cego, sabendo que ele significa ao mesmo tempo o amor e a separação na luz do dia.

6hoo

Ainda sem resposta. Será que tem internet em Kuching, capital do Sarawak? Claro que sim. Não existe mais lugar na terra onde não haja internet. Até no meio das guerras mais atrozes, feliz ou infelizmente, encontra-se uma conexão. Até no seu mosteiro de Darjeeling Sarah tinha um cibercafé por perto. Impossível escapar da tela. Até na catástrofe.

Em Teerã, quando já no dia seguinte a essa noite tão suave ela pulou no primeiro avião para Paris, o voo da noite da Air France, trêmula de dor e de sentimento de culpa, depois de ter passado o dia sem fechar o olho um minuto, de repartição de polícia em repartição de polícia para resolver essas sórdidas histórias de visto de que os iranianos têm o segredo, armada de um papel expedido com urgência pela Embaixada da França, que atestava o gravíssimo estado de seu irmão e solicitava às autoridades iranianas o obséquio de facilitar sua partida, enquanto ela tinha a sensação íntima, pelo tom da voz de sua mãe, de que Samuel já falecera, independentemente do que lhe dissessem, destruída pelo choque, pela distância, pela incompreensão, pela incredulidade diante dessa notícia, na mesma noite, enquanto ela se virava sem dormir em sua poltrona no meio das estrelas impassíveis, eu me precipitei para a internet para lhe enviar cartas, cartas e mais cartas que ela leria, esperei bestamente, quando chegasse. Passei também a noite sem pregar o olho, numa tristeza furiosa e incrédula.

Sua mãe lhe telefonara em vão durante a noite toda, e de manhã, desesperada, conseguira contactar o instituto, o consulado, remexera o céu e a terra e finalmente, enquanto Sarah, pudica, me mandando um beijo de longe, fechava a porta do banheiro para esconder sua presença do intruso, tinham vindo me encontrar para me avisar – o acidente ocorrera na tarde da véspera, o acidente, o acontecimento, a descoberta, ainda não se sabia de nada, Sarah precisava ligar para a mãe, para a casa de sua mãe, e eram as palavras *casa de sua mãe*, e não para o hospital, não para Deus sabe onde, mas para a *casa de sua mãe* que lhe tinham feito pressentir a tragédia. Ela se atirara ao telefone, revejo o disco e suas mãos hesitantes, se enganando, e me eclipsei, também saí, tanto por decência como por covardia.

Nesse último dia, perambulei com ela pelos submundos da Justiça iraniana, no serviço de passaportes, reino de lágrimas e de iniquidade, onde ilegais afegãos com roupas maculadas de cimento e tinta, algemados, abatidos, desfilavam na nossa frente enquadrados pelos Pasdaran e buscavam um pouco de consolo nos olhares dos presentes; esperamos horas no banco de madeira gasta, sob os retratos do primeiro e do segundo guia da revolução, e a cada dez minutos Sarah se levantava para ir ao guichê, repetir sempre a mesma pergunta e o mesmo argumento, *bâyad emshab beravam*, "tenho de viajar esta noite, tenho de viajar esta noite", e toda vez o funcionário lhe respondia "amanhã", "amanhã", "a senhora viajará amanhã", e no egoísmo da paixão eu tinha a esperança de que de fato ela só partisse no dia seguinte, para que eu pudesse passar uma tarde, uma noite a mais com ela, consolá-la, eu imaginava, da catástrofe que apenas entrevíamos, e o mais atroz, naquela saleta mal-ajambrada, sob o olhar enfurecido de Khomeini e os óculos grossos de míope de Khamenei, era que eu não podia pegá-la nos braços, nem mesmo segurar sua mão, nem enxugar as lágrimas de raiva, angústia e impotência em seu rosto, temendo que essa manifestação de indecência e de ofensa à moral islâmica diminuísse ainda um pouco mais suas chances de obter o visto de saída. Finalmente, quando toda esperança de arrancar o carimbo mágico estava perdida, um oficial (cinquentão, curta barba grisalha, um ventre meio volumoso dentro de uma jaqueta de farda impecável) passou na nossa frente para ir para a sua sala; esse bom pai de família ouviu a história de Sarah, ficou com pena dela e, com essa grandeza magnânima que só se manifesta nas poderosas ditaduras, depois de ter rubricado um obscuro documento, chamou seu subordinado para lhe pedir o obséquio de apor no passaporte desta aqui presente o carimbo teoricamente inacessível, o qual o subordinado, o mesmo funcionário inabalável que nos mandara passear durante toda a manhã, sem a menor consideração, cumpriu na mesma hora a tarefa, com um leve sorriso de ironia ou de compaixão, e Sarah voou para Paris.

Si maior – a aurora que põe fim à cena de amor; a morte. Será que o *Canto da noite* de Szymanowski, que liga tão bem os versos de Rumi, o místico, à longa noite de Tristão e Isolda, passa pelo si maior? Não me lembro, mas é provável. Uma das mais sublimes composições sinfônicas do século passado, sem nenhuma dúvida. A noite do Oriente. O Oriente da noite. A morte e a separação. Com esses coros brilhando como montes de estrelas.

Szymanowski também musicou poemas de Hafez, dois ciclos de canções compostos em Viena, pouco antes da Primeira Guerra Mundial. Hafez. Tem-se a impressão de que o mundo gira em torno de seu mistério, como o Pássaro de Fogo místico em torno da montanha. "Hafez, psiu! Ninguém conhece os mistérios divinos, cala-te! A quem vais perguntar que fim levou o ciclo dos dias?" Em torno de seu mistério e de seus tradutores, desde Hammer-Purgstall até Hans Bethge, cujas adaptações de poesia "oriental" serão tão frequentemente musicadas. Szymanowski, Mahler, Schönberg e Viktor Ullmann, todos usarão as versões de Bethge. Bethge, viajante quase imóvel que não sabia árabe, nem persa, nem chinês. O original, a essência, se encontraria entre o texto e suas tradições, num país entre as línguas, entre os mundos, em algum lugar no *nâkodjââbad*, o lugar-do-não-onde, esse mundo imaginário de que a música tira todas as suas fontes. Não há original. Tudo está no movimento. Entre as linguagens. Entre os tempos, o tempo de Hafez e o de Hans Bethge. A tradução como prática metafísica. A tradução como meditação. É muito tarde para pensar nessas coisas. É a lembrança de Sarah e da música que me empurra para essas melancolias. Esses grandes espaços da vacuidade do tempo. Ignorávamos o que a noite continha de dor; que longa e estranha separação se abria ali, depois daqueles beijos – impossível voltar a dormir, ainda não há pássaro nem muezim nas trevas de Viena, o coração batendo de lembranças, de abstinência tão poderosa como a do ópio talvez, ausência de respirações e de carícias.

Sarah fez uma carreira brilhante; vive sendo convidada para os mais prestigiosos colóquios, quando na verdade continua a ser uma nômade universitária, que não tem "posto", como se diz, ao contrário de mim, que possuo exatamente o inverso: uma segurança, sem dúvida, num campus confortável, com estudantes agradáveis, na cidade em que cresci, mas uma fama próxima do nada. Na melhor das hipóteses posso contar com uma reunião de vez em quando na Universidade de Graz, ou até de Bratislava ou Praga, para desenferrujar as pernas. Faz anos que não retorno ao Oriente Médio, nem sequer a Istambul. Poderia ficar horas diante desta tela percorrendo os artigos e as aparições públicas de Sarah, reconstituindo seus périplos, colóquios em

Madri, Viena, Berlim, Cairo, Aix-en-Provence, Boston, Berkeley, até Bombaim, Kuala Lumpur ou Jacarta, o mapa do saber mundial.

Às vezes tenho a impressão de que caiu a noite, de que as trevas ocidentais invadiram o Oriente das luzes. De que o espírito, o estudo, os prazeres do espírito e do estudo, do vinho de Khayyam ou de Pessoa não resistiram ao século XX, de que a construção cosmopolita do mundo já não se faz na troca do amor e do pensamento, mas na da violência e dos objetos manufaturados. Os islamitas em luta contra o Islã. Os Estados Unidos, a Europa em guerra contra o outro em si mesmo. De que serve tirar Anton Rubinstein e seus *Lieder de Mirza Schaffy* do esquecimento. Para que se lembrar de Friedrich von Bodenstedt, de seus *Mil e um dias no Oriente* e de suas descrições das noites em torno de Mirza Schaffy, o poeta azeri, em Tíflis, de seus pileques de vinho georgiano, de seus elogios titubeantes das noites do Cáucaso e da poesia persa, dos poemas que o alemão berrava, caindo de bêbado, pelas ruas de Tbilisi. Bodenstedt, mais um tradutor esquecido. Um viajante. Um criador, sobretudo. O livro dos *Lieder de Mirza Schaffy* foi, porém, um dos sucessos da literatura "oriental" na Alemanha do século XIX. Assim como a adaptação musical de Anton Rubinstein na Rússia. De que adianta se lembrar dos orientalistas russos e de seus belos encontros com a música e a literatura da Ásia central. É preciso ter a energia de Sarah para sempre se reconstruir, sempre olhar de frente o luto e a doença, ter a perseverança de continuar a revolver a tristeza do mundo para dela tirar a beleza ou o conhecimento.

Queridíssimo Franz,

Eu sei, ultimamente não tenho escrito, não tenho dado muitas notícias, afogo-me na viagem. Estou no Vietnã por algum tempo, no Tonquim, em Anam e na Cochinchina. Estou na Hanói de 1900. Vejo você arregalar os olhos: no Vietnã? Sim, um projeto sobre o imaginário colonial, imagine só. Sem infelizmente sair de Paris. Sobre o ópio. Mergulho nos relatos de Jules Boissière, o viciado, o pobre funcionário occitano que morreu de sua paixão aos trinta e quatro anos depois de ter fumado muitos cachimbos e enfrentado as selvas do Tonquim, o frio, a chuva, a violência e a doença, tendo como única companhia a luz sombria da lamparina de ópio – a história da imagem do ópio na literatura colonial é extraordinariamente interessante. O processo de essencialização do ópio como "extremo-oriental", o que a "boa, doce droga", como diz Boissière, concentra de misticismo, de claridade em plena violência colonial. Para Boissière, o ópio é o laço com o vietnamita; eles dividem não só os cachimbos e as liteiras como também a dor da abstinência e a violência dos tempos. O fumante é um ser à parte, um sábio que pertence à comunidade dos videntes: um visionário e um mendigo frágil. O ópio é o negrume luminoso que se opõe à crueldade da natureza e à ferocidade dos homens. Fuma-se depois de se ter combatido, depois de ter se supliciado, depois de ter se observado as cabeças arrancadas pelos sabres, as orelhas serradas pelos facões, os corpos estragados pela disenteria ou pelo cólera. O ópio é uma linguagem, um mundo comum; só o cachimbo e a lamparina têm o poder de fazer você penetrar na "alma da Ásia". A droga (praga pré-colonial introduzida pelo comércio imperial, terrível arma de dominação) torna-se a chave de um universo estrangeiro que é preciso penetrar e é também o que representa melhor esse mundo, a imagem que para as massas ocidentais o mostra mais perfeitamente.

Veja por exemplo dois cartões-postais enviados de Saigon nos anos 1920. A juventude dos modelos dá a impressão de que o ópio é uma prática não só extraordinariamente disseminada como também aceita, eterna, rural, natural; a caixa preta, com cadeado, esconde talvez todos os segredos desses países tão exóticos nos quais todos se entregam a essa paixão infantil. Retrato do indígena como criança drogada.

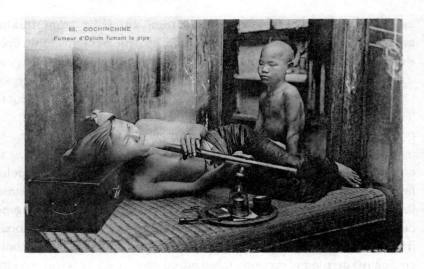

"Sempre devemos nos intoxicar: este país tem o ópio, o Islã tem o haxixe, o Ocidente, a mulher. Talvez o amor seja sobretudo o meio que o Ocidente emprega para se libertar de sua condição de homem", escreve Malraux em *A condição humana*; essa frase, no mínimo curiosa, mostra bem como o ópio se torna o apanágio do Extremo Oriente, de que maneira se fabricam nossas representações; não se trata, é claro, de questionar mais uma vez a realidade dos estragos do ópio na China ou no Vietnã, mas de ver como se constrói esse imaginário, e de que modo ele serve à propaganda colonial.

Eu me lembro de Marc perdido no ópio em Teerã e me pergunto se ele não sucumbiu a um grande sonho, se todas as suas justificativas científicas não são desculpas inconscientes para mergulhar, como nós todos, em territórios oníricos em que a gente escapa a si mesmo.

Explico tudo isso para você, mas na verdade eu também gostaria, sobretudo, de me deitar sobre uma esteira, a cabeça encostada numa mala, aspirar o esquecimento vaporoso, confiar minha alma ao nepentes e esquecer todas as dores da perda. Meu ópio, o meu, são esses textos e essas imagens que vou buscar todo dia nas bibliotecas parisienses, essas borboletas de palavras que coleciono, que observo sem pensar em outra coisa, esse mar de velhos livros em que tento me afogar – infelizmente, apesar de tudo, penso no meu irmão, tenho a impressão de claudicar, de estar mancando o tempo todo, e às vezes, quando caio num texto violento demais ou emocionante demais, custo muito a segurar as lágrimas, então me tranco no quarto, tomo um desses comprimidos modernos, que sem dúvida não têm nem o charme nem a força do ópio, e durmo vinte e quatro horas seguidas.

Vós que sofreis, eis o tesouro que vos resta:
Fumai. E vós, abençoados, sejais deuses indulgentes
Que colocais a felicidade à mercê de um gesto.

É o epitáfio que Albert de Pouvourville escreveu para seu amigo Jules Boissière em Hanói, no pagode do Lago. Gostaria que a felicidade estivesse à mercê de um gesto. Sei que você pensa em mim; leio suas cartas todos os dias, tento responder a elas mas não consigo, tenho medo de que você se zangue comigo, então me enfio em minhas pesquisas como uma criança se esconde sob o edredom.

Escreva-me, mesmo assim, e te beijo,

Sarah

Sarah se refez indo mais longe rumo ao leste, mais profundamente em si mesma, avançando nessa busca espiritual e científica que lhe permitiu escapar de sua própria infelicidade – prefiro ficar no meu apartamento vienense, ainda que seja para sofrer de insônia, de doença e com o cão de Gruber. Não tenho a coragem dela. A guerra nunca foi o melhor momento para nossa congregação. Os arqueólogos transformados em espiões, os linguistas em ourives da propaganda, os etnólogos em guardas de galés. Sarah faz bem em se exilar nessas terras misteriosas e longínquas, onde as pessoas se interessam pelo comércio da pimenta e pelos conceitos filosóficos, e muito menos por degoladores e fabricantes de bombas. *Ao Oriente do Oriente*, como diz Pessoa. O que eu encontraria na China distante, no reino de Sião, entre os povos mártires do Vietnã e do Camboja, ou nas Filipinas, velhas ilhas conquistadas pelos espanhóis que parecem, no mapa, hesitar entre um lado e outro do mundo, debruçadas sobre a imensidão pacífica, última barreira fechando o mar da China, ou nas Samoa, ponto mais a leste da língua alemã, ou o mais a oeste, colônia pacífica do império de Bismarck comprando de volta dos espanhóis as últimas migalhas de suas possessões austrais, o que se encontrará ao ocidente do Ocidente, ali onde se fecha a cintura do planeta, alguns etnólogos trêmulos e administradores das colônias suando e que afogam seu tédio no álcool e na violência diante dos olhos desolados dos autóctones, empresas de importação-exportação, bancos offshore, turistas, ou então o saber, a música, o amor, os encontros, as trocas – o último vestígio do colonialismo alemão é uma cerveja, como deve ser, a Tsingtao, nome da capital do entreposto de Kiautschu, no nordeste da China misteriosa; alguns milhares de alemães moravam nesse território alugado ao Império Celeste por noventa e nove anos, e que as tropas japonesas, assistidas por um contingente britânico, acabaram tomando de assalto no outono de 1914, talvez atraídas por sua grande cervejaria de tijolos que continua, ainda hoje, a exportar milhões de garrafas para o mundo todo – mais um círculo que se fecha, a cerveja ex--colonial que, por sua vez, coloniza, um século depois, o planeta capitalista. Imagino as máquinas e os cervejeiros chegando da Alemanha em 1900 e desembarcando nessa baía magnífica entre Shangai e Pequim, que as canhoneiras germânicas acabam de arrancar da dinastia Manchu, esmagada pelas potências ocidentais como uma ferida corroída pelos vermes: os russos se outorgam Port Arthur, os franceses, Fort Bayard, os alemães, Tsingtao, sem contar as concessões nas cidades de Tientsin ou de Shangai. Até nossa pobre Áustria-Hungria obterá um pedaço de terra em Tientsin, que ela se apressará, dizem, em cobrir de edifícios no estilo vienense, uma igreja, alguns prédios, lojas. Tientsin, a sessenta quilômetros de Pequim, devia parecer a Exposição europeia, bairro francês, inglês, alemão, russo, austríaco, belga e até italiano, em alguns quilômetros se tinha a impressão de ter percorrido a Europa altiva e colonizadora, essa Europa de bandidos e aventureiros que saqueara e incendiara o Palácio de Verão de Pequim já em 1860, aferrando-se aos pavilhões dos jardins, às faianças, aos ornamentos em ouro, às fontes e até às árvores, os soldados ingleses e franceses arrancavam as riquezas do palácio como ladrões vulgares antes de incendiá-lo, e se encontrariam pratos chineses imperiais ou recipientes de bronze até nos mercados de Londres e Paris, produtos do saque e da violência. Peter Fleming, irmão do criador de James Bond e companheiro de viagem de Ella Maillart na Ásia, conta em seu livro os famosos cinquenta e cinco dias de Pequim, em que os representantes de onze nações europeias sustentaram o cerco ao bairro das legações pelos Boxers e o exército imperial, Peter Fleming conta que um orientalista chorou, inconsolável, quando o fogo destruiu o único exemplar completo do *Yung--lo ta-tien*, a imensa enciclopédia dos Ming, compilada no século XV e englobando todo o saber do mundo, onze mil volumes, onze mil volumes, vinte e três mil capítulos, milhões e milhões de ideogramas manuscritos transformados em fumaça no ronco das chamas da biblioteca imperial, cuja falta de sorte quis que ela estivesse situada ao lado da legação britânica. Um sinólogo desconhecido chorou: um dos raros seres conscientes, na efervescência guerreira, do que acabava de desaparecer; ele estava ali, no meio da catástrofe, e sua própria morte se tornava de súbito indiferente, ele vira o conhecimento virar fumaça, o legado de sábios antigos se apagar – terá pedido, cheio de ódio, a um deus desconhecido que as chamas aniquilassem igualmente tanto os ingleses como os chineses, ou será que, pasmo de dor e vergonha, se contentou em olhar as pequenas chamas e as borboletas de papel incandescente invadirem a noite de verão, com os olhos protegidos da fumaça por suas lágrimas de fúria, não se sabe. A única coisa clara, Sarah diria, é que a vitória dos estrangeiros sobre os chineses ensejou massacres e pilhagens de uma violência inaudita, os próprios missionários, parece, provaram o prazer do sangue e as alegrias da vingança em companhia dos soldados das gloriosas nações aliadas. A não ser o sinólogo desconhecido, ninguém chorou pela enciclopédia destruída, parece; incluíram-na na lista das vítimas de guerra, das vítimas da conquista econômica e do imperialismo diante de um império recalcitrante que se negava obstinadamente a se deixar despedaçar.

No oriente do Oriente ninguém escapa tampouco à violência conquistadora da Europa, a seus mercadores, seus soldados, seus orientalistas ou seus missionários – os orientalistas são a versão, os missionários são o tema: ali onde os sábios traduzem e importam saberes estrangeiros, os religiosos exportam sua fé, aprendem línguas locais para melhor tornar os Evangelhos inteligíveis. Os primeiros dicionários de tonquinês, chinês ou khmer são redigidos por homens de missão, sejam eles jesuítas, lazaristas ou dominicanos. Esses missionários pagaram um pesado tributo à propagação da Fé – será preciso lhes dedicar um tomo de minha grande obra:

Sobre as diferentes formas de loucura no Oriente
Volume quarto
A enciclopédia dos decapitados

Os imperadores da China e de Annam, entre outros, torturaram uma quantidade não desprezível de vendedores ambulantes de Jesus, sendo muitos beatificados e até canonizados em seguida por Roma, mártires do Vietnã, da China ou da Coreia, cujos sofrimentos nada têm a invejar aos mártires romanos, tal como são Théophane Vénard, que precisou de cinco golpes de sabre para ser decapitado, não longe de Hanói: o jovem francês testemunha sua fé à beira do rio Vermelho, nos anos 1850, no momento em que a ofensiva da França em Annam obriga o imperador a endurecer as perseguições contra os cristãos. Ele é representado calmamente ajoelhado diante do rio, o carrasco a seu lado: o primeiro golpe de sabre, rápido demais e mal dirigido, não atinge a nuca e apenas dá um talho na face; Théophane continua a rezar. O segundo golpe, talvez porque o executor esteja ainda mais tenso com seu primeiro fracasso, raspa lateralmente a garganta, espalha um pouco de sangue do missionário mas não interrompe suas orações; será preciso que o corta-cabeça (imagina-se que seja alto, gordo, careca como nos filmes, mas talvez fosse baixo, cabeludo e, mais ainda, dizem, bêbado, o que explicaria de um modo muito plausível seus fracassos) levante o braço cinco vezes para que o chefe do martírio acabe rolando, que seu corpo desabe e que suas orações silenciem. A cabeça será enfiada numa estaca, para dar exemplo, à beira do rio Vermelho; o corpo, enterrado no lodo – catecúmenos roubarão os dois, aproveitando a noite, oferecerão ao torso uma verdadeira sepultura num cemitério cristão e, à cabeça, uma redoma de vidro, para que seja conservada como relíquia pelo bispado de Hanói, e cento e cinquenta anos depois o jovem padre das Missões Estrangeiras de Paris será canonizado, em companhia de vários irmãos seus cortados, estrangulados, queimados ou decapitados.

Tipo de morte: cabeça cortada com sabre, crucificação, desmembramento, evisceração, afogamento, torturas diversas, recitariam as fichas dos missionários na Ásia.

A que santo pedirei conforto em minha agonia, são Théophane Vénard ou outros santos massacrados, ou simplesmente são Martim, o santo de minha infância, de quem eu tinha tanto orgulho, na Áustria, durante os desfiles militares do Onze de Novembro – para meus compatriotas de Viena, são Martim não é são Martim *de Tours*, cujo túmulo vi na infância na basílica homônima (dourada, oriental, e depois gaulesa) com Vovó e Mamãe, o que, na minha religiosidade infantil, me dava uma proximidade privilegiada com o legionário de manto rasgado, proximidade associada aos juncos da beira do Loire, aos bancos de areia, às colunas de pórfiro do sepulcro subterrâneo e silencioso onde repousava esse santo tão caridoso que, dizia Vovó, a gente podia pedir sua intercessão para qualquer assunto, o que eu não deixava de fazer, desajeitadamente sem dúvida, para pedir balas, guloseimas e brinquedos. Minhas devoções ao soldado-bispo eram totalmente interesseiras, e em Viena, quando íamos para o campo no meio do outono para comer o ganso da festa de são Martim, essa ave um pouco seca estava, para mim, diretamente ligada a Tours; provavelmente ele chegava lá voando – se um sino era capaz de sair de Roma para anunciar a Ressurreição, um ganso podia muito bem voar da Touraine até a Áustria para homenagear o santo e se deitar, todo assado, entre as castanhas e as *Serviettenknödel*. Estranhamente, são Benoît, embora a aldeia de Vovó tivesse esse nome, nunca foi para mim outra coisa além de fonemas: talvez porque, no espírito de uma criança, um legionário que dividia seu manto com um pobre era bem mais atrativo do que um monge italiano, por mais importante que fosse para a espiritualidade medieval – são Benoît é, porém, o padroeiro dos agonizantes, aí está meu intercessor, eu poderia talvez investir numa imagem dele, são Benoît, cometer uma infidelidade ao meu ícone de são Cristóvão. O gigante cananeu também morreu decapitado, em Samos; é o santo da passagem, aquele que faz atravessar os rios, que levou Cristo de uma margem à outra, padroeiro dos viajantes e dos místicos. Sarah gostava dos santos orientais. Ela contava histórias de santo André de Constantinopla ou Simeão, o Louco, esses loucos por Cristo que usavam sua loucura para dissimular a santidade – loucura, na época, significando a alteridade dos costumes, diferença inexplicável dos atos: Simeão encontra um cachorro morto na estrada, à entrada de Emese, lhe amarra uma corda no pescoço e o arrasta atrás de si como se estivesse vivo; ainda Simeão, que brinca de apagar as velas do ofício lançando nozes nelas, e depois, quando querem expulsá-lo, sobe num púlpito para bombardear a assistência com suas frutas secas, até expulsar os fiéis da igreja; Simeão dançando, batendo as mãos e os pés, escarnecendo dos monges e comendo tremoços como um urso.

Bilger talvez seja um santo, quem sabe. O primeiro santo arqueólogo, que dissimula sua santidade numa loucura impenetrável. Talvez tenha conhecido a iluminação no deserto, nas escavações arqueológicas, diante dos vestígios do passado que ele tirava da areia e cuja sabedoria bíblica o penetrava pouco a pouco até se tornar, num dia mais claro que os outros, um imenso arco-íris. Em todo caso, Bilger é o mais sincero de nós; não se contenta com uma ligeira falha, insônias, doenças indecifráveis como as minhas, nem com a sede espiritual de Sarah; hoje é o explorador de sua profunda alteridade.

Sarah também tinha fome de missionários, martirizados ou não; eles são, dizia, a onda subterrânea, o equivalente místico e sábio da canhoneira – um e outro avançam juntos, os soldados seguindo ou precedendo um pouco os religiosos e orientalistas, que às vezes são os mesmos. Às vezes os três ao mesmo tempo: religiosos, orientalistas e soldados, como Alois Musil, o padre dominicano Jaussen ou Louis Massignon, a santíssima trindade de 1917.

315

A primeira travessia do Tibete, por exemplo (e eu estava contente em poder revelar a Sarah essa façanha da Igreja nacional) foi obra de um jesuíta austríaco de Linz, Johannes Gruber, talvez um ancestral do meu vizinho: esse santo homem do século XVI, matemático nas horas vagas, missionário, foi, ao voltar da China, o primeiro europeu a visitar Lhasa. Sarah, em sua longa exploração das terras do budismo, encontrou outros missionários, outros orientalistas, cuja crônica costumava me fazer, pelo menos tão apaixonante como a dos espiões do deserto – o padre Évariste Huc, por exemplo, cuja bonomia de homem do Sul (se minha memória não falha, ele era de Montauban, na margem do Tarn, a cidade rosa de Ingres, o pintor caro ao coração dos orientalistas, e de Halil Pasha) alegrou um lanche vienense, no fundo bastante tenso, bem maçante, durante uma visita de Sarah, a primeira depois da morte de Samuel. Na época, ela estava em Darjeeling. Horríveis museus vienenses, lembranças de orientalistas e uma estranha distância, que tentávamos superar na base de ciência e de discursos eruditos. Essa temporada me parecera muito longa. Sarah me irritava. Eu estava ao mesmo tempo orgulhoso em lhe mostrar minha vida vienense e atrozmente decepcionado por não encontrar imediatamente a intimidade de Teerã. Tudo era só inabilidades, impaciências, rusgas e incompreensões. Eu gostaria de levá-la ao museu do Belvedere ou para ver os vestígios de minha infância em Mariahilf, e ela só se interessava pelos horrores ou centros búdicos. Eu tinha passado aqueles meses com a sua lembrança, tinha investido tanto na espera, construído uma personagem imaginária, tão perfeita que ia, de repente, preencher minha vida – que egoísmo, quando penso nisso. Nunca percebi a dimensão de seu luto, de sua dor, do sentimento de injustiça que pode representar a perda brutal de um ente tão próximo, apesar de suas cartas:

Querido Franz, obrigada por essa mensagem diplomática, que conseguiu me fazer sorrir – o que é bem difícil neste momento. Sinto muito a sua falta. Ou melhor, sinto muita falta de tudo. Tenho a impressão de estar fora do mundo, pairo no luto. Basta cruzar o olhar com o de minha mãe para que nós duas comecemos a chorar. A chorar pela tristeza da outra, por esse vazio que vemos, cada uma, em nossos rostos esgotados. Paris é um túmulo, fiapos de lembranças. Prossigo minhas incursões nos territórios literários do ópio. Já não sei muito bem onde estou.
Um beijo triste para você e até breve,

Sarah

Franz Ritter escreveu:

Queridíssima Sarah,

Ah, se você soubesse como às vezes é difícil estar à altura das próprias pretensões quando não se tem a sorte de ser francês, como é trabalhoso se levantar unicamente pela força da própria inteligência às alturas dos seus compatriotas e compreender suas sublimes motivações, suas preocupações e suas comoções!!! Noite dessas eu fui convidado para jantar na casa do conselheiro cultural do seu grande país e pude medir todo o caminho que ainda me restava percorrer para chegar aos calcanhares dele. O conselheiro é músico; lembra-se de que ele não perdia uma ocasião de conversar comigo sobre a Ópera ou a Filarmônica de Viena? Solteiro, recebe muito, em sua bela vila de Niavaran. Eu estava lisonjeado com o convite. Venha, ele me disse, convidei amigos iranianos, vamos tocar música e jantar. Sem cerimônias, fazer uma boquinha.

Cheguei na hora marcada, por volta das oito horas, depois de ter andado uns quinze minutos na neve porque o Paykan do taxista derrapava e se negava a continuar a subir. Chego ao portão, toco, espero, toco de novo: nada. Resolvo então aproveitar a ocasião para dar uma voltinha na noite gelada, sobretudo, devo confessar, porque ficar imóvel significava me expor a uma morte certa. Perambulo alguns minutos ao acaso e, passando de novo diante da casa, cruzo com a empregada que está saindo: vou correndo, interrogo e ela me diz:

— Ah, foi o senhor que tocou. Meu patrão está tocando música com os amigos, ele nunca responde quando toca.

Talvez porque o salão de música fique do outro lado da vila e não se ouça a campainha. Bem, bem, bem. Vou logo para dentro de casa e avanço pelo vestíbulo com as imponentes colunas dóricas, iluminações clássicas como a música que vem de lá, cravo, flauta. Couperin? Atravesso o grande salão tomando muito cuidado para não andar sobre os tapetes preciosos. Pergunto-me se devo esperar ali, e você me conhece, sou muito educado, portanto espero, em pé, uma pausa para entrar no salão de música, como no Musikverein. Tenho tempo de olhar bastante os quadros, as esculturas de efebos de bronze e, horror!, os traços de lama misturada com neve que meus sapatos ainda molhados deixaram por todo lado sobre o mármore. Vergonha. Um teutão desembarca nesse *havre* de beleza.

Dava para seguir muito bem o percurso hesitante que fazia a volta dos tapetes, ia de uma estátua à outra. Vergonha ainda maior. Não fosse por isso: avisto uma caixa de madrepérola que parece conter lenços, agarro-os, esperando que a sonata dure o suficiente para que eu tenha tempo de fazer meu serviço sujo, ajoelho-me com a caixa na mão e ouço:

— Ah, você está aí? Mas o que está fazendo, vai jogar bolinha de gude? Entre, ora essa, entre.

De fato, a caixa continha bolas de porcelana, não me pergunte como pude confundi-la com uma caixa de lenços, eu seria incapaz de responder: a emoção estética talvez, a gente pensa que num cenário daqueles uma caixa de Kleenex só pode ser de madrepérola. Ridículo, eu me ridicularizei, eis-me suspeito de querer jogar bola de gude sobre o tapete enquanto se toca a grande música. Um beócio. O musicólogo austríaco joga bolinha de gude sobre os tapetes do Oriente em vez de escutar Couperin.

Suspiro, pouso delicadamente a caixa e sigo o conselheiro para o salão de música supracitado: um sofá, duas poltronas, alguns quadros orientalistas, outras esculturas, uma espineta, os músicos (o cravista conselheiro, um flautista iraniano) e o público, um rapaz com sorriso muito simpático.

— Apresento-lhes: Mirza Abbas. Franz Ritter, musicólogo austríaco, aluno de Jean During.

Nós nos cumprimentamos; eu me sento e eles recomeçam a tocar, o que dá tempo de esquecer por um instante minha vergonha e rir de mim mesmo. O conselheiro cantarolava um pouco enquanto tocava, de olhos fechados para se concentrar. Uma bela música, palavra, vibrante profundidade da flauta, frágil cristal do cravo.

Cinco minutos depois, param a música, eu aplaudo. O conselheiro se levanta:

— Bem, é hora de encarar o fondue. Por aqui, gourmets.

Ah, sim, esqueci de esclarecer que eu era convidado para um fondue savoyard, prato suficientemente raro em Teerã para que não se perca a ocasião. Quando o conselheiro me propusera, eu tinha respondido:

— Um fondue? Nunca comi.

— Nunca? Não tem fondue na Áustria? Pois então, é a ocasião de se iniciar. É bem melhor que a raclette, mesmo suíça. Mais requintado. Sim, mais requintado. E, com essa neve, é o prato ideal.

O conselheiro cultural se interessa por todas as artes, inclusive pela cozinha.

Portanto, eis-nos os quatro indo para a copa. Eu pensava chegar, apesar das precauções do conselheiro e da proposta de fazermos uma boquinha, a um jantar um pouco esnobe com grandes e pequenos pratos servidos à mesa, e me vejo com um avental nos quadris, "sem cerimônia", como se diz.

Ele me incumbe de cortar o pão. Bem. Corto, sob a vigilância do chef, que controla o tamanho dos pedacinhos. O chef é Mizra, também presidente do Clube dos Gourmets, o qual, fico sabendo, se reúne uma vez por semana na casa do conselheiro.

— Semana passada, ah, as codornas, codornas sublimes – ele me conta.
— Suculento. Claro, esta noite é a simplicidade, nada a ver. Fondue, charcutaria, vinho branco. Toda a originalidade está no pão iraniano e nos *sabzi*, evidentemente. Vai ser uma delícia.

O conselheiro observa com ar radiante seus convidados trabalhando, sente-se que gosta de animação em sua cozinha. Corta delicadamente o presunto e o salaminho, dispõe as rodelas sobre um grande prato de faiança iraniana azul. Faz meses que não como porco, e tenho a impressão de uma transgressão extraordinária. Pomos a mesa, conversamos enquanto terminamos os aperitivos, e é hora de se sentar à mesa. Pegamos os espetinhos, preparamos os *sabzi* que dão, com o *sangak*, um ar multicultural a esse jantar pagão. E então o conselheiro exclama, com ar muito pouco diplomático:

— Bem, strip-fondue, quem perder seu pedaço de pão tira a camisa.
— E ele começa, com uma grande gargalhada que o faz levantar os olhos e sacudir a cabeça da direita para a esquerda.

Chocado, agarro-me ao meu espetinho.

Serve-se o vinho, delicioso aliás, um graves branco. Mirza é o primeiro, mergulha o pão no queijo derretido e o tira sem problema, puxando pelos pequenos filamentos. Minha vez de tentar: devo reconhecer que está excelente.

A conversa gira em torno do vinho.

O conselheiro lança, com ar satisfeito:

— Anuncio a vocês que agora sou acionista dos côtes-du-rhône. Sim, meus caros amigos.

Posso ler a inveja no rosto dos dois outros sibaritas.

— Ah, muito bom, isso. — Balançam a cabeça, juntos. — Os côtes-du-rhône!

Falam de gleucômetros, de cubas e fermentação. Estou mais preocupado em lutar com o fondue, e percebo que, quando ele esfria, está longe de ser moleza, se me desculpa a expressão, mais ainda com um pedaço de pão iraniano, que é macio e permeável, e portanto não suporta uma imersão prolongada no molho morno sem se desagregar perigosamente. Por pouco, várias vezes, tive de deixar ali a minha camisa.

Em suma, não comi muito.

Finalmente, o fondue termina sem incidente, ninguém perde outra coisa além de suas ilusões na panelinha. Vêm sobremesa, café, digestivo e discursos sobre arte, mais exatamente, na ordem, marrons-glacês da Provence, expresso italiano, conhaque e "o fundo e a forma". Bebo as palavras do conselheiro que passam sem o menor problema com o conhaque VSOP:

— Sou um esteta – ele diz. — A estética está em todas as coisas. Às vezes, até a forma faz sentido, no fundo.

— O que nos leva de volta ao fondue – digo.

Recebo um olhar negro dos dois estetas adjuntos, mas o conselheiro, que tem humor, dá um pequeno soluço nervoso, ho-ho, antes de continuar, com o ar inspirado:

— O Irã é o país das formas. Um país es-te-ti-camente for-mal.

Está vendo, tudo isso me dá tempo de sobra para pensar muito em você. Espero tê-la feito sorrir nestes momentos tão tristes.

Um beijo muito grande,

Franz

Paris é um túmulo, e eu lhe conto histórias mundanas e humorísticas, traço caricaturas de pessoas que lhe são indiferentes, que idiota, que vergonha – às vezes a ausência, a impotência desesperada nos dão os gestos desordenados de um afogado. Aliás, esse conselheiro aliava uma profunda simpatia pelo Irã e uma imensa cultura. Minto, pois além do mais não lhe explico essas longas semanas de Teerã sem ela, passadas quase exclusivamente com Parviz, lendo poesia, grande Parviz, o amigo que escutava com paciência tudo o que eu não dizia.

Exceto Parviz, não me restavam mais amigos próximos em Teerã. Faugier acabara voltando, fisicamente destruído, moralmente perdido em seu objeto de estudos, num sonho opiáceo. Despediu-se de mim como se partisse para o outro mundo, gravemente, com uma gravidade sóbria um tanto assustadora nesse dândi outrora exuberante – eu revia o homem de Istambul, o Gavroche sedutor, o príncipe das noites de Istambul e de Teerã, e uma só coisa é mais ou menos certa: Marc Faugier, apesar de todas as suas competências, de todas as suas publicações, não pertence mais ao mundo universitário. Nem o Google tem mais notícias suas.

Novos pesquisadores tinham chegado, entre outros um compatriota, um austríaco aluno de Berg Fragner, diretor do Instituto de Estudos Iranianos da Academia de Ciências de Viena, essa mesma Academia de Ciências que fora fundada, em seu tempo, pelo querido Hammer-Purgstall. Esse compatriota historiador não era mau sujeito, tinha só um defeito, o de falar enquanto andava – caminhava pelos corredores refletindo em voz baixa, horas a fio, quilômetros de corredores percorridos, e essa monodia tão erudita quanto ininteligível me dava nos nervos, furiosamente. Quando ele não perambulava, lançava-se em intermináveis partidas de go com outro recém-chegado, este norueguês: um norueguês exótico que tocava guitarra, flamenco, num nível tão alto que participava todo ano de um festival em Sevilha. Tudo o que o mundo podia oferecer de encontros esquisitos: um austríaco filatelista apaixonado pela história dos selos iranianos jogando go com um norueguês guitarrista cigano versado no estudo da administração petroleira.

Vivi essas últimas semanas na casa de Parviz ou, fora uma ou duas mundanidades como aquele convite para a casa do conselheiro cultural melômano, recluso, cercado pelos objetos que Sarah não conseguira levar na sua ida precipitada para Paris: muitos livros, o tapete de prece do Khorasan, de uma magnífica cor malva, que continuo a ter ao lado de minha cama, um samovar elétrico prateado, uma coleção de cópias de miniaturas antigas. Entre os livros, as obras de Annemarie Schwarzenbach, é claro, e em especial *O vale feliz* e *A morte na Pérsia*, nos quais a suíça descreve o vale do Lahr, ao pé do monte Damavand. Tínhamos planejado, Sarah e eu, ir até lá, àquele alto vale árido por onde se escoam as águas do mais alto pico do Irã, vale onde o conde de Gobineau também plantou sua tenda cento e cinquenta anos antes — o majestoso cone branco de neve estriada de basalto durante o verão, a imagem, junto com o monte Fuji ou o Kilimanjaro, da montanha perfeita, erguendo-se solitária no meio do céu, ultrapassando, do alto de seus cinco mil e seiscentos metros, os picos ao redor. Havia também um volumoso livro de imagens sobre a vida de Annemarie; diversas fotos que ela mesma tinha feito durante as viagens e retratos realizados por outros, em especial seu marido, o secretário de embaixada Clarac – num deles vêmo-la seminua, ombros estreitos, cabelos curtos, a água do rio batendo em seus joelhos, os braços ao longo do corpo, vestindo somente um short preto. A nudez de seu peito, a posição das mãos, pendendo ao longo das coxas, e o rosto surpreso lhe dão um ar frágil, de uma inexpressividade triste ou vulnerável, na paisagem grandiosa do vale de altitude margeado por juncos e arbustos espinhosos, e tendo no alto as ladeiras secas e rochosas das montanhas. Passei noites inteiras de solidão folheando esse livro de fotografias, no meu quarto, e lamentando não possuir imagens de Sarah, álbum a percorrer para me ver em sua companhia – e ia à forra com Annemarie Schwarzenbach; li o relato de sua viagem com Ella Maillart, da Suíça à Índia. Mas era nos dois textos de febre amorosa, de melancolia narcótica, que Annemarie situa no Irã, e dos quais um é o reflexo mais distanciado do outro, muito íntimo, que eu buscava alguma coisa de Sarah, o que Sarah teria me contado, a razão profunda de sua paixão pela vida e obra desse "anjo inconsolável". As duas obras estavam sublinhadas e anotadas a caneta; podia-se retraçar, dependendo da cor das anotações, as passagens que tinham a ver com a angústia, com o medo indizível que assaltava a narradora de noite, os medos relativos à droga e à doença e aqueles relativos ao Oriente, à visão do Oriente e da jovem. Lendo suas notas (rabiscos, marginália preta que eu devia decifrar mais do que ler) eu podia entrever, ou acreditava entrever, uma das questões fundamentais que não só estavam subentendidas na obra de Sarah como tornavam tão cativantes os textos de Annemarie Schwarzenbach – o Oriente como resiliência, como busca da cura de um mal obscuro, de uma angústia profunda. Uma busca psicológica. Uma pesquisa mística sem Deus, sem outra transcendência além do mais profundo de si mesmo, procura que, no caso de Schwarzenbach, resultava num triste malogro. Não há nada nessas paragens para facilitar sua cura, nada para aliviar seu sofrimento: as mesquitas permanecem vazias, o mirabe não passa de um nicho numa parede; as paisagens estão ressecadas no verão ou inacessíveis no inverno. Ela avança por um mundo desertado. E até mesmo quando encontra o amor, junto de uma jovem meio turca, meio tchercassi, e pensa encher de vida as paragens desoladas que deixou perto das ladeiras do Damavant flamejante, o que descobre é a morte. A doença da amada e a visita do Anjo. O amor não nos deixa dividir os sofrimentos do outro, assim como não cura os nossos. No fundo, estamos sempre sozinhos, dizia Annemarie Schwarzenbach, e eu temia, ao decifrar suas notas na margem de *A morte na Pérsia*, que fosse também o pensamento de Sarah, o pensamento sem dúvida, no momento em que eu lia essas linhas, amplificado pelo luto, como para mim pela solidão.

Seu interesse e sua paixão pelo budismo não são apenas uma busca de cura, mas um sentimento profundo, o qual sei que estava presente bem antes da morte de seu irmão – a partida para a Índia depois de seus desvios pelo Extremo Oriente nas bibliotecas parisienses não era uma surpresa, embora eu a tivesse considerado uma bofetada, preciso reconhecer, como que um abandono. Era a mim que ela deixava, junto com a Europa, e eu pretendia fazê-la pagar por isso, devo admitir, queria me vingar de seu sofrimento. Foi preciso que chegasse este e-mail particularmente tocante, em que fala de Darjeeling e da Andaluzia,

Darjeeling, 15 de junho

Queridíssimo Franz,

Pois é, aqui estou de volta a Darjeeling, depois de uma passagem relâmpago pela Europa: Paris, dois dias para a família, depois Granada, dois dias para um colóquio chato (você sabe o que é isso) e dois dias para voltar, por Madri, Delhi e Calcutá. Gostaria de ter passado por Viena (vista daqui, a Europa é tão pequena que a gente pensa facilmente em atravessá-la assim, num pulo), mas não tinha certeza de que você estivesse lá. Ou de que realmente tivesse vontade de me ver.

Sempre que volto para Darjeeling tenho a impressão de reencontrar a calma, a beleza, a paz. As plantações de chá descem pelas colinas; são pequenos arbustos de folhas alongadas, arredondadas, plantadas bem juntinho umas das outras: vistos do alto, os campos parecem um mosaico de botões verdes e densos, bolas de musgo invadindo as encostas do Himalaia.

A monção vai chegar daqui a pouco, vai chover num mês mais do que na sua terra num ano. A grande limpeza. As montanhas vão ressumar, escorrer, escoar; cada rua, cada beco, cada ladeira vai se transformar numa torrente selvagem. As pedras, as pontes, até as casas, às vezes, são levadas.

Alugo um quartinho não muito longe do monastério onde meu mestre ensina. A vida é simples. Medito em casa, cedo, de manhã, depois vou ao monastério receber os ensinamentos; de tarde leio ou escrevo um pouco, à noite, nova meditação, depois sono, e assim por diante. A rotina me convém muito bem. Tento aprender um pouco de nepalês e tibetano, sem muito sucesso. A língua vernacular, aqui, é o inglês. Ih, sabe de uma coisa? Descobri que Alexandra David-Néel foi cantora, soprano. E até começou uma carreira: imagine que foi contratada pela ópera de Hanói e de Haiphong... Onde cantou Massenet, Bizet etc. O programa da ópera de Hanói te interessaria! O orientalismo no Oriente, o exotismo no exotismo, é para você! Alexandra David-Néel foi em seguida uma das primeiras exploradoras do Tibete e uma das primeiras mulheres budistas da Europa. Está vendo, eu penso em você.

Um dia teremos de falar novamente de Teerã, e até de Damasco. Tenho consciência da minha parte de responsabilidade em toda essa história, que poderíamos chamar de "nossa história" se não fosse tão grandiloquente. Eu adoraria passar para te ver em Viena. Conversaríamos um pouco; passearíamos – ainda tenho uma porção de museus horríveis para ver. Por exemplo, o Museu das Pompas Fúnebres. Não, é uma piada. Bem, tudo isso está um pouco desconchavado. Sem dúvida porque eu gostaria de enunciar coisas que não ouso dizer e voltar a episódios aos quais a gente não gosta de voltar – nunca te agradeci pelas suas cartas na morte de Samuel. O calor e a compaixão que encontrei nelas brilham ainda hoje. Nenhuma palavra de conforto me tocou como as suas.

Em breve, dois anos. Já dois anos. Os budistas não falam de "conversão", ninguém se converte ao budismo, a gente pede refúgio ao budismo. Pede refúgio no Buda. Foi exatamente o que eu fiz. Refugiei-me aqui, no Buda, no *dharma*, na *sangha*. Vou seguir a direção assinalada por essas três bússolas. Sinto-me um pouco consolada. Descubro, em mim e ao redor, uma energia nova, uma força que não exige em nada que eu abdique da minha razão, muito ao contrário. O que conta é a experiência.

Vejo você sorrir... É difícil de explicar. Imagine que me levanto na aurora com prazer, que medito uma hora com prazer, que escuto e estudo textos muito antigos e muito eruditos que me revelam o mundo bem mais naturalmente do que tudo o que li ou ouvi até hoje. A verdade deles se impõe muito racionalmente. Não há que se crer em nada. Não se trata de "fé". Não há mais do que os seres, perdidos no sofrimento, não há mais do que a consciência muito simples e muito complexa de um mundo em que tudo está ligado, um mundo sem substância. Gostaria de fazer você descobrir tudo isso, mas sei que cada um percorre esse caminho por si mesmo – ou não.

Mudemos de assunto – em Granada ouvi uma comunicação que me apaixonou, em meio a torrentes de tédio, uma chispa de beleza entre ondas de bocejos. Tratava-se de um texto sobre a poesia lírica hebraica da Andaluzia em suas relações com a poesia árabe, através dos poemas de Ibn Nagrela, poeta combatente (ele foi vizir) de quem se conta que compunha até mesmo no campo de batalha. Que beleza esses versos e seus "irmãos" árabes! Ainda habitada por esses cantos de amor absolutamente terrestres, descrições de rostos, lábios, olhares, fui passear em Alhambra. Estava um dia lindo, e o céu contrastava com os muros vermelhos dos edifícios, o azul os enquadrava, como uma imagem. Fui tomada por uma sensação estranha; tinha a impressão de ter diante de mim todo o tumulto do Tempo. Ibn Nagrela morreu bem antes do esplendor de Alhambra, e no entanto cantava as fontes e os jardins, as rosas e a primavera – essas flores do Generalife não são mais as mesmas flores, as próprias pedras dos muros não são mais as mesmas pedras; eu pensava nos desvios de minha família, da história, que me levavam para ali onde, tudo indica, meus longínquos antepassados tinham vivido, e tive a sensação muito forte de que todas as rosas não passam de uma só rosa, todas as vidas, de uma só vida, que o tempo é um movimento tão ilusório como a maré ou o trajeto do sol. Uma questão de ponto de vista. E talvez porque eu saísse daquele congresso de historiadores dados a escrever pacientemente o relato das existências, tive a visão da Europa tão indistinta, tão múltipla, tão diversa como aquelas roseiras de Alhambra que mergulham suas raízes, sem se dar conta, tão profundamente no passado e no futuro, a ponto de ser impossível dizer de onde elas surgem realmente. E essa sensação vertiginosa não era desagradável, ao contrário, ela me reconciliava um instante com o mundo, me revelava um instante o novelo de lã da Roda.

Ouço daqui você rir. Mas garanto que era um instante singular, muito raro. Ao mesmo tempo experiência da beleza e sensação de sua vacuidade. Bem, com essas boas palavras tenho de te deixar, a hora está passando. Amanhã irei ao cibercafé para "postar" esta carta. Responda-me depressa, me fale um pouco de Viena, de sua vida em Viena, de seus projetos.

Um beijo,

Muito afetuoso,

Sarah

para que eu me encontrasse de repente desarmado, surpreso, tão apaixonado como em Teerã, mais ainda, talvez – o que eu tinha feito durante esses dois anos, eu tinha me enfiado na minha vida vienense, na universidade; tinha escrito artigos, prosseguido algumas pesquisas, publicado um livro numa obscura coleção para eruditos; tinha sentido o início da doença, as primeiras insônias. Pedir refúgio. Eis uma linda expressão. Belas práticas. Lutar contra o sofrimento, ou melhor, tentar escapar deste mundo, dessa Roda do Destino, que não passa de sofrimento. Ao receber essa carta andaluz eu desabei: Teerã me voltava plenamente, as lembranças de Damasco também, Paris, Viena, de súbito coloridas, assim como basta um simples raio para dar uma tonalidade ao céu imenso da noite, da tristeza e da amargura. O dr. Kraus não me achava muito em forma. Mamãe se preocupava com minha magreza e minha apatia. Eu tentava compor, prática abandonada fazia muitos anos (a não ser os jogos sobre os versos de Levet em Teerã), escrever, pôr no papel, ou melhor, no éter da tela, minhas lembranças do Irã, encontrar uma música que se parecesse com elas, um canto. Tentava em vão descobrir, ao meu redor, na universidade ou no concerto, um rosto novo sobre o qual pousar esses sentimentos perturbadores e rebeldes que não queriam outra pessoa senão Sarah; acabava fugindo, como na outra noite com Katharina Fuchs, daquilo que eu mesmo tentara iniciar.

Bela surpresa: enquanto me debatia no passado, Nadim veio dar um recital em Viena, com um conjunto de Alepo; comprei um ingresso na terceira fileira da plateia – e não o avisei de minha presença. Modos *rast*, *bayati* e *Hejazi*, longos improvisos sustentados por uma percussão, diálogo com um ney, e essa flauta de bambu, longa e grave, que se casava às maravilhas com o alaúde de Nadim, tão fulgurante. Sem cantor, Nadim se apoiava, porém, em melodias tradicionais; a plateia (toda a comunidade árabe de Viena estava lá, embaixadores inclusive) reconhecia as canções antes que elas se perdessem nas variações, e quase se podia ouvir a sala cantarolar baixinho aquelas melodias, com um fervor recolhido, vibrante de paixão respeitosa. Nadim sorria ao tocar – a sombra de sua barba curta dava, por contraste, ainda mais luminosidade a seu rosto. Eu sabia que ele não podia me avistar, ofuscado pela luz do projetor. Depois do bis, durante os demoradíssimos aplausos, hesitei em pegar a tangente, em voltar para casa sem cumprimentá-lo, em fugir; a luz da sala foi acesa, e eu continuava hesitando. Que lhe dizer? De que falar, a não ser de Sarah? Será que eu tinha realmente vontade de ouvi-lo?

Pedi que indicassem seu camarim; o corredor estava abarrotado de personalidades que esperavam para cumprimentar os artistas. Senti-me meio ridículo no meio daquela gente; tinha medo – de quê? Nadim é bem mais generoso – assim que sua cabeça cruzou a porta do camarim, e sem sequer esses poucos segundos de hesitação que separam um desconhecido de um velho amigo, abriu caminho entre a multidão para me apertar em seus braços, dizendo que esperava que eu estivesse lá, *old friend*.

Durante o jantar que se seguiu, cercados de músicos, diplomatas e personalidades, sentados um na frente do outro, Nadim me disse que tinha pouquíssimas notícias de Sarah, que não a vira desde o enterro de Samuel em Paris; que ela estava em algum lugar na Ásia, e nada mais. Perguntou-me se eu sabia que tinham se divorciado muito tempo antes, e essa pergunta me feriu terrivelmente; Nadim ignorava nossa proximidade. Com essa simples frase ele, sem querer, me arrancava dela. Mudei de assunto, evocamos nossas lembranças da Síria, os concertos em Alepo, minhas poucas aulas de alaúde em Damasco com ele, nossas noitadas, o *ouns*, essa palavra árabe tão bela que se usa para as reuniões de amizade. A guerra civil que já começava, eu não ousava evocá-la.

Um diplomata jordaniano (impecável terno escuro, camisa branca, óculos de armação dourada) de repente se meteu na conversa, tinha conhecido muito bem o mestre de oud iraquiano Munir Bashir em Amã, dizia – várias vezes observei, nesses jantares musicais, que os presentes mencionam facilmente os Grandes Intérpretes que eles encontraram ou ouviram, sem que se saiba se essas comparações implícitas são elogios ou humilhações; essas evocações costumam provocar, entre os músicos, sorrisos constrangidos, mesclados a uma raiva contida diante da grosseria dos supostos admiradores. Nadim sorria para o jordaniano com ar cansado, entendido ou entediado, sim, Munir Bashir era o maior, não, ele nunca tivera a chance de encontrá-lo, embora tivessem um amigo comum, Jalaleddin Weiss. O nome de Weiss nos levou imediatamente à Síria, às nossas lembranças, e o diplomata acabou se virando para seu vizinho da direita, funcionário da ONU, e nos abandonou às nossas reminiscências. Com a ajuda do vinho e do cansaço, Nadim, nesse estado de exaltação combalida que se segue aos grandes concertos, me contou à queima-roupa que Sarah tinha sido o amor de sua vida. Apesar do fracasso do casamento deles. Se a vida tivesse sido mais simples, para mim, naqueles anos, ele disse. Se tívéssemos tido aquele filho, ele disse. Isso teria mudado muitas coisas, ele disse. O passado é o passado. Aliás, amanhã é aniversário dela, ele disse.

Observei as mãos de Nadim, revia seus dedos deslizarem sobre a nogueira do alaúde ou manejando o plectro, essa pena de águia que é preciso apertar sem abafá-la. A toalha era branca, havia sementes de abóbora verdes que se soltaram da casca de um pedaço de pão ao lado do meu copo, no qual bolhas subiam suavemente para a superfície da água; bolhas minúsculas, que formavam uma fina linha vertical sem que se pudesse adivinhar, na transparência absoluta do conjunto, de onde viriam. De repente, eu tinha essas mesmas bolhas no olho, não deveria tê-las olhado, elas subiam e subiam – sua finura de agulhas, sua obstinação sem origem e sem outro objetivo além da ascendência e do desaparecimento, sua ligeira queimação me faziam fechar com força as pálpebras, incapaz de sustentar o olhar em Nadim, no outrora, nesse passado do qual ele acabava de pronunciar o nome, e quanto mais me mantinha de cabeça baixa, mais a queimação, nas comissuras dos olhos, se intensificava, as bolhas cresciam e cresciam, tentavam, como no copo, alcançar o exterior, tive de impedi-las.

Dei a desculpa de um compromisso urgente e fugi, covarde, depois de ter me desculpado sumariamente.

Darjeeling, 1º de março

Queridíssimo François-Joseph,

Obrigada por esse magnífico presente de aniversário. É a mais bela joia que algum dia me presentearam – e estou radiante que seja você que a tenha descoberto. Ela vai ocupar lugar de destaque na minha coleção. Não conheço nem essa língua nem essa música, mas a história dessa canção é absolutamente mágica. *Sevdah!* Saudade! Se me permite, vou incluí-la num próximo artigo. Sempre essas construções comuns, essas idas e vindas, essas máscaras superpostas. Viena, *Porta Orientis*; todas as cidades da Europa são portas do Oriente. Lembra-se daquela literatura persa da Europa, da qual falava Scarcia em Teerã? Toda a Europa está no Oriente. Tudo é cosmopolita, interdependente. Imagino essa *sevdalinka* ressoando entre Viena e Sarajevo como a saudade dos fados de Lisboa, e me sinto um pouco... Um pouco o quê? Sinto falta de vocês, da Europa e de você. Sinto fortemente a *sankhara dukkha*, o sofrimento onipresente, que é talvez o nome búdico da melancolia. O movimento da roda do *samsara*. A passagem do tempo, o sofrimento da consciência da finitude. A gente não deve se abandonar a ela. Vou meditar; te incluo sempre em minhas visualizações, você atrás de mim, com as pessoas a quem amo.

Um beijo, e cumprimente o Strudlhofstiege por mim,

S.

Franz Ritter escreveu:

Queridíssima Sarah,

Feliz aniversário!

Espero que vá tudo bem no seu monastério. Você não está com muito frio? Imagino você sentada de pernas cruzadas na frente de uma tigela de arroz dentro de uma cela glacial, e é um pouco inquietante, como visão. Suponho que a sua lamaseria não se pareça com a de *Tintim no Tibete*, mas talvez você tenha a sorte de ver um monge levitar. Ou ouvir as grandes cornetas tibetanas, acho que isso deve fazer uma barulheira dos diabos. Aparentemente, elas têm comprimentos diferentes, dependendo das tonalidades; esses instrumentos são tão imponentes que é muito difícil modular seu som com o sopro e a boca. Procurei gravações na nossa sonoteca, não tem grande coisa na seção "música tibetana". Mas chega de lero-lero. Eu me permito incomodar a sua contemplação porque tenho um presentinho de aniversário para você.

O folclore bósnio compreende canções tradicionais chamadas *sevdalinke*. O nome vem de uma palavra turca, *sevdad*, tirada do árabe *sawda*, que significa "a negra". É, no *Cânone de medicina* de Avicena, o nome do humor negro, a *melan kholia* dos gregos, a melancolia. Trata-se do equivalente bósnio da palavra portuguesa *saudade*, que (ao contrário do que afirmam os etimologistas) também vem do árabe *sawda* – e da mesma bile negra. As *sevdalinke* são a expressão de uma melancolia, como os fados. As melodias e o acompanhamento são uma versão balcânica da música otomana. Fim do preâmbulo etimológico. Agora, o seu presente:

Eu te ofereço uma canção, uma *sevdalinka*: *Kraj tanana šadrvana*, que conta uma pequena história. A filha do sultão, ao cair da tarde, escuta tilintarem as águas claras de sua fonte; todas as noites, um jovem escravo árabe observa calado, fixamente, a magnífica princesa. O rosto do escravo empalidece cada vez mais; ele acaba se tornando pálido como a morte. Ela lhe pergunta seu nome, de onde vem e qual é a sua tribo; ele lhe responde simplesmente que se chama Mohammed, que é originário do Iêmen, da tribo dos asra: são esses asra, diz, que morrem quando amam.

O texto dessa canção de motivo turco-árabe não é, como se poderia crer, um velho poema da época otomana. É uma obra de Safvet-beg Bašagić – tradução de um poema famoso de Heinrich Heine, "Der Asra". (Lembra-se do túmulo desse pobre Heine no cemitério de Montmartre?)

Safvet-beg, nascido em 1870 em Nevesinje, na Herzegovina, fez seus estudos em Viena no fim do século XIX; sabia turco, aprendeu árabe e persa com orientalistas vienenses. Redigiu uma tese austro-húngara em alemão; traduziu Omar Khayyam em bósnio. Essa *sevdalinka* junta Heinrich Heine ao antigo Império Otomano – o poema orientalista torna-se oriental. Ele reencontra (depois de um longo caminho imaginário, que passa por Viena e Sarajevo) a música do Oriente.

É uma das *sevdalinke* mais conhecidas e mais cantadas na Bósnia, onde poucos que a ouvem sabem que ela vem da imaginação do poeta da Lorelei, judeu nascido em Düsseldorf e morto em Paris. Você pode ouvi-la facilmente (recomendo as versões de Himzo Polovina) na internet.

Espero que goste desse pequeno presente.

Um beijo muito grande,

Até breve, espero,

Franz

Eu queria lhe contar meu encontro com Nadim, o concerto, os fragmentos da intimidade deles que ele me confiara, mas era incapaz, e esse estranho presente de aniversário se impôs no lugar de uma confissão penosa. Pensamento das sete horas da manhã: sou de uma covardia inacreditável, deixei ali um velho amigo por causa de um rabo de saia, como diria Mamãe. Deixei essas dúvidas dentro de mim, essas dúvidas imbecis que Sarah teria varrido com um desses gestos definitivos, bem, acho eu, não a interroguei sobre essas questões. Ela nunca voltou a me falar de Nadim em outros termos que não fossem respeitososos e distantes. Meus pensamentos estão tão confusos que ignoro se Nadim é para mim um amigo, um inimigo ou uma distante lembrança-fantasma, cuja aparição em Viena, shakespeariana, apenas confundia mais meus sentimentos contraditórios, a cauda desse cometa que inflamara meu céu em Teerã.

Pensei "é hora de esquecer tudo isso, Sarah, o passado, o Oriente", e no entanto sigo a bússola de minha obsessão rumo à página inicial de minha caixa de mensagens, nada de notícias do Sarawak, agora é uma hora da tarde lá, ela se prepara para almoçar, tempo bom, entre vinte e três e trinta graus, segundo o mundo ilusório da informática. Quando Xavier de Maistre publica *Viagem em volta do meu quarto*, não imagina que cento e cinquenta anos depois esse tipo de exploração se tornará a norma. Adeus, capacete colonial, adeus, mosquiteiros, visito o Sarawak de roupão. Em seguida, vou dar uma volta pelos Bálcãs, ouvir uma *sevdalinka* olhando imagens de Višegrad. Depois atravesso o Tibete, de Darjeeling até as areias do Taklamakan, deserto dos desertos, e chego a Kashgar, cidade dos mistérios e das caravanas – à minha frente, a oeste, erguem-se os Pamirs; atrás deles, o Tajiquistão e o corredor do Wakhan que se estende como um dedo curvo, a gente poderia deslizar sobre suas falanges até Cabul.

É a hora do abandono, da solidão da agonia; a noite resiste, ainda não se decide a abraçar o dia, nem meu corpo a abraçar o sono, tenso, as costas duras, os braços pesados, um esboço de cãibra na batata da perna, o diafragma dolorido, eu deveria me deitar, por que voltar a dormir de novo agora, a dois passos da aurora.

Seria o momento da oração, o momento de abrir *O livro das Horas* e rezar; Senhor, tende piedade dos que, como eu, não têm fé e esperam um milagre que não saberão ver. No entanto, o milagre esteve perto de nós. Alguns sentiram o perfume do incenso no deserto, em torno de monastérios dos Padres; ouviram, na imensidão das pedras, a lembrança de são Macário, o eremita que um dia, no fim da vida, matou com a própria mão uma pulga: ficou triste com sua vingança e, para se punir, permaneceu seis meses nu nas pedras, até que seu corpo não fosse mais do que uma chaga. E morreu em paz, "deixando para o mundo a lembrança das grandes virtudes". Vimos a coluna de Simeão, o Estilita, esse rochedo erodido em sua grande basílica rosa, são Simeão, homem das estrelas, que os astros descobriam nu, nas noites de verão, no alto de sua pilastra imensa, nos pequenos vales sírios; avistamos são José de Cupertino, aéreo e bufão, que o burel e a levitação transformaram em pomba no meio das igrejas; seguimos os passos de são Nicolau, o Alexandrino, que tambem partiu para ir se juntar às areias do deserto, que são Deus em pó ao sol, e os traços daqueles menos ilustres que estão suavemente cobertos pelas pedras, pelos cascalhos, pelos passos, pelos esqueletos acariciados, por sua vez, pela lua, quebradiços no inverno e no esquecimento: os peregrinos afogados diante de Acre, com os pulmões cheios da água que corrói a Terra Prometida, o cavaleiro bárbaro e antropófago que mandou assar os infiéis em Antioquia antes de se converter à unicidade divina na secura oriental, o sapador circassiano das muralhas de Viena, que cavou à mão o destino da Europa, traiu e foi perdoado, o pequeno escultor medieval polindo sem trégua um Cristo de madeira, cantando-lhe canções de ninar como para uma boneca, o cabalista da Espanha perdido no Zohar, o alquimista de veste púrpura de mercúrio imperceptível, os magos da Pérsia cuja carne morta jamais conspurcava a terra, os corvos que furavam os olhos dos enforcados como cerejas, as feras despedaçando os condenados na arena, a serragem, a areia que absorve seu sangue, os uivos e as cinzas da fogueira, a oliveira retorcida e fértil, os dragões, os grifos, os lagos, os oceanos, os sedimentos intermináveis onde estão aprisionadas borboletas milenares, as montanhas desaparecendo em suas próprias geleiras, pedra após pedra, segundo após segundo, até o magma sol líquido, todas as coisas cantam os louvores de seu criador – mas a fé me rejeita, mesmo no fundo da noite. Afora o satori dos chinelos de salva-vidas na mesquita de Soleiman, o Magnífico, não há escada para ver a ascensão dos anjos, não há caverna onde dormir duzentos anos, bem guardada por um cão, perto de Éfeso; só Sarah encontrou, em outras grutas, a energia da tradição e seu caminho para a iluminação. Seu longo caminho para o budismo começa com um interesse científico, com a descoberta, em *Os prados de ouro*, de Al-Masudi, da história de Budasaf, quando no início de sua carreira trabalhava sobre o maravilhoso: seu percurso para o leste atravessa o Islã clássico, a cristandade, e até os misteriosos sabeus do Corão, que Masudi, dos confins de seu século VIII, pensa ter sido inspirados por esse Budasaf, primeira figura muçulmana do Buda que ele associa a Hermes, o Sábio. Ela reconstituiu pacientemente as transformações desses relatos, até o equivalente cristão deles, a vida dos santos Barlaão e Josafá, versão siríaca da história do bodisatva e de seu caminho para o despertar; apaixonou-se pela vida do príncipe Sidarta Gautama em pessoa, Buda de nossa era, e seus ensinamentos. Sei que tem *amor* por Buda e pela tradição tibetana cujas práticas de meditação adotou, pelos personagens de Marpa, o tradutor, e de seu aluno Milarepa, o negro mágico que conseguiu, em torno do ano 1000, curvando-se à aterradora disciplina imposta por seu mestre, atingir a iluminação em uma só vida, o que faz sonharem todos os aspirantes ao despertar – entre eles Sarah. Logo abandonou o ópio colonial para se concentrar em Buda; entusiasmou-se com a exploração do Tibete, com os sábios, missionários e aventureiros que, na época moderna, divulgaram o budismo tibetano na Europa antes que, a partir dos anos 1960, grandes mestres autóctones se instalassem nos quatro cantos do Ocidente e começassem, por sua vez, a transmitir a energia espiritual. Como um jardineiro irritado que, acreditando destruir uma erva daninha, espalha suas sementes aos quatro ventos, ao ocupar o Tibete, ao queimar os monastérios e ao enviar uma quantidade de monges para o exílio, a China semeou o budismo tibetano no universo.

Até Leopoldstadt: saindo de nossa visita ao Museu do Crime, museu das mulheres decepadas, dos executores e dos bordéis, numa dessas pequenas ruas em que Viena hesita entre casas baixas, prédios do século XIX e imóveis modernos, a dois passos do mercado das Carmelitas, enquanto eu olhava para meus pés, para não olhar demais para ela, e que ela refletia em voz alta sobre a alma vienense, o crime e a morte, Sarah parou de repente para me dizer olha, um centro budista! E começou a ler os programas na vitrine, extasiando-se com os nomes dos Preciosíssimos tibetanos que patrocinavam essa *gompa* no exílio – estava surpresa por essa comunidade pertencer à mesma escola tibetana que ela, bonés vermelhos ou amarelos, já não sei, nunca consegui me lembrar da cor do chapéu ou dos nomes dos grandes Reincarnados que ela venera, mas eu estava feliz com os auspícios que ela decifrava naquele encontro, com o brilho em seus olhos e com seu sorriso, pensando até, secretamente, que talvez ela pudesse um dia fazer desse centro em Leopoldstadt sua nova caverna – os auspícios eram muitos naquele dia, estranha mistura de nosso passado comum: duas ruas mais abaixo, cruzamos com a rua Hammer-Purgstall; eu tinha esquecido (se é que tinha sabido um dia) que o velho orientalista era nome de rua em Viena. A placa o mencionava como "fundador da Academia de Ciências" e com toda certeza foi essa qualidade, mais que sua paixão pelos textos orientais, que lhe valera aquela ditinção. O colóquio de Hainfeld estava dando voltas na minha cabeça quando Sarah (calça preta, pulôver vermelho de gola rulê, mantô preto sob suas mechas flamejantes) continuava a discorrer sobre o destino. Uma mistura de imagens eróticas, lembranças de Teerã e do castelo de Hammer na Estíria me devorava, peguei seu braço e, para não sair logo do bairro, para não tornar a atravessar o canal, peguei a direção da Taborstrasse.

Na confeitaria onde paramos, estabelecimento luxuoso com decoração neobarroca, Sarah falava de missionários e eu tinha a impressão, enquanto ela falava de Huc, o lazarista de Montauban, que o único objetivo daquele oceano de palavras era disfarçar seu constrangimento; embora a história daquele padre Huc, tão fascinado por sua viagem a Lhasa e seus debates com os monges budistas, fosse um bocado interessante, eu custava a lhe prestar a devida atenção. Via por todo lado as ruínas de nossa relação frustrada, a impossibilidade dolorosa de encontrarmos um mesmo *tempo*, uma mesma melodia, e em seguida, enquanto ela se esforçava em me inculcar rudimentos de filosofia, o Buda, o *dharma*, a *sangha*, bebendo seu chá, eu não podia me impedir de sentir saudades daquelas mãos de veias azuladas em torno da xícara, daqueles lábios maquiados com o mesmo vermelho do pulôver, que deixavam uma ligeira marca na porcelana, sua carótida pulsando no ângulo do rosto, e tinha certeza de que a única coisa que nos unia atualmente, para lá das lembranças derretidas ao nosso redor como uma neve maculada, era esse constrangimento comum, essa tagarelice canhestra que tentava apenas preencher o silêncio do desespero. Teerã desaparecera... A cumplicidade dos corpos se extinguira. A das almas estava em vias de desaparecimento. Essa segunda visita a Viena abriu um longo inverno que a terceira apenas confirmou – ela queria trabalhar sobre Viena como *Porta Orientis* e nem sequer dormia na minha casa, o que, no fundo, evitava que eu ficasse langoroso, imóvel e solitário na minha cama, esperando a noite toda que ela fosse me encontrar; eu ouvia as páginas de seu livro sendo viradas, depois via, pela fresta da porta, seu abajur se apagar, e escutava longamente sua respiração, só desistindo no alvorecer da esperança de que ela aparecesse na contraluz, na soleira do meu quarto, ainda que fosse só para um beijo na testa, que afastaria os monstros da escuridão.

Sarah ignorava que Leopoldstadt, onde ficava aquela confeitaria, tinha sido o lugar memorável da vida judaica de Viena no século XIX, com os maiores templos da cidade, entre eles a magnífica, dizia-se, sinagoga turca de estilo mourisco – todos esses edifícios foram destruídos em 1938, expliquei, e só sobravam as placas comemorativas e algumas imagens da época. Perto dali tinham crescido Schönberg, Schnitlzer e Freud – os nomes que me vinham ao espírito, entre tantos outros, como o de um colega de liceu, o único judeu que frequentei assiduamente em Viena: ele se fazia chamar de Seth, mas seu nome verdadeiro era Septimus, pois era o sétimo e último filho de um casal muito simpático de professores oriundos da Galícia. Seus pais não eram religiosos: à guisa de educação cultural, obrigavam o filho a cruzar a cidade inteira duas tardes por semana até Leopoldstadt para ter aulas de literatura iídiche com um velho mestre lituano que milagrosamente escapou da catástrofe que as tempestades do século XX acabaram instalando na Taborstrasse. Essas aulas eram para Septime um verdadeiro tormento; consistiam, entre dois estudos de gramáticos do século XVIII e sutilezas dialetais, em ler páginas e páginas de Isaac Singer e comentá-las. Um dia meu amigo se queixou com o professor:

— Mestre, seria possível mudar, ainda que uma só vez, de autor?

O mestre devia ter muito humor, pois Septime se viu infligir, à guisa de castigo, a memorização de uma longuíssima novela de Israel Joshua Singer, irmão mais velho do precedente; vejo-o recitando horas a fio essa história de traição, até sabê-la de cor. Seu nome romano, seu companheirismo sincero e suas aulas de cultura iídiche o tornavam para mim um ser excepcional. Septimus Leibowitz acabou vindo a ser um dos maiores historiadores do Yiddishland anterior à Destruição, tirando do esquecimento, em longas monografias, todo um mundo material e linguístico. Faz muito tempo que não o vejo, embora nossas salas fiquem a menos de duzentos metros uma da outra, num dos pátios desse campus milagroso da Universidade de Viena, que o mundo inteiro nos inveja – durante sua última visita, Sarah achou nosso *cortile*, que dividimos com os historiadores da arte, absolutamente magnífico: extasiou-se com o nosso pátio, com seus dois grandes pórticos e com o banco onde esperou tranquilamente, com um livro na mão, que eu terminasse minha aula. Eu esperava, fazendo uma exposição meio matada sobre os *Pagodes* de Debussy, que ela não tivesse se perdido e tivesse seguido minhas indicações para encontrar nossa porta de entrada na Garnisongasse; não conseguia deixar de ir olhar pela janela a cada cinco minutos, a tal ponto que os estudantes deviam estar se perguntando qual bicho meteorológico tinha me mordido, para sondar com tamanha ansiedade o céu de Viena, de um cinza aliás perfeitamente habitual. No fim do seminário desci a escada de quatro em quatro, e depois, chegando ao térreo, tentei recuperar o passo e o andar normal; ela lia tranquilamente no banco, com um grande xale laranja jogado nos ombros. Desde o início da manhã, eu hesitava: devia levá-la para visitar o departamento? Hesitava entre meu orgulho infantil em lhe mostrar minha sala, a biblioteca, as salas de aulas, e a vergonha que sentiria se cruzássemos com colegas, sobretudo as femininas: como apresentá-la? Sarah, uma amiga, e pronto, todo mundo tem amigos. Salvo que nunca me viram naquele departamento com ninguém que não fossem honrados confrades ou minha mãe, e ainda assim, muito raramente. Justamente, talvez seja hora de mudar, pensei. Aparecer com uma estrela da pesquisa internacional, uma mulher carismática, eis algo que me deixaria todo prosa, pensava eu. Mas talvez não, pensava eu. Talvez vão imaginar que eu quero impressionar o pessoal com aquela ruiva sublime de lenço cor de laranja. E, no fundo, será que tenho mesmo vontade de dilapidar um capital precioso em conversas de corredor? Sarah fica muito pouco tempo para perdê-lo com colegas que poderiam achá-la ao gosto deles. Já não quer dormir na minha casa, com a desculpa duvidosa de aproveitar sabe Deus que hotel de luxo, não vou abandoná-la nas mãos de professores depravados ou megeras ciumentas.

Sarah estava mergulhada num enorme livro de bolso e sorria; sorria para o livro. Na véspera eu a encontrara num café do centro, tínhamos passeado pelo Graben, mas, assim como a plaina custa a pôr a nu o calor da madeira sob um velho verniz, ao vê-la ali, absorta na sua leitura, com o lenço nos ombros, naquele cenário tão familiar, tão cotidiano, fiquei submergido por uma onda imensa de melancolia, movimento de água e sal, ternura e nostalgia. Ela estava com quarenta e cinco anos e poderia passar por uma aluna. Uma presilha escura prende seus cabelos, uma fíbula de prata brilha sobre o xale. Não está maquiada. Tem no rosto uma alegria infantil.

Acabou notando que eu a observava, levantou-se, fechou o livro. Acaso me atirei em cima dela, cobri-a de beijos até que ela desaparecesse em mim? Não, de jeito nenhum. Dei-lhe um beijo acanhado na bochecha, de longe.

— E aí, viu só, aqui é bem legal, hein?

— Tudo bem? Estava dando aula? Este lugar é magnífico, puxa, que maravilha este campus!

Expliquei-lhe que aquele imenso conjunto era antes o antigo hospital geral de Viena, fundado no século XVIII, aumentado ao longo de todo o século XIX e oferecido ao saber há somente alguns anos. Fiz-lhe as honras do local – a grande praça, as livrarias; o antigo oratório judeu do hospital (– "a cura para as almas" –) que é hoje um monumento às vítimas do nazismo, pequena construção em forma de cúpula que lembra os mausoléus dos santos nas aldeias sírias. Sarah não parava de repetir "Que bela universidade". "Um outro tipo de monastério", respondi, e ela achou graça. Ao atravessarmos os pátios sucessivos chegamos à larga torre de tijolos redonda, atarracada e rachada do antigo asilo de loucos, que domina de seus cinco andares um pequeno parque onde um grupo de estudantes, sentados na grama apesar do tempo ameaçador, conversavam comendo sanduíches. As janelas compridas e muito estreitas, os grafites na fachada e os tapumes de uma interminável obra de renovação acabavam de dar ao edifício um ar absolutamente sinistro – talvez porque eu soubesse o que a Narrenturm continha em matéria de horrores, o museu de anatomia patológica, um amontoado de frascos de formol cheios de tumores atrozes, malformações congênitas, criaturas bicéfalas, fetos disformes, cancros sifilíticos e pedras na vesícula em salas com pintura descascada, armários poeirentos, chão mal nivelado onde a gente tropeça nos ladrilhos que faltam, guardado por estudantes de medicina de jaleco branco a respeito de quem nos perguntamos se, para se distrair, eles não se embriagam com o álcool da preparação médica, testando um dia o suco de um falo acometido de gigantismo e no dia seguinte o de um embrião megalocéfalo, esperando ingenuamente adquirir as propriedades simbólicas de tudo aquilo. Todo o horror da natureza no estado puro. A dor dos corpos mortos substituiu a dos espíritos alienados, e os únicos gritos que hoje ali se ouvem são os uivos de terror de alguns turistas que percorrem esses círculos de aflição que se equivalem aos do Inferno.

Sarah teve pena de mim: minha descrição lhe bastou, não insistiu (sinal, achei ingenuamente, de que a prática do budismo acalmara sua paixão pelos horrores) para visitar aquele imenso depósito de lixo da medicina de antigamente. Sentamo-nos num banco não muito longe dos estudantes; felizmente, Sarah não conseguia entender o teor da conversa deles, bem pouco científica. Sonhava em voz alta, falava dessa Narrenturm, a associava ao grosso romance que estava lendo: é a torre de dom Quixote, dizia. A Torre dos Loucos. *Dom Quixote* é o primeiro romance árabe, sabe. O primeiro romance europeu e o primeiro romance árabe, olhe só, Cervantes o atribui a Sayyid Hamid Ibn al-Ayyil, que ele escreve como Cide Hamete Benengeli. O primeiro grande louco da literatura aparece na pluma de um historiador mourisco da Mancha. Seria preciso recuperar essa torre para transformá-la num museu da loucura, que começaria com os santos orientais loucos em Cristo, os dom Quixote, e incluiria um monte de orientalistas. Um museu da mistura e da bastardia.

— A gente até poderia oferecer um apartamento ao amigo Bilger, no último andar, envidraçado para podermos observá-lo.

— Como você pode ser mau. Não, no último andar estaria o original árabe do *Quixote*, escrito duzentos e quarenta anos depois, *A vida e as aventuras de Fariac*, de Faris Chidiac.

Ela prosseguia suas explorações pelos territórios do sonho. Mas com certeza tinha razão, talvez não fosse má ideia, um museu do outro em nós mesmos, na Torre dos Loucos, ao mesmo tempo uma homenagem e uma exploração da alteridade. Um museu vertiginoso, tão vertiginoso como aquele asilo circular de celas transbordando de detritos de cadáveres e de sucos mortais dignos de seu artigo sobre o Sarawak – desde quando ela está lá, alguns meses no máximo, de quando data a última mensagem que me mandou,

Queridíssimo Franz,

Logo vou deixar Darjeeling.

Há uma semana meu mestre falou comigo, depois dos ensinamentos. É melhor que eu reencontre o mundo, ele disse. Pensa que meu lugar não é aqui. Disse que não é um castigo. É difícil admitir. Você me conhece, estou ferida e desanimada. É o orgulho que fala, eu sei. Tenho a impressão de ser uma criança injustamente repreendida e sofro de ver a que ponto meu ego é poderoso. Como se, na decepção, tudo o que eu aprendi aqui desaparecesse. O sofrimento, *dukkha*, é o mais forte. A perspectiva de reencontrar a Europa – quer dizer, Paris – me esgota de antemão. Propõem-me talvez um posto em Calcutá na Escola Francesa do Extremo Oriente. Nada de oficial, apenas pesquisadora associada, mas pelo menos isso me daria um lugar onde cair. Mais novos territórios. Trabalhar sobre a Índia me apaixonaria – sobre as representações da Índia na Europa, sobre as imagens da Europa na Índia. Sobre a influência do pensamento indiano nos séculos XIX e XX. Sobre os missionários cristãos na Índia. Como fiz durante dois anos sobre o budismo. Claro que nada disso me basta, mas eu poderia talvez conseguir umas aulas para dar aqui e acolá. A vida é tão fácil na Índia. Ou tão difícil.

Imagino a sua reação (ouço seu tom compenetrado e seguro de si): Sarah, você está fugindo. Não, você diria mais: está em fuga. A Arte da fuga. Depois de todos esses anos, já não tenho grandes ligações na França – alguns colegas, duas ou três velhas amigas de liceu que não vejo há dez anos. Meus pais. Às vezes imagino voltar para o apartamento deles, meu quarto de adolescente, ao lado do de Samuel, abarrotado de relíquias, e tremo. Os poucos meses que passei ali depois da morte dele, afundada no ópio colonial, ainda me dão arrepios na espinha. Meu mestre é a pessoa que mais bem me conhece no mundo e certamente tem razão: um monastério não é um lugar onde se esconder. O desapego não é uma fuga. Bem, foi o que entendi. No entanto, mesmo se reflito nisso profundamente, custo a ver a diferença... Essa injunção é para mim tão brutal que é incompreensível.

Um beijo, te escreverei mais longamente em breve.

S.

P. S.: Releio esta carta e só vejo a confusão de meus próprios sentimentos, o produto de meu orgulho. Que imagem você vai ter de mim! Não sei por que te escrevo tudo isso – ou melhor, sim, isso eu sei. Desculpe.

Desde a última primavera, nenhum outro sinal, apesar de minhas inúmeras missivas, como de hábito – mantive-a informada de meus menores feitos e gestos, de minhas investigações musicais; inquietei-me com sua saúde sem aborrecê-la com as dificuldades da minha, minhas inúmeras consultas com o dr. Kraus ("Ah, dr. Ritter, ainda bem que o encontrei. Quando tiver se curado ou morrido, vou me entediar terrivelmente") para recuperar o sono e a razão, e me cansei. O silêncio vence tudo. Tudo se fecha no silêncio. Tudo aí se extingue, ou adormece.

Até o novo episódio de suas considerações sobre o canibalismo simbólico, recebido ontem de manhã. O vinho dos mortos do Sarawak. Ela aproxima essa prática de uma lenda medieval, um poema de amor trágico, cuja primeira ocorrência aparece no *Romance de Tristão*, de Thomas – Isolda suspira por Tristão, e de sua tristeza nasce uma canção sombria, que ela canta para as suas damas de companhia; esse lai conta o destino de Guirun, surpreendido por uma astúcia do marido de seu amor, e que acaba morto. Então, o marido arranca o coração de Guirun e obriga a amada de Guirun a comê-lo. Esse relato será, em seguida, transposto inúmeras vezes; inúmeras mulheres foram condenadas a engolir o coração de seus amantes, em banquetes horrorosos. A vida do trovador Guillem de Cabestany termina assim, assassinado e com o coração devorado, sob ameaça, por sua amante, antes que ela, por sua vez, fosse morta. Às vezes a mais extrema violência tem consequências insuspeitas; permite aos amantes ficarem defintivamente um no outro, cruzar o fosso que separa o eu do outrem. O amor se realiza na morte, afirma Sarah, o que é muito triste. Pergunto-me qual é o lugar menos invejável, se o daquele que é comido ou o daquela que come, apesar de todas as precauções culinárias de que se cercam os relatos medievais para descrever a horrenda receita do coração amoroso.

Pronto, a noite começa a clarear. Ouço alguns pássaros. Evidentemente começo a ter sono. Meus olhos estão se fechando. Não corrigi o tal trabalho, embora eu tivesse prometido para aquela aluna –

Queridíssimo Franz,

Desculpe não ter dado notícias antes – fiquei tanto tempo sem escrever que já não sabia como quebrar o silêncio; então, te enviei esse artigo – fiz bem.

Estou no Sarawak desde o início do verão; depois de uma curta temporada em Calcutá (cidade ainda mais louca do que você imagina) e em Java, onde cruzei com as sombras de Rimbaud e Segalen. No Sarawak eu não conhecia nada nem ninguém a não ser a saga da família Brooke, e às vezes é bom abandonar-se à novidade e à descoberta. Segui uma antropóloga simpaticíssima pela floresta, foi ela que me pôs na pista (se posso dizer) do vinho dos mortos e me permitiu passar algum tempo com os Berawans.

Como vai você? Você não pode imaginar a que ponto a sua (curta) mensagem me alegrou. Pensei muito em Damasco e em Teerã nestes últimos dias. No tempo que passa. Imaginei meu artigo num saco de lona no fundo de um barco, depois a bordo de um trem, na sacola de um ciclista, na sua caixa de correio e, finalmente, nas suas mãos. Uma viagem danada para umas poucas páginas.

Fale um pouco de você...

Um beijo grande e até daqui a pouco, espero.

Sarah

Franz Ritter escreveu:

Minha querida, recebi ontem de manhã sua separata, não sabia que ainda as imprimiam... Muito obrigado, mas que horror esse vinho dos mortos! De repente, fiquei preocupado. Você vai bem? O que está fazendo no Sarawak? Aqui é a rotina. O mercado de Natal acaba de abrir, no meio da universidade. Cheiro atroz de vinho quente e salsichas. Você pretende passar pela Europa em breve? Mande notícias.

Um beijo apertado,

Franz

O coração não foi comido, bate – claro que ela não pensa que também estou na frente da tela. Responder. Mas será que ela vai bem? Que história é essa de Berawans, fiquei preocupado a ponto de ser incapaz de reconciliar o sono. Nada de muito novo na minha velha cidade. Quanto tempo fica no Sarawak? Mentir: que coincidência, eu acabava de me levantar quando a mensagem dela chegou. Mandar um beijo, assinar e enviar depressa, para não lhe deixar a possibilidade de tornar a partir Deus sabe para que países misteriosos.

E esperar.

E esperar. Não, não posso ficar aí relendo indefinidamente os e-mails dela, aguardando que

Franz!

É estranho e agradável saber que você está aí, do outro lado do mundo, e pensar que essas mensagens andam bem mais depressa que o sol. Tenho a sensação de que você me escuta.

Você me diz que meu artigo sobre os Berawans do Sarawak te inquieta – fico contente que pense em mim; de fato, não me sinto muito em forma, estou um pouco triste, neste momento. Mas não tem nada a ver com o Sarawak, são os acasos do calendário: um dia, a gente cai numa

341

data e mergulha na recordação – então tudo se colore ligeiramente de luto, sem que a gente queira, e essa pequena bruma leva alguns dias para se dissipar.

Como você leu, os Berawans colocam os corpos de seus mortos em jarras de barro nas varandas das "longas casas", essas habitações coletivas equivalentes a nossas aldeias, onde podem viver até cem famílias. Deixam o cadáver se decompor. O líquido da decomposição escorre por um bambu oco colocado ao pé da jarra. Como para o vinho de arroz. Eles esperam que essa vida acabe de escorrer do corpo para declará-lo morto. A morte, para eles, é um longo processo, e não um instante. Esse resíduo líquido da putrefação é uma manifestação da vida ainda presente. Uma vida fluida, tangível, bebível.

Para lá do horror que essa tradição pode provocar entre nós, há uma grande beleza nesse costume. É a morte que escapa do corpo, e não só a vida. Os dois juntos, sempre. Não é apenas um canibalismo simbólico, como o de Dik el-Jinn, o Louco de amor que se embriagava com a taça repleta das cinzas de sua paixão. É uma cosmogonia.

A vida é uma longa meditação sobre a morte.

Lembra-se da Morte de Isolda, da qual me falou tão longamente? Você a entendia como um amor total, do qual o próprio Wagner não tinha consciência. Um momento de amor, de união, de unidade com o Todo, de unidade entre as luzes do Leste e a treva ocidental, entre o texto e a música, entre a voz e a orquestra. Eu entendo isso como a expressão da paixão, a *karuna*. Não só Eros buscando a eternidade. A música como "expressão universal do sofrimento do mundo", dizia Nietzsche. Essa Isolda ama tanto, no momento de sua morte, que ama o mundo inteiro. A carne combinando com o espírito. É um instante frágil. Contém o germe de sua própria destruição. Toda obra contém em germe sua própria destruição. Como nós. Não estamos à altura do amor, nem da morte. Para isso seria preciso o despertar, a consciência. Senão, apenas fabricamos um suco de cadáver, tudo o que sai de nós não passa de um elixir de sofrimento.

Sinto sua falta. Sinto falta do riso. Um pouco de leveza. Gostaria muito de estar a seu lado. Estou farta das viagens. Não, não é verdade – nunca terei feito viagens suficientes, mas compreendi alguma coisa, talvez com Pessoa:

Dizem que o bom Khayyam jaz onde viçosas
As rosas de Nishapur são formosas
Mas o que jaz ali não é Khayyam,
É aqui que jaz, e ele é que é as rosas.

Creio agora adivinhar o que queria me dizer meu mestre, em Darjeeling, quando me recomendou partir. O mundo precisa de mistura, de diásporas. A Europa não é mais meu continente, posso, portanto, voltar para lá. Participar das redes que aí se cruzam, explorá-la como estrangeira. Contribuir com alguma coisa. Dar, por minha vez, e levar à luz o dom da diversidade.

Vou passar um pouco por Viena, o que acha? Vou te buscar na universidade, vou me sentar no banco no lindo pátio, esperar por você, olhando alternadamente para a luz da sua sala e os leitores da biblioteca; um professor terá deixado aberta a janela de sua sala; a música invadirá o pátio, e terei, como da última vez, a sensação de estar num mundo amigável, acolhedor, de prazer e saber. Vou rir de antemão da sua surpresa rabugenta de me ver ali, você dirá "Mas você podia ter me avisado", e fará esse gesto de ternura meio encabulado, meio afetado, que faz você avançar o corpo em minha direção, para me beijar, e ao mesmo tempo recuar um passo, com as mãos nas costas. Adoro essas hesitações, me lembram Alepo, e Palmira, e sobretudo Teerã, são doces e meigas.

Não somos seres iluminados, infelizmente. Concebemos por instantes a diferença, o outro, nos entrevemos debatendo-nos entre nossas hesitações, dificuldades, erros. Vou te buscar na universidade, passaremos na frente da Torre dos Loucos, nossa torre, você vai praguejar contra o estado de degradação e abandono do edifício e do "museu dos horrores" que ele contém: dirá "é absolutamente inadmissível! A universidade deveria ter vergonha!", e vou achar graça nos seus arroubos; depois desceremos o Strudlhofstiege para guardar minha mala na sua casa e você ficará um pouco encabulado, evitará o meu olhar. Sabe, tem uma coisa que nunca te contei: na minha última passagem por Viena, aceitei me hospedar naquele hotel luxuoso que me ofereceram, lembra? Em vez de dormir na sua casa? Você ficou zangadíssimo com isso. Acho que eu tinha a esperança inconfessa, um pouco infantil, de que você fosse comigo, de que nós retomássemos, num belo quarto desconhecido, o que tínhamos começado em Teerã.

De repente, sinto a sua falta,
Como é bela Viena,
Como é longe Viena,

S.

Que desplante, o dela. "Afetado", segundo o meu dicionário, significa "alguém sem naturalidade, e que se esforça para parecer digno", que vergonha. Ela exagera. Realmente, às vezes sabe ser detestável. Se pelo menos conhecesse meu estado, meu estado terrível, se soubesse entre que horrores me debato, não zombaria de mim desse jeito. Está amanhecendo; é quando o dia desponta que as pessoas morrem, diz Victor Hugo. Sarah. Isolda. Não, Isolda não. Desviemos da morte o olhar. Como Goethe. Goethe que se recusa a ver os cadáveres, a se aproximar da doença. Recusa a morte. Desvia os olhos. Pensa que deve sua longevidade à fuga. Olhemos para outro lugar. Tenho medo, tenho medo. Tenho medo de morrer e medo de responder a Sarah.

"Como é bela Viena, como é longe Viena", é uma citação, mas de quê, de quem, um austríaco? Grillparzer? Ou Balzac? Mesmo traduzido em alemão isso não me diz nada. Meu Deus, meu Deus, o que responder, o que responder, convoquemos o *djin* Google como o gênio da lâmpada, Gênio, estás aí, ah, nada de literatura, é um trecho de uma horrenda canção francesa, uma horrenda canção francesa, eis o texto completo, encontrado em 0,009 segundo – meu Deus, é uma letra que não acaba nunca. A vida é longa, a vida às vezes é muito longa, sobretudo ouvindo essa Barbara, "Se te escrevo esta noite de Viena", que ideia, bem, Sarah, o que foi que passou pela sua cabeça, com todos os textos que você conhece de cor, Rimbaud, Rumi, Hafez – essa Barbara tem um rosto inquietante, travesso ou demoníaco, meu Deus, detesto as canções francesas, Édith Piaf com sua voz de serrote, Barbara triste a ponto de arrancar a raiz de um carvalho, encontrei minha resposta, vou recopiar outro trecho de canção, Schubert e o inverno, pronto, meio cego pela aurora que desponta no Danúbio, a luz átona da esperança, é preciso ver tudo através dos óculos da esperança, afagar o outro em nós mesmos, reconhecê-lo, amar esse canto que é todos os cantos, desde os *Cantos do alvorecer* dos trovadores, de Schumann, e todos os gazéis da criação, sempre somos surpreendidos pelo que acaba vindo, a resposta do tempo, o sofrimento, a compaixão e a morte; o dia, que nunca acaba de nascer; o Oriente das luzes, o Leste, a direção da bússola e do Arcanjo púrpura, somos surpreendidos pelo mármore do Mundo estriado pelo sofrimento e pelo amor, no despontar do dia, ora bolas, não há que sentir vergonha, já há muito tempo não existe mais vergonha, não é vergonhoso recopiar essa canção de inverno, não é vergonhoso deixar-se levar pelos sentimentos,

Fecho de novo os olhos,
Meu coração continua a bater ardente.
Quando tornarão a verdejar as folhas na janela?
Quando terei minha amada em meus braços?

e pelo sol tépido da esperança.

Dedicatória

A Peter Metcalf e seu "Wine of the Corpse, Endocannibalism and the Great Feast of the Dead in Borneo", publicado em *Représentations* em 1987, em que o artigo "Sobre o vinho dos mortos do Sarawak" se inspira – uma contribuição, na verdade, bem mais profunda e erudita do que o que dizem Franz e Sarah.

Ao Berliner Künstlerprogramm do Deutscher Akademischer Austausch-dienst, que me acolheu em Berlim e me permitiu mergulhar no orientalismo alemão.

A todos os pesquisadores cujos trabalhos me alimentaram, orientalistas de antigamente e eruditos modernos, historiadores, musicólogos, especialistas em literatura; tentei tanto quanto possível, quando o nome deles é mencionado, não trair seus pontos de vista.

A meus velhos mestres, Christophe Balay e Ricardo Zipoli; ao Cercle des Orientalistes Mélancoliques; a meus colegas de Paris, Damasco e Teerã.

Aos sírios.

Boussole: Éditions Actes Sud, Arles, France © Actes Sud, 2015

Todos os direitos desta edição reservados à Todavia.

Grafia atualizada segundo o Acordo Ortográfico da Língua
Portuguesa de 1990, que entrou em vigor no Brasil em 2009.

capa e ilustração
Laurindo Feliciano
preparação
Mariana Delfini
revisão
Jane Pessoa
Valquíria Della Pozza

imagens
p. 205 © Service historique de la Défense, CHA/Caen; 2747 × 4294
p. 209 Edição do jornal *O Jihad* © bpk / Museum Europäischer Kulturen, SMB
As outras imagens do livro pertencem ao arquivo particular do autor

Dados Internacionais de Catalogação na Publicação (CIP)
——
Enard, Mathias (1972-)
Bússola: Mathias Enard
Título original: *Boussole*
Tradução: Rosa Freire d'Aguiar
São Paulo: Todavia, 1ª ed., 2018
352 páginas

ISBN 978-85-93828-84-3

1. Literatura francesa 2. Romance
I. Freire d'Aguiar, Rosa II. Título

CDD 840
——
Índice para catálogo sistemático:
1. Literatura francesa: Romance 840

todavia
Rua Luís Anhaia, 44
05433.020 São Paulo SP
T. 55 11. 3094 0500
www.todavialivros.com.br

fonte
Register*
papel
Munken print cream
80 g/m²
impressão
Ipsis